Makrabor
Die Letzten Inseln
Morastland
Königs-
Kraken
Oonsund
Kron-Bar-Holm
Ossenbrook
Ellan Moia
Telomaar
Vin-Lu
Astador
Igg
Kandor
Portnai
Pallandor
Akoban
Die
Tiefen Ströme
Die Adrigen
Parsen

Katharina Hartwell

Die Silbermeer-Saga
Der König der Krähen

KATHARINA HARTWELL

DIE SILBERMEER SAGA

DER KÖNIG DER KRÄHEN

Loewe

FSC
www.fsc.org
MIX
Papier aus verantwortungsvollen Quellen
FSC® C014496

ISBN 978-3-7432-0366-2
1. Auflage 2020

Umschlaggestaltung: Ramona Karl unter Verwendung
einer Illustration von Melanie Korte und likemuzzy/shutterstock.com
Vorsatz: Melanie Korte
Printed in the EU

www.loewe-verlag.de

Für alle, die losgehen

Inhalt

Makri

Diese Geschichte hat viele Anfänge.

Sie beginnt mit einer Karte, die nicht stillsteht, mit einem Schiff, das die See nicht berührt, und mit einer Rüstung aus Silberschuppen.

Sie beginnt mit zwei Puppen aus Holz, einer nachtschwarzen Feder und einem Vogel in den Knochen.

Sie beginnt mit zwei Hexen und einem Mann ohne Farben.

Sie beginnt mit einer Lüge.

Sie beginnt in dem grauen, dem blauen, dem silbernen, dem teerschwarzen Meer.

Sie beginnt mit den Kaltwochen, mit den Fischern, die dem Meer nicht trauen, und den verschwundenen Kindern Colms.

Vor allem aber beginnt sie mit einem Mädchen.

Prolog
Seekinder

Wie in jedem Jahr war der Winter gerade erst zur Erinnerung geworden und die Ankunft des Frühlings zur Gewissheit, als die Kaltwochen über Colm hereinbrachen. Es begann jene Zeit, in der sich die Angst wie dickflüssiger Schlick durch die Straßen des Fischerdorfes schob, über unebenes Pflaster und hart gefrorene Erde hinweg, vorbei am Haus des Apothekers, bis in die Mitte des Dorfplatzes, bis zum Glockenturm und weiter die Westgasse hinauf zum Friedhof und in die Kapelle der Heiligen Schwestern.

Obwohl die Tage länger wurden, breitete sich die Finsternis aus. Sie quoll auf in den Schatten hinter den Schuppen, in den staubigen Zimmerecken, unter Betten und im Inneren der Öfen, wann immer kein Feuer brannte, um sie zu vertreiben.

Der dritte Mond des Jahres kam und ging, und die Frauen malten die Türen der Häuser rot. Abends saßen sie zusammen mit den älteren Mädchen im Fischhaus, um kleine Puppen aus Holz zu schnitzen. Während sie schnitzten, flüsterten sie die Namen ihrer Söhne und Töchter, ihrer Schwestern und Brüder.

Manche von ihnen gingen vom Fischhaus gleich nach Hause und lagen lange wach oder träumten von den Seekindern der vorangegangenen Jahre, von Jonas und Klaas, von Friederike und Magnus und jenen anderen, an die sich die jüngeren Kinder nicht einmal mehr erinnern konnten. Manche von ihnen suchten noch die Kapelle auf, um vom kühlen Boden zu den steinernen Gesichtern der Heiligen Schwestern aufzusehen.

Die Fischer ließen sich in der Kapelle nur selten blicken. Für ihre Gebete gingen sie hinunter zum Strand. Dort knieten sie sich nieder, den Blick zunächst auf die See, beugten sich hinab, bis ihre Stirnen den feuchten Sand berührten, und murmelten die Namen ihrer Kinder über das Rauschen des Meeres hinweg.

Lasst uns Ilsa.

Lasst uns Hensy.

Lasst uns Jost.

Lasst uns Tobin.

Nachts, wenn längst niemand mehr auf den Straßen war, nicht oben bei der Kapelle, nicht unten am Hafen, ging noch immer ein Flüstern durch das Dorf und bis zum Strand, wo es sich vermengte mit dem Rauschen der Silbersee.

Doch wie in jedem Jahr würden die Gebete, die roten Türen, die Puppen aus Holz eines der Kinder nicht schützen können. Ein Kind, das in den kommenden Tagen zum Seekind werden und bald schon nicht mehr dem Land, dem Dorf und seinen Eltern gehören würde, sondern den Fluten, dem nassen Blau, dem kühlen Grau, der dumpfen Stille tiefer Wasser.

I

Die Feder, die Hexe, der Mann ohne Farben

1
Tobin und der Schatten

Edda sah aus dem Fenster. Eine gute Stunde war verstrichen, seitdem sie Tobins blonden Haarschopf zum letzten Mal gesehen hatte. Draußen nahm das Licht bereits ab, wurde trist und grau. Noch waren die Tage kurz, und die Dämmerung schien bereits in den Mittagsstunden einzusetzen. Samuel, der Krüppel, humpelte an den Fenstern vorbei. Sein Atem stieg in weißen Gespinsten auf und geisterte noch einen Augenblick über den Dorfplatz, bevor er sich zersetzte. Auch im Fischhaus war es kalt. Freya hatte der alten Muriel verboten, ein Feuer zu entfachen, und die Frauen und Kinder ertrugen die klamme Kälte schweigend. Edda schloss die Augen. Der Geruch von nassem Haar und feuchter Wolle lag in der Luft. Etwa dreißig Frauen und Mädchen und eine Handvoll Jungen hatten sich in dem Saal versammelt. Sie alle trugen den Winter noch in den Knochen und mit ihm den Hunger, die Kälte, die Müdigkeit. Wohl keiner von ihnen fühlte sich bereit für den Sommer und die harte Arbeit, die dieser mit sich bringen würde.

Wieder irrte Eddas Blick hinüber zu den Fenstern. Wo steckte Tobin? Sie hatte ihn ermahnt, dass er in Sichtweite bleiben sollte. Sie konnte nur hoffen, dass die anderen Jungen ihn nicht dazu gebracht hatten, mit ihnen zum Friedhof zu laufen. Während der Kaltwochen ließ Edda ihren Bruder nur ungern aus den Augen, nahm ihn sogar an die Hand, wenn sie morgens zum Fischhaus und abends wieder nach Hause liefen. Sie unterdrückte ein Seufzen, zwang sich, weiter Freya zuzuhören, dem endlosen Fluss an Anweisungen und Ermahnungen, lediglich unterbrochen von gelegentlichem Husten und Ächzen. Die Bänke waren hart und viele unter den Frauen zu alt, um stundenlang still zu sitzen und Freyas ausufernder Rede zu lauschen.

Teofin, der dicht neben Edda auf der Bank saß, gähnte verhalten.

»… ist es dieses Jahr besonders wichtig, dass die Mädchen darauf achten, die Bottiche anschließend ordentlich zu säubern«, sagte Freya und sah sich um. Suchte und fand Edda. Das Grau ihrer Augen war unheilkündend wie der wolkenverhangene Himmel an einem stürmischen Tag – auch und vor allem, wenn sie Edda ansah. Und die Gründe, aus denen sie Edda mit einem Gewitterblick bedachte, waren so zahlreich wie die Fische im Meer – weil sie den Boden nicht gründlich genug geschrubbt oder den Brei nicht lange genug gestampft hatte, weil sie zu spät gekommen oder zu früh gegangen war, weil sie Teofin abgelenkt oder zu viel Zeit damit verbracht hatte, nach Tobin zu sehen.

Beiläufig und so, als wisse sie selbst noch nicht, wohin ihre Füße sie tragen würden, schlenderte Freya durch den Saal und blieb vor Edda und Teofin stehen. Seitdem sie im Vorjahr eine einzelne Schuppe in Eddas Brei gefunden hatte, verstrich kaum ein Tag, an dem sie Edda nicht daran erinnerte, wie wichtig es war, sorgfältig zu arbeiten.

»Wir alle wissen, was geschieht, wenn die Schuppen nicht gründlich zerstampft werden, nicht?«, fragte sie.

Edda hielt den Kopf gesenkt. Angestrengt musterte sie den schmutzigen Saum von Freyas Leinenrock. Versuchte, zuzuhören und nicht an Tobin zu denken. Aber es geschah wie von selbst, dass ihre Augen wieder zu den Fenstern wanderten. Freyas Hand schnellte vor, packte Eddas Kinn und drehte ihren Kopf.

»Was passiert dann, Edda?«

»Schon eine einzige Schuppe kann den ganzen Brei verunreinigen«, antwortete Edda in dem leiernd gehorsamen Ton, den sie sich für diese Art Antworten angewöhnt hatte.

»Und dann?«

»Verunreinigtes Colmin können wir nicht verkaufen.«

Beinahe widerstrebend gab Freya Eddas Kinn frei und setzte ihre Runde durch den Saal fort. Während sie langsam die Bankreihen ablief, musste jede Frau und jedes Mädchen jenen Moment genau spüren können, in dem Freyas Gewitteraugen über sie hinwegwanderten. Vor ihrer eigenen Tochter, Ilsa, blieb Freya stehen.

»Die Pausen sind kurze Unterbrechungen«, erklärte Freya Ilsa. »Keiner hier hat Zeit, den halben Tag auf den Bänken herumzuliegen und von Centria zu träumen.«

Sie sah sich unschlüssig um. Wenn das Jahr voranschritt, die Müdigkeit zunahm und sich die Fehler häuften, mussten die Frauen oft bis spät in den Abend im Fischhaus bleiben und mit gesenktem Kopf Freyas Vorhaltungen lauschen. Aber das Frühjahr stand noch bevor, und noch hatte niemand einen Fehler gemacht. Lass uns gehen, betete Edda stumm, wie so oft unsicher, an wen sie ihr Gebet richtete, an Agatha und Lor oder schlicht an alle, die bereit waren, ihr zuzuhören.

Schließlich nickte Freya ergeben. Selbst sie konnte nicht ewig reden, wenn es nicht das Geringste zu sagen gab.

»Geht nach Hause. Ruht euch aus. In den nächsten Wochen werdet ihr genug Zeit hier verbringen.«

Edda presste die Rückseiten ihrer Beine weiter gegen das raue Holz der Bank, um nicht aufzuspringen und aus dem Raum zu rennen. Fiel Freya erst auf, dass Edda es eilig hatte, würde sie sicher einen Grund finden, sie zurückzurufen. Also ließ Edda erst Ilsa und Keva, Sige und Agnes, Roven, Jost und die anderen aufstehen, bevor sie selbst scheinbar gemächlich aus dem Saal schlenderte. Erst draußen im Flur wurden ihre Schritte schneller.

Drei Stunden waren verstrichen, seitdem Tobin gemeinsam mit den anderen Jungen das Fischhaus verlassen hatte.

Keine Spur von ihrem Bruder. Zumindest nicht auf den ersten Blick. War er etwa allein nach Hause gelaufen? Oder doch zum Friedhof gegangen, obwohl sie es ihm verboten hatte? Sie wollte gerade noch einmal ins Fischhaus laufen, um Teofin zu fragen, ob er sie zur Kapelle begleiten würde, als sie die Jungen bemerkte. Sie standen halb verborgen hinter den Goldenen Fischen, standen im Kreis, so als würden sie jemanden umringen.

Edda rannte los.

Der lange Ulf sah sie kommen und stieß einen Warnruf aus. Zwei der Jungen fuhren herum, stolperten zur Seite und gaben den Blick auf Tobin frei. Er stand in ihrer Mitte, einen halben Kopf kleiner als der Kleinste von ihnen. Noch im Laufen sah Edda die klaffende Wunde auf seiner Stirn, einen Streifen verschmierten Blutes, der sich von seinem Haaransatz bis zur Augenbraue zog. Die Jungen stoben auseinander, genau wie die Möwen, die sich keifend und mit raschem Flügelschlag von den Goldenen Fischen und in den Abendhimmel erhoben. Obwohl die Jungen sich kaum voneinander unterschieden – die gleichen Leinenhosen und Drachenrochenjacken, die gleichen schlickbraunen Haare und verschlagenen Augen –, war Edda sicher, mindestens zwei von ihnen erkannt zu haben: Hensy Moot, den seine abstehenden Ohren und seine sonderbar schlenkernde Art zu laufen verrieten. Und Hans Piel. Natürlich Hans. Er war nie weit, wenn irgendwo ein Kind unglücklich gestürzt war, sich einen Finger eingeklemmt oder die Hand verbrannt hatte.

Genau wie die anderen war auch Hans losgelaufen, doch schon nach wenigen Schritten blieb er stehen. Drehte sich zu Edda um. Spitzte die Lippen. Etwas Kaltes, Klebriges traf Eddas Wange, und Hans schoss davon, noch bevor Edda ganz begriffen hatte, was geschehen war. Unsicher tastete sie nach ihrer Wange. Spucke. Hans Piel hatte sie angespuckt. Hatte Tobin es gesehen? Sie wischte die Spucke mit ihrem Jackenärmel fort, bevor sie sich zu Tobin umdrehte. Er stand reglos neben den Goldenen Fischen. Mit zwei schnellen Schritten war sie bei ihm und kniete sich vor ihm auf das Pflaster. Es war noch nass vom Regen, der Tag und Nacht auf Colm hinabzugehen schien und nur an diesem Nachmittag einmal ausgesetzt hatte. Edda strich Tobin das Haar aus der Stirn, rieb mit ihrem Daumen behutsam das Blut fort. Die elenden Jungen. Dass sie noch weiter Angst und Schrecken verbreiten mussten. Als gäbe es in dieser Zeit des Jahres nicht schon genug. Gleichzeitig aber hatte Edda gewusst, dass sie sich nicht für immer damit zufriedengeben würden, Tobin mit Liedern, Reimen und Beschimpfungen zu verfolgen. Nur aus einem einzigen Grund hatten die sich so lange zurückgehalten: Sie fürchteten sich vor Edda. Selbst Hans Piel fürchtete sich vor ihr.

Vor einigen Jahren – Edda musste damals etwa so alt wie Tobin gewesen sein – hatten ein paar der Jungen sie hoch zum Friedhof gejagt. Hans war unter ihnen gewesen und Hans' älterer Bruder Merek, der inzwischen als Fischer hinaus zur See fuhr und nichts mehr auf die Spiele der Kinder gab. Die Jungen hatten sich im Kreis um Edda aufgestellt, und der lange Ulf war vorgesprungen, um ihr eine Haarsträhne auszureißen – Merek hatte seinem Bruder und den anderen Jungen erzählt, dass Eddas Haar nicht brennen würde, wenn man es aufs Feuer legte.

Aus rein kopfloser Angst hatte Edda Ulf einen Schlag verpasst, der ihn gegen die Steinmauer in seinem Rücken hatte stolpern lassen. Ulf, ein Tölpel und Tumbtaumler an seinen besten Tagen, war so unglücklich gegen den Stein geprallt, dass er sich seinen Arm gebrochen hatte.

Nach dem Vorfall hatten die Jungen Edda einige Wochen *Edda Knochenbrecher* genannt, und keiner von ihnen, nicht einmal Hans Piel, war ihr seitdem wieder zu nahe gekommen. Dabei hatten sie wenig Grund, Edda zu fürchten: Als die Fischersfrauen von Ulfs gebrochenem Arm erfahren hatten, war die Aufregung im Dorf groß gewesen. Wäre es nach Freya, Agnes, Roven und Sige gegangen, hätte man Tobin und Edda in einen Karren gepackt und irgendwo in der Nähe Maunlands ausgesetzt. Ruben, Eddas Ziehvater, hatte jeden Gefallen einfordern müssen, den ihm die anderen Fischer schuldeten, damit Edda und Tobin in Colm bleiben durften. Und Edda hatte Ruben versprechen müssen, dass es nie wieder zu einem ähnlichen Vorfall kommen würde. Wenn sie Hans oder einem der anderen Jungen über den Weg lief, vergrub sie die Hände in den Taschen, achtete darauf, die Jungen nicht zu berühren, nein, nicht einmal zu streifen. Es war immer nur eine Frage der Zeit gewesen, bis es einem von ihnen auffallen würde.

Edda nahm ihren Daumen von Tobins Stirn. »Was ist passiert? Was haben sie gemacht?«

»Einen Stein geworfen«, murmelte Tobin.

»Wer? Hensy Moot? Hans?«

Aber Tobin sah nicht Edda an; sein Blick ging starr an ihr vorbei. Er hatte die Unterlippe eingesogen, wie um sich für einen weiteren Angriff zu wappnen, und nun hörte auch Edda die sich eilig nähernden Schritte in ihrem Rücken, das Klappern hölzerner Sohlen auf dem Pflaster und Freyas Stimme.

»Was ist das für ein Geschrei? Seid ihr Möwen oder Kinder?«

Edda sprang auf. Sie zog Tobin zu sich heran und kreuzte schützend die Arme vor seiner Brust. Freya hatte sie beinahe erreicht. Am Fischhaus stand noch eine kleine Gruppe von Frauen, Roven, Sige und Hans' Mutter Agnes. Die Frauen machten keinen Hehl aus ihrer Neugier, glotzten unverholen, während Freya die Hände in die Hüften stemmte. Von Teofin war nichts zu sehen, dabei war Edda sicher, dass er das Fischhaus in der Zwischenzeit verlassen haben musste.

»Gibt es auch einen Grund für das Gezeter?«, fragte Freya.

»Einer der Jungen hat einen Stein nach Tobin geworfen«, brachte Edda hervor.

»Warst du dabei? Hast du es selbst gesehen?«

»Nein, aber ich habe sie weglaufen sehen. Und Tobin blutet. Er hat gesagt –«

»Das möchte ich selbst hören, was er sagt.« Freya beugte sich zu Tobin hinab. »Stimmt das? Haben die Jungen einen Stein nach dir geworfen?«

Obwohl Tobin wusste, dass es nicht die Antwort war, die Freya verlangte, nickte er. Eddas Arme schlangen sich eine Spur fester um ihn. Freya richtete sich auf und strich sich über ihren Rock, als sei der Stoff schmutzig geworden.

»Na, sie hatten sicher guten Grund«, stellte sie fest und lief achselzuckend zurück zu den anderen.

Edda fröstelte. Für kurze Zeit hatte sie die Kälte nicht spüren können. Während sie über den Platz gerannt war, während sie Hans Piels Spucke von ihrer Wange und das Blut von Tobins Stirn gewischt hatte. Nun aber zitterte sie in ihrem regennassen Rock und ihrer dünnen Drachenrochenjacke. Die Kälte war nicht bloß in der Luft, nicht bloß im Wind, der den Metallgeruch der Silbersee bis mitten ins Dorf brachte. Die Kälte war auch in Edda selbst, während sie zusah, wie Freya sich bei Agnes unterhakte und zusammen mit ihr davonschlenderte.

»Lass uns nach Hause gehen«, sagte sie zu Tobin. Doch statt sich von der Stelle zu rühren, stand sie weiter still, und der Seewind ging ihr durch Haar und Kleider.

***

Obwohl Eddas Ziehvater Ruben einer der einflussreichsten Fischer Colms war, lebte er nicht im Herzen des Fischerdorfes, sondern an dessen östlichem Rand, nur wenige Schritte vom Hafen entfernt. Ilsa hatte es sich nicht nehmen lassen, Edda zu erzählen, dass bereits ein Haus am Dorfplatz für ihn vorgesehen gewesen war – ein Haus, das er hatte aufgeben müssen, als er Tobin und Edda bei sich aufnahm. War es ihrem Ziehvater schwergefallen, auf das Haus zu verzichten? Wann immer Edda ihn danach fragte, stritt er es ab. »Ich störe mich nicht dran. Mein Weg zum Hafen ist der kürzeste«, behauptete er.

Auch Edda war es recht so, denn am Ende der Hafengasse lebten sie in größtmöglicher Entfernung zu Hans, Freya und Ilsa. Einzig in der Zeit der Kaltwochen fluchte sie auf die Entfernung zum Fischhaus.

Je weiter man sich vom Dorfkern, dem großen Platz vor dem Fischhaus, entfernte, umso bescheidener gerieten die Behausungen, in welchen die weniger angesehenen Fischer und ihre Familien lebten. Als Edda und Tobin von der Ost- in die Hafengasse bogen, war nicht einmal mehr der Boden unter ihren Füßen gepflastert. Im Frühjahr und im Herbst kam es vor, dass sie mit ihren Stiefeln in der aufgeweichten Erde stecken blieben, noch aber lag eine dünne Eisschicht über dem Schlamm. Behutsam setzten sie einen Fuß vor den anderen, um nicht ins Rutschen zu geraten.

»Tobin, wenn du das nächste Mal allein bist und Hans und die anderen Jungen siehst, dann musst du rennen«, ermahnte Edda ihren Bruder.

Tobin nickte, ohne sie anzusehen. Wie oft sie diese Unterhaltung bereits geführt hatten, und doch dauerte es nie lange, bis Tobin den Jungen wieder in die Fänge ging. Wenn er wenigstens größer wäre, breitschultrig wie Hans Piel oder hoch aufgeschossen wie der lange Ulf. Aber natürlich wusste Edda, dass die Jungen Tobin auch dann nicht in Ruhe lassen würden, wenn er doppelt so groß wäre wie Ulf.

Den Rest des Heimwegs über versuchte sie, aus ihm herauszubekommen, welcher der Jungen den Stein geworfen hatte und wie genau es zu dem Angriff gekommen war. Tobin aber war schweigsam und in sich gekehrt, und als sie das Ende der Hafengasse erreichten, war Edda so schlau wie zuvor.

Sie erreichten Rubens Haus, das zwar so klein und bescheiden wie die anderen in der Straße war, dabei aber sorgfältiger gezimmert und besser instand gehalten. Als Edda sah, dass Licht in den Fenstern der Wohnstube brannte, sank ihr das Herz. Die Fischer waren erst gegen Mittag aufgebrochen, und sie hatte gehofft, dass Ruben noch auf See sein würde. Dann hätte sie Tobins Wunde versorgen können, ohne dass ihr Ziehvater je davon hätte erfahren müssen.

»Lass mich mit ihm sprechen«, sagte sie zu ihrem Bruder, bevor sie die Haustür öffnete.

Ruben saß am Esstisch, über eines seiner Netze gebeugt. Als Edda und Tobin eintraten, hob er den Kopf, und beim Anblick der Wunde auf Tobins Stirn presste er die Kiefer fest aufeinander.

»Wie ist es dazu gekommen?«

Tobin zog die Schultern zusammen und blickte zu Boden.

»Er hat draußen vor dem Fischhaus auf mich gewartet«, sagte Edda. »Die Jungen haben einen Stein nach ihm geworfen. Sie sind weggelaufen, als sie mich kommen sahen.«

Ich bin keinem von ihnen zu nahe gekommen. Die Worte hingen unausgesprochen im Raum.

Rubens Knie gaben ein unheilvolles Knacken von sich, als er sich erhob. Edda konnte sich nicht erinnern, je erlebt zu haben, dass ihr Ziehvater sich bewegte, ohne dass zumindest eines seiner Gelenke aufbegehrte. Jedes Aufstehen, jedes Hinsetzen, jedes Beugen und Aufrichten war unweigerlich von einem Knacksen oder Knacken begleitet.

»Darum müssen wir uns kümmern«, sagte er und deutete auf Tobins Stirn.

Tobin trottete zu einem der Stühle, Edda setzte sich neben ihn. Schweigend warteten sie, während Ruben im Haus verschwand und kurz darauf wiederkehrte, in der einen Hand eine Flasche Weißbrand und ein Leinentuch, in der anderen ein kleines Silberdöschen. Beim Anblick des Döschens sackte Tobin noch weiter in sich zusammen.

»Es nützt nichts, Junge, die Wunde ist tief«, sagte Ruben. »Sie wird nicht von allein heilen.« Er kniete sich vor Tobin auf die Dielen und stellte das Silberdöschen zunächst auf den Esstisch. Schnell schraubte er den Verschluss der Weißbrandflasche auf und tränkte die Spitze des

Leinentuchs. Er hatte große, grob wirkende Hände, doch während er Tobins Wunde mit dem weißbrandgetränkten Tuch abtupfte, war er sanft und geschickt, seine Fingerkuppen schienen Tobins Haut kaum zu berühren.

»Freya schickt die jüngeren Kinder nach draußen, während die Frauen und wir Älteren bis nach Einbruch der Dunkelheit bleiben müssen«, sagte Edda, ohne den Blick von Rubens Händen zu nehmen. »Und das, obwohl die Kaltwochen angebrochen sind. Es ist ihr gleich, dass Tobin und die anderen dort draußen allein herumlaufen. Sie hat Ilsa bei sich, also muss sie sich keine Sorgen machen.«

»Was soll ich tun, Edda?«, fragte Ruben müde, während er das Silberdöschen aufschraubte. »Mit wem soll ich sprechen? Mit Freya? Mit Bent? Glaubst du, die Jungen werden aufhören, Tobin aufzuziehen, wenn wir eine Vollversammlung einberufen?«

»Sie haben ihn nicht *aufgezogen*. Sie haben einen Stein nach ihm geworfen.«

Vorsichtig nahm Ruben mit dem Tuch etwas von der bläulich weißen Salbe aus der Silberdose auf. Erst vor wenigen Tagen hatte Edda die Dose vom Haus des Apothekers mit nach Hause gebracht. Teofins Eltern, Tomas und Pessa Bornholm, waren seit Jahren für die Herstellung der Colminsalben und Tinkturen verantwortlich. Ein Glück, denn die beiden verarbeiteten das Colmin denkbar gewissenhaft und sorgfältig, bemaßen und vermischten die Anteile an Colmin, Pflanzenfett und Wasseralgen genau. Zu viel Colmin konnte mehr Schaden anrichten als Gutes tun. Doch selbst die am genauesten bemessene Salbe trug nun einmal jene Eigenschaften in sich, für welche Colmin unter den Kindern Colms berüchtigt war. Edda, die an den Bottichen nie achtsam genug war, wusste nur zu gut um den grellen Schmerz, den schon wenige Colminspritzer auf der Haut verursachten. Während Ruben das Tuch näher an Tobins Gesicht zu bringen suchte, rutschte dieser immer weiter zurück, bis sich sein Hinterkopf gegen die Stuhllehne presste. Er zuckte, als das Tuch seine Haut berührte, und seine Augen tränten. Auch Edda musste blinzeln, als ihr der stechende Colmingeruch in die Nase stieg, aber sie zwang sich, Tobin weiter zuversichtlich anzusehen.

Tobins Finger zuckten, und er presste die Lippen aufeinander, während die Salbe einzog und sich die Wunde langsam schloss. Keine Narbe blieb zurück, lediglich eine leichte Rötung, die wahrscheinlich schon am nächsten Tag verschwunden sein würde.

»Gleich ist es vorbei«, behauptete Ruben. Er sprach ruhig, beschwichtigend, aber Edda konnte die Anstrengung hören, die es ihn kostete, geduldig mit Tobin zu sein. Nicht zum ersten Mal kam ihr der Gedanke, dass Ruben als Junge vermutlich mehr mit Ole oder Hans' Bruder Merek gemein gehabt hatte als mit Teofin oder Tobin.

***

Zum Abendbrot gab es Reisbrei. In dieser Zeit des Jahres gab es an beinahe jedem Abend Reisbrei. Weder Ruben noch Edda oder Tobin wussten dem kargen Garten Gemüse zu entlocken. Eddas Ernte hatte nur aus wenigen kümmerlichen Zwiebeln bestanden, und die hatten sie längst gegessen.

Nachdem Tobin zu Bett gegangen war, half Edda Ruben mit dem Abwasch. Als Ruben den Zuber mit Wasser auf die Ablage wuchtete, entfuhr ihm ein unterdrücktes Stöhnen. Edda warf ihm einen besorgten Blick zu. Die Kaltwochen setzten ihm zu wie allen anderen Fischern auch. Er hatte ihr oft erzählt, dass die Kälte draußen auf See eine andere war als an Land, dass sie tiefer in die Knochen eindrang und auch dann nicht weichen wollte, wenn man in der warmen Wohnstube dicht vorm Feuer saß.

»Ich kann das allein machen«, sagte Edda, während sie die schmutzigen Schalen vom Esstisch zum Zuber trug.

Ruben schüttelte den Kopf, griff nach der Bürste und begann, die Schalen zu schrubben.

»Du hilfst ihm nicht, Edda«, sagte er und reichte ihr eine tropfend nasse Schale. »Heute hast du ihn geschützt, aber die Jungen werden es ihm bei der nächsten Gelegenheit heimzahlen.«

»Und was hätte ich stattdessen tun sollen? Zusehen, wie sie ihn mit Steinen bewerfen?«

Rubens Hände bewegten sich langsam durch das warme Wasser. »Sie haben Angst vor *dir*. Aber sie müssen Angst vor ihm haben.«

»Angst vor Tobin«, sagte sie leise. Die Jungen würden sich eher vor einer Strandmaus fürchten.

»Wenn er erst ein Fischer ist, wird er seine Tage allein dort draußen verbringen. Dort wirst du ihn nicht mehr schützen können.«

Sie schwieg, hatte sich ihren Bruder ja ohnehin nie als Fischer vorstellen können. Er fürchtete sich vor der See und den Kreaturen, die in ihr lebten, den Wassermännern und Drachenrochen und all den namenlosen Ungeheuern, von denen Ilsa ihm erzählt hatte. Er fürchtete sich vor der Weite des Himmels, der stets Stürme und schweren Regen in sich zu tragen schien, und er fürchtete sich vor den Umrissen Achums, der ersten Insel des Archipels, die an klaren Tagen sogar von der Küste aus zu sehen war. Warum konnte Edda nicht an seiner Stelle fahren? Sicher, genau wie Tobin, genau wie all die anderen Kinder

Colms hatte auch sie Angst vor dem Archipel, aber der Schrecken, die Furcht davor, dort draußen auf See zu sein, schien ihr leichter zu ertragen als die Ödnis, die reine Langeweile an den Bottichen, wo tagein, tagaus dieselben Handgriffe verrichtet wurden und Jahr um Jahr verstreichen konnte, ohne dass sich etwas im immer gleichen Ablauf der Tage änderte.

»Edda.« Erst als Ruben ihren Namen sagte, bemerkte sie, dass die nasse Schale in ihren Händen auf den Boden tropfte. Sacht nahm Ruben sie ihr aus der Hand. Aber er strich Edda nicht über den Kopf, so wie Teofins Mutter Pessa es manchmal tat, er legte ihr keine Hand auf die Schulter, er umarmte sie nicht.

»Es hat noch ein paar Jahre Zeit«, sagte er.

»Ja«, sagte Edda. »Ein paar Jahre.«

Als wüssten sie nicht beide, dass ein paar Jahre keinen Unterschied machen würden. Der Junge, der Eddas Bruder war, würde nie zu einem Fischer heranwachsen.

***

Eddas Schlaf war immer tief und traumlos gewesen, aber sie kannte die Geschichten, die man sich an den Bottichen hinterm Fischhaus erzählte. Während der Kaltwochen träumten die Frauen und Mädchen von Schatten, denen Klauen und Zähne wuchsen, von geschuppten Leibern, die sich in der Brandung wanden, von Wolken, die vom Himmel hinabstiegen und über das Pflaster krochen.

In der Nacht, nachdem sie Hans' Spucke von ihrer Wange gewischt und Tobin das Blut von der Stirn getupft hatte, träumte auch Edda.

Sie war zu Hause. Oder zumindest fast. Denn der Ort, an dem sie sich wiederfand, war ihr vertraut und gleichzeitig fremd. Sie stand am oberen Ende der Treppe. Die Öllampen an den Wänden spendeten kaum Licht, und dort, wo sich die Türen zu den Schlafkammern hätten befinden sollen, sah sie weit geöffnete Fenster. Ein kalter Wind ging durch den Gang, erfasste Edda und ließ sie frösteln. Aber konnte man in einem Traum frieren? Sie rieb sich die Oberarme, sah den spinnwebartigen Gespinsten nach, die aus ihrem Mund und zur Decke aufstiegen. In der Dunkelheit des Traumes verschob sich etwas, sie ordnete sich neu an und gab Tobin frei. Tobin und einen Schatten, einen lang gezogenen Schemen, der hinter ihrem Bruder stand und die Arme um ihn gelegt hatte. Arme? Oder Schwingen? Von dem fedrig dunklen Haar bis zu den Umrissen war alles an der Gestalt ungefähr und nicht ganz richtig.

»Tobin? Hörst du mich?«, fragte Edda.

Tobin antwortete nicht, hing reglos in den Armen des Schattens.

»Tobin!« Edda lief los – wollte loslaufen, aber ihre Beine gehorchten nur widerstrebend, sie kam kaum von der Stelle. Auch der Schatten am anderen Ende des Flurs setzte sich in Bewegung, mühelos glitt er durch die Luft, zog Tobin mit sich, fort von Edda, dem nächstgelegenen Fenster entgegen. Die ganze Zeit über blieben Tobins Augen geschlossen, und lange bevor Edda die beiden hätte erreichen können, zog der Schatten ihren Bruder durch das Fenster und hinaus in die Nacht.

Der Traum gab Edda nur widerwillig frei. Zunächst noch reglos, lag sie im Bett. Erst als ihr die Kaltwochen wieder einfielen, der Stein, das Blut auf Tobins Stirn, streifte sie die Decke ab, sprang auf, lief aus dem Zimmer und in den Flur. Vor Tobins Tür hielt sie inne. Die Stirn gegen das Holz gepresst, suchte sie, sich zu beruhigen: Tobin war sicher auf der anderen Seite, in seinem Bett. Ihre Hände aber zitterten, als sie die Tür öffnete.

Der Mond hatte den Raum in ein bleiches Licht getaucht. Unter der Decke zusammengekugelt, wie um sich selbst vor neuen Angriffen zu schützen, lag Tobin. Edda schloss die Augen, hielt sich am Türrahmen fest. »Bloß ein Traum«, flüsterte sie. Doch ein Traum zur Zeit der Kaltwochen war nie bloß ein Traum, und das wusste auch Edda, während sie weiter festhielt und darauf wartete, dass ihr Herz wieder zurück in seinen Takt fand.

2
Farbe des Blutes, Farbe des Feuers

So leise wie möglich schloss Teofin die Tür hinter sich. Einen Moment stand er still und wartete, bis das Pochen in seinem Bein nachließ. Er stützte sich an der Wand ab, während er seine Stiefel abstreifte, und stellte sie in die Ecke. Auf Strümpfen schlich er über den Flickenteppich zur Treppe, doch bevor er auch nur einen Fuß auf die unterste Stufe stellen konnte, trat seine Mutter aus der Küche. Wahrscheinlich hatte sie schon seit dem frühen Nachmittag auf ihn gewartet, unruhig auf jedes Geräusch gelauert.

»Ich wollte deinen Vater schon zum Fischhaus schicken, damit er nach dir sucht, aber dann kam Jeppe vorbei«, sagte sie, und Teofin dankte stumm Agatha und Lor, dass sie seinen Eltern Jeppe geschickt hatten. Wann immer die schmächtige Gestalt seines Vaters am Fischhaus auftauchte, eilte Teofin rasch in die andere Richtung – als würden die anderen Jungen vergessen, dass er der Sohn des Apothekers war, wenn sie die beiden nur nie zusammen sähen.

»Ist Jeppe noch hier?«, fragte er und sah an seiner Mutter vorbei in die Küche.

»Sie sind in der Mischstube. Jeppe ist vor ein paar Tagen mit dem Arm an einem rostigen Nagel hängen geblieben und hat sich die Haut aufgeschürft. Er hätte gleich zu uns kommen sollen, aber er hat abgewartet, und nun ist die Wunde entzündet. Es sieht schlimm aus.«

Es musste auch schlimm sein, dachte Teofin, damit einer wie Jeppe an die Tür des Apothekers klopfte. Die meisten Fischer – im Grunde alle bis auf Eddas Ziehvater – gingen Tomas Bornholm aus dem Weg. Teofin musste sich immer wieder in Erinnerung rufen, dass sein Vater genau wie Jeppe, Rolf, Bent und Ruben in Colm geboren worden war, denn die Männer und Frauen behandelten ihn wie einen Zugezogenen. Sie trugen ihm noch immer nach, dass er vor gut zwanzig Jahren das Fischerdorf verlassen hatte, um in Klammtal die hohe Kunst der Colminverarbeitung zu lernen. Noch weniger verzeihen konnten sie ihm, dass er eine Fremde, Teofins Mutter Pessa, aus Klammtal geheiratet und mit nach Colm gebracht hatte. Teofin wusste, dass man seine Eltern nur aus einem einzigen Grund duldete: weil man sie brauchte. Wenn ein Fischer eine Hand an einen Drachenrochen verloren hatte oder eines der Kinder auf eine Brandqualle getreten war, rief man den Apotheker. Und der Apotheker tat das Einzige, was er tun konnte: Er verabreichte Colmin. Colmin als Salbe, Colmin als Trank, Colmin als Puder. Teofins Vater kannte sich besser mit Colmin aus als jeder andere in Colm. Und auch das konnten ihm die Fischer nur schwer verzeihen.

Ein unterdrücktes Stöhnen drang aus der Mischstube zu ihnen hinaus, und Pessa bedeutete Teofin, ihr in die Wohnstube zu folgen. »Na komm. Das Essen ist längst fertig.«

Teofin achtete darauf, sein linkes Bein so wenig wie möglich zu belasten, während er zu seinem Platz am Esstisch ging. Er hatte keinen Hunger. Hatte keinen Hunger, obwohl er sich den halben Tag aufs Abendbrot gefreut hatte. Hatte keinen Hunger, obwohl er Möhren besonders mochte, lieber noch als Kartoffeln oder Kohl. Und trotzdem wäre es ihm ein Leichtes gewesen, auf sie zu verzichten, wenn er im Gegenzug in sein Zimmer hätte gehen dürfen. Dieser Abend war keiner, um sich zu unterhalten, sondern einer, an dem man sich ins Bett legen, einschlafen und vergessen wollte, dass er überhaupt je stattgefunden hatte.

»Hat Freya euch wieder nicht gehen lassen?«, fragte Pessa und stellte einen Teller vor Teofin auf den Tisch.

»Wenn sie könnte, würde sie die ganze Nacht reden.«

Teofin schob seine Möhren von einem Tellerrand zum anderen. In vermutlich jedem anderen Haus Colms wurde an diesem Abend Reisbrei aufgetischt. Aber die Familie des Apothekers hatte schon immer besser gegessen als die meisten anderen in Colm. Im Garten hinter ihrem Haus wuchsen nicht nur Zwiebeln, sondern auch Möhren und Äpfel und Kohl und sogar Beeren. Oft genug hatte Teofin die Fischersfrauen tuscheln hören, dass seine Mutter wohl in der Alten Sprache auf die Erde einrede, bis die alles hervorbrächte, was das Herz begehrte. Teofin, der Sommer um Sommer an den Bottichen stand und dem Geschwätz der Fischersfrauen lauschte, hatte längst verstanden, dass es Freya und Sige, Agnes und Roven weniger um den Garten seiner Mutter ging, als um ihr blondes Haar, ihre klaren blauen Augen, ihre besondere Art zu sprechen, immer in einem leichten Singsang, der die Worte nur so ineinanderfließen ließ. Die Fischersfrauen gaben vor, Pessa nicht zu verstehen, schüttelten bloß missmutig den Kopf, wenn sie ihnen eine Frage stellte oder sie grüßte.

»Ich dachte, dass du vielleicht Edda mitbringst. Ich wollte ihr ein paar unserer Zwiebeln mitgeben«, sagte seine Mutter nun und setzte sich zu ihm an den Tisch.

Statt zu antworten, spießte Teofin eine Möhre auf und schluckte sie geräuschvoll. Obwohl seine Mutter eine gute Köchin war, schmeckte er nichts.

»Hast du sie heute nicht gesehen? War sie nicht beim Fischhaus?«

»Doch, sicher. Wo sollte sie sonst gewesen sein?«

Stumm fuhr er fort, Möhren aufzuspießen und zusammen mit dem Brot hinunterzuschlingen. Sobald er den Teller geleert hatte, sprang er auf. Schnell, bevor ihm seine Mutter weitere Fragen stellen konnte, brachte er das dreckige Geschirr zum Waschzuber. »Ich kann kaum noch stehen, ich muss mich hinlegen«, erklärte er barsch und übertrieb sein Hinken, damit sie ihn gehen ließ.

Aber schon auf der Treppe musste er niemandem mehr etwas vorspielen. Schwer schleifte sein linkes Bein über die Stufen. In seinem Zimmer angelangt, ließ er sich aufs Bett fallen. Jeder Muskel in seinem Bein schien wütend zu sein. Er schloss die Augen, lauschte auf die Geräusche im Haus. Unten hörte er Jeppe und seinen Vater, wie sie sich im Flur unterhielten. Dann wurde die Haustür geöffnet und wieder geschlossen, kurz darauf erklangen die gedämpften Stimmen seiner Eltern. Sicher sprachen sie über ihn, über sein Bein, seine Schweigsamkeit. Er strich über sein Hosenbein, spürte den verkrampften Muskel darunter deutlich, wie etwas, das nicht zu ihm gehörte, einen Stein oder ein Holzstück in der Haut. In dem Muskel selbst lauerte der Schmerz, ein Kreischen, ein Heulen, ein unerträglich hoher Ton. Wenn zumindest in seinem Kopf Ruhe gewesen wäre, aber auch dort tobten die Gedanken. Hatte Edda bemerkt, dass er ihr aus dem Fischhaus gefolgt war? Wusste sie, dass er alles gesehen hatte – das Blut auf Tobins Stirn und Hans Piel, der die Lippen spitzte und spuckte? Er hatte ihr zu Hilfe eilen wollen, das hatte er wirklich. Sein linkes Bein, das zornige, krumme, hatte sich gehoben, bereit gemacht für den ersten schweren Schritt. Doch statt zu Tobin und Edda zu laufen, hatte er den Fuß einfach wieder abgesetzt, gleich neben den rechten. Stehen geblieben war er und schließlich ganz zurückgewichen. Und während Edda mit Tobin gesprochen hatte, war er unbeobachtet über den Platz und in die Nordgasse gehumpelt, um sich dort hinter Alfs Schuppen zu verstecken. Er sah Edda noch immer vor sich, er sah sie vor sich, wie sie über das Pflaster flog und ihre Füße den Boden nur anzutippen schienen, so als müssten sie kein Gewicht tragen. Einmal laufen wie Edda, dachte er, und unter seinen Rippen brannte es. Und dann war das Brennen in seinem Kopf, eine weiße Wut, und bevor er wusste, was er tat, ballte er die Hand zur Faust und schlug auf seinen Oberschenkel. Das verdammte Bein! Das verdammte Bein, es würde dafür sorgen, dass er eines Tages wie Samuel, der Krüppel, endete. Er schlug ein zweites Mal zu, und der Schmerz ließ ihn keuchen, beinahe im selben Moment, da er Schritte draußen auf dem Flur hörte. Er presste die Lippen zusammen. Zu spät, die Schritte waren unmittelbar vor seiner Tür verstummt. Es klopfte, und bevor er seine Mutter hereinbitten oder hätte fortschicken können, öffnete sich die Tür, und sie trat ein.

Er starrte an die Decke, so als würde er sie nicht bemerken. Hatte sie nicht schon unten in der Wohnstube gemerkt, dass er nicht mit ihr sprechen wollte? Aber Pessa Bornholm konnte hartnäckig sein. Kein Geheimnis, das sie ihm nicht entlocken, keine Lüge, die sie nicht früher oder später aufdecken würde. Vorsichtig darauf bedacht, sein Bein nicht zu berühren, setzte sie sich neben ihn aufs Bett. Teofin drehte den Kopf zur Seite.

»Hattest du Ärger mit Hans und den anderen?«

Er nickte, das Gesicht noch immer abgewandt.

»Sind sie dir wieder nachgelaufen?«

»*Mir* nicht.«

»Sondern?«

»Tobin.« Er murmelte den Namen wie ein Geständnis. Seit Wochen schon hatten die Jungen es auf Eddas Bruder abgesehen, und nicht zum ersten Mal hatte Teofin es bemerkt. Nicht zum ersten Mal wäre er Tobin *beinahe* zu Hilfe geeilt. Beinahe. Immer nur fast. Nie tatsächlich.

»Ich hab sie gesehen, Tobin und die anderen Jungen, aber geholfen habe ich nicht.«

Das Bett knarrte, als seine Mutter ihr Gewicht verlagerte.

»Und Edda? Wo war Edda?«, fragte sie sanft.

»Edda, sie war ...«

Bei Tobin. Dort, wo *er* hätte sein sollen. Stattdessen hatte er sich versteckt. Schlimmer noch: Während er am Schuppen gelehnt hatte, da war er erleichtert gewesen. Erleichtert, dass der Stein nicht ihn getroffen hatte. Erleichert darüber, dass die Jungen ihn in Frieden ließen, seitdem sie es auf Tobin abgesehen hatten.

»Teofin, du hättest es wahrscheinlich nur schlimmer für ihn gemacht. Warten wir ab, was geschieht, wenn Ruben von dem Vorfall hört. Wenn er mit Jeppe und Bent spricht ...«

»Als ob es einen Unterschied machen würde!«, schnappte Teofin.

Wussten sie nicht beide, dass auch Ruben seinen Sohn nicht beschützen konnte? Die Fischer mochten noch so viel auf sein Wort geben, sie alle waren sich einig: Edda und Tobin hatten in Colm nichts verloren; Ruben hätte sie niemals bei sich aufnehmen sollen.

Seine Mutter drehte den schmalen Kupferring, den ihr Teofins Vater zur Verlobung geschenkt hatte. Drehte ihn eine Spur zu schnell. »Was hältst du davon, wenn wir noch in die Kapelle gehen?«

Überrascht sah Teofin auf. Um zur Kapelle zu gelangen, mussten sie durchs halbe Dorf laufen, und auf ihrem Rückweg würde die Silbersee die Sonne längst geschluckt haben.

»So spät noch?«

Seine Mutter zuckte die Achseln. »Du brauchst Ruhe. Und es gibt keinen besseren Ort als die Kapelle, um Ruhe zu finden. Es wird dir guttun.«

Teofin runzelte die Stirn. Seinem Bein würde weder die Kälte noch der lange Weg guttun, ihm stand der Sinn eher nach heißem Tee oder warmen Wickeln. Trotzdem stand er widerstandslos auf. Seine Mutter hatte oftmals eigene Vorstellungen davon, was für andere Menschen gut war, und nicht selten lag sie richtig.

Draußen war es so kalt, dass sie noch einmal zurück ins Haus gehen mussten, um Handschuhe zu holen. Die Kaltwochen waren dafür bekannt, dass sie erst dann über die Küste hereinbrachen, wenn der Winter sich endgültig zurückgezogen zu haben schien, und obwohl sie so zuverlässig wie der Sonnenuntergang am Ende des Tages waren, hoffte Teofin jedes Jahr auf ein Wunder. Doch schon am Morgen, als er aufgewacht war, hatte ein eisiger Reif wie eine feine Schicht pudrigen Zuckers auf der Fensterbank gelegen.

In der Kleinen Ostgasse begegneten sie zunächst niemandem. In den meisten Häusern brannte nicht einmal mehr Licht. Doch als sie in die Westgasse bogen, kam ihnen Hensy Moots Mutter Stine entgegen. Auch sie musste noch in der Kapelle gewesen sein. Pessa hob die Hand zum Gruß, Stine Moot aber eilte weiter, als hätte sie es nicht bemerkt.

So verlassen wie die Straßen waren, zeigte sich auch die Kapelle. Widerstrebend folgte Teofin seiner Mutter zwischen den Bänken hindurch, um auf der vordersten Platz zu nehmen. Er fröstelte. Gleich, wie kalt es draußen war, in der Kapelle war es immer noch eine Spur kälter. Der eisige Wind fand einen auf jeder der Bänke. Noch schlimmer als der Wind und die klamme Kälte aber waren Agatha und Lor. Wer auch immer die Heiligen Schwestern angefertigt hatte, ein geschickter Kunsthandwerker war er nicht gewesen. Ihre Münder waren Wölbungen, ihre Augen ungefähre Ausbuchtungen. Als wären sie blind, gleichzeitig aber schienen sie einen zu beobachteten, spürten einen genau wie der Wind auf, gleich, auf welcher Bank man sich niederließ.

»Warum sind wir so oft hier?«, flüsterte Teofin. »Du glaubst doch nicht einmal an Agatha und Lor.«

»Oh, aber sicher tue ich das. Ich glaube nur nicht, dass sie ins Meer gegangen sind, um sich für diesen Ort zu opfern. Niemand würde ins Meer gehen, um sich für Colm zu opfern.«

Während seine Mutter sprach, sah sie nicht Teofin an, sondern die steinernen Mädchen auf ihrem Altar. Teofin wusste wenig darüber, wie seine Mutter aufgewachsen war. Sie sprach nie über Klammtal. Sicher hatte man sich auch dort Geschichten wie die von Agatha und Lor erzählt, sicher hatte es auch dort eine Kapelle gegeben und etwas, einen Mensch, ein Tier, ein einäugiges Ungeheuer, das auf einem Altar stand, doch falls seine Mutter die Geschichten aus ihrer Kindheit und Jugend noch immer in ihrem Herzen trug, fanden sie nie den Weg auf ihre Zunge.

»Und trotzdem betest du zu ihnen?«

»Natürlich. Manchmal bete ich auch zu den Sternen oder zu den beiden Fischen draußen auf dem Dorfplatz. Ich bete darum, dass sie dich und Edda und Tobin während der Kaltwochen beschützen.«

Sie legte ihre Hand auf seine und drückte zu. Wollte er ihren Trost überhaupt? Vielleicht wäre es leichter gewesen, wenn sie ihm Vorhaltungen gemacht hätte. Trotzdem zog er seine Hand nicht zurück.

»Erzählst du mir die Geschichte von Agatha und Lor?«, fragte sie.

»Du kennst die Geschichte.«

»Ja. Aber ich mag es, wenn du sie mir erzählst.«

Teofin starrte den Altar an, versuchte, nicht an Edda, an Tobin, an Hans Piel und das Blut und die Spucke zu denken. Die Geschichte von Agatha und Lor, warum nicht? Jede Geschichte, die sich vor Dutzenden Jahren zugetragen hatte, war besser als jene, die sich im Hier und Jetzt abspielten.

»Es war das Jahr, in dem eine große Flut bevorstand«, begann er. »Im Dorf lebte eine Hexe, und sie wusste von der Flut, weil ihr die Möwen davon erzählt hatten, und sie wusste auch, was getan werden musste, um sie abzuwenden. Wenn die Bewohner Colms nicht allesamt ertrinken wollten, mussten sich zwei ihrer Kinder opfern und hinaus in die Silbersee gehen.« Teofin spürte, dass Agatha und Lor ihn aufmerksam beobachteten. »Keines der Kinder Colms konnte schwimmen, und jeder im Dorf wusste, dass sie ertrinken würden. Dennoch erklärten sich zwei Schwestern bereit, ihr Leben für Colm zu opfern.«

»Agatha und Lor.« Pessas Stimme klang schläfrig.

»Agatha und Lor. Die Hexe färbte ihre Gewänder in tiefem Rot.«

»Farbe des Blutes, Farbe des Feuers«, murmelte Pessa.

»Farbe des Blutes, Farbe des Feuers«, wiederholte er ergeben. Es war das einzige Gebet, das er kannte.

»Und dann am Morgen des Mittsommerfests versammelte sich das ganze Dorf unten am Strand. Alle waren gekommen, jeder Fischer und jede Fischersfrau und all ihre Kinder – auch die Schwestern Agatha und Lor in ihren roten Kleidern.«

Er verstummte, und als er nicht fortfuhr zu sprechen, zupfte Pessa an seinem Ärmel. »Und dann?«

»Dann ertranken Agatha und Lor, und die große Flut kam nicht, und deswegen beten wir noch heute zu den Heiligen Schwestern«, sagte Teofin schnell. Er mochte das Ende der Geschichte so wenig wie die Geschichte selbst. Es war überhaupt keine tatsächliche Geschichte, fand er. Da fehlte etwas; das Schicksal der beiden Schwestern müsste sich im letzten Wimpernschlag wenden, sie von der barmherzigen See doch noch verschont oder durch einen unwahrscheinlichen Vorfall gerettet werden.

Stumm betrachteten Mutter und Sohn die steinernen Mädchen auf dem Altar.

Stumm sahen Agatha und Lor zurück.

3
Ein Junge geht ins Meer

Edda konnte nicht länger als ein paar Stunden geschlafen haben, als der schwere Klang der Messingglocke sie weckte. Tagsüber wurde die große Glocke aus allen möglichen Gründen geläutet: Weil die Fischer mit Netzen voller Colminfische nach Hause gekehrt waren, weil Freya wollte, dass sich die Frauen und Mädchen am Fischhaus versammelten, weil gearbeitet werden musste, weil eine Versammlung anstand. Nachts aber, nachts schlug sie nur aus einem einzigen Grund.

Einen Moment saß Edda reglos in ihrem Bett. Hatte sie das Läuten tatsächlich gehört oder bloß geträumt? War die Nacht, auf die sie seit Tagen gewartet, gelauert, die sie gefürchtet und gleichzeitig herbeigesehnt hatte, gekommen? Ein zweites Mal erfüllte der dumpfe Laut ihr Zimmer, und Edda stand auf, rannte zur Tür und hinaus auf den Flur.

Auch Tobin musste der Glockenschlag geweckt haben, denn er stand bereits vor seinem Zimmer, die Augen klein, das Haar noch wirr vom Schlaf. Mit drei schnellen Schritten war sie bei ihm und zog ihn an sich. Er war hier, bei ihr. Wegen der Puppen, wegen der geflüsterten Gebete, weil Agatha und Lor es so wollten, oder aus Gründen, die

Edda nie würde verstehen können und die auch kaum einen Unterschied machten. Er war hier, und auch wenn die Jungen ihn weiter quälen mochten, wenn Freya weiter mit ihnen schimpfte und Ruben weiter ratlos die Achseln zuckte, würde sich daran für ein ganzes Jahr nichts ändern.

Sie hob nicht den Kopf, als sich die Tür zu Rubens Schlafkammer öffnete und ihr Ziehvater hinaustrat. Alle drei standen sie im Flur, und keiner bewegte sich, und keiner sagte etwas, während die Glocke ein drittes Mal schlug. Erst als das Läuten ganz verstummt war, löste Ruben sich aus seiner Starre.

»Zieht euch an«, sagte er. Mehr nicht, mehr hatte er nie gesagt, auch in den Jahren zuvor nicht. Aber als er an Tobin vorbeiging, legte er ihm kurz eine Hand auf die Schulter, und Edda sah, dass sie zitterte.

Edda war sechs Jahre alt gewesen, als das erste Kind verschwand, ein Junge namens Jonas, über den sie wenig wusste und an den sie sich nun, Jahre später, kaum erinnern konnte. Auch über sein Verschwinden wusste sie so gut wie nichts. Tobin und sie waren erst wenige Wochen zuvor nach Colm gekommen, und Ruben hatte sein Möglichstes getan, um sie aus dem Geschehen herauszuhalten. Vermutlich hatte man sich auch damals nachts auf dem Dorfplatz getroffen, vermutlich war man auch damals mit Fackeln durch die Straßen gezogen, um nach dem Jungen zu suchen. Und anders als in den Jahren, die folgen würden, hatte man wohl geglaubt, dass man ihn finden würde.

Man fand ihn nicht.

Nicht in der Nacht seines Verschwindens und auch nicht in den Tagen, den Wochen, den Monden, die folgten.

Edda wusste nicht, welche Geschichten man sich damals in den ersten Tagen erzählt hatte, ob man sich überhaupt Geschichten erzählt hatte. Etwas wie Jonas' Verschwinden war in der Geschichte Colms noch nie vorgekommen, und so hielt keiner für möglich, dass auf Jonas weitere Kinder folgen könnten. Doch der Sommer verstrich, der Herbst und der Winter, und pünktlich zum Einbruch der nächsten Kaltwochen verschwand ein Mädchen namens Karla.

Den Kindern erzählte man nun, Jonas und Karla seien fortgelaufen, um die Städte, die Berge und Wälder Farlands zu sehen. Aber nicht einmal die Jüngsten waren tumb genug, um es zu glauben. Warum hätten Jonas und Karla sich beide ausgerechnet zur Zeit der Kaltwochen aufmachen sollen? Warum hätten sie sich überhaupt aufmachen sollen? Genau wie ihre Väter und Mütter fürchteten die Kinder die Welt jenseits Colms. Sie misstrauten der See und dem Land gleichermaßen, sie misstrauten auch den Wäldern, den Bergen, den Städten Farlands, ja sogar das nahe liegende Maunland war ihnen nicht geheuer.

Und schon bald erzählte man sich eine andere, düsterere, aber unendlich viel wahrscheinlichere Geschichte. Die Kinder waren verschwunden, weil die See selbst sie sich geholt und sie zu Seekindern gemacht hatte. Eines ihrer Geschöpfe hatte die See geschickt; vielleicht war es auf zwei Beinen aus der schäumenden Gischt gestiegen, vielleicht hatte es seinen glatten, schweren Leib über den Strand geschleift, vielleicht war es geglitten, gekrochen, geflogen. Wie auch immer es seinen Weg bis ins Dorf zurückgelegt hatte, niemand war ihm begegnet, niemand hatte es gesehen.

Jahr um Jahr gingen die Mütter der Seekinder hinunter zum Strand, um die Blicke über die See schweifen zu lassen. Dort draußen vermuteten sie ihre Kinder. Und jeden Tag erwarteten sie, dass das Meer sie ihnen zurückgeben würde, so wie es früher oder später alles wieder zurückgab, wie ein geschuppter Seedrachen seine Schätze ausspuckte, Holzplanken und zerfetzte Segel und leere Truhen und die bleichen Knochen der Fischer, die irgendwann über Bord gegangen und viele Monde lang verschollen geblieben waren.

Irgendwann in den Jahren, die folgten, begann man, die Türen der Häuser rot anzumalen und kleine Puppen aus Holz zu schnitzen. Doch gleich, wie wachsam die Mütter, die Väter, die Brüder und Schwestern waren, in jedem Jahr verschwand ein weiteres Kind. Und niemand hatte Jonas oder Karla oder irgendeines der anderen sieben Kinder um Hilfe rufen hören. Es gab keine eingeschlagenen Fenster, keine aufgebrochenen Türen, keinen verdächtigen Fremden, der während der Tage zuvor durchs Dorf geschlichen und den Bewohnern aufgefallen war, kein Boot, das sich vom Reich der Inseln genähert, kein geschupptes Ungetüm, das sich vom Strand bis nach Colm geschleppt hatte. Es gab keine Spur, und es gab keine Hinweise. Stets war es so, als habe sich ein Spalt in der Luft oder im Boden aufgetan, um die Jungen und Mädchen zu schlucken.

***

Ruben, Edda und Tobin gehörten zu den Letzten, die auf dem Dorfplatz eintrafen. Unruhig suchten Eddas Augen das Gedränge ab, erspähten Hans und seine Eltern, Freya und Ilsa, Samuel, den Krüppel, den langen Ulf, Muriel, Keva und Jost. Während ihre Augen über die Köpfe hinwegflogen, war es, als ob sich ihre Rippen langsam zusammenzögen, ihr Herz, ihre Lungen, ihren Magen fester fassten. Wo war Teofin? Wo waren Pessa und Tomas? Waren sie noch nicht gekommen, oder konnte Edda sie nicht sehen, weil ...

»Er steht dort drüben mit seinen Eltern, bei Bent«, sagte Ruben.

Edda atmete ein. Atmete aus. Tagelang hatte es nicht genug Luft für sie gegeben. Ob sie lief, saß, stand oder lag, sie hatte um jeden Atemzug ringen müssen. Und nun, mit einem Mal, als hätte da jemand einen Knoten gelockert, eine fest verschlossene Tür geöffnet, rauschte die Luft in ihren Körper hinein, so schnell, dass ihr schwindelte. Sie taumelte. Atme!, befahl sie sich, während ihre Augen von Teofin zu Tobin wanderten und wieder zurück.

Als der Schwindel nachließ, stellte sie sich auf ihre Zehenspitzen, um zwischen den Köpfen der anderen hindurchsehen zu können, wer neben Bent vor den Goldenen Fischen stand.

Es war Stine Moot.

»Kannst du etwas sehen? Kannst du sehen, wer es ist?« Fragend sah Tobin zu ihr auf.

»Ich glaube ... «

Bent schlug mit einem Stock gegen die Goldenen Fische, und das Gemurmel auf dem Platz verstummte.

»Stine Moots Sohn Hensy ist heute Nacht verschwunden«, erklärte er.

Auf dem Platz war es so still, dass man einen Angelhaken hätte fallen hören können. Bent wandte sich Stine Moot zu. »Erzähl uns, was passiert ist, Stine.«

Die Menge rückte näher heran. Hälse wurden gereckt, Ohren wurden gespitzt. Aber wie in all den Jahren zuvor gab es im Grunde nichts zu erzählen. Stine Moot war spät am Abend noch einmal zur Kapelle der Heiligen Schwestern gegangen, um für Hensy zu beten, und als sie nach ihrer Rückkehr einen Blick in sein Zimmer geworfen hatte, war sein Bett leer gewesen.

»Ich habe ihn im ganzen Haus gesucht, aber ich ...«, sagte sie und sah zu Pelle auf, so als hoffe sie, dass ihr Mann ein anderes Ende für die Geschichte finden würde als jenes, das sie bereits kannte.

Während Stine Moot sprach, sah Edda hoch zum Glockenturm, wollte Hensy Moots Mutter nicht angaffen, so wie die anderen auf dem Platz. Wieso musste die eigene Erleichterung immer bezahlt werden von einer Frau mit aschgrauer Haut, mit abwesendem Blick und Händen, die aus nichts als roten Fingerknöcheln zu bestehen schienen? Edda dachte an Tobin, an Teofin, an den Sommer, der bevorstand und an den sie bis zu diesem Moment mit keinem einzigen Gedanken, mit keiner Erwartung oder Hoffnung zu rühren gewagt hatte. Erst als Ruben ihr eine Hand auf die Schulter legte, schreckte sie auf.

»Es geht los, Edda«, sagte er.

Stillschweigend setzten sich die Männer, Frauen und Kinder in Bewegung. Ohne dass Bent oder ein anderer Fischer ihnen hätte sagen müssen, was zu tun war, teilten sie sich auf. Freya, Sige und Roven gingen ins Fischhaus, um dort auf jene Kinder aufzupassen, die noch zu klein waren, um an der Suche teilzunehmen. Der Rest der Versammelten spaltete sich in drei Gruppen auf. Die erste, angeführt von Bent, würde hinunter zum Hafen laufen, die zweite, angeführt von Rolf, die Häuser durchsuchen, die dritte, angeführt von Ruben, zum Strand gehen und mit der Hexe Maron sprechen. Rubens Gruppe zog die wenigsten Freiwilligen an. Niemand wollte nachts hinunter zum Meer; niemand wollte an Marons Hütte klopfen.

»Bring Tobin rüber zu Freya und Sige«, sagte Ruben zu Edda, während er Jeppe durch Handzeichen zu verstehen gab, dass er bereit war.

»Können wir Tobin nicht mitnehmen?«, flüsterte Edda zurück.

Ruben schüttelte den Kopf. »Für ihn ist es sicherer, wenn er bei Freya bleibt.«

Edda öffnete den Mund, um zu widersprechen. Ruben aber machte bereits einen ersten Schritt in die nachtdunkle Gasse, die hinunter zum Hafen führte. Die Entscheidung war getroffen, und Ruben konnte seine Ohren schließen wie andere Menschen ihre Augen.

Widerstandslos ließ Tobin sich von Edda zu Freya und den anderen bringen. »Pass auf, dass du in Samuels Nähe bleibst«, flüsterte sie ihm zu. »Und halt dich von Hans und den anderen fern.«

Während sie sich ihren Weg durch das Gedränge und zurück zu Ruben bahnte, meinte sie, mit jedem Schritt spüren zu können, wie sich ihre Rippen wieder fester um ihre Lungen schlossen.

Stine und Pelle Moot, Edda und Teofin, Teofins Eltern und sechs weitere Männer und Frauen schlossen sich gemeinsam mit Ruben Bents Gruppe an und gingen zum Hafen. Während Bents Männer ausströmten, um die Stege und anliegenden Boote abzusuchen, lief Rubens Trupp die rutschigen Holzplanken hinunter zum Strand. Als hätte die Silbersee nur darauf gewartet, dass sich jemand nahe genug heranwagte, stieg Seenebel auf, kaum dass der Letzte der Gruppe seinen Fuß auf sandigen Untergrund gesetzt hatte. Die Fackeln der am Hafen zurückgebliebenen Fischer schrumpften zu matten Lichtpunkten zusammen, Colm selbst verschwand hinter weißen Schwaden.

Schweigend legten sie ihren Weg über den Strand zurück. Schon nach wenigen Schritten waren Edda und Teofin hinter den anderen zurückgefallen. Wenn Edda den Kopf ein wenig drehte und der Brandung lauschte, konnte sie das Meer flüstern hören. Es erzählte etwas von Hensy, den Seekindern, den Kaltwochen, der Zukunft und von Edda selbst. Aber immer, wenn sie glaubte, einzelne Worte verstehen zu können, zersetzten sie sich im Rauschen, lösten sich auf im Schaum der Gischt.

»Edda.« Teofin boxte sie leicht in die Schulter. »Was ist da drüben? Siehst du Seegespenster?«

Er lachte, aber sein Lachen passte nicht zu dem Ausdruck in seinem Gesicht. Er war nicht gerne unten am Strand, nicht tagsüber, wenn die Sonne schien, und sicher nicht nachts, wenn der Seenebel die Grenzen zwischen Land und Wasser verschwinden ließ.

Edda zuckte die Achseln. Sie hätte weder ihm noch sich selbst erklären können, warum sie glaubte, dass die Silbersee ihr etwas erzählte. Was sollte das Meer ausgerechnet Edda über die Inseln und ihre Geheimnisse zuraunen wollen?

Je näher sie der Hütte kamen, umso langsamer wurde die Gruppe. Alle im Dorf fürchteten sich vor der Hexe. Ilsa behauptete, Maron esse nichts anderes als Schlangensuppe und dass sie eines grauen Wintermorgens wie ein Aal aus dem Meer gekrochen sei und sich erst am Strand in einen Menschen verwandelt habe. Auch wenn Edda Ilsa noch nie eine ihrer Geschichten geglaubt hatte, ging sie Maron aus dem Weg. Etwas an der Art, wie die Hexe sie bei ihren seltenen zufälligen Begegnungen im Dorf ansah, stieß Edda quer. Die Hexe hatte kaum mehr als einen flüchtigen Blick übrig für die Kinder, die sich hinter Schuppen oder Mauern vor ihr versteckten, sie hob nicht einmal den Kopf, wenn ein Fischer oder eine Frau ihren Weg kreuzten. Edda aber hatte über die Jahre hinweg immer wieder bemerkt, wie Maron sie musterte.

Vor Marons Hütte rückten sie alle ein wenig dichter zusammen. Edda spürte, wie sich Teofins Oberarm gegen ihren presste, und sah, wie Tomas nach Pessas Hand griff und sie kurz drückte. Damals, als der erste Junge verschwunden war, hatten alle im Dorf die Hexe verdächtigt. Von Ruben wusste Edda, dass Marons Hütte durchsucht und die Hexe selbst für drei Tage in den Keller des Fischhauses gesperrt worden war. Erst als eine der Frauen gestand, in der Nacht von Jonas' Verschwinden wegen eines Tranks bei Maron gewesen zu sein, ließ man sie wieder frei.

Obwohl vermutlich niemand in Colm glaubte, dass Maron etwas mit Hensys Verschwinden zu tun hatte, fanden sie sich auch in diesem Jahr wieder vor ihrer Hütte ein. Die Wahrscheinlichkeit, dass sie Hensy dort antreffen würden, war schließlich genau so groß – oder vielmehr: genau so gering – wie die, dass man ihn in einem der Boote oder in der Kapelle fand.

Wie in jedem Jahr war es Ruben, der an die Tür der Hexe klopfte. Die anderen, selbst Stine und Pelle Moot, achteten darauf, einige Schritte Abstand zu halten. Nur wenige Augenblicke verstrichen, bevor Maron ihnen öffnete.

»Maron, wir suchen Hensy Moot. Er ist heute Abend verschwunden«, erklärte Ruben.

»Hier ist kein Kind«, antwortete die Hexe, so wie sie es in jedem Jahr tat. »Hier sind bloß Wasserratten, Meerkrebse und Möwen. Die könnt ihr mitnehmen.«

Ihre Augen wanderten über die Köpfe der Frauen und Männer, die vor ihr standen, hinweg, den Strand hinunter zur Silbersee und weiter in jene meilenweite Finsternis, in der sich die erste Insel verbarg und alle Inseln dahinter. Und während Edda die Hexe musterte, da stieg etwas in ihr auf, ähnlich wie der Seenebel, ein schleichender Verdacht: Die Hexe wusste etwas, etwas, das sie für sich behielt.

»Vielleicht ist er ins Meer gegangen«, murmelte Maron. Dann zuckte sie die Achseln und schloss die Tür.

Hensy Moot war nicht ins Meer gegangen.

Maron wusste es, und Edda wusste es, und Ruben und Teofin und alle Fischer und alle Fischersfrauen wussten es auch. Denn sie alle misstrauten dem Meer und lehrten ihre Kinder, es ebenfalls zu tun. Kein Kind Colms wäre auf die Idee gekommen, in der Brandung zu spielen – sicher nicht während der Kaltwochen.

Hensy Moot war nirgendwo hingegangen.

Jemand hatte ihn zu sich geholt. Und wer immer es war, ob er aus dem Landesinneren, Maunland oder Klammtal gekommen war, ob er aus Colm selbst stammte oder von einer der Inseln, die sich wie Sprenkel durch die Silbersee zogen – im nächsten Jahr würde er wiederkommen.

4
Das Feuerfest

In den Jahren zuvor war es immer dasselbe gewesen: Ein Junge oder Mädchen war verschwunden, bleierne Ergebenheit hatte sich über die Menschen Colms gesenkt, und die Kaltwochen hatten ihr Ende gefunden. Mit dem Feuerfest verabschiedete man die dunklen, kalten Tage und begrüßte das Frühjahr. In diesem Jahr aber war die Ordnung aus dem Lot, die Abfolge aus den Fugen geraten. Noch lag Eis in der Luft und Nebel im Wasser. Der Himmel schien, als hielte er noch Regen und Schnee für das ganze Jahr bereit, und die Nacht von Hensy Moots Verschwinden war die kälteste seit Langem. Unter ihren Wolldecken zitterte Edda; die Beine eng an den Körper gezogen träumte sie von Schnee und Eis.

Am Morgen verkündete Ruben gleich beim Frühstück, dass er hinunter zum Hafen gehen und Tobin mit sich nehmen werde. Tobin ließ den Löffel in die Schüssel sinken und warf Edda einen flehenden Blick zu. Sie gab vor, es nicht zu bemerken.

Als Ruben vom Tisch aufstand und für einen Augenlick in der Küche verschwand, rückte Tobin dichter an sie heran.

»Edda? Kannst du ihn nicht …?«

Sie schüttelte den Kopf, vertiefte sich weiter darin, letzte Reste klebrigen Reisbreis aus ihrer Schüssel zu kratzen. Jahrelang war sie ihrem Bruder eine zuverlässige Verbündete gewesen, hatte sich mit Ruben gestritten, ihn angefleht, mit ihm verhandelt, versucht, ihn auszutricksen, nur damit er Tobin nicht mit hinunter zum Hafen nahm. Aber sie war des Kämpfens müde und mit jedem Sieg zunehmend unsicher, wozu es am Ende gut sein würde. Ruben hatte schließlich recht: Tobin würde seine Angst vor den Booten, dem Wasser, dem weiten weißen Himmel über der See und der See selbst überwinden müssen. Die Regeln Colms galten seit Jahrzehnten, und sie galten für alle: Die Jungen wuchsen zu Männern heran, und die Männer fuhren zur See hinaus. Eddas Zukunft lag an den Bottichen, Tobins im Hafen.

»Geh schon, Tobin«, murmelte sie, während sie die schmutzigen Schalen stapelte. »Du bist schneller wieder hier, als du es dir vorstellen kannst.«

Edda wusste, warum Ruben ausgerechet diesen Tag ausgewählt hatte, um Tobin mitzunehmen. Falls überhaupt welche der älteren Jungen am Hafen sein würden, konnte man darauf hoffen, dass sie noch zu sehr beschäftigt mit Hensys Verschwinden wären, um sich um Tobin zu scheren.

Edda lehnte die Stirn gegen die kühle Fensterscheibe, schloss die Augen und dachte an Hensy. Eine Weile stand sie so, lauschte in die Stille der Wohnstube und fragte sich, was sie als Nächstes tun sollte. Ruben hatte kein Wort darüber verloren, was er von ihr erwartete, und Freya die Glocke nicht geläutet – am Fischhaus brauchte man sie nicht.

In jedem anderen Jahr hätte sie gewusst, welche Arbeiten ihr bevorstanden. Nachdem die Kaltwochen ihren Tribut gefordert hatten, war es üblich, das Haus zu reinigen und Agathas und Lors Farben von den Türen zu waschen. Doch Edda musste nur die feinen Muster betrachten, die der Frost an die Fensterscheibe gezeichnet hatte, um zu wissen, dass es viel zu früh war, um das Haus für die Festzeit vorzubereiten.

Sie öffnete das Fenster und steckte den Kopf hinaus. Ein paar Häuser weiter schrubbte Keva ihre Haustür, bis die rote Farbe in Strömen vom Holz lief. Nun, wenn Keva sich bereits an die Arbeit machte, war es das Klügste, ihrem Beispiel zu folgen. Und trotzdem war es mit einem sonderbaren Gefühl, dass Edda in die Waschkammer ging, um Putzlumpen und Eimer zu holen. *Zu früh, zu früh*, meinte sie es rufen zu hören, als sie hinaus auf die Straße trat. Bloß das Keckern der Möwen, versicherte sie sich selbst und hob die Hand, um Keva zu grüßen, obwohl sie bereits wusste, dass Keva vorgeben würde, sie nicht gesehen zu haben. Der Einzige in Eddas Straße, der ihren Gruß je erwiderte, war Samuel, der Krüppel.

Edda scheuerte das Holz, bis ihr die Hände schmerzten. Die Farbe ließ sich nur mühsam und mit jedem weiteren Jahr schlechter abwaschen. Warum zum Wassermann bestand Freya überhaupt darauf, dass sie die Türen weiter in Agathas und Lors Farben strichen, wenn sie bisher weder Hensy noch sonst eines der Seekinder geschützt hatten?

Nachdem sie fertig war, machte sie im Inneren weiter. Am Tag des Feuerfestes mussten die Fensterscheiben und Dielen glänzen, die Teppiche ausgeklopft, die Bettlaken gewaschen, die Gläser poliert sein. Was das Verschwinden eines Kindes mit sauberen Tellern und glänzenden Dielen zu tun hatte, wusste Edda nicht, aber sie wusste, dass Freya es sich nicht nehmen lassen würde, Rubens Haus einen Besuch abzustatten. Sie wusste schließlich, dass Edda das Putzen so wenig lag wie die Arbeit an den Bottichen. Je länger sie kehrte, umso mehr Dreck, Sand, Erde und Staub schienen sich anzuhäufen. Nachdem sie die Tischplatte mit Drachenrochenöl eingerieben und die Bezüge der Kissen zum Einweichen in den Waschzuber gegeben hatte, widmete sie sich dem Webstuhl, einem Staub liebenden Ungetüm, das neben dem Ofen stand und vermutlich bis ans Ende aller Tage dort stehen würde, auch wenn niemand in Rubens Haus des Webens kundig war. Über zehn Jahre mussten verstrichen sein, seit zum letzten Mal das Holzschiffchen zwischen den Fäden hindurchgeglitten war. Der Webstuhl hatte einmal Rubens Frau Anja gehört und war das auffälligste, bei Weitem aber nicht einzige Überbleibsel jenes alten Lebens, von dem Ruben kaum etwas geblieben war. Er sprach nie über seine verstorbene Frau, und Eddas Wissen speiste sich allein aus Erzählungen Ilsas. Aber Ilsa war berühmt für ihre Spinnzunge, und nur wenig von dem, was sie Edda über Rubens Vergangenheit erzählt hatte, schien Edda glaubwürdig. Dieses vielleicht: Ruben und Anja hatten früh geheiratet, und kaum ein Jahr nach ihrer Hochzeit hatte Anja ein Kind zur Welt gebracht, doch beide waren noch im Wochenbett gestorben.

Nach ihrem Tod hatten die Bewohner Colms vergebens darauf gewartet, dass Ruben ein weiteres Mal heiraten würde, Stine Moots Schwester oder Freyas Schwägerin vielleicht. Edda hatte oft gedacht, dass es ihr Glück gewesen war, dass Ruben sich nach Anja keine neue Frau gesucht hatte. Wer weiß, ob er sich damals Tobins und Eddas angenommen hätte, wäre er bereits verantwortlich für eine eigene Familie gewesen. Wer weiß, ob sie überhaupt jemand bei sich aufgenommen hätte, vielleicht bloß die Hexe Maron, die sie unten am Strand zwischen Meerkrebsskeletten und abgezogenen Drachenrochenhäuten hätte aufwachsen lassen.

Der Vormittag war noch nicht verstrichen, als es klopfte und Teofin den Kopf zur Tür hineinsteckte.

»Hast du es schon gehört?«, fragte er und trat in die Wohnstube.

Statt zu antworten, zeigte Edda verärgert mit dem Putzlumpen auf die erdigen Spuren, die seine Stiefel auf dem nassen Boden hinterlassen hatten. »Und wer soll das jetzt sauber machen?«

»Besonders sauber ist es aber ohnehin nicht«, bemerkte Teofin und duckte sich, als Edda den Lappen nach ihm warf.

»Ich habe auch gerade erst angefangen.«

»Dann solltest du dich beeilen.«

»Freya wird kaum heute noch vorbeikommen.«

»Vielleicht aber doch.«

»Nein, das hebt sie sich bis zum Tag des Feuerfests auf. Damit sie den anderen erzählen kann, dass unser Haus selbst an einem Festtag schmutzig gewesen ist.«

»Ja, aber der Festtag ist heute.«

Edda sah Teofin überrascht an. »Das Feuerfest findet heute Abend statt?«

»Bent und Freya haben es am Vormittag ausgerufen. Im Dorf sprechen sie von nichts anderem.«

»Aber ... heute Nacht gab es wieder Frost.« Edda trat ans Küchenfenster und sah in den Hinterhof. Die harte, dunkle Erde schien mit einer dünnen glänzenden Eisschicht überzogen. »Hat sich niemand dagegen ausgesprochen?«

»Wer soll Freya und Bent schon widersprechen? Und außerdem ... du weißt, wie es ist. Die Frauen machen, was Freya sagt, den Männern ist es gleich, und Hans und die anderen können es nicht abwarten. Im Fischhaus fangen sie schon mit den Kringeln an.«

Nur einmal im Jahr, eigens zum Feuerfest, buken die Fischersfrauen Puderkringel aus Maunlander Mehl, bestreut mit einer dünnen Schicht Puderzucker. Vor allem die jüngeren Kinder lauerten auf den Abend des Feuerfests, wenn die Kringel, außen süß und innen überraschend würzig, auf die lange Tafel gestellt wurden. Wenn das Feuerfest tatsächlich an diesem Abend stattfinden sollte, mussten Freya und die anderen Frauen bereits damit beschäftigt sein, den Teig zu kneten.

Edda schüttelte den Kopf und wandte sich Teofin zu. »Ja, aber es fühlt sich falsch an, das Ende der Kaltwochen zu feiern, solange draußen noch Frost ist. Es fühlt sich an, als würden wir etwas …«

Herausfordern. Sie schluckte das Wort.

Teofin hatte den Putzlumpen vom Boden aufgehoben und knetete ihn unschlüssig. »Aber, Edda, du weißt, dass wir mit dem Feuerfest nicht das Ende der Kälte feiern.«

Edda starrte den Putzlumpen in seinen Händen an. Er hatte recht. Sie feierten Stine Moots Trauer und die eigene Erleichterung, feierten, ein ganzes Jahr nicht um ihre Töchter und Söhne, Schwestern und Brüder fürchten zu müssen.

»Wir feiern, dass Hensy Moot fort ist. Und keiner ihn je wiedersehen wird«, sagte sie leise und fuhr mit der rechten Hand über die Fensterbank, die noch immer von Staubflocken bedeckt war.

»Das stimmt nicht«, widersprach Teofin ohne rechte Überzeugung in der Stimme. »Wir feiern das Ende der Angst.«

Edda dachte an Tobin am Hafen, an Hans und den langen Ulf. In wenigen Tagen würden sie Hensy Moot vergessen haben. Und dann?

»Das Ende der Angst«, murmelte sie.

Teofin fuhr mit der Schuhspitze über die glatt polierten Dielen. Unerwartet hellte sich seine Miene auf.

»Aber das sind nicht die einzigen Neuigkeiten«, sagte er.

Edda rieb sich mit Zeige- und Mittelfinger über die Stirn, um aufkommende Kopfschmerzen abzuwehren. Sie konnte sich nicht erinnern, wann Neuigkeiten zuletzt etwas Begrüßenswertes gewesen waren.

»Freya hat mich ausgewählt, um die große Halle allein zu putzen?«

»Nein. Ein Fremder wohnt bei Bent und Freya.«

»Ein Händler? Jetzt schon?«

»Ich glaube nicht, dass er ein Händler ist, aber viel weiß ich nicht über ihn – Jost, Ilsa und der lange Ulf sind die Einzigen, die ihn gesehen haben.«

»Und?«

»Na, du weißt ja. Aus denen bekommt man kein vernünftiges Wort heraus, und wenn man sie schüttelt, bis ihnen der Schädel scheppert. Laut Ilsa ist der Fremde ein Finstertentakel auf zwei Beinen. Der lange Ulf behauptet, er sähe wie ein Seegespenst aus. Und Jost plappert mal Ilsa, mal Ulf nach.«

»Und er wohnt bei Bent und Freya?«, vergewisserte sich Edda. In den letzten Jahren hatte es immer wieder böses Blut im Dorf gegeben, weil Freya und Bent keine Händler bei sich aufnahmen. Keine der Frauen hatte Freya zur Rede gestellt, aber viele von ihnen waren verärgert gewesen. Schließlich hatte niemand die Händler gern im Haus; es war eine Pflicht, der sie alle nachkamen, ob es ihnen passte oder nicht.

»Wahrscheinlich haben seine Geschenke geholfen. Ilsa behauptet, er hätte ihnen eine ganze Kiste voll davon überreicht.«

»Geschenke?«

Teofin reichte Edda den Putzlumpen, als sei er eine Kostbarkeit, und knickste.

»Ein kleines Döschen aus Gold. Ein Päckchen Zucker. Einen hellblauen Stoffballen.«

»Seit wann interessiert Freya sich für Golddöschen und Zucker?«

»Edda.« Teofin sah sie an und schüttelte den Kopf. »Manchmal glaube ich, du lebst überhaupt nicht hier.«

Manchmal träume ich, ich lebe überhaupt nicht hier, dachte Edda und schwieg.

»Freya hat sich schon immer für schöne Dinge interessiert. Auch wenn sie es nie zugeben würde.« Er sah zum offen stehenden Fenster, eilte hinüber und schloss es, bevor er weitersprach. »Aber wenn du denkst, es sei schon meerfern, dass sie ihn bei sich wohnen lassen, dann hör zu: Sie haben ihn anscheinend zum Feuerfest eingeladen.«

»Sie lassen ihn ins Fischhaus?« Edda runzelte die Stirn. Selbst die Händler, die man seit Jahren kannte, durften das Fischhaus nicht betreten. In Colm gab es keine Diebstähle, keine Einbrüche oder Überfälle, und die meisten verschlossen nicht einmal ihre Haustüren, aber die Fischer waren weder gutgläubig noch dumm. Colmin war der einzige Schatz, den sie besaßen, eine Kostbarkeit in einem Haufen stinkender Fischgräten und Möwenköttel. In den Kellern lagerte oft genug Rohcolmin, um halb Farland für ein Jahr zu versorgen.

»Nun ja, die Keller sind zumindest gerade leer«, sagte Teofin. »In dieser Zeit des Jahres gibt es dort nichts zu holen.«

»Trotzdem …« Sie zuckte die Achseln.

»Vielleicht hat er sie ja in der Alten Sprache um eine Einladung gebeten«, sagte Teofin und lachte, eine Spur zu schnell und zu hoch. Abergläubisch wie sein Vater war er, hatte aber die flinke Zunge seiner Mutter. Bevor Edda ihm weitere Fragen zu dem Fremden stellen konnte, setzte er seinen Rucksack ab und zog einen halben Kohlkopf hervor.

»Den hat meine Mutter mir für dich mitgegeben«, sagte er und legte ihn auf den Tisch.

Edda errötete. »Wir kommen gut mit dem Reisbrei über die Runden. Ihr müsst nicht …«

»Wir haben mehr als genug«, sagte Teofin knapp. »Ich weiß, du kannst dich nur schwer von Lappen und Putzeimer trennen, aber wir sollten losgehen. Im Fischhaus gibt es viel zu tun.«

»Zumindest wird Freya dieses Mal kaum genug Zeit haben, um vorbeizukommen und nach Schmutzflecken zu suchen«, sagte Edda.

Teofin sah sich um. »Ein Glück.«

Bevor er sich ducken oder aus dem Raum fliehen konnte, warf Edda erneut den Putzlumpen nach ihm.

***

Edda hatte die große Halle noch kaum betreten, als sie wieder von einer Woge jenes sonderbaren Gefühls erfasst wurde, das sie nun schon seit Beginn der Kaltwochen heimsuchte. Dieses Jahr *war* anders als die vorangegangenen, die Kaltwochen waren anders, und das Feuerfest würde es auch sein. Die Kinder drängelten sich nicht vor dem Ofen, um vom Teig zu kosten, die Frauen tratschten und lachten wenig, und nicht einmal Ilsa legte es darauf an, Edda und Teofin in unbeobachteten Momenten mit Teigklumpen zu bewerfen. Stine Moot war nirgendwo zu sehen.

Unter Freyas wachsamem Blick ging die Arbeit schnell und schweigend voran. Die Halle, der Flur und die Treppe wurden gekehrt und gewischt, die Fenster geputzt, die Tische zu einer langen Tafel zusammengerückt. Freya hatte Teofin und Edda damit beauftragt, die unzähligen Teller und Gläser von Staub und Dreck zu reinigen und die lange Tafel zu decken, und wie immer gehörten sie zu den Letzten, die das Fischhaus verlassen durften.

Edda beeilte sich mit dem Heimweg und war noch vor Tobin und Ruben wieder zu Hause. Sie beschloss, sich für das Feuerfest zurechtzumachen. Zunächst wusch sie ihr Haar und rieb es mit Drachenrochenöl ein – ein Trick, den Pessa ihr beigebracht hatte und der es weniger auffällig leuchten ließ. Ganz verblassen aber wollte der Kupferschimmer nie, gleich, wie viel Drachenrochenöl Edda verwendete. Nachdem sie ihr Haar geflochten und festgesteckt hatte, holte sie ihr Festtagskleid aus dem Schrank. Nur zwei Mal im Jahr tauschte sie ihre schlichte Arbeitskleidung – grauer Rock, graue Bluse und Kittel – gegen das dunkelblaue Festtagskleid. Behutsam zog sie es über den Kopf, verdrehte die Arme, um die kleinen Knöpfe am Rücken zu schließen. Der Stoff spannte über der Brust und an den Oberschenkeln, der Rocksaum endete ein gutes Stück über den Knöcheln, aber wie ungewohnt weich das Kleid auf der Haut lag! Während Edda den Rock sanft vor und zurück schwingen ließ, betrachtete sie sich im Spiegel. »Zu lange in den Spiegel sehn, macht hässlich selbst ein Mädchen, schön«, bemerkte Freya gern, wenn sie eines der Mädchen dabei ertappte, wie es sich in die Waschkammer im Fischhaus stahl, um sich dort im Spiegel anzusehen. Aber anders als Ilsa, Keva und die anderen mied Edda Spiegel. Genau einmal im Jahr, in den Stunden, bevor das Feuerfest begann, zwang sie sich, einen langen Blick hineinzuwerfen. Und was sie sah, gefiel ihr in diesem Jahr so wenig wie in allen anderen zuvor. Wieder war sie gewachsen – inzwischen war sie so groß wie Hans –, und mit ihren Gliedern wuchs auch das Fremde, offenkundig Meerferne an ihr. Ihr Gesicht schien sich ganz aus spitzen Kanten und Ecken zusammenzusetzen, ihre Wangenknochen stachen hervor, ihr Kiefer schien immer herausfordernd gereckt. Ihre Haut war blass, ihr Haar flammend rot, und ihre Augen, nun, ihre Augen hatten schon so manchen Händler starren lassen – und das, obwohl die Händler durch das ganze Land reisten und alles Mögliche gesehen haben mussten. Das Grün ihrer Iriden war so hell, so durchscheinend, dass sich hinter ihm noch eine weitere Farbe zu verbergen schien, ein strahlendes Gelb oder Gold.

Edda trat dichter an den Spiegel heran, bis ihre Nasenspitze beinahe das Glas berührte. Ein leuchtend grünes Augenpaar starrte in den Spiegel, ein anderes starrte zurück. Vielleicht, dachte sie, vielleicht stimmte es nicht, dass die Jungen sie fürchteten, weil sie vor Jahren einem von ihnen einen Stoß verpasst und versehentlich den Arm gebrochen hatte. Vielleicht fürchteten sie Edda wegen ihrer goldgrünen Augen und dem Glimmen darin, das an die Tiefen der Silbersee erinnerte, jene Welt unter dem Grau, und an die Kreaturen, die dort lebten, Königskraken und Seegespenster.

***

Als Ruben, Tobin und Edda einige Stunden später im Fischhaus eintrafen, drängten sich bereits unzählige Fischer, Frauen und Kinder in der Halle, und die Luft war warm und stickig. Hastig schälten Edda und Tobin sich aus ihren Drachenrochenjacken.

»Ruben!« Jeppe bahnte sich seinen Weg zu ihnen, legte eine Hand auf Rubens Schulter und führte ihn mit einem Anliegen oder einer Frage auf den Lippen davon. Edda und Tobin blieben dicht neben der Eingangstür stehen. Beim Hereinkommen hatte Edda zwar Pessa und Tomas gesehen, Teofin aber nirgendwo entdecken können. Ihr Blick schweifte suchend durch den Raum, vorbei an Hans Piel und Ilsa, die tuschelnd neben der langen Tafel standen, vorbei an Freya, die eine Hand auf Bents Arm gelegt hatte, und weiter bis ...

Edda stockte. Auf der anderen Seite des Saals, so dicht an die Wand gedrängt, als wolle er in ihr verschwinden, stand ein Mann. Ein Mann, den nur der Winter mit seinen wolkenverhangenen Himmeln, seinen Schneestürmen und Frostblumen hatte hervorbringen können. Seine Kleidung allein zeugte noch von den blassen Überresten jener Farben, die ihm anderweitig vollständig abhandengekommen waren. Über einer sandfarbenen Leinenhose trug er ein grau verblichenes Hemd. Sein Haar war weiß, seine Haut war weiß, sogar seine Augenbrauen und Wimpern waren ohne Farbe.

Plötzlich sah der Fremde auf. Über die Köpfe der Frauen und Männer hinweg suchte und fand sein Blick ihren. Seine Augen waren von einem kalten, milchigen Blau, wie Edda es noch nie gesehen hatte. Schnell schaute sie zu Boden, auf die abgescheuerten Spitzen ihrer Schuhe hinab, und errötete.

Erst als Bent an die Tafel trat und die Versammelten aufforderte, Platz zu nehmen, wagte Edda es, wieder aufzuschauen. Und sah, dass der Fremde einer der Ersten war, die Bents Aufforderung nachkamen und sich auf den Weg zur Tafel machten. Ungeachtet des Gedränges kam er schnell voran: Frauen und Kinder wichen vor ihm zurück, als fürchteten sie, ebenfalls ihre Farben zu verlieren, sollten sie ihn versehentlich berühren.

Wie ein Geist in einem Raum voller Menschen, dachte Edda und fröstelte.

Als der Fremde die Tafel erreicht hatte, wies Freya ihm seinen Platz zu. Jeder andere im Saal wusste längst, welcher Stuhl für ihn bestimmt war, denn die Sitzordnung folgte strengen Regeln, die niemand aussprechen musste, damit sie von allen befolgt wurden. Am unteren Ende saßen Edda, Tobin und Ruben, Teofins Familie, Samuel, der Krüppel, die alte Muriel, ihre Tochter Keva und der Fremde. Am anderen Ende hatten Freya und Bent, Alf und Sige, Jeppe und Roven sowie der alte Ulf Platz genommen.

Bent wartete, bis auch der Letzte saß, bevor er sich schwerfällig von seinem Stuhl erhob. Jedes Jahr eröffnete er das Feuerfest mit einer Rede, die für ihre Länge und Eintönigkeit bekannt war. Eine träge Ergebenheit senkte sich über die Tafel. Augen wurden glasig und abwesend, Münder schlaff, und Schultern sackten ab. Aber niemand gähnte, und selbst die jüngeren Kinder wussten es besser, als zu zappeln oder auf ihren Stühlen herumzurutschen.

»Wir haben uns heute und hier versammelt, weil ein harter Winter zu Ende geht«, begann Bent. »Und wie nach jeder großen Kälte …«

Bents tiefe Stimme, der getragene Gleichklang seiner Wort lullte Edda ein und ließ ihre Gedanken davontreiben, und sie schreckte erst wieder auf, als Stühle knarrend zurückgeschoben wurden und sich die Ersten erhoben. Bents Rede musste zum Ende gekommen sein.

»Möge der Sommer lang und warm und voller Fische sein!«, sagte er, und die Fischer klopften auf die Tischplatte, wie sie es jedes Jahr taten. Nur dass ihr Klopfen unentschlossen, zurückhaltend wirkte. Keiner im Saal schien sich wohl dabei zu fühlen, den Kaltwochen die Tür ins Gesicht zu schlagen.

Auf Bents Rede folgten Puderkringel und Weißbrand. Schon der erste Biss verriet Edda, dass die Kringel misslungen waren. Der Teig schien gleichzeitig klebrig und alt. Trotzdem fielen die Kinder über die Kringel her, die Erinnerung an modrige Möhren und den immer gleichen

Reisbrei steckte ihnen tief in den Bäuchen, und innerhalb kürzester Zeit waren nur Krümel auf den Tellern in der Tafelmitte zurückgeblieben.

Nachdem Freya, Sige und Roven ein Lied zu Ehren der Heiligen Schwestern gesungen hatten, löste Bent die Tischrunde auf. Ruben gab Edda durch ein knappes Handzeichen zu verstehen, dass er sein Gespräch mit Jeppe fortsetzen würde, und Edda antwortete mit einem ebenso knappen Nicken. Sie selbst versprach sich nichts weiter von dem Abend, und hätte Ruben verkündet, dass sie gleich nach dem Essen nach Hause gehen würden, wäre sie froh darum gewesen. Abwesend strich sie über den noch immer ungewohnt weichen Stoff ihres Kleides. Da war eine merkwürdige Unruhe in ihren Fingern, ihren Schläfen, ein Gefühl, so als sei ihr gerade erst ein wichtiger Gedanke gekommen, an den sie sich nun nicht mehr erinnern konnte, oder als hätte sie einen Gegenstand von besonderer Bedeutung verlegt. Und dann begriff sie, woher das Gefühl kam: Es war der Fremde. Der Fremde, der noch immer irgendwo im Raum sein musste. Erst nachdem sie ihn erspäht hatte – an genau der gleichen Stelle, an der er schon zu Beginn des Abends gestanden hatte –, fiel die Unruhe von ihr ab. Sie drehte sich zu Tobin um, nur um festzustellen, dass er längst zu Samuel, dem Krüppel, geeilt war und sich neben ihm an der großen Feuerstelle niedergelassen hatte. Der alte Mann und ihr Bruder konnten sich stundenlang damit beschäftigen, den Inhalt von Samuels Stoffbeutel zu begutachten – eine Ansammlung von Fundstücken, sonderbar geformten Steinen und Muscheln, die niemanden bis auf Samuel und Tobin zu begeistern wusste. Nun, zumindest würde Tobin für den Rest des Abends beschäftigt sein. Unschlüssig sah sie sich um. Am Fußende der Tafel standen Pessa und Teofin. Sie hatten die Köpfe zusammengesteckt und waren in ein Gespräch vertieft. Es würde ihnen zwar sicher nichts ausmachen, wenn Edda sich zu ihnen gesellte, aber nach einem kurzen Moment des Zögerns ging sie stattdessen zu den Fenstern. In dem überhitzten Saal fiel es schwer, daran zu glauben, dass die Welt draußen noch immer ganz Frost und Kälte war. Edda öffnete eines der Fenster und lehnte sich hinaus. Sie schloss die Augen, fühlte die Nachtluft angenehm kühl auf ihrem Gesicht. Etwas Kaltes, Feuchtes berührte ihre Nasenspitze, und sie zuckte zurück, öffnete schnell die Augen. Der nachtschwarze Himmel war aufgebrochen von unzähligen weißen Flocken, die umherwirbelten, sich auf den Dächern der Häuser, auf dem Pflaster, den Goldenen Fischen und dem Holzstapel in der Mitte des Platzes sacht ablegten.

Edda sah zurück in den Saal. Noch schien keiner der Männer und Frauen bemerkt zu haben, dass es schneite. Schnee am Abend des Feuerfestes! Und nun, da Edda seiner gewahr geworden war, fühlte sie die Kälte nicht länger als angenehme Abwechslung zur Hitze drinnen. Sie schloss das Fenster und wandte sich wieder dem Saal zu. Beobachtete weiter Freya, die sich tuschelnd mit Roven unterhielt, Keva, die heimlich an einem Glas Weißbrand nippte, und Hans und Ilsa. Ilsa hatte sich an der Tafel in ihrem Rücken abgestützt, die Wärme im Raum ließ ihre Wangen glühen, und sie lachte, während Hans ihr etwas zuflüsterte.

»Pass auf, wenn du ihn zu lange anstarrst, kommt er herüber«, sagte Teofin, der sich gerade an Jost vorbeigeschoben hatte und neben Edda an die Fensterbank getreten war. »Ich muss ihn nur ansehen und …« Er schauderte.

»Aber im Fischhaus siehst du ihn doch jeden Tag.«

»Doch nicht Hans. *Ihn!*«, zischte Teofin. Mit einem angedeuteten

Kopfnicken zeigte er zu dem Fremden, der noch immer verloren an der Wand lehnte.

»Er steht herum und wartet, dass jemand mit ihm spricht«, sagte Edda. »Ich kann mir Unheimlicheres vorstellen.«

Teofin warf ihr einen schnellen Seitenblick zu. »Als ob dir nicht auch die Grausquallen aufsteigen, wenn du ihn siehst!«

»Gerade hatte ich darüber nachgedacht, zu ihm rüberzugehen. Mit ihm zu sprechen.«

»Hattest du nicht.«

Hatte sie nicht. Aber die Art, wie Teofin sie ansah, übertrieben furchtsam, spornte sie weiter an. »Warum nicht? Es ist ein Fest. Er sollte nicht den ganzen Abend allein dort stehen müssen.« Sie hatte die Worte nicht bloß gesprochen, um Teofin herauszufordern, das begriff sie erst in dem Moment, da sie ihr über die Lippen gegangen waren. Sie meinte, was sie sagte. Niemand sollte in einem Raum voller Menschen allein in einer Ecke stehen, ein Geist sein müssen. »Wir sollten mit ihm sprechen«, sagte sie noch einmal mit Nachdruck.

»Edda! Was glaubst du, was Freya dazu sagen würde? Oder dein Vater.«

Die Arme vor der Brust verschränkt, ließ Edda sich gegen den Fensterrahmen sinken.

»Ich verstehe nicht, warum du nicht zugeben kannst, dass er dir unheimlich ist«, murmelte Teofin.

»Keva behauptet, dass sie *mich* unheimlich findet. Die Jungen sagen, sie finden unheimlich, wie du läufst.«

Nicht während sie die Worte sprach, sondern erst ein, zwei Herzschläge später, als sie den Ausdruck auf Teofins Gesicht sah, begriff sie, was sie getan hatte.

Teofin lächelte. Sein Mund zumindest lächelte, gleichzeitig aber sah er Edda an, als hätte sie sich vor seinen Augen und ohne jede Vorwarnung in einen Finstertentakel verwandelt. Und war nicht genau dies geschehen? Edda hatte einen unausgesprochenen Pakt verletzt, das geheime Abkommen, das ihre Freundschaft seit Jahren bestimmte: Nie sprachen sie über Teofins Bein, nie sprachen sie über seinen humpelnden Gang, das unbeholfene Rucken, das jeden seiner Schritte begleitete.

»Teofin, ich hätte nicht …«

Doch er wich bereits vor ihr zurück, drehte sich um und humpelte davon, sein Hinken mit einem Mal besonders auffällig, so als hätte Edda es durch ihre Worte weiter heraufbeschworen.

Sie presste eine Hand gegen die andere und sah ihm nach. Die Hitze war in ihren Kopf zurückgekehrt, und die Worte stauten sich in ihrer Kehle. *Ich wollte nicht, ich meinte nur, es ging mir bloß darum*. Aber sie eilte ihm nicht hinterher, es war zu früh für eine Entschuldigung, so schnell würde er ihr sicher nicht verzeihen. Sie wandte sich wieder dem Fenster zu, starrte hinaus in das Schneegewirbel, bis sie überhaupt nichts anderes mehr sah als weiße Flecken, die wie Lichter vor ihren Augen aufglommen und wieder erloschen.

Als sie sich um Mitternacht auf dem Dorfplatz versammelten, hatte es aufgehört zu schneien, doch die Luft war so kalt, dass die meisten von ihnen sich die Hände rieben oder sich tief in die Taschen steckten. Wie in jedem Jahr trat Bent mit einer Fackel an den Holzstapel in der Mitte des Dorfplatzes. Feierlich senkte er die Fackel auf die Scheite hinab. Doch das Holz war durch den Schnee zu feucht geworden und wollte kein Feuer fangen. Erst nachdem einige der Fischer ins Haus gegangen waren, um trockene Scheite zu holen, glomm es rotgolden auf, loderten die Flammen nicht länger zögerlich, sondern so hoch wie in den Jahren zuvor.

Edda, Tobins Hand fest in ihrer, spähte in das Feuer, aber es waren nicht die Flammen, die sie beobachtete, sondern Teofin, der auf der anderen Seite zwischen seinen Eltern stand. Hartnäckig wich er ihrem Blick aus und gab vor, sich ganz im Spiel der Flammen zu verlieren. Zu seiner Rechten, nur wenige Schritte entfernt, stand der Fremde. Seine milchig blauen Augen ruhten unbeteiligt auf dem Feuer, blieben frei von Neugier, auch als die Frauen ihre Holzpuppen hervorholten und sie andächtig in den Händen hielten. Der Brauch, die Puppen zu schnitzen, wusste Edda, ging noch auf eine Zeit lange vor dem Verschwinden der Kinder zurück. Die Frauen Colms hatten damals winzige Ebenbilder ihrer Männer angefertigt und gewissenhaft bewacht, während sich die Fischer hinaus auf die unberechenbare Silbersee gewagt hatten. Wie es dazu gekommen war, dass man am Feuerfest jene Puppen, die für die Kinder Colms einstehen mussten, dem Feuer überantwortete, wusste Edda nicht. Vermutlich war auch dies Freyas Idee gewesen.

Während die Flammen bereits an den ersten Puppen leckten, sie schwarz färbten und in bröcklige Glut verwandelten, schob Edda ihre beiden Holzpuppen tiefer in ihre Taschen. Es war ein Trotz, eine Laune, die sie sich selbst nicht erklären konnte. Der Brauch hatte ihr schon immer Unbehagen bereitet, und trotzdem war sie ihm bisher Jahr um Jahr gefolgt.

Auch Stine Moot auf der anderen Seite des Feuers verharrte reglos. Später in der Nacht würde sie ihre Puppe der Silbersee übergeben. Ihr Mann, Pelle, hatte einen Arm um sie gelegt und schwankte sacht vor und zurück. Während ihr Blick ins Leere ging, schien es, als sei es allein

Pelles Arm, der sie aufrecht hielt. Es ist nicht recht, dass sie hier sein muss, dachte Edda. Durch die Flammen konnte sie sehen, wie Stine Pelle den Kopf zuneigte, ihm etwas zuflüsterte und sich von ihm löste. Langsam bahnte sie sich ihren Weg durch die Menge, umschritt das lodernde Feuer. Dabei setzte sie vorsichtig einen Schritt vor den anderen, so als hätte sie zu viel Weißbrand getrunken, als sei ihr der Boden kein verlässlicher Widerstand. Genau wie sie zuvor dem bleichen Fremden ausgewichen waren, zeigten sich die Männer und Frauen nun bedacht, Stine nicht zu berühren.

Als sie Edda erreicht hatte, blieb Stine stehen. Sah erst sie an, dann Tobin. Kniff die Augen zusammen, als könne sie die beiden kaum erkennen, als stünden sie nicht bloß wenige Schritte von ihr entfernt, sondern am anderen Ende des Dorfplatzes. Die Luft um das große Feuer flimmerte, und auch Stine Moots Umrisse schienen zu flimmern, als sie auf Tobin zeigte.

»Und du«, sagte sie. »Du bist noch hier.«

Edda wollte einen Schritt zurückweichen und Tobin mit sich ziehen, die Reihe aus Frauen und Männern hinter ihr aber stand unnachgiebig wie eine Wand.

»Dabei gehörst du nicht einmal hierher. Niemand will dich hier haben. Dich würde niemand vermissen«, sagte Stine Moot, die Augen noch immer dunkel. Dann sackte sie zusammen, fiel auf die Knie. Edda machte einen Schritt auf sie zu, um ihr aufzuhelfen, im selben Moment aber riss Tobin sich los. Er war klein und wendig genug, um sich in Sekundenschnelle zwischen den Beinen der Männer und Frauen hindurchzuschieben; schon war er im Gewühl glänzender Drachenrochenjacken und dunkelblauer Röcke verschwunden.

Edda fuhr herum. »Tobin! Warte!«

Die Fischersfrauen traten nur unwillig beiseite, machten gerade genug Platz, damit Edda sich zwischen ihnen hindurchdrängen konnte. Sie stieß und schubste und zwängte sich, doch als sie auf der anderen Seite des Gemenges auf den Platz trat, war von Tobin längst nichts mehr zu sehen.

»Edda!« Ihr Ziehvater stand inmitten der Menge. Er würde die halbe Nacht brauchen, bis er sich, schwerfällig und ungelenk wie er war, seinen Weg zu ihr hinausgebahnt hatte.

»Ich laufe ihm hinterher!«, rief Edda und drehte sich um, ohne Rubens Antwort abzuwarten. Mit schnellen Schritten entfernte sie sich vom großen Feuer und folgte ihrem Bruder in die Nacht.

5
Die Rückseite der Furcht

»Tobin, ist dir nicht kalt?« Edda trat in die Wohnstube. Sie hatte ihren Bruder zusammengekauert neben dem längst erloschenen Feuer entdeckt, nachdem sie die dunklen Zimmer zunächst vergeblich nach ihm abgesucht hatte.

Tobin zuckte die Achseln, ohne den Kopf zu heben. Auch als sie sich auf den Schemel neben ihn setzte, sah er nicht auf.

»Stine Moot trauert um ihren Sohn«, sagte sie leise. »Und die Trauer lässt uns Dinge sagen, die wir nicht meinen.«

»Aber sie meint, was sie sagt!«

Überrascht sah Edda ihren Bruder an. Da war ein Trotz, eine Härte in seiner Stimme, ein fremder Klang, den Edda so noch nie aus seinem Mund gehört hatte.

»Tobin, du kannst nicht wissen, was in ihr vorgeht. Und wie sie ihre Worte meint.«

»Doch! Ilsa hat erzählt, dass ihre Eltern oft beim Abendbrot über uns sprechen. Sie sagen, dass jeder sich fragt, warum wir noch hier sind, obwohl wir nicht einmal nach Colm gehören.«

Edda öffnete den Mund, um zu widersprechen, und schloss ihn wieder. Wozu etwas abstreiten, von dem sie beide wussten, dass es die Wahrheit war? Mit kältesteifen Fingern strich sie über den Rock ihres Festtagskleides. Sie hätte ein Feuer entfachen sollen. Es war zu kalt, um zu denken, vernünftige Worte zu finden und aneinanderzureihen.

»Du hast das gleiche Recht, hier zu sein, wie Hensy«, sagte sie schließlich. »Stine und Pelle trauern um ihren Sohn, aber wenn Stine sagt, dass dich niemand in Colm vermissen würde, dann sagt sie nicht die Wahrheit. Ruben würde dich vermissen. Und Teofin und Pessa und Samuel. Und ich …« Aber Edda würde ihren Bruder nicht bloß vermissen. Tobin zu verlieren würde sich anfühlen, wie eine Flasche Colmin in einem einzigen Schluck zu leeren; es würde sie von innen her brennen lassen, es würde sie zersetzen.

»Hierher gehöre ich trotzdem nicht«, sagte Tobin. »Hier ist nicht unser Zuhause.«

Erneut fühlte Edda die Verwunderung als unangenehmes Prickeln im Hinterkopf. »Ein anderes Zuhause als dieses haben wir aber nicht«, sagte sie langsam. »Und wir gehören zu Ruben, oder nicht?«

»Aber ich will kein Fischer werden«, murmelte Tobin. Endlich hob er den Blick und sah sie an. »Wir müssen nicht für immer hierbleiben. Wir könnten fortgehen.«

»Fortgehen?« Hilflos schüttelte sie den Kopf. In den letzten Jahren hatten Hans und die anderen Tobin durch das halbe Dorf gejagt, sie hatten ihn in Fischernetze gewickelt und ihn in den Keller des Fischhauses gesperrt. Sie hatten Steine nach ihm geworfen und sich so viele Namen für ihn ausgedacht, dass selbst Edda ihren Einfallsreichtum bewundern musste. Und in all diesen Jahren hatte Tobin kein einziges Mal davon gesprochen, dass er Colm verlassen wolle.

»Hast du mit irgendwem gesprochen?«, fragte sie vorsichtig. »Hat irgendwer dir vorgeschlagen, dass wir fortgehen sollen?«

»Nein.« Er antwortete schnell, *zu* schnell, und sein Blick flog durch die Dunkelheit der Wohnstube, als suche er dort nach etwas. Er *log*. Aber warum und für wen?

»Ich meine doch bloß, dass wir nicht für immer hierbleiben müssen«, murmelte er.

»Wohin sollten wir denn gehen? Wir kennen doch keinen anderen Ort als Colm.«

Tobin richtete sich auf, saß nun wachsam und sehr gerade. »Das stimmt nicht, du kennst Maunland.«

Tatsächlich hatte Ruben Edda in den letzten Jahren hin und wieder mitgenommen, wenn er nach Maunland fuhr, um dort mit den Bauern Geschäfte zu machen. Die Maunländer lebten nicht von der Silbersee, sondern vom Ackerbau und der Viehzucht. Hierin aber bestand auch schon der einzige Unterschied zwischen den beiden Dörfern.

»Man würde uns dort nicht freundlicher aufnehmen als hier«, sagte Edda.

»Dann müssen wir eben weiter als bis nach Maunland.«

»Tobin, wir wissen nichts von der Welt hinter Maunland.«

Tobins Augen leuchteten auf. Sie war ihm in die Falle gegangen! Zwar mochte sie tatsächlich nicht weiter als bis nach Maunland gereist sein, aber sie wusste wohl mehr über die Welt jenseits der Ostküste als die meisten in Colm. Das ganze Jahr über freute sie sich auf die Sommermonate, wenn die Händler nach Colm kamen und ihre Geschichten mit sich brachten. Während sich die meisten Kinder und Frauen darauf beschränkten, Goldzahn und seinesgleichen dunkel aus der Ferne zu beäugen und auch die Fischer nur das Nötigste mit ihnen sprachen, suchte Edda ihre Gesellschaft. Sie ließ sich die Städte und Wälder Farlands beschreiben, von Nevin Goldzahn Tiere auf fleckige Papierreste zeichnnen, Tiere, die sie noch nie gesehen hatte: Füchse, Wölfe, Eichhörnchen, Tauben und Adler. Sie mochte Goldzahns Geschichten, und sie mochte seine Zeichnungen, aber nur weil sie die Zeichnung eines Wolfs mochte, mochte sie nicht auch den Wolf, und nur weil sie Goldzahn gerne von seiner Heimatstadt Centria erzählen hörte, hatte sie nicht die Absicht, jemals auch nur einen Fuß in die Hauptstadt Farlands zu setzen.

Bewegung war in Tobin gekommen. Er rutschte auf seinem Schemel vor und zurück, griff nach ihren Arm, als wolle er sie in die Höhe und gleich hinaus auf die Straße ziehen.

»Wir könnten nach Centria gehen!«

»Tobin, ich glaube nicht, dass Centria ...«

»Doch, aber Edda! Goldzahn hat erzählt, dass alle Kinder dort schreiben und lesen lernen, nicht? Und dass keiner der Jungen Fischer werden muss. Wir könnten uns unsere Arbeit aussuchen.«

Edda sah auf ihre Hände hinab. Ihre Nacherzählungen von Goldzahns Geschichten hatten wenig mit dem gemein, was Goldzahn ihr tatsächlich berichtet hatte. Laut Goldzahn aßen manche in Centria von goldenen Tellern und andere den Dreck, den sie auf dem schmutzigen Kopfsteinpflaster fanden; manche lebten in Palästen und andere in Hütten, die noch ärmlicher waren als Marons Behausung. »Die Reichen tanzen, während die Kinder verhungern oder an die Kampfgruben von Vin-Lu verkauft werden«, hatte er gesagt und ergeben den Kopf geschüttelt.

»Tobin, um in der Welt dort draußen zu bestehen, bräuchten wir Rundlinge.« *Und Messer mit scharfen Klingen, Freunde, die uns schützen, und Karten, die uns wissen lassen, welche Orte wir aufsuchen und um welche wir einen Bogen machen sollten.*

»Wir würden irgendwie ...«

»Würden wir nicht. Und selbst wenn, wir wären doch überall fremd. Wir gehören nirgendwohin. Nach Centria, Klammtal oder Maunland genauso wenig wie nach Colm.«

Tobin blinzelte. Wie müde er aussah, erschöpft, als hätte er seit Nächten nicht geschlafen. Möglich, dass ihn seine Träume wieder wach hielten, auch wenn er in den letzten Nächten kein einziges Mal an ihre Tür geklopft hatte. Sie lehnte sich vor, um ihm über den Kopf zu streichen, als er sich unter ihrer Hand hinwegduckte.

»Denkst du nie daran, fortzugehen?«, fragte er.

Die ganze Zeit. Ich denke die ganze Zeit daran. Und dann frage ich mich, wohin wir gehen könnten, und dann höre ich auf, daran zu denken.

Sie schüttelte den Kopf. »Es kommen bessere Zeiten. Und Colm ist nicht der schlechteste Ort.«

»Woher willst du das wissen?«, fragte Tobin. »Du kennst doch keinen anderen.«

Er hatte harsch gesprochen und so, dass sie unwillkürlich ein Stück von ihm abgerückt war. Sie sah auf ihre Hände hinab.

»Tobin, wenn ich von einem Ort wüsste, der besser für uns wäre als dieser hier, würde ich noch heute Nacht mit dir aufbrechen. Aber ich weiß von keinem solchen Ort. Ich weiß nicht einmal, in welche Richtung wir uns aufmachen müssten, um ihn zu finden.«

Tobin sah wortlos in die dunkle Wohnstube.

»Wenn die Händler im Sommer nach Colm kommen und wenn du es dann noch immer möchtest, werde ich Nevin Goldzahn nach Centria fragen.«

Endlich sah er sie an. »Du wirst ihn fragen?«

Sie nickte, schämte sich bereits dafür und nickte trotzdem ein zweites Mal. Es war ja tatsächlich möglich, dass sie Goldzahn in einigen Wochen die ein oder andere Frage zu Centria stellen würde.

»Du könntest ihn fragen, ob es dort Arbeit für uns gibt«, sagte Tobin.

»Sicher.« Bis Goldzahn und die anderen Händler in Colm eintreffen würden, hätte Tobin ihr Gespräch hoffentlich längst vergessen. Sie betrachtete sein Gesicht, das schattige Grau unter seinen Augen, den blassen Fleck auf seiner Stirn, dort, wo ihn erst wenige Tage zuvor der Stein getroffen hatte.

»Kann ich heute Nacht bei dir schlafen?«, fragte er plötzlich.

Sie antwortete nicht gleich. Wusste, was Ruben davon hielt, wenn Tobin in ihrem Zimmer schlief. Der Junge war zu alt, um die Dunkelheit zu fürchten! Aber Tobin fürchtete sich ja auch nicht vor der Dunkelheit, sondern vor seinen Träumen, die bevölkert waren von Wassermännern, Seegespenstern, Finstertentakeln und Drachenrochen. Eine Zeit lang hatte er jede Nacht von den Heiligen Schwestern geträumt, die aus den Fluten aufstiegen und ihn zu sich auf den Grund des Meeres hinabzerren wollten.

»In Ordnung«, sagte sie. »Träumst du in letzter Zeit wieder?«

Er nickte. »Von einem Vogel.«

»Einem Vogel?«

»Einem Mensch, der eine Krähe ist. Er trägt ein Hemd aus Federn und hat keine Arme, sondern Schwingen. Und keinen Mund, sondern einen schwarzen Schnabel. Aber sprechen kann er. Und singen. Und einen anschauen wie ein Mensch.«

Aber das ist mein Traum, dachte Edda.

»Was geschieht in dem Traum?«

»Der Krähenmann bringt mich fort.«

»Bin ich auch in dem Traum?«

»Nein. Aber das ist nicht schlimm. Es ist kein Traum, in dem man sich fürchten muss.«

Dann ist es nicht derselbe Traum, dachte Edda und lauschte den Geräuschen der Dunkelheit, dem Schneeregen, der gegen das Fenster ging, dem Knarren und Ächzen eines Hauses, das nie ganz zur Ruhe kommen wollte.

***

Als sie am nächsten Morgen hinunter in die Küche kamen, standen ihre Reisbreischalen bereits auf dem Tisch, und auf Rubens Platz lag ein Angelhaken – das vereinbarte Zeichen, dass er bereits vor Sonnenaufgang hinunter zum Hafen gegangen war.

Im letzten halben Jahr waren die einzigen Fische, welche die Fischer Colms mit nach Hause gebracht hatten, Blaubarsch und Krander gewesen. Diese ließen sich auch an jeder anderen Küste Farlands fangen und verfügten über keine weiteren nützlichen Eigenschaften, als dass man sich den Bauch mit ihnen füllen konnte. Den Bewohnern Colms aber wäre es nur in der größten Not eingefallen zu essen, was aus der Silbersee kam. Die Frauen legten die Fische ein oder räucherten sie und verkauften sie nach Maunland, wo sie gegen Fleisch, Kartoffeln, Kohl und andere nützliche Dinge eingetauscht werden konnten. Wäre es nach den Fischern gegangen, hätten sie das ganze Jahr über Jagd auf die unendlich viel kostbareren Colminfische gemacht, doch in jedem Winter war es das Gleiche: Wenn die Herbsttage sich ihrem Ende zuneigten, verschwanden auch die Colminfische. Erst wenn sich der Winter allmählich zurückzog, der eisige Reif von den Dächern und Pflastersteinen verschwand, die Kälte immer weniger eindringlich unter die Kleider kroch, machten sich die Fischer für die Rückkehr der Colminfische bereit. Bald, wenn sich oft für Stunden ein goldener Schimmer auf die nicht länger metallgraue See legte, würden die ersten Schwärme auftauchen. Und in den Tagen kurz vor dem ersten großen Fang waren die Fischer so unruhig, dass sie es morgens nicht abwarten konnten hinauszufahren.

Edda und Tobin aßen ihren Reisbrei noch langsamer als gewöhnlich. Edda war unsicher, ob sie zum Fischhaus gehen sollten oder nicht. Vielleicht war es nach dem Aufruhr des vorherigen Abends klüger, wenn sie vorerst zu Hause blieben. Abwarteten. Pessa hatte ihnen Saatgut für Kohl geschenkt, und ohne große Hoffnungen machten sie sich daran, es im kargen Garten auszusäen. Sie hatten kaum begonnen, die harte Erde mit ihren Handgrubbern aufzulockern, als die Glocke läutete. Der erste Fischfang des Jahres, pünktlich am Tag nach dem Feuerfest. Vielleicht waren Eddas Ahnungen und Befürchtungen, ihr unbestimmtes Gefühl, dass die Dinge in diesem Jahr nicht ihren üblichen Weg gingen, sondern auf abseitigeren Pfaden dahinirrten, doch unbegründet gewesen.

Wenn die Glocke zur Arbeit rief, durfte keine Zeit verloren werden, denn die Fische verdarben schnell, und mit ihnen das Colmin. Sicher waren die Fischer bereits damit beschäftigt, die Fische unten am Hafen zu häuten. Das Colmin befand sich ausschließlich in der glänzenden Schuppenhaut, die Überreste der Fische wurden auf einem großen Platz hinter dem Friedhof verbrannt, und der Gestank würde sich in den nächsten Tagen in den beißenden Colmingeruch mischen, der während des ganzen Sommers über dem Dorf hing.

Die Frühjahrsonne stand bleich und kraftlos wie ein zweiter Mond über den Dächern, während Edda und Tobin die Hafengasse entlangeilten. Als sie den Dorfplatz erreichten, lenkten sie beide ihre Schritte scharf nach links; in stillschweigendem Einverständnis machten sie einen Bogen um die verkohlten Reste des Feuers in seiner Mitte.

Die Stimmung im Fischhaus war selten ausgelassen, doch an diesem Morgen erschien Edda die Stille in der großen Halle auffällig und drückend.

Schweigend nahmen die Frauen die Kisten voller Fischhäute in Empfang, schweigend rollten die Jungen und Mädchen die Fässer aus dem Keller die Treppe hinauf, um sie schweigend im Hinterhof aufzustellen und schweigend mit den geschuppten Häuten zu füllen.

Obwohl niemand tuschelte, den Kopf schüttelte oder ihnen düstere Blicke zuwarf, war Edda sicher, dass man ihnen die Schuld für den Vorfall am Abend zuvor gab. Wie sie vermutet hatte, war Teofin nirgendwo zu sehen. Es war einer jener Tage, aus denen die feuchte Kälte nur so zu tropfen schien, und an Regentagen bereitete Teofins Bein ihm immer besondere Schwierigkeiten. Sie nahm sich vor, nach der Arbeit noch beim Haus des Apothekers vorbeizulaufen. Ohnehin würde sie nicht darum herumkommen, sich bei Teofin zu entschuldigen für die Worte, die sie so unbedacht gesprochen hatte.

Im Laufe des Vormittags aber war bald jeder Gedanke an den Abend und Teofin vergessen. Zu Beginn des Frühjahrs schien die Arbeit besonders hart. Eddas Rücken, ihre Arme und Hände waren über die Wintermonate schwach geworden, hatten den gleichmäßigen Rhythmus verlernt, das endlose Auf und Ab des Stampfens. Die Sonne verbarg sich weiter hinter einer dunstigen Schicht aus Wolkenfetzen und Nebelschwaden, und trotzdem musste Edda schon bald ihr Schultertuch ablegen und sich den Schweiß von der Stirn wischen. Ihre Arme zitterten, ihre Finger um den hölzernen Stampfer krampften. Neben ihr fuhrwerkte Tobin ungeschickt mit seinem Stampfer im Bottich herum. Hatte er auch in dieser Nacht geträumt? Geweckt hatte er sie zumindest nicht und auf ihre Frage hin, ob er gut geschlafen habe, nur die Achseln gezuckt.

Während sich die fahle Mondsonne langsam über den Hof schob, trieb Freya sie weiter an. In den seltenen Pausen schlangen sie stumm ihren Reisbrei hinunter, rieben sich die schmerzenden Hände mit stark verdünnter Colminsalbe ein und dehnten und streckten ihre Arme. Der Nachmittag floss wie beiläufig in den Abend, ohne dass sich die Arbeit ihrem Ende zu nähern schien. Als einer der Jungen vor Erschöpfung beinahe in seinen Bottich gekippt wäre, erlaubte Freya den jüngeren Kindern, nach Hause zu gehen.

»Aber keine Umwege«, ermahnte Edda Tobin, bevor er im Fischhaus verschwand. *Und lauf, wenn du Hans oder einen der anderen Jungen siehst, lauf so schnell du kannst nach Hause.*

Zeit, das hatte Edda schon oft und schmerzlich erfahren müssen, verhielt sich auf dem Hinterhof des Fischhauses anders als an jedem anderen Ort in Colm. Sie war breiig wie die zerstoßenen Schuppen in den Bottichen. Edda verlor sich in ihrer Arbeit und ihren Gedanken, dachte an Tobin in der dunken Wohnstube und an Nevin Goldzahn, der von Centria sprach. Der Händler hatte Edda ausführlich von der Armut in Centria berichtet, den Kindern, die auf der Straße lebten und hungerten. »Hier in Colm schlägst du dich mit der Kälte, stinkenden Fischen und den gehässigen Zungen der Fischweiber herum«, hatte er gesagt. »Das ist nicht viel, aber du könntest es schlechter treffen.«

Doch wenn Edda an die nächsten dreißig, vierzig Sommer dachte, die sie an den Bottichen verbringen würde, fragte sie sich, ob Goldzahn recht hatte. Konnte sie es schlechter treffen?

»Was ist mit den Inseln?«, hatte sie Goldzahn einmal gefragt.

»Mädchen, dort draußen würdest du keinen Sommer überstehen«, war alles, was er geantwortet hatte.

Sie hätte selbst nicht erklären können, welcher seltsame Wind ihr die Frage nach den Inseln überhaupt in den Schädel getrieben hatte. Sie war schließlich aufgewachsen mit den Geschichten vom Inselreich. Vor seinen Gefahren wurden die Kinder Colms nicht weniger eindringlich gewarnt als vor den Gefahren des Colmins. Dort draußen mochte es keine Stadt so groß und unbarmherzig wie Centria geben, aber es gab Wassermänner, Drachenrochen, Seegespenster, giftige Quallen und vieräugige Fische. Und trotzdem hatte sie in den letzten Jahren immer wieder an die Inseln denken müssen. Laut Goldzahn gab es unter ihnen solche, die kaum größer waren als der Dorfplatz. Dort lebten keine Menschen, wohl aber Tiere, die Milch gaben und Eier legten. Büsche und Bäume wuchsen dort, die Früchte trugen, und die Erde war nicht hart und karg wie die an der Ostküste. Der Gedanke stieg mitunter in ihr auf wie ein Lachen oder Niesen, unwillkürlich und ohne dass sie Einfluss auf ihn gehabt hätte: Könnte man nicht auf einer der Inseln ein Zuhause finden? Wäre es nicht möglich, dort draußen zu leben, gemeinsam mit Pessa und Tomas und Teofin und Ruben? Sie könnten fischen und die Erde bestellen … Aber diese Gedanken waren wie die Fischerboote draußen im Hafen – sie würden Edda nie irgendwo hinbringen. Teofin würde niemals mit ihr kommen, Ruben niemals einwilligen, sie gehen zu lassen. Sie hielt inne, sah auf ihre Hände hinab, die sich eine Spur zu fest um den Stampfer geschlossen hatten. Wenn sie an das Inselreich dachte, wenn sie hinunter zum Hafen ging und die Boote betrachtete, die im Wasser schaukelten, als wollten sie testen, ob die Seile sie wirklich ans Land fesselten, wenn sie die Umrisse Achums in der Ferne sah, dann fürchtete sie sich. Genau wie alle anderen auch. Immer aber war es so, als hätte die Furcht eine Rückseite, und diese Rückseite war schwer zu durchschauen, bestimmt von einem Wollen, einem Ziehen, einer Kraft, die Edda lockte. Hatte Tobin recht? Könnten sie Colm verlassen? An einem anderen Ort ein Zuhause finden?

Die anderen Frauen hatten ihre Schürzen bereits an die Haken gehängt und sich auf den Heimweg gemacht, als Freya Edda noch einmal zurückrief. Wie so oft war Eddas Stampfer nicht gründlich genug gereinigt, gab es etwas zu beanstanden, an der Art, wie sie ihre Schürze aufgehängt, ihren Bottich zurückgelassen hatte. Bis Edda noch den letzten grau verschmierten Überrest von ihrem Stampfer entfernt hatte und endlich das Fischhaus verlassen konnte, war es längst zu spät, um noch an Pessas und Tomas' Haustür zu klopfen. Teofin würde noch einen weiteren Tag auf ihre Entschuldigung warten müssen.

Sie knöpfte ihre Jacke zu und trat hinaus auf den verlassenen Dorfplatz. Während sie am Glockenturm vorbeieilte, die Hände tief in den Taschen vergraben, stießen ihre Finger gegen einen kleinen harten Gegenstand. Sie zog ihn noch im Laufen hervor. Es war der hölzerne Teofin, die größere der beiden Puppen. Einen Augenblick sah sie ihn verwundert an. Dann erst fiel ihr wieder ein, dass sie die Puppen nicht ins Feuer geworfen und nach dem Fest in der Jacke vergessen hatte. Sie begann nach der zweiten, der kleineren Puppe zu suchen, doch weder in der linken noch in der rechten Tasche bekam sie etwas zu fassen.

Nachdem sie den hölzernen Teofin auf dem Pflaster abgelegt hatte, stülpte sie beide Taschen um. Ein paar trockene Reiskörner, Sand und die Splitter einer Muschel fielen heraus.

Jemand beobachtete sie aus den Schatten heraus. Sie spürte es so deutlich, wie sie manchmal Freyas Blick in ihrem Rücken spürte, noch bevor Freya mit schneidender Stimme ihren Namen rief. Mit einem Satz fuhr sie herum. Das Fischhaus lag dunkel und verschwiegen da. Die Frauen waren längst nach Hause gegangen, saßen hinter verschlossenen Türen in ihren Stuben und wärmten sich am Feuer. Edda musterte die Goldenen Fische, die verkohlten Reste des Holzstapels, Freyas und Bents Haus, den Glockenturm und wieder das Fischhaus. Niemand war zu sehen; sie war allein.

Aber sie fühlte sich nicht allein. Da war etwas Fremdes mit ihr auf dem Platz. Die Schatten tasteten suchend über das Pflaster, und ihr Schwarz schien noch ein wenig schwärzer. In den vertrauten Colmingestank in der Luft hatte sich ein neuer Geruch gemischt, der Geruch der Silbersee, nach Metall und Blut, nach Algen, nach den Inseln und der Ferne. Über sich glaubte sie einen schweren Flügelschlag zu hören, doch als sie den Kopf in den Nacken legte, gab es dort so wenig zu sehen wie vor ihr, hinter ihr, neben ihr. Sie lief los. Auf dem Pflaster lag eine dünne Eisschicht, und sie schlitterte mehr, als dass sie rannte. Währenddessen sprach sie lautlos und schnell zu sich selbst. *Die Kaltwochen sind vorbei, und Hensy ist fort. Hensy ist es gewesen, es war Hensy.*

Als sie zu Hause ankam, war die Tür bereits verriegelt – eine Angewohnheit, die Ruben noch aus der Zeit der Kaltwochen beibehalten hatte. Sie hämmerte gegen das Holz, bis er öffnete, und schob sich an ihm vorbei in den Flur. In der Wohnstube brannte Licht, ein gerissenes Netz lag auf dem Tisch, und im Ofen flackerte ein Feuer.

»Wo ist Tobin?«

»Tobin? Aber Edda, er schläft längst.«

Ohne ein weiteres Wort stürmte Edda die Treppe hinauf.

»Edda, was …?«

Sie hörte Rubens schwere Schritte auf den Stufen hinter sich, aber sie drehte sich nicht um, stolperte auf dem obersten Treppenabsatz und legte das letzte kurze Stück bis zu Tobins Tür wie im Flug zurück. Ohne zu klopfen oder seinen Namen zu rufen, drückte sie die Klinke hinunter. Die Tür ließ sich aufstoßen, für einen kurzen Augenblick zumindest, dann war es, als schlage sie jemand von der anderen Seite zu.

»Tobin? Tobin?« Edda rüttelte an der Klinke. »Tobin, mach auf!«

Aber niemand öffnete. Hinter ihr stellte Ruben eine Frage, sagte ihren Namen, vielleicht, sie war nicht sicher, konnte die einzelnen Worte nicht verstehen, denn ihre Ohren waren ganz voll von der Stille hinter Tobins Tür. So plötzlich, wie sich diese zuvor geschlossen hatte, gab sie nach, und Edda stolperte in den Raum hinein.

Das Fenster stand weit offen. Die Vorhänge flatterten in der Luft, als wollten sie sich losmachen und davonfliegen, die Bettdecke war zurückgeschlagen, und Tobins Kopfkissen lag auf dem Boden.

Von ihrem Bruder war nichts zu sehen.

6
Meeresgrund

Während die Messingglocke dumpf läutete, während Edda eine hell lodernde Fackel entgegennahm, während Teofin dicht an ihrem Ohr sprach und sie kein Wort verstand, da wusste sie es. Sie wusste es, während sie Ruben und den anderen Fischern hinunter zum Strand folgte, dort bis in die Brandung lief und sich ihr Rock mit Wasser vollsog und sie die Kälte nicht spüren konnte. Und jede fest verschlossene Muschel, jede im Wasser dahintreibende Alge, jeder feingliedrige Meereskrebs, der über Sand und Stein davonhuschte, wusste es auch. Das Meer wusste es, die kreischenden Möwen über ihr wussten es, die Wolken und der Mond: Tobin war fort, ihr Bruder war nicht mehr in Colm.

Jemand, Pessa oder Ruben, musste Edda zurück zum Haus begleitet, sie gestützt und ihre Schritte gelenkt haben, jemand musste ihr die Treppe hinauf und ins Bett geholfen haben. Aber Edda konnte sich an nichts davon erinnern. Im einen Moment war sie noch unten am Strand, im nächsten lag sie in ihrem Bett. Durch das Fenster leuchtete bleich der Mond, und obwohl sie unter ihrer Decke zitterte, konnte sie die Kälte noch immer nicht fühlen. Es war still, eine ganze Weile war es still, dann hörte sie das Rauschen und in dem Rauschen vereinzelte Stimmen, die lauter wurden. Zunächst die der Jungen: *Schlammmaul, Glotzkopf, Wasserratte*. Und scharrend Freyas: *Sie hatten sicher guten Grund*. Und dahinter schließlich, endlich Tobins, kaum mehr als ein Flüstern: *Wir könnten fortgehen*.

Ihre Hände schlossen sich zu Fäusten, krampften, während Edda versuchte zu verstehen, was sie nicht verstehen konnte, weder im Kopf noch im Herzen: Tobin war hier gewesen, gerade noch, da hätte sie ihn berühren und ihm das Haar aus dem Gesicht streichen können. Er war hier gewesen, und jetzt war er fort.

***

Früh am nächsten Morgen sah Edda vom Fenster aus Jeppe und Alf dabei zu, wie sie einen schwarzen Kreis an die Tür von Rubens Haus malten – das Zeichen der Trauer, das jeden wissen ließ, dass er sich fernzuhalten hatte.

Falls die beiden Männer Edda hinter der Scheibe bemerkten, zeigten sie es nicht. Achteten darauf, keines der Fenster allzu genau zu mustern, und entfernten sich nach getaner Arbeit mit schnellen Schritten. Edda sah zu, wie ihre breitschultrigen Umrisse schrumpften und schließlich ganz verschwanden, und es war ihr, als nähmen die beiden Männer den Rest der Welt mit sich. Zusammen mit Jeppe und Alf verschwanden auch Pessa und Teofin und Freya und Ilsa und Hans und jeder, den Edda jemals gekannt hatte.

Sie schleppte sich zurück zu dem Flickenteppich in der Mitte von Tobins Zimmer. Hier hatte sie schon die letzte Nacht verbracht, ohne jede Absicht, in ihre eigene Schlafkammer zurückzukehren. Sie rollte sich zusammen und schloss die Augen. Es gab keinen Grund mehr, sie offen zu halten.

Das Leben draußen nahm weiter seinen Lauf. Die Frauen stampften an den Bottichen, Ilsa schlug ihre Räder, die größeren Jungen quälten die kleineren, und die Fischer fuhren zur See. Für Edda aber verloren die Tage ihre Form. Die meiste Zeit schlief sie. Träumte von dem Mann, der eine Krähe war, von Tobin allein auf einer kargen Insel, ohne Bäume, ohne Blumen, träumte von sich selbst, auf dem Boden der Silbersee, während Drachenrochen über sie hinwegglitten. Immer wieder wachte sie auf und schlief ein und träumte und wachte auf. Ohne Ruben hätte sie die meiste Zeit über nicht einmal gewusst, ob es Tag oder Nacht war. Den Morgen erkannte sie nur am Knarren von Rubens Schlafkammertür, den Mittag und Abend am Geruch von gekochtem Reisbrei. Sie selbst hatte nicht gegessen, seitdem Tobin fort war, und hatte es auch nicht vor. Doch nachdem drei Tage verstrichen waren, ohne dass sie sich in der Wohnstube hatte blicken lassen, tauchte Ruben mit einer dampfenden Schale Reisbrei in Tobins Zimmer auf und begann, leise auf sie einzureden. Sie müsse essen. Könne nicht jede Nacht auf dem Boden schlafen. Brauche ihr eigenes Bett. Edda ließ ihn reden, wartete, bis er endlich ging.

Den Reisbrei rührte sie nicht an.

Was hatte Edda je über die Trauer gewusst, über ihre Tiefe, ihre Weite?

Nichts.

Nein. Nicht nichts. Am Abend des Feuerfests hatte sie sich vorgestellt, ihren Bruder zu verlieren würde sich anfühlen, wie ein Glas Colmin zu trinken. Und genau so war es: Ein Gift sickerte durch ihren Körper, machte jedes Gefühl und jeden Gedanken bitter. Sie dachte an die Jungen, die Tobin gequält hatten, dachte an die Frauen, die zugesehen und sich keinen Rundling um ihren Bruder geschert hatten. Jahrelang hatte sie versucht, ihn zu schützen, und es war vergebens gewesen.

Traum und Wirklichkeit flossen ineinander, und bald gelang es Edda nicht mehr, das eine vom anderen zu unterscheiden. Immer wieder schreckte sie auf, weil sie glaubte, Tobins Stimme dicht an ihrem Ohr zu hören. Reisbreischüsseln, Gläser mit Wasser oder Tassen mit Tee tauchten auf und verschwanden, ohne dass sie je sicher hätte sagen können, wann Ruben im Zimmer gewesen war.

Als sie eines Nachmittags glaubte, Pessas Stimme zu hören, hob sie nicht einmal mehr den Kopf. Sie war oft genug auf die Geister hereingefallen; ununterbrochen flüsterten und wisperten sie, schienen nie ganz zu verstummen.

Dieser Geist aber sprach mit bestimmter, viel zu lauter Stimme: »Dein Vater sagt, dass du seit vier Tagen nichts gegessen und kaum etwas getrunken hast.«

Pessa, in der einen Hand einen Teller, in der anderen eine Tasse, setzte sich neben Edda auf den Boden und fuhr mit der Hand durch die Luft vor Eddas Gesicht, wie um Nebel oder Spinnweben fortzuwischen.

»Hast du nicht den Kreis an unserer Tür gesehen?«, fragte Edda und richtete sich auf.

»Je schneller du isst, umso schneller bin ich wieder zu Hause.«

»Ich kann nichts essen.«

»Du kannst«, behauptete Pessa bestimmt und schob den Teller dichter an sie heran. »Und du musst. Ruben wird bald nach Maunland fahren, um dort nach deinem Bruder zu fragen. Wenn du weiter nichts isst, wirst du ihn kaum begleiten können.«

Edda sah Pessa an. Sie hatte Brot und Lügen gebracht. Nichts, was sie sagte oder tat, würde auch nur das Geringste daran ändern, dass Tobin fort war. Es zuckte in Eddas Fingern. Pessa sollte verschwinden, und zwar schnell. Edda wollte sie stoßen, schubsen, schieben, ihr die Tür vor der Nase zuschlagen. Und gleichzeitig, gleichzeitig wollte sie, dass Pessa die Arme um sie legte, sie festhielt, die Worte noch einmal sagte, und dieses Mal so, dass Edda sie glauben konnte: *Vielleicht ist Tobin in Maunland*. Edda starrte das verblasste Muster des Flickenteppichs an.

»Warum sind wir überhaupt je hierhergekommen?«, fragte sie. »Warum hat man uns überhaupt hierhergebracht? Warum ausgerechnet Colm? Auf dem Grund der Silbersee wären wir besser aufgehoben gewesen.«

»Edda, du meinst nicht, was du sagst.«

Die Trauer lässt uns Dinge sagen, die wir nicht meinen. Sie selbst hatte diese Worte gesprochen. Aber sie hatte überhaupt nichts begriffen. Alles spiegelverkehrt gesehen. Die Trauer ließ einen genau das sagen, was man schon immer hatte sagen wollen. Sie nahm einem die Angst vor jeder Wahrheit.

»Es tut mir leid um jedes Jahr in Colm«, fuhr sie fort. »Es tut mir leid um jedes Jahr, in dem Tobin Angst haben musste und in dem ich Angst um Tobin hatte. Ich wünschte, wir wären nie hierhergekommen.«

Sie ließ sich zurück auf den Teppich sinken. Einen Augenblick saß Pessa hinter ihr reglos, dann rückte sie näher an Edda heran und legte ihr eine Hand auf die Schulter.

»In den letzten Tagen habe ich oft daran gedacht, wie ich euch zum ersten Mal sah, Tobin und dich«, sagte sie. »Bent hatte eine Versammlung einberufen – es muss der Tag gewesen sein, gleich nachdem Ruben euch auf dem Dorfplatz gefunden hatte.«

Gegen ihren Willen horchte Edda auf. In den letzten Jahren hatte sie gelernt, auf jedes Wort zu lauern, das versehentlich oder absichtlich über jene Zeit gesprochen wurde, in der Tobin und sie nach Colm gekommen waren. Ihre eigenen Erinnerungen waren wie eigenwillige Vögel, ihr Flügelschlag war zu schnell, als dass Edda sie je hätte fassen können. Die Welt war für sie erst fest und eindeutig geworden, als sie bereits in Rubens Haus lebte. Aus der Zeit davor war ihr kein Bild, kein Geruch oder Name geblieben.

»Alle im Dorf fragten sich, warum er euch bei sich aufgenommen hatte«, fuhr Pessa fort. »Tagelang sprachen sie von nichts anderem. Rolf Piel erzählte allen, dein Vater müsse kopfkrank geworden sein, sich draußen auf See einen zu kalten Wind eingefangen haben. Dabei hätten sie nur ihre Augen aufmachen und euch ansehen müssen. Ihr wart eine Familie, nur ein Tumbtaumler konnte es nicht erkennen.«

Edda schwieg, betrachtete stumm ihre Finger, bleich und sonderbar fremd im fahlen Licht.

»Dein Vater hat ein Muschelherz, wie die meisten Fischer hier. Was immer er fühlt, ist fest darin verschlossen. Aber nur, weil du es in seinem Gesicht nicht sehen und in seinen Worten nicht hören kannst, heißt das nicht, dass er es nicht fühlt.« Ihre Hand fasste Eddas Schulter ein wenig fester. »Ihr kamt zu ihm, nur wenige Jahre nachdem sein eigener Sohn gestorben war. Er muss Agatha und Lor jeden Tag gedankt haben, dass sie euch zu ihm führten. Vielleicht seid ihr deswegen nach Colm gekommen, Edda. Wegen Ruben. Für Ruben.«

Edda antwortete nicht. Ihr Bruder, der sich vor großen Möwen und kleinen Spinnen fürchtete, war nachts aus seinem Bett gestohlen worden. Etwas hatte ihn fortgeschleppt, ihn hinabgezerrt in die Kälte und endlose Finsternis der See. Und dort trieb er, reglos zwischen glotzäugigen Fischen und scharfzahnigen Drachenrochen, und nie wieder würde ihm jemand das Haar aus der Stirn streichen, ihn umarmen, ihm eine Geschichte aus Centria erzählen, versichern, dass er keine Angst haben musste. Oh, er hatte allen Grund gehabt, sich zu fürchten. Seine Albträume waren wahr geworden. Ein hoher Preis, damit einem Fischer mit Muschelherz für ein paar Jahre die Einsamkeit genommen worden war.

»Ich bin müde«, sagte sie.

Langsam zog Pessa ihre Hand zurück. Die Dielen hinter Edda knarrten, als Pessa erst auf die Knie, dann auf die Füße kam. Sie schien sich nicht länger leicht und fließend zu bewegen, sondern so schwerfällig wie Ruben.

»Er ist noch nicht verloren, Edda«, behauptete sie. »Fahr mit deinem Vater nach Maunland, Edda. Und wenn ihr deinen Bruder dort nicht findet, dann fahr weiter. Such ihn in Klammtal. Such ihn in Centria.«

Edda widersprach nicht, aber sie war sicher, dass sie ihren Bruder in keinem der Dörfer, in keiner der Städte, in keinem Wald, keinem Tal, auf keinem Berg Farlands suchen musste. Und auch wenn Pessa es nicht zugeben wollte, sie wusste es sicher genauso gut wie Edda: Tobin war ein Seekind, und niemand würde ihn je wiedersehen.

7

Ein Schwarz voller Grün, voller Gelb und Blau

Im Nachhinein würde es Edda nie gelingen, den Moment zu bestimmen, in dem ihre Hände die Feder auf dem staubigen Boden ertastet hatten. Plötzlich war sie da, kaum länger als Eddas Daumen und anders als die Möwenfedern, die man überall in Colm fand, nicht weiß oder grau, sondern von einem tiefen satten Schwarz. Früher oder später, dachte Edda schläfrig, würde sich die Feder schon wieder in die Schatten zersetzen, die sie hervorgebracht hatten. Doch so oft Edda davontrieb, einschlief und wieder aufwachte, die Feder blieb. So eindeutig und greifbar wie die Hand, die sie hielt.

Und? Was ging Edda schon eine Feder an? Sie schloss die Augen, aber die Feder war wie ein Kiesel im Schuh, ein Splitter unter der Haut. Sie setzte sich auf, blinzelte in die schwachen Strahlen der Frühlingssonne, die ihr in den Augen brannten, als blende sie jemand mit einem gleißenden Licht.

Ilsa hatte vor Jahren herumerzählt, dass sie, kurz nachdem Karla zum Seekind geworden war, in der Straße vor Karlas Haus eine einzelne Schuppe auf dem Pflaster entdeckt hätte. Niemand hatte die Schuppe je zu Gesicht bekommen. Noch am selben Tag, an dem Ilsa sie gefunden hatte, war sie ihr angeblich gestohlen worden. Edda für ihren Teil war sicher, dass es nie eine Schuppe gegeben hatte, schließlich war nie etwas in den Zimmern der verschwundenen Kinder gefunden worden. Aber an den Bottichen hatte sie allein mit ihrem Verdacht gestanden, und noch Jahre später tauchte die Schuppe in Erzählungen auf.

Edda brachte die Feder so dicht an ihr Gesicht, dass die weiche Federfahne ihre Nasenspitze berührte. Alle waren sich einig gewesen, welche Geschichte die Schuppe erzählte. Aber welche Geschichte erzählte die Feder?

Überhaupt keine. Zumindest keine, die sich Edda erschloss. In ihrem Kopf war es still, ihre Gedanken waren wie verklebt von dem Leim, den die Frauen am Fischhaus für Reparaturen verwendeten. Was war es an der Feder, das sie störte? Das sich querstellte und rieb und scheuerte? *Denk!*

Das Schwarz. Es musste das Schwarz sein. Es war nicht rein und stumpf, es schillerte, trug unzählige andere Farben in sich: Grün und Gelb und Blau und einen Farbton zwischen Blau und Rot. Sie rieb ihre Stirn. *Denk!* Soweit sie wusste, gab es in ganz Farland nur einen einzigen Vogel, der in die Farben der Nacht gekleidet war. Die Krähe. Aber Krähen kannte Edda allein von Goldzahns Zeichnungen. Er hatte sie auf kleinen Zetteln und mit silbrig dunklem Grafit für sie heraufbeschworen, hatte Edda von ihrem teerigen Federkleid erzählt, und davon, dass man unter den Händlern glaubte, die Krähe sei ein Vorbote großen Unglücks.

In Colm aber gab es keine Krähen, hatte es nie welche gegeben. Wer auch immer die Feder hierhergebracht hatte, er musste weit gereist sein. War es möglich, dass Goldzahn selbst sie Tobin geschenkt hatte? In den letzten Jahren hatte er ihrem Bruder immer wieder Kleinigkeiten aus Centria mitgebracht, eine milchig blaue Murmel, eine gelb-weiß gestreifte Zuckerstange. Abwesend presste Edda den spitzen Kiel in ihren Daumen, während ihre Augen über die staubigen Dielen und bis zu dem Flickenteppich wanderten. *Denk!* Beinahe ein Jahr war verstrichen, seitdem die Händler zum letzten Mal in Colm gewesen waren. Wenn die Feder tatsächlich ein Geschenk von Goldzahn war, dann hatte er sie Tobin damals schon geschenkt, und so lange hätte Tobin ein Geheimnis niemals für sich behalten können. Er hätte ihr längst von der Feder erzählt, sie ihr gezeigt. Aber wer außer Goldzahn hätte Tobin die Feder sonst geben können? Der Fremde? Maron? Samuel? Aber auch dann hätte Tobin sich Edda anvertraut, in seinem Leben hatte er noch kein Geheimnis länger als einen halben Tag für sich behalten können. Sie rieb sich die schmerzenden Augen. Und wenn sie über die Feder nachdachte, bis die Fische aus der See und an Land spazierten, sie würde zu keinem neuen Schluss kommen.

Als sie dieses Mal die Augen schloss, kam der Schlaf beinahe im selben Atemzug zu ihr, packte sie am Knöchel und zog sie in die vertraute Finsternis hinab.

An diesem Nachmittag, und nachdem er vier Tage ferngeblieben war, kehrte der geflügelte Schatten zu ihr zurück. Edda fand sich wieder in dem langen dämmrigen Flur, der ihr inzwischen so vertraut war wie der tatsächliche Flur in Rubens tatsächlichem Haus. Ihr Herz schlug schnell, als sie Tobin sah, weniger als ein Dutzend Schritte entfernt von ihr. Hinter ihm stand der Gefiederte, hatte die Schwingen vor Tobins Brust gekreuzt. Sie würde nicht schnell genug sein, auch dieses Mal nicht, das wusste sie, und trotzdem lief sie los. Wie durch Schlamm, Schlick, trübes Wasser kämpfte sie sich durch den endlos langen Flur, während der geflügelte Schatten mühelos davonglitt, Tobin mit sich zog, durch das Fenster und hinaus in die Nacht. Doch dieses Mal hatte der Schatten etwas zurückgelassen. Eine einzelne Feder lag auf dem Boden. Edda bückte sich, hob sie auf und betrachtete das schillernde Schwarz, die unendlich vielen Farben, die es enthielt.

Nachdem sie ganz zu sich gekommen war, ging sie in die Waschkammer. Sie trat an den Zuber und tauchte ihr Gesicht ins kalte Wasser. Fühlte die Kälte wie feine Nadelstiche unter dem Haaransatz, fühlte, wie sie ihr den Nebel aus den Schläfen trieb. Nachdem sie sich aufgerichtet hatte, steckte sie eine Hand in ihre Rocktasche. Überrascht zuckte die zurück, als ihre Fingerspitzen die Feder ertasteten. Sie war noch immer da, gehörte tatsächlich in die Welt, so wie der Waschzuber, das kümmerliche Stück Seife und der Kerzenstummel daneben. Fröstelnd presste sie Unterarm gegen Unterarm. Durch das Fenster sah sie die Möwen, die auf dem Hausdach gegenüber hockten, die Köpfe rucken ließen und schwiegen.

Ein Traum während der Kaltwochen war nie bloß ein Traum. Das hatte Ilsa oft genug behauptet. Nun, das hieß nicht viel, aber auch Pessa schien an die Sprache der Träume zu glauben. Edda löste den Haken, der das Fenster im Rahmen hielt, und zog es zu sich heran. Die Luft war so schneidend kalt wie das Wasser im Zuber und Edda sog sie tief ein. Ein Traum zur Zeit der Kaltwochen war wie ein Weg, hatte Pessa einmal gesagt, gab vielleicht keine klaren Antworten, aber deutete eine Richtung. Was, wenn jene Kreatur, die sich die Kinder Colms geholt hatte, nicht aus den Tiefen der Silbersee zu ihnen hinaufgestiegen war?

Was, wenn Eddas Traum tatsächlich etwas bedeutete? Was, wenn Tobin kein Seekind war, nicht auf dem Grund der Silbersee trieb, sondern sich an einem anderen Ort befand, einem, von dem Edda nicht das Geringste wusste?

***

Edda stolperte auf dem Weg die Treppe hinunter und hätte auf den Stufen den Halt verloren, wenn nicht Ruben neben ihr aufgetaucht wäre und sie am Ellbogen gepackt hätte.

»Siehst du, was geschieht, wenn du tagelang nichts isst?«, fragte er.

Sie nickte ergeben und ließ sich von ihm bis in die Wohnstube und dort zum Esstisch führen.

»Ich mache etwas zu essen«, sagte er schnell und verschwand in der Küche, bevor sie widersprechen, ihm erklären konnte, dass sie keinen Hunger hatte und auch nie wieder Hunger haben würde.

Nachdem Ruben eine Weile mit Tellern und Schüsseln gescheppert hatte, kehrte er zurück und stellte Pessas Brot und zwei dampfende Schalen auf den Tisch. Sie aßen schweigend. Jeder Biss kostete Edda Anstrengung. Das Kauen war anstrengend, das Schlucken, sogar die plötzliche Schwere im Bauch zu ertragen war anstrengend. Sie musste die Lippen zusammenpressen, um den Reisbrei unten zu behalten.

Während sie aß, fühlte sie die Feder in ihrer Tasche, als sei sie lebendig, ein winziger Vogel, der jeden Moment hervorflattern könnte. Solange sie selbst noch zu keinem Schluss gekommen war, was sie von der Feder halten sollte, hatte sie nicht vor, Ruben ihren Fund zu zeigen. Sie würde mit Samuel sprechen, ja, das als Erstes, sie würde ihn fragen, ob er die Feder schon einmal gesehen, ob Tobin mit ihm gesprochen hatte, und dann ... Ein Klopfen an der Haustür ließ sie aufschrecken. Ungehalten legte Ruben seinen Löffel ab.

»Was zum Wassermann? Ich habe Pessa gesagt, dass sie nicht noch einmal vorbeikommen soll. Wenn Freya und Bent erfahren, dass sie sich nicht ans Gebot der Trauerzeit hält ...« Schwerfällig versuchte er sich aus dem Stuhl zu erheben, doch Edda kam ihm zuvor.

»Ich muss ohnehin mit Pessa sprechen«, erklärte sie und lief durch die Wohnstube, vorsichtig, als folgte sie einer unsichtbaren Linie.

Bevor sie die Tür öffnete, hielt sie inne. Strich ihr Trauerkleid glatt, setzte ein Gesicht auf, von dem sie hoffte, dass es angemessen ernst und freundlich war. Sie musste sich entschuldigen, für das, was sie gesagt hatte, und mehr noch für das, was sie gedacht hatte. Sie öffnete die Tür, die ersten Worte bereits auf den Lippen, und erblickte Stine Moot.

Stine Moot war einen überraschten Schritt zurückgewichen, als Edda die Tür geöffnet hatte, so als hätte sie nicht damit gerechnet, dass jemand auf ihr Klopfen antworten würde. Ihr Blick irrte zu den dunklen Fenstern der Nachbarshäuser. Mit der einen Hand hielt sie ihr Schultertuch vor der Brust geschlossen, die andere hatte sie zur Faust geballt und gegen ihren Oberschenkel gepresst.

»Edda, ich bin gekommen, weil ...« Sie hielt kurz inne. »Ich habe von Tobin gehört.«

Edda starrte Stine Moots rotfleckige Hände an. Deutlich zeichneten sich Sehnen, Adern und Knochen unter der dünnen Haut ab. *Ich sollte sie hereinbitten*, dachte Edda, ohne sich von der Stelle zu rühren.

»Was ich gesagt habe, am Abend des Feuerfests ...«, fuhr Stine stockend fort. Sie schien Edda berühren zu wollen, stattdessen umklammerte sie aber bloß die eine mit der anderen Hand. »Ich weiß, wie du dich fühlst. Ich weiß, wie ...«

Ihre Lippen bewegten sich, aber Edda hörte die Worte nicht. Vor Stine, wie sie Edda jetzt und hier gegenüberstand, schob sich jene Frau vom Abend des Feuerfests, und die Flammen erleuchteten ihre blasse Haut, und sie hob die Hand und deutete auf Tobin. *Dich würde niemand vermissen.*

»Ich vermisse ihn«, sagte Edda leise. Rasch trat Stine Moot vor und griff Edda bei den Schultern. Einen Moment standen die beiden still, beinahe in einer Umarmung. Über ihnen keckerten die Möwen, und irgendwo in der Ferne rief eine Eule.

»Ich sollte wieder gehen«, sagte Stine schließlich, und Edda nickte, aber noch bevor Stine sich umdrehen konnte, hielt Edda sie noch einmal zurück.

»Stine, wenn du etwas gefunden hättest, in Hensys Zimmer? Was hättest du damit getan?«

»Wie …?« Stine stand mit einem Mal sehr gerade. »Warum fragst du, Edda? Hast du etwas gefunden?« Wachsamkeit war in ihren Schultern, und sie sah Edda an, so wie die Frauen Edda von jeher angesehen hatten: mit Misstrauen und Vorbehalt.

Edda tastete nach der Feder. Sie wollte sie Stine so wenig wie Ruben zeigen. Aber auch Stine hatte ein Kind verloren. Langsam zog Edda die Hand aus der Tasche, hielt die Feder in die Höhe. Halb hatte sie damit gerechnet, Stine würde nach der Feder greifen, sie ihr aus der Hand reißen wollen, Stine aber sah die Feder nicht einmal richtig an.

»Federn findest du in Colm wie Sandkörner am Strand«, sagte sie.

»Aber sie ist schwarz! Möwen haben keine schwarzen Federn.«

Stines Gesicht blieb unbewegt. »Wahrscheinlich hat Samuel sie Tobin gegeben. Passt zu den Dingen, die er sammelt. Einer der Händler wird sie ihm geschenkt haben.«

Edda sackte ein Stück in sich zusammen. »Nein, aber ich …«

Da war der Traum. Da war der Traum, und er hatte etwas zu bedeuten. Musste etwas zu bedeuten haben. Nur dass Edda die Worte fehlten, um ihn Stine zu beschreiben.

Stine warf einen Blick die Gasse hinunter, fröstelte, zog ihr Schultertuch enger.

»Schau sie dir zumindest an.« Edda hielt ihr die Feder weiter entgegen.

Zögernd nahm Stine sie in die Hand. Musterte sie. Und gab sie Edda nach viel zu kurzer Zeit zurück.

»Wenn du wissen willst, woher sie kommt … du … du müsstest jemanden finden, der die Alte Sprache spricht«, sagte sie.

Edda runzelte die Stirn. Sie wusste wenig über die Alte Sprache – nur das, was sich die Frauen an den Bottichen erzählten: Wer die Alte Sprache beherrschte, hieß es, kannte die wahren Namen der Dinge, und indem er sie benannte, konnte er sie verändern, nach den eigenen Wünschen formen, zerstören, verwandeln, in Zeit und Raum versetzen.

»Was nützt mir die Alte Sprache, wenn ich etwas über die Feder wissen will?«

»Wer die wahren Namen der Dinge kennt, der weiß oft auch um ihren Ursprung. Manche der Hexen können hören, aus welchem Teil der Welt die Dinge stammen.« Stine zuckte die Achseln. »Das ist es zumindest, was meine Mutter mir erzählt hat. Ob es stimmt, weiß ich nicht. Du könntest Maron fragen.«

Edda nickte, so als zöge sie Stines Vorschlag in Betracht. Tatsächlich glaubte sie für keinen Rundling daran, dass Maron die Alte Sprache beherrschte. Die Hexe lebte in einer heruntergekommenen Hütte, die beinahe in sich zusammenfiel, und machte Geschäfte mit den Fischersfrauen, die aus ihrer Verachtung ihr gegenüber keinen Hehl machten. Warum würde jemand, der die Welt nach seinen Wünschen formen konnte, ein solches Leben führen?

Ein Rascheln vom anderen Ende der Gasse her ließ Edda und Stine herumfahren. Sie warteten, ob Freya oder vielleicht auch nur die alte Muriel aus den Schatten treten würde. Als nichts geschah, sprach Stine weiter: »Vor einigen Jahren – du wirst dich nicht daran erinnern können, du warst zu jung – verschwand Swantjes Tochter Frederike.«

Edda nickte langsam. Sie konnte sich nicht an Frederike selbst erinnern, aber sie wusste, wer Swantje war.

»Swantje hat damals das Fenster in Frederikes Zimmer zerschlagen, weil sie sicher war, im Glas eine Botschaft entdeckt zu haben. Sie wollte in den Scherben nach ihr suchen.«

Edda wusste von dem feinen Netz heller Narben, das Swantjes Hände überzog, und sie wusste auch, dass man Swantje im Dorf aus dem Weg ging, weil alle sich einig waren, dass sie nach Frederikes Verschwinden kopfkrank geworden sei. Sie sog ihre Unterlippe ein und schwieg.

»Glaub mir, Edda, nachdem Hensy zum Seekind wurde … ich habe das Haus so lange durchsucht, bis ich jede Spinne und jedes Staubkorn kannte. Es ist leicht … sich zu verlieren.«

Wortlos steckte Edda die Feder zurück in ihre Tasche und dankte Stine knapp, bevor sie zurück ins Haus trat. Stines Worte klangen vernünftig, und vielleicht jagte Edda tatsächlich bloß Seegespenstern nach, doch je länger sie hier draußen stand, den kalten Wind auf ihrer Haut und in ihrem Schädel spürte, umso weniger glaubte sie daran, dass es eine einfache Erklärung für die Feder gab.

An diesem Abend konnte Edda nicht einschlafen. Konnte nicht einmal stillsitzen. Lief in Tobins Zimmer auf und ab, während in ihrem Kopf die Gedanken kreisten. Sie fühlte alles. Wie ihr das Herz in der Brust pochte, das Blut durch die Adern schoss, wie die Luft in sie hinein- und aus ihr hinausrauschte. Erst als ihr schwindelte, setzte sie sich auf den Flickenteppich in die Mitte des Zimmers. Sie musterte die Feder. Wie bestimmte man den Ursprung der Dinge? Was musste man tun, was musste man sagen?

»Woher kommst du?«, flüsterte sie und hielt die Feder an ihr Ohr.

Die Feder war so stumm wie nur ein totes Ding stumm sein konnte. Schnell ließ Edda sie sinken, kam sich albern vor, nur einen Steinwurf entfernt von der kopfkranken Swantje, über die man im ganzen Dorf tuschelte.

Sie hatte die Feder gerade wieder in ihre Rocktasche gesteckt, als sie das Klopfen hörte. Es war ein unterdrückter, ferner Laut, leise genug, um sie zweifeln zu lassen, dass sie ihn tatsächlich gehört hatte. Stines Besuch musste Geister heraufbeschworen haben, und nun spukten sie durch Eddas Ohren und – ein weiteres Klopfen, entschiedener, lauter als das erste. Edda sprang auf. Etwas an dem Klopfen war ihr nicht geheuer. Vielleicht nur die späte Stunde oder der Umstand, dass zum dritten Mal jemand das Gebot der Trauerzeit missachtete. Vielleicht auch der eilig drängende Takt.

Leise trat Edda ans Fenster, löste den Haken und zog es zu sich heran. Sie schob sich auf die Zehen und beugte sich vor. Zunächst konnte sie kaum mehr erkennen als einen Knoten schemenhafter Formen, eine Ballung an Dunkelheit und ungefährer Bewegung. Erst allmählich gewöhnten sich ihre Augen an die Finsternis.

Unter dem Fenster stand jemand. Eine Frau, glaubte Edda, auch wenn sie nicht mehr sehen konnte als ein Paar schlanker weißer Hände, die aus einem Umhang hervorschauten. Haar und Gesicht waren vollständig unter der breiten Kapuze verborgen.

So behutsam, wie Edda das Fenster geöffnet hatte, öffnete nun Ruben unter ihr die Tür und trat in die Gasse hinaus. Wie leise und flink er sich bewegte. Kaum zu glauben, dass es sich um denselben Mann handelte, der sich noch Stunden zuvor kaum aus seinem Stuhl hatte erheben können.

»Was, bei den Heiligen Schwestern?«, zischte er. »Ich habe dir gesagt, dass ich …« Er flüsterte, sprach zu schnell und zu leise, als dass Edda ihn hätte verstehen können.

Die Schwarzgekleidete antwortete, im selben angestrengten Flüsterton – Edda konnte nicht einmal ihre Stimme erkennen.

Während Ruben und die Frau miteinander flüsterten – stritten sie? –, hatte es zu schneien begonnen. Immer dichter fielen die Flocken auf die beiden hinab, sammelten sich auf Rubens schütterem Haar und der nachtschwarzen Kapuze der Frau.

»… musst du jetzt gehen …«, hörte Edda Ruben schließlich sagen.

Die Frau nickte, strich sich Schneeflocken aus dem Gesicht und die Kapuze zurück. Edda fuhr zusammen, als hätte sie sich an der kalten Nachtluft verbrannt. Die Wangen heiß, den Kopf voller Lärm starrte sie der Hexe Maron nach, wie sie sich umdrehte und mit schnellen Schritten Richtung Hafen davoneilte. In ihrem Umhang war sie wie ein flüssiger Schatten, ein Drachenrochen, der vollkommen lautlos durch das Schneegestöber glitt und schließlich zwischen den weißen Flocken verschwand, die wirbelten und tanzten, nicht nur zu fallen, sondern aufzusteigen schienen.

8
Halb Mensch, halb Vogel

Edda stand vor dem Spiegel in der Waschkammer, genau wie sie es am Abend des Feuerfests getan hatte – so dicht, dass ihre Nasenspitze beinahe das Glas berührte. Jahr um Jahr hatte sie hier ihr Gesicht auf Unterschiede und Veränderungen überprüft. Nun war weniger als ein halber Mond seit ihrer letzten Begutachtung verstrichen, und trotzdem war das Mädchen im Glas eine Fremde. Eine Fremde, die sich in Eddas Zimmer geschlichen, das dunkelblaue Festtagskleid aus ihrem Schrank geholt und angezogen hatte. Keine der Frauen war nach Tobins Verschwinden vorbeigekommen, um Edda dabei zu helfen, es in Trauerschwarz zu färben.

Sie musste das spitze Ende des Kiels in ihren Daumen pressen, um nicht zurückzufallen in die schwadendurchzogene Welt der schweren Träume und des meertiefen Schlafs.

Da war die Feder, und wo die Feder war, war eine Spur, und wo eine Spur war, war ein Weg, und am Ende des Weges wartete vielleicht Tobin.

Sie hatte nicht gesehen, wie Jeppe und Alf zum Haus gekommen waren, um den schwarzen Kreis von der Tür zu waschen. Aber sie war sicher, dass die beiden Männer schon in den frühen Morgenstunden dagewesen sein mussten. Die Trauerzeit war vorbei, der Tag, an dem man Ruben am Hafen und Edda am Fischhaus erwartete, gekommen.

Als sie die Wohnstube betrat, saß Ruben bereits am Esstisch. Er hatte nicht nur seine eigene Schale, sondern auch Eddas mit Reisbrei gefüllt – so randvoll, dass einige Klumpen auf dem Tisch gelandet waren.

Noch bevor Edda sich setzte, noch bevor sie die Löffel aufnahmen, um schweigend ihren Brei zu löffeln, wusste sie, dass Ruben auch an diesem Morgen kein Wort über Marons Besuch verlieren würde. Während der letzten zwei Tage hatte sie vergeblich auf eine ernüchternd einfache Erklärung gewartet, warum die Hexe mitten in der Nacht an seine Tür geklopft hatte. Stattdessen hatte sich eine schweigsame Stunde an die nächste gereiht, und auch an diesem Morgen blieb Ruben stumm, öffnete den Mund erst, als Edda bereits die schmutzigen Teller in die Küche gebracht hatte und sich bereit machte, zum Fischhaus aufzubrechen.

»Edda, willst du dich nicht umziehen?«, fragte er.

Seine Augen waren auf die Tischplatte zwischen seinen Händen gerichtet. Umziehen? Einen Moment stand sie ratlos, die Hände um den Knoten ihres Schultertuchs gelegt. Dann erst verstand sie: Ruben sprach von dem Festkleid.

»Warum?«, fragte sie. Fragte, obwohl sie wusste, was Freya und die anderen Frauen davon halten würden, dass sie auch nach Ende ihrer Trauerwoche im Festkleid am Fischhaus auftauchte. Die Trauerzeit war vorbei, und genau wie von all den Müttern, die in den vorangegangenen Jahren ihre Kinder verloren hatten, wurde auch von Edda erwartet, dass sie nun an ihren Bottich zurückkehrte und ihre Trauer in einer Schublade verstaute, wie einen Gegenstand, für den niemand weiter eine Verwendung hatte. Sie sah zum Fenster hinüber und hinaus in die Hafengasse. Freya und Agnes und Sige, das Fischhaus, die Bottiche und die Kapelle, Ilsa und Hans und Teofin – hinter Rubens Tür lag die Welt unverändert. Nur Tobin war verschwunden, alles andere war noch da. Die Stampfer der Frauen und Kinder bewegten sich immer noch auf und ab, im selben Takt, wie sie es immer getan hatten, Ilsa schlug nach wie vor ihre Räder, und Hans würde sich bereits einen neuen Jungen gesucht haben, den er durchs Dorf jagen konnte. Kein einziges Fischerhaus war eingestürzt und niemand vor Kummer gestorben, nicht einmal Edda.

»Du machst es dir bloß schwer«, murmelte Ruben.

Schnell sah sie auf, und als sie sprach, war ihre Stimme kühl wie Freyas an schlechten Tagen. »Tobin ist fort. Ich wusste nicht, dass es leicht sein sollte.«

Bevor Ruben etwas entgegnen konnte, wandte sie sich ab, um mit raschen Schritten aus der dämmrigen Wohnstube in den dämmrigen Flur zu treten.

***

Die Frauen waren freundlicher, als Ruben es angenommen und Edda es für möglich gehalten hatte. Freya führte Edda zu ihrem Bottich, ohne ein Wort darüber zu verlieren, dass sie zu spät gekommen war und noch ihr Festtagskleid trug. Und auch die Arbeit selbst war erträglicher, als Edda es erwartet hatte. Gewöhnlich zählte sie die Stunden, bis sie den Stampfer endlich ablegen und nach Hause gehen konnte, an diesem Tag aber störte sie nichts, nicht der beißende Colmingeruch, der ihr die Tränen in die Augen trieb, nicht, dass ihr die Handflächen juckten und brannten, nicht, dass ihr die Arme schwer wurden. Sie verlor sich nicht nur in der gleichmäßigen Bewegung des Stampfens, sondern in ihren eigenen Gedanken. Während sie die Arme hob und senkte, die Schuppen der Fische ihre Umrisse verloren und zu einem glänzenden Brei zerfielen, dachte Edda an all die Menschen, mit denen sie in den nächsten Tagen sprechen würde. Samuel würde sie nach der Feder fragen, Pessa nach ihrem Wissen über Krähen. Vielleicht gab es Krähen in Klammtal, vielleicht erzählte man sich dort oder in den umliegenden Städten Geschichten vom geflügelten Schatten, so wie man sich in Colm Geschichten von Agatha und Lor erzählte. Neben Samuel und Pessa würde sie womöglich auch den Fremden befragen müssen. Er schien ein Reisender zu sein und musste auf seinen Reisen das ein oder andere gehört und gesehen haben. Und zu guter Letzt war da die Hexe, auch wenn Edda nicht hätte sagen können, ob sie mit ihr über die Feder sprechen oder bloß herausfinden wollte, warum sie in jener Nacht an Rubens Tür geklopft hatte.

Als Freya die Mittagspause ausrief, ließ Edda den Stampfer nur widerwillig sinken. Sie wartete, bis alle anderen bereits im Fischhaus verschwunden waren, bevor sie ihnen folgte. Die Tür war längst wieder ins Schloss gefallen, und Edda blieb reglos vor ihr stehen. Sicher wartete Teofin auf der anderen Seite. Bisher hatten sie kaum mehr als ein scheues Winken ausgetauscht, und wäre es nach Edda gegangen, hätten sie es auch dabei belassen können. Sie wusste bereits, was er zu ihr sagen würde, sollte sie ihm die Feder zeigen. Genau wie Stine würde er ihr bloß von Swantje erzählen. Er würde ihr nicht glauben, davon war sie überzeugt. In seiner Welt war die Feder keine Spur, Edda kopfkrank vor Kummer und Tobin bereits tot. Aber sie wollte weder seinen Trost noch sein Mitleid. Sie wollte weiter an die Feder glauben. Was, wenn sie einfach die Pause durcharbeitete? Freya würde kaum etwas dagegen einzuwenden haben. Aber im Grunde wusste sie, dass es keinen Unterschied machte: Wenn sie nicht früher oder später im Fischhaus auftauchte, würde Teofin zu ihr herauskommen. Er konnte hartnäckig wie seine Mutter sein. Ergeben öffnete sie die Tür.

Teofin lehnte am Geländer der Kellertreppe. Er versuchte, gelassen auszusehen, die Anspannung in seinem Gesicht aber verriet, dass ihn sein Bein gezwungen haben musste, eine Stütze zu suchen.

»Da bist du ja endlich«, stellte er fest und lächelte. Sein Mund verzog sich angemessen, durch sein Gesicht aber geisterte ein Schatten jener vorsichtigen Wachsamkeit, mit der er sonst nur Hans oder Ilsa ansah.

Sie nickte. Dann sahen sie zu Boden, schwiegen, und die Stille zwischen ihnen war auffällig, aufdringlich. Warum zum Wassermann hatte er auf sie gewartet, wenn er ihr genauso wenig zu sagen hatte wie sie ihm?

»Gehen wir rein?«, fragte sie schließlich, und er nickte hastig. Erleichtert.

Im Saal nahmen sie ihre üblichen Plätze ein Stück abseits der anderen ein. Umgeben vom Gewirr der Stimmen, dem Scheppern der Löffel und Schüsseln fiel die Stille zwischen ihnen nicht weiter auf. Während sie aß, bemerkte Edda Teofins wachsame Seitenblicke, und sie achtete darauf, nicht in seine Richtung zu schauen. Beobachtete stattdessen Freya, Roven und Agnes, Ilsa und Hans. Genau wie Edda es sich schon zu Hause in Rubens Wohnstube vorgestellt hatte, war die Welt im Fischhaus unverändert. Die Frauen führten dieselben Gespräche, die sie immer geführt hatten, über die Arbeit, die Kälte, die Anreise der

Händler in ein paar Wochen. Weder die Seekinder noch der meerferne Fremde hielten Einzug in ihre Gespräche. Immer dasselbe, immer das Gleiche, und während Edda Ilsa dabei zusah, wie sie einen ihrer Zöpfe um den Zeigefinger wickelte und Hans bedeutsame Blicke zuwarf, war es ihr, als sei sie von einer langen Reise heimgekehrt, als sei sie Tausende Meilen gewandert, an den finsterfremdesten Orten gewesen, nur um nach Hause zurückzukehren und festzustellen, dass auch die Heimat fremd geworden war.

Vorsichtig stellte sie ihre Schale auf den leeren Platz neben sich, umfasste die Vorderkante der Bank mit beiden Händen und hielt sich fest. Obwohl sie den Widerstand der hölzernen Sitzfläche unter sich spürte, schwindelte ihr, als stünde sie auf einer schwankenden Leiter. Auch Teofin hatte seine Schale abgestellt und musterte Edda wachsam.

»Ist es seltsam … wieder hier zu sein?«, fragte er und fuhr fort, bevor sie antworten konnte. »Ich meine, die ganzen Menschen hier … Wahrscheinlich warst du sehr einsam …« Hilflos verstummte er.

Edda nickte. Als hätten seine Worte auch nur das Geringste zu tun mit dem Ort, an dem sie gewesen war.

»Ja, sicher«, sagte sie und stand auf, erleichtert, an ihren Bottich zurückkehren zu können.

***

Die meisten Geschichten in Colm nahmen ihren Ursprung an den Bottichen. Hier bekamen sie Namen, neue Anfänge und Enden, hier wuchsen sie heran zu Ungeheuern mit drei, vier, fünf Köpfen, weit aufgerissenen Mäulern und schillernden Augen, in denen sich die Welt spiegelte. In den Sommermonaten sprachen die Frauen und Mädchen vor allem über Everett Dunn und darüber, dass er sich noch immer keine Frau gesucht hatte. Weil man aber auch über Everett Dunn nur eine begrenzte Anzahl von Stunden sprechen konnte, gingen sie früher oder später zu den Händlern über, meist zu Nevin Goldzahn, der seinen Namen trug, weil man goldene Zähne in seinem Mund aufblitzen sah, wenn er lachte oder gähnte. Ilsa behauptete, Goldzahn könne seine Zähne aus dem Mund klauben und andere Händler mit ihnen bezahlen, wenn er einmal nicht genug Rundlinge bei sich trage. Aber Ilsa erzählte auch, dass sie Maron auf einem Seebären über den Marktplatz hatte reiten sehen und dass im Jahr zuvor in der Nacht vor Mittsommer eine schimmernde Gestalt vom Inselreich her übers Wasser auf die Küste zugelaufen war. Wenn die Tage kälter und dunkler wurden, sprach man an den Bottichen weniger über Everett Dunn und mehr über das Inselreich, über Menschen, deren Blut blau und deren Haut von schillernden Schuppen bedeckt war, über Frauen, die sich nicht auf zwei Beinen, sondern mithilfe ihres Fischschwanzes fortbewegten und die singen konnten, dass den Männern das Blut aus den Ohren schoss, über Hexen, die ihre Häuser auf Wasser wie auf Erde bauten, über Bäume, die aus der See wuchsen und von deren tropfenden Ästen keine Blätter, sondern Muscheln sprossen, und über Wassermänner, die in Schwärmen durchs Wasser glitten, immer auf der Suche nach Männern, Frauen, Kindern, die sie mit sich in die Tiefe ziehen konnten.

Edda hatte noch nie viel auf die Geschichten gegeben, sicher nicht, wenn Ilsa diejenige war, die sie erzählte. Nach der Mittagspause und kaum, dass Edda ihren Stampfer wieder aufgenommen hatte, bemerkte sie, dass Ilsas Spinnzunge wieder am Werk war. Sobald Freya ihnen den Rücken gekehrt hatte, scharten sich die jüngeren Kinder um Ilsa, mit gerecktem Hals und aufgerissenen Augen hingen sie an ihren Lippen. Edda stand zu weit entfernt, als dass sie hätte verstehen können, was Ilsa sagte, aber so war es ihr ganz recht. Sie konnte sicher sein, dass es das Übliche war: die Schuppe, die See, das Monster. Ihre Hand tastete nach der Feder. Wenn Ilsa und die anderen wüssten, dass Edda tatsächlich etwas gefunden hatte. Aber sie würde einen Wassermann tun, die Feder herumzuzeigen. Stattdessen versuchte sie, sich in dem gleichmäßigen Ablauf des Stampfens zu verlieren. Doch aus dem angestrengten Murmeln, dem aufgeregten Flüstern der anderen Kinder tauchten immer wieder einzelne Worte auf, wurden angeschwemmt wie Treibgut und rissen Edda immer wieder aus ihren Gedanken … *ihn in der Alten Sprache hat singen hören … braucht keine Türen … kommt und geht durch die Fenster.*

Edda trat von ihrem Bottich zurück, der Stampfer lag schwer in ihrer Hand. Sie wischte sich den Schweiß von der Stirn und blinzelte. *Hör nicht hin!*, befahl sie sich selbst, aber sie hatte schon längst den Kopf geneigt. Die Ohren gespitzt.

Der Gefiederte, wisperte Ilsa, und Edda legte ihren Stampfer endgültig ab. *Der Gefiederte*? Sprach Ilsa von dem geflügelten Schatten? Aber wie war es möglich, dass Ilsa von ihm wusste? Edda hatte niemandem in Colm von ihrem Traum erzählt, nicht einmal Teofin, Ruben oder Pessa. Und sie war sicher, dass auch Tobin niemandem seinen Traum anvertraut hatte. So gut wie sicher. Nun, es war nicht undenkbar, dass er mit Jost oder Samuel gesprochen hatte.

Edda wartete, bis Freyas wachsame Augen über sie hinweggewandert waren und sie sich wieder Agnes zugewandt hatte. Betont gelassen und ohne große Eile schlenderte sie hinüber zu Teofins Bottich.

»Wovon redet Ilsa da?«

»Ach.« Teofin wich ihrem Blick aus und zuckte die Achseln. »Seit ein paar Tagen schon erzählt sie von nichts anderem als diesem Geschöpf, halb Mensch, halb Vogel, und angeblich … Edda?«

Mit drei schnellen Schritten hatte Edda die Gruppe von Kindern erreicht, die Ilsa noch immer umringten. Sie blieb hinter Jost und Ole stehen, halb verborgen hinter den beiden Jungen, aber nahe genug, um Ilsa deutlich zu verstehen.

»Er reitet auf Wolken und läuft auf dem Wasser. Er braucht keine Straßen und keine …« Ilsa verstummte, als sie Edda bemerkte.

»Erzähl deine Geschichten ruhig weiter«, sagte Edda.

Ilsa lächelte, lächelte ihr sonderbares Lächeln, das immer nur die eine Hälfte ihres Gesichts zu erreichen schien. Der rechte Mundwinkel hob sich, während der linke bloß nach außen zog.

»Ilsa erzählt von dem, der die Kinder holt«, flüsterte Jost.

»Und weiß Ilsa zufällig auch, was er mit den Kindern macht?«, fragte Edda.

»Er isst sie«, hauchte Jost und sah ehrfürchtig zu Ilsa hinüber.

Edda atmete Ärger und Enttäuschung in einem raschen Stoß aus. Hatte sie tatsächlich geglaubt, dass sich Ilsas Geschichte unterschied von all den anderen Geschichten, die man sich schon immer an den Bottichen erzählt hatte? Die Hexen aßen die Kinder, die Echsen aßen die Hexen, die Seegespenster aßen die Fischer, die fliegenden Quallen aßen alles, was ihnen in die Tentakel kam. Wenn man in Colm nicht wusste, was man sich über den Archipel und seine Gefahren erzählen könnte, sprach man darüber, wer wen fraß: bei lebendigem Leib, auf dem Grund des Meeres, über Feuern geröstet und mit Zucker bestreut. Edda hätte es besser wissen sollen, sich nicht durch Ilsas dummes Spinngerede von ihren eigenen Überlegungen ablenken lassen dürfen. Mit einem raschen Kopfschütteln wandte sie sich ab, als Hans hinter seinem

Bottich hervorsprang und ihr den Weg versperrte. Er brachte sein Gesicht so nah an ihres, dass sie seinen reisbreisauren Atem riechen konnte.

»Er isst sie nicht!«, zischte er. »Er hat einen kleinen silbernen Löffel, mit dem gräbt er ihnen die Augen aus dem Schädel und trägt sie wie Perlen um den Hals.«

Edda sah Hans an. »Tobin ist fort. Und Hensy. Und Klaas. Und all die anderen. Geht das nicht in eure Hohlschädel? Wir sehen sie vielleicht nie wieder. Und nächstes Jahr verschwindet euer Bruder, eure Schwester. Oder vielleicht seid ihr es selbst. Und ihr habt nichts Besseres zu tun, als dumme Geschichten zu erzählen?«

Hans senkte den Blick. Ilsa aber schaute Edda weiter unverwandt in die Augen.

»Warum suchst du nicht nach deinem Bruder, Edda? Wenn er dir so viel bedeutet, warum suchst du nicht nach ihm?«

»Ich *habe* nach ihm gesucht. Am Strand und am Hafen und oben bei der Kapelle. Ich suche nicht weiter, weil ich nicht weiß, wo ich noch suchen soll.«

»Oh, aber ich kann dir sagen, wo du nach ihm suchen musst. Ich kann dir sagen, wer ihn geholt hat.« Sie senkte die Stimme. »Der König der Krähen hat sich deinen Bruder geholt. Und er lebt auf einer der Inseln dort draußen.« Sie deutete mit dem Kinn in Richtung der Silbersee. »Dorthin bringt er die Kinder. Er isst sie nicht. Und er gräbt ihnen auch nicht die Augen aus. Er verwandelt sie in Vögel. Damit er weniger einsam ist.«

Der König der Krähen. Eddas Nacken kribbelte, als huschten Tausende kleine Käfer über ihre Haut. Der König der Krähen auf einer der Inseln. Warum hatte sie selbst nicht an die Inseln gedacht? Ihre Gedanken waren von der See und zum Land gewandert, ohne die Inseln auch nur zu streifen. Aber war es nicht möglich, dass der geflügelte Schatten dort draußen auf einer der unzähligen Inseln ... *Halt!* Mit einem Ruck sah Edda auf und Ilsa an, sah das Funkeln in ihren Augen, das schiefe Lächeln. Ilsa hatte eine Spinnzunge. Schon immer gehabt. Woher sollte ausgerechnet sie wissen, wo der Mann, halb Mensch, halb Vogel, lebte? Es war Eddas und Tobins Traum, und Edda selbst wusste nichts weiter, als dass der Schatten sich weder von geschlossenen Türen und Fenstern noch von Agathas und Lors Farben aufhalten ließ.

»Ich glaube dir kein Wort«, sagte sie langsam und hoffte, dass man den Zweifel nicht in ihrer Stimme hörte. Der Gefiederte im Inselreich. Ilsas Geschichte war ihr bereits ins Blut gesickert, wie eine Krankheit, wie ein Fieber.

Ilsa zuckte gleichmütig die Achseln. »Ich sage dir, wo du deinen Bruder finden kannst. Ob du mir glaubst oder nicht, ist deine Sache.«

Ein Pfiff vom anderen Ende des Hofes ließ Ilsa, Edda und die anderen herumfahren. Freya, die Hände in die Hüften gestemmt, sah zu ihnen herüber.

»Habt ihr Schwierigkeiten, eure Bottiche zu finden?«, rief sie.

Die Kinder stoben auseinander, und auch Ilsa kehrte Edda den Rücken. Wieder an ihrem Bottich nahm Edda den Stampfer auf, doch ihre Hände zitterten, und es wollte ihr nicht gelingen, in den gleichmäßigen Rhythmus zu finden, der ihre Arbeit zuvor bestimmt hatte.

***

Als Edda nach Hause kam, empfing sie der Geruch gekochter Linsen. Linsen gab es nur an Festtagen, und Ruben hatte sie wohl eigens für Edda gekocht. Dabei aß sie seit Tagen, was immer er ihr vorsetzte.

Hätte Kiesel geschluckt, wenn sie so schneller zu Kräften gekommen wäre.

An diesem Abend aber schienen ihr die Linsen im Hals zu scheuern, *Warum suchst du nicht nach deinem Bruder?* Ilsas Frage war wie eines jener Krummmesser, mit denen die Fischer die Colminfische ausweideten. Mit jedem Atemzug konnte Edda die sichelförmige Klinge spüren, irgendwo zwischen ihren Rippen.

Auch Ruben aß wenig. In den letzten Tagen schienen sich seine ohnehin schon krummen Schultern noch weiter zusammengezogen zu haben. Lag auch er Nacht für Nacht wach? Konnte auch er keinen Schlaf finden? Und was brachte ihn durch die Tage? Anders als Edda hatte er keine Feder.

»Was glaubst du, wo Tobin ist?«, fragte sie.

Ruben ließ seinen Löffel sinken. Ein halber Mond war verstrichen, ohne dass sie ein Wort über Tobin und sein Verschwinden miteinander gewechselt hätten.

»Mit der Frage kannst du dich lange quälen und bekommst doch nie eine Antwort«, antwortete er schließlich.

»Und du stellst sie dir nicht?«

Ruben zerdrückte seine Linsen. »Er ist ertrunken, Edda.«

»Er wäre niemals allein zum Strand gegangen! Das weißt du. Er lag in seinem Bett, und dann war er fort. Wie soll er ertrunken sein?«

»Vielleicht wurde er von einem Wassermann geholt.«

»Wassermänner wurden hier noch nie gesehen. Sie kommen nicht so nah an die Küste, das hast du selbst oft genug gesagt. Und an Land würden sie auch nicht gehen.«

»Du hast mich gefragt, und das ist meine Antwort: Wenn wir draußen auf See sind, halten wir Ausschau nach unseren Kindern. Wir alle.«

»Aber was, wenn er nicht draußen im Meer ist? Sondern auf den Inseln? Er könnte im Inselreich sein. Jemand könnte ihn geholt haben.«

»Jemand?«

»An den Bottichen sprechen sie von einem, den sie den König der Krähen nennen. Sie sagen, dass er die Kinder mit hinaus auf die Inseln nimmt. Ilsa hat behauptet ...«

»Ilsa! Ich habe geglaubt, du seist die Letzte, die ich vor dem Mädchen und ihren Geschichten warnen muss.«

»Ich weiß, dass Ilsa eine Spinnzunge hat, aber in der Nacht, bevor Tobin verschwand ... Tobin hat mir von einem Traum erzählt, und in dem Traum ist jemand zu ihm gekommen, ein geflügelter Schatten...« Sie geriet ins Stocken. »Ich ... ich hatte denselben Traum.«

»Wenn wir nicht weiterwissen, erzählen wir Märchen, Edda.«

Eddas Beine zuckten, stießen von unten gegen die Tischplatte und ließen die Löffel in den Schüsseln klirren. »Dort draußen auf den Inseln leben Menschen und ... anderes. Du hast uns oft genug davon erzählt. Es ist doch möglich, dass jemand sich Hensy und Tobin und all die anderen geholt hat.«

»Und selbst wenn, Edda ... was dann? Dort draußen ist er so verloren wie auf dem Grund der Silbersee. Keiner der Fischer würde hinaus ins Inselreich fahren.«

»Du weißt nicht, ob sie nicht ...«

Ruben hob die Hand. Edda war auf Versammlungen gewesen, auf denen seine erhobene Hand die bittersten Streitgespräche geschlichtet und die lautesten Fischer hatte verstummen lassen. Genug war genug, wenn Ruben die Hand hob.

»Iss auf, Edda. Sonst bist du bald zu schwach für die Arbeit an den Bottichen.«

Es hatte keinen Wert, wusste Edda, ihm von der Feder und der Geschichte vom Gefiederten zu erzählen, von dem Flattern, das sie allein auf dem Dorfplatz gehört hatte, in jener Nacht, in der Tobin verschwunden war. Ruben hatte den Kopf gesenkt und die Ohren längst verschlossen gegen jedes weitere Wort, das sie sprechen würde.

***

Wie so oft in den letzten Nächten lag Edda nicht in ihrem eigenen Bett, sondern in Tobins. Sie sah an die Decke und wartete gar nicht erst auf den Schlaf, weil sie wusste, dass er nicht kommen würde. Ihre Gedanken wanderten die Hafengasse hinunter, zur Silbersee und weiter bis ins Inselreich.

Die Kinder Colms lernten früh, das Inselreich zu fürchten. Es hieß, dass vom Festland her Räuber, Totschläger und Verrückte auf die Inseln geschickt und dort ausgesetzt wurden. Doch mehr noch als vor jenen, die aus Farland selbst auf die Inseln gekommen waren, fürchtete man sich vor jenen, die schon immer dort gelebt hatten, Geschöpfen mit Schwingen, mit Schuppen und Klauen und Flossen. Dort draußen gab es Fische, die sprachen, und Menschen, die unter Wasser atmeten. Die Grenzen zwischen Mensch und Tier waren fließender als auf dem Festland, und an der Küste erzählte man sich, dass die Alte Sprache im Inselreich ihren Ursprung genommen hatte, in den Abgründen der Silbersee, tief auf dem Meeresgrund, weit entfernt von Licht und Luft, oder in den fauligen Sumpflandschaften nahe des großen Schlundes.

In der Dunkelheit des Zimmers wuchs Eddas Gewissheit: Etwas lebte dort draußen auf den Inseln, etwas, das Jahr um Jahr auf die Zeit der Kaltwochen wartete, um an die Küste zu kommen und die Kinder

Colms zu stehlen. Und wenn Ilsa recht hatte, dann lag Ruben falsch. Denn es *machte* einen Unterschied, ob Tobin in den grauen Wassern der Silbersee ertrunken war oder ob er auf einer der Inseln atmete und dachte und fühlte und sprach. Es *machte* einen Unterschied, vor allem dann, wenn sich jemand finden würde, der hinausfuhr, um nach ihm zu suchen.

9
Hinkebein und Rotschopf

Gleich beim Aufwachen wusste Teofin, dass es ein schlechter Tag sein würde. Unter seiner Kniescheibe prickelte es unheilvoll, und als er die Decke beiseiteschlug, sah er, dass sich sein Bein im Schlaf noch weiter als gewöhnlich nach innen gedreht hatte. Eine Weile krümmte und streckte er es behutsam, dann rutschte er an den Rand des Bettes und stellte die Füße auf.

Die Sonne schien bereits ins Zimmer, doch weder seine Mutter noch Freyas Glockengeläut hatten ihn geweckt – ein sicheres Zeichen, dass die Fischer an diesem Morgen noch gar nicht oder mit leeren Netzen nach Hause gekommen waren. Er streckte die Arme über den Kopf und gähnte. Nachdem er sich an der Kommode in die Höhe gezogen hatte, hinkte er zum Fenster. Beobachtete zwei Möwen, die unter seinem Fenster durch die Pfützen hüpften, und dachte an Edda.

Draußen auf der Treppe hörte er die Stimme seines Vaters aus der Küche und blieb stehen. In der letzten Woche war kaum ein Tag verstrichen, an dem der Apotheker seiner Frau nicht vorgehalten hatte, dass sie das Gebot der Trauerzeit missachtet und die Valts besucht hatte. Teofin legte die restlichen Stufen zurück und blieb vor der Küchentür stehen.

»Und hat er gesagt, wie lange er noch bleiben will?«, fragte seine Mutter gerade.

»Er sucht wohl nach jemandem, der bereit ist, ihm ein Boot zu leihen«, antwortete sein Vater.

»Was ist mit Bent?«

»Bent wird einen Wassermann tun, eines seiner kostbaren Boote einem Fremden zu überlassen.«

Hinter der Tür wurde entschieden ein Stuhl zurückgerückt; jemand stand auf. Schnell griff Teofin nach der Klinke, drückte sie hinunter und trat ein. Sein Vater stand am Esstisch und knetete besorgt die Stoffkappe, die er sonst auf dem Kopf trug. Als er Teofin in der Tür sah, zog er finster die Augenbrauen zusammen. »Sieh an, sieh an, ein Ohr an der Wand.«

»Da bist du ja endlich!«, sagte seine Mutter im selben Moment. »Ich wollte dich schon wecken kommen.«

Sie sprang auf und trat an den Ofen, um ein halbes Dutzend Reisbreiplätzchen in die Pfanne zu geben. Teofin passte den Moment ab, bis sie ihm den Rücken zugekehrt hatte, dann humpelte er los, legte die Entfernung zu seinem Stuhl so schnell und leise wie möglich zurück. Es gelang ihm nie lange, die Schmerzen vor seiner Mutter zu verbergen, aber das hielt ihn nicht davon ab, es immer wieder zu versuchen.

»Worüber habt ihr gesprochen?«, fragte er.

Sein Vater gab ein ungehaltenes Murmeln von sich. Wäre es nach ihm gegangen, wusste Teofin, hätte man sich in seinem Haus überhaupt nie über anderes als Colmin unterhalten. Warum sich den Kopf über Freya und Bent, den bleichen Fremden und die Seekinder zerbrechen, wenn man sich stattdessen über Mischverhältnisse und Siedetemperaturen austauschen konnte?

»Das Colmin ruft«, behauptete er, den Kopf der Mischstube zugeneigt, als höre er tatsächlich einen geheimen Ton, ein hohes Surren, das vom Fischgift ausging und für seine Ohren allein bestimmt war. Er gab seiner Frau einen flüchtigen Kuss auf die Wange und floh aus der Küche. Teofin wartete, bis die Tür hinter ihm ins Schloss gefallen war, bevor er sich wieder seiner Mutter zuwandte. »Und worüber habt ihr nun gesprochen?«

Pessa brachte einen Teller mit Reisbreiplätzchen an den Tisch und setzte sich. »Dein Vater ist heute Morgen dem Fremden begegnet.«

Teofin richtete sich auf. »Er ist immer noch hier? Hätte er nicht längst abreisen sollen?«

»Er muss gleich nach dem Feuerfest krank geworden sein«, antwortete Pessa. »Ist eine ganze Woche nicht aus seiner Kammer gekommen. Freya wollte schon die Hexe Maron um Hilfe bitten, weil sie Angst hatte, der Fremde würde ihr wegsterben. Vielleicht ist ihm die Seeluft nicht bekommen.«

Teofin spießte das nächstbeste Reisbreiplätzchen auf und schob es von einem Tellerrand zum anderen. Ungebeten kam ihm die Erinnerung daran, wie er den Mann ohne Farben zum ersten Mal gesehen hatte. Wie eine lautlose, farblose Ratte war er durch die Straßen Colms gehuscht, und Teofin hatte schon aus der Ferne und ohne auch nur ein einziges Wort mit ihm wechseln zu müssen verstanden, dass es galt, ihm aus dem Weg zu gehen. Nicht wegen seiner schlohweißen Haare und milchig blauen Augen, sondern weil etwas aus ihm und in die Welt sickerte, etwas wie ein schlechter Geruch, ein teeriger Schlick, etwas, an dem man sich verbrennen konnte wie am Colmin.

»Ich hoffe, er reist bald ab«, murmelte er.

Seine Mutter zuckte die Achseln. »Wenn er darauf wartet, dass einer der Fischer ihm ein Boot leiht, dann bleibt er wohl bis zur nächsten großen Flut.«

Seine restlichen Reisbreiplätzchen aß Teofin schweigend, vollauf damit beschäftigt, weder an das Ziehen in seinem Bein noch an den Fremden in den Straßen Colms zu denken.

»Muss ich heute überhaupt zum Fischhaus?«, fragte er, nachdem er seinen Teller geleert hatte. »Solange sie keine neuen Fische fangen, gibt es doch nichts zu tun.«

Aber im Fischhaus gab es immer etwas zu tun. Das wusste Teofin, und seine Mutter wusste es auch. Statt zu antworten, warf sie ihm einen vielsagenden Blick zu, wickelte drei Reisbreiplätzchen in ein Tuch und reichte es ihm.

»Falls du Edda abholst, kannst du ihr das geben?«

Teofin sah das Päckchen an, ohne nach ihm zu greifen. Wenn er Edda zu Hause abholte, würde er allein mit ihr sein. Kein Lärm, keine Aufgaben, keine wachsame Freya, keine Ilsa und kein Hans. Bloß sie beide.

»Teofin?« Fragend sah seine Mutter ihn an, und als er endlich nach dem Päckchen griff – zu spät –, da gab sie es nicht frei.

»Du hattest gar nicht vor, sie abzuholen? Ist es das Bein? Ist es heute sehr schlimm?«

Schnell zog er ihr das Päckchen aus der Hand.

»Nein, nicht so schlimm«, behauptete er, und weil das besorgte Misstrauen in ihren Augen nicht erlosch, stand er auf und lief aus der Küche, ähnlich hastig wie sein Vater es erst kurz zuvor getan hatte.

***

Niemand antwortete, als Teofin an Rubens Tür klopfte. Er versuchte, einen Blick durch das Fenster der Wohnstube zu werfen, konnte aber bloß sein eigenes Gesicht erkennen, verschwommen und verzerrt im dicken Glas der Fensterscheibe. Nachdem er einen unschlüssigen Blick die Hafengasse hinuntergeworfen hatte, trat er einen Schritt zurück, legte den Kopf in den Nacken und rief Eddas Namen. Als noch immer niemand antwortete, drückte er die Klinke der Haustür hinunter. Wie erwartet war die Tür unverschlossen.

»Edda, bist du noch hier?«

Das Haus fühlte sich verlassen und so leblos an, als hätten selbst die Mäuse und Fliegen die Flucht ergriffen. In dem dunklen Flur hing eine Stille, wie man sie sonst nur an Orten fand, die seit Jahren niemand betreten hatte. Er machte noch ein paar Schritte weiter ins Haus hinein, obwohl er bereits zu dem Schluss gekommen war, dass Edda zum Fischhaus gelaufen sein musste, hier war sie jedenfalls nicht mehr. Gerade wollte er sich umdrehen, um wieder zu gehen, als sein Blick durch die offen stehende Tür in die Wohnstube fiel.

Edda saß am Esstisch, so reglos, dass seine Augen zunächst über sie hinwegschweiften. Fahles Sonnenlicht fiel in den Raum und ließ die Umrisse ihres Gesichts noch schärfer hervortreten – ihre Nase, ihr Kinn schienen wie mit einem Krummmesser ins Halbdunkel des Raums geritzt. »Sie ist sehr verändert«, hatte seine Mutter nach ihrem ersten Besuch in Rubens Haus zu ihm gesagt, und er hatte geglaubt zu verstehen. Aber das hatte er nicht und tat es noch immer nicht. Das Mädchen dort am Tisch war eine Fremde, und er fürchtete sich vor ihr.

»Edda?«, fragte er leise.

Wie ertappt fuhr sie zusammen. Erst jetzt bemerkte er, dass sie etwas in den Händen hielt. Schnell ließ sie es in ihrer Rocktasche verschwinden und drehte sich zu ihm um. In ihren Augen tat sich nichts. Er hätte nicht einmal sicher sagen können, ob sie ihn erkannte.

»Ich dachte, ich hole dich ab und wir gehen zum Fischhaus«, sagte er und hielt das Tuch mit den Reisplätzchen in die Höhe. »Das sollte ich dir vorbeibringen. Von meiner Mutter.«

Edda starrte ihn an. Welches Wort verstand sie nicht? Fischhaus? Vorbeibringen? Mutter?

»Reisplätzchen«, setzte er nach und kam sich albern vor.

Eddas Blick irrte über das Päckchen hinweg, ohne auch nur einen Herzschlag lang darauf haften zu bleiben, dann, endlich, stand sie auf. Die Hand hielt sie noch immer auf ihre Rocktasche gepresst, als wollte sie sie vor Teofins aufdringlichem Blick schützen, was immer sich darin befand. Ohne ein Wort ging sie an ihm vorbei, aus der Wohnstube und in den Flur.

Sobald sie das Haus verlassen hatten, fiel Edda in einen schnellen Laufschritt. Halb hüpfend, halb stolpernd versuchte Teofin zu folgen. In den vergangenen Jahren hatte er Edda noch kein einziges Mal bitten müssen, langsamer zu gehen. Sie hatte es sonst immer verstanden, sich genau wie seine Mutter so fortzubewegen, als sei Teofins Geschwindigkeit eben die, die sie auch allein gewählt hätte.

Sie hatten gerade das Haus der Moots am oberen Ende der Ostgasse erreicht, als sie den Fremden sahen, wie er einige Schritte vor ihnen über den Dorfplatz und Richtung Nordgasse lief. Er sah zielstrebig aus, wie jemand, der auf der Suche war, nach was auch immer, nach wem auch immer. Sein Anblick ließ Edda mitten im Schritt innehalten. Teofin ließ sich schwer gegen die Wand von Pelle Moots Haus sinken.

»Keine Sorge, er reist bald ab«, sagte er zu Edda. »Heute Morgen ist er meinem Vater begegnet und hat erzählt, dass er nach jemandem sucht, der ihm ein Boot leiht.«

Er hatte die Worte achtlos, beiläufig gesprochen, aber Edda fragte schnell: »Wozu braucht er ein Boot?«

Wie wach sie plötzlich war. Für einen Teller voller Puderkringel hätte Teofin nicht erklären können, welche Dinge Edda aus jenem Nebel zu reißen vermochten, der sie seit Tobins Verschwinden umgab. Ilsas meerferne Geschichten, der Fremde und sein Boot. Er drückte sich weiter gegen die Wand und wünschte, er hätte den Mund gehalten.

»Na, wahrscheinlich will er zur See hinausfahren«, sagte er.

»Zum Inselreich?«, vergewisserte sich Edda und machte einen Schritt auf ihn zu, als wolle sie ihn bei den Schultern packen.

»Keine Ahnung, ich habe ja nicht mit ihm gesprochen.« Teofin stieß sich von der Wand ab, und obwohl jeder Schritt einen flammenden Stich in sein Knie schickte, schob er sich an Edda vorbei und humpelte den Rest des Weges zum Fischhaus hinauf.

***

Es war, wie Teofin befürchtet hatte. Für Freya machte es keinen Unterschied, ob die Fischer nun mit vollen Netzen zurückgekehrt waren oder nicht. Sie hatte keinerlei Absicht, die Frauen und Kinder wieder nach Hause zu schicken.

»Wir wollen die ruhigen Stunden nutzen, die Agatha und Lor uns geschenkt haben, um die Bottiche zu reinigen«, verkündete sie, und ein ungehaltenes Murmeln ging über den Hof.

Genau wie die Fischer waren auch die Frauen und Kinder harte Arbeit gewöhnt. Ob die Sonne über ihnen brannte oder eisiger Regen in dünnen Fäden auf sie hinabging, wenn Freya es verlangte, stand selbst die alte Muriel von früh bis spät an ihrem Bottich. Das Reinigen der Bottiche aber war eine verhasste Arbeit, und die Frauen nahmen sie nur in Kauf, weil ihnen nichts anderes übrig blieb – früher oder später fraß sich das Colmin durchs Holz, und die Bottiche begannen zu lecken.

Teofin murrte genau wie alle anderen. Längst hatte er gelernt, dass es ein Fehler war, sich seine Erleichterung anmerken zu lassen. Vermutlich war er der Einzige auf dem Hof, der lieber hundert Bottiche gereinigt als auch nur eine einzige Stunde Schuppenbrei gestampft hätte. Um die Bottiche zu reinigen, brauchte man wenig Kraft, dafür aber umso mehr Geschick und Vorsicht, und beides lag ihm im Blut. Obwohl die ätzenden Colminrückstände mit bloßem Auge nicht zu erkennen waren, hatte Teofin sich noch nie in seinem Leben verbrannt. Es musste ein besonderes Gespür sein, ein geheimer Sinn für das gefährliche Fischgift, den ihm seine Eltern mit in die Wiege gelegt hatten.

Sobald die ersten Flüche erklangen, senkte Teofin den Kopf und vertiefte sich in seine Arbeit. Sollte auch nur einer der Jungen ihn heimlich grinsen sehen, würden sie es ihm spätestens auf dem langen Weg nach Hause heimzahlen.

Schon nach kurzer Zeit ließ ihn ein schriller Laut aufschrecken. Hans war neben seinem Bottich zusammengesackt, umklammerte seinen Arm und rang nach Luft. Teofin presste die Lippen zusammen, während Agnes an ihm vorbei und zu Hans eilte, um ihm aufzuhelfen. Die Verbrennung war schlimm genug, dass Freya Hans erlaubte, nach Hause zu gehen. Teofin wartete, bis Agnes ihren Sohn vom Hof geführt hatte, bevor er es wagte aufzusehen, um Eddas Blick zu fangen. Edda aber war ganz damit beschäftigt, Ilsa anzustarren, während ihre Hände den Lappen halbherzig und unachtsam übers Holz bewegten. Als Ilsa sich kurze Zeit später von ihrem Bottich erhob und hinter Freyas Rücken zum Fischhaus lief, kam auch Edda auf die Füße. Beunruhigt sah Teofin den beiden Mädchen nach, wie sie im Fischhaus verschwanden. Was zum Wassermann wollte Edda von Ilsa? Er wartete, bis Freya sich wieder in ein Gespräch mit Roven und Sige vertieft hatte, bevor er sich an seinem Bottich in die Höhe zog. So schnell es sein Bein erlaubte, eilte er über den Hof und schlüpfte durch die Tür ins Fischhaus. Er hatte geglaubt, Edda sei längst hinter Ilsa in den großen Saal geeilt, doch als er in den Flur trat, stand sie noch immer am anderen Ende, dicht vor der Tür zum Saal. Genau wie am Morgen hielt sie etwas in den Händen, betrachtete es so eingehend, wie Teofins Vater jene komplizierten Formeln studierte, die er zur Colminverarbeitung benötigte.

»Edda?«

Sie schrak auf. Ihre linke Hand flog zu ihrer Rocktasche und verschwand darin.

»Bist du wegen Ilsa hier? Du weißt, dass sie dir nur ...«

Mit einer raschen, ungeduldigen Bewegung fuhr Edda herum und schlüpfte durch die Tür.

Teofin rührte sich nicht von der Stelle, öffnete und schloss seine linke Hand. Während er allein im dämmrigen Flur stand und den gedämpften Stimmen von draußen lauschte, musste er an die Geschichten seiner Großmutter denken. Sie hatte ihm vor vielen Jahren von den Astaff erzählt, jenen Geschöpfen, die am anderen Ende der Silbersee, nahe des großen Schlundes, lebten. Kaum ein Boot verirrte sich je dorthinaus, aber wenn es doch einmal geschah, dass ein Seefahrer so weit vom Kurs abkam, dann stiegen die Astaff aus den Fluten und flüsterten dem sturmverfluchten Reisenden ein Wort ins Ohr. Das Wort konnte noch so einfach lauten, mochte Wasser, Baum oder Muschel sein, der Seefahrer würde ihm erliegen, würde besessen sein von dem Verlangen, wie ein Fisch im Wasser zu leben, den höchsten Baum ausfindig zu machen und ihn hinaufzuklettern, alle Muscheln der Welt zu besitzen.

Irgendwer hatte ein Wort in Eddas Ohr geflüstert, dachte Teofin, nur dass er weder wusste, wie das Wort lautete, noch wer es gewesen war, der geflüstert hatte. Er sandte ein stummes Gebet zu Agatha und Lor und folgte Edda in den Saal.

Ilsa schien nicht im Geringsten überrascht zu sein, dass Edda und Teofin ihr gefolgt waren. Sie verzog bloß den Mund, wie sie es immer tat, wenn sie die beiden sah, als hätte ihr jemand einen schnellen Scherz ins Ohr geflüstert.

Während Edda sich zielstrebig ihren Weg zwischen den Bänken hindurchbahnte und vor Ilsa stehen blieb, hielt Teofin weiter Abstand.

Ilsa stützte sich auf ihren Ellbogen, sah zu Edda auf und neigte den Kopf wie zu einer angedeuteten Verbeugung.

»Edda Knochenbrecher. Womit kann ich dienen?«

»Der Fremde, der bei euch wohnt, stimmt es, dass er hinaus auf den Archipel fahren will?«

Teofin warf Edda einen raschen Seitenblick zu. Er hatte geglaubt, sie sei Ilsa ins Fischhaus gefolgt, um sie nach der Geschichte vom Gefiederten zu befragen, die sie tags zuvor so in den Bann gezogen zu haben schien. Was wollte Edda denn nun mit dem Fremden? Auch Ilsa schien überrascht, dann beugte sie sich vor, sah an Edda vorbei und Teofin an. »Hinkebein, du musst deiner Freundin beibringen, wie man höflich grüßt. Ich glaube, sie spricht mit mir, aber sie bellt so, dass ich sie nicht verstehen kann.«

»Stimmt es?«, fragte Edda.

Ilsa zuckte die Achseln. »Ich kann dir nichts über ihn verraten. Meine Eltern haben mir verboten, mit ihm zu sprechen.«

»Und seit wann gibst du etwas auf die Verbote deiner Eltern?«

Teofin, der glaubte, ein Klappern aus Richtung der Tür gehört zu haben, zuckte zusammen. Keinem der beiden Mädchen schien das Geräusch aufgefallen zu sein. »Edda.« Er zupfte an ihrem Ärmel. »Wir sollten wieder rausgehen. Freya fällt bestimmt bald auf, dass wir nicht mehr auf dem Hof sind.«

»Angst, Hinkebein?«, fragte Ilsa, sprang mit einem Satz von der Bank und blieb vor Edda stehen.

»Bist du sicher, dass du über den Fremden sprechen willst und nicht über den König der Krähen?«, fragte sie.

»Warum?« Edda zog eine Augenbraue in die Höhe. »Hast du ihn gesehen? Trug er eine Kette aus Kinderaugen um den Hals?«

»Nein.« Das Lächeln verschwand aus Ilsas Gesicht. Ernst sah sie aus, ein unvertrauter Ausdruck. Glaubte Ilsa etwa ihre eigene Geschichte? Es war ein Gedanke, der Teofin bisher noch nicht gekommen war.

»Natürlich habe ich ihn nicht gesehen«, sagte sie langsam. »Aber ich kann dir sagen, wer mir von ihm erzählt hat.«

Edda verschränkte die Arme. »Und?«

»Maron war's«, behauptete Ilsa.

Teofin presste die Lippen zusammen; zu spät. Ein raues, schnelles Lachen entfuhr ihm, wie ein Niesen. Ilsa warf ihm einen kühlen Blick zu.

»Unterhältst du dich oft mit der Hexe Maron?«, fragte Edda, ihr Gesicht unbewegt.

»Manchmal.«

Ilsa zwinkerte ihr zu. »Aber behalte es für dich – meine Eltern haben mir schließlich verboten, mit ihr zu sprechen.«

Sie schnellte vor und bohrte einen Finger in Teofins Brust. Teofin fing sich gerade noch, bevor er das Gleichgewicht verlor.

»Und jetzt schnell zurück auf den Hof, Hinkebein und Rotschopf«, säuselte Ilsa, bevor sie den Saal verließ. »Meine Mutter mag es nicht, wenn man sich vor der Arbeit drückt.«

10
Der Mann ohne Farben

»Du weißt, dass Ilsa lügt«, keuchte Teofin, während er hinter Edda über den Dorfplatz hastete.

Ungehalten drehte Edda sich zu ihm um. »Glaubst *du etwa*, dass sie lügt?«

»Natürlich … natürlich lügt sie.«

Aber da war keine Überzeugung in seinen Worten. Wenn Ilsa log, dann sprach sie meist in einem albernen Singsang, tänzelte und zog Gesichter. Als sie von dem Gefiederten und der Hexe gesprochen hatte, war kein Spiel in ihren Zügen oder ihren Worten gewesen.

Wie schon am Morgen gab Edda sich keine Mühe, ihre Geschwindigkeit seiner anzupassen. Erst als sie die Stelle erreicht hatten, wo die kleine Ostgasse von der Ostgasse abging, blieb sie stehen, um auf ihn zu warten.

»Morgen musst du mich nicht abholen«, erklärte sie knapp, eine seltsame Anspannung in der Stimme. Teofin runzelte die Stirn. Es waren kaum die leeren Zimmer in Rubens Haus, die nach ihr riefen.

»Es kann noch Stunden dauern, bis die Fischer zurückkehren. Warum kommst du nicht noch mit zu uns? Meine Mutter würde sich freuen, wenn ...«

»Danke, Teofin, aber ich muss nach Hause.«

»Du *musst* nach Hause? Wieso *musst* du nach Hause?«

Eddas Pupillen wanderten unmerklich nach rechts, so als hätte sie begonnen, die Augen zu rollen, sich aber gerade noch zurückhalten können. »Teofin, ich habe nicht vor, den Abend in eurer Küche zu sitzen und mir den Bauch mit Reisplätzchen vollzuschlagen. Was ist so schwer daran zu verstehen?«

»Immer noch besser, als in eurer Küche zu sitzen und darauf zu warten, dass Ruben heimkommt.«

»Warum zum Wassermann kannst du es nicht einfach gut sein lassen, Teofin? Begreifst du es nicht? Ich habe nicht vor, nach Hause zu gehen.«

Teofin starrte Edda an. »Wieso ... wohin willst du dann?«

Sie sah ihn an, als sei die Antwort so offensichtlich, dass nur ein Tumbtaumler sie nicht würde erraten können. Aber woher sollte er wissen, was sie vorhatte? Die Ostgasse führte schließlich nur hinunter zum Hafen und ... Seine Augen weiteten sich.

»Du willst mit Maron sprechen?«

Sie schwieg.

»J-jetzt? Heute Abend noch? Aber Edda, du kannst nicht ...«

»Was? Was kann ich nicht?«

Er öffnete den Mund, aber ihm lagen so viele offensichtliche Einwände auf der Zunge, dass er sich für keinen von ihnen entscheiden konnte.

»Und du willst ganz allein zu ihr gehen?«

»Warum? Hast du vor, mich zu begleiten?«

Sie hatte die Worte schnell und hart gesprochen, doch noch während sie ihr über die Lippen gingen, verschob sich etwas in ihrem Gesicht. Sie schien selbst überrascht von ihrem Ton. Und als sie weitersprach, da tat sie es mit ihrer eigenen Stimme, ihrer alten Stimme, in der sie nun schon seit einem halben Mond nicht mehr mit ihm gesprochen hatte.

»Geh nach Hause«, murmelte sie, und sie sahen einander an, und er vermisste sie, vermisste *seine* Edda, so sehr, dass er einen Stich in der Brust fühlte, als hätte ihn etwas gebissen oder gezwickt. Er rührte sich nicht von der Stelle. Starrte seine Schuhspitzen an, konnte es bereits fühlen, am unteren Rand seiner Augen, ein erstes Brennen, das nichts Gutes verhieß. Im Dorf hatten sie ihn eine ganze Weile lang den Großen Heuler genannt. Edda Knochenbrecher und der Große Heuler, Hinkebein und Rotschopf.

»Wenn du zu Maron gehst«, murmelte er, »dann komme ich mit.«

***

Es gab wenige Orte in Colm, die Teofin so sehr verabscheute wie den Hafen. Hier draußen hatte die Welt keine Grenzen, und es gab von allem zu viel: Wasser, Wind, Kälte, Grau, Weite. Gab man nicht gut auf seine Augen acht und ließ sie schweifen, stolperten sie früher oder später über die Umrisse Achums. In Colm selbst, in den Häusern, in den kleinen ummauerten Gärten und engen Straßen ließ sich vergessen, dass keine hundert Seemeilen zwischen dem Fischerdorf und dem Inselreich lagen. Hier draußen war es unmöglich.

Kaum, dass sie aus dem Schutz der letzten Häuser hinausgetreten waren, stürzte sich der Wind auf sie. Zerrte an ihren Kleidern und Haaren und ließ Teofin unwillkürlich in den Schutz der Häuser zurückweichen. Im Geheimen hatte er darauf gehofft, dass sie hier unten am Hafen den Fischern begegnen würden, doch die Stege lagen verlassen da. Wo zum Wassermann blieben Ruben und die anderen? Sie hätten längst zurück sein müssen. Edda und Teofin waren etwa auf Höhe der Weidhütten angelangt, als Teofin es fühlte. Ein helles Stechen in seinem Bein, ein Kribbeln unter der Kniescheibe, eine Ahnung. Sie hätten nicht hierherkommen sollen. Er wollte die Hand nach Edda ausstrecken, sie zurückziehen. Doch es war zu spät, schon traten sie zwischen den Weidhütten hindurch, und der Horizont war noch immer eine ungebrochen gerade Linie, von den Booten der Fischer war nichts zu sehen, und auf dem hölzernen Geländer saß der Fremde.

»Edda, vielleicht sollten wir …«, setzte Teofin an, eine Spur zu schnell.

Aber Edda lief los, ohne auf das Ende des Satzes zu warten, lief so zielstrebig dem Fremden entgegen, als zöge er sie mit einem unsichtbaren Seil in seine Richtung. Er hatte den Kopf in den Nacken gelegt und die Augen geschlossen, wie um sein Gesicht der Sonne entgegenzuhalten. Tatsächlich war der Himmel über ihm dämmrig und grau. Edda und Teofin hatten ihn bereits erreicht, als sich seine milchig blauen Augen öffneten.

»Einen guten Abend«, murmelte Edda und schien sich an den sperrigen Worten beinahe zu verschlucken. In Colm hielt man sich nicht lange mit Begrüßungen auf, aber weil die Händler jeden Sommer ihre eigene Sprache mit an die Küste brachten, wussten auch Edda und Teofin von den umständlichen Höflichkeitsformen, die man im Rest des Landes verwendete. Einen guten Tag! Einen schönen Abend! Dabei waren die Tage meist weder gut noch die Abende schön.

»Einen guten Abend«, erwiderte der Fremde.

»Wir sind einander beim Feuerfest begegnet …«, setzte Edda an.

»Von *Begegnung* würde man nicht unbedingt sprechen.« Der Fremde fletschte die Zähne zu einem sonderbaren Grinsen. Als hätte er einen Scherz gemacht.

»Nein, ich meinte … Wir haben einander … wir sind einander nicht vorgestellt worden. Aber ich habe … ich habe Euch gesehen.«

Der Fremde schwieg, Edda knetete ihre Rocktasche, Teofin ließ den Blick hinaus auf die See wandern. Immer noch keine Spur von den Fischern.

»Verzeiht, aber wir kennen Euren Namen nicht«, sagte Edda schließlich.

Verzeiht. Wer hatte ihr beigebracht, so zu sprechen? Goldzahn?

Der Fremde auf dem Geländer ließ sich mit seiner Antwort Zeit. »Talin Brand«, sagte er dann, und seine Stimme war wie er selbst, eigentümlich farblos, ein Flüstern ohne Klang. »Und dein Name?«

»Valt, Edda Valt.«

»Edda Valt.« Der Fremde sprach ihren Namen prüfend aus, schien ihn sich auf der farblosen Zunge zergehen zu lassen.

»Und stimmt es, dass Ihr aus Centria kommt?«, fragte Edda schnell weiter.

Der Fremde nickte. »Auch wenn ich mich zuletzt in der Aschestadt aufgehalten habe.«

»Dann habt ihr einen weiten Weg hinter euch«, sagte Edda bedächtig.

Teofin runzelte die Stirn. In seinem Leben hatte er noch von keinem Ort namens Aschestadt gehört. Und er war sicher, dass es Edda nicht anders ging.

Der Fremde zuckte die Achseln. »Ob Wege kurz sind oder weit, hängt immer davon ab, ob man das Reisen gewöhnt ist, nicht wahr?« Er sah von Edda zu Teofin. »Und? Hat er auch einen Namen?«

Hinkebein. Der Große Heuler. Teofin schwieg.

»Hat ihm ein Drachenrochen die Zunge gestohlen?« Der Fremde beugte sich unmerklich vor.

»Teofin«, sagte Edda schnell. »Teofin Bornholm.«

»Bornholm, Bornholm.« Der Fremde legte den Kopf schief. »Der Sohn des Apothekers, ja?«

Teofin sah an Brand vorbei zu den Weidhütten, so als hätte er die Frage nicht gehört. Er konnte spüren, wie Brands Augen an ihm hinabkrochen, bis zu seinem Bein hinunter. Jahre mussten verstrichen sein, seitdem jemand zuletzt Teofin nach seinem Bein gefragt hatte. Den Händlern, die jeden Sommer nach Colm kamen, war sein humpelnder Gang zwar sicher aufgefallen, aber sie wussten es besser, als sich in die Angelegenheiten der Dorfbewohner zu mischen. Und in Colm selbst musste ihn niemand nach seinem Bein fragen, weil jeder wusste, dass er schon bei seiner Geburt versehrt in die Welt gekommen war. Die Frauen erzählten sich, dass Pessa am Tag, bevor sie Teofin zur Welt gebracht hatte, unten am Strand einen toten Aal gefunden hatte. Statt in die Kapelle der Heiligen Schwestern zu laufen und zu Agatha und Lor zu beten, hatte sie dem Aal in die trüben Augen geblickt. Deswegen, sagten die Frauen, war ihr Sohn mit einem schiefen Bein zur Welt gekommen.

Teofin hob den Kopf, um Brand anzusehen, und rutschte an seinen Augen ab wie an glatt polierten Spiegeln.

»Warum ausgerechnet Colm?«, murmelte er, den Blick wieder fest auf die eigenen Schuhspitzen gerichtet. »Ich meine, es gibt genug andere Dörfer an der Küste.«

»Da hat er recht«, sagte Brand leichthin und wie erfreut über Teofins Einwand. »Auf meinen Reisen erfuhr ich von diesem kleinen Dorf an der Ostküste. Von hier allein, hieß es, käme das Colmin, das einem überall in Farland begegnet. Meine Gastgeber erzählen mir, das ganze Dorf sei an der Herstellung beteiligt.«

»Ja«, antwortete Edda knapp. »Das ganze Dorf.«

»Ich würde mich gern ein wenig im Fischhaus umsehen. Auf eurem Fest gab es so wenig Gelegenheit.«

»Fremde haben im Fischhaus nichts zu suchen«, schnappte Teofin.

»Oh, aber wie bekannt ist, war ich bereits dort.« Brand lächelte.

»Es gibt zurzeit nicht viel zu sehen«, lenkte nun auch Edda ausweichend ein. »In den letzten Tagen sind kaum Fische gekommen.«

»Bloß eine kleine Führung, Edda Valt«, sagte der Fremde. »Wir wandern ein wenig umher. Fische hin, Fische her, ich sehe mich um. Wir plaudern. Du erzählst mir vom Colmin. Ich erzähle dir von der Welt.«

Eddas Gesicht blieb blank. Sie dachte nach. Worüber dachte sie nach? Da gab es nichts nachzudenken. Sie *durften* den Fremden nicht durchs Fischhaus führen! Genauso gut hätten sie Freyas und Bents Haus anzünden oder oben am Friedhof die Toten aus ihren Gräbern holen und auf dem Dorfplatz aufstapeln können.

»Edda, wenn Freya davon erfährt, dass wir einen Fremden durchs Fischhaus geführt haben, schrubben wir bis ans Ende aller Tage Bottiche.«

Sie warf ihm einen müden Blick zu. »Das tun wir doch sowieso.«

Brand beobachtete sie beide, wie eine Katze zwei Mäuse.

»Es ist verboten«, flüsterte Teofin.

Aber Edda hatte ihre Entscheidung längst getroffen. Er sah es in ihren Augen, noch bevor sie sich Brand zuwandte und den Mund öffnete.

»Gut, meinetwegen. Aber wir sollten jetzt gehen. Bald kommen die Fischer zurück.«

»Wir werden schnell wie ein Wind sein«, versicherte Brand und glitt vom Geländer.

»Edda …« Teofin schämte sich für seinen Ton, quengelnd und bettelnd wie ein Kind. Er schämte sich, dass ihm nichts anderes einfiel als ihr Name.

»Niemand zwingt dich mitzukommen«, sagte Edda und drehte ihm den Rücken zu.

Verweifelt sah Teofin zurück zur Silbersee. Kein einziges Boot weit und breit. Nein, nicht einmal die verschwommene Andeutung eines Boots. Er drehte den Kopf in die andere Richtung: Brand und Edda waren längst losgegangen, würden jeden Augenblick die Weidhütten erreichen und zwischen ihnen verschwinden. Wind und Wasser rauschten ihm in den Ohren, und der Himmel über ihm war unheilvoll, gelb und grau, ein Schwefelhimmel. In der Luft lag ein Geruch nach Rost. *Geh nach Hause*, hatte Edda zu ihm gesagt, und genau das hätte er tun sollen, nach Hause laufen, die Tür hinter sich verriegeln und die Fenster, sich zu seiner Mutter ans Feuer setzen und ähnlich wie sein Vater vergessen, dass es eine Welt jenseits der Haustür gab. Er sah noch einmal zurück zur Silbersee. Noch immer keine Spur von den Booten der Fischer. Sie würden nicht kommen, Ruben würde nicht kommen, Bent den Fremden nicht zu den Wassermännern jagen.

»Warte! Warte auf mich!«, rief er und lief hinter Edda und Brand auf die Weidhütten zu.

***

Wie Brand selbst eingeräumt hatte, war er schon einmal im Fischhaus gewesen. Er kannte bereits den großen Saal, den langen Flur und womöglich sogar die beiden Waschkammern. Während Edda ihm die wächsernen Schürzen und den Kessel voller klebriger Reisbreireste zeigte, klopfte er mit dem Fuß einen unruhigen Takt auf den Boden, und seine Augen huschten ungeduldig, suchend umher.

»Aber hier wird nicht tatsächlich gearbeitet? In diesem Saal?«

»Nein.« Edda schüttelte den Kopf. »Nur wenn es regnet und wir nicht draußen auf dem Hof arbeiten können.«

Während Brand und Edda durch den Saal liefen, bewegte Teofin sich keinen Fingerbreit von seinem Platz gleich neben der Tür fort. Gleichzeitig wusste er, dass es für Bent, Freya und die anderen keinen Unterschied machen würde. Er war *in* dem Haus, *mit* einem Fremden. Wo genau er gestanden hatte, während er gemeinsam mit Edda die erste und wichtigste Regel Colms gebrochen hatte, würde kaum von Bedeutung für Freya und Bent sein. Sein Blick irrte hinüber zu den Fenstern. Sie hatten bloß eine einzige Fackel mit ins Fischhaus genommen, sollte aber jemand draußen über den Dorfplatz laufen, würde er sicher auch den schwächsten Lichtschein bemerken.

Er war erleichtert, als Edda Brand endlich aus dem Saal führte, doch seine Erleichterung war nur von kurzer Dauer. Während Edda mit zügigen Schritten den Flur durchquerte, um Brand hinaus auf den Hof zu führen, blieb der gleich neben der Kellertreppe stehen. Legte den Kopf schief, als könne er etwas hören. Das tiefe Summen der mit Rohcolmin gefüllten Fässer, dachte Teofin, und seine Handflächen waren kalt und feucht.

»Wohin führt die Treppe?«, fragte Brand.

Edda, die bereits die Tür zum Hof geöffnet hatte, antwortete flüchtig und ohne sich umzudrehen. »In die Keller, aber dort sind bloß ausrangierte Bottiche. Zum Hof geht es hier lang.«

Einen Moment verweilte Brand noch, erst als Teofin hinter ihm in den Flur trat, bewegte er sich widerstrebend Richtung Hof.

Draußen ging er neben dem erstbesten Bottich in die Hocke, untersuchte genau die schweren Eisenbeschläge und die verwitterten Dauben. Seine bleichen Hände krochen über das graue Holz, vorsichtig tastend, als wollten sie es streicheln. Ein Pech, dachte Teofin, dass die Bottiche gerade erst gereinigt worden waren.

Auch Edda war unruhig; im Fischhaus hatte sie es sich nicht anmerken lassen, hier draußen aber war es nicht zu übersehen. Sie wippte von einem Bein aufs andere, ließ die Augen immer wieder zum Fischhaus schweifen. Ihre Stimme war flach, die Worte trieben einander an, als sie sprach: »Aber Ihr habt nicht vor, in Zukunft mit Colmin zu handeln? Ich meine, Ihr seid kein Händler?«

»Nein.« Brand schüttelte abwesend den Kopf. »Bloß ein Reisender.«

Bloß ein Reisender – was zum Wassermann sollte das überhaupt bedeuten? Teofin öffnete den Mund, um den Fremden zu fragen, wie man als Reisender seinen Lebensunterhalt bestritt, ob man die Rundlinge von den Bäumen pflückte, aber im gleichen Moment redete Brand weiter.

»Es ist merkwürdig«, sagte er, mehr zu sich selbst als zu Teofin und Edda. »Während meiner Reisen durch Farland bin ich durch unzählige Orte gekommen, und jeder hat sein eigenes kleines Gift, aber um keines wird so viel Aufhebens gemacht wie um Colmin.«

Kleines Gift. Teofin schluckte, und seine Stimme klang nicht so gleichgültig, wie er es gehofft hatte, als er sprach: »Die Händler jedenfalls sagen, dass ihnen weder auf dem Land noch auf den Inseln ein

Gift so stark wie unser Colmin begegnet ist. Eine Löffelspitze reicht aus, damit einem die Haare ausfallen, die Zähne und die Fingernägel. Das Blut trocknet in den Adern, und man stirbt.«

Brand gab ein unbestimmtes Geräusch zwischen Murren und Seufzen von sich. »Nach sonderlich viel Arbeit sieht es jedenfalls nicht aus«, sagte er. »Man schneidet die Fische auf, lässt sie ausbluten und füllt das Blut in Flaschen. Und dafür braucht es ein ganzes Dorf?«

War der Fremde ein Tumbtaumler, oder stellte er sich bloß dumm? Er wusste offensichtlich nichts über die Arbeit der Fischer in den Booten, die Arbeit der Frauen und Kinder an den Bottichen, die Arbeit von Teofins Eltern in der Mischstube, und trotzdem garbelte er selbstzufrieden vor sich hin und gab jeden Unsinn von sich, der ihm durch den Kopf ging. Und schon purzelte Teofin jener Satz aus dem Mund, den er seinen eigenen Vater unzählige Male hatte sagen hören:

»Die Colminherstellung ist keine Arbeit, sondern eine Kunst.«

Der Fremde sah Teofin an, als hätte der gerade behauptet, die Bewohner Colms hätten den Himmel gezimmert und die Sonne ins Gebälk gehängt.

»Man kann die Fische nicht einfach ausbluten! Das Colmin liegt nicht im Blut, sondern in den Schuppen.«

»Nun, in Centria sagen sie …«

»In Centria erzählen sie Unsinn«, fiel Teofin dem Fremden ins Wort. »Die Fischer müssen den Fischen unten in den Weidhütten die Häute abziehen. Die bringen sie dann hierher, und wir stampfen die Schuppen zu einem Brei, der mit Öl und Wasser angereichert wird, so lange, bis sich das Rohcolmin absetzt. Das schöpfen wir ab und bringen es zu meinem Vater in die Mischkammer.«

»Mischkammer?«

Brand hockte noch immer auf dem Boden, aber seine Haltung schien unmerklich verändert. Da war keine Langeweile und keine Gelassenheit mehr in seinem Körper. Die Muskeln in seinen Beinen schienen angespannt. Im Grunde hockte er weniger, als dass er kauerte. Lauerte. Teofin wich einen Schritt zurück. Was zum Wassermann? Hatte er Brand gerade tatsächlich in allen Einzelheiten erklärt, wie man Colmin gewann? Als Nächstes würde er ihm noch verraten, in welchem Schrank sein Vater die Tinkturen und Salben aufbewahrte.

»Warum wollt ihr so viel über Colmin wissen?«, fragte er, seine Stimme rau und eine Spur zu laut. »Wollt ihr welches kaufen?«

»Oh, ich habe kaum genug Rundlinge für eine Löffelspitze eures Colmins bei mir«, sagte Brand und lächelte. »Man stellt bloß Fragen, weil man sich interessiert. Daran ist sicher nichts Falsches, oder?«

»Nein, nein, sicher nicht«, sagte Edda schnell. »Teofin hier hat nur seine Vorbehalte, weil wir so wenig über Euch wissen.«

Teofin zog die Brauen zusammen. »Das Einzige, was ich nicht weiß, ist, warum man eigens nach Colm reist und dort alle nach Colmin befragt, wenn man sich nicht einmal eine Löffelspitze davon leisten kann.«

Eddas Augen ruckten in seine Richtung, und er musste an sich halten, um sich nicht vor ihrem Blick zu ducken. »Er ist bloß auf der Durchreise, Teofin.« Sie glättete Stimme und Gesicht, bevor sie sich wieder Brand zuwandte. »Ihr wollt von hier aus noch weiterreisen, oder nicht?«

Brand ließ sich zu einer unbestimmten Bewegung herab, die sowohl ein Nicken als auch ein Kopfschütteln hätte sein können.

»Wird Euch Eure Reise auch weiter ins Inselreich führen?«, fragte Edda, als sich abzeichnete, dass Brand sich zu keiner weiteren Antwort herablassen würde.

»Ach, ich reise, wohin der Wind mich trägt«, sagte Brand. »Wer weiß schon, wohin er mich als Nächstes führen wird?«

»Mein Vater sagt, dass Ihr überall nach einem Boot herumfragt«, fiel Teofin ein. »Wozu braucht Ihr eins, wenn Ihr nicht hinaus auf den Archipel wollt?«

»Langsam zu Fuß, aber schnell mit der Zunge.« Brand grinste, und in dem Grinsen lag eine Belustigung, die ätzend und kalt war.

»Hat Teofin recht? Geht Ihr oder geht Ihr nicht?«, fragte Edda. Die Ungeduld hatte den Weg endlich in ihre Stimme gefunden, jene angestrengte Höflichkeit verdrängt, mit der sie bisher mit Brand gesprochen hatte.

»Nun, Edda Valt, genau hier liegt ja das Problem. Auf den Archipel kann man nicht einfach *gehen*, nicht wahr?«

Eddas Hände schlossen sich zu Fäusten und öffneten sich ebenso schnell wieder. Sie war nicht nur ungeduldig, sie war *unzufrieden*. Teofin tastete nach einem der Bottiche in seinem Rücken und stützte sich ab. Unter seiner Kniescheibe glomm ein Feuer, schickte die Wärme, schickte die Hitze in seinen ganzen Körper. Warum hatte Edda den Fremden hierhergebracht? Warum wollte sie wissen, ob er hinaus auf den Archipel fuhr oder nicht?

Eddas Hand war wieder zu ihrem Rock gewandert, bearbeitete den Stoff, als wollte sie Wasser herauswringen.

»Ich frage mich ja«, sagte sie plötzlich und in einem Ton, so unverbindlich und beiläufig, als wolle sie über das Wetter sprechen, »ob es viele Krähen dort draußen auf den Inseln gibt.«

War sie nun endgültig kopfkrank geworden? Warum bei den Heiligen Schwestern sollte sie sich fragen, ob … Aber dann fiel Teofin Ilsas Geschichte wieder ein. *König der Krähen*, so hatte Ilsa jene Kreatur genannt, die angeblich nach Colm gekommen war, um sich Tobin und die anderen zu holen.

Eine Möwe segelte kreischend über den Hof. Brand antwortete nicht. Merkwürdig, auffällig still hockte er noch immer neben dem Bottich. Sein Brustkorb schien sich weder zu heben noch zu senken. Er starrte Edda an. Aber nicht so, wie man eine Kopfkranke anstarren würde, mit Mitleid oder Belustigung, sondern … unmöglich zu sagen. Der Spott war fort, aber was seinen Platz eingenommen hatte, entzog sich Teofins Verständnis. Unglauben? Misstrauen? Ärger?

»Dort draußen gibt es alle möglichen Vögel«, sagte Brand langsam. »Aber von Krähen weiß ich nichts.«

Auch Edda musste die Veränderung in seinem Gesicht bemerkt haben. Seid Ihr … seid Ihr sicher?«, fragte sie, während sie die Hand auf ihre Rocktasche presste.

Brand zog sich an seinem Bottich hoch, schob sich an Edda vorbei und ging mit entschiedenen Schritten zurück zum Fischhaus.

»Mit Krähen kann man nicht dienen«, antwortete er, ohne sich noch einmal zu ihnen umzudrehen. »Aber man bedankt sich für die Führung. Eine gute Nacht, Edda Valt, eine gute Nacht, Teofin Bornholm, Sohn des Apothekers.«

Brand war bereits verschwunden, als Edda und Teofin kurz darauf hinaus auf den Dorfplatz traten. Teofin sah hinüber zu den erleuchteten Fenstern der umstehenden Häuser. Irgendwer hatte sie sicher beobachtet, hatte gesehen, wie sie zusammen mit dem Fremden das Fischhaus betraten oder wie sie es kurz nach ihm wieder verließen.

»Du weißt, dass spätestens morgen jeder wissen wird, was wir getan haben?«, fragte er.

Edda antwortete zunächst nicht. Sie musterte Freyas und Bents Haus, so angestrengt, als könnte sie durch Mauern hindurch den bleichen Fremden im Inneren beobachten.

»Er hat gelogen«, sagte sie. »Als ich ihn nach den Krähen gefragt habe, da hat er nicht die Wahrheit gesagt.«

»Warum sollte er, Edda? Warum sollte irgendwer behaupten, dass er keine Krähen gesehen hat, obwohl es nicht stimmt? Mir fällt kein einziger Grund in der Welt ein ... »

»Ich glaube, dass Ilsa recht hat. Tobin und die anderen, sie sind dort draußen im Inselreich. Der König der Krähen hat sie geholt.«

»Edda, gerade du ... du hast dich doch oft genug mit Ilsa gestritten, weil sie nichts als Lügen und Märchen erzählt. Der Gefiederte, der auf den Inseln wohnt und sich die Kinder holt. Es ist ... eine Geschichte.«

Aber Edda schüttelte den Kopf. Ihre Wangen waren gerötet, vor Kälte, vor Müdigkeit oder flirrender, flimmernder, pulsierender Aufregung. Ihre Augen glänzten, so wie sie es getan hatten, als sie Ilsa das erste Mal vom Gefiederten auf den Inseln hatte sprechen hören.

»Bevor er verschwunden ist, hat Tobin von dem Gefiederten geträumt. Er hat mir von seinem Traum erzählt. Und ich habe ihm versprochen, dass ich ihn beschützen würde. Ich habe ...« So plötzlich, als hätte sie jemand unterbrochen, verstummte sie. Blinzelte. Presste eine Hand gegen ihren Bauch. Stand still. Schluckte einmal, zweimal.

»Du hättest ihn nicht schützen können, Edda«, sagte er leise. »Genauso wenig wie du jetzt etwas tun kannst, um ihn wiederzufinden.«

Der abwesende Schimmer in Eddas Augen verschwand von einem Wimpernschlag zum nächsten. Sie sah ihn an.

»Aber das stimmt nicht. Natürlich können wir etwas tun. Wir können ihn suchen, und nicht bloß an Orten, von denen wir bereits wissen, dass wir ihn dort nicht finden werden.«

»Die Fischer werden niemals hinaus ins Inselreich fahren. Es ist der gefährlichste ...«

»... Ort der Welt. Sicher, Teofin. Und dort sind Tobin und die anderen, am gefährlichsten Ort der Welt, und niemand will sie zu uns zurückholen.«

»Ich verstehe ja ... ich verstehe, warum du daran glauben willst, dass er dort draußen auf den Inseln ist und nicht ... nicht auf dem Grund der Silbersee. Aber nur, weil du Ilsas Geschichte glauben willst, ist sie nicht wahr. Woher sollte ausgerechnet Ilsa etwas wissen über die verschwundenen Kinder?«

»Du hast gehört, was sie gesagt hat. Maron hat es ihr erzählt. Maron ist eine Hexe. Sie weiß alles Mögliche. Mehr als die Frauen im Dorf. Es kann sein, dass sie Geschichten aus dem Inselreich kennt.«

»Was auch immer sie weiß, nie im Leben würde sie es ausgerechnet Ilsa erzählen.«

Mit jedem Mal, das sie gesprochen hatten, waren ihre Stimmen lauter geworden. Teofins Worte waren ja nur so über den Dorfplatz gehallt. Aus keinem der umliegenden Häuser drang ein Laut zu ihnen heraus, hinter keinem der Fenster war etwas zu sehen, und trotzdem kam es ihm so vor, als müsse das ganze Dorf ihren Streit verfolgen.

»Das werde ich heute Abend herausfinden«, sagte Edda, nun leise.

Teofin drückte seine Faust in den linken Oberschenkel, bis der Schmerz kleine leuchtende Punkte vor seinen Augen aufglimmen ließ.

»Gut, Edda, wenn du darauf bestehst, dann gehen wir zur Hexe. Wir gehen zu Maron und fragen sie nach Ilsas Geschichte. Aber Edda, wenn Maron noch nie von einem Gefiederten gehört hat, dann wirst du es gut sein lassen. Versprich mir das! Wenn Maron nichts weiß, dann hörst du auf, Seegespenstern nachzujagen.«

Edda nickte, kein Zögern in ihrer Stimme, als sie antwortete: »Versprochen.«

11
Wo die Antworten liegen

Die Nacht hatte Meer, Sand und Klippen bereits geschluckt, als Edda und Teofin den Strand erreichten. Nur ein schwaches Licht am anderen Ende der Bucht, dort, wo sich Marons Hütte befinden musste, wies ihnen den Weg. Während sie schweigend über Äste und Steine stolperten, sah Edda geradeaus. Teofin hatte einen besonderen Spürsinn, wenn es um die Angst anderer ging, und es würde nur den kleinsten Zweifel in ihrem Gesicht brauchen, damit er ihr vorschlug umzukehren.

An Marons Hütte angelangt, klopfte Edda bestimmt an die Tür. Genauso hatte sie Ruben unzählige Male an Marons Tür klopfen sehen, und nie waren mehr als zwei Wimpernschläge verstrichen, bevor die Hexe geöffnet hatte. Edda straffte die Schultern, schob die Worte, die ihr auf der Zunge lagen, bis nach vorn auf die Spitze.

Ich bin hier wegen der Feder.

Ich bin hier wegen Ruben.

Ich bin hier wegen einer Geschichte, die man sich erzählt, wegen eines Traums, wegen einer Ahnung, wegen einer Hoffnung.

Doch zunächst schien es, als würde Edda ihre Erklärungen nicht brauchen. Niemand öffnete. Das Fenster neben der Tür war zu hoch gelegen, als dass sie hätte hindurchsehen können, und auch durch die Ritzen zwischen den Brettern konnte sie nur schemenhafte Bewegungen erkennen, die der Lichtschein allein hervorgebracht haben mochte.

»Mach schon auf«, flüsterte sie, und so plötzlich, als hätte die Hexe die ganze Zeit über nur auf den passenden Moment gewartet, flog die Tür auf.

Edda sprang zurück und prallte gegen Teofin. Mit einem erschrockenen Aufschrei ging er zu Boden.

»Wer kommt und quiekt im Dunkeln vor meiner Tür?« Suchend schwenkte die Hexe ihre Öllampe im Halbkreis.

Als der Lichtschein Edda erfasste, richtete sie sich schnell auf, schluckte den Fluch, der ihr über die Lippen hatte gehen wollen, und strich ihren Rock glatt.

»Komm näher, Mädchen!«, befahl Maron.

Edda gehorchte und trat vor die Hexe. Stumm sahen sie einander an. Maron war gekleidet, als erwartete sie Besuch, trug ein fließendes Kleid in den Farben von Tang und Algen und um ihren Hals eine Kette aus rotem Garn, Stöckchen, Muscheln und den feinen Skeletten kleiner Meerestiere. Bisher hatte Edda sie immer nur aus der Ferne gesehen, über den Dorfplatz eilend oder in der Brandung stehend, ihre hochgewachsene Silhouette. Ihre Stimme war rostig, sodass sie immer klang, als habe sie einen Kaltkopf, und ihr graues Haar trug sie wirrer als die Frauen im Dorf. Stimme, Haar und ihre hagere Gestalt hatten Edda stets annehmen lassen, die Hexe sei eine alte Frau, doch wie sie nun vor ihr stand, schien sie kaum älter als Ruben.

»Edda Valt«, stellte sie fest. »Und wer versteckt sich hinter dir?«

Ein zäher Moment verstrich, bevor Teofin neben Edda in den Lichtschein trat.

»So, der Apothekerssohn. Was wollt ihr beiden? Etwas kaufen, etwas tauschen?«

Edda schüttelte den Kopf. Marons Augen blickten wach und wachsam in die Welt. Nur ein Tumbtaumler hätte versucht, sich hinter Ausflüchten und Lügen zu verstecken.

»Ich bin hier, weil ich mit Euch über den König der Krähen sprechen will.«

Unmerklich ließ die Hexe ihre Öllampe sinken. Sie schien nachzudenken, während sich ein sonderbarer Ausdruck auf ihr Gesicht legte. Dann drehte sie sich mit einem Seufzen um, kehrte Teofin und Edda den Rücken und verschwand im Inneren der Hütte. Statt die Tür hinter sich zuzuschlagen, so unvermittelt, wie sie sie erst kurz zuvor geöffnet hatte, rief sie mit gedämpfter Roststimme: »Na, dann kommt!«

Die Hütte war kaum halb so groß wie Eddas Schlafkammer und armselig eingerichtet. Der Tür gegenüber lag eine nackte Felswand, vor der ein breiter niedriger Schrank stand. Kein Bett war zu sehen, nur ein wackliger Tisch und zwei ebenso wacklige Schemel. Verwundert schaute Edda sich um. Über die Jahre hatte sie immer wieder von Frauen gehört, die sich im Schutz der Nacht zu Marons Hütte schlichen. Maron, hieß es, besaß Dinge, welche die Frauen in keinem der umliegenden Dörfer hätten beschaffen können: Salben, die ihre wettergegerbte raue Haut weich machten, Düfte, die den beißenden Colmingeruch vertrieben, und Steine, die über geheime Kräfte verfügten. Obsidian gegen die Angst, Achat zum Schutz, Malachit für die Liebe. Doch wo waren die Kostbarkeiten, wo waren die Fläschchen, Dosen und Schachteln, die getrockneten Kräuter, glatt polierten Steine? Alles, was Edda entdecken konnte, waren zwei Putzlumpen und ein Sack, vermutlich mit Reis oder Linsen gefüllt.

»Mach den Mund zu, Mädchen, sonst fliegt dir noch ein Vogel hinein und baut sich ein Nest!«, befahl die Hexe, und Edda trat rasch an einen der Schemel und setzte sich.

»Bist du tumb, Mädchen?«, fragte die Hexe. »Wozu willst du dich hinsetzen? Wir bleiben sicher nicht hier.«

Mit einem Kopfschütteln trat sie an den Schrank, legte die Hände flach auf die Seitenwand und schob ihn zur Seite. Mitten in der Felswand befand sich ein Loch, zweifelsohne von Menschenhand in den Stein geschlagen.

»Der Mund!«, mahnte die Hexe. »Was habe ich dir gesagt, Mädchen?«

Edda starrte in das Loch. Es war der Eingang zu einem Tunnel, gerade groß genug, dass ein ganzer Mensch darin verschwinden konnte. Unmöglich zu sagen, wie weit er in den Fels hineinreichte. Mit einer Geschicklichkeit, die jahrelange Übung verriet, faltete die Hexe ihre langen Gliedmaßen zusammen und kletterte in die Öffnung. Sie war im Fels verschwunden, noch bevor Edda ganz begriff, was geschah.

»Nein! Halt! Wartet!« Mit einem Satz war Edda bei dem Loch. Eine Weile spähte sie in die Finsternis und warf dann einen Blick über die Schulter zurück zu Teofin. »Es muss ein Tunnel sein.«

Teofin stand bleich wie ein Seegespenst in der Tür und sah das Loch an. »Edda.« Seine Stimme troff vor dunkler Ahnung. »Du darfst da nicht hinterher. Du hast keine Ahnung, wohin der Tunnel führt.«

»Und was schlägst du stattdessen vor?«

Teofins Hände schlossen sich noch fester um die Bretter. »Wir bleiben hier, und wenn sie merkt, dass wir ihr nicht hinterherkommen ...«

»Sie kommt nicht zurück«, sagte Edda scharf. »Irgendwo dort drinnen wartet sie auf uns. Sie weiß etwas über den König der Krähen. Ich kehre bestimmt nicht wieder um, solange ich nicht von ihr gehört habe, was es ist.«

»Keiner weiß, wo wir sind!« Teofins Stimme schoss in die Höhe.

Aber Edda hatte ihren Entschluss längst gefasst: Sie würde erst gehen, wenn sie erfahren hatte, was die Hexe wusste. Aus dem Tunnel wehte ihr kühle Luft entgegen, Luft, die nach dem Keller im Fischhaus roch, dem immerzu feuchten Stein und abgestandenem Wasser, das sich in Rinnsalen oder Pfützen gesammelt hatte.

»Du kannst ja hier warten«, sagte sie zu Teofin. »Und wenn ich nicht zurückkomme, dann lauf ins Dorf und erzähl ihnen, dass die Hexe mich in den Klippen festhält.«

Als ob ihr Jeppe und Ruben und Alf mit ihren Fackeln und Knüppeln dann noch etwas nützen würden. Schnell, bevor Teofin denselben Einwand vorbringen oder sie es sich anders überlegen konnte, kletterte sie ins Loch.

Dunkelheit umfing sie und eine Kälte, die nicht bloß klamm, sondern alt schien, Jahrhunderte, Jahrtausende Jahre alt, so wie das Gestein, das sie überhaupt erst hervorbrachte. Vorsichtig setzte Edda eine Hand vor die andere. Presste die Lippen zusammen, als sich ihr spitze, kleine Steine in die Haut bohrten.

»Edda? Was siehst du? Kannst du mich hören?«, rief Teofin gedämpft.

»Ja«, antwortete sie, und der Tunnel griff sich das Wort und zog es in seine Schwärze. Sie kniff die Augen zusammen, versuchte vergeblich, die Dunkelheit zu durchdringen, während ihr das Herz so schnell ging, als sei da etwas gefangen in ihrer Brust, ein kleiner Vogel oder ein Fisch, der sich zappelnd hin und her warf.

»Edda, ich komme hinterher!«, rief Teofin eine oder auch zwei Welten entfernt.

Ihr Herz zappelte und flatterte weiter, und sie wartete, bis sie Rascheln und Schaben und Teofins angestrengten Atem hinter sich hörte.

»Ich kann nichts sehen«, flüsterte er.

»Die Augen gewöhnen sich ans Dunkel«, behauptete Edda. Tatsächlich schien ihr die Dunkelheit noch immer absolut undurchdringlich. Sie schloss die Augen. Nun gab es nur noch das, was sie hörte, was sie fühlte.

»Erinnerst du dich an das, was Ilsa uns letzten Sommer über Maron erzählt hat?«, fragte Teofin. Der Tunnel verlieh jedem seiner Worte einen düsteren Hall.

»Nein!«, zischte Edda. »Tue ich nicht.«

Aber natürlich erinnerte sie sich. Erinnerte sich an jede sturmverfluchte Geschichte, die Ilsa je über die Hexe erzählt hatte. Dass sie sich ihre Löffel und Messer aus den Knochen ertrunkener Fischer schnitzte, Drachenrochen roh aß und noch während sie zappelten, dass sie ein Pulver aus Gudruns Totgeborenem gewonnen hatte, ein Pulver, das ewiges Leben verlieh.

»Ilsa hat gesagt …«

»Teofin! Dreh um oder halt den Mund!«

Sie bereute die Worte im selben Moment. Zu ihrer Erleichterung folgten ihr das Schaben und Teofins rauer Atem weiter durch die Finsternis.

Der Boden schien zunächst anzusteigen, dann wieder abzufallen. Statt von Felsen und Gestein hätte sie genauso gut von ewiger Nacht und luftigem Nichts umgeben sein können. Was, wenn die Hexe doch die Alte Sprache beherrschte? Was, wenn sie dem Tunnel befohlen hatte, dass er nie ein Ende finden sollte? Edda wusste es besser, als den Gedanken mit Teofin zu teilen. Eine unmerkliche Veränderung der Luft, ein erster Anflug von Wärme ließ sie die Augen öffnen. Da, ein schwaches Glimmen erfüllte den Tunnel.

»Wir sind fast da!«, rief sie.

Dieses Mal hatte sie die Wahrheit gesprochen: Der Tunnel weitete sich und mündete wenig später in eine Höhle, die von unzähligen Kerzen und einer großen Feuerstelle in flackerndes Licht getaucht wurde. Nach der Finsternis des Tunnels brannte selbst das schwache Licht der Kerzen in Eddas Augen, und erst allmählich fügte sich zusammen, was vor ihnen lag: In Dutzenden Ausbuchtungen in den Felswänden fand sich all das, was Edda in der ärmlichen Hütte vergeblich gesucht hatte: Glaskolben, Fläschchen und Phiolen, gefüllt mit leuchtend bunten, klaren oder trüben Tränken, silberne Kerzenständer und Schatullen, zerfledderte, fleckige Bücher und lose Papiere, Zeichnungen und Schriften, funkelnde Ketten mit fein geschliffenen oder geschnitzten Anhängern, versteinerte Seepferde, ein Korb voller Meereskrebse. Von der Decke hingen getrocknete Kräuter und Pflanzen.

Die Hexe selbst stand am anderen Ende der Höhle hinter einer langen Tafel, an einer Feuerstelle. Sie rührte mit einem Löffel in einem großen Topf.

»Hilf dem Jungen«, sagte sie tonlos und ohne sich die Mühe zu machen, sich nach ihnen umzudrehen.

Edda fuhr herum, gerade noch rechtzeitig, um Teofin aufzufangen. Er hatte aus der Öffnung klettern wollen, ohne sein Unglücksbein zu belasten, und musste den Halt verloren haben. Sein Atem ging in schnellen flachen Zügen. *Wenn Pessa wüsste*, dachte Edda schuldbewusst und schob den Gedanken von sich. Sie hatte Teofin nicht darum gebeten, mit ihr zu kommen.

»Setzt euch«, sagte die Hexe, noch immer ohne sich nach ihnen umzudrehen und während sie den Löffel in gleichmäßigen Kreisen durch den Topf bewegte.

Teofin presste sich weiter gegen die Felswand, und Edda ließ ihn mit einem Achselzucken stehen. Sie überging den zappelnden Vogelfisch hinter ihren Rippen und trat an die Tafel. Dort blieb sie hinter einem der Stühle stehen und legte ihre Hand auf die Lehne. Ob Pessa schon einmal hier gesessen hatte? Roven? Agnes Piel?

Vor ihr auf der Tafel ausgebreitet lag einer von Marons Umhängen. Aus der Nähe betrachtet glänzte er sonderbar, beinahe so, als sei er nass. Ohne nachzudenken strich sie mit den Fingern über den Stoff, der überraschend glatt und ölig war. Wie feuchte Haut. Erschrocken zog sie die Hand zurück.

»Mädchen, du solltest lernen, erst deinen Kopf und deine Augen zu benutzen. Dann deine Finger«, sagte Maron.

Wie konnte die Hexe um jede Bewegung in der Höhle wissen, wenn sie doch noch immer mit dem Gesicht zur Wand stand? Edda sah auf den Umhang hinab. Was sie für gefaltete Ärmel gehalten hatte, waren breite Dreiecksflossen, die Schlitze keine Schlitze, sondern Augen, Teile eines Gesichts. Vor ihr lag der lang gestreckte Körper eines Drachenrochens. Eddas Hand flog zum Mund. Noch nie zuvor hatte sie einen Drachenrochen aus der Nähe gesehen und bevor die Fischer ihn ausgenommen und die Haut zu Drachenrochenleder verarbeitet hatten. Nicht in der größten Hungersnot hätten sie in Colm daran gedacht, einen Rochen zu essen. Aber für die Hexe galten andere Regeln. Aß die Hexe von dem grauen Fleisch des Rochens? Trank sie sein dunkles Blut?

Maron drehte sich um und deutete auf drei mit trüber Flüssigkeit gefüllte Glasfläschchen auf dem Tisch. »Ich verkaufe das Öl. Und jetzt setz dich, Mädchen, dann bekommst du Suppe.« Sie sah hinüber zu Teofin. »Was ist mit dir, Apothekerssohn? Kommst du zu uns oder kriechst du weiter in den Stein?«

Teofin rührte sich nicht.

»Nun, mach, was du willst, Junge. Du scheinst mir zwar nicht einer, der gern steht und geht, aber du wirst es wissen.«

Mit einigem Unbehagen nahm Edda eine gut gefüllte Suppenschale entgegen. In der bräunlichen Brühe trieben winzige Krebse, Algenpflanzen und hellrotes Schalengetier. Edda schluckte. Irgendwo zwischen Kehle und Magen verschloss sich schnappend eine Öffnung. Was aus dem Meer kommt, hat im Bauch nicht zu suchen – das wusste jeder in Colm. Wer wollte schon essen, was geschwommen, getrieben, gekrochen war durch die grauen Wasser der Silbersee mit ihrem ewigen Gestank nach Metall, nach Blut?

Während Edda mit dem Zeigefinger unschlüssig über den Löffel fuhr, nahm die Hexe ihr gegenüber Platz und betrachtete sie abwägend.

»Du hast das Dorf im Kopf, Kind«, sagte sie. »Lebst am Meer und willst nichts anderes als Linsen und Reis essen. Nun, wenn du dich auf die Suche nach dem König der Krähen machen willst, musst du noch anderes können, als dich zu fürchten.«

Edda starrte weiter in die Suppe, betrachtete winzige Beine und Fühler und Tentakel, halb so groß wie ihr kleiner Finger. Sie spürte Teofins Augen auf sich ruhen. Er würde sie für kopfkrank halten, sollte sie von der Suppe essen. Aber nun, das tat er wohl ohnehin. Rasch setzte sie die Schale an und trank. Edda schmeckte Salz. Zunächst nichts anderes als Salz, das ihr auf Lippen und Zunge brannte. Dann stieg ein weiterer Geschmack auf, einer, für den sie kein Wort hatte. Er erinnerte sie an den Geruch von getrockneten Algen, an die Farbe Grün, das klebrige Gefühl feuchten Seetangs zwischen den Fingern.

»Spürst du es?«, fragte Maron.

Spüren? Sie schmeckte, aber sie spürte nichts. Gerade wollte sie den Kopf schütteln, als sich hinten in ihrem Gaumen ein kleines Feuer entfachte. Es wanderte ihren Hals hinab, füllte ihren Brustkorb, ließ sogar ihren Atem heiß werden. Erst in diesem Moment begriff sie, wie lange ihr schon nicht mehr warm gewesen war.

»Edda?« Teofin sprach ihren Namen hoch und schnell wie eine Warnung.

»Es ist bloß Suppe«, murmelte Edda und fuhr sich mit der Zunge über die Lippen, um noch einen Rest Salz und Schärfe zu schmecken.

Die Hexe lachte, und ihr Lachen war so rostig wie ihre Stimme. »Keine Suppe, wie du sie je gegessen hast, was, Mädchen?«

»Nein«, gestand Edda. Wie um sich selbst oder der Hexe etwas zu beweisen, setzte sie die Schale gleich ein zweites Mal an. Die salzige Wärme brandete nun unmittelbarer auf und fand den Weg noch bis in Eddas Zehen und Fingerspitzen.

Maron beugte sich über den Tisch. Ohne Edda aus den Augen zu lassen, griff sie sich zwei der mit Drachenrochenöl gefüllten Fläschchen und stieß sie klickend gegeneinander. »Du bist also hier, weil du mit mir über den König der Krähen sprechen willst.«

Edda hatte die Schale gerade ein drittes Mal ansetzen und zum Mund führen wollen und stellte sie nun schnell ab.

»Wen hast du von ihm sprechen hören?«, fragte Maron.

»Ilsa.«

In gespieltem oder tatsächlichem Erstaunen hob die Hexe eine Augenbraue. »Und deswegen kommst du hierher – weil ein Mädchen, das sich oft langweilt, dir ein Märchen erzählt hat?«

»Nein, ich …« Edda stockte. Fuhr mit der einen Hand über den Rand der Schale, tastete mit der anderen nach ihrer Rocktasche, fühlte das spitze Ende des Kiels durch den Stoff.

»Ich habe etwas gefunden. Im Zimmer meines Bruders. Eine Krähenfeder.«

»Das hast du die ganze Zeit in deiner Tasche?« Teofins Stimme, hohl und seltsam klanglos, geisterte vom anderen Ende der Höhle zu ihnen herüber.

»Zeig sie mir!«, befahl die Hexe und stellte die beiden Glasfläschchen zurück auf den Tisch.

Widerstrebend hielt Edda ihr die Feder entgegen, und Maron klaubte sie ihr aus den Fingern. Sie schloss die Augen und hielt sich die Federfahne dicht unter die Nase. Ihre Nasenflügel zitterten, während sie sacht den Kiel zwirbelte und die Luft einsog, die Feder mit jedem Atemzug weiter in sich aufzunehmen schien. Als die Hexe die Augen endlich wieder öffnete, blickten sie abwesend in den Raum. Ihre Brust hob und senkte sich zu einem lautlosen Seufzen. Was auch immer sie wusste, sie schien es nicht mit Edda teilen zu wollen.

»Mein Bruder und ich hatten einen Traum«, sagte Edda vorsichtig und während sie die Hexe weiter erwartungsvoll ansah. »Bevor Tobin verschwand, da träumten wir beide von einem geflügelten Schatten, der in unser Haus kam und Tobin mit sich nahm. Und dann, nachdem es wirklich geschehen war, als Tobin wirklich fort war, da fand ich die Feder. Ich muss wissen … Hat Ilsa recht? Gibt es ihn? Den König der Krähen? Ist es seine Feder?«

Die Hexe sah die Glasfläschchen auf dem Tisch an, als verberge sich die Antwort auf Eddas Fragen in der trübgelben Flüssigkeit. »Die Feder gehört hinaus auf die Inseln«, erwiderte sie ausweichend.

Edda rutschte an die Vorderkante des Stuhls. »Und das wisst Ihr sicher? Woher?«

»Ich kann es riechen. Sehen. Vor allem kann ich es hören.« Maron zwirbelte die Feder, so wie Edda es selbst unzählige Male getan hatte. »Hast du es schon einmal versucht, Mädchen? Der Feder zuzuhören?«

»Ja, aber ich höre nichts.«

»Natürlich nicht. Wie könntest du? Das Hören muss man lernen, genau wie das Sprechen.« Sie hielt die Feder noch kurz in die Höhe, bevor sie sich über den Tisch beugte und sie Edda zurückgab. »Deine Feder gehört keinem gewöhnlichen Vogel, sie kam in die Welt, als jemand sie in der Alten Sprache sprach. Noch immer trägt sie ein geheimes Wort in sich.«

»Dann … dann sagt Ilsa die Wahrheit? Und Tobin ist dort draußen? Aber wer ist der König der Krähen, warum …?«

»Sachte, Mädchen«, unterbrach Maron. »Du willst Antworten, aber die wirst du kaum hier in meiner Höhle finden. Du musst hinaus ins Inselreich, wenn du deinen Bruder wiedersehen willst. Einen anderen Weg gibt es nicht.«

»Und wie soll sie das machen?«, fragte Teofin überraschend harsch vom anderen Ende der Höhle. Er sah die Hexe unverwandt an. »Wie soll Edda hinaus aufs Inselreich kommen? Sie kann nicht segeln, nicht schwimmen. Sie ist noch nie in ihrem Leben auf einem Boot gewesen.«

»Ich kenne jemanden, der hinausfährt«, warf Edda schnell ein.

Zwei Paar Augen richteten sich auf sie, und in ihnen lag der genau gleiche Ausdruck.

»Du redest von dem Weißschopf, der sich am Hafen herumtreibt«, sagte die Hexe.

Edda antwortete nicht.

»Halt dich von ihm fern, Mädchen. Es ist mein Ernst. Dort draußen brauchst du Freunde. Der Weißschopf wird dir nur Schaden bringen.«

»Ich habe dort draußen aber keine Freunde. Wenn mir jemand Hilfe anbietet, dann muss ich sie annehmen, oder nicht?«

Maron legte die Hände flach auf den Tisch, neigte den Kopf, wie jemand, der darauf wartet, dass etwas vorüberzieht, ein Schmerz oder Schwindel.

»Stur bist du, wie dein Vater.« Sie griff wieder nach den Glasfläschchen. »Welche Inseln kennst du?«

»Achum«, antwortete Edda. »Und Nevin Goldzahn hat mir von Akoban erzählt. Ich weiß, dass die Händler dorthin fahren, um ihre Geschäfte zu machen.«

Die Hexe nickte. »Achum und Akoban. Besser als nichts. Hier ist noch eine Insel für dich. Merk dir ihren Namen: Ootland.«

»Ootland«, wiederholte Edda, das Wort auf ihrer Zunge ähnlich fremd wie der salzige Geschmack der Suppe. »Was ist auf Ootland?«

»Nicht viel. Bäume. Sträucher. Vorlaute Affen, die dir die Zähne aus dem Mund stehlen können, ohne dass du es merkst. Und eine alte Frau namens Felma. Du wirst mit ihr ...»

»Ihr redet von den Inseln und was dort ist und wer dort wohnt, als ob Ihr selbst dort gewesen wärt«, fiel Teofin Maron ins Wort. »Dabei habt Ihr immer hier am Strand gelebt. Woher wollt Ihr von Affen und alten Frauen dort draußen wissen?«

»*Immer.*« Die Hexe verzog spöttisch den Mund. »Was weißt du schon von *immer*, Apothekerssohn? Vor Jahren bin ich oft dort draußen gewesen.« Bedächtig rollte sie die Glasfläschchen zwischen den Handflächen und sah wieder Edda an. »Felma wird dir helfen, Mädchen, das kann ich dir versprechen. Solange du ihr sagst, dass ich dich geschickt habe. Die alte Hexe ist mir einiges schuldig.« Nach einem Moment des Innehaltens fügte sie hinzu: »Außerdem ist sie meine Schwester.«

Teofin neben dem Höhleneingang und Edda an der Tafel starrten Maron an. Von Ilsa hatten sie mehr Geschichten über die Hexe gehört, als sie hätten abzählen können, und in manchen von ihnen war die Hexe aus dem Maul eines Drachenrochens geschlüpft, in anderen selbst als Drachenrochen an Land gekommen, um erst dort menschliche Gestalt anzunehmen. In wieder anderen war sie auf dem Meeresboden zwischen den Seegräsern gewachsen. Keine dieser Geschichten war Edda sonderlich glaubwürdig erschienen, und doch war ihr nie der Gedanke gekommen, die Hexe sei selbst einmal ein Mädchen gewesen, so alt wie oder jünger noch als Edda, mit Eltern, mit Geschwistern oder Freunden.

»Felma ist ungefähr so alt wie die Insel, auf der sie lebt«, fuhr Maron fort. »Aber in acht vor ihr nehmen solltest du dich trotzdem. Warte.« Sie erhob sich und ging zu einer der Ausbuchtungen in der Wand. Aus einer Schatulle holte sie einen sonderbar geformten Stein hervor. »Hier. Nimm«, sagte sie und streckte ihn Edda entgegen.

Gehorsam nahm Edda den Stein, nur um ihn beinahe fallen zu lassen. Der Stein war überhaupt kein Stein, sondern ein Knochen, kaum größer als Eddas kleiner Finger. Er war von heller gräulicher Farbe, ausgebleicht und so glatt, als sei er poliert worden. Stammte er von einem Menschen? Einem Tier? Einem Geschöpf des Wassers oder der Erde?

»Zeig meiner Schwester das Knöchelchen, sobald du Ootland erreichst. Verlier es nicht, zerbrich es nicht«, mahnte die Hexe.

Unter Marons wachsamen Augen ließ Edda das Knöchelchen in ihrer Rocktasche verschwinden.

»Und wie soll ich Ootland finden?«

»Ootland liegt gleich hinter Achum und ist selbst für einen Landfüßer wie dich nicht schwer zu finden. Wenn du ...«

Die Hexe verstummte. Sie legte den Kopf schief und lauschte. Worauf? Soweit Edda hören konnte, waren da nur jene Geräusche, die die Höhle schon die ganze Zeit über erfüllt hatten: das Knacken und Knistern des Feuers, Wasser, das in dunklen Ecken beständig auf die Felsen tropfte, der Wind, der durch den Tunnel ging. Doch Marons Ohren schienen von anderen Dingen zu wissen.

»Wir haben nicht mehr viel Zeit. Die Fischer kehren in den Hafen zurück«, sagte sie.

»Woher wollt Ihr wissen ...»

Die Hexe winkte ab, dann schob sie ihren Arm rasch über den Tisch und zog ihre Ärmel zurück. Um ihr Handgelenk trug sie einen silbernen Reif, der die Form eines lang gestreckten Vogels hatte. Die Feder, die Augen, sogar der Schnabel waren fein ausgearbeitet. In ihrem Leben hatte Edda kein vergleichbares Schmuckstück gesehen, nicht einmal bei den Händlern mit ihren Reisetaschen aus weichem Leder und ihren bunten Gewändern.

»Schau genau hin, bevor du gehst, Mädchen. Erkennst du dieses Tier?«

Das Auffälligste an dem Vogel war sein langer gebogener Hals. Schmal wie eine Schlange wuchs er aus dem Körper und trug den Kopf wie eine unerwartete Blüte. Edda schüttelte den Kopf.

»Das ist ein Silberschwan. Ein Tier, auf das du nur im Inselreich triffst. Halt die Augen auf, und wenn du einem Silberschwan begegnest, dann weißt du, dass du unter Freunden bist.«

Die Hexe ließ den Reif wieder unter ihrem Umhang verschwinden und erhob sich. »Und nun musst du gehen. Dein Vater wird sich Sorgen machen, wenn er nach Hause kommt und dich nicht findet.«

»Aber ich habe noch nicht ...«

»Du hast mehr als genug.« Die Hexe hatte so scharf gesprochen, dass Edda überrascht aufblickte. »Du hast das Knöchelchen und einen Namen. Mehr kann ich dir nicht geben.« Sie trat an die Feuerstelle zurück und begann leise summend in dem Topf zu rühren.

Edda war lange genug Rubens Tochter gewesen, um zu erkennen, wenn jemand sein letztes Wort gesprochen und hinter sich eine unsichtbare Tür geschlossen hatte. Widerstrebend erhob sie sich aus ihrem Stuhl.

Teofin wartete, bis Edda die ersten beiden Schritte fort vom Tisch und auf ihn zugemacht hatte. Erst als er sicher sein konnte, dass sie der Anweisung der Hexe folgte, kletterte er in die Tunnelöffnung. Doch sobald er im Fels verschwunden war, wandte Edda sich noch einmal Maron zu.

»Ich habe Euch neulich Nacht gesehen«, sagte sie. »Als Ihr zu unserem Haus gekommen seid, um mit meinem Vater zu sprechen.«

Maron hielt in der Bewegung inne. Der Arm, die Hand, der Löffel in der Suppe verharrten. Dann, langsam und wie gegen einen inneren Widerstand, wandte sie sich Edda zu. Ihr Gesicht gab nichts preis, und von dem Löffel in ihrer rechten Hand tropfte es auf den Boden.

»Warum wart Ihr dort?«, fragte Edda.

»Was hat dein Vater gesagt, warum ich dort war?«

»Ich habe ihn nicht gefragt.«

»Dann frag ihn.«

»Edda!« Dumpf drang Teofins Stimme aus dem Fels zu ihnen heraus. Aber nun, da Edda die Hexe noch einmal dazu gebracht hatte, mit ihr zu sprechen, sträubte sich alles in Edda zu folgen. Zu viele Fragen waren offengeblieben, in jedem Rätsel verbarg sich ein weiteres.

»Warum helft Ihr mir?«

Marons Blick schweifte durch die Höhle in die Dunkelheit. Irgendwo dort, hinter Fels und Schwärze, musste das Inselreich liegen. »Ich helfe dir, weil du die Erste bist, die mich nach Hilfe gefragt hat. Und jetzt lauf, bevor ich meine Seegespenster auf dich loslasse.« Sie trat zurück an die Feuerstelle, und dieses Mal, das verrieten ihre Schultern, das verriet, wie sie den Kopf hielt und nicht länger summte, dieses Mal würde sie sich nicht noch einmal zu Edda umdrehen.

»Du fragst«, sagte sie leise zu dem Topf. »Und ich sage dir, wo die Antworten liegen. So einfach ist es, Mädchen.«

***

Für gewöhnlich war es Edda, die auf Teofin warten musste, doch draußen am Strand fiel sie rasch hinter ihn zurück. Ihre Gedanken waren noch bei der Hexe in der Höhle; alle paar Schritte blieb sie stehen und sah zurück zu der Hütte.

»Sie tut so, als brauchte ich Talin Brand nicht, um dort hinauszufahren«, murmelte sie. »Dabei kann ich kaum ohne ihn ...«

»Hör auf!« Teofin war stehen geblieben, und seine Stimme schnitt durch die Abendluft. »Du wirst dort nicht hinausfahren. Ich weiß es. Und du weißt es auch.«

Es war zu dunkel, als dass Edda anderes als seinen Umriss hätte erkennen können. Aber sie kannte ihn gut genug, um zu ahnen, was die

Nacht vor ihr versteckte: die roten Flecken auf seinen Wangen, das Zucken seiner Mundwinkel, die Hände zu Fäusten geballt.

»Du hast Ilsa noch nie ihre Geschichten geglaubt, und du tust es auch jetzt nicht. Du hast bloß Angst, dass sie recht hat. Du musst beweisen, dass du anders bist als alle anderen hier. *Besser.* Dass du alles tun wirst, um Tobin zu finden.«

Eine Kälte, die nichts mit dem Wind, mit der schneidend kühlen Seeluft zu tun hatte, stieg in Edda auf.

»Ich *tue* auch alles, um Tobin zu finden.«

»Ja. Du zeigst einem Fremden, wo wir unser Colmin lagern. Du gehst mitten in der Nacht zur Hexe, lässt dich von ihr locken, Agatha und Lor wissen's wohin, isst totes Meertier und trägst jetzt einen Knochen mit dir herum. Und alles, was du tust, ist entweder verboten und gefährlich oder kopfkrank, aber nichts davon bringt dich zu Tobin.«

Eddas rechte Hand presste sich auf ihre Rocktasche, fühlte nicht nur die Feder, sondern auch das Knöchelchen.

»Ich weiß jetzt, dass mein Bruder noch lebt. Ich weiß, *wo* er ist. Das ist nicht nichts.«

»Und? Edda! Es macht keinen Unterschied! Ich habe da drinnen bloß meerfernes Geschwätz gehört. Irgendwo auf einer Insel lebt eine alte Frau, die dir helfen wird, wenn du ihr einen Knochen gibst. Und du hast keine Karte, um sie zu finden, und du kannst nicht schwimmen, und dort draußen sind Wassermänner und Finstertentakel und wer weiß, was noch. Du hast dort nichts verloren.«

»Doch, Teofin, das habe ich«, sagte Edda langsam. »Ich habe meinen Bruder dort verloren.«

Sie sah in die Dunkelheit, die Teofin noch immer verborgen hielt. Glaubte er tatsächlich, dass sie an die Bottiche zurückkehren und ihren Bruder vergessen würde? Aber dann hatte sie nicht nur Tobin verloren, sondern auch ihren besten Freund. Etwas lag nun zwischen ihnen, wie die See, welche die Inseln voneinander trennte, ein tiefes Wasser, und kein Boot der Welt würde die Entfernung mehr überwinden können.

12
Eine andere Geschichte

Edda hatte das Haus gerade erst betreten, die Schuhe abgestreift, das Schultertuch übers Geländer gehängt, als Ruben nach ihr rief. Er musste schon seit einer Weile auf sie gewartet haben, saß am Esstisch, den Blick fest auf die Tischplatte gerichtet.

»Roven hat uns am Hafen erwartet. Sie behauptet, Teofin und du, ihr hättet den Fremden durchs Fischhaus geführt. Hat sie recht?«

Edda schwieg.

»Mädchen, was geht nur in deinem Kopf vor?«

Edda tastete nach ihrer Schläfe, als könne sie es erfühlen. Was ging in ihrem Kopf vor? Ein Raunen, ein Gewirr von Fragen und Antworten, die sich widersprachen, Lösungen, die keine waren.

»Ich war bei Maron«, sagte sie langsam. »In ihrer Höhle. Ich weiß, dass sie neulich Nacht hier war. Ich habe euch sprechen gehört. Warum war sie hier?«

Sicher würde Ruben abstreiten, je mit der Hexe heimlich vor der Haustür geflüstert zu haben. Abstreiten, etwas von einem Tunnel und einer Höhle in den Klippen zu wissen. Sie straffte die Schultern, spannte die Arme, machte sich bereit, auf eine Antwort zu bestehen, Ruben ins Wort zu fallen.

»Setz dich«, sagte Ruben; noch immer schien er eher zur Tischplatte zu sprechen als zu Edda.

Während Edda an dem Webstuhl vorbei und auf den Tisch zulief, da spürte sie es. Ähnlich wie in jener Nacht nach dem Feuerfest, als sie über den Dorfplatz gelaufen war und bemerkt hatte, dass ihre zweite hölzerne Puppe fehlte. Es war wie eine Ahnung, nur unendlich viel stärker, und das Wissen, dass etwas bevorstand, dass etwas aus den Fugen geraten würde, schien auch nicht in Edda selbst zu liegen, sondern in der Welt, in der Luft, in den Farben und Umrissen der Dinge. Die Uhr tickte und das Feuer knisterte, während Edda einen Fuß vor den anderen setzte und wusste, bei jedem Schritt, dass ihr Vater den Mund öffnen und sprechen und nichts je wieder so sein würde, wie es gewesen war.

»Edda«, sagte Ruben, als sie ihm gegenüber Platz genommen hatte, »wir müssen reden, über den Tag, an dem Tobin und du nach Colm kamt.«

Nicht Ruben hatte ihnen die Geschichte erzählt. Aber beinahe jeder andere in Colm hatte es irgendwann einmal getan. Pessa und Teofin und Samuel. Die Frauen und Mädchen am Fischhaus. Es war eine Geschichte, die aus Andeutungen und Aussparungen, freundlichen Auslegungen und gehässigen Vermutungen bestehen konnte – je nachdem, wer sie erzählte. Und in all ihren möglichen Ausformungen, in all ihren Gestalten trug Edda sie seit Jahren bei sich, hätte sie aufsagen können, ähnlich wie die Geschichte von Agatha und Lor.

Sie begann vor vielen Jahren in einem Winter, der kein Ende nehmen wollte. An der Küste hungerten die Menschen und flohen aus ihren Dörfern, erhofften sich mehr Glück und bessere Zeiten im Inneren des Landes oder weiter oben die Küste hinauf oder weiter unten die Küste hinab. Der Schnee war bereits einen halben Mond lang gefallen, unentwegt, beinahe jede Nacht, beinahe jeden Tag, als jemand nach Colm kam. Ein Mann oder eine Frau, ein Paar oder womöglich ein junges Mädchen. Sicher wissen konnte das niemand, denn der Reisende war unbemerkt gekommen und unbemerkt verschwunden. Hatte mit niemandem gesprochen, sich niemandem gezeigt, dafür aber etwas zurückgelassen; zwei Kinder vor den Goldenen Fischen abgestellt wie eine unerwartete Lieferung Maunlander Mehls. Der Zufall wollte es, dass sich spät in der Nacht ein Fischer zur Kapelle aufmachte, um zu beten für Frau und Kind, welche er einige Jahre zuvor verloren hatte. Und so war es der Zufall, der Tobin und Edda das Leben rettete, denn hätte Ruben sie nicht gefunden, wären sie vermutlich noch dort auf dem Dorfplatz erfroren.

Edda hatte die Geschichte nie hinterfragt, hatte nie an ihr gezweifelt, hatte sie geglaubt, weil ihr nichts anderes übrig geblieben war, als sie zu glauben. Sie selbst hatte nie eine Erinnerung finden können, die weiter zurücklag als jener erste Morgen in Rubens Wohnstube. Sie erinnerte sich an den kalt-klebrigen Reisbrei zwischen ihren Zähnen, an Tobins Weinen irgendwo im Haus und an Rubens Stimme. Aber vor dem Reisbrei, vor dem Weinen, vor Rubens Stimme gab es nichts. Keine Bilder, keine Gesichter oder Orte, keine Stimmen.

»Ich habe euch nicht gefunden«, sagte Ruben jetzt, und er sprach die Worte, als seien sie aus Glas, als könne er sie zerbrechen, allein dadurch, dass er nicht behutsam genug mit ihnen umginge. »Ich bin ja nie in die Kapelle gegangen, um zu beten. Immer bloß runter zum Strand.«

Edda zwirbelte die Feder in ihrer Tasche und versuchte zu verstehen und verstand nicht. »Du … du hast uns unten am Strand gefunden?«

Ruben schüttelte den Kopf. »Ich habe euch überhaupt nicht gefunden. Ihr wurdet zu mir gebracht, und es war Maron, die euch brachte. Sie klopfte an meine Tür, spät, weit nach Mitternacht. Sie hatte Tobin auf dem Arm, und dich hielt sie an der Hand. Wahrscheinlich wart ihr nur wenige Stunden bei ihr gewesen, bevor sie zu mir kam. Sie wusste, dass sie euch nicht würde behalten können. Die Frauen hätten es nicht erlaubt. Sie hätten wissen wollen, wie sie an zwei Kinder gekommen war.«

Edda fuhr sich mit der Zunge über die aufgesprungenen Lippen. Sie schmeckten noch immer salzig nach Marons Suppe und schwach metallisch nach der See oder Eddas eigenem Blut. »Und wie … wie ist sie an zwei Kinder gekommen?«

»Ich weiß es nicht, Edda.«Ruben wich ihrem Blick aus. »Ich habe oft genug danach gefragt, aber sie hat es mir nie verraten. Es … es kam mir immer so vor, als ob sie jemandem einen Gefallen getan hätte, aber ich weiß nichts sicher.«

Mit einem Ruck schob Edda ihren Stuhl zurück. Stand auf, ohne zu wissen, wohin mit sich. Der Raum war zu klein. Zu warm. Ihre Finger nestelten eine Weile vergeblich am obersten Knopf ihres Kragens, bevor sie ihn aufbekam. *Atmen und schlucken und atmen*, befahl sie sich selbst. Noch nie war jemand an Worten erstickt, an Lügen, an einer Geschichte, die sich ein anderer ausgedacht hatte.

»Aber ich … ich sollte mich an irgendwas von all dem erinnern können, oder nicht?«, murmelte sie. »Warum habe ich heute Nacht nichts wiedererkannt? Zumindest die Hütte hätte ich doch erkennen müssen.«

»Edda.«

Ihr Name hatte noch nie so voller Warnung, so voller Ahnung, voller Ankündigung geklungen. Sie blieb stehen. Sah Ruben an.

»Setz dich«, sagte er.

Sie rührte sich nicht von der Stelle.

Ruben seufzte. »Du musst etwa sechs Jahre alt gewesen sein, als du hierherkamst. Du saßt dort auf diesem Stuhl.« Er deutete auf den Stuhl, auf dem sie bis eben gesessen hatte. »Und du sprachst kein einziges Wort. Von Maron wusste ich, dass du sprechen konntest. Du warst nicht stumm. Du wolltest bloß nicht …« Er sah nicht Edda an, sondern noch immer den leeren Stuhl. »Maron dachte, es sei das Beste für dich zu vergessen. Sie hatte einen ihrer Tränke mitgebracht und bevor sie ging, verabreichte sie ihn dir. Du solltest genau wie Tobin einen neuen Anfang haben können.«

»Einen neuen Anfang?« Edda spie die Worte aus. »Aber in all den Jahren hatte ich keinen Anfang. Anders als alle anderen hatte ich nie einen Anfang.«

Es klopfte in ihren Schläfen. In ihrem Brustkorb. Klopfte und hämmerte. Die Hexe hatte ihr die Erinnerungen genommen, und Ruben hatte es zugelassen! Schnell fuhr Edda herum und lief zum Fenster, legte ihre Finger auf die kühle Glasscheibe und begann, einen unruhigen Takt zu trommeln. Sie tastete hastig nach der Feder und drückte das spitze Ende des Kiels in ihren Daumen, als ihr plötzlich ein neuer Gedanke kam.

»Also hast du uns überhaupt nur aufgenommen, weil dich ein anderer darum gebeten hat. Um jemandem einen Gefallen zu tun. Es war gar nicht … du wolltest es gar nicht. Du wolltest *uns* gar nicht.«

»Nein, so stimmt es nicht, Edda«, sagte Ruben und sah auf seine Hände hinab.

Edda drückte weiter das Ende des Kiels in ihren Daumen, bis sich die Spitze tief in ihre Haut bohrte. »Wie stimmt es dann??«

Sie hatte Pessas Stimme im Ohr. *Ihr wart eine Familie, nur ein Tumbtaumler konnte es nicht sehen*. Insgeheim hatte Edda ihr immer zugestimmt. Hatte geglaubt, dass der Zufall, das Schicksal, eine höhere Macht, womöglich sogar Agatha und Lor sie zusammengeführt hatten, dass Ruben sie beide gefunden, sie angesehen und gleich auf den ersten Blick erkannt hatte, dass sie zusammengehörten.

»Ich nahm euch auf, weil Maron mich darum bat«, sagte Ruben langsam. »Aber, Edda, weniger als ein Jahr verstrich, bevor ich verstand, dass nicht ich Maron einen Gefallen getan hatte, sondern sie mir einen.« Er öffnete die Hände und sah in seine leeren Handflächen hinab.

Wie er in seinem Stuhl saß, mit gebeugtem Rücken und geöffneten Händen, schien er wie ein Mann, der auf etwas wartete, und dann verstand Edda, dass er tatsächlich wartete, auf *sie*, darauf, dass sie sprach. Aber die Gedanken überschlugen sich in ihrem Kopf. Sie war noch weit davon entfernt, auch nur einen einzigen bis auf die Zunge zu bringen.

Keine hungernde junge Frau, kein verzweifeltes Paar hatte sie nach Colm gebracht und dort auf dem Marktplatz ausgesetzt. Es war Maron gewesen. Die Hexe, von der niemand wusste, woher sie ursprünglich kam, von der manche behaupteten, sie stamme überhaupt nicht vom Festland.

Mit einem Ruck stand Edda auf. Ihr schwindelte. Sie brauchte einen Moment der Stille, einen Moment, um das Gewirbel an Gedanken und Gefühlen in Kopf und Herzen neu zu ordnen.

»Bleib, Edda, bitte lass uns ...«, sagte Ruben, aber sie schüttelte den Kopf und ging aus der Wohnstube. Zumindest an diesem Abend würde er nichts befehlen, bestimmen, verlangen können. Ein sonderbares Gefühl, tun und lassen zu können, was sie wollte. Warum nur fühlte sie sich dann nicht frei, während sie von der Wohnstube in den Flur trat? Nicht frei, sondern genauso wie zuvor im Tunnel in den Klippen: ratlos in der Finsternis, umgeben von Nichts und Nacht.

13
Der Sohn des Holzfällers

Die Sonne stand hoch am Himmel und brannte auf Eddas Haar. Er war gekommen, der erste warme Tag des Jahres, gut zwei Monde nachdem Tobin und sie zum letzten Mal gemeinsam draußen im Garten gewesen waren. Damals hatten sie mit der Spitzhacke mühsam die frostige Erde aufgelockert und Zwiebelsamen gesät, doch wie in jedem Jahr waren die Samen nicht aufgegangen. Stattdessen wucherte Drillkraut in dem Beet und bedeckte die Erde beinahe vollständig. Mit einem Seufzen sah Edda auf das hartnäckige Kraut hinab. Sie war mit der Arbeit bereits im Verzug. Denn statt gleich morgens in den Garten zu gehen, so wie Ruben es ihr aufgetragen hatte, war sie hinunter zum Strand gelaufen, hatte ein gutes Stundenhalb vergebens an Marons Tür geklopft, bevor sie es aufgab und zurück zum Haus lief.

Sie hatte gerade die Spitzhacke zur Hand genommen, als ein dumpfes Klappern sie herumfahren ließ. Ruben? Schon jetzt? Stirnrunzelnd sah sie zum Küchenfenster. Während der letzen beiden Tage hatten sich die Fischer immer weiter von der Küste entfernt und waren meist erst spät am Abend mit leeren Netzen nach Hause gekommen. Vermutlich hatte sie sich das Klappern nur eingebildet. Seit den frühen Morgenstunden schon lauschte sie auf ein Klopfen an der Tür, Freyas aufgebrachte Stimme oder Bents entrüstetes Poltern. Im Dorf wusste sicher bereits jeder, dass sie zusammen mit Teofin einen Fremden durchs Fischhaus geführt hatte, und es war nur eine Frage der Zeit, bis sie kommen, bis sie eine Versammlung einberufen und von Edda Rede und Antwort verlangen würden. Sie schlug die Hacke in die Erde. Ob Freya und Bent dem Fremden Hausarrest erteilt hatten? Oder schlimmer noch: Was, wenn sie ihn aus dem Dorf gejagt hatten? Die Spitzhacke traf auf Stein, und ein helles Klirren durchschnitt die Stille des Gartens. Wie zur Antwort klapperte es erneut. Aber dieses Mal war Edda sicher: Das Geräusch war in der Welt gewesen und nicht bloß in ihrem Kopf.

Sie konnte es spüren, in dem Moment, da sie über die Schwelle des Hauses trat, die Spitzhacke in der Hand: Sie war nicht allein. Der Eindringling verriet sich durch kein Geräusch, kein Rascheln oder Knacken, aber sie konnte ihn fühlen, seinen Atem, seinen Herzschlag, eine fremde Anwesenheit im Haus.

Leise streifte sie ihre Schuhe ab und trat in die Tür zur Wohnstube. Das Feuer im Ofen war längst erloschen, auf dem Tisch stand noch eine leere Reisbreischale, und in Rubens Stuhl, die Beine hochgelegt, saß Talin Brand.

Er lächelte. »Die Tür war nicht verschlossen.«

Sie antwortete zu schnell, zu laut und während der Schreck noch immer in ihren Schläfen und hinter ihren Rippen hämmerte: »Deswegen darf man nicht einfach hereinkommen.«

»Verzeiht, Edda Valt. Man ist bloß gekommen, um sich zu entschuldigen.«

Ohne die Spitzhacke abzulegen, strich Edda sich mit dem Handgelenk eine Haarsträhne aus der Stirn. »W-wofür?«

»Meine Gastgeberin war freundlich genug, mir mitzuteilen, dass man unseren Besuch im Fischhaus beobachtet hat. Ein großes Vergehen, wie es scheint. Ich wollte den Jungen und dich nicht in Schwierigkeiten bringen.«

Brands milchige Augen wanderten von Eddas Gesicht zur Spitzhacke und wieder zurück. Ihr Herz hatte noch nicht wieder in einen ruhigen Takt zurückgefunden, aber sie würde den Schreck abschütteln müssen. Gut möglich, dass dies ihre einzige Gelegenheit sein würde, um mit Brand allein zu sprechen. Sie sog die Unterlippe ein, beschwor jene aufgesetzte Höflichkeit herauf, mit der sie am Vortag zu ihm gesprochen hatte, die Sprache der Händler: *Wenn es Euch recht ist*, und: *Dürfte man vielleicht*, und: *Mein Herr*.

»Man gerät hier leicht in Schwierigkeiten«, sagte sie und legte die Spitzhacke auf den Tisch.

»Nur in Dörfern wie diesen gibt es einen solchen Aufruhr wegen ein wenig Gastfreundschaft«, sagte Brand mit einer Herablassung in der Stimme, die ihr unter der Haut juckte wie ein Stich.

»Und was wisst Ihr über Dörfer wie diese?«, fragte sie und verfluchte im selben Atemzug ihre schnelle Zunge.

Brand griff nach der Spitzhacke und ließ seine Finger über die gezackten Enden wandern. »Ich weiß mehr als genug über *Dörfer wie diese*. Ich bin in einem von ihnen aufgewachsen.«

Überrascht sah Edda ihn an. »Ihr kommt aus einem Dorf an der Küste?«

»Nein, ich bin im Landesinneren aufgewachsen. Fische gab es dort keine, und auch keine Fischer. Das Dorf, aus dem ich komme, heißt Agroth und liegt im Herzen der Westwälder. Mein Vater war Holzfäller. Sein Vater war Holzfäller. Alle Väter in Agroth sind Holzfäller gewesen. Und den Söhnen blieb nichts anderes übrig, als ebenfalls Holzfäller zu werden. Klingt das vertraut, Edda Valt?«

»Und sehen alle dort so aus …?« Edda brach ab, als ihr einfiel, wie wenig Teofin es schätzte, wenn man ihn auf sein Bein ansprach, wie wenig sie es selbst mochte, wenn einer der Händler den Blick zu lange auf ihrem Kupferhaar ruhen ließ. Solange niemand über das sprach, was einen anders, fremd, sonderbar machte, so lange konnte man sich auch einreden, dass niemand es bemerkte. Doch falls Brand sich an ihrer Frage störte, schlug es sich weder in seiner Stimme noch in seinem Gesicht nieder.

»Niemand in Agroth sieht aus wie ich. Auch meine Mutter und mein Vater nicht. Die Frauen in Agroth behaupten, meine Mutter sei in der Nacht, bevor sie mich zur Welt brachte, in den Wald gegangen und habe dort unter einer weißen Eiche gestanden, als der Blitz einschlug.«

Edda musste an die Geschichte von Pessa und dem toten Aal denken.

»Natürlich war es nicht allein mein Aussehen«, setzte Brand nach und sah an Edda vorbei aus dem Fenster.

»Sondern?«

»Oh, wer weiß? Ich habe nie recht nach Agroth gepasst, mir nie etwas aus Bäumen, Holz und Äxten gemacht, mich immer schon vor den Wäldern gefürchtet. Es gab dort Füchse, angeblich auch Wölfe und Bären.« Er lehnte sich vor, zog den Hemdsärmel zurück und entblößte eine gezackte Narbe auf seinem Unterarm. »Geschickt war ich auch nicht. Verletzte mich oft. Ich muss der einzige Junge in Agroth gewesen sein, der nicht mit einer Axt umgehen konnte.«

»Mein Bruder war der einzige Junge in Colm, der nicht mit Booten zurechtkam«, murmelte Edda, den Blick auf ihre Hände gerichtet. Sie hatte nicht vorgehabt, mit dem Fremden über Tobin zu sprechen, aber Brands Worte hatten etwas von ihrem Bruder zurück in den Raum geholt, etwas, das sich in den letzten Tagen genau wie der Geruch in Tobins Kopfkissen immer weiter verflüchtigt hatte. »Es ging ihm mit der See wie Euch mit den Wäldern, und ich habe mir oft gewünscht …« Sie verstummte.

Brand legte die Spitzhacke auf den Tisch zurück.

»Was?«, fragte er, seine Stimme unerwartet sanft. »Was hast du dir gewünscht?«

»Dass ich mit ihm hätte tauschen können. Dass *ich* für ihn hätte hinausfahren können.«

Als Ruben Tobin das erste Mal mit hinaus zur See genommen hatte, war er blass wie ein Seegespenst nach Hause gekommen. Den Rest des Tages hatte er beharrlich geschwiegen, nicht ein Wort verloren über die grauen Weiten von See und Himmel, über die Stille dort draußen und die Macht des Windes, dem keine Häuser, Bäume, Mauern die Stirn boten. *Wir könnten fortgehen.*

»Sind viele Menschen, die in Agroth aufgewachsen sind, einfach fortgegangen?«, fragte sie. »Ist es üblich, in andere Dörfern zu … zu gehen?«

»Oh, nein.« Brand schüttelte den Kopf. »Ich war der Einzige. Aber ich hatte keine Wahl. Früher oder später hätte ich mir versehentlich einen Arm oder ein Bein abgehackt. Und wenn nicht ich selbst, dann hätte es ein anderer getan. Meine Hände waren nie für die Axt gemacht, ich hatte in den Wäldern nichts verloren. Also stahl ich meinem Vater einen Beutel voller Rundlinge und eine Axt, die ich im nächsten Dorf verkaufte. Dann machte ich mich auf den Weg nach Centria.«

Centria – wo manche von goldenen Tellern aßen und andere den

Dreck, den sie auf der Straße fanden, wo die Reichen tanzten, während die Kinder verhungerten. Edda ließ ihre Augen unauffällig an Brands Kleidung hinabwandern. Einfaches Leinen. Geflickt an mehreren Stellen, und auch seine Schuhe waren abgetragen, aber trotz seiner schlanken Gestalt sah er nicht aus wie einer, der hungerte, sprach ganz sicher nicht wie einer, der sich in den Straßen herumtrieb und sich mit anderen um Abfälle prügelte. Sie runzelte die Stirn. Mit Brand ging es ihr wie mit den Aufzeichnungen im Haus des Apothekers, die konnte sie auch anstarren, bis ihr die Augen brannten, und trotzdem fügte sich nichts zusammen, ergab nichts einen Sinn.

Ihre nächsten Worte wählte sie mit Bedacht. »War es schwer, sich in Centria zurechtzufinden? Ich habe gehört, manchen fällt es schwer.«

Brand winkte ab. »Die Stadt lag mir, wie die Wälder es nie getan hatten, und das Handeln lag mir, wie es das Holzfällen nie getan hatte. Ich kam schnell zu Geld.«

»Wie?«

Brand warf ihr einen abwägenden Blick zu. Als sie im Fischhaus gewesen waren, hatte sie kaum mehr als einsilbige Antworten aus ihm herausbekommen. Nun aber, da Teofin nicht in einer Ecke stand und ihnen dunkle Blicke zuwarf, zeigte Brand sich gesprächiger.

»Im Grunde bin ich eine Art Händler. Nur dass ich keine Geschäfte mit Colmin mache. Vielmehr komme ich … besonderen Wünschen nach.«

»Besonderen Wünschen?«

»Nun, sagen wir, jemand hat von einem bestimmten Farbpulver gehört, das nur nördlich der Aschestadt hergestellt wird. Dann mache ich mich auf den Weg, das Pulver zu beschaffen, und bringe es zurück nach Centria. Für einen angemessenen Preis natürlich.«

Edda tastete nach der Feder, bekam aber bloß das Knöchelchen zu fassen. Sie zwang sich, Brand in die Augen zu sehen.

»Und wollt Ihr deswegen auch hinaus aufs Inselreich? Wegen eines besonderen Wunsches?«

Brand sah sie an. »Fragen und Fragen und Fragen. Was willst du wohl noch alles über mich wissen, Edda Valt?«

Sie antwortete nicht, aber sie wich seinem Blick auch nicht aus.

»Akoban«, sagte er schließlich. »Ich muss nach Akoban.«

»Wollt Ihr auf den Markt?«

Brands Augen wurden noch ein wenig schmaler. »Und was weiß ein Fischermädchen aus Colm über den Markt von Akoban?«

»Bloß, dass viele Händler von Colm aus dorthin fahren, um ihr Colmin zu verkaufen.«

Tatsächlich hatte Goldzahn ihr mindestens so oft vom Markt von Akoban erzählt wie von dem Leben in Centrias Straßen. Laut Goldzahn erstreckte sich der Markt über einen großen Teil der Insel, und es gab mehr Stände als Häuser in Colm. Neben einfachen Waren wie Tonschalen, getrockneten Beeren, Wurzeln, Stoffen und Messingschmuck wurden dort auch fragwürdigere Kostbarkeiten angeboten: Worte in der Alten Sprache, Gifte, ähnlich tödlich wie Colmin, Steine, in deren gesprenkelten Mustern die Zukunft lag. In Akoban tauschten die Händler ihr Colmin gegen Waren ein, die sie auf dem Festland für ein Vielfaches des Preises weiterverkaufen konnten.

»Wollt Ihr etwas auf dem Markt kaufen oder verkaufen?«, fragte Edda.

Brand schüttelte sacht den Kopf.

»Nun haben wir lange genug über mich gesprochen, Grünauge. Warum erzählst du mir nicht etwas von dir?«

»V-von mir? Aber über mich gibt es nichts zu erzählen.« Wie zur Bekräftigung zuckte sie mit den Schultern.

»Oh, aber sicher. Über jeden Menschen gibt es etwas zu erzählen. Wir alle haben unsere kleinen Geschichten. Ein Fischlein hat mir zugeflüstert, dass du nicht von hier bist. Hat es recht?«

Ein Fischlein? Sprach er von Ilsa oder Freya? Mit einem Mal war Edda dankbar für die Verschwiegenheit ihres Ziehvaters, für die Vorsicht der Hexe. Nur drei Menschen in Colm kannten die Wahrheit über Eddas Vergangenheit. Sie würde einen Wassermann tun, ihr Wissen mit dem Fremden zu teilen.

»Ich bin nicht hier geboren«, sagte sie, »aber aufgewachsen.«

»Und deine Eltern?«

»Mein Vater ist ein Fischer. Wie alle anderen hier auch.«

Brand überging ihren kühlen Ton. »Dein *Vater*? Ist das so?«

»Mein *Zieh*vater«, räumte sie ein. »Eine Frau aus einem der Nachbarsdörfer muss meinen Bruder und mich hier in Colm ausgesetzt haben. Mein Ziehvater fand uns. Und nahm sich unserer an.«

»Muss ein ungewöhnliches Nachbarsdorf gewesen sein. Hier an der Küste sehen sie gemeinhin aus, als hätte man sie gleich nach der Geburt in Schlamm getaucht.«

Edda verflocht die Finger, um nicht nach ihrem Haar zu tasten, und schwieg. Man kann sich nur dann verplappern, wenn man den Mund aufmacht – eine Wahrheit, die Ruben ihr beigebracht hatte.

Brand erhob sich von seinem Stuhl und trat an Anjas Webstuhl. Seine langen weißen Finger wanderten über den Rahmen, griffen nach dem Schiffchen und ließen es spielerisch durch die Luft gleiten, mit einer Selbstverständlichkeit, die Edda aufstieß. *Leg es zurück.* Es strengte sie an, die Worte nicht zu sprechen.

»Nun sag mir, Edda Valt, die unter Fischen und Fischern aufgewachsen ist, wie bekomme ich die alten Stumpfköpfe dazu, mir ein Boot zu leihen? Was muss ich tun?«

Er hatte die Worte wie im Scherz gesprochen, aber sein Blick war erwartungsvoll, lauernd, als er sie ansah.

»Wenn Bent Euch kein Boot geben will, dann gibt er Euch kein Boot, und wenn Bent Euch keines leiht, wird es auch keiner der anderen Fischer tun.«

Brand klopfte mit den Fingerknöcheln einen ungehaltenen Takt auf den Rahmen des Webstuhls. »Du glaubst nicht, dass ich einen von ihnen dazu bringen kann, mir ein Boot zu leihen?«

Sie schüttelte den Kopf. Die Fischer würden so wenig Geschäfte mit einem farblosen Fremden machen wie mit einem Drachenrochen oder einem Wassermann. War Brand nicht lange genug Gast in Bents Haus gewesen, um das zu verstehen?

Brand legte das Schiffchen zurück. »Und was hält mich davon ab, eines zu stehlen?«

Hatte er einen Scherz gemacht? »Ihr … Ihr fragt mich, warum Ihr nicht ein Boot stehlen sollt?«, vergewisserte sie sich. Nicht einmal Hans Piel war Tumbtaumler genug, seine dunklen Vorhaben im Vorhinein anzukündigen. Aber Brand war nicht Hans Piel. Er spielte nach anderen Regeln, spielte womöglich nicht einmal dieselben Spiele. Sie zwang ihre Stimme in einen ruhigen, gleichmütigen Ton.

»Ihr glaubt, dass Ihr Euch aus Freyas und Bents Haus stehlen und hinunter zum Hafen laufen könnt, ohne dass es irgendwer im Dorf bemerkt?«

»Mitten in der Nacht, wenn die guten Bürger schlafen?«

»Ilsa behauptet, ihre Mutter schlafe nie. Sie sagt, Freya könne es sogar hören, wenn die alte Muriel in ihrer Küche eine Stricknadel fallen lässt.«

Rasch trat Brand an die erloschene Feuerstelle. In dem kurzen Moment, bevor er ihr den Rücken kehrte, sah sie etwas Unerwartetes über sein Gesicht huschen. Es fand sich auch in seiner Stimme, als er sprach. Bisher hatte alles, was er sagte, geklungen, als mache er sich lustig – über die, mit denen er sprach, über die, von denen er sprach, womöglich über sich selbst. Nun aber war seine Stimme ganz ohne Spott, gefährlich tonlos.

»Ich finde schon einen Weg. Spreche mit dem alten Garbler und bringe ihn dazu, dass er mir ein Boot leiht.«

»Aber das habt Ihr doch sicher längst getan – mit Bent gesprochen, meine ich?«

Er warf ihr einen Blick über die Schulter zu. »Ich war krank, Grünauge. War nicht ich selbst. Musste erst wieder zu Kräften kommen. Muss es immer noch.«

»Ich verstehe nicht, was Euch Eure Kräfte nutzen sollen, wenn ...«

»Nein, das verstehst du nicht«, fiel Brand ihr ins Wort, doch beinahe im selben Augenblick schien etwas zurückzugleiten, wieder einzurasten, und sein Gesicht war glatt und ausdruckslos, als er fortfuhr zu sprechen: »Du willst hinaus ins Inselreich, habe ich recht, Grünauge?«

Nur nicht vorschnell antworten. Sie presste die Lippen zusammen. Sollte sie Brand jetzt fragen, ob er sie mitnehmen würde? Und wie konnte sie ihn davon überzeugen, dass es von Vorteil für ihn wäre, sie mitzunehmen? Sie versuchte, Zeit zu gewinnen. »Hat Euch das auch ein Fischlein zugeflüstert?«

»Nein, kein Fischlein. Das Mädchen mit dem Schweinenäschen.«

Sie hob eine Augenbraue. »Ilsa?«

»Il-sa.« Brand sprach den Namen gedehnt, öffnete den Mund weit für das *sa*. »Könnte die Zunge nicht stillhalten, wenn man sie ihr am Gaumen festnähen würde.«

Edda schob ihre Zunge den Gaumen entlang bis zur Rückseite der Schneidezähne. Brands Gedanken wanderten auf seltsamen Straßen.

»Sie sagt, du willst dort draußen nach den verschwundenen Kindern suchen«, fuhr er fort. »Dein Bruder ist einer von ihnen gewesen?«

Edda nickte. In jenen Momenten, da Brand seine ganze Aufmerksamkeit auf sie richtete, war es ihr, als sähe nicht er selbst sie an, sondern noch ein anderes Geschöpf, eines, das sich noch verborgen hielt, hinter den milchigen Scheiben seiner Augen. Aufmerksam lauernd blickte es in die Welt.

»Und in keinem der anderen Dörfer sind Kinder verschwunden? Es geschieht bloß hier in Colm?«

Sie nickte erneut.

»Die Kinder verschwinden seit zehn Jahren? Sind es nur Jungen oder auch Mädchen?«

»Seit beinahe zehn Jahren, ja. Jungen und Mädchen.«

Das Geschöpf im milchigen Blau seiner Augen lauerte weiter. Nur auf was? Brand gab keinen Rundling auf Tobin und die verlorenen Kinder Colms, auf die Trauer, die Sorgen und Hoffnungen der Menschen hier. Um was aber ging es ihm dann?

»Warum glaubst du, dass er dort draußen ist?«

Edda schwieg, ließ die Hände reglos in ihrem Schoß liegen, tastete nicht nach der Feder. Weder die Feder in ihrer Tasche noch die Hexe in ihrer Höhle waren für Brand bestimmt.

»Habt ihr von einem gehört, den sie König der Krähen nennen?«, fragte sie, statt auf seine Frage zu antworten.

Als sie Brand am Fischhaus nach Krähen gefragt hatte, war etwas mit ihm geschehen, wie ein Zittern, wie ein Kräuseln im Wasser war es durch sein Gesicht gegangen. Doch dieses Mal war er besser vorbereitet, und sein Gesicht gab nichts preis, als er antwortete.

»Das ein oder andere habe ich gehört. Geschichten. Dort draußen auf den Inseln erzählen sie von früh bis spät Geschichten, und kaum welche von ihnen sind wahr. Was weißt du über den König der Krähen, Grünauge?«

Nicht das Geringste, aber von Ilsa hatte Edda gelernt, dass man mit Wissen wie mit Rundlingen handeln konnte und dass es nie schlau war, den Inhalt seiner Börse zu zeigen, vor allem nicht, wenn sie leer war.

»Ich weiß, dass er auf einer der Inseln lebt, und ich habe Möglichkeiten herauszufinden, auf welcher, aber dafür muss ich erst hinaus auf den Archipel.«

Sie wusste im selben Moment, dass sie einen Fehler gemacht hatte. Brand würde sie aufziehen oder geradeheraus eine Lügnerin nennen, und schon kündigte es sich an, in einem Funkeln in den Augen, einem Zähnefletschen, das beinahe zu einem Grinsen wurde. Beinahe. Doch statt sie auszulachen, wurde er ernst.

»Ich weiß also, warum du dort hinauswillst, Edda Valt. Nur musst du mir verraten, welchen Grund ich habe, dich mitzunehmen.«

Ein Grund. Als seien ihre Gedanken nicht seit Stunden, seit Tagen schon um einen solchen Grund gekreist, um die Suche nach einem solchen Grund. Sollte sie ihm drohen? Behaupten, sie würde im ganzen Dorf von seinem geplanten Diebstahl erzählen, sollte er sie nicht mitnehmen? Aber alles in ihr scheute davor zurück. Manche Kämpfe musste man gar nicht erst antreten, um zu wissen, dass man sie verlieren würde. Hinter ihren Schläfen pochte und pulste es. Ein Grund.

Brand war ein Geschäftsmann, einer, der Handel und Tausch verstand, genau wie Goldzahn.

»Ich habe Freunde dort draußen«, sagte sie. »Und wenn Ihr mich mit hinausnehmt und zu ihnen bringt, dann würden sie Euch belohnen. Mit Rundlingen oder Colmin.«

»Du hast Freunde dort draußen«, wiederholte Brand. »Im Inselreich.«

»Ich *habe* Freunde dort draußen. Händler, die jedes Jahr nach Colm kommen und manche Winter dort draußen verbringen. Nevin Goldzahn zum Beispiel.«

Als hätte sie auch nur eine Vorstellung davon, wo Nevin Goldzahn sich in diesem Moment befand. Vermutlich bei seiner Familie in Centria oder er war auf den Straßen Farlands unterwegs. Goldzahn hatte vor einigen Jahren einmal von einer Bleibe in Akoban gesprochen, aber selbst, wenn es der Zufall Edda recht machen wollte und er sich bereits draußen im Inselreich aufhielt, würde er Brand kaum mit Rundlingen belohnen, nur weil der Edda durch den Archipel und bis nach Akoban geschleppt hatte.

»Und dorthin willst du?«, fragte Brand. »Nach Akoban.«

»Zunächst muss ich zu einer Insel namens Ootland«, räumte sie ein.

»Ootland. Was ist auf Ootland?«

»Jemand, der mir hilft.«

Brand hob eine farblose Augenbraue. »Du hast Freunde in Akoban, du hast Freunde auf Ootland. Du musst sehr beliebt sein dort draußen, im Inselreich.«

Edda sog ihre Lippe ein und schwieg. Brands Scherze ähnelten Ilsas: Man lachte nicht über sie, sondern zog den Kopf ein und versuchte, bestmöglich auszuweichen.

Brand trommelte noch eine Weile unentschlossen auf dem Kaminsims. Strich über Hemd und Hose, als habe sich Staub auf dem Stoff abgelagert.

»Gut, Edda Valt mit den vielen reichen Freunden draußen auf den Inseln. Du wirst von mir hören, sobald ich mich um ein Boot gekümmert habe.«

»Ihr werdet Bent nicht ...«

»Warte es ab, Grünauge«, sagte er, und Eddas Nackenhaare stellten sich auf, als er dicht an ihrem Stuhl vorbeistrich. »Warte und staune.«

14
Die Schatten an den Wänden

Kaum, dass er nach Hause gekommen war, hatte er seinen Eltern alles gebeichtet. Hatte nicht nur gestanden, dass er gemeinsam mit Edda den Fremden durchs Fischhaus geführt hatte, sondern auch von der Hexe in ihrer Höhle erzählt. Während seine Mutter unbewegt geblieben war, ihn nicht unterbrochen, ihm keine Vorwürfe gemacht hatte, hätte sein Vater vor Entsetzen beinahe die Stoffkappe in seinen unruhigen Händen zerrissen, ihn mit vorwurfsvollen Fragen überhäuft. Teofin war stumm geblieben. Wie hätte er es seinem Vater auch erklären können? Der Apotheker wusste nichts über den Fremden, wusste nichts über die neue Edda, wusste nichts über das Gefühl, das Grauen in Teofin, als er die beiden unter dem gelben Gewitterhimmel hatte davongehen sehen.

Am nächsten Morgen verließ der Apotheker noch vor dem Frühstück das Haus, um sich auf den Weg zu Freya und Bent zu machen und mit ihnen über seinen Sohn zu sprechen.

»Er kann das Warten nicht aushalten. Konnte er noch nie«, murmelte Pessa, nachdem die Haustür hinter Tomas ins Schloss gefallen war. »Wenn sie kommen wollen, werden sie schon kommen.«

Teofin nickte, als würde er seiner Mutter zustimmen. In Wahrheit aber war er dankbar, dass sein Vater sich auf den Weg gemacht hatte. Wenn es ums Warten ging, hielt er es ganz mit seinem Stoffkappe knetenden, furchtsam in die Welt blinzelnden Vater: Es gab nichts Schlimmeres, als zu sitzen, zu lauschen, zu fürchten, ohne zu wissen, was als Nächstes geschehen würde.

An jedem anderen Tag wäre Teofin um diese Zeit längst im Fischhaus gewesen, doch genau wie tags zuvor hatte niemand die Glocke geläutet, und er blieb bei seiner Mutter in der Küche sitzen. Während er ihr gegenübersaß und sie ihm eine Aufgabe nach der nächsten auftrug – Zwiebeln schneiden, Petersilie hacken, Kartoffeln schälen –, schien sich die Zeit auszudehnen; nicht bloß ein Morgen, sondern eine schiere Ewigkeit verstrichen, bis sie wieder die Haustür hörten, Schritte im Flur, und Teofins Vater schließlich in der Küche auftauchte. Ohne ein Wort zu sagen setzte er sich zu ihnen an den Tisch und begann, umständlich seine Schuhe aufzuschnüren. Teofin ließ sein Schälmesser sinken. Aber erst als auch Pessa in der gleichmäßigen Schälbewegung innehielt, das Messer ablegte und den Apotheker ansah, öffnete er den Mund.

»Es wird keine Versammlung geben.«

Teofin tat es seiner Mutter gleich und legte sein Schälmesser ab. Keine Versammlung?

»Sie haben schon entschieden, wie sie Teofin bestrafen werden?«, fragte Pessa verwundert.

»Keine Versammlung. Keine Strafe.«

Aber etwas an der Stimme seines Vaters, etwas an der Art, wie er die Tischplatte ansah, mit gerunzelter Stirn, eine steile Falte zwischen den Brauen, sorgte dafür, dass Teofin weiter den Atem anhielt. Keine Versammlung, keine Strafe, und trotzdem war niemand am Tisch erleichtert. Teofins Hände waren feucht, zittrig, während er darauf wartete, dass sein Vater weitersprechen würde. Etwas schien verborgen, schien versteckt in den Worten, die sein Vater sonderbar ergeben gesprochen hatte.

»Ich verstehe nicht«, sagte Pessa. »Hast du mit Bent selbst gesprochen?«

»Ja, er war zu Hause. Alle waren da. Bent, Freya, Ilsa und der Fremde. Sie alle waren da.« Teofins Vater hatte die Stoffkappe längst wieder vom Kopf genommen, um sie auf gewohnt unruhige Weise zu kneten. »Saßen um den Esstisch in der Stube. Ich musste mich zu ihnen setzen, und natürlich dachte ich, Bent würde den Fremden fortschicken, um mit mir allein über den Vorfall am Fischhaus zu sprechen.«

Pessa lehnte sich vor. »Und das tat er nicht?«

»Ich hatte mich noch kaum gesetzt, da fing er schon an zu reden. Er sagte, er könne sich schon denken, warum ich gekommen sei.« Zum ersten Mal, seitdem der Apotheker die Küche betreten hatte, sah er seinen Sohn an. »Bent meint, es sei eine Dummheit von euch beiden gewesen, einen Fremden durchs Fischhaus zu führen, ohne vorher um Erlaubnis zu fragen. Aber wahrscheinlich hättet ihr gar nicht gewusst, dass ihr etwas Verbotenes tatet.«

Teofin und seine Mutter starrten den Apotheker an.

»Bent hat gesagt …«, begann Pessa unsicher. »Er glaubt, Teofin und Edda *wussten* nicht, dass es verboten ist, Fremde durchs Fischhaus zu führen?«

»Etwas stimmt dort nicht«, murmelte der Apotheker, und seine Hände schlossen sich eine Spur fester um die Stoffkappe. Und mit einem Mal wollte Teofin aufstehen und aus der Küche vor den Worten seines Vaters fliehen. Der Drang war so stark, dass er die Füße in den Boden stemmen, den Rücken gegen die Lehne pressen musste, um sitzen zu bleiben. Er wollte nicht wissen, was genau es war, das nicht stimmte in Freyas und Bents Haus. Es stieg ihm ja schon wie ein fauliger Geruch in die Nase. Und auch seine Mutter zögerte, öffnete den Mund, um weitere Fragen zu stellen, schloss ihn wieder, griff nach dem Schälmesser und fragte schließlich doch: »Was meinst du, Tomas?«

Der Apothekter zuckte die Achseln. »Wie sie schon um den Tisch saßen. Und während Bent mit mir sprach, da sah er immer wieder den Weißschopf an, so als bräuchte er ...«, Tomas suchte nach den richtigen Worten, »seine Zustimmung, seine Bestätigung.«

In seinem ganzen Leben hatte Teofin Bent noch nie jemanden um Zustimmung oder Bestätigung bitten sehen. Sein linkes Bein zitterte, und er musste es mit der Hand gegen die Sitzfläche drücken, wenn er nicht wollte, dass es von unten gegen die Tischplatte stieß.

»Freya und Bent – und auch die Kleine, Ilsa –, alle drei sahen sie so aus, als hätten sie sich eine Flasche Weißbrand geteilt. Als würden sie gleich im Sitzen und mitten im Gespräch einschlafen. Obwohl heute der erste warme Tag seit Langem ist, war es in der Stube so kalt, dass uns der Atem in der Luft hing.«

Und die Kälte schien dem Apotheker gefolgt zu sein. Während er sprach, meinte Teofin, einen Wind zu spüren, einen Zug, so als hätte irgendwer eine Tür oder ein Fenster offen gelassen. Über die Kartoffeln hinweg sah er seine Mutter an, und in dem Moment, da sich ihre Blicke begegneten, wusste er, dass sie dasselbe dachte wie er: Tomas hätte nicht zu Freya und Bent gehen sollen. Er hätte nicht gehen und er hätte nicht sehen sollen, was auch immer es gewesen war, das er gesehen hatte. Denn nun hatte er es mit zurück nach Hause gebracht, und es war bei ihnen, in der Küche, in der Luft, die sie atmeten, in dem Schweigen, das sie umgab, bis seine Mutter es durchbrach, mit Worten, die eigentümlich hohl, ohne Kraft und Überzeugung klangen:

»Nun, zumindest wird es keine Versammlung geben. Und dafür sollten wir dankbar sein.«

Aber Teofin war nicht dankbar. Er hätte bestraft werden müssen. *Edda* hätte bestraft werden müssen, und den Fremden, den Mann ohne Farben, hätte man aus dem Dorf jagen müssen.

Während Teofin auf seinem Stuhl saß und unter seiner Kniescheibe ein Feuer glomm, das schmerzhaft Funken schlug, schien der Boden unter seinem Stuhl leicht zu schwanken. Die Schälmesser, die vor ihnen auf dem Tisch lagen, sahen sonderbar bedrohlich aus, und als die Glocke am Fischhaus schlug – zwei Mal: Die Fischer waren zurückgekehrt –, da war ihr Läuten nicht vertraut, sondern fremd, eine dunkle Warnung, eine Ankündigung, dass etwas bevorstand.

***

Die Fischer brachten nur wenige Fische mit nach Hause. Kaum mehr als zehn Karren ließen sich mit schillernden Schuppenhäuten füllen und hinauf zum Fischhaus bringen. So gern Freya die Frauen und Kinder bis spät in die Nacht an den Bottichen hätte stehen lassen, die Arbeit war getan, noch bevor die Sonne hinter den Hausdächern verschwand.

Obwohl Teofin unzählige Male versucht hatte, Edda im Fischhaus abzupassen, war es ihm nicht gelungen, auch nur ein einziges Wort mit ihr zu wechseln. Sie ging ihm aus dem Weg, natürlich tat sie das. Wenn er daran dachte, was er am Strand zu ihr gesagt hatte, stieg ihm die Hitze in die Wangen. Wut und Angst hatten etwas in ihm auf- und überkochen lassen.

Während er sich vom Fischhaus nach Hause schleppte und es in seinem Bein glomm und zog, kreisten seine Gedanken weiter um Edda und die Hexe in der Höhle und den Mann ohne Farben. Er musste Edda fort von Brand locken, das hatte er längst verstanden, nicht erst seit dem Bericht seines Vaters. Er musste ihr einen anderen Plan geben, einen anderen dunklen Tunnel, andere zweifelhafte Gestalten. Orte, an denen sie weiter nach Tobin suchen konnte, ohne der Wahrheit ins Gesicht zu sehen, dass er längst auf dem Boden der Silbersee trieb. Aber in Colm gab es keinen solchen Ort mehr, hatten sie in jedem Keller und jedem Boot bereits gesucht, waren bei den Weidhütten, beim Friedhof, beim Feuerplatz gewesen, hatten sogar am Brunnen bei Freyas und Bents Haus nachgesehen. Wenn sie in Colm aber bereits überall gesucht hatten, blieb nichts anderes, als außerhalb Colms zu suchen, und bei dem Gedanken allein schwindelte es ihm. In den letzten Wochen hatte seine Mutter oft davon gesprochen, dass man in den anderen Dörfern nach den verschwundenen Kindern hätte suchen müssen. Warum nicht jemanden nach Perdun schicken, nach Karv oder Suuten? Warum nicht nachfragen, ob man dort nicht vielleicht einen Fremden mit einem Kind gesehen hatte? Teofin wusste, dass er niemals nach Suuten würde gehen können, wo riesengroße Ratten die Kinder durch die Straßen jagten, oder nach Karv, wo eine Hexe das Dorf regierte. An Perdun musste er gar nicht erst denken, es war beinahe so weit von Colm entfernt wie Klammtal. Aber was war mit Maunland? Einige der Fischer waren bereits dorthin gereist und auch wieder zurückgekommen. Sogar

Edda hatte Ruben ab und an dorthin begleitet und von nichts Auffälligem zu berichten gewusst. Laut Ilsa trugen die Menschen dort Schädel, so rund wie Kohlköpfe auf den Schultern, und besaßen Hunde, die einem bis zu den Schultern reichten. Schnell schob er den Gedanken an Kohlkopfschädel und menschengroße Hunde von sich und fasste einen Entschluss: Er würde Edda nach Maunland begleiten. Gleich bei ihrem nächsten Treffen würde er ihr von seinem Plan erzählen. Wenn nötig, würde er sogar den ein oder anderen kohlköpfigen Maunländer ansprechen, ihn befragen, ob er nicht vielleicht einen blassen Jungen mit auffällig hellem Haar und verschreckten Augen gesehen habe. »Was hältst du davon, wenn wir nächste Woche nach Maunland fahren?« Er sprach die Worte zur Probe, sprach sie voller Überzeugung und einer Entschlossenheit, die er tatsächlich fühlte, in genau diesem Moment, da er die Tür zum Haus seiner Eltern öffnete. Er trat ein, setzte den Fuß über die Schwelle, in einem unglücklichen Winkel oder womöglich nur mit mehr Schwung als beabsichtigt, und dann ging ihm ein Schmerz durchs Bein, als hätte ihm jemand eine Eisenstange ins Knie gerammt. Er streckte die Hand nach dem Treppengeländer aus, aber sein Arm war ohne Kraft, und er stürzte zu Boden.

Für eine kurze Zeit schluckte ihn der Schmerz ganz. Er sah nichts, er hörte nichts, er hätte an jedem Ort in der Welt sein können, ohne davon zu wissen. Da waren nur die heißen Wellen, die über ihn hinweg und durch ihn hindurchgingen, und dann, irgendwann in großer Ferne noch dumpf und unwirklich, die besorgte Stimme seiner Mutter.

***

Nachdem Pessa ihm einen Tee gemacht, ihm die Treppe hinauf in sein Zimmer geholfen und sein Bein mit einer dünnen Schicht Colmin eingerieben hatte, fand Teofin sich allein in seinem Bett wieder, und während er an die Decke seines Zimmers starrte, zerbröckelte jeder Plan, nach Maunland zu reisen. Es war simpel: Teofin hatte Maunland und Zweifel in den Augen, der Fremde hatte die Inseln und bald womöglich ein Boot. Sollte er einwilligen, sie mit sich zu nehmen, würde Edda mit ihm gehen, das wusste Teofin so sicher, wie er wusste, dass Tobin längst ertrunken war.

Während er auf den Schlaf wartete, strengte er sich an, den Weißschopf nicht in seine Gedanken hineinzulassen; gleich im ersten Traum aber erwartete ihn Brand.

Gemeinsam mit Teofins Eltern und Edda saß er am Küchentisch. Sie alle ließen den Kopf hängen, sonderbar kraftlos, als schliefen sie. Der Fremde sah Teofin an, seine milchigen Augen nahmen ihn an den Haken wie einen zappelnden Fisch. Dann neigte er sich Edda zu und flüsterte ihr ein Wort zu, das Teofin so deutlich hörte, als hätte der Mann ohne Farben es in *sein* Ohr geflüstert. Er hätte nicht sagen können, welches Ding in der Welt es nannte, aber er verstand, dass es ein unfassbares Grauen in sich trug. Keine Beschimpfung, keine Beleidigung, kein Fluch konnte es aufnehmen mit diesem Wort, das gemacht war aus geächzten Silben, aus Chs und Schs.

Brand stand auf und verließ den Raum. Edda folgte ihm, als zöge er sie an einer Leine hinter sich her. Teofin rief ihren Namen, aber Edda war längst taub für seine Stimme.

Langsam kam Teofin zu sich, glitt von einer Dunkelheit in die nächste. Noch immer durchströmte ihn das Grauen, welches Brands Wort in ihm hatte aufsteigen lassen. Wie Kälte, wie Müdigkeit oder Hunger ließ es alles andere verblassen, sogar den Schmerz in seinem Bein. Was für ein schreckliches Wort, dachte er, was für eine schreckliche Macht, ein Wort zu kennen, dem sich die Welt unterwarf, das Menschen zu Puppen und Schlafwandlern machte. Seine Lippen bewegten sich, während er versuchte, sich an die genaue Abfolge der gezischten Laute zu erinnern, doch je länger er die Lippen spitzte und wieder öffnete, umso weiter schien er sich zu entfernen, von dem Wort, das Brand in Eddas Ohr gewispert hatte, und was er sagte, klang immer mehr nach »Schicht-Schacht".« Er konnte nicht aufhören zu flüstern, seine Zunge, sein Verstand wollten das Wort nicht aufgeben. Hatte er es nicht beinahe? *Schlichter schichtiger Schacht*. Nein, seine Sch und Ch waren eine Spur zu weich, waren zu wenig kehlig, er musste die Laute tiefer aus sich herausholen, wenn er wollte, dass ... Ein Klirren ließ ihn aufschrecken. Ein Klirren, das nicht aus der Schlafkammer seiner Eltern gleich hinter der Wand kam, sondern vermutlich aus dem unteren Stockwerk. Es war der unverkennbare Laut brechenden Glases, und obwohl es hundert harmlose Erklärungen geben musste, warum es klirrte in einem Haus, in dem bereits alle zu Bett gegangen waren, ließ das Klirren Teofin einen Schrecken in die Knochen fahren. Ähnlich war er immer dann aufgeschreckt, wenn die große Glocke beim Fischhaus mitten in der Nacht geläutet und das Verschwinden eines weiteren Kindes verkündet hatte. Seine Muskeln spannten sich an, schickten einen scharfen Schmerz durch sein Bein. Er wagte nicht, sich zu rühren, lauschte angestrengt, wie er es früher immer getan hatte, als er noch jünger und überzeugt davon gewesen war, dass Finstertentakel unter seinem Bett lauerten. Erst als sich draußen auf dem Gang die Tür zur Schlafkammer seiner Eltern öffnete, als er seinen Vater flüstern, seine Mutter flüstern und kurz darauf Schritte auf der Treppe hörte, schlug er die Decke zurück. Sein Mund war trocken und blieb es, auch nachdem er das Glas Wasser auf seinem Nachttisch mit raschen Zügen geleert hatte.

Langsam zog er sich am Kopfende seines Betts hoch, versuchte, so wenig Gewicht wie möglich auf sein Bein zu geben, und humpelte hinaus in den Flur. Weder seine Mutter noch sein Vater antworteten ihm, als er nach ihnen rief, und schon von der untersten Stufe aus konnte er sehen, dass die Tür zur Mischstube einen Spaltbreit offen stand. Dumpf drangen die Stimmen seiner Eltern zu ihm, doch statt ihnen entgegenzugehen, blieb er noch einen Moment länger neben dem Geländer stehen. Der Traum klebte noch in seinem Schädel wie Reisbrei in einer Schale, der Traum, das Wort *Schicht-Schacht,* die Geschichte vom Fremden in Freyas und Bents Küche, das Wissen, dass Edda nicht mit ihm nach Maunland kommen würde. Er schob sich an der Wand entlang, erreichte die Tür zur Mischstube und stieß sie auf.

Seine Mutter kniete auf dem Boden und war damit beschäftigt, einen Haufen Scherben zusammenzukehren. Auf dem Holztisch in der Mitte des Raumes war nichts zu sehen von dem vertrauten Chaos aus Glasflaschen und Tuben und Silberdosen. Die Schränke standen weit offen, die Schubladen waren aus den Halterungen gerissen, ihr Inhalt über den Boden verstreut.

»Sei vorsichtig, wo du hintrittst«, warnte Pessa. »Hier ist alles voller Scherben und verschüttetem Colmin.«

»Was … was ist passiert?«

»Jemand muss eingebrochen sein«, sagte sein Vater, während er mit den Händen hilflos über die Tischplatte strich. »War schon über alle Meere davon, bis wir hier unten waren.«

Hinter Tomas stand das Fenster zum Garten weit offen. Der Einbrecher musste durch den Garten und über den niedrigen Zaun geflohen sein.

»Ich könnte bei Agatha und Lor schwören, dass ich die Haustür verschlossen habe«, murmelte sein Vater. »Aber vorhin stand sie offen, als wäre jemand hindurchspaziert. Muss einer der sturmverfluchten Jungen gewesen sein. Agnes' Jüngster, Hans, wahrscheinlich.«

Teofin sah zum offenen Fenster. Sein Vater irrte sich. Hans Piel hatte mehr hinterlistige Streiche im Kopf als Ilsa Geschichten in ihrem, aber er war kein Tumbtaumler: Die Mischstube des Apothekers zu verwüsten brachte dem ganzen Dorf nichts als Schaden.

Nachdem Teofin seine Schuhe übergezogen hatte, half er seiner Mutter die restlichen Scherben zusammenzufegen. Unzählige winzige Glasscherben knirschten unter seinen Sohlen. Schweigend sammelten sie die verstreuten Papiere auf, räumten den Inhalt der Schubladen wieder zurück und stellten jene Tonschalen und Glasbehälter, die unversehrt geblieben waren, auf den Tisch. Nur der Apotheker fluchte ab und an leise auf Hans Piel und die Jungen, die wohl nichts anderes als Möwendreck im Kopf hatten. Und obwohl Teofin einen Eid auf Hans Piels Unschuld hätte schwören können, blieb er weiter still. Er hätte ohnehin nicht erklären können, nicht einmal sich selbst, wie für ihn alles zusammenhing, die Scherben auf dem Boden, der Traum, die Geschichte vom Fremden in Bents und Freyas Haus. Während ihm der stechende Geruch verschütteten Colmins in die Nase stieg und die Schatten an den Wänden plötzlich dunkler und tiefer schienen, als sie es sein sollten, da spürte, da hörte, da wusste er etwas, das sich der Sprache noch entzog. Obwohl sich niemand außer Teofin und seinen Eltern im Haus befand, der Eindringling längst die Flucht ergriffen hatte, war es ihm, als befinde sich noch immer etwas mit ihnen im Raum, kein Mensch, sondern eine *Anwesenheit*, etwas, das zurückgeblieben war, so wie der Schmerz in seinem Bein, ein dunkler Nachhall. Es waren der Traum und das Wort. Der Traum, der in die Welt gesickert war, das Wort, das wie ein lautloses Flüstern noch immer in seinen Ohren lag.

15
Ein Schatz oder ein Ungeheuer

Zwei Tage waren verstrichen, seitdem Brand in Eddas Wohnstube aufgetaucht war und jeden Gedanken in ihrem Kopf durcheinandergewirbelt hatte. Die Fischer fingen endlich wieder Fische, doch wollten sich ihre Netze stets nur zur Hälfte füllen. Hans Piel verpasste Jost ein blaues Auge, und keine Versammlung wurde einberufen, um Edda und Teofin zu bestrafen. Am ersten Arbeitstag nach ihrem Besuch in Marons Höhle ging Edda Teofin aus dem Weg, am zweiten tauchte er gar nicht erst auf, und sie war erleichtert, dankbar, dass sie sich nicht weiter vor ihm verstecken musste, vor seinen Blicken, die ihr unablässig folgten wie Stechtiere im Sommer.

Als sie abends das Fischhaus verließ, lag ein eigentümliches Licht über dem Dorfplatz. Genau wie der erste Arbeitstag hatte auch der zweite geendet, noch bevor die Sonne hinter den Dächern verschwunden war. Die Goldenen Fische glommen rötlich, und der Himmel selbst trug die sonderbarsten Farben in sich: Gelb und Ocker und Violett. Edda hatte den Platz etwa zur Hälfte durchschritten, als sie den Pfiff hörte – nicht trällernd, wie Ilsas, oder drohend, wie Hans Piels Pfiffe es waren, sondern knapp und zielgerichtet wie ein Ruf: *Du, da drüben, dreh dich um!* Sie drehte sich um. Gerade noch rechtzeitig, um Brand in der Westgasse verschwinden zu sehen. Ohne zu zögern rannte sie ihm hinterher, sicher, dass er gleich im Schatten von Jeppes und Rovens Haus auf sie warten würde, doch die Westgasse lag so verlassen vor ihr wie der Dorfplatz hinter ihr. Also lief sie weiter, entlang niedriger Mauern, vorbei an kargen Gemüsegärten, vorbei am Haus der Piels. Je weiter sie sich vom Dorfkern entfernte, umso weniger vertraut waren ihr die Häuser, die Gärten und Schuppen. Es verschlug sie nicht oft hierher; die Westgasse gehörte den Piels, gehörte Hans und seinem Bruder Merek und dem langen Ulf. Und auch sonst gab es hier oben nichts für sie. Am Ende der Gasse warteten nur die Kapelle und der Friedhof. Beides Orte, die Edda zu meiden wusste, überhaupt nur aufsuchte, wenn sie Pessa einen Gefallen tun wollte und sie zum Haus der Heiligen Schwestern begleitete. Ihre Schritte verlangsamten sich, je näher sie dem Friedhof kam. Eine Möwe flog keckernd über ihren Kopf hinweg, ließ sich auf der niedrigen Friedhofsmauer nieder und musterte Edda aus schwarzen Augen, die herausfordernd und verschlagen schienen.

Edda blieb stehen. Zupfte an den Rändern ihres Schultertuchs und fragte sich, ob es tatsächlich Brand gewesen war, den sie gesehen hatte. Im Grunde hatte sie ja kaum mehr als einen Schemen erspäht, ein Hosenbein, einen Schuh. Sie schüttelte den Zweifel ab, trat ans Gatter und rief Brands Namen. Die Möwe öffnete ihren Schnabel, wie um zu antworten, und bevor sie höhnisch krächzen konnte, griff Edda sich einen Stein und warf ihn nach ihr. Flatternd stob der Vogel auf. Edda legte die Hände um die rostigen Eisenstäbe des Gatters und schob sich auf die Zehenspitzen. Vor ihr lagen etwa hundert Gräber, alle durch einfache Stäbe markiert, deren Spitzen man blutrot, in Agathas und

Lors Farben angemalt hatte. Die Namen auf den Stäben reichten aus, damit Edda umkehren wollte. Der Friedhof, mehr noch als die Frauen mit ihren bedeutungsvollen Blicken und schnellen Zungen, ließ Edda spüren, dass sie nicht nach Colm gehörte. Hier lag Rubens Anja, hier lag ihr namenloses Kind. Hier lagen Teofins Großmutter und sein Großvater, hier lag Hans Piels Schwester, aber niemand, an den Edda durch Blut gebunden war.

Die Möwe war zurückgekehrt, hatte sich wieder auf der Mauer niedergelassen. Mit einem Ruck stieß Edda das Gatter auf und trat hindurch. Im selben Moment sah sie Brand. Er lehnte an dem einzigen Baum, der je auf dem Friedhof gewachsen war, einer Schwarz-Eiche, vor der Teofin und Edda sich bereits seit Kindertagen fürchteten. Der Baum schien eine sonderbar geduckte Haltung einzunehmen, beinahe als würde er kauern, seine wahre Größe lieber für sich behalten wollen. Niemand hatte je gesehen, dass sich ein Vogel auf seinen Ästen niederließ.

Brand und die Schwarz-Eiche gaben ein sonderbares Paar ab. Gesicht und Haar des bleichen Fremden leuchteten weiß und geisterhaft vor der dunklen Borke. Und trotzdem schien Brand nicht fehl am Platz, sondern im Gegenteil an diesen Ort viel mehr zu gehören, als Edda es je getan hatte. Er wartete geduldig, während sie sich ihren Weg zwischen den Stäben hindurch auf ihn zubahnte.

»Heute Nacht«, sagte er, als sie ihn erreicht hatte, und für einen Moment hingen die Worte zwischen ihnen, schwerelos, ohne jede Bedeutung für Edda.

»Ich fahre heute Nacht«, setzte Brand nach. »Kommst du nun mit oder hast du es dir anders überlegt, Grünauge?«

»Nein«, antwortete jemand, tonlos, flach, und in Eddas Stimme. Ihr Mund war trocken. Es schien ihr unwahrscheinlich, dass sie gesprochen hatte. »Ich komme mit.«

»Sprichst du mit den Würmern da unten oder mit mir?«, fragte Brand.

»Ich komme mit«, wiederholte sie.

Brand stieß sich von der Schwarz-Eiche ab, legte seine Hand prüfend auf einen der Stäbe und ruckelte sacht daran.

»Gut«, sagte er. »Dann haben wir eine Verabredung: Ich breche heute Nacht auf und nehme dich mit. Mitternacht. Ich warte unten am Hafen auf dich. Aber ich warte nicht lange.« Edda schien zu nicken, da war Bewegung in ihrem Kopf, ihrem Kinn, ihrem Hals.

»Und Grünauge, du kannst dich nicht verabschieden. Von niemandem. Dein Vater, dein Freund, der Apothekerssohn, sie werden dich nicht gehen lassen, wenn sie wissen, was du vorhast.«

»Ich weiß.«

Brands milchig blaue Augen ließen sie noch nicht gehen, tasteten sie weiter ab, und Edda ertrug es, so wie sie den kalten Ostwind ertrug, der ihr unter die Kleider kroch, und den Anblick der Schwarz-Eiche, deren kahle Äste nach ihrem Brustkorb zu tasten schienen, ihre Rippen umschlossen, ihren Atem flach werden ließen. Endlich wandte Brand sich ab, schüttelte knapp den Kopf, über Edda oder über sich selbst, weil er tatsächlich eingewilligt hatte, sie mitzunehmen. Ohne sich noch einmal nach ihr umzudrehen, ging er davon.

Sie sah ihm nach, wie er zwischen den Stäben hindurch davonschlenderte. Wartete, bis sich das Gatter hinter ihm geschlossen hatte, und rutschte dann am Stamm der Schwarz-Eiche hinab. Die raue Borke scheuerte an ihrem Rücken, die Erde unter ihr war feucht und kalt, und Edda verstand, dass sie bisher nichts verstanden hatte. Nichts begriffen hatte, während sie mit der Hexe und Talin Brand über Boote und Inseln und Schwestern und Affen und Akoban und Ootland gesprochen hatte. Jetzt erst, unter den kahlen Ästen der Schwarz-Eiche, sickerte es ihr in den Schädel: Wenn sie mit Brand ging, würde sie alles zurücklassen, den Dorfplatz, das Fischhaus, die Bottiche, Rubens Haus in der Hafengasse, sie würde Hans Piel und Freya und Ilsa, Ruben und Pessa und Teofin zurücklassen. Aber all diese Orte, all diese Menschen, die guten und die schlechten, hatten ihr Leben geformt, hatten sie selbst geformt. Sie hatte keine Ahnung, wer sie sein würde, ohne sie.

***

Als Edda den Friedhof endlich verließ, war die Dunkelheit bereits in den Himmel gekrochen. Sie hatte nicht gelogen, hatte tatsächlich vorgehabt, Brands Anweisung zu folgen und mit niemandem über ihren Aufbruch zu sprechen, sich von niemandem zu verabschieden. Und trotzdem führten ihre Schritte sie nicht zur Hafengasse, sondern lenkten sie zum Haus des Apothekers, trotzdem fand sie sich vor Teofins Tür wieder, trotzdem hob sie den Arm und klopfte und wartete.

Es war Pessa, die öffnete. »So spät noch, Edda?«

»Ich muss nur kurz mit Teofin sprechen.«

»Und kann es nicht bis morgen warten?«

Überrascht sah Edda auf. Sie konnte sich nicht erinnern, dass Pessa sie je draußen hatte stehen lassen. Und nun, da Pessas Frage sie ganz aus ihren Gedanken gerissen hatte, bemerkte Edda, was ihr sonst wohl auf der Stelle aufgefallen wäre: Teofins Mutter sah krank und abgespannt aus; sie hatte die Lippen zusammengepresst, ihre Augen schweiften immer wieder an Edda vorbei die Gasse hinunter.

»Ich … ich will nur mit ihm sprechen«, sagte Edda.

Noch immer machte Pessa keine Anstalten, zur Seite zu treten und Edda hereinzubitten. »Es waren anstrengende Tage. Für Teofin. Für uns alle.«

»Ja, aber es ist wichtig«, murmelte Edda. Sie sah nicht Pessa an, sondern schaute auf ihre abgewetzten Schuhspitzen hinab.

Mit einem Seufzen zog Pessa die Tür zu sich heran. Edda wollte die Treppe zu Teofins Zimmer hinaufeilen, doch Pessa hielt sie zurück.

»Edda, pass auf, dass es heute Abend nicht zu spät wird. Es ist wichtig, dass Teofin seinen Schlaf bekommt. Er braucht ihn.« Sie deutete in die Wohnstube. »Komm mit, er ist hier unten.«

Teofin saß auf einer Lagerstatt von Decken vor dem Ofen. Sein linkes Bein hatte er auffällig gerade von sich gestreckt. Zwar drehte er den Kopf, als Edda eintrat, doch sah er nicht auf, sein Blick blieb auf Höhe ihrer Knie hängen. Wie immer, wenn der Schmerz in seinem Bein tobte, übermächtig und unablässig wie ein Sturm draußen auf See, schien er nur halb in dieser und halb in einer anderen Welt.

Wie merkwürdig, dachte Edda, während sie auf Teofin hinabsah, im ganzen Dorf galt er als Feigling, dabei ertrug er jeden Tag Schmerzen, die weder Edda noch Hans, Ilsa oder der lange Ulf sich vorstellen konnten. Was wussten sie schon über die Welt, in der er lebte? Über eine Welt, in der Feinde im eigenen Körper lauerten und der Boden jederzeit unter den eigenen Füßen nachgeben konnte.

»Darf ich … kann ich reinkommen?«, fragte sie.

Teofin hob die Schultern und ließ sie fallen.

Als sie näher kam, stieg ihr der beißende Geruch von Colmin in die Nase. Teofins linkes Hosenbein war hochgekrempelt, sein Knie verborgen unter einem Wickel.

»Ist es schlimm?«, fragte sie und setzte rasch nach: »Ich meine, schlimmer als sonst?«

Erneut zuckte Teofin die Achseln. Sah sie noch immer nicht an. »Warum bist du hier?«, fragte er.

Um mich zu verabschieden. Ihre Finger tasteten nach dem Federkiel, suchten den vertrauten Schmerz, der wie ein hoher Pfiff durch ihre Hand ging und alles andere übertönte.

»Ich wollte bloß …« Sie verstummte. Konnte sich nicht erinnern, dass sie Teofin je mit Erfolg angelogen hatte. Er kannte sie zu gut, kannte sie besser als Ruben. Kannte sie sogar besser als Tobin, dachte sie mit einiger Überraschung.

»Du wirst mit ihm hinausfahren, nicht?«, fragte er. »Deswegen bist du hier.«

Statt zu antworten, malte Edda mit ihrem Zeigefinger einen Halbkreis auf den Boden.

»Wann?«

Schweigend fuhr sie weiter den unsichtbaren Halbkreis entlang.

»Edda, geh nicht mit ihm. Du hast gehört, was Maron gesagt hat.«

Eddas Finger stoppte in der Bewegung. »Seit wann gibst du etwas auf Marons Worte?«

»Tue ich nicht. Aber du. *Du* gibst etwas auf ihre Worte. Edda, Tobin würde nicht wollen, dass du …«

»Tobin würde wollen, dass ich nach ihm suche.«

Sie hatte zu laut gesprochen. Ihr Blick schnellte zur Tür; halb rechnete sie damit, dort den Apotheker oder Pessa zu entdecken. Aber Teofins Eltern hatten sich in einen entfernteren Winkel des Hauses zurückgezogen, waren vermutlich in der Mischstube ober im oberen Stockwerk. Sie rutschte ein Stück dichter an Teofin heran.

»Alle hier erzählen sich, wie gefährlich, wie grausam das Leben dort draußen ist. Deswegen fährt keiner von uns hinaus, weil wir uns fürchten, aber alles, woran ich denken kann, ist, dass er dort draußen ist, an diesem gefährlichen, grausamen Ort, von dem ich mich fernhalten soll. Und …«

Und er fürchtet sich doch schon vor den Schatten an den Wänden, und er fürchtet sich vor Mäusen und Spinnen und jedem Knacken und jedem Flüstern zu später Stunde. Aber die Worte steckten fest, ein klebriger Knoten in ihrer Kehle, der drückte und stach.

»Ich müsste nicht allein dort rausfahren«, sagte sie stattdessen. »Wenn jemand mit mir kommen würde …«

Teofins Augen weiteten sich. Hatte sie ihm tatsächlich vorgeschlagen, dass er sie hinaus ins Inselreich begleitete? Sie musste kopfkrank sein. Wie er vor ihr saß, mit seinem lahmen Bein und seiner Angst, sah er aus, als würde er nie wieder irgendwohin gehen. Selbst die Straßen Colms mit ihren unebenen Pflastern und ihren Hans Piels waren zu gefährlich für ihn.

»Edda, ich wünschte … aber … ich kann nicht …«

Sie nickte schnell. »Nein, ich weiß.«

Ihre Hände schienen auffällig unnütz. Sie wusste nicht, wohin mit ihnen. Sie wollte sie Teofin auf die Schultern legen, wollte ihn umarmen, aber Teofin und sie hatten einander nie umarmt. Berührt hatte Edda ihn immer bloß dann, wenn sie ihn stützte, weil ihn sein Bein einmal mehr verraten hatte. Könnte sie doch nur sein wie Pessa, ihre Hände und Arme ohne Zurückhaltung, ohne Einschränkung nutzen. Stattdessen saß sie reglos, versuchte, sich Teofins Gesicht einzuprägen, Pessas großzügigen Mund und die furchtsam misstrauischen Augen seines Vaters. Endlich griff sie nach seiner Hand. Teofin ließ es geschehen. Zunächst lag seine Hand schlaff und wie leblos in ihrer, doch gerade als sie ihn wieder freigeben wollte, erwiderte er ihren Griff, umklammerte ihre Finger, und sie fühlte eine Taubheit im Kopf, im ganzen Körper, genau wie in jener Nacht, als Tobin verschwunden war.

»Ich komme wieder«, sagte sie. »Ich finde meinen Bruder und komme wieder.«

Aber sie würde nicht wiederkommen, das wusste sie, im selben Augenblick, da sie es Teofin versprach. Sie würde mit Brand in ein Boot steigen, Colm verlassen und niemals zurückkehren.

***

Etwas hatte von Edda Besitz ergriffen. Sie hätte nicht sagen können, wie genau sie nach Hause gekommen war, hätte nicht sagen können, ob es Reisbrei oder Linsen zum Abendbrot gegeben hatte. Sie sprach mit Ruben, aber kaum, dass ihr die Worte über die Lippen gegangen waren, vergaß sie ihren Inhalt. Hatten sie über das Wetter, die Arbeit, die Fische gesprochen?

Während sie aßen und sprachen, sah Ruben sie nicht an. Seit ihrem Gespräch über Maron hatte er sie kaum noch angesehen. Unter dem Tisch zwirbelte Eddas Hand unablässig die Feder, während sie Ruben dabei zusah, wie er den Tisch abräumte. Wie verabschiedete man sich von jemanden, ohne ihn wissen zu lassen, dass man sich verabschiedete? Sie wusste sich ja nicht einmal dann sich zu verabschieden, wenn der Aufbruch selbst kein Geheimnis sein musste. Niemand hatte ihr beigebracht, Abschied zu nehmen, niemand sie gelehrt, was es bedeutete zu gehen. Es war nie notwendig gewesen.

Mit Teofins Hilfe hätte sie Ruben einen Brief schreiben können. Mit Teofins Hilfe hätte Ruben ihn lesen können.

Danke, hätte sie Teofin schreiben lassen. *Danke, für jeden Morgen, an dem du uns Reisbrei gekocht hast, danke für jedes Mal, das du mit Freya gesprochen hast, danke für die Nacht, in der du wach bliebst, weil ich Fieber hatte, und mir Geschichten erzähltest von Agatha und Lor, von Bagin, dem einäugigen Fischer, danke dafür, dass du Tobins Wunde versorgt hast, an dem Nachmittag, als jemand einen Stein nach ihm geworfen hat, und danke dafür, wie du Hans einmal am Ohr gepackt und über den halben Dorfplatz gezogen hast, nachdem er Tobin ein Bein gestellt hatte. Danke für jedes Mal, das du für uns einstehen musstest, und danke für all die Dinge, die so weit zurückliegen, dass ich mich nicht mehr an sie erinnern kann.*

Aber dieses Mal würde Edda sich an Brands Rat halten müssen. Dass Teofin sie nicht verraten, sie gehen lassen würde, musste sie verstanden haben, noch während sie vom Friedhof zum Haus des Apothekers gelaufen war. Ruben, auf der anderen Seite, Ruben würde sie nicht gehen lassen, *konnte* es nicht, und sie durfte sich ihm gegenüber durch nichts verraten, nicht durch ein Wort, nicht einmal durch einen Blick oder eine Bewegung. Ihre Stimme war flach, unbeteiligt, als sie sprach: »Es war ein anstrengender Tag, ich sollte ins Bett gehen.«

Ruben hatte sich mit einem seiner Netze und seinem Flickzeug an den Tisch gesetzt. Er nickte, ohne aufzusehen.

Geh, befahl Edda sich selbst, aber der Befehl schien ihre Füße nicht zu erreichen. Sie stand stockstill, hörte sich selbst sagen: »Ich … ich habe darüber nachgedacht, und ich glaube nicht, dass es einen Unterschied macht.«

Ruben schaute nicht auf, aber er musste sie gehört haben, denn während die eine Hand das Netz sinken ließ, hielt die andere Nadel und Faden reglos in der Luft.

»Ich meine, dass du uns aufgenommen hast, um Maron einen Gefallen zu tun«, setzte sie nach. »Ich wollte glauben, dass du dich für uns entschieden hast. Aber wie hättest du dich für uns entscheiden können? Wir waren dir Fremde, du wusstest nichts über uns.«

Endlich hob Ruben den Blick. Vorsichtig sprach sie weiter: »Es ist nicht die Entscheidung selbst, sondern die Jahre danach, nicht?« Sie versuchte zu lächeln, aber ihr Mund verzog sich bloß unschlüssig, gehorchte ihr so wenig wie ihre Füße, ihre Zunge.

»Ja, die Jahre danach«, sagte Ruben langsam, und über den Tisch, über das Netz in seinen Händen hinweg starrten sie einander an, und dann, endlich, löste sich Eddas rechter Fuß vom Boden, ihr Kopf drehte sich, ihre Schultern, ihr ganzer Körper. Sie kehrte der Wohnstube den Rücken, kehrte Ruben den Rücken, machte einen Schritt nach dem nächsten, trat in den Flur. *Dreh dich nicht noch einmal um.*

Sie drehte sich nicht noch einmal um.

Sie hatte gleich mit dem Packen beginnen wollen, sobald sie allein in ihrem Zimmer war, doch dann setzte sie sich auf ihr Bett und blieb dort sitzen, während die Zeiger der Uhr langsam weiterrückten. Die Hände auf ihren Oberschenkeln zitterten. Hatten sie schon während des Abendbrots gezittert? War es Ruben aufgefallen? Um ihren Brustkorb zogen sich noch immer die Zweige der Schwarz-Eiche straff. Jeder Atemzug strengte an, gelang nur gerade so und gegen einen Widerstand.

Mit einem Ruck stand sie auf. Trat an den Schrank. Holte ihren Rucksack vom obersten Regalbrett herab. Er war nicht sonderlich geräumig, aber Edda konnte ihre wenigen Besitztümer ohne Schwierigkeiten darin verstauen, schließlich ließen sie sich an einer Hand abzählen: ein oft geflickter Rock, ein stark verblichenes Hemd, das einzige Paar Schuhe, das sie neben jenem, welches sie an den Füßen trug, besaß, ein Schultertuch, eine Bürste, ein Päckchen mit Haarklammern – alles Geschenke von Pessa.

Nachdem sie die metallenen Schnallen des Rucksacks geschlossen hatte, presste sie ihn gegen ihre Brust, senkte den Kopf, bis ihre Nase das Leder berührte. Es roch noch immer nach dem Drachenrochenöl, mit dem Ruben es vor einigen Jahren eingerieben hatte. Langsam ging sie zum Bett zurück. Legte den Rucksack neben sich und starrte ihn an. Welche Gegenstände hätte Tobin wohl eingepackt? Steine und Murmeln, die Samuel ihm geschenkt hatte, vermutlich. Sein Kopfkissen vielleicht und … Ein Klopfen ließ sie aufschrecken. Bevor sie Zeit hatte, ihren Rucksack unter der Decke zu verstecken oder das Licht zu löschen, öffnete sich die Tür. Noch während Ruben sich duckte und durch die niedrige Türöffnung eintrat, erfasste sein Blick den Rucksack auf dem Bett.

»Also ist es heute Nacht?«, fragte er.

Er sprach ruhig, ohne Wut oder Überraschung in den Worten, und wie er vor ihr stand, Kopf und Schultern noch immer eingezogen, wirkte er eher wie ein befangener Riese als wie ein strenger Vater. Und trotzdem – ihr Blick flirrte zur Tür –, er musste gekommen sein, weil er sie zwingen wollte zu bleiben. Sie würde das Zimmer unmöglich verlassen können, ohne sich an ihm vorbeizuschieben. Da musste etwas Gehetztes in ihren Augen sein, etwas, das Ruben ihren Gedanken verriet, denn er trat einen Schritt von der Tür zurück.

»Ich bin nicht hier, weil ich dir ausreden will zu gehen«, behauptete er.

»Was willst du dann?«, fragte sie. Die Worte klangen feindseliger, als sie es beabsichtigt hatte.

Ruben nickte, nickte ergeben wie einer, dem gerade das vernichtende Urteil verkündet worden war, auf das er bereits gewartet hatte.

»Um mich zu verabschieden, Edda«, sagte er. »Und weil ich dir etwas geben wollte.« Er löste sein Krummmesser vom Gürtel und legte es auf ihrem Rucksack ab. »Behalte es, bis du etwas Besseres findest. Dort draußen wirst du etwas brauchen, um … Du wirst es brauchen.«

Er wartete, und als Edda keine Anstalten machte, nach dem Krummmesser zu greifen, trat er mit einem Seufzen an den Schemel neben dem Fenster und setzte sich. »Du hast mich nie danach gefragt, worüber Maron und ich gesprochen haben, neulich Nacht, als sie hierherkam«, sagte er.

»Worüber habt ihr gesprochen?« Eddas Stimme klang heiser.

»Sie hat mich an etwas erinnert, das sie vor vielen Jahren zu mir gesagt hat – damals, als sie euch beide hierherbrachte.« Er verlagerte sein Gewicht auf dem Schemel unter unheilvollem Knirschen. »Gleich an diesem Abend, als sie mit euch vor meiner Tür stand, warnte sie mich, dass die Tage, die ich euch würde behalten dürfen, bereits gezählt seien. Ich habe immer gewusst, dass ihr euer Leben nicht hier in Colm verbringen würdet. Aber ich habe mir Mühe gegeben«, er räusperte sich, »es zu vergessen.«

Er wandte sich ab, sah aus dem Fenster und in die Nacht. Mit zwei schnellen Schritten war sie bei ihm. Wie zufällig streifte ihr Arm seine Schulter. So und nicht anders würde es gehen.

Sie sahen nicht einander an, sondern das Fenster. Hinter dem Glas hatte die Nacht ihren dunklen Vorhang zugezogen. Das Fenster zeigte ihnen nicht mehr als die eigenen Spiegelungen. Edda stand nahe genug neben Ruben, damit ihr sein vertrauter Geruch in die Nase stieg. Er roch salzig nach Anstrengung und Arbeit, roch nach Colmin und Reisbrei, vor allem aber metallisch nach der Silbersee. Die See haftete den Fischern so beharrlich an, dass keine Maunländer Seife und keine Waschbürste sie vertreiben konnte.

»Ich ... ich muss bald gehen«, sagte sie.

Ruben antwortete nicht, nickte nicht und schüttelte nicht den Kopf. Sie wollte die Worte gerade ein zweites Mal sprechen, als er nach ihrem Arm griff.

»Edda«, sagte er, »ich weiß, dass du ihn nicht hierher zurückbringen wirst, aber ich hoffe, dass du ihn findest.«

»Vielleicht ... vielleicht komme ich ja zurück«, sagte sie.

»Nein, das wirst du nicht.«

Seine Worte waren so schlicht und entschieden, dass Edda gar nicht erst versuchte, ihnen etwas entgegenzusetzen. Keine Beschwichtigung, keine Lüge. Ruben hatte recht: Sie würde nicht zurückkehren.

»Danke. Für alles«, sagte sie, weil es nicht viel, aber besser als nichts war. Sie löste ihren Arm aus seiner Hand, trat ans Bett und griff sich Rucksack und Krummmesser. Und dann, zum zweiten Mal an diesem Abend, ließ sie ihren Ziehvater für immer zurück.

***

Wie große schlafende Tiere schaukelten die Boote im Wasser. Edda rannte zwischen den Weidhütten hindurch bis zum Hafenbecken, vergeblich Ausschau haltend nach Brands weißem Haarschopf. Hatte Brand sie nicht gewarnt, dass er nicht auf sie warten würde? Aber es konnte doch kaum mehr als das Viertel einer Stunde verstrichen sein, seitdem die Uhr zum zwölften Mal geschlagen hatte.

Sie erreichte den hölzernen Zaun, auf dem Brand bei ihrem ersten Gespräch gesessen hatte, legte die Hände auf den obersten Querbalken und fluchte leise, als sich ein Splitter in ihre Haut bohrte. Da war ein sanftes Pulsen in ihrem Handteller, unter ihrem Zeigefinger, dort wo der Splitter in die Haut gedrungen war. Aber da war auch ein Pulsen in ihrem Kopf, in ihrer Kehle, da war Hitze, während ihre Augen über die Boote flogen. Fehlte eines von ihnen? Wie viele sollten es sein? Sie wusste es doch, oder nicht? Vierundzwanzig? Zweiundzwanzig? Die Zahlen wirbelten umher, überschlugen sich, während Edda weiter Umrisse und Ahnungen zählte. Was, wenn er tatsächlich aufgebrochen war? Was … Ein Pfiff schoss durch die Nacht wie ein Vogel. Aus welcher Richtung war er gekommen?

»Brand?« Sie lehnte sich über das Geländer. Drehte den Kopf, als sich in ihrem rechten Augenwinkel etwas bewegte, sich ein Schatten auf einem der Boote aufrichtete. Also hatte er auf sie gewartet. Ihre Beine zitterten – vor Erleichterung? –, während sie entlang des Zauns und bis zum letzten Steg lief. Als sie ihn erreicht hatte, blieb sie stehen. Zögerte, während ihre Hände die Riemen ihres Rucksacks umklammerten. Wie oft sie bereits hier unten am Hafen gewesen war. Und wie selten sie sich auf einen der Stege hinausgewagt hatte. Vielleicht drei, vier Mal? Sie zwang den rechten Fuß, einen ersten Schritt zu machen, den linken Fuß, ihm zu folgen. Unter ihr knirschte und zitterte das Holz, um sie herum war die See, und wie in jenen Nächten, da sie hinunter zum Strand gegangen waren, um nach den Seekindern zu suchen, war die Silbersee nicht bloß ein Wasser, sondern ein Gewirr aus tausend Stimmen, die flüsterten, die säuselten und murmelten.

Das Boot, auf dem Brand wartete, war Bents. Es war leicht von den anderen zu unterschieden, wegen seiner Größe und wegen des breiten roten Streifens, der den Rumpf schmückte.

»Er hat Euch sein Boot gegeben?«, fragte Edda, die Hände noch immer fest um die Riemen des Rucksacks geschlossen.

Brands Mundwinkel zuckten. »Wir würden kaum mitten in der Nacht aufbrechen, wenn mir der alte Sturkopf sein Boot überlassen hätte. Aber keine Sorge, Grünauge, meine Gastgeber schlafen tief und fest.«

Er lächelte sein zähnefletschendes Lächeln, und seine Worte, ihre mögliche Bedeutung ließen Edda einen Schritt zurückweichen. Der Steg war nicht gemacht fürs Zurückweichen, Ausweichen oder Taumeln, und sie sackte vor Schreck in die Knie, als ihr Fuß bereits sein anderes Ende streifte.

Brand lachte leise. »Du hast einen dunklen Verstand, Makri. Glaub mir, sie schlafen. Nicht mehr, nicht weniger. Morgen früh werden sie zu sich kommen, mit dröhnenden Schädeln und in bester Gesundheit.«

Vorsichtig richtete sie sich auf. Konnte Brand sehen, dass ihre Beine zitterten? Konnte er sehen, dass sie all ihre Farben verloren hatte?

»Makri, was soll das sein?«, fragte sie, und der Schreck ließ ihre Stimme barsch und hart klingen.

Brand bleckte bloß die Zähne und streckte ihr eine Hand entgegen. »Hier ist ein guter Ort, um zu plauschen, aber vielleicht sollten wir mit unserem Aufbruch nicht bis zum nächsten Winter warten.«

Eddas Finger lösten sich nicht von den Rucksackriemen. Wusste Brand, dass sie noch nie auf einem Boot gewesen war? Dass sie genau wie Ilsa, Pessa, Freya und Stine ein Geschöpf des Landes war, noch nie etwas anderes als den verlässlichen Widerstand der Erde unter ihren Füßen gefühlt hatte?

Brand bewegte ungeduldig seine Finger. »Angst, ins Wasser zu fallen?«

»Nein«, murmelte sie. Aber natürlich hatte sie Angst, ins Wasser zu fallen, zu sinken wie ein Stein, für immer zu verschwinden, in den Tiefen der Silbersee, von einem Drachenrochen zerfetzt, einem Wassermann hinabgezogen zu werden. Alles, wovor sie sich in Colm fürchteten, kam aus den Tiefen der See, lauerte unter ihrer verschwiegenen Oberfläche.

Wenn du dich fürchtest, geh weiter. Sie schloss die Augen und dachte an Tobin. Griff nach Brands Hand und ließ sich über den dunkel glitzernden Abgrund hinwegziehen.

»Dorthin«, befahl Brand und deutete auf eine schmale Bank, eingelassen in den Bug des Bootes.

Edda gehorchte. Versuchte es zumindest, versuchte zu *gehen*. Aber auf einem Boot gab es kein Gehen, kein Laufen, kein Rennen, kein Schleichen. Sondern nur Stolpern und Wanken. Sie sank auf die schmale Bank. Versuchte zu sitzen. Aber auf einem Boot gab es kein Sitzen, nur Schwanken und Schaukeln und Schwindeln. Ihr Mund war trocken, ihr Kopf noch immer voller Hitze, während sie Brand zusah, wie er mit weißen Spinnenfingern an dem Seil herumnestelte, das nunmehr ihre einzige Verbindung zum Steg war. Er löste den Knoten, stemmte den Fuß gegen die hölzerne Kante des Stegs und stieß sich ab. Sie glitten, sie trieben fort vom Ufer. Sie sah auf ihre Füße hinab, sah den Boden unter ihren Füßen. Kaum mehr als eine Handbreit Holz trennte sie von der Silbersee, dem stillen Reich, das sich meilentief unter ihr erstreckte, das Farben, Licht, Laute und Luft nicht kannte und für Menschen nichts anderes bereithielt als einen stummen Tod.

Das Boot schaukelte, und Edda schaukelte mit ihm. Der Mond hatte eine verschwommen weiße Straße in die dunkle See gezeichnet, doch vom Inselreich selbst war nichts zu sehen. Verborgen wie ein Schatz oder ein Ungeheuer lag es in der Finsternis und wartete auf Edda.

II

In einem dunklen Wort

1
Insel aus Staub

Lange Zeit hatten Edda und Tobin ein Spiel gespielt, von dem niemand wusste, nicht einmal Ruben oder Teofin. Wenn ihnen langweilig war, wenn einer von beiden nicht schlafen konnte, wenn sie unten am Strand saßen und zum Horizont sahen, erfanden sie Achum. Sie schufen die Insel, auf der keiner der Fischer je gewesen war, selbst. Bevölkerten sie mit schneeweißen Hunden, die nicht nur an der Luft, sondern auch unter Wasser atmen konnten, mit Geistern, die im Geäst der Bäume festhingen und mit dem Wind heulten oder flüsterten, mit Möwen, deren Schnäbel spitzbezahnt waren und denen vier Augen im Kopf saßen. Sie beschrieben sich Bäume, die schwer trugen an sonderbaren Früchten, die groß wie Fäuste und blau wie der Himmel waren.

Weil niemand aus Colm je auf Achum gewesen war und weil niemand von dem Spiel wusste, konnte ihnen auch niemand die schneeweißen Hunde, die Geister, die faustgroßen Beeren ausreden. Von Jahr zu Jahr erfanden sie immer wieder neue Pflanzen und Geschöpfe. Was blieb, war ihr Glaube an die Fremdheit der Insel. Dass sie sich in jedem

Sandkorn offenbaren würde, dass Achum überwältigend, Furcht einflößend, unvorstellbar *anders* sein musste als alles, was sie kannten.

Schon vom Wasser aus und noch in Bents Boot sitzend konnte Edda sehen, dass sie sich geirrt hatten. Auf Achum würde es weder Geister noch weiße Hunde geben. Nicht einmal faustgroße Beeren. Bescheiden erhob sich die Insel aus dem Wasser, ein lang gestreckter Hügel, ganz staubige Kargheit und dorniges Gestrüpp.

Wäre es nach Edda gegangen, hätten sie an diesem toten Ort nicht haltmachen müssen. Ihre Reise hatte schließlich gerade erst begonnen. Brand aber bestand darauf, dass sie die Insel ansteuerten. Sie hatten eine Nacht Schlaf verloren, und es war zu gefährlich, müde durchs Inselreich zu reisen. Als Edda den Mund öffnete, um ein weiteres Mal zu sprechen, hob er die Hand – eine mahnende Geste, die ihr bestens vertraut war und sie wissen ließ, dass er wenig auf ihre Meinung gab. Sie *würden* auf Achum rasten.

Das letzte Stück mussten sie Bents Boot durchs seichte Wasser und bis ans Ufer schieben. Obwohl Edda die Silbersee kaum bis zu den Hüften reichte, war es kein leichtes Unterfangen: Innerhalb eines Wimpernschlags hatte sich ihr Rock mit eisigem Wasser vollgesogen und schmiegte sich an ihre Beine wie ein anhänglicher Drachenrochen. Mit jedem Schritt zog sich der nass-schwere Stoff ein wenig enger, und als es ihnen endlich gelungen war, das Boot die Böschung hinaufzuzerren, war sie außer Atem. Sie ließ sich in den Sand fallen, während Brand das Boot an einem der Bäume festmachte. Ihr Blick wanderte über Gestrüpp und Felsen. Ob Tobin hier gewesen war? Ob auch er vergeblich nach weißen Hunden und Geistern Ausschau gehalten hatte? Sie lauschte, aber bis auf das ewige Flüstern der See gab es nichts zu hören. Kein Trillern, Zirpen, Singen und Summen. Und so wenig, wie es zu hören gab, so wenig gab es zu sehen: nichts als grauen Sand und graue Felsen, graue Steine und graue kahle Bäume, grau dorniges Gestrüpp, an dem staubig graue Blätter und verdorrt wirkende Beeren wuchsen.

»Du siehst unzufrieden aus, Makri.« Brand setzte sich neben sie und zog seine Stiefel aus. Ein Schwall Wasser ergoss sich in den Sand, als er sie umdrehte.

»Ich hatte mir Achum anders vorgestellt.« Sie zupfte ein staubgraues Blatt aus einem Strauch.

»So? Und was hast du dir vorgestellt?«

Weiße Hunde, faustgroße Beeren, Vögel mit Zähnen, Straßen aus Gold. Menschen. Ungeheuer.

»Tiere.«

»Ah, dir werden hier draußen noch mehr Tiere begegnen, als dir lieb ist.«

Brand zog seine Stiefel wieder über, stand auf und bohrte die rechte Stiefelspitze in den Boden. Zwei aufgescheuchte Meereskrebse huschten davon und verschwanden unter dem nächsten Fels. Brand ging in die Hocke und musterte eine Weile aufmerksam den Sand, dann schnellte sein Arm vor, seine Hand griff zu, geschlossen führte er sie bis vor sein Gesicht. Was hatte er? Einen Stein, eine Muschel? Edda reckte den Hals, erkannte fahrig zappelnde Beinchen und Scheren, kaum größer als ihr Daumennagel. Brand musste noch einen Nachzügler unter den Krebsen zu fassen bekommen haben. Aber was zum Wassermann hatte er vor mit ... Seine Finger schlossen sich, und ein Laut zwischen Knacken und Krachen erklang. Brand führte den reglosen Meerkrebs an seine Lippen, wie um ihm etwas zuzuflüstern, dem toten Tier Geheimnisse anzuvertrauen. Dann hörte sie ihn schlürfen und begriff: Er saugte das rohe Fleisch aus dem aufgebrochenen Panzer. Ihr Magen schlang sich zu einem Knoten, während sich Brands Lippen hinter dem toten Krebs bewegten. Schnell, damit er den Ausdruck auf ihrem Gesicht nicht sehen konnte, wandte sie sich ab und sah hinaus auf die Silbersee.

»Früher oder später wirst du auch etwas essen müssen«, sagte Brand. Aus dem Augenwinkel sah sie, dass er den Panzer in den Sand schleuderte und zurück zum Boot schlenderte.

Sie presste die Lippen zusammen, eine stumme Antwort auf seine Bemerkung. Aber sie wusste, dass er recht hatte: Früher oder später würde sie essen müssen, und sie hatte Colm verlassen, ohne auch nur einen einzigen Gedanken an Proviant zu verschwenden. Insgeheim musste sie geglaubt haben, dass sie wie ein schneller Wind durchs Inselreich gehen, ruhe- und rastlos über die Wellen fegen würde, bis sie Tobin gefunden hätte. Der Gedanke, dass sie auch dann hungrig, durstig und müde sein könnte, wenn sie die Küste erst verlassen hatte, war ihr schlicht nicht gekommen. Sie sah hinüber zu Brand, der seinen Rucksack aus dem Boot und auf die staubige Erde gewuchtet hatte. Er musste die Reise deutlich besser vorbereitet angegangen sein; sein Rucksack war sicher doppelt so groß wie ihrer und schien prall gefüllt. Mit Rundlingen? Proviant? Heilmitteln? Waffen?

»Grünauge!« Brands Stimme war scharf und ließ ihren Blick in die Höhe schnellen. Er musste bemerkt haben, dass sie seinen Rucksack anstarrte. »Ich hoffe, du bist kein Langfinger«, sagte er warnend.

Sie deutete ein Kopfschütteln an und spürte, dass sie rot wurde. Nie zuvor in ihrem Leben war sie in die Verlegenheit gekommen, einem anderen versichern zu müssen, dass sie nicht vorhatte, ihn zu bestehlen.

Brand gab ein ungehaltenes Klicken von sich und entfernte sich so weit von ihr, wie es das Dornengestrüpp erlaubte. Zwischen dem Boot und ein paar Sträuchern suchte er sich einen Schlafplatz und benutzte den Rucksack als behelfsmäßiges Kissen – weil es bequemer war oder weil er tatsächlich glaubte, ihn vor Edda schützen zu müssen. Was glaubte er, was sie damit anstellen würde? Sie konnte schließlich nirgendwohin gehen. Sie schüttelte den Kopf, fuhr mit der Hand über den Sand und ließ ihn durch die Finger rieseln. Der Rock klebte ihr kalt und schwer an den Beinen, in ihrem Bauch schien sich ein Nest wendiger Aale zu schlängeln, und der Himmel über ihr war weit und grau. Sie hatte noch nie im Freien geschlafen, ohne Schutz und wärmende Decke. Sollte sie stattdessen die Insel erkunden? Aber sie würde kaum mehr als drei, vier Schritte laufen können, bevor ihr die ersten Dornensträucher den Weg versperrten. Fröstelnd schlang sie die Arme um die Beine, stützte das Kinn auf die Knie, sah hinüber zur Küste, die kaum mehr als ein verschwommener, schimmernder Streifen war. Es fiel ihr schwer zu glauben, dass dieser Streifen das Fischhaus, die Gassen, die Weidhütten, das Haus des Apothekers und außerdem beinahe jeden Menschen, den sie je gekannt hatte, verborgen halten sollte. Ob man im Dorf bereits bemerkt hatte, dass Bents Boot fehlte? Dass der Fremde fehlte? Dass Edda fehlte? Etwas schüttelte Edda von innen her, mehr als bloß ein Frösteln, mehr als ein Zittern. *Ich bin hier*, dachte sie zitternd, fröstelnd, mit schnell schlagendem Herzen.

Der Schlaf gab nichts darauf, dass Edda nicht mit ihm rechnete. Er schlich sich an, zog sie in seine Umarmung, tiefer und tiefer durch dunkle Schichten hinab, bis in einen Traum, der ihr inzwischen so vertraut war wie ein wohlbekannter Ort. Aber war es derselbe Traum?

Der Gefiederte war ihr vertraut, aber es war nicht Rubens Haus, in dem er auf sie wartete. Es war überhaupt kein Haus, das man Ziegelstein um Ziegelstein errichtet hatte, sondern ein Raum, aus dunklem Fels geschlagen, als befände sie sich im Inneren eines Berges. Einer Festung? In den Ecken kauerten Schatten, mehr ungefähre Schemen als tatsächliche Gestalten. Der Gefiederte hingegen zeichnete sich deutlicher, schärfer ab als in ihren vorangegangenen Träumen. Er stand mit dem Rücken zu ihr vor einem Fenster, das groß und hoch war wie die Fenster im Haus der Heiligen Schwestern, sah hinaus auf eine Landschaft, die sich grau und öde dem Horizont entgegenstreckte. Von seinen Schultern hing ein Umhang, der gleichzeitig schwer wie Samt und glänzend wie Seide schien. Er war kein Ungeheuer, begriff Edda, und auch kein Mischwesen, halb Vogel, halb Mensch. Sein Kopf etwa erinnerte an einen Vogel, nur weil er eine Art Haube trug. Er hatte gewöhnliche Hände und Arme, die allein durch den Faltenwurf des Umhangs an Schwingen erinnerten. Sie wollte, *musste* sein Gesicht sehen, doch als er sich zu ihr umdrehte, war es unter einer Maske verborgen. Er öffnete den Mund, und seine Stimme schien nicht aus seinem Mund zu kommen, sondern lag in der Luft wie das Grollen fernen Donners.

Wach auf, befahl er, und der Befehl schleuderte sie durch eine dünne Schicht Schlaf hindurch und zurück in den Sand Achums. Ihre Lider flogen auf, und sie starrte in Brands milchig blaue Augen. Erschrocken fuhr sie hoch, stieß mit der Stirn gegen sein Kinn und ließ ihn mit einem gezischten Fluch zurückspringen.

Er hat meinen Traum gesehen, dachte sie, und das Blut hämmerte ihr im Hals, in der Brust, im Kopf. Ein kaltklebriges Gefühl haftete ihr an, so als hätte Brand mit seinen langen weißen Fingern in ihrem Schädel umhergetastet.

»Makri, du bist schreckhaft.« Brand rieb sein Kinn.

Sie starrte ihn weiter an, ihr Mund war trocken, ihre Hände zitterten, und sie glaubte, dass sie etwas gesehen hatte, nur einen Wimpernschlag lang. Da war ein Funken in seinen Augen gewesen, ein Ausdruck in seinem Gesicht, etwas, das sie so wenig hätte beschreiben können wie einen Finstertentakel, aber allein zu wissen, dass es da gewesen war … Sie schloss eine Hand um die andere und versuchte, das Zittern zu unterdrücken. Sah auf und Brand an. Was immer sie gesehen hatte, in Brands Augen, es war vorübergezogen. Er lächelte nachsichtig und hielt eine Flasche mit trübem Wasser in die Höhe.

»Ich wollte dir bloß etwas zu trinken anbieten.«

»Warum … warum habt Ihr nicht gewartet, bis ich aufgewacht bin?«

Brand zuckte die Achseln. »Ich wollte dich ohnehin wecken. Wir müssen weiter.«

Er log. Hatte ihr weder etwas zu trinken anbieten noch sie wecken wollen, sie war sicher. Hatte über ihr gehangen wie eine große weiße Spinne und … und was? Sie wusste es nicht. Was hatte er gewollt, was hatte er gewollt, was hatte er von ihr gewollt? Die Frage hämmerte genau wie ihr Blut, rauschte durch ihren Schädel und ihre Ohren. Ihre Augen wanderten hinüber zur Silbersee, die wie schmutziges Putzwasser gegen die flachen Felsen schwappte und wieder zurück zu der Flasche in Brands Hand.

»Ist es Wasser von hier? Aus der Silbersee?«

Er nickte. »Keine Sorge. Es ist mit Salz von den Ambroar-Inseln angereichert. Dir werden schon nicht die Zähne ausfallen, wenn du davon trinkst.«

Er hielt ihr die Flasche weiter auffordernd entgegen, und sie ergriff sie schließlich zögernd. Löste den Verschluss und nippte zaghaft. Das

Wasser schmeckte schal und abgestanden. Als Kind war sie oft genug gewarnt worden, dass man sich am Wasser der Silbersee die Zunge verbrennen konnte, dass einem das Zahnfleisch bluten und die Zähne locker werden würden. Sie fuhr sich mit der Zunge über die Schneidezähne und Lippen und gab Brand die Flasche zurück. Das Wasser hatte rostig und kein bisschen salzig geschmeckt.

»Sie haben dir erzählt, dass man von dem Wasser nicht trinken kann«, stellte Brand fest und nickte. »Und recht haben sie. Aber die Salze von den Ambroar-Inseln töten ab, was immer im Wasser lebt. Für uns Menschen sind sie ungefährlich. Allerdings kannst du dich auf die Salze nur hier unten verlassen. Weiter oben, nördlich von Brookstett, nützen sie dir nichts.«

Brookstett. Die Ambroar-Inseln. *Nördlich von Brookstett*. Brand musste eine Vorstellung vom Reich der Inseln haben, ein inneres Bild, ganz ähnlich wie Edda das Straßengeflecht Colms immer im Kopf trug, die Häuser und Gassen und Plätze und Kreuzungen miteinander in Verbindung bringen konnte, ohne sie tatsächlich vor sich sehen zu müssen. Ging es Brand genauso mit dem Reich der Inseln? Konnte er in die graue Weite vor ihnen deuten und sagen: Etwa dort liegt Akoban und dort drüben Brookstett?

»So gut, wie Ihr Euch auskennt, müsst Ihr bereits oft hier draußen gewesen sein«, sagte sie.

»Hier? Auf diesem Hügel aus Staub und Dreck? Was gibt's hier schon groß zu kennen?«

»Ich meine das Inselreich. Fahrt ihr immer bloß nach Akoban?«

Er schüttelte knapp den Kopf und wandte sich ab, sodass sie nicht sehen konnte, was er tat. Schweigend nestelte er an seinem Rucksack herum, und sie war fast sicher, dass er nichts anderes tat, als die Laschen zu öffnen und wieder zu schließen. Als er ihr von seiner Heimat Agroth, seinem Vater, dem Holzfäller, und seiner Flucht nach Centria erzählt hatte, war er deutlich gesprächiger gewesen. Sie erinnerte sich an etwas, das Pessa oft zu Teofin und ihr gesagt hatte: *Tritt mit Bedacht, gib bei jedem Wort acht.*

»Wie kommt es eigentlich, dass wir Euch noch nie in Colm gesehen haben?«, fragte Edda und achtete darauf, die Frage beiläufig klingen zu lassen.

»So weit südlich reise ich nicht oft. Hier unten gibt es nicht viel, für das es sich lohnt. Wie du siehst.« Er breitete die Arme aus, eine Geste, welche das Dornengestrüpp und die kargen Bäume zu umfassen schien.

»Aber so, wie ich die Händler verstanden habe, führt der einzige Weg ins Inselreich über Colm.«

Brand schnaubte. »Die Frage ist, woher man kommt. Man kann viel weiter oben an Land gehen. In Trouven. Oder noch weiter nördlich. In Perdun.«

Etwas in seinen Worten ließ sie stocken, verhakte sich, klemmte. Etwas, das sie noch nicht sah, noch nicht verstand. Sie fuhr sich mit der Zunge über die Lippen. *Tritt mit Bedacht, gib bei jedem Wort acht.* Aber Pessa schien unendlich weit entfernt, und ihr Rat brachte Edda hier nicht weiter.

»Wohin fahrt Ihr dann, wenn nicht nach Akoban?«

»Weiter in den Osten.« Die Worte schienen ihm an den Zähnen zu kleben.

»Auf eine andere Insel?«

»Und wenn ich dir einen Namen nenne, was macht es dann für einen Unterschied? Sagen wir, ich will zu den Kampfgruben von Vin-Lu oder zu den Bracke-Inseln. Was weißt du über das eine, und was über das andere? Nur ein Leerkopf stellt Fragen, obwohl er bereits weiß, dass er zu tumb ist, um die Antworten zu verstehen.«

Er stand auf und sah auf sie hinab.

»Über deinen Rock solltest du dir Gedanken machen, nicht über irgendwelche Inseln, die du ohnehin nie zu Gesicht bekommen wirst.«

»Meinen Rock?«

»Du kannst dich kaum darin bewegen. Kannst nicht rennen, nicht schwimmen.«

»Ich kann ohnehin nicht schwimmen …«

»Nun, zumindest solltest du dir nicht noch ein Fischnetz um die Beine binden. Du bist so schon ungeschickt genug.«

Sie strich über den dunkelblauen Stoff ihres Festtagskleides. Seit Tobin verschwunden war, hatte sie es jeden Tag getragen. Hatte sich vorgenommen, es erst dann wieder abzulegen, wenn sie Tobin gefunden hätte.

»Ich habe keine anderen Kleider bei mir«, murmelte sie.

Als hätte Brand nur auf den Einwand gewartet, holte er Hemd und Hose aus seinem Rucksack, bündelte beides zu einem Knäuel zusammen und warf es ihr entgegen.

Alles in ihr sträubte sich dagegen, die Kleider überzuziehen, den Stoff, der seine Haut berührt hatte, auf ihrer eigenen zu spüren. Sie sah auf den hellen Leinenstoff in ihren Händen hinab und rührte sich nicht.

»Ist sich das Fischmädchen zu fein für die Kleider eines einfachen Reisenden?«

Sie verneinte hastig und wartete, bis er ihr den Rücken gekehrt hatte, bevor sie sich aus dem noch immer feuchten Festtagskleid schälte und in Hemd und Hose schlüpfte. Wenn irgendwer in Colm sie so sehen könnte, dachte sie, während sie hinter Brand zum Boot lief. Sie würden glotzen, bis ihnen die Augen aus dem Kopf fielen, würden den Kopf schütteln, würden Versammlungen einberufen. Sie lächelte, bis ihr einfiel, dass niemand in Colm, nicht Freya, Stine oder Agnes, nicht Teofin und Ruben, sie in Hosen oder sonst wie je wieder zu Gesicht bekommen würde.

Achum lag bereits hinter ihnen, und Brand war in der kleinen Kammer mit der Kurbel verschwunden, als Edda verstand, was an seinen Worten sie hatte stutzen lassen. *Man kann viel weiter oben an Land gehen. In Trouven. Oder noch weiter nördlich. In Perdun.* Während Edda davon gesprochen hatte, an welcher Stelle die Händler das Festland verließen und in See stachen, waren Brands Gedanken in die andere Richtung gewandert. Er hatte davon gesprochen, an welcher Stelle man an Land ging. Aber sie hatte keinen der Händler je so über ihre Reisen sprechen hören. Keiner von ihnen hätte die Route je vom Inselreich aus und nicht vom Festland, ihrer Heimat, her gedacht.

2
Drei Kugeln

Brand presste eine Hand auf seinen Bauch. Er hätte den Krebs nicht essen sollen, nicht einmal der Ausdruck in Grünauges Gesicht war es wert gewesen. Bittere Galle schoss ihm in den Mund, und er fluchte leise. Obwohl ein gutes Dutzend Tage verstrichen waren, seitdem er sich im Hause des Hohlkopfs Bent Brognar die Seele aus dem Leib gespien hatte, warf ihm sein Magen noch immer die Hälfte dessen, was er hinunterschickte, wieder hoch. Inzwischen war er sicher, dass man versucht hatte, ihn zu vergiften. Wahrscheinlich war es die Hexe gewesen, und wahrscheinlich hatte ihr das Mädchen mit dem Schweinenäschen geholfen. Hatte ihm etwas in den Brei oder die Suppe gemischt und im Austauch eine alberne Belohnung erhalten, einen Liebestrank oder ein Muschelarmband. Alles, was er mit Sicherheit wusste, war, dass er eine unerfreuliche Mahlzeit geschmacklosen Reisbreis zu sich genommen hatte, zu Bett gegangen und wenige Stunden später aufgewacht war, nur um festzustellen, dass sein Inneres seine festen Formen verloren hatte, zu einer glühenden, brodelnden Masse zerlaufen war. Jedes einzelne Reiskorn hatte er ausgespien, dann nur noch Galle und Blut gespuckt, und schon nach kurzer Zeit das Bewusstsein verloren. Es folgte eine Zeit, die ganz aus dem Stoff eines dunklen Traums geschneidert schien. Tag um Tag und Nacht um Nacht driftete er, immer knapp unterhalb der Grenze zum Wachsein, halb bewusst, halb träumend. Zwischen ihm und der Welt lag ein Wall, und hinter dem Wall hörte er den Hohlkopf Bent Bragnor mit seiner Frau zetern, und ab und an steckte das Mädchen Ilsa ihren Kopf in das Zimmer, in dem sie ihn aufgebahrt hatten wie einen Leichnam. Eine Ewigkeit verstrich so, bis er sich eines Morgens aufsetzte und sein Körper ihm wieder gehörte, wieder gehorchte.

Noch immer konnte er sich nicht erklären, warum. Hatte die Hexe einen Fehler gemacht, eine Dosis falsch berechnet? Unwahrscheinlich, aber die einzige Erklärung, die ihm einfiel. Tagelang war er zu schwach gewesen, um seine Kammer zu verlassen. Als er sich schließlich wieder auf den Beinen hatte halten können, war er gegangen wie ein alter Mann oder ein Lahmer, hatte sich von seinem Bett zu dem Hocker vor dem kleinen Fenster geschleppt und dort den Möwen und dem Wind gelauscht.

Vor seiner Krankheit hatte Bent Bragnor ihm versprochen, ihm die Boote im Hafen zu zeigen, und kaum, dass Brand nicht mehr fürchten musste, dass sich sein Inneres nach außen stülpen würde, kehrten seine Gedanken zu den Booten zurück. Er brauchte eines. Hatte mehr als genug Zeit unter den Landfüßern verschwendet. Bragnor war überrascht, als Brand von ihm verlangte, hinunter zum Hafen geführt zu werden, gab aber nach.

Schon vom Steg aus konnte Brand sehen, in welch heruntergekommenem Zustand sich Bragnors Boot befand, aber es gelang ihm zumindest, sich so lange zusammenzureißen, bis ihm der Alte stolz die rückständige Mechanik der rostigen Kurbel vorführte. Dann aber hatte sich ihm das Grinsen ins Gesicht gefressen. Immer war es das Grinsen, das ihn verriet, auch dann, wenn es ihm gelang, seine Zunge im Zaum zu halten. Der Alte mochte zwar nicht der schnellste Denker oder aufmerksamste Beobachter sein, Brands Grinsen aber entging ihm nicht. Was ein Holzfäller denn von Booten wisse, fragte er barsch. Von Booten nichts, aber von Holz, antwortete Brand und begriff noch im selben Moment, dass er seine Chance verspielt hatte. Niemals würde der Fischer ihm noch ein Boot leihen. Wenn er eines in seinen Besitz bringen wollte, lag seine einzige Möglichkeit in einem Sprachzauber. Aber was Brand vor wenigen Tagen mühelos gelungen wäre, schien nun unmöglich. Seine Gedanken wollten sich nicht um die entscheidenden Silben schlingen, und nach einem halben Tag gab er es auf, floh die Stille seiner Kammer, um draußen, in den schlecht gepflasterten Gässchen Colms, Grünauge und ihrem fußfaulen Freund zu begegnen. Es war nicht schwer gewesen, sie dazu zu bringen, ihn durchs Fischhaus zu führen, ihm zu verraten, wo sich das Colmin befand. Vielleicht hatte die Alte in Vin-Lu, die ihm vorausgesagt hatte, dass er zur Küste Farlands reisen sollte, doch recht gehabt: Eine einzige Phiole Colmin würde ausreichen, um sich draußen im Inselreich ein angemessenes Boot zu kaufen.

Aber er hatte die Folgen ihres Ausflugs unterschätzt. Bragnor und seine Frau waren außer sich, als sie von seinem Ausflug ins Fischhaus erfuhren. Da erst, während er vor den beiden rotgesichtigen Alten gestanden hatte, waren die geheimen Worte zu ihm gekommen, war es ihm gelungen, den beiden Bragnors ihren Verstand weit aufzuspalten.

Und der ganze Aufwand, dachte Brand, während er seinen Blick über das Deck schweifen ließ, der ganze Aufwand für eine Nussschale von einem Boot. In der Kurbelkammer gab es einen einzigen Schrank, und bis auf ein Fernrohr war er ausschließlich mit unnützem Zeug gefüllt. Keine Blausteine weit und breit, keine geheimen Colminreserven, keine Waffen. Brand hatte sogar sein eigenes Drachenrochenöl verwenden müssen, um die rostige Kurbel einzureiben – und trotzdem bewegte sie sich noch immer schwerfällig, verhakte sich alle paar Umdrehungen.

Er setzte das Fernrohr an und betrachtete durch das halb blinde Glas den Horizont. Laut Grünauge hätte sich die Insel namens Ootland gleich hinter Achum befinden sollen, doch schon als sie ihm davon erzählt hatte, war er sicher gewesen, dass ihr jemand eine Schirmqualle umgebunden hatte. Hier draußen am Rand des Archipels waren die Inseln so großzügig ins Meer gesprenkelt, dass Tage verstreichen konnten, bevor man von einer zur nächsten gelangte.

»Grünauge.« Er hielt das Fernrohr weiter gegen sein Auge gepresst, sah sie nicht an. »Erinnere mich noch einmal daran, wer dir von Ootland erzählt hat.«

»Ein Freund. Niemand, den Ihr kennt.«

Er ließ das Fernrohr sinken. »Ein Freund. So.«

Sie verschachtelte die Hände und schwieg. Wenn er mehr wissen wollte, würde er ihr schon eine direkte Frage stellen müssen. Aus dem Mädchen musste man die Worte herauszerren wie Braunrüben aus der Erde. Sie war das maulfaulste Geschöpf, das ihm je untergekommen war. Ein Freund, den er nicht kannte, hatte ihr also von der Inseln erzählt? Wer sollte das sein? Soweit er wusste, verließ Grünauge nicht ihr Dorf, und er war sicher, jedem dort begegnet zu sein. Wahrscheinlich war es die Hexe. Wer sonst von den Landfüßern würde etwas über den Archipel wissen? Und wenn er richtig lag, dann war es nicht unwahrscheinlich, dass auf Ootland eine weitere Hexe auf sie wartete. Hexen waren wie Möwen. Wo eine war, konnten die anderen nicht weit sein. Ein neuer Schwall Galle schoss ihm aus dem Bauch den Rachen hinauf. Er stöhnte und presste eine Faust auf seinen Mund. Nun, es machte kaum einen Unterschied, dass er sich lieber den kleinen Finger abgehackt hätte, als erneut einer Hexe zu begegnen. Ihm würde nichts anderes übrig bleiben, als Ootland anzusteuern, gleich, wer dort auf sie wartete. Hier unten im Süden kannte er sich nicht aus. Die Sonne und die Sterne waren ihm ungefähre Wegweiser, aber früher oder später brauchte er jemanden, der ihm sagen konnte, ob sie bereits auf Höhe der Bracke-Inseln waren, ob sie geraden Kurs auf Bregnon nahmen und ob sie weit genug von Halv entfernt waren. Er konnte die Wolken und die Wellen anstarren, solange er wollte, alles hier sah gleich aus, fremd und feindselig. Im Norden, dort, wo sich Silbersee und Teermeer begegneten, wäre er niemals verloren gegangen. Die Namen der Inseln waren ihm in den Schädel, in die Innenseiten seiner Augen gebrannt: Borghelm, Kargen-auf-dem-Meer, Caspis und Nespis, Brookstett. Missmutig ließ er das Fernrohr sinken. Er sollte zurück in die Kurbelkammer gehen, weiterkurbeln, so wie er es die letzte Stunde über getan hatte. Seitdem sie in See gestochen waren, hatten sie kein Windglück, kamen kaum von der Stelle, und noch immer zeichneten sich die Umrisse Achums deutlich hinter ihnen ab. Er rollte die Arme in den Schultergelenken, bis sie schmerzhaft knackten. Sah hinüber zu Grünauge auf der Bank, lehnte sich über die Reling und spuckte ins Wasser.

»Was hältst du davon, dich nützlich zu machen?«

Sie sah erschrocken auf. Erst jetzt bemerkte er, dass sie sich mit beiden Händen an der Bank festhielt. Ihm fiel ein, was sie auf Achum zu ihm gesagt hatte, dass sie nicht schwimmen konnte, und er versuchte, die Silbersee so zu sehen, wie sie es tun musste, als weites graues Feld, in dem man nur den Tod finden würde, sollte man sich hineinwagen.

»Ich brauche deine Hilfe an der Kurbel«, sagte er knapp. »Wenn es so weitergeht, fallen mir die Arme ab, bevor wir Ootland oder sonst eine Insel erreicht haben.«

Sie bewegte sich nicht. Hatte ihr niemand beigebracht, den Kopf zu schütteln, zu nicken, nachzufragen, wenn sie nicht begriff? Als er einen Schritt auf sie zumachte, lehnte sie sich zurück. Sie hatte Angst vor ihm! Aber … er hatte ihr keinen Finger, nicht ein einziges feuerrotes Haar gekrümmt, war geduldig gewesen, wo jeder andere sie schon gepackt und geschüttelt hätte, bis ihr die Zähne aufeinanderschlugen. Seine Mundwinkel zuckten, und es kostete ihn einige Anstrengung, sein Gesicht zu glätten.

»Solange es windstill ist, müssen wir kurbeln.« Er betonte jedes Wort und sprach langsam. »Aber meine Kräfte reichen nicht aus. Deswegen brauche ich deine Hilfe.«

Als sie seine Hand endlich ergriff, spürte er ihren schnellen Herzschlag bis in die Fingerspitzen, ein gehetztes Toktoktoktok. Widerstrebend folgte sie ihm bis in die Kurbelkammer, und sobald er ihre Hand freigab, wich sie einen Schritt zurück, um sich im Türrahmen festzuklammern. Was würde sie tun, sollte sie sich einmal in tatsächlicher Gefahr befinden, einem Wassermann oder Schlucker begegnen? Er deutete auf die rostige Kurbel im Boden. »Das ist die Kurbel. Sie ist mit einem Schaufelrad auf der Bootunterseite verbunden. Drehst du die Kurbel, dreht sich auch das Schaufelrad. So kommen wir von der Stelle, auch wenn kein Wind weht.«

Sie stellte keine Frage, aber sie nickte auch nicht.

»Hast du verstanden?«, fragte er barsch.

Eine unmerkliche Bewegung des Kopfes. Als gingen seine Worte sie im Grunde nichts an. Wie war es möglich, dass sie am Meer aufgewachsen war und sich keinen Deut um Boote scherte? Sich nicht danach sehnte, Wasser und Wind zu beherrschen und im Netz der Sterne zu lesen? Er würde es nie begreifen können, und das, obwohl er selbst an einem Ort aufgewachsen war, an dem es um die Frauen und Mädchen kaum besser bestellt war.

»Was … was soll ich tun?«, fragte Grünauge und riss ihn aus seinen Gedanken zurück.

Er zeigte ihr, wie man die Kurbel fassen, sie zu sich heranziehen und im Halbkreis von sich fortbewegen musste. Der Kurbelgriff bewegte sich ruckelnd, keine ganze Umdrehung war möglich, ohne dass sich etwas verhakte. Er erlaubte sich einen wehmütigen Gedanken an die *He-Pie*, sein eigenes Boot, das vor der Küste Akobans gesunken war.

»Versuch es«, murmelte er, ohne große Hoffnung. Sicher würde sie sich an der Kurbel ähnlich geschickt anstellen, wie ein Drachenrochen am Spinnrad.

Ihre Hände schlossen sich um die Kurbel, die Muskeln in ihren Armen spannten sich an, sie verlagerte das Gewicht, und er verstand, noch bevor sie das erste Mal drehte, dass er sich geirrt hatte. Etwas in ihrem Gesicht verschloss sich, sie schien abzusinken, all ihre Aufmerksamkeit sackte vom Kopf in die Hände und Arme, und dann kurbelte sie, gleichmäßig und in einer beachtlichen Geschwindigkeit, die es ohne Weiteres mit seiner eigenen aufnehmen konnte.

Eine Weile saß er stumm neben ihr, sah ungläubig zu, wie ihr Oberkörper zügig kreiste, nach vorn, nach links, nach rechts, nach hinten und wieder von vorn. Das Zehntel einer Stunde verstrich, ohne dass ihre Kräfte nachließen.

»Du stellst dich nicht dumm an, Makri.«

»Kurbeln unterscheidet sich nicht groß vom Stampfen«, murmelte sie, ohne aufzusehen.

Draußen auf Deck, im Schatten der Kurbelkammer, setzte Brand das Fernrohr an. Keine Insel, keine Schiffe. Bloß die Sonne, die auf sie hinabsah wie ein niederträchtig funkelndes Auge. Brand war die fahle Nordsonne gewöhnt, die sich nur selten hinter Nebel und Wolken hervorwagte. Seine *Haut* war die fahle Nordsonne gewöhnt.

Deutlich mehr Zeit, als er erwartet hatte, verstrich, bevor Grünauge aus der Kurbelkammer trat. Sie wischte sich den Schweiß von der Stirn und nahm ihren üblichen Platz auf der Bank ein.

»Könnt Ihr mir auch etwas übers Segeln beibringen?«, fragte sie leise.

Er sah überrascht auf. »Du willst es lernen?«

Etwas in ihm wachte auf. Er liebte Boote, liebte es, über sie zu sprechen. In den einfachsten Worten, die er finden konnte, erklärte er Grünauge, was es auf sich hatte mit dem Wind und den Geschwindigkeiten, der Segelpinne, den unterschiedlichen Himmelsrichtungen und den Segeln, die sich blähten oder matt an den Masten hingen. Während er ihr zeigte, wie man sie einholte und hisste, wanderten ihre Augen nach rechts, nach links, als müsse sie sicherstellen, dass die Wellen nicht unbemerkt über die Reling und zu ihnen ins Boot sprangen. Nachdem er ihr das Nötigste beigebracht hatte, gab er es auf. »Weck mich, wenn dein Ootland auftaucht«, sagte er und lehnte sich gegen die Außenwand der Kurbelkammer. Eine Weile döste er, dann fanden ihn die Träume, wie sie es immer taten, gleich wo auf dem Inselreich er sich vor ihnen versteckte. Er träumte von der *He-Pie* auf dem Grund der See, träumte von einem Wort in einer Blockade, träumte von einem Jungen mit blasser Haut und dunklem Haar, hinter einem Eisentor, träumte von der Brigorhexe und den Schatten, die ihrem Ruf gefolgt waren. Träumte von dem Feuer, dem Fall, der großen Splitterung.

Ein Rascheln ließ ihn aufschrecken. Grünauge war bis ans äußerste Ende der Bank gerutscht und hatte sich über den Bootsrand gebeugt. Irgendetwas musste sie im Wasser entdeckt haben. Einen Drachenrochen, eine Feuerqualle? Träge rutschte er über die Planken, um selbst nachzusehen.

Neben dem Boot glitt ein Schwarm schillernder Fische durch die See. Bahnte sich seinen Weg auf die Küste in einer silbrig schimmernden Straße zu. Brands Blick wurde weich und weit, während er den schlängelnd gleitenden Fischen zusah, und seine trägen Gedanken schienen von ihnen davongetragen zu werden. Erneut begann er zu dämmern, zu träumen von Orten, die es nicht mehr gab, und Zeiten, die längst vergangen waren, als er bemerkte, dass Grünauge ihren Arm ausgestreckt hatte. Selbstvergessen tauchte sie die Hand ins Wasser, wie um die Fische zu streicheln. Mit einem Satz war er bei ihr und riss ihren Arm aus dem Wasser.

Sie strampelte sich frei, fiel zu Boden und krabbelte rückwärts über die Planken von ihm fort. Da war es wieder. Nicht bloß Angst. Sie *ekelte* sich vor seiner Berührung, und er grinste, konnte nicht aufhören zu grinsen oder sich das Grinsen erklären, grinste, während er darüber nachdachte, sie bei den Haaren zu packen und sie zurück über die Planken bis zum Bootsrand zu zerren, kurzerhand über Bord zu werfen. Doch es brauchte nicht mehr als ein, zwei Wimpernschläge, und er hatte sich wieder gefangen.

»Haben dich die Irr-Nixen geküsst?«, fuhr er sie an. »Wenn du eines weißt, dann, dass du die verdammten Fische nicht anfassen darfst, oder nicht?«

Aber sie wusste es nicht; und das begriff er, noch während er die Frage stellte. »Du … Hast du sie etwa nicht erkannt?«, vergewisserte er sich.

Sie starrte ihn weiter an, stirnrunzelnd und ohne zu blinzeln, so als hätte er nicht in einfacher Sprache, sondern in Rätseln zu ihr gesprochen. Dann drehte sie den Kopf und sah zum Wasser hinüber. Ihre Hand wanderte zu ihrer Hosentasche, schien dort etwas zu zwirbeln oder zu drehen, während ihre Gedanken sich an seinen Worten abmühten.

»Das … das sind Colminfische?«

Er nickte. »Sie schwimmen zur Küste. Heute Abend werden eure Fischer mit vollen Netzen nach Hause kehren.«

»Aber sie sehen … sie sehen so anders aus«, sagte sie langsam.

»Natürlich sehen sie anders aus. Sie *leben* noch. Niemand hat ihnen ihre kleinen Schädel eingeschlagen, die Haut vom Leib gezogen und sie zu Brei zerstampft. Was glaubst du, wie du aussehen würdest, wenn man dich in einen Bottich stecken und …«

Der Ausdruck in ihrem Gesicht ließ ihn verstummen. Er versuchte, einen letzten Rest der aufgesetzten Höflichkeit zu finden, in die er im Fischerdorf nahezu jedes seiner Worte gekleidet hatte, aber mehr als raue Gleichmütigkeit brachte er nicht zustande.

»Wenn du deine Finger behalten willst, pass besser auf sie auf. Hier draußen kannst du die Dinge nicht angrapschen, nicht essen oder trinken, bloß weil sie schön aussehen. Hast du das verstanden?«

Er drehte sich um, ohne ihre Antwort abzuwarten. Wusste bereits, dass sie ihn bloß wieder anstarren würde, mit ihren hellen grünen Augen, die so angestrengt schauten, als sähen sie alles zum ersten Mal.

***

Der Nachmittag drohte bereits in den Abend zu kippen, als Grünauges Insel auftauchte, ein sehnlich erwartetes Wunder, ein schimmernder Fleck am Horizont. Noch immer war kein Wind aufgekommen, und wenn sie die Insel vor dem Abend erreichen wollten, würden sie auch das letzte Stück kurbeln müssen. Brand erklärte sich bereit, den Anfang zu machen, sodass Grünauge sich weiter ausruhen könnte und nur das letzte Stück würde übernehmen müssen. Er drückte ihr das Fernrohr in die Hand und ermahnte sie, ihn zu rufen, sollte ihr dort draußen etwas auffallen, eine andere Insel, ein Boot, ein Tier. Sie nickte, aber er bezweifelte, dass sie verstand, was es für sie beide bedeuten würde, hier draußen nicht mehr allein zu sein.

Seufzend setzte er sich vor die Kurbel und dachte an die *He-Pie*. Sein Schiff hatte über ein ausgeklügeltes Zweikurbelsystem verfügt, die Griffe aus weichem Leder, und weil die *He-Pie* wie alle besseren Boote und Schiffe mit Blausteinen betrieben worden war, hatte er nicht einen Finger rühren müssen, um die Kurbel geschmeidig im immerwährenden Kreis gleiten zu lassen. Er drehte die Arme in den Schultergelenken und legte die Hände ergeben auf die Kurbel. Sobald er in Akoban war, würde er sich um ein neues Boot kümmern, er würde ...

»Brand?« Unsicher irrte Grünauges Stimme zu ihm herein. Es war das erste Mal, dass sie ihn beim Namen genannt hatte – was nichts Gutes bedeuten konnte. Das wusste er, noch bevor sie in der Tür auftauchte, eine steile Falte zwischen den Augenbrauen.

»Da draußen ist etwas, aber ich bin nicht sicher …«

Er kam auf die Füße. »Ein Boot?«

»Ich glaube nicht. Es sieht aus wie … drei Kugeln.«

Drei Kugeln? Wozu saßen ihr die grünen Augen überhaupt im Kopf, wenn sie nicht wusste, sie zu benutzen? Ungeduldig nahm er ihr das Fernrohr aus der Hand und schob sich an ihr vorbei. Presste die runde Öffnung gegen sein Auge, spähte in die Ferne. Vor ihm lag Grünauges Insel – kein zerlaufener Flimmerfleck mehr, sondern inzwischen eine deutliche Erhebung im Wasser. Wenn man sich anstrengte, konnte man sogar Bäume erkennen. Zwischen ihnen und der Insel war nichts als Meer.

»Es ist die andere Richtung«, murmelte Grünauge. »Sie sind hinter uns.«

Während er sich um die eigene Achse drehte, flog die Silbersee an ihm vorbei. Grau und Grau und Grau und noch mehr Grau, und dann, gerade als er Grünauge zur Rede stellen wollte: drei Kugeln. Aber die Kugeln waren keine Kugeln, natürlich nicht, sondern Köpfe. Weiße runde Köpfe, glatt und haarlos wie Fischbäuche. Brands Finger schlossen sich fester um das Fernrohr, und er stieß einen lautlosen Fluch aus. Wie weit mochten sie entfernt sein? Einhundert Fuß? Einhundertfünfzig? Aber was machte es schon für einen Unterschied? Wenn er sie sehen konnte, war es nicht weit genug. Er drückte Grünauge das Fernrohr in die Hand und hastete zurück zur Kurbel. Sie folgte ihm stolpernd.

»Was … was ist dort draußen?«

»Wassermänner.«

»Seid Ihr sicher?«

Er machte sich nicht die Mühe zu antworten. Ob er sicher war? Er hätte gelacht, wenn er noch ein Lachen in sich gefunden hätte. Grünauge und die Landfüßer wussten nicht das Geringste über Wassermänner. Er hatte mehr als einmal gesehen, wie sie ein Boot zum Kentern gebracht und alle Männer, Frauen und Kinder, die sich an Bord befanden, in die Tiefe mit sich hinabgezogen hatten. Er war ihnen nahe genug gekommen, um in ihre Augen zu blicken, die schwarz und glänzend und leer waren, und einmal, da hatte er sogar ihre Haut berührt und jene undurchdringlichen Schuppen, die sie schützten wie eine Panzerrüstung aus Metall. Es hatte nicht mehr als drei Wassermänner gebraucht, um ihn die *He-Pie* zu kosten.

Seine Hände schlossen sich um die Kurbel. In seiner Heimat hieß es, dass er Boote zähmen, dass er sie wie wilde Tiere unterwerfen und gehorsam machen konnte. Als Kind war er sicher gewesen, ihren Herzschlag hören zu können. Boote hatten keine Herzen, also auch keinen Herzschlag, das wusste er inzwischen, aber noch immer konnte er etwas hören, etwas spüren, ein Pulsen, ein Toktoktok, wie er es zuvor in Grünauges Fingerspitzen gefühlt hatte. Es war ein bestimmter Rhythmus, der allen Booten innewohnte, ein ganz eigener Takt, mit dem sie sich durchs Wasser bewegten, flogen oder krochen. Das kalte Metall der Kupferkugel unter seinen Händen wärmte sich. Er vergaß das Mädchen in der Tür, die Wassermänner draußen auf See, vergaß sich selbst, während die Kurbel unter seinen Händen ruckelte und hakte, sich zitternd und widerwillig bewegte. Er hätte nicht sagen können, wie viele Umdrehungen es brauchte, zehn oder hundert oder zweihundert, aber er konnte ihn genau bestimmen, den Moment, in dem die Kurbel nachgab. Nicht länger ruckte und ruckelte und hakte und klemmte, sondern floss. Schweiß lief ihm in die Augen, und er wischte ihn mit einem Hemdsärmel fort, ohne das Kurbeln zu unterbrechen.

»Ich glaube nicht, dass sie uns folgen!«, rief Günauge von draußen. »Man kann sie kaum noch sehen.«

Möglich, dass es tatsächlich so war. Trotzdem hörte er nicht auf zu kurbeln. Seine Arme bewegten sich weiter, hielten das Tempo, ließen nicht nach. Brand floss, und das Boot floss mit ihm.

Als sie das Inselufer endlich erreichten, waren Brands Hände von Blasen bedeckt, die Haut an einigen Stellen so aufgescheuert, dass es blutete. Bevor sie das Boot an Land schoben, ließ Brand sich noch einmal von Grünauge das Fernrohr geben. Die Erschöpfung hatte ihm die Arme weich und zittrig gemacht. Das Fernrohr lag schwer in seiner Hand, und vor seinen Augen tanzten weiße Punkte, als er durch die kreisrunde Öffnung blickte. Er wartete, bis auch die letzten Punkte verschwunden waren, wartete, bis er ganz sicher sein konnte, dass Grünauge sich nicht geirrt hatte: Graue See, grauer Himmel, die Wassermänner waren ihnen nicht gefolgt.

Grünauge neben ihm sog die Lippe ein, wie sie es oft tat, wenn sie vergeblich versuchte, etwas zu verstehen.

»In Colm erzählen sie, dass Wassermänner schneller als jedes Boot sind. Und trotzdem haben sie es nicht geschafft, uns einzuholen.«

»Trotzdem haben sie es nicht geschafft, uns einzuholen«, äffte Brand nach und schob das Fernrohr mit einem Ruck zusammen. Er zog ein Tuch aus seiner Hosentasche hervor, um Blut und Schweiß von seiner Handfläche zu tupfen. »Ich kann dir sagen, warum sie uns nicht eingeholt haben. Weil sie es nicht versucht haben. Wahrscheinlich waren sie mit etwas anderem beschäftigt. Gut möglich, dass uns eure Colminfische das Leben gerettet haben.«

»Was haben die Wassermänner mit den Fischen zu tun?«

Irgendwann würde sie ihn fragen, warum die Silbersee Silbersee hieß.

»Sie essen sie.«

Wieder stierte Grünauge ihn an.

»Erzähl mir nicht, dass man eure Fische nicht essen kann, weil sie giftig sind. Die Wassermänner essen eure Fische, glaub mir.«

Er sah hinüber zur Insel, und tief in seinen Eingeweiden zog sich etwas zusammen. Es musste noch immer der elende Krebs sein. Oder vielleicht die Anstrengung des Kurbelns. Oder vielleicht der Verdacht, dass irgendwo dort, verborgen im Dickicht der Bäume, schon die nächste Hexe auf ihn wartete.

3
Im weißen Wald

Nachdem sie das Boot an Land gezogen und dort festgemacht hatten, wankte Brand zu einem der Bäume, rutschte am Stamm zu Boden und legte die blutigen Hände auf den Knien ab.

»Rühr dich nicht von der Stelle, Makri«, murmelte er. »Fass nichts an, steck dir nichts in den Mund. Bleib einfach, wo du bist.«

Sie musterte ihn, seine geschlossenen Lider, den vor Erschöpfung erschlafften Mund. Dann nahm sie einen tiefen Atemzug. Hier am Ufer roch die Luft noch nach Metall und Rost, gleichzeitig aber hielt sie unzählige andere Gerüche, süßlich schwere, nach Früchten, Blüten, und Sträuchern. Nur ein schmaler Streifen steinig dunkler Erde lag zwischen der See und den ersten Bäumen, und schon vom Boot aus hatte Edda sehen können, dass die Insel größtenteils waldbedeckt war. Die Bäume hatten wenig gemein mit den wuchtigen Eichen und knorrigen Buchen, die an der Küste Farlands wuchsen; ihre Stämme waren so schmal, dass Edda sie beinahe hätte mit den Händen umfassen können, ihre Blätter waren von einem hellen gelblichen Grün. Das Meerfernste an ihnen aber war die Rinde, weiß und dünn wie altes Papier.

Sie warf einen Blick hinüber zu Brand. Erwartete er, dass sie ihn beim Wort nahm? Regungslos ausharrte, bis er aufwachte? Aber bis es soweit war, mochten Stunden vergehen! Sie setzte ihren Rucksack auf und näherte sich zögerlich den ersten Bäumen. Strich mit den Fingerkuppen über die Rinde. An einigen Stellen ließ sie sich in Fetzen abziehen und lag so hauchzart dünn zwischen Eddas Fingerspitzen wie die Flügel eines Schmetterlings. Sie hatte einen der Fetzen gerade dicht vors Gesicht gehoben, um ihn genauer zu begutachten, als aus dem Nichts ein Tier auf sie herabstürzte. Es landete auf ihrem Ellbogen, huschte ihr über den Arm auf die Schulter und weiter auf den Kopf, um von dort wieder ins Geäst zurückzuspringen. Edda hatte kaum mehr von ihm gesehen als braun glänzendes Fell und schwarze Murmelaugen.

»Vor denen musste du dich in acht nehmen.«

Brands Stimme ließ sie herumfahren. War er nicht gerade erst in einen tiefen Erschöpfungsschlaf gefallen?

»Der ganze Wald ist voll mit ihnen. Dort oben.« Er deutete ins Geäst, und tatsächlich, auf den Ästen direkt über ihrem Kopf hockten gut zwei Dutzend Tiere. Stumm saßen sie und so regungslos, dass man sie ohne Weiteres für sonderbare Gewächse im Baum hätte halten können. Ihre faltigen Greisengesichter erinnerten an die alte Muriel, ihre Augen aber waren wach und aufmerksam wie Ilsas. Da lag ein Blitzen in ihnen, von dem Edda nicht hätte sagen können, ob es boshaft oder bloß spielerisch war.

»Das sind Peki-Äffchen«, sagte Brand. »Inzwischen triffst du sie auf fast allen Westinseln. Irgendein Leerkopf hat sie aus dem Süden hier hochgebracht, und dann haben sie sich ausgebreitet wie eine Plage. Sie beißen und sie stehlen, also pass auf deinen Rucksack auf.«

Aber Edda machte sich wenig Sorgen um den Inhalt ihres Rucksacks. Sie besaß genau zwei Dinge von Wert, das Knöchelchen und die Feder, und beides befand sich in ihrer Hose. Sie streckte die Hand aus, um sich zu vergewissern, dass sie noch da waren, als ein weiteres Äffchen auf ihre Schulter sprang. Seine winzigen Klauenfüße gruben sich durch den dünnen Hemdstoff in ihre Haut. Wahrscheinlich hatte Brand recht und das Tier würde sie beißen, trotzdem wollte sie zumindest einmal über das seidig braune Fell streichen. Doch bevor sie auch nur die Hand heben konnte, schnellte Brand vor, packte sich das Äffchen und schleuderte es gegen den nächsten Baum. Kreischend prallte es von dem Stamm ab, überschlug sich und stob davon.

»Elende Viecher«, murmelte er, bog zwei dünne weiße Zweige zur Seite und trat zwischen ihnen hindurch.

Edda starrte ihm nach. Etwas an seiner Art, sich zu bewegen, hatte ihr das Fischblut in die Adern getrieben. Etwas Forsches, etwas Schnelles, etwas, das nichts von Rücksicht und Bedenken wusste. Sie hatte es schon gesehen, als er sich den Meerkrebs gepackt und seinen Panzer mit der bloßen Hand zerbrochen hatte.

Die Peki-Äffchen folgten ihnen kreischend durch den weißen Wald, von Ast zu Ast hüpfend. Keines von ihnen aber wagte sich mehr näher an sie heran. Gleiches schien auch für die übrigen Tiere des Waldes zu gelten. Edda sah keine Eichhörnchen, keine Füchse, Vögel, Mäuse oder Frösche. Lediglich als ein Ast knackend unter ihrem Schuh zerbrach, stieg aus den Baumkronen ein aufgeschreckter Schwarm Vögel auf – winzige Vögel, deren Gefieder so weiß war, als hätte man sie mit Seifenlauge geschrubbt und nur an den Spitzen zartgelb verfärbt. Edda sah ihnen nach, bis sie sich im bleigrauen Himmel verloren.

Bald war ihr jedes Gefühl für die Insel abhandengekommen. Nichts in den Bäumen, der Erde und Luft sprach noch von der See, aber sie kamen nur langsam voran, und es schien unwahrscheinlich, dass sie das Ufer bereits weit hinter sich gelassen hatten. Je länger sie liefen, umso weiter fiel Edda hinter Brand zurück. Die Erde war übersät mit spitzen Zweigen, Pilzen, abgebrochenen Ästen, kleinen Steinen, großen Steinen, eigenartigen Holzpfropfen, die aus den Bäumen fielen, und breiten Wurzeln, die wie Stolperstricke aus der Erde wuchsen.

Eine Mücke ließ sich auf Eddas Arm nieder, und sie schlug nach ihr. Als sie aufsah, war Brand verschwunden.

»Brand?«

Keine Antwort. Ihr Herz fiel in einen schnellen Stolperschritt. Hatte er sie absichtlich abgehängt? Hatte er sie überhaupt nur in den Wald geführt, um sie loszuwerden? Ihre Hand tastete nach der Feder. Was würde sie allein auf einer Insel tun, über die sie nichts wusste, von der sie nicht einmal sicher sagen konnte, dass es sich um Ootland handelte? Sie hastete weiter, stolpernd, atemlos, und wäre beinahe an Brand vorbeigelaufen. Er lehnte an einem der Bäume, ein weißer Mann vor weißer Rinde – wie leicht es war, ihn hier zu verlieren.

»Ich dachte, du kannst nur nicht schwimmen. Kannst du auch nicht gehen?«, fragte er und stieß sich von dem Baum ab. Ohne auf eine Antwort zu warten, lief er weiter, und dieses Mal achtete sie darauf, Schritt zu halten.

Wenig später lichteten sich endlich die Bäume. Wie um respektvoll Abstand zu halten, hatten sie sich in einem großen Kreis um einen Hügel angeordnet.

Brand sog übertrieben die Luft ein. »Hier riecht es nach Hexe.«

Hatte er einen Scherz gemacht? Wie mochten Hexen riechen? Nach

Salz, nach der See, der klammen Haut eines Drachenrochens? Während sie noch darüber nachdachte, überquerte Brand bereits mit schnellen Schritten die Lichtung. Er lief die umstehenden Bäume ab, klopfte an ihre Stämme, zog an ihren Ästen, ging in die Hocke und legte seine Hände flach auf die Erde. Als er hinter dem Hügel verschwand, eilte Edda ihm hinterher. Fand ihn kniend auf dem Boden, wo er eine Ansammlung von Blumen betrachtete, die so leuchtend rot waren, als hätte man sie in den Farben Agathas und Lors angemalt. Hinter ihnen wuchsen Kräuter, die Edda aus Pessas Garten vertraut waren: der nadelig wirkende Rosmarin, der samtblättrige Salbei und der Thymian. Brand bog die Zweige eines Strauchs beiseite und legte einen Stock frei. Mit schmutzig weißem Garn war ein schmalstieliges Gewächs daran festgebunden.

Hunderte Augen schienen mit einem Mal auf ihnen zu ruhen. Eine Hand noch an dem Stock erstarrte Brand.

»Schsch«, zischte er, obwohl Edda nicht gesprochen hatte.

»Hörst du ... ?« Er verstummte. Neigte den Kopf, die Augen glasig, alle Wachsamkeit in den Ohren.

Hören? Was sollte sie hören? Sie lauschte. Da war der Wind, da war das Surren einer Mücke, da war das hohe Trällern eines Vogels über ihren Köpfen, da war ... Etwas bewegte sich im weißen Wald, kam näher, leichtfüßig und flink. Sie musste es nicht sehen, nicht einmal seinen Umriss, um zu wissen, dass es keine alte Frau war. Langsam drehte sie den Kopf.

Lautlos wie Gestalten der Nacht, zwei Geister im grauen Pelz, waren zwei Wölfe aufgetaucht.

Edda hatte noch nie einen Wolf gesehen, keinen echten, lebenden, atmenden Wolf. Früher hatte es welche an der Küste gegeben, doch die

Väter der Väter der Fischer hatten sie ausgerottet, und in Colm lebte niemand mehr, der je einem begegnet war. Alles, was Edda kannte, waren die Zeichnungen in der Halle im Fischhaus. Sie hatte sie oft genug betrachtet, um die eng stehenden Augen, die aufgerichteten Ohren, die spitzen Zähne wiederzuerkennen.

Brand schien zu sprechen. Worte flogen an ihr vorbei, fanden nur vereinzelt den Weg in ihre Ohren.

Lauf … Wald … so schnell … Baum … klettern.

Klettern?, dachte sie. Ihr Mund war trocken, ihre Zunge klebte am Gaumen. *Klettern?*, wollte sie Brand fragen, aber dort, wo er gerade noch gestanden hatte, war niemand mehr. Sie war allein. Stand zwischen roten Blumen und Thymian und Salbei, starrte die Wölfe an und versuchte, Brands Befehl zusammenzusetzen. Ihre Beine waren schlauer als ihr Kopf. *Lauf!*, und sie lief. Rannte in den Wald hinein. Ihre Arme schlugen gegen Äste, Zweige, Baumstämme. Um sie herum war ein Gewirbel aus Weiß und Grau und dem hellen Grün der Blätter, der Sträucher, des Grases. Sie sah nicht, wohin sie trat, sah nicht, wo Brand sich versteckte, sah nicht die Peki-Äffchen, hörte nur ihr Kreischen, das anstieg, und hoch über ihr die Vögel und irgendwo hinter ihr die Wölfe und …

Etwas riss sie zurück, eine Wurzel im Erdboden. Packte ihren linken Fuß wie ein Paar kräftiger Hände. Edda schlug der Länge nach hin, biss sich auf die Lippe. Schmeckte Blut, aber da war kein Schmerz, sie fühlte nichts, bis auf einen Klang, einen Nachhall in ihren Zähnen, die hart aufeinandergeschlagen waren. *Steh auf!* Aber dieses Mal gehorchten weder ihre Beine noch ihre Arme. Steinchen und Äste bohrten sich in ihre Stirn, ihre Unterarme, ihre Brust, und sie wusste, dass die Wölfe sie eingeholt hatten. Sie konnte es fühlen, die Hitze der beiden Körper, die

Ahnung eines Gewichts, das sich noch nicht auf sie herabgesenkt hatte. Die Angst war nicht bloß in ihrem Kopf, ihrem Herzen, sondern in ihren pochenden Fingerspitzen, ihrer blutigen Unterlippe, ihren zitternden Beinen. Sie war immer sicher gewesen, dass sie an Tobin denken würde, in dem Moment, bevor sie starb, aber das Einzige, woran sie denken konnte, waren die Zähne der Wölfe, wie sie durch Haut und Muskeln reißen, Knochen brechen würden.

Nichts riss, nichts brach. Der Schmerz, wohl ein greller Schrei von einem Schmerz, blieb aus, während Edda mit einem Mund voller Blut und einem Herzen voller Furcht im Dreck lag. Dann sprang der erste Wolf mit einem Satz über sie hinweg. Schon folgte der zweite, und sogleich waren beide Tiere zwischen den Bäumen verschwunden.

Edda drehte den Kopf zur Seite und spuckte Blut aus. Langsam stützte sie sich in die Höhe, zog ihren Fuß unter der Wurzel hervor, kam auf die Beine. Sie wankte mehr, als dass sie lief, immer weiter in die Richtung, in welche die Wölfe verschwunden waren.

Weit war Brand nicht gekommen. Er lehnte an einem Papierrindebaum, einen abgebrochenen Ast schützend von sich gestreckt. Blutflecken bedeckten sein rechtes Hosenbein. Die beiden Wölfe hatten eine geduckte Haltung eingenommen, wie um sich für den nächsten Angriff bereit zu machen.

Eddas Gedanken überschlugen sich. Eine Waffe. Wenn sie Brand helfen wollte, brauchte sie eine Waffe. Rubens Krummmesser. Etwas anderes hatte sie nicht bei sich. Aber das Krummmesser war in ihrem Rucksack, genauer: auf dem Boden ihres Rucksacks. Und der Rucksack war auf ihrem Rücken. Sie würde eine Ewigkeit brauchen, um es hervorzuholen. Noch während ihre Gedanken bei dem Messer in dem Rucksack waren, hatte sich ihre Hand selbstständig gemacht. War nicht zu den Riemen ihres Rucksacks gewandert, sondern zu ihrer Hosentasche. Sie bekam das Knöchelchen zu fassen, zog es hervor, machte einen Schritt auf die Wölfe zu. Die Wölfe wandten sich ihr zu, schienen sie wie abwägend, abwartend anzusehen. Was würde sie als Nächstes tun? Das Knöchelchen in ihrer Hand zitterte, das Messer lag noch immer auf dem Boden ihres Rucksacks. Hilfesuchend sah sie hinüber zu Brand, doch der schien das Bewusstsein verloren zu haben. Sie war allein, allein mit den Wölfen, und ...

Ein hoher Pfiff erklang. Edda und die beiden Wölfe fuhren herum.

Zwischen den Bäumen stand eine Frau. Sie war alt, älter als Maron, älter als Muriel, als überhaupt irgendein Mensch, den Edda je zuvor gesehen hatte. Schwer stützte sie sich auf einen Stock, und ihr wettergegerbtes Gesicht war so von Falten und Furchen durchzogen, dass jede mögliche Ähnlichkeit zu Maron sich verloren hatte.

»Felma?«, fragte Edda.

Die Alte antwortete nicht.

»Maron hat mich geschickt.« Edda schwenkte das Knöchelchen der Alten entgegen. Diese deutete mit einem Kopfnicken hinüber zu Brand.

»Und ihn? Hat sie ihn auch geschickt?«

Ihre Stimme war rostig und tief. Marons Stimme. Also war die Alte Felma! Also war die Insel Ootland! Die Erleichterung traf Edda überraschend und heftig, als hätte ihr jemand einen Schlag in die Kniekehlen verpasst. Sie musste sich an einem der Papierrindebäume abstützen.

»Hast du deine Zunge geschluckt?«, fragte Felma barsch.

»Das ist Talin Brand. Er ... er hat mich hierhergebracht. Ohne ihn wäre ich nicht hier.«

Die Hexe betrachtete Brand mit demselben müden Unbehagen, mit dem sie sich vermutlich auch jedes andere Ärgernis besehen hätte, plötzliche Kartoffelfäule oder aufziehenden Regen.

»Er hat mir das Leben gerettet«, setzte Edda nach, unsicher, ob sie log oder die Wahrheit sprach. Sie dachte an die Colminfische. Die Wassermänner. Daran, dass sie ohne Brand Colm vermutlich nie verlassen hätte.

Die Hexe schwieg, nur ihre Kiefer mahlten unablässig. Schließlich ließ sie den Kopf zur Seite rucken und spuckte etwas aus. Kerne oder die Hülsen einer Frucht. Sie atmete schwer ein und mit einem unzufriedenen Seufzer wieder aus, dann nickte sie den Wölfen zu.

Geschickt und unerwartet behutsam griffen die Wölfe mit ihren Zähnen den Stoff von Brands Hemd, um ihn über Wurzeln, Äste und Steine zurück in die Richtung zu schleifen, aus der sie gekommen waren.

Die Hexe führte sie zurück zu dem Hügel, dem kleinen Garten, an welchem sie gerade noch die Wölfe aufgespürt hatten. Ähnlich wie Brand es getan hatte, umrundete sie den Hügel, schlug dabei aber mit ihrem Stock gegen jeden zweiten Baumstamm. Bald waren sie wieder an derselben Stelle angelagt, an der die Hexe zuvor aus dem Wald getreten war. Doch wo sich zuvor nur Bäume und Gestrüpp befunden hatten, stand nun eine Hütte. Eine Hütte, die man unmöglich übersehen konnte. Edda schluckte jeden unnützen Einwand und folgte der Alten hinein.

So wie ihre Schwester lebte auch Felma zwischen Truhen, Kisten, Körben, Flaschen, Gläsern und getrockneten Kräutern. Neben einem Tisch, einem Bett und zwei Schränken gab es eine Feuerstelle, und vor dieser ließen sich die beiden Wölfe nieder, nachdem sie Brand über die Schwelle geschleift hatten.

Die Hexe starrte kurz missmutig auf Brand hinab, verschwand dann in einer Ecke der Hütte, um mit einer Schale voll Wasser, einem Tuch und Stoffbinden zurückzukehren. Mit einem Seufzen kniete sie sich auf den Boden und begann, Brands Wunde auszuwaschen. Ihre Bewegungen waren wenig sanft und frei von Zuneigung, aber jeder ihrer Handgriffe schien geübt und sicher – die Alte wusste, was sie tat. Nachdem sie die Wunde gründlich gereinigt hatte, trug sie eine grünliche Paste auf, die stark nach Kräutern roch.

»Erzähl mir von meiner Schwester. Wie geht es ihr?«, fragte sie, ohne aufzusehen.

Wie ging es Maron? Edda hätte genauso gut Auskunft über das Innenleben eines Meerkrebses erteilen können.

»Gut«, murmelte sie.

»Gut?« Felma drehte den Kopf zur Seite und spuckte aus. »Das sind Neuigkeiten. Meiner Schwester ist es in ihrem Leben keinen einzigen Tag *gut* gegangen.« Kopfschüttelnd beugte sie sich wieder über Brands Bein, umwickelte es mit den Stoffbinden und zog den Verband fest. Eine Spur fester, vermutete Edda, als nötig gewesen wäre.

»Meine Knochen brauchen Wärme«, sagte sie dann und zog sich an ihrem Stock in die Höhe. »Und dein Magen braucht einen guten Eintopf. Setz dich ans Feuer, und ich wärme dir welchen auf.«

Während Felma einen Topf über das Feuer hängte, den Deckel lüpfte und zufrieden nickte, rührte Edda sich nicht von der Stelle.

»Sag bloß, du fürchtest dich vor den beiden?«, fragte Felma.

Edda sah zu den Wölfen in ihren Körben. »An der Küste gibt es keine Wölfe.«

»Und? Hier gibt es auch keine. Bloß Wolfshunde.«

Wölfe oder Wolfshunde, wo war der Unterschied? Was wie ein Wolf aussah, sich wie ein Wolf bewegte und Wolfszähne hatte, war, soweit Edda beurteilen konnte, ein Wolf. Darauf bedacht, keinen der beiden Körbe zu streifen, näherte sie sich dem Feuer und setzte sich auf einen der beiden Stühle.

Die Alte streckte ihre Hände den Flammen entgegen, bis ihre Fingerspitzen diese beinahe zu berühren schienen. »Nun gib mir das Knöchelchen«, sagte sie.

Edda tat wie geheißen, auch wenn sie selbst das Knöchelchen oft genug untersucht hatte, um zu wissen, dass keine Markierungen, Zeichnungen oder gar eine geheime Schrift darauf zu finden war.

»Es sah schon immer so aus. Ich habe nichts damit gemacht«, sagte sie schnell, als sie sah, wie die Alte den kleinen bleichen Knochen eingehend musterte.

Ohne sie einer Antwort zu würdigen, zog Felma ein goldgerahmtes Glas aus ihrem Umhang hervor. Es hatte etwa die Größe und Form eines Rundlings, und die Alte klemmte es sich mit geübten Fingern in die rechte Augenhöhle. Hinter dem Glas schien ihr Auge nun übergroß und verschwommen, aufmerksam wanderte es vor und zurück, während sie das Knöchelchen drehte und wendete. Bis auf das Knacken und Prasseln des Feuers war es drückend still in der Hütte, und Edda war erleichtert, als die Alte das Knöchelchen zusammen mit dem Glas in ihrem Umhang verschwinden ließ.

»Du bist also wegen deines Bruders hier.«

Edda setzte sich auf. »Woher …? Ihr wisst von meinem Bruder?«

Felma winkte müde ab. »Hexen wissen Dinge. Hat man dir das in deinem Dorf nicht beigebracht?«

»Und kennt Ihr Tobin? Kennt Ihr …? Maron hat gesagt, dass Ihr mir vielleicht sagen könnt …«

Die Hexe gab ein ungehaltenes Zischen von sich. »Nicht vor ihm!«

Sie deutete auf Brand, der auf dem Boden lag wie achtlos abgelegt; sein Brustkorb hob und senkte sich kaum.

»Ich glaube nicht, dass er uns hört«, murmelte Edda.

»Glauben kannst du, was du willst«, schnappte die Hexe. »Aber lernen musst du noch einiges. Und wenn es um ihn hier geht«, wieder zeigte sie auf Brand, »dann lernst du besser schnell.« Sie drehte den Kopf zur Seite und spuckte aus. Feucht glänzende schwarze Klumpen landeten neben den Kohlen auf dem Steinboden. »Warum glaubst du, dass dein Bruder hier draußen ist?«

»Es ist …«, setzte Edda an und verstummte. Wie anfangen? Bei dem Traum vom Gefiederten? Dem König der Krähen? Der Feder? Bei den Geschichten an den Bottichen? Den Holzpuppen? Dem Feuerfest, den Kaltwochen, den Seekindern? Aber sie wusste selbst nicht, wo die Geschichte ihren Anfang nahm.

»Seit einigen Jahren verschwindet jedes Frühjahr ein Kind«, begann sie schließlich. Es war das Schlauste, sie würde von Hensy erzählen, davon, dass in jedem vorangegangenen Jahr immer nur ein Kind verschwunden war.

»Ja, ich habe davon gehört, dass es auch an der Küste geschieht«, sagte die Hexe, und Edda nickte knapp, mit den Gedanken noch bei Hensy und den Kaltwochen. Dann erreichten sie Felmas Worte.

»*Auch* an der Küste?«, fragte sie.

»Oh, es geschieht im ganzen Inselreich. Seit Jahren schon. Alles in allem müssen es einige Dutzend Kinder sein, die verschwunden sind.«

Edda rückte vom Feuer ab. Plötzlich war ihr heiß, und während sie versuchte, Felmas Worte zu verstehen, nestelte sie an den Knöpfen ihres Kragens. Nicht nur die Küste Farlands, sondern das ganze Inselreich war betroffen? *Einige Dutzend Kinder.*

»Ist bekannt … Weiß man, wo sie sind?«

Die Hexe schob mit ihrer Zunge etwas hinter den Zähnen hin und her.

»Im Westen sagen sie, die Kinder seien im Osten. Im Osten sagen sie, sie seien im Westen. Manche vermuten den Süden, die meisten den Norden. Tatsächlich *wissen* …«

Eddas Hände schlossen sich um die Armlehnen ihres Stuhls. »Aber Ihr … Ihr müsst mir sagen, wo ich nach Tobin suchen soll!«

»Ich *muss*?«

»Maron … sie hat gesagt, Ihr würdet mir helfen.«

»Und nun willst du, dass ich dir den Namen einer Insel nenne? Willst du Koordinaten? Eine genaue Route, wie du am schnellsten dorthin gelangst?« Die Hexe schnalzte mit der Zunge. »Kind, du hast keine Ahnung, welche Reise vor dir liegt. Stehst vor einem Berg und fragst mich, wo die Stufen sind.«

»Also wisst Ihr nichts?« Eddas Stimme zitterte. Einer der Wolfshunde hob seine Pfote, kratzte sich am Ohr und sah Edda an.

»Das habe ich nicht gesagt.« Die Hexe stand auf, trat an die Wand und nahm dort einen Löffel vom Haken. Sie stellte sich wieder an den Topf und zog mit dem Löffel bedächtige Kreise.

»Weil ich wusste, dass du kommen würdest, habe ich die Knochen bereits zu den Kindern befragt. Und sie sagen, dass du hoch ins Teermeer musst.«

Teermeer. Ein Name, den Edda noch nie gehört hatte, weder von den Händlern noch von Brand oder irgendeinem der Fischer in Colm.

»Tobin ist nicht im Inselreich?«

»Sicher ist er das. Dein Bruder und all die anderen Kinder. Es wird sie kaum jemand aufs Festland gebracht haben.« Die Hexe strich den Löffel am Topfrand ab und sah Edda an. »Du hast noch nie vom Teermeer gehört?«

Edda schüttelte den Kopf.

»Der größere Teil des Inselreichs liegt in der Silbersee, aber nördlich von Brookstett beginnt das Teermeer. Dort oben befinden sich die Nordinseln. Niemand, der eine Wahl hat, fährt dort hinauf. Aber wer weiß, vielleicht hast du keine Wahl. Wenn ich die Knochen richtig lese, musst du bis ganz hoch zu den Letzten Inseln.«

Felma hängte den Löffel zurück an den Haken und griff sich stattdessen die Kelle. »Wird er von meiner Suppe essen oder sich weiter schlafend stellen?«, fragte sie unvermittelt in den Raum.

Edda sah sich um. Brand lag noch immer dort, wo die beiden Wolfshunde ihn abgelegt hatten, keine Regung im wächsernen Gesicht, die Augen geschlossen, der Mund schlaff.

»Er hat viel Blut verloren«, setzte Edda gerade an, als sich Brands Augen öffneten. Nicht flatternd, nicht blinzelnd, sondern mit einem gezielten, schnellen Heben der Lider, das keinen Zweifel daran ließ, dass er nicht erst gerade zu sich gekommen war.

»Die Tölen haben mir den Appetit verdorben«, erklärte er und setzte sich auf. Nachdem er Erde, Blätter und kleine Zweige von seiner Hose gestrichen hatte, betastete er mit spitzen Fingern den Verband um sein Bein. »Wird mir nun mein Bein abfaulen?«

Die Hexe gab vor, seine Frage nicht gehört zu haben. Sie schöpfte Eintopf in eine Schale und reichte sie Edda.

Gut zwei Tage waren verstrichen, seitdem Edda zuletzt gegessen hatte, und den ersten Löffel schlang sie so schnell hinunter, dass sie sich die Zunge verbrannte. Sie schmeckte Kartoffeln, Möhren, Zwiebeln, Lauch, Petersilie. Aber in der Suppe schwammen auch Zutaten, die sie noch nie in ihrem Leben gesehen hatte, rote süße Beeren und dünn geschnittene, scharf schmeckende Scheiben einer weißen Wurzel oder Frucht. Bisher hatte Edda nur Eintöpfe aus Pessas Küche gegessen, und gleich der erste Löffel schien jede Mahlzeit heraufzubeschwören, die Pessa je für Edda, Tobin und Teofin gekocht hatte. Felmas Kochkunst, wusste Edda, trug nicht Schuld daran, dass sich ein bitterer Nachgeschmack auf ihre Zunge legte.

»Die Letzten Inseln«, sagte sie, nachdem sie Felma die leere Schale zurückgegeben hatte, »wie finde ich sie?«

»Nun, du wirst eine Karte brauchen.«

Brand gab ein verächtliches Schnauben von sich. »Viel Glück bei der Suche, Grünauge.«

»Bekomme ich eine solche Karte auf dem Markt von Akoban?«, fragte Edda.

»Die Karte, die du brauchst, kannst du nicht einfach kaufen.«

»Aber wenn ich irgendwie Rundlinge auftreiben könnte ...«

»Nein«, sagte Felma sanft. »Was der Weißschopf meint, ist, dass du eine bestimmte Art von Karte brauchst. Das Reich der Inseln ist im ständigen Wandel, es gibt treibende Inseln, die heute hier sind und morgen dort, es gibt geheime Inseln, die kein Kartenmacher aufspüren kann, es gibt Inseln, die untergehen, verschwinden oder auftauchen, die zusammengeführt oder aufgespalten werden. Lass eine Karte älter als einen Mondwechsel sein, und sie führt dich nur in die Irre. Aber nur weil es schwer ist, das Inselreich auf eine Karte zu bannen, ist es nicht unmöglich. Vor über hundert Jahren wurde eine Karte in der Alten

Sprache auf die Haut eines Perlfisches gesprochen. Die Fließende Karte.«

»Wenn sich das Inselreich ständig wandelt, was nützt mir dann eine Karte, die vor hundert Jahren angefertigt wurde?«

»Oh, die Fließende Karte ist keine Karte, wie du sie dir vorstellst. Sie wächst und wandelt sich mit dem Inselreich.«

»Die alte Runzelbirne hier hat aber vergessen, dass die Fließende Karte seit mehreren Jahrzehnten keiner mehr zu Gesicht bekommen hat«, warf Brand ein.

»Ein Mann, der viel redet und wenig weiß.« Die Hexe streckte ihre Hände wieder dem Feuer entgegen. »*Ich* habe die Karte gesehen.«

Brand in den Halbschatten grinste, und auch als er sprach, blieben seine Mundwinkel in einer sonderbaren Spannung, so als hätte er vergessen, wie man sie wieder losließ. »Ich glaube kaum, alte Frau.«

Die Hexe drehte den Kopf und sah Brand an. Es war das erste Mal, dachte Edda, dass sie ihm tatsächlich ins Gesicht sah. »Was schert es mich, ob du mir glaubst oder nicht, Weißschopf?«

»Und wer hat sie?«, blaffte Brand ungläubig zurück.

»Oh, ich weiß nicht, wer sie *jetzt* hat«, behauptete Felma. »Das letzte Mal, als ich sie sah, war sie auf Akoban.«

»Und ich brauche diese Karte unbedingt?«, fragte Edda. »Kann ich mir meinen Weg zu den Letzten Inseln nicht erfragen?«

»Deinen Weg dorthin erfragen«, äffte Brand nach. »Sobald du die Grenze zum Teermeer passiert hast, tust du gut daran, niemanden mehr nach irgendwas zu fragen.«

In diesem Punkt schienen sich Brand und die Hexe einig zu sein.

»Wenn du hoch in den Norden willst, brauchst du eine Karte«, sagte Felma. »Kein Weg führt daran vorbei.«

»Aber wie finden andere ihren Weg dorthin? Wenn man eine Karte braucht, um dort hochzufahren, es aber gar keine gibt oder sie seit Jahren niemand gesehen hat, wie finden andere dann die Letzten Inseln?«

»Überhaupt nicht«, antwortete die Hexe knapp. »Niemand fährt dort hinauf. Ich habe es dir gesagt, Mädchen. Nur ein Kopfkranker würde so weit in den Norden fahren.«

»Aber ...«

Die Hexe winkte ab. »Genug Worte für einen Tag, wir müssen auch noch welche für morgen übrig lassen. Hilf mir lieber, die Betten für euch zu richten.«

Was auch immer die Hexe noch wusste, sie würde es für sich behalten, solange Brand sie so aufmerksam beobachtete, als könne er die Worte nicht bloß hören, sondern sehen. Während Edda und Felma sich daranmachten, zwei Lagerstätten aus Decken zu errichten, blieb er auf seinem Stuhl sitzen und warf den Wolfshunden finstere Blicke zu.

»Sturmverfluchte Tölen«, murmelte er.

»Oh, sie wissen, wen sie beißen«, sagte die Hexe, ohne den Kopf zu heben.

Müdigkeit macht das bequemste Bett, hatte Freya oft gesagt, doch obwohl Edda die Erschöpfung noch bis in die Finger und Zehen spürte, fand sie keinen Schlaf. Die Dunkelheit war voller fremder Geräusche, voll von dem rauen Atem der Wolfshunde, dem Knacken des Feuers, leisem Rascheln, wenn Brand oder die Hexe sich bewegten. Edda zog die Knie an, fröstelte, obwohl sie zu dicht am Feuer lag, als dass sie tatsächlich hätte frieren können. Brand hatte sich gerade von einer Seite auf die andere gedreht und leise auf sein Bein geflucht, als Edda verstand. Heimweh. Es war Heimweh. Heimweh nach Colm – nicht nach den Bottichen, den engen Gassen und dem Hafen, sondern nach Ruben und Teofin und Pessa, vielleicht sogar nach Keva, Ilsa, Stine Moot. Es war Heimweh nach Tobin, nach den Abenden, an denen sie Seite an Seite gelegen, sich Achum vorgestellt und über Centria gesprochen hatten, Heimweh nach den Nachmittagen, die sie mit Teofin zusammen in Pessas Küche verbracht hatte, Heimweh nach einer Zeit, in der sie noch nichts vom König der Krähen gehört hatte oder den Letzten Inseln oder einer Fließenden Karte, einer Zeit, in der die größte Gefahr, vor der sie ihren Bruder je hatte schützen müssen, Hans Piel gewesen war.

4
Der Vogel in den Knochen

Edda wurde vom Sonnenlicht geweckt, das durch die geöffnete Tür im breiten Streifen auf ihr Gesicht fiel. Von der Hexe und den Wolfshunden war nichts zu sehen, nur Brand saß am Tisch, das verletzte Bein auf einem Stuhl abgelegt.

Langsam setzte Edda sich auf, rollte die Schultern. Ihre Arme waren träge und schwer, so wie sie es sonst nur von den ersten Arbeitstagen nach den Kaltwochen kannte, wenn die Muskeln noch nicht ans Stampfen gewöhnt waren und man am Ende des Tages glaubte, die Knochen in den Gelenken schaben zu hören. Sie hatte es am Vortag übertrieben, hatte weitergekurbelt, auch als ihre Kraft längst nachgelassen hatte, nur um dem verblüfften Ausdruck auf Brands Gesicht gerecht zu werden.

Eine Weile sah sie ihm dabei zu, wie er den Dreck aus seiner Schuhsohle kratzte. »Wo ist Felma?«, fragte sie schließlich.

Brand zuckte die Achseln »Sucht wahrscheinlich draußen im Schlamm nach Würmern. Das ist es nämlich, was sie sich andauernd ins Maul stopft – getrocknete Würmer.« Er sah von seinem Schuh auf und deutete auf zwei Teller, die vor ihm auf dem Tisch standen. »Schau, neue Köstlichkeiten.«

Edda sah dunkles, bröckliges Brot, bestrichen mit einer Art nussigem Brei. Das Essen schien unangetastet.

»Esst Ihr nichts?«

»Was Hexenhände angefasst haben, hat in meinem Bauch nichts verloren.« Brand rammte das Messer eine Spur zu tief in die Sohle. »Wäre nicht das erste Mal, dass eine Hexe versucht, mich zu vergiften.«

Edda fuhr mit einem Finger über den Tellerrand. »Seid Ihr bereits vielen Hexen begegnet?«

»Genug, um zu wissen, dass man ihnen nicht weiter trauen sollte, als man sie werfen kann. Du bist nicht mehr in deinem Dorf, Grünauge. Hier draußen ist nicht jeder Krüppel, jede Hexe, jeder Kreuzgescheckte dein Freund.«

Edda sog die Unterlippe ein. Weil sie stand und Brand saß, konnte sie auf seinen Scheitel hinabsehen. Sein Haar, matt und verschwitzt, schien an diesem Morgen eher grau als weiß, der helle Strich Haut, wo es sich scheitelte, glänzte hell wie ein Fischbauch.

»Ich gehe ein wenig nach draußen«, sagte sie und griff sich eines der Brote.

»Mach das«, sagte Brand, ohne von seinem Schuh aufzusehen. »Aber nimm dich vor den elenden Tölen in acht, sie sind irgendwo dort draußen.«

Keine Sorge, sie wissen, wen zu beißen, dachte Edda und schlüpfte durch die Tür.

Obwohl sie schon tags zuvor durch den weißen Wald gelaufen war, kam es ihr vor, als sähe sie ihn zum ersten Mal. Zunächst einmal stellte sie fest, dass er so wenig weiß war wie die Silbersee silbern. Sicher, die

Stämme der Papierrindebäume waren weiß-grau, die Blätter der Bäume aber und die dornigen, wild wuchernden Sträucher waren grün, genau wie das Moos und hoch wachsende Gras. Einige Sträucher trugen schwer an leuchtend roten Beeren, und auf dem Boden fanden sich grau-braune Pilze und Blumen in allen möglichen Farben.

Nichts von all dem erkannte sie wieder. Hätte nicht sagen können, ob sie schon einmal über diese Wurzel gestolpert oder an jenem modrig aussehenden Pilz vorbeigelaufen war. Sie war bereits eine ganze Weile einer Gruppe Peki-Äffchen gefolgt, die ihr aufmunternd unverständliche Anweisungen zukreischten, als ihr auffiel, dass sie keinen gesprenkelten Wasserdunst hatte, wo sie war. Oder auch nur aus welcher Richtung sie gekommen war. Langsam drehte sie sich um die eigene Achse. Weiße Stämme überall. Ein Bellen schließlich ließ sie herumfahren. Sie folgte ihm, bis sie das Ufer erreichte, nicht unweit der Stelle, an welcher Brand und sie das Boot festgemacht hatten.

Die Wolfshunde lagen im Halbschatten der Bäume, und die Hexe war hüfttief ins Meer gewatet. Sie hatte ein Netz an ihrem Gehstock befestigt und zog es in träge gleitenden Schleifen durchs Wasser. Als sie Edda bemerkte, kam sie zum Ufer zurück und ließ sich von ihr den Abhang hinaufhelfen.

»Heute Abend werden wir gut essen«, verkündete sie und hielt das Netz in die Höhe. Es war gefüllt mit winzigen zappelnden Fischen und jenem Seegetier, das man in Colm *Meereskäfer* nannte. Tatsächlich waren die gepanzerten Tiere mit ihren Antennen und Scheren und schwarz glänzenden Augen größer als jeder Käfer, den Edda je an Land gesehen hatte, und ihre blind tastenden, dürren Beine erinnerten eher an Spinnen. Als die Hexe Eddas Gesichtsausdruck bemerkte, schnaubte sie heiser.

»Wenn du lieber hungern möchtest, sollst du hungern. Aber keine Sorge, Mädchen, in deinem Bauch werden sie sich nicht mehr rühren, darauf gebe ich dir mein Wort.« Sie sah sich um. »Wo hast du den Weißschopf gelassen?«

»Er ist in der Hütte geblieben. Sein Bein …«

»Besser so«, murmelte Felma und schlug das Netz gegen einen der Felsen. Als sich nichts mehr darin rührte, nickte sie zufrieden. »Du willst also wissen, wer die Fließende Karte hat?«

Edda antwortete nicht. Fragen konnten Fallen sein, versteckte Herausforderungen oder Prüfungen. *Tritt mit Bedacht, gib bei jedem Wort acht*. Es schien unklug, geradeheraus zuzugeben, dass sie tatsächlich gehofft hatte, von Felma mehr zu erfahren. Über die Fließende Karte, Tobin und die Letzten Inseln. Über die Vergangenheit.

»Ich dachte, Ihr wüsstet es nicht«, sagte sie vorsichtig.

Die Hexe sah sie prüfend an. »Wenig von dem, was ich weiß, ist für die Ohren des Weißschopfs bestimmt. Erzähl mir nicht, dass du das nicht schon gestern Abend begriffen hast. Du bist kein Leimkopf; tu nicht so, als ob du einer wärst.«

Schweigend beäugte Edda die reglosen Meereskäfer.

»Ich werde dir sagen, wer die Karte hat«, fuhr Felma fort. »Aber zunächst musst du mir versprechen, dass der Weißschopf nichts davon erfährt. Mir ist gleich, welche Geschichte er dir erzählt, was er dir verspricht, wie er dir droht, die Karte gehört nicht in seine Hände, und ich werde ihm sicher nicht dabei helfen, sie doch noch in die Finger zu kriegen. Also schwöre auf die See.«

»Ich … ich schwöre auf die See«, stammelte Edda.

»Nein, das reicht nicht. Benetz dein Gesicht mit Wasser und schwöre auf die See.«

Edda sah hinüber zu dem trübgrauen Schmutzwasser, das wie mit trägen Tentakeln gegen die Felsen schlug. Scherzte die Hexe? Aber nichts in Felmas Gesicht ließ einen Scherz vermuten. Es war ihr ernst mit Brand. Ernst genug, erinnerte sich Edda, dass sie ihn im weißen Wald hätte verbluten lassen. Teofin, Maron, Felma, sie alle waren sich einig, wenn es um Brand ging. Dabei hatte er sich nichts zuschulden kommen lassen, keinem von ihnen etwas getan. Höflich war er Felma gegenüber nicht, aber war es ein Wunder, dass er sich der Hexe und ihren Hunden gegenüber misstrauisch zeigte?

»Warum ...?«, setzte Edda an und musste erst nach den rechten Worten suchen. »Ihr kennt ihn nicht, wisst nichts über ihn. Warum ist es Euch so wichtig, dass er nicht erfährt, wer die Karte hat?«

»Ich kenne seine Art, das reicht mir«, sagte die Hexe knapp.

Seine Art?

»Bevor wir die Küste verlassen haben«, setzte Edda an, »hat er mich eines Vormittags im Haus meines Vaters aufgesucht und mir eine Geschichte erzählt. Von dem Ort, an dem er aufgewachsen ist, und ich dachte ...« Aber sie konnte sich nicht mehr erinneren, was es war, das sie gedacht, das sie gefühlt hatte, als Brand ihr von Agroth und seiner Kindheit unter den Holzfällern erzählt hatte.

Die Hexe nickte grimmig. »Sicher, er ist einer, der Geschichten erzählt. Aber seine Worte sind aus Glas. Halt sie ins Licht, und du wirst die Sprünge sehen.«

Aber die Hexe lag falsch. Brands Worte, wusste Edda, brauchten kein Licht, ihr wahres Wesen würden sie viel eher im Dunkeln offenbaren.

»Als ich die Karte zum letzten Mal gesehen habe«, sagte die Hexe, nachdem Edda ihr Gesicht mit Wasser benetzt und auf die Silbersee geschworen hatte, »befand sie sich im Besitz eines Mannes namens Trom Gondenberg. Du findest ihn auf Akoban.«

»Ist er ein Händler?«

»Nicht irgendein Händler. Sondern der eine, dem halb Akoban gehört. Es wird nicht leicht sein, ihn davon zu überzeugen, dir die Karte zu geben.«

»Und wenn ich ohne die Karte …? «

»Ohne die Karte kommst du nicht weiter als bis nach Brookstett. Glaub mir, nur ein Leimkopf würde es versuchen.« Felma drehte sich um und pfiff nach den beiden Wolfshunden. »Willst du zurück zur Hütte oder soll ich dir noch aus den Knochen lesen?«

Edda sah die Alte an. In Colm erzählte man sich, dass Hexen die Dinge, die kommen würden, in den Knochen zu lesen vermochten, aber in Colm erzählte man sich schließlich auch, dass die Farbe Rot einen vor allem Unglück schützen würde und dass Teofin humpelte, weil seine Mutter einem Aal in die Augen geschaut hatte. »Könnt Ihr in den Knochen lesen, ob ich Tobin wiederfinden werde?«, fragte sie.

Die Hexe spuckte aus. »Es ist eine Kunst, kein Handwerk. Ich verspreche nichts. Hast du etwas von deinem Bruder?«

Edda schüttelte den Kopf. »Nichts, das Tobin gehört. Aber ich habe das hier.« Sie hielt Felma die Feder entgegen. »Ich fand sie unter seinem Bett, als er bereits verschwunden war.«

Felma nickte knapp und ließ die Feder unter ihrem Umhang verschwinden. »Sie wird nützlich sein. Und keine Sorge, du bekommst sie zurück, sobald wir fertig sind.« Sie schlang sich das Netz über die Schulter und bedeutete Edda, ihr zu folgen. »Wir müssen in den alten Teil des Waldes. Es braucht eine bestimmte Art von Ort, um in den Knochen zu lesen.«

Auch im alten Teil des Waldes waren die Bäume weiß und schmalstämmig, ihre Rinde aber schien schmutzig und alt, und die wenigen Blätter, die sie trugen, knisterten trocken im Wind. Viele Bäume waren entwurzelt worden, als hätte ein Sturm in diesem Inselabschnitt gewütet. Um voranzukommen, mussten sie durch dorniges Gestrüpp und über gleich mehrere modernde Baumstämme klettern. Und als die Hexe verkündete, dass sie ihr Ziel, die Lichtung, erreicht hatten, war Edda außer Atem und verschwitzt. Sie wischte sich den Schweiß von der Stirn und sah zu den Baumkronen auf. Die Lichtung machte ihrem Namen wenig Ehre. Das wenige Licht, das zwischen den dicht stehenden Bäumen hindurchfiel, war fahl und unentschieden.

»Hörst du das, Mädchen?«, fragte die Hexe und tippte mit einem Finger gegen ihr Ohr.

Edda lauschte vergeblich auf einen Vogelruf, ein verräterisches Rascheln, ein Flüstern in den Blättern der Papierrindebäume. Hatten zuvor alle möglichen Geräusche die Luft erfüllt, Zwitschern und Summen und Knacken und Pfeifen und Rufen und Rascheln, war es nun vollkommen still. Keine Vögel am Himmel, keine Äffchen im Geäst, keine Fliegen oder Mücken in der Luft. Auch von den Wolfshunden war nichts zu sehen.

»Die Tiere meiden den alten Teil des Waldes«, sagte die Hexe. Sie führte Edda zu einer Stelle, an der sich die dunkle Erde zu einer Kuhle absenkte. Überall sonst auf der Insel war es wärmer als draußen auf See gewesen, hier aber schien die Kälte aus der Erde selbst aufzusteigen, und als Edda sich neben Felma in die Kuhle setzte, umfing sie die Luft mit einer klamm-kühlen Umarmung.

Aus ihrem Umhang holte Felma ein Stoffbeutelchen hervor. Sie zog die Schnur auf, die es verschlossen hielt, und ließ eine Handvoll bleicher Knöchelchen hinausfallen. Zusammen mit der Feder hob sie die Knöchelchen in den geschlossenen Händen über den Kopf. Ihre Lider senkten sich. Edda spürte, wie sich die Muskeln an ihrem Hals und um ihre Schlüsselbeine spannten, als die Hexe die Knöchelchen von sich fort und in die Kuhle schleuderte. Statt sich zu einem Wort oder Bild zu formen, lagen sie wild und ohne erkennbare Ordnung durcheinander. Die Hexe schien weder überrascht noch enttäuscht. Sie beugte sich vor, krümmte den ohnehin schon krummen Rücken und musterte stumm die Knochen, während ihre Kiefer mahlten. Edda saß still. Versuchte, zumindest still zu sitzen. Verlagerte ihr Gewicht von den Fersen auf die Knie und wieder zurück. Öffnete die Lippen, setzte an zu sprechen und schloss sie wieder. Was sah die Alte? Sah sie überhaupt etwas?

Agnes Piel, erinnerte sich Edda, hatte behauptet, im Wasser der Silbersee sehen zu können, ob diese in den nächsten Tagen Fische bringen würde. Edda hatte jeden, der ihr glaubte, für einen Tumbtaumler gehalten. War sie nun selbst der Tumbtaumler?

»Seht Ihr … seht Ihr Tobin?«, brach es aus ihr hervor.

Die Hexe wiegte sich unschlüssig.

»Du wirst einen Jungen finden«, sagte sie dann. »Einen Jungen, der wie kein anderer Junge ist. Und er wartet bereits auf dich.«

»Tobin ist wie kein anderer Junge«, bestätigte Edda.

»Er wird ein Opfer bringen. Ein Königreich für dich aufgeben.«

Edda schwieg. Tobin hätte jedes Opfer für sie gebracht, aber er würde kaum je in die Verlegenheit geraten, ein Königreich für sie aufgeben zu müssen.

»Was … was seht Ihr noch?«

Doch die Hexe schaute nicht wieder auf die Knochen hinab, sondern

Edda ins Gesicht, und ihr Blick war so eindringlich und prüfend, dass Edda unwillkürlich auswich, auf die schmutzigen Ränder unter ihren Fingernägeln hinabsah.

»Was siehst *du?*«, fragte Felma.

Edda zwang sich die Knöchelchen anzusehen. Was sah sie? Knochen, die über- und nebeneinanderlagen, die sich kreuzten oder berührten, Knochen, die einmal Hühnern gehört hatten oder anderen Vögeln, Knochen, die man gewaschen und poliert und in den Dreck geworfen hatte. Was irgendetwas davon mit der Zukunft zu tun haben sollte, wusste sie nicht.

»Knochen. Ich sehe Knochen. Sonst nichts.«

»Und gibst du dir Mühe, etwas zu sehen?«

»Ich weiß ja nicht einmal, wie …«

»Mach deine Augen auf.«

Edda machte ihre Augen auf. Und kniff sie zusammen. Sie schielte. Sie blinzelte, aber der wahllos zusammengewürfelte Haufen Knochen blieb ein wahllos zusammengewürfelter Haufen Knochen. Bloß eine Feder, bloß ein leicht gebogener Knochen und neben ihm …

Ein Schnabel. Ein Kopf. Flügel. Ein lang gezogener Körper, den die Krähenfeder bildete. Inmitten der Knochen lag der Vogel plötzlich so deutlich vor ihr, als hätte ihn jemand aufwendig und aus unzähligen Puzzlestücken für sie zusammengelegt.

»Da ist ein Vogel.«

»Was für ein Vogel?«

»Vielleicht eine Krähe?«

»Sieht der Vogel für dich wie eine Krähe aus?«

»Ich weiß nicht, wie Krähen aussehen. Ich habe bloß Zeichnungen gesehen.«

»Sieht er für dich aus wie die Zeichnung einer Krähe?«

»Die Flügel sind zu groß.«

»Was du siehst, ist ein Schwan. Ein Silberschwan. Hast du schon einmal von Silberschwänen gehört?«

»Maron sagte, ich sei unter Freunden, wenn ich einem begegnen würde.«

Die Hexe tastete entlang ihres Umhangs, bis zu der langen Messingnadel, die ihn dicht unter ihrem Kinn verschlossen hielt. Sie löste die Nadel und schlug den Stoff auseinander. Knapp oberhalb ihres Schlüsselbeins befand sich eine Tätowierung, der Umriss eines Schwans in der Größe von Eddas Handteller. Die meisten Händler waren tätowiert, und Edda hatte bereits unzählige kunstvolle Zeichnungen auf Armen, Wangen, Hälsen, sogar Beinen und Füßen gesehen. Doch die Tätowierung auf Felmas Haut war weder tintig blau noch schwarz, blutrot oder grün, sondern glänzend silbern wie die Schuppen der Colminfische.

Edda streckte die Hand aus, um den Schwan zu berühren, und zog sie abrupt zurück. Was zum Wassermann war in sie gefahren? In Colm wäre sie nie auf den Gedanken gekommen, eine Fremde ungefragt zu berühren.

»Wofür steht er, der Schwan?«, fragte sie.

»Wenn er etwas mit dir zu tun hat, wirst du es herausfinden. Das sagen die Knochen.« Felma ließ die Tätowierung wieder unter dem dunklen Stoff ihres Umhangs verschwinden. Sie pickte die Feder vom Boden auf und reichte sie Edda. Eins nach dem anderen ließ sie die Knöchelchen in ihrem Stoffbeutel verschwinden. Edda sah ihr regungslos zu. Das war alles? Aber Maron hatte behauptet, dass die Antworten auf ihre Fragen hier draußen lägen.

»Und die Knochen sagen nichts über Tobin?«, vergewisserte sie sich.

»Eine Kunst, kein Handwerk. Ich habe es dir gesagt.«

»Aber was ist mit … mit den Letzten Inseln? Wenn die Knochen nicht mehr über sie sagen, dann müsst Ihr mir etwas erzählen. Was ist dort, wer ist dort?«

»Ich habe nichts zu schaffen mit den Inseln des Nordens, Kind. Mehr als zwanzig Jahre sind verstrichen, seitdem ich zum letzten Mal oben im Teermeer war.«

»Und … und die Feder?« Die Ungeduld ließ Edda schnell und harsch sprechen. »Erkennt Ihr sie? Wisst Ihr, wem sie gehört?«

»Einem, den sie dort oben Herr der Moore nennen.«

»In Colm habe ich gehört, er heiße König der Krähen.«

»König der Krähen, Herr der Moore. Dir werden noch viele Namen begegnen, und irgendwann wirst du den tatsächlichen hören. Aber ich weiß weniger über die Letzten Inseln und jene, die dort leben, als du es dir erhoffst. Früher bin ich viel gereist, inzwischen aber verlasse ich Ootland kaum noch.«

Felma schien sich an ihrem Stock in die Höhe ziehen zu wollen, doch Edda packte sie schnell beim Handgelenk.

»Maron hat mir gesagt, dass ich hier draußen Antworten finden würde. Dass Ihr mir nicht bloß mehr darüber sagen könnt, wo Tobin jetzt ist, sondern auch über die Zeit bevor … bevor wir beide nach Colm kamen.«

Langsam schüttelte die Hexe den Kopf. »Manche Geschichten können nicht so einfach erzählt werden, Mädchen. Man muss für sie kämpfen, für sie bluten, für sie reisen, fürchten und hoffen und suchen und finden und wieder verlieren. Deine Geschichte ist eine solche Geschichte.«

Edda schwieg. Sie hatte vielleicht nicht geblutet, nicht gekämpft, aber sie war aufgebrochen! War weiter gekommen als nur ein einziger Fischer Colms, als all die Jungen und Mädchen, mit denen sie jahrelang an den Bottichen gestanden hatte. Dasselbe Zittern, das sie schon auf Achum erfasst hatte, ergriff sie – nein, kein Zittern, ein Schauer, Hunderte heiße Nadelstiche, die vom Nacken den Rücken hinabwanderten.

»Du hast dir den Namen des Mannes gemerkt, den du in Akoban finden musst?«, fragte die Hexe, während sie die Knöchelchen eines nach dem anderen in ihrem Beutel verschwinden ließ.

»Trom Gondenberg.«

»Gut. Hier ist noch ein Name für dich: Gunnert auf Norderness.«

»Nach ihm muss ich suchen?«

»Nicht suchen, nein. Du wirst ihm begegnen, wenn es an der Zeit ist. Und er wird dir eine Geschichte erzählen. Vielleicht ist es die, die du hören willst.«

»Gunnert auf Norderness.« Edda flüsterte den Namen, sie wusste, dass sie keine Schwierigkeiten haben würde, ihn sich zu merken. Sie trug ihn auf der Haut tätowiert in silbern schimmernden Zeichen, die niemand außer ihr selbst je würde lesen können.

5
Weißdorn und Bittersüßer Nachtschatten

Trotz Felmas Salbe heilte Brands Bein nur langsam, und Brand machte keinen Hehl daraus, dass ihm jede Stunde, die er länger auf der Insel der Hexe verbringen musste, zuwider war. Er weigerte sich zu essen, was immer Felma zubereitete, und sobald sein Bein es erlaubte, verschwand er im Wald, um sich seine eigenen Vorräte zu suchen. Das erste Mal, als er sich ohne Wort des Abschieds davonstahl, war Edda sicher, dass er sich klammheimlich mit dem Boot davongestohlen hatte. Sie rannte durch den Wald, hielt nicht inne, bis sie ihn am Ufer entdeckte, wo er sie mit einem knappen, ungehaltenen Blick bedachte und dann weiter auf die See hinausstarrte.

Felma zufolge sagten die Knochen, dass Brand und Edda die Insel gemeinsam verlassen würden, aber Edda teilte Felmas Vertrauen in die Knochen nicht. Sie hielt es für möglich, dass Brand, sobald er der Meinung war, sich vom Angriff der Wolfshunde erholt zu haben, davonstehlen würde. Wenn sie ihn nicht sehen konnte, nicht wusste, wo er war, konnte sie vor Unruhe nicht stillsitzen. Um sie abzulenken, führte Felma sie durch Ootlands Wald, zeigte ihr die Beeren an den Sträuchern, die Kräuter im Garten, brachte ihr bei, wie man eine Paste zubereitete, die Wunden schneller heilen ließ. Edda lernte, dass Drillkraut, welches man an der Küste nur als Unkraut kannte, jenen Speisen, denen man es hinzugab, das Gift entzog. Sie lernte von den Gefahren des Rotstrauchs und der Heilwirkung der Knorrwurzel. Sie lernte, wie man giftigen Nachtschatten von der bekömmlichen Barnbeere unterschied und dass man die winzigen Vögel mit dem weißen Gefieder Stieflinge nannte, weil sie ihre Eier in den Nestern anderer Vögel ablegten und von ihnen großziehen ließen. Sie lernte, dass es gefährlich war, von den Blüten des Weißdorns zu essen, ohne sie vorher einzukochen, da sie Bauchkrämpfe auslösten. Und sie lernte, dass eine Frau, die ein Kind trug, es vermutlich verlieren würde, sollte sie von ihnen essen.

»Meine Schwester besitzt einen ganzen Sack getrockneter Weißdornblüten«, sagte Felma knapp.

»Ich dachte, sie verkauft den Frauen Liebestränke«, murmelte Edda.

»Liebestränke …« Felma spuckte aus. »Bist du meiner Schwester nicht begegnet?«

Bald war Eddas Kopf zum Bersten gefüllt mit Wissen über bittersüßen Nachtschatten und Weißdorn, Birkenrinde, Drillkraut, die Peki-Äffchen. Laut Felma lernte sie schnell – ein Umstand, der wohl keinen mehr verwunderte als Edda selbst.

Die Frauen Colms, allen voran Freya, waren sich immer einig gewesen, dass man Wissen in Eddas Kopf gießen konnte wie Wasser in einen Eimer mit Leck und ähnlich viel Gutes dabei herauskam. Aber auf Ootland fiel es ihr leicht zu lernen. Das Wissen, das sie hier erwarb, würde ihr draußen auf den Inseln womöglich das Leben retten. Oder Tobin, wenn sie ihn fand.

Obwohl sie gern Zeit mit Felma verbrachte, sogar ihre Furcht vor den Wolfshunden verloren hatte, war sie erleichtert, als Brand verkündete, sein Bein sei gut genug verheilt, dass sie aufbrechen könnten. Es gab bloß einen Grund, aus dem sie auf Ootland war. Sie war nicht hier, um mehr über Pflanzen und Beeren zu lernen, sie war nicht wegen Felma, der Äffchen, der Hunde hier, nicht einmal, weil sie Colm mit seinen Bottichen und Fischersfrauen hatte zurücklassen wollen. Sie war hier, um ihren Bruder zu finden.

***

Sie brachen früh am Morgen auf. Felma schnürte Edda zum Abschied ein Päckchen mit Wurzelscheiben und Drillkraut, eingelegtem Krebsfleisch, einem Laib ihres dunklen bröckligen Brotes und einer Paste aus zerriebener Knorrwurzel und brachte sie hinunter zum Ufer. Dort angelangt, nahm sie Edda beiseite. Brand wartete am Boot – nicht ohne ihnen verdrossene Seitenblicke zuzuwerfen.

»Bald hast du sie ganz für dich allein, Weißschopf!«, rief Felma Brand zu und zog Edda den Strand hinunter, bis sie in der Brandung standen und das Rauschen des Wassers wie ein Wall zwischen ihren Worten und Brands Ohren lag.

»Werd ihn los«, sagte sie, »und zwar so schnell wie möglich.«

Edda nickte ohne rechte Überzeugung. Die Hexen liebten es, sie vor Brand zu warnen, ohne ihr dabei aber zu verraten, wie sie ohne seine Hilfe durchs Inselreich reisen sollte. Felmas knochige Finger schlossen sich eine Spur fester um ihren Unterarm.

»Du passt nicht auf, Mädchen«, sagte sie scharf. »Willst von den Letzten Inseln hören und Silberschwänen und der Fließenden Karte?

Nichts davon hat dich so sehr zu interessieren wie der Weißschopf. Finde heraus, woher er kommt und wohin er will.«

»Er kommt aus Agroth und er will nach Akoban.«

»Du weißt, dass weder das eine noch das andere stimmt.«

Edda presste die Lippen zusammen, um nicht zu widersprechen. Sie machte bloß einen Tumbtaumler aus sich, wenn sie es versuchte. Irgendwann in den letzten Tagen, vielleicht kurz nachdem sie die Küste verlassen hatten, war sie zu dem Schluss gekommen, dass Brand sicher nicht der Sohn eines Holzfällers war.

»Grünauge!«, erklang ungeduldig Brands Stimme. »Muss ich das Boot allein ins Wasser schieben oder möchtest du helfen?«

»Ich muss gehen«, sagte Edda, doch bevor sie sich abwenden konnte, zog die Hexe sie in eine schnelle, feste Umarmung. »Such dir Freunde, Mädchen, und such sie dir bald. Die Feinde finden dich schnell genug.«

***

Unvermutet setzte ihr Windglück ein; das zeigte gleich ihr erstes Stundenhalb auf See. Der Vormittag verstrich, ohne dass einer von beiden hätte kurbeln müssen, und Brand am Bug betrachtete die See so zufrieden, als sei sie sein eigener gut bestellter Acker. Es war sonderbar, doch je länger sie ihn kannte, umso mehr schien es Edda, dass Brand zwei Menschen in sich trug, und der eine war wortkarg, missmutig und geheimniskrämerisch, und der andere war geradezu geschwätzig, ein Freund ausgedehnter, wenig zweckmäßiger Unterhaltungen. Auf Ootland hatte Brand kaum mehr als ein gutes Dutzend Worte gesprochen, die übrigen musste er angesammelt, an einem geheimen Ort in seiner Kehle aufbewahrt haben. Nun brachen sie in einem Schwall aus ihm hervor, und wie so oft fiel es Edda schwer, Schritt zu halten, seiner ziellos wandernden Rede zu folgen.

Zunächst erzählte Brand von den Westinseln, auf welchen er guten Wein getrunken hatte, von Barkum und Bregnon, Inseln, auf denen er oft gewesen war und vorzüglichen Schafskopfeintopf gegessen hatte. Er sprach von Akoban, der unerträglichen Hitze dort, den Mücken und den aufdringlichen Straßenkindern. Ein gutes Stundenzehntel lang beschrieb er ein Paar heller Lederstiefel, das er im letzten Winter auf dem Markt von Akoban erspäht hatte. Nachdem er lange und ausgiebig gesprochen hatte, über das, was er mochte, wandte er sich mit noch größerer Hingabe dem zu, was er verabscheute: den Hexen. Sobald eine Hexe den Mund öffne, falle ihr ein fauliger Zahn oder eine Lüge heraus, erklärte er. Im ganzen Inselreich seien sie bekannt dafür, Gift in ihr Essen zu mischen und es Fremden anzubieten. Sie selbst ernährten sich von Würmern, Spinnen und Nachtfaltern. Und wuschen sich nie.

»Das ganze Inselreich ist wegen einer Hexe vor die Faulsümpfe gegangen«, erklärte er schließlich.

Der Blick, mit dem er Edda bedachte, war gleichzeitig prüfend und schwer von unbestimmter Bedeutung. Auf diese Weise, wusste Edda, sah er sie immer dann an, wenn er herausfinden wollte, ob sie verstand, wusste, wovon er sprach.

Edda nickte vage.

»Ich spreche von der großen Splitterung«, setzte Brand ungeduldig nach. »Du bist zu jung, um es zu wissen, aber es war nicht immer so, wie es jetzt ist, Grünauge. Früher, als ich so alt war wie du, konnte nicht jeder Verrückte, der auf einem staubigen Hügel hockte, ihn auch zu seinem Königreich erklären. Es gab Gesetze, es gab Strafen. Regeln, an die man sich hielt. Es gab eine Ordnung.«

»Und das alles ist jetzt anders wegen einer Hexe?«

Wenn Edda eines gelernt hatte, dann dass eine einzelne Frau – mochte sie eine Hexe sein oder nicht – in der Welt wenig ausrichten konnte. Es schien unwahrscheinlich, dass die Dinge im Inselreich so viel anders lagen als an der Küste.

»Es ist nie klug, Hexen zu unterschätzen. Wenn sie sich etwas in den Kopf gesetzt haben …« Wieder bedachte er sie mit demselben prüfenden Blick. »Du weißt nicht, wovon ich spreche? Du hast noch nie die Geschichte der drei Schwestern gehört?«

»In Colm beten wir zu den zwei Schwestern, Agatha und L …«

Brand fuhr ungeduldig mit der Hand durch die Luft, ließ keinen Zweifel daran, dass er mehr über Colm wusste, als er je hatte wissen wollen.

»Und diese Hexe …?«, setzte Edda an.

Doch Brands gesprächiger Moment war vorübergezogen wie die Wolken am Himmel.

»Du wirst dir schon einen anderen Leerkopf suchen müssen, wenn du mehr über sie hören willst. Ist kaum meine Aufgabe, dir die Welt zu erklären, was?«

Er holte einen Beutel aus seinem Rucksack und öffnete ihn. In seine linke Hand ließ er ein gutes Dutzend Beeren fallen, bei denen es sich um bittersüßen Nachtschatten zu handeln schien. Sie sog ihre Unterlippe ein, rang mit sich, bevor sie sprach. »Die sind giftig, ich würde sie nicht essen.«

»Für Hexen vielleicht«, antwortete Brand und steckte sich gleichmütig eine Handvoll Beeren in den Mund. Dann legte er den Kopf in den Nacken und schirmte seine Augen mit dem Unterarm ab. Was auch immer es weiter zu erzählen gab, über drei Schwestern und eine Hexe, die auf eigene Faust ein Königreich zerstört hatte, Edda würde es so schnell nicht erfahren.

***

Am frühen Nachmittag zogen Wolken auf. Zunächst bloß vereinzelte, harmlos wirkende, bauschig weiße Gebilde. Sie schlossen sich zusammen, trieben lautlos ineinander und drängten das hellere Blau des Himmels ab. Irgendwann verschwand die Sonne und tauchte nicht wieder auf, und als Edda den Kopf hob, bemerkte sie, dass sich unter die hellen Wolken auch graue gemischt hatten. Dunkelgraue. Solche, die eher schwarz als grau waren. Sie sah das Schwarz, spürte den Wind, aber erst die Unruhe im Wasser, ein verdächtiges Zuviel an Bewegung, verriet ihr, dass sich etwas aufbaute, in den Tiefen der See und hoch über ihren Köpfen. Hatte Brand die Wolken bemerkt und die Bewegung im Wasser? Weil er mit dem Rücken zu ihr stand, konnte sie nicht in seinem Gesicht lesen. In seinen Schultern zumindest schien keine Spannung zu liegen, und seine Hände bewegten sich ruhig, während er ausgiebig und umständlich Bents Fernrohr reinigte. Nun, warum sollte er auch beunruhigt sein? In Colm hatte Edda die Fischer von Wellen sprechen hören, die hoch waren wie Häuser, sich auftürmten wie Berge. Die Wellen um sie herum erinnerten eher an Hügel.

Nur dass sie das Boot im Grunde nicht länger schaukelten.

Sondern stießen und schubsten, zogen und zerrten.

In der Ferne erklang ein dumpfes Dröhnen, ein Laut, der nur leise schien, weil er aus großer Entfernung kam. Schützend riss Edda die Hände über den Kopf, wie ein Kind, das sich hinter den eigenen Armen verstecken wollte. Aber was blieb hier draußen auch anderes? In dem weiten feindseligen Grau war man nichts, das lehrte einen die See mit ihrer Größe, ihrer Tiefe, ihrer Gewalt. Sie zwang sich, die Arme sinken zu lassen. Sah auf, rechnete mit einem spöttisch herablassendes Grinsen Brands, doch der war noch immer mit dem Fernrohr zugange.

Sie setzte ihren Rucksack auf. Unter einem Rucksack konnte man sich ähnlich gut verstecken wie hinter den eigenen Armen, und Brand würde nicht gleich bemerken, was sie tat. Der zornige Himmel über ihnen war inzwischen von einem so satten tintigen Blau, dass die Farbe auf sie herabzutropfen drohte. Und dann fiel tatsächlich der erste Tropfen, traf Edda mitten auf der Stirn. Die See schien nach ihr zu greifen! Aber gegen einen Sturm konnte man weder kämpfen noch vor ihm davonlaufen. Also duckte Edda sich, starrte die Planken an, die Maserung des Holzes, die Nägel, die vor Jahren ein Fischer aus Colm hineingeschlagen hatte. Wahrscheinlich Jeppe. Vielleicht Ruben. Sie begann, die Nägel zu zählen. Acht, neun, zehn ... Tropfen liefen ihr über die Stirn, die Brauen, bis in die Augen, sie verzählte sich. Brand neben ihr fluchte leise, und alle Zahlen fielen ihr klirrend aus dem Kopf.

»Wir hätten Barkum längst erreichen müssen. Wo sind die sturmverfluchten Inseln?«

Seine Stimme verriet ihr alles, genau wie seine Hände, die das Fernrohr eine Spur zu fest griffen.

Eine hohe Welle schlug gegen das Boot und ging in einem schäumend weißen Regen auf sie herab. Mit einem Satz war sie auf den Füßen. Brand kam ähnlich schnell auf die Beine. Sie sahen einander an, während der Regen zwischen ihnen auf die Planken prasselte.

»Wir brauchen eine Insel«, sagte Brand.

Sie nickte, als hätte er ihr eine Aufgabe erteilt. Als müsste sie nur gewissenhaft nach einer Insel suchen, um sie zu entdecken. Aber sie konnte sich um die eigene Achse drehen, so oft sie wollte: Da waren keine Inseln, sondern bloß die Wellen, die den Bug anhoben und niederdrückten, da war bloß der tintenblaue, wasserspeiende Himmel über ihnen und all das, was sich dem Auge entzog, Dröhnen und Rauschen und plötzliche Böen von Kälte, und der Wind, der wie die unsichtbare Hand eines Riesen über die Wellen strich. Gäbe es eine Insel in ihrer Nähe, würde der Regen sie inzwischen wohl verborgen halten. Er fiel längst nicht mehr in Tropfen, sondern in grau funkelnden Fäden, die sich wie Spinnennetze vom Himmel zum Wasser sponnen. Das Haar klebte Edda an der Stirn, das Hemd an der Haut. Die Fäden reihten sich dichter, schlossen sich zu Schleiern zusammen. Es donnerte erneut, und der Donner war wie kein Donner, den Edda in Colm, an der Küste, an Land je gehört hatte. Er ging durch die Knochen, durchs Rückgrat, schwang in ihrem Schädel nach. Ein Blitz fraß sich in das Tintenblau, wuchs wie ein kopfüber stehender Baum von oben nach unten und streckte seine fein verästelten Zweige nach dem Wasser aus, um die See zu entzünden. Das Boot ächzte, während die Wellen sich aufbäumten, es schlingern, beinahe kippen ließen. Die nächste Welle griff an, und Edda wurde von der Bank gerissen und gegen die Tür der Kurbelkammer geschleudert. Ihr Kopf schlug gegen das Holz, und hinter ihren Augen blitzte es. Einen Herzschlag lang brannte ihr Schädel lichterloh von innen her, dann wurde es dunkel – und gleich wieder hell.

Sie lag auf den nassen Planken, Brand saß neben ihr und zog sie an den Schultern hoch, bis sie aufrecht saß. Ihre Gedanken schlingerten zusammen mit dem Boot, ihr Hinterkopf pochte dumpf, und sie hatte keine Worte. Flogen sie? Schwebten sie? Fielen sie?

»Das Boot wird nicht halten!«, schrie Brand.

Das Boot wird nicht halten?

»Was … was hält das Boot nicht?«, schrie sie zurück. Sie lallte. Sonderbar. In ihrem Kopf hörte sie die Worte klar und deutlich, aber über die Zunge gingen sie ihr nur ruckelnd.

»Das Boot wird kippen, Makri!«

»Aber … ich … ich kann nicht schwimmen!«

»Du musst … du musst dich festhalten, an irgendwas!«, rief Brand und zog sich an der Außenwand der Kajüte in die Höhe.

Festhalten? War er kopfkrank? Sie sah sich selbst, wie sie nach den Wellen griff, sich an einem Drachenrochen festklammerte.

»Ich kann nicht schwimmen!«, schrie sie erneut, weil es mit einem Mal die einzigen Worte in ihrem Kopf waren, weil sie wusste, dass sie sterben würde, und dieses Wissen alle anderen Worte verstummen ließ.

Die nächste Welle ließ sie hüpfen. Löste sie von der Welt, einen Wimpernschlag lang waren sie frei fliegend wie ein Vogel. Nur dass ihnen die Flügel fehlten. Krachend stürzt das Boot hinab. Holz traf auf Stein, raukantigen Fels, verborgen unter Wasser, und Edda hörte ein knirschendes Knacken, fühlte den Aufschlag, heftig und dumpf, als hätte jemand dem Schiffsrumpf von unten einen Tritt verpasst. Sie begriff, noch bevor sie den Riss sah, das Wasser, das hindurchquoll wie Blut aus einer frischen Wunde. Sie öffnete den Mund, aber ihr Verstand wollte keine anderen Worte formen als dieselben wie zuvor: *Ich kann nicht schwimmen*. Die See hob sie ein weiteres Mal an, und die Zeit stand still. Alles hielt inne, das Boot, Eddas Herzschlag, die Wellen und der Wind und jeder einzelne Tropfen in der Luft.

Dann kippten sie.

Edda fiel. Ruderte mit den Armen und Beinen, schlug wild und nutzlos um sich. Sie konnte so wenig fliegen wie schwimmen.

Die See umfing sie wie eine große Dunkelheit. Und in der Dunkelheit gab es kein Oben, kein Unten, es gab bloß einen Sog, eine unwahrscheinliche Kraft, die wie nichts war, das je auf Edda gewirkt hatte. Sie ergab sich der See, die sie umherwirbelte, meilentief hinabzuziehen schien. Doch statt auf dem Meeresgrund aufzuschlagen, brach sie durch das Wasser zurück an die Luft. Ihre Augen brannten, als hätte man Colmin hineingekippt, ihre Lungen, als hätte man sie mit Drahtwolle gescheuert. Sie konnte nichts sehen! Ein Schrei entfuhr ihr – und brach ab, als ihr neues Wasser ins Gesicht klatschte. Es schmeckte nach Metall, nach Blut, nach Tod, es ließ sie wissen, dass sie sterben würde, hier draußen, während Wolkengebirge grollten und Blitze gleißend feine Muster in den Tintenhimmel zeichneten. Sie würde sterben an diesem Ort ohne Namen, unzählige Meilen von der Küste entfernt, von dem Haus, in dem sie aufgewachsen war, von Ruben, Teofin, Pessa, unzählige Meilen von Tobin entfernt, der für immer auf sie warten und nie erfahren würde, dass sie sich auf den Weg zu ihm gemacht hatte.

Etwas traf sie mitten auf die Brust, und die Wucht des Aufpralls trieb ihr die Luft aus den Lungen. Sie rang um Atem, während ihre Hände blind tasteten, etwas zu fassen bekamen, sich festkrallten. Sie fühlte feuchtes Holz. Das Boot! Es musste das Boot sein – zumindest ein Teil des Bootes, die Planken, in welche Jeppe oder Bent oder Ruben vor einer halben Ewigkeit Nägel hineingeschlagen hatten. Sie hievte sich auf das rutschige Holz, zog sich mit letzter Kraft ganz auf die Planken. Unter ihr wogte weiter die See, aber die Wellen kamen und gingen, ohne sie hinabzuziehen. Die Welt nahm allmählich wieder feste Form an. Edda sah den spinnfädrigen Regen, sah einen Teil der Kurbelkammer auf den Wellen treiben, nur Brands weißen Haarschopf konnte sie nirgendwo entdecken. Er musste irgendwo dort draußen sein! Sie löste eine Hand, rieb sich mit der Faust die Augen, sah ein Licht, einen vereinzelten, gleißend hellen Punkt, der auftauchte, verschwand und wieder auftauchte. Sie riss einen Arm in die Höhe, schwenkte ihn vor und zurück, wollte schreien, aber aus ihrer Kehle kam nur ein heiseres Krächzen.

»Hier drüben ist ein Mädchen!«, rief jemand.

Es gelang ihr nicht, den Kopf zu heben, zu antworten. Jede weitere Welle spülte ihr neues Wasser ins Gesicht, scheuerte über ihre Haut, ließ sie schlucken, husten, würgen. Sie riss die Augen auf, sie durfte sie nicht schließen, sich nicht davontreiben lassen, durfte das Holz nicht loslassen. Sie dachte an Felma und Felmas Salben, begann die Zutaten ihrer Wundheilsalbe aufzusagen: Knorrwurzel und Rosmarin und Fett und ... Das Wasser war nicht länger kalt. Da war eine Wärme, eine prickelnde Hitze in ihren Gliedern, und die Hitze brachte Dunkelheit, und aus der Dunkelheit wuchsen zwei Arme, zwei Hände, die ein zur Schlaufe geknotetes Seil hielten.

»Streif dir das Seil über, wir ziehen dich hoch.«

Mühevoll hob Edda die bleischweren Arme, ihre steif-tauben Finger nestelten ungeschickt an dem Seil. Es brauchte drei Anläufe, bis es ihr gelang, sich die Schlaufe über den Kopf zu streifen, erst den einen, dann den anderen Arm unter dem Seil hindurchzuzwängen.

Dann wurde sie in die Höhe gezogen, das Seil schnitt ihr in Achseln und Arme, und die See gab sie zögerlich frei, hielt noch fest an ihren nassen Hosenbeinen, ihren Füßen. Ein schmerzhafter Ruck ging durch ihre Schultergelenke, und sie wurde über die Reling gezogen. Schlug dumpf auf. Blieb still liegen, und die Planken waren unter ihr, und unter den Planken toste die Silbersee, und über ihr brüllte der nachtschwarze Himmel.

6
Die Fischer von Halv

Es war die Tür, die ihn rettete.

Brand mochte ein guter Schwimmer sein, aber die Wellen gingen so stark, das Wasser war so kalt, dass er ohne die Tür ertrunken wäre. Eine Tür im Meer! Natürlich: Er selbst hatte sie unzählige Male geöffnet und geschlossen. Sie gehörte zur Kurbelkammer und musste aus den Angeln gerissen worden sein. Zunächst fanden seine Finger keinen Halt, rutschten immer wieder auf dem nassen Holz ab. Die nächste Welle überraschte ihn, packte ihn und zog ihn unter die Tür. Dort schlug er mit dem Schädel gegen das Holz, und in seinem Verstand tat sich ein Abgrund auf, bodenlos wie der große Schlund. Nichts leichter als hineinzugleiten, sich zu verlieren in der Finsternis. Aber er kämpfte sich zurück ins Bewusstsein, an die regengetränkte Luft, und dieses Mal gelang es ihm, sich auf die Tür zu hieven. Mit dem ganzen Körper zog er sich auf das Holz, streckte Arme und Beine aus, klammerte sich an die Außenkanten der Tür wie ein hartnäckiger Seestern. Seine Wange presste gegen das Holz, Metallwasser umspülte sein Gesicht, drang ihm in Mund und Nase. Er presste die Lippen zusammen, schluckte so wenig Wasser wie möglich, richtete sich vorsichtig auf, ohne die Kanten loszulassen. Wo war das Boot? Er konnte es nicht mehr sehen, dabei hatte er es doch erst wenige Augenblicke zuvor erspäht. Es musste von Barkum oder Bregnon gekommen sein, irgendwer hatte wohl bemerkt, dass sie sich in Seenot befanden. Brand stemmte sich noch weiter in die Höhe, schaute erst über die linke, dann über die rechte Schulter. Nichts. Doch gerade, als er sich wieder zurücksinken lassen wollte, lüpfte sich der Regenschleier und gab den Blick auf das Boot frei: Wie ein träges Seeungeheuer, ein unentschlossener Königskraken hing es in den Wellen. In welche Richtung bewegte es sich? Bewegte es sich überhaupt? Er konnte es so wenig sagen, wie er wusste, ob er noch genug Kraft haben würde, den Arm zu heben und zu winken. Ob sie ihn überhaupt sehen würde. Zögernd löste er die Hand von der Tür, als ein Blitz den Himmel erhellte und die Welt mit gleißendem Licht flutete.

Das Boot war nicht länger bloß ein Schemen, ein ungefährer Umriss hinter den Regenfäden: Brand erkannte Gestalten an Bord, die beiden Masten, die Wanten und Wulingtaue, das Segel.

Das Emblem auf dem Segel.

Er hatte kein Emblem erwartet. Weder Barkum noch Bregnon besaßen eines, die meisten Boote der Westinseln fuhren unter schmucklos weißen Segeln, doch das Segel, das Brand nun vor sturmdunklem Himmel sah, war weder schmucklos noch weiß. Auf dem grauem Grund prangte eine schwarze Harpune.

Die taube Kälte hatte ihn träge gemacht, nicht nur in den Gliedern, sondern auch im Kopf und Herzen, doch als er die Harpune der Fischer von Halv sah, spürte er sein Blut wieder schnell und dunkel pulsen. Die Fischer von Halv. Aber dann tat er gut daran, weder zu rufen noch zu winken, stillschweigend auf der Tür zu verharren und zu hoffen, dass er die Nacht so überlebte. Und vielleicht würde sich die Tür öffnen, um ihn hinein- oder etwas anderes herauszulassen. Was mochte auf der anderen Seite warten? Finstertentakel und Drachenrochen und Wassermänner? War es seine Mutter? Jahrelang hatte er nicht an Notje gedacht. Aber vielleicht war es nur richtig, dass am Ende alle Gedanken wieder zum Anfang zurückkehrten. Also dachte er an den Anfang, dachte an die Hütte auf Bal Okren, an die Flucht, die sie fort von Bal Okren geführt hatte, und die Flucht, die sie Jahre später zurück nach Bal Okren geführt hatte. Eines von Notjes Liedern lag ihm in den Ohren. Er hörte die Abfolge an Klängen deutlich, aber als er versuchte, sie selbst zu summen, da fand er die richtigen Töne nicht, und dann war er nicht einmal mehr sicher, ob es überhaupt seine Mutter gewesen war, die gesummt hatte. Endlich lockerten sich seine Finger. Ihm war entweder sehr kalt oder überhaupt nicht mehr kalt. Niemand summte mehr. Es war still. Er konnte die See nicht mehr hören und auch nicht den Regen. Da war bloß das Geräusch einer Tür, das Knirschen der Scharniere, als sie sich öffnete, in großer Ferne oder gleich unter ihm. Ein Lichtstrahl streifte sein Gesicht. Er öffnete die Augen. Eine Öllampe schien frei schwebend in der regengepeitschten Gewitterluft zu tanzen. Brand sah einen Arm, einen Umriss, eine Gestalt, die sich über die Reling eines Bootes beugte und rief: »Hier ist noch einer!«

***

Sie legten ihn auf den Planken ab, unweit von Grünauge, die sie kurz vor ihm aus dem Wasser gefischt haben mussten. Sein Körper war taub, die Zehen konnte er nicht mehr fühlen, die Finger kaum bewegen.

Regungslos starrte er in den Himmel, der unermüdlich Wasser nachgoss, als sei die Welt nicht schon längst übervoll davon. Tropfen trafen auf sein Gesicht, prasselten auf seine Stirn, seine Nase, seinen Mund. Er ließ es geschehen, bis ihn die einzelnen Tropfen schmerzten, wie Kieselsteine, die aus großer Höhe auf ihn hinabgeworfen würden. Mühsam drehte er den Kopf. Ein Fischer, ein Kahlkopf, dem die halbe Nase fehlte, stand breitbeinig einige Schritte entfernt und musterte ihn wachsam. Brand senkte die Lider, gerade weit genug, dass seine Augen geschlossen schienen. Abgesehen von dem Kahlkopf schien keiner der Männer an Bord ihm besondere Aufmerksamkeit zu schenken, trotzdem gab er weiter vor zu schlafen, beobachtete das Geschehen zwischen gesenkten Wimpern hindurch. Mit Grünauges Leuten, den Colmer Fischern, hatten die Fischer von Halv etwa so viel gemein wie ein Finstertentakel mit einem Seestern. Es fing schon mit ihrer Erscheinung an: Unter ihnen gab es keinen, dessen Körper nicht entstellt war. In seinem Leben war Brand noch keinem Halver Fischer begegnet, dem nicht ein Bein oder ein Arm, die Ohren oder die Zähne fehlten. Die meisten humpelten oder hinkten. Bis auf die Verletzungen und Narben, die sie von ihren unzähligen Plünderzügen davongetragen hatten, unterschieden sich die Männer untereinander kaum: Ihre Schädel waren geschoren, die Gesichter wettergegerbt und narbig, Hosen und Westen waren aus schwarzem Leder, das der Regen glänzen ließ wie Käferpanzer. Tätowierungen schmückten ihre Wangenknochen und Hinterköpfe, Hälse, Unter- und Oberarme, Hände und Finger. Gut sichtbar trugen die Fischer ihre Geschichten auf den eigenen Leibern, blau-rot-grün-schwarze Chroniken ihrer Herkunft, ihrer Kämpfe, ihrer Triumphe, ihres Scheiterns. Würde man ihnen nahe genug kommen, könnte man wohl die ganze bildreiche Erzählung ihrer Vergangenheit vom Knöchel bis zum Nacken hinauf betrachten: aufgewachsen auf den Bracke-Inseln oder einem ähnlich hoffnungslosen Ort, verkauft an die Kampfgruben von Vin-Lu, irgendwo dort auf Kurtz gestoßen, angeheuert oder weiterverkauft oder einfach mitgenommen worden.

Einer der Fischer kniete sich neben Brand auf die Planken, um eine Leine, die sich gelockert hatte, festzuknoten. Er saß dicht genug, dass Brand die Tätowierung auf seinem Arm erkennen konnte. Es war eine Spielerkarte, eine der höchsten, der Buchstabe Gant.

Der Fischer erhob sich und kehrte zu den anderen zurück. Brand hatte ihn zunächst für den Ranghöchsten an Bord gehalten, doch je länger er die Fischer beobachtete, umso mehr fiel ihm einer ins Auge, den sie Olaf nannten. Er besaß noch alle vier Glieder und beide Augen, aber ein Ohr fehlte zur Hälfte, war zerfledert und angerissen, als hätte ein kleines Tier daran genagt, und eine breite Narbe zog sich von der Nasenwurzel quer über seine Stirn. Der Schädel unter der Haut schien gespalten worden und war sonderbar zusammengewachsen, sodass seine Augenbrauen nicht auf gleicher Höhe saßen. Die anderen Männer ordneten sich wie selbstverständlich um Olaf herum an, folgten seinen stummen Anweisungen. Über die Fischer von Halv sagte man, dass sie die See bei Sturm verstanden, wie es sonst keiner tat, und tatsächlich sah Brand keine kopflose Unruhe, keine Eile, während die Männer sich auf Deck bewegten. Sie brüllten sich keine Befehle zu, jeder Einzelne von ihnen schien auch so zu wissen, worin seine Aufgabe bestand. Als sie das Boot sicher in den bescheidenen Halver Hafen – kaum mehr als zwei Stege – gelenkt hatten, versammelten sich die acht Männer um Olaf.

»Wir bringen sie hoch«, sagte der in breitem Brackisch. »Er wird entscheiden, was zu tun ist. Barik, du trägst das Mädchen!«

Der Mann mit der Spielerkarte auf dem Arm packte sich Grünauge und warf sie sich wie einen Sack toter Fische über die Schulter. Grünauge schien noch immer ohne Bewusstsein, ihre Züge waren schlaff, ihre Lider geschlossen, aber vielleicht war sie auch nur eine sehr viel begabtere Schauspielerin, als Brand bisher angenommen hatte. Es war keine dumme Idee, sich bewusstlos zu stellen. Man konnte Zeit gewinnen, in Ruhe die Gedanken ordnen, überhaupt nachdenk ...

Eine Stiefelspitze wurde ihm zwischen die Rippen gerammt, und der Schmerz ließ ihn die Augen aufreißen und keuchen. Über ihm stand Olaf.

»Hoch, Weißling! Und zwar schnell!«

Noch bevor Brand ganz auf die Beine gekommen war, versetzte Olaf ihm einen Stoß, der ihn übers Deck taumeln ließ. Olaf trieb ihn weiter an, eine schmale Planke hinunter bis auf den rutschig nassen Steg.

»Wer an Land nicht allein laufen kann, schwimmt mit den Fischen in der See. Verstehst du, Weißling?«, fragte er.

Brand nickte hastig, aber seine Füße wollten sich kaum heben, seine Beine kaum krümmen und strecken, und es war ein Wunder, dass er das Ufer erreichte, ohne der Länge nach hinzufallen.

Am Ende des Steges erwartete sie kein Strand, kein Sand, bloß die dunklen, scharfkantigen Klippen Halvs und ein steiler Pfad, der sich zwischen ihnen hindurchwand. Brand hätte es vorgezogen, sich behutsam auf Knien und Händen voranzutasten, doch sobald er langsamer wurde, verpasste Olaf ihm einen gezielten Tritt oder Stoß. Unauffällig, ohne den Kopf zu drehen, sah er sich um. Rechts und links von ihm lagen öde nackte Felsen. Ähnlich trist waren ihm nur die Bracke-Inseln in Erinnerung, und selbst dort hatten sie Bäume. Von einem Barkumer Weinbauern wusste er, dass es die umliegenden Inseln, Barkum, Totning und Fries waren, welche die Fischer von Halv mit Mehl und Milch, Kartoffeln, Rüben und allem anderen versorgten – kein gewöhnlicher Tauschhandel, denn die Halver Fischer gaben nichts zurück, sahen bloß davon ab, etwas zu nehmen: die Frauen Barkums, Totnings und Fries´.

Brand hatte stets angenommen, die Fischer Halvs würden in einer Festung leben, doch am Ende des Pfades erwartete sie bloß ein bescheidenes Gehöft. Kurtz' Männer waren offenkundig so wenig Baumeister wie Bauern und hatten aus Halver Stein drei schlichte Häuser errichtet, die sich bestens einfügten in die raue Landschaft, die sie umgab. Türen und Fenster waren frei von jeder Zierde. Von den unvorstellbaren Reichtümern, welche die Fischer angeblich während ihrer zahlreichen Raubzüge durchs Inselreich erbeutet hatten, war nichts zu sehen. Der Platz zwischen den Häusern war nicht einmal gepflastert – sicher nicht mit Gold, wie Brand es einmal einen betrunkenen Händler auf Akoban hatte erzählen hören. Vor dem Haupthaus hatte man zwei Holzpfähle in den Boden gerammt und ein Laken zwischen ihnen aufgespannt. *Die Strafe der Hände* stand mit blutroter Farbe darauf geschrieben. Und weiter:

Lügen = Kleiner Finger
Stehlen = Mittelfinger
Laufen = Daumen

Brand spähte hinüber zu den Frauen und Kindern, die vereinzelt mit schnellen Schritten und gesenkten Köpfen über den Platz eilten. Sie glichen einander genau wie die Männer. Gekleidet waren sie in graue Kittel; ihre Haare waren grau, ihre Gesichter, ihre Augen. Mehr Mäuse als Menschen, die Frauen und die Kinder, und weil Brand an einem Ort ganz ähnlich wie diesem aufgewachsen war, sah er die Zeichen, ohne dass er lange nach ihnen suchen musste: geschwollene, blutige Lippen, schlecht verheilte Narben und Flecken, die nicht bloß blau waren, sondern braun, blassgrau und von sattem Violett. Eine der Frauen trug ihre Hand mit dicken Mullbinden umwickelt.

»Sonderbar«, sagte Olaf unerwartet dicht an Brands Ohr. »Man hat zwei Arme, zwei Beine, zwei Augen, bloß eine Nase und eine Zunge. Wofür braucht man zehn Finger?«

Brand starrte den schlammigen Grund an, als erforderte der seine volle Aufmerksamkeit.

»Geh mit Barik, Spinnenmann«, fuhr Olaf fort, »sonst mach ich dir Beine.«

Brand hastete hinter Barik vorbei an einer Gruppe von Frauen, die schnell den Kopf senkten, als Olaf zu ihnen trat und barsche Worte an sie richtete. Er dachte nicht darüber nach zu fliehen. Wusste, dass er nicht weiter gekommen wäre als bis zu dem Laken zwischen den Pfählen.

Das Haupthaus zeigte sich im Inneren so düster, wie man es von außen hatte erahnen können. Brand folgte Barik in einen engen Flur, der nur von einem winzigen Fenster erhellt war. Seine Augen, frisch mit dem ätzenden Wasser der Silbersee gewaschen, brauchten einen Moment, bis sie das Dämmerlicht durchdrangen. Dann sah er die niedrige Decke, die schwere Eisentür am anderen Ende, Barik und Grünauge, er sah die Bretter, die zu seiner Rechten und Linken an den Wänden hingen, er sah, was sich auf ihnen befand, und er blieb stehen. In ihm selbst blieb etwas stehen.

Auf jedem der etwa zehn Bretter standen drei Blockaden. Klassische Blockaden: Schatullen aus Holz, reich verziert mit Intarsien, Mosaiken aus Perlmuttsplittern, Gold und Silber. In seinem ganzen Leben hatte Brand noch nie mehr als fünf Blockaden auf einmal gesehen, und hier in Kurtz' Flur, in diesem Raum, der nach klammem Stein und Moder und Schweiß roch, standen dreißig. *Dreißig.*

Etwas bohrte sich in Brands Rücken, spitz wie die Klinge eines Messers.

»Wer zu viel glotzt, dem fallen die Augen aus dem Kopf«, raunte Olaf. »Lauf!«

Brand lief, ohne seine Füße auf dem Boden fühlen zu können. Die Alten Worte in den Blockaden schienen zu ihm zu singen, und dann tauchte er ein, so wie erst kurz zuvor, nur dass dieses Meer, das Meer in Kurtz' Flur, nichts gemein hatte mit dem kalten Schmutzwasser der Silbersee. Es war ein Meer aus Alten Worten, gleißendem Licht und prickelnder Wärme. Es war Rauschen und Rausch, es umfing Brand und wirkte auf ihn wie der Rauch das Dornblumkraut auf einen, der längst seine Seele an die Sucht verloren hatte. Er lief nur weiter, weil Olaf ihm keine Wahl ließ, ihn unbarmherzig zwischen den Blockaden hindurchschob.

Als er den nächsten Raum betrat, strömte das warme Gefühl auf einen Schlag aus Brands Körper. Er blinzelte, atmete flach, riss sich selbst und all seine Sinne zusammen: Er war in einer Halle, einem großen steineren Raum, ähnlich dämmrig wie der Flur. Auch hier gab es kein Gold, kein Silber, keinen Thron aus Menschenschädeln gemacht, keine Frauen an die Wände gekettet, so wie Brand es mehr als einen hatte sagen hören. Es gab bloß eine lange Tafel, um die herum eine Reihe einfacher Holzstühle standen, und eine große Feuerstelle. Die wenigen zur Schau gestellten Reichtümer in der Halle waren bescheidener als jene im Flur. Auf dem steinernen Vorsprung über dem offenen Kamin standen etwa zwei Dutzend Scrimshaw-Arbeiten – winzige, kunstvoll genaue Darstellungen von Landschaften, Tieren oder Ungeheuern, geritzt in Walknochen oder -zähne.

Bis auf Barik und Olaf war keiner der Fischer vom Boot mit in die Halle gekommen, doch auf dem Boden neben der Feuerstelle kauerten zwei gebeugte Gestalten unter einem Paar gekreuzter Äxte, und am Kopfende des Tisches saß ein Mann.

Brand stockte. Alles an dem Mann war falsch – nicht in sich und für sich selbst genommen falsch, aber falsch für diesen Ort, für Halv. Er stach hervor, wie ein Adliger von den Hoch-Inseln oder ein Gelehrter Telomaars es getan hätte. Er war nicht in Leder gekleidet, sondern in eine Hose und ein Hemd aus hellem Barchent. Seine Gestalt war schmächtig, und er trug keine Tätowierungen – zumindest nicht dort, wo Brand sie hätte sehen können. Sein Alter ließ sich unmöglich bestimmen. Zwar mochte sein Haar bereits silbrig grau sein, sein Gesicht aber war das eines jungen Mannes.

Kurtz, wusste Brand, ohne dass ihm jemand den Mann an der Tafel vorstellen musste. Keine Worte waren nötig und auch keine verräterischen Tätowierungen – ähnlich wie Brand trug auch Kurtz seine eigene Geschichte in die Züge seines Gesichts eingeschrieben. Die obere Hälfte war glatt, makellos und jungenhaft, die untere aber war von jenem wulstigen Geflecht verunstaltet, über das man im ganzen Inselreich sprach. Es breitete sich über sein Kinn, seinen Mund und die Ansätze seiner Wangen aus. Die Gerüchte, dass Kurtz seinen Mund nicht öffnen könne, hatte Brand bisher als Spinngegarbel abgetan. Der Mann hätte längst verhungert sein müssen! Aber nun, da er es mit eigenen Augen sah … Kurtz' Mund schien versiegelt, so als hätte ihm ein wucherndes Gewächs die Lippen unabdingbar verschlossen.

Brand verlagerte sein Gewicht von einem Fuß auf den anderen. Versuchte, sich nicht von dem Mund, den Narben abzulenken. Dieser Mann, dort am Ende des Tisches, war vielleicht seine letzte Gelegenheit, sein Schicksal noch einmal herumzureißen. Fraglos unterschied Kurtz sich von Olaf und Barik, wusste wohl um die Vorteile eines guten Handels und ausgeklügelten Taktierens.

»Mein Name ist Talin Brand«, setzte Brand an und machte einen Schritt auf Kurtz zu, nur um von Olaf in die Höhe gerissen und wie eine Strohpuppe geschwenkt zu werden. Dann schleifte er ihn zu der Tafel, um ihn mit Wucht in einen der Stühle zu drücken. »Barik, das Mädchen! An die Tafel!«, blaffte Olaf. »Und dann geh Tamsin suchen, und sag ihr, sie soll Suppe für unsere Gäste bringen.«

Barik tat wie geheißen und ließ Grünauge von seiner Schulter auf den Stuhl neben Brand gleiten. Sie sackte in sich zusammen, der Kopf rollte zur Seite, ihr Verstand trieb wohl noch immer draußen in den schmutzgrauen Wassern der Silbersee.

Olaf setzte sich so dicht neben Kurtz, dass ihre Ellbogen und Schultern einander berührten. Auch im Sitzen war er einen guten Kopf größer als Kurtz, doch etwas hatte sich grundlegend verändert, in der Art, wie er sich hielt, wie er sich gab. Auf dem Schiff war er ein Riese unter den Männern gewesen, neben Kurtz aber kauerte er. Brand konnte sich kein Lied singen auf das, was er sah. Männer wie Olaf waren ihm auf Vin-Lu, Akoban und den Bracke-Inseln begegnet. Sie waren keine, die man mit Worten einlullen, mit Versprechungen verführen, mit Drohungen verschrecken konnte. Olaf würde einem schlicht den Schädel einschlagen, sollte er das Gefühl haben, man wolle ihm das Hirn verdrehen. Wie zum Wassermann war es Kurtz gelungen, eine Messer und Fäuste schwingende Mörderbande wie Äffchen zu zähmen?

Grünauges Kopf rollte von einer Seite zur anderen, ihre Wimpern flatterten, und Kurtz richtete sich unmerklich auf. Natürlich: Den Halver Fischern musste ihr rotes Haar, ihre leuchtend grünen Augen aufgefallen sein. Wenn man Brand Bal-Okren ansehen konnte, dann trug Edda Valt die Hoch-Inseln so eindeutig auf den Leib geschrieben, als säße ihr eine unsichtbare Krone auf dem Kopf. Kurtz, vermutete Brand, würde so schnell wie möglich herausfinden wollen, ob sie von Kandor kam oder von dem noch viel wohlhabenderen Pallandor. Gerade als Brand begann, einen Plan zu spinnen, wie er sich diese Erkenntnis zunutze machen könne, setzte Grünauge sich auf. Sah sich ähnlich benommen wie ein Weinberauschter nach einem langen Schlaf um. Unmöglich zu sagen, was sie sah. Die Äxte an den Wänden, die Messer an den Gürteln der Fischer? Sah sie bis in die dunklen Ecken, dorthin, wo keine Öllampen die Schatten vertrieben, und erkannte sie dort die Käfige, die Gitterstäbe bei Weitem nicht eng genug gesetzt, um Fische und anderen Meeresfang darin zu halten?

»Wo …?«, setzte sie stockend an, aber ihre Stimme klang wie mit Eisenwolle geschrubbt. Auch ihre Lippen waren aufgeraut. Geschwollen. Sie musste mehr als bloß einen Schluck Silberseewasser getrunken haben.

»Halv«, sagte Olaf. »Ihr seid auf Halv. Mein Name lautet Olaf. Das hier sind Jorgen und Barg.« Die beiden zusammengekauerten Gestalten in der Ecke hoben den Kopf, sahen aber weder Grünauge noch Olaf an. »Und hier ist unser Kapitän. Kurtz. Er …«

Doch was immer Olaf über Kurtz hatte sagen wollen, er brach ab, als sich die Tür am anderen Ende der Halle öffnete und eine Frau hereinhuschte. »Ah, hier ist Tamsin mit der Suppe.«

Genau wie die anderen Frauen, die Brand bisher auf Halv gesehen hatte, schien auch Tamsin nicht aus Blut und Knochen, sondern aus Staub, Dreck und Angst gemacht. Ihre Haut war aschfahl grau, ihre wässrigen Augen drohten über die Ränder und in die dunklen Schatten darunter zu laufen. Auf ihrem linken Wangenknochen prangte ein graublauer Fleck. Da war etwas an der Art, wie sie sich bewegte, wie sie den Kopf duckte, die Schultern hochzog und mit zaghaft schleifenden Schritten näher kam, das Brand vertraut war. Seine Mutter Notje war so gelaufen, unentschieden, ob es klüger war, sich sehr schnell oder aber überhaupt nicht zu bewegen. Brands Hände schlossen sich um die Tischkante, er presste die Beine gegen den Stuhl. Befahl sich, Tamsin nicht anzusehen. Sah sie an. Sie trug zwei Schalen, balancierte sie so ungeschickt, als hielte sie keine leblosen Gegenstände in den Händen, sondern wendige Tierchen, die sich ihrem Griff jederzeit entwinden könnten. Noch bevor sie die Tafel erreicht hatte, wusste Brand, was er sehen würde, und trotzdem zuckte er zusammen, als sein Blick tatsächlich auf ihre Hände fiel: Tamsin fehlten beide Daumen und ein Mittelfinger.

Umständlich machte Tamsin sich daran, erst die eine, dann die andere Schale abzustellen. Er sollte ihr helfen, aber das eigene Fleisch schien sich ihm schaudernd dichter an die Knochen zu schmiegen, bei der Vorstellung, sie auch nur versehentlich zu berühren.

Inzwischen hatte sie die erste Schale auch ohne seine Hilfe abgestellt, die zweite aber rutschte ihr aus den Händen. Suppe schwappte über den Rand und auf Grünauges Hemd. Tamsin machte einen Satz zurück, und Grünauge sprang ebenfalls von ihrem Stuhl auf.

Kurtz rührte sich nicht, blinzelte nicht einmal. Nur Olaf schüttelte den Kopf. »Tamsin.« Seine Stimme war weniger wie eine Stimme und mehr wie eines jener Geräusche, die einem das Blut in den Adern gefrieren ließen: als höre man eine Axt fallen, Metall klirrend auf Stein treffend, etwas Klebriges zäh tropfen.

Tamsin schien zu Stein erstarrt, aber Brand stand nahe genug, um zu sehen, dass sie alles andere als steinern war. Die entstellten Hände vor ihrem Bauch zitterten, ihre Lippen zitterten, selbst ihre Wimpern zitterten. Bis in die Haarspitzen fürchtete Tamsin den Fischer mit dem gespaltenen Schädel. Ob er es gewesen war, der sie gefangen genommen hatte?

Brand ballte die Hände zu Fäusten, bis sich seine Fingernägel in die Handinnenflächen gruben. Keine Fragen! Wusste er es nicht besser, als über die siebenfingrige Tamsin und ihr Elend nachzudenken?

Grünauge neben ihm hatte begonnen, die Suppe hastig mit dem noch nassen Ärmel ihres Hemdes aufzutupfen.

»Es ist nicht schlimm. Meine Kleidung ist ohnehin noch nass, und ich …« Ihr Blick war an Tamsin hinuntergewandert bis zu ihren entstellten Händen. »Eure … Eure Hände?«

Keiner am Tisch sprach. Auch Tamsin antwortete nicht. Sie sah aus, als hätte sie dankend angenommen, wäre ein freundlicher Fremder vorbeigekommen, um ihr anzubieten, eine der Äxte von der Wand zu nehmen und ihr den Kopf abzuschlagen.

Eine schreckliche Gewissheit erfüllte Brand, dass Kurtz nun zu ihnen sprechen und der Abend umschlagen, kippen und sie an ein dunkleres Ufer spülen würde. Doch als einer am Tisch das Wort ergriff, war es wieder nur Olaf.

»Geschickt ist unsere Tamsin nicht«, sagte er.

Tamsin sah zu Boden, wartete stumm, bis Olaf ihr bedeutete, dass sie vom Tisch zurücktreten durfte. Dann floh sie mit schlurfend schnellen Schritten – Notjes Schritten – aus der Halle.

Grünauge sank in ihren Stuhl zurück. Da war eine neue fahrige Langsamkeit: Endlich, sie hatte etwas Grundlegendes über Halv verstanden.

»Esst Eure Suppe, sonst wird sie kalt«, forderte Olaf sie gut gelaunt auf.

Widerstrebend begannen sie, die grünliche Suppe zu löffeln, in der nicht viel anderes als Tang und Algen schwammen. Sie schmeckte schal, als hätte man die Algen einige Tage in einen Keller gesperrt, um sicherzugehen, dass sie ganz den Geschmack von Fels und Moder annehmen würden. Nachdem Brand seine Schale geleert hatte, zog er den Löffel näher an die Tischkante heran. Kurtz legte Olaf eine Hand auf den Arm, und als Olaf sich von ihnen ab- und Kurtz zuwandte, ließ Brand den Löffel rasch unter der Tischplatte und in seiner Hose verschwinden. Kurtz unterdessen brachte seine vernarbten Lippen dicht an Olafs zerfetztes Ohr. Er schien nicht zu flüstern, ja Brand war sicher, dass seine Lippen unbewegt und verschlossen blieben, und trotzdem war der Ausdruck auf Olafs Gesicht so aufmerksam, als erhalte er eine Reihe entscheidender Anweisungen. Endlich lehnte Kurtz sich in seinem Stuhl zurück, und auch Olaf nahm seine ursprüngliche Haltung wieder ein. Würde einem von beiden auffallen, dass der Löffel fehlte? Brand fühlte, wie ihm die Handflächen schwitzig wurden. Er dachte an das Laken draußen auf dem Platz, dachte an seinen Mittelfinger. Doch für den Moment schienen sich die beiden Männer vor allem für Grünauge zu interessieren.

»Nun, Ihr müsst uns verraten, was Euch in diesen Teil des Inselreichs verschlagen hat«, sagte Olaf.

Es *war* Olaf, der gesprochen hatte. *Sein* Mund bewegte sich, die Worte gingen über *seine* Lippen. Und gleichzeitig … Auch Grünauge sah

Olaf verdutzt an, auch sie hatte es gehört: Olafs Stimme schien neu geschmiedet und poliert. Die Klangfarbe war verändert, ähnlich wie die Art, auf welche der Fischer mit dem gespaltenen Schädel die Worte fasste. Verschwunden war der breite Dialekt der Bracke-Inseln, verschwunden war das Barsch-Bäuerliche.

»Die Wahrheit ist, wir haben nicht oft Gäste«, setzte Olaf nach, und die Haare in Brands Nacken stellten sich auf. Keine Frage, ein anderer sprach durch Olaf hindurch.

»Habt Ihr Euch die Zunge an Tamsins guter Suppe verbrannt?«, fragte der Mann, der durch Olaf sprach.

»Wir … wir sind bloß auf der Durchreise«, stammelte Brand.

»Alle, die nach Halv kommen, sind auf der Durchreise. Die wenigstens finden in unserer schönen Insel ihr Ziel.« Olafs Augen wanderten hinüber zu Edda. »Vielleicht seid Ihr so gut, uns zu verraten, wo die Reise hingehen soll.«

»Akoban. Wir …. wir wollen auf den Markt«, antwortete Edda schwach.

»Dann habt Ihr noch ein gutes Stück Weg vor Euch. Ihr kommt von einer der Westinseln?«

Brands Finger zuckten, während er betete, Grünauge würde schlau genug sein, nicht preiszugeben, dass sie von der Küste kam. Unmöglich zu sagen, was mit ihnen geschehen würde, sollte man sie für Landfüßer halten. Er trat sie sacht gegen das Schienbein, aber sie schien es nicht einmal zu bemerken. Ihre Hände lagen um die Schüssel, und ihre Augen waren auf Kurtz gerichtet, als sie Olaf antwortete. »Agroth. Wir kommen von der Insel Agroth.«

Brand atmete langsam aus. Kalter Schweiß hatte sich in seinen Achseln gesammelt. Er fröstelte und schwitzte gleichzeitig.

»Agroth, Agroth. Was ist auf Agroth?«, fragte Olaf und zupfte gedankenverloren an seinem zerfetzten Ohr.

»Nicht viel. Möwen mit Zähnen und faustgroße Beeren.«

Das Mädchen senkte nicht einmal den Blick.

»Sonderbar, dass uns noch nie von dieser Insel zu Ohren gekommen ist«, bemerkte Olaf.

»Eigentlich nicht.« Sie zuckte die Achseln. »Es ist eine sehr kleine Insel.«

Bevor Olaf etwas entgegnen konnte, öffnete sich die Tür und Barik trat ein. Er tauschte einen wortlosen Blick mit Olaf, die beiden nickten einander zu.

»Nun, Ihr müsst müde sein«, sagte Olaf und erhob sich aus seinem Stuhl. »Barik hier hat sich darum gekümmert, dass die Frauen Eure Schlafkammern hergerichtet haben. Wenn Ihr mit mir kommen wollt.«

Als hätten sie eine Wahl! Da Brand sich nicht schnell genug erhob, packte Olaf ihn am Arm, wie um ihn zu stützen, und zog ihn bestimmt fort von dem Tisch. Anders als Brand gehofft hatte, gingen sie nicht denselben Weg zurück, den sie gekommen waren. Stattdessen führte Olaf sie ans entgegengesetzte Ende der Halle, vorbei an der Feuerstelle und zu einer Tür, die aus Brigorholz bestand. Hinter dieser warteten keine unvermuteten Kostbarkeiten, sondern bloß ein staubig-dunkles Treppenhaus, bevölkert von Spinnen und Käfern. Nachdem auch Grünauge über die Schwelle getreten war, drehte Olaf sich zu ihnen um. »Wenn Ihr mir nun Eure Rucksäcke geben würdet.«

Grünauge rührte sich nicht. »Unsere Rucksäcke?«

»Eure Rucksäcke«, bestätigte Olaf. »Ihr werdet sie nun nicht mehr brauchen.«

Es wäre das Leichteste gewesen, Olaf den Rucksack zu geben. Aber

Brand lag das Leichte nicht, das hatte es noch nie. Er wusste, dass er es niemals aus dem Haus schaffen, dass er den Platz niemals überqueren, die Boote unten an den Klippen niemals erreichen würde, und trotzdem fuhr er herum. Riss die Tür auf. Lief mitten in Jorgen und Barg hinein. Sie mussten schon auf der anderen Seite auf ihn gewartet haben. Einer der beiden stoppte Brand mit einer zur Faust geballten Hand, und hinter seiner Stirn breitete ein dunkler Vogel seine Flügel aus.

7
Von Kellern und Käfigen

»Brand.«

Edda zischte seinen Namen mehr, als dass sie ihn rief – der Fischer mit dem gespaltenen Schädel sollte keinen Anlass haben, noch einmal zu ihnen herunterzukommen.

Brand antwortete nicht. Ein gutes Stundenhalb war verstrichen, seitdem Kurtz' Männer ihn mit achtlosem Schwung in den Käfig geworfen hatten, und in dieser Zeit hatte er sich kein einziges Mal gerührt. Was, wenn er zu viel Silberseewasser geschluckt hatte und es ihn von innen vergiftete? Was, wenn einer der Fischer im Treppenhaus seinen Schädel und Verstand verletzt hatte? Ohne ihn würde sie Halv niemals verlassen, das wusste sie, würde in diesem Käfig bleiben, bis … Bis was? Sie dachte an Tamsins aschiges Gesicht, ihre zitternden Hände, ihre *siebenfingrigen* zitternden Hände. Warum sperrte man irgendwen in einen Käfig? Tiere wurden in Käfige gesperrt, bevor man sie schlachtete und aß. Sie tastete nach der Feder in ihrer Tasche, presste die Spitze des Kiels so fest in ihren Daumen, bis ein scharfer Schmerz ihren Arm hinaufschoss und sie klebrige Wärme zwischen den Fingerkuppen fühlte.

Sie steckte den Daumen in den Mund und lauschte auf erste Lebenszeichen Brands, ein zögerliches Rascheln, ein Stöhnen. Nichts. Nur das stete Tropfen von Wasser, das sich an der niedrigen Decke über ihren Köpfen sammelte und auf den klammen Stein hinunterfiel. Und so wenig, wie es zu hören gab, so wenig gab es zu sehen. Anders als man es sich in Colm erzählte, hatte die Silbersee Edda nicht blind gemacht, aber ihre Augen juckten und brannten, und selbst in einem besseren Licht hätte sie wohl nicht weiter als ein paar Schritte sehen können. Immerhin konnte sie ungefähre Formen ausmachen, die Umrisse von etwa zehn Käfigen. Bis auf jenen, in dem sich Brand befand, schienen die anderen leer zu sein. Eine einzelne Fackel beleuchtete die Treppe und gegenüberliegende Wand. Der vermutlich größere Teil des Kellers aber lag in völliger Dunkelheit.

Eine Weile lehnte Edda die Stirn gegen die Käfigstäbe, dann rückte sie wieder ab, zog die Beine an, umschlang sie mit den Armen, um noch einen Rest Wärme in sich zu finden. Das Feuer in der Halle der Fischer hatte nur wenig ausrichten können gegen die Kälte, die sich durch die dünnen Stoffschichten, die Haut und bis tief in ihre Knochen gestohlen hatte. Auf ihrer Zunge lag ein bitterer Geschmack. Vielleicht von der Suppe, vielleicht auch von den Kübeln Silbersee, die sie geschluckt haben musste. Irgendwo über ihr erklangen polternde Schritte, gefolgt von einem Laut zwischen Schrei und Jaulen. Ein Mensch? Ein Hund? Sie biss sich auf die Unterlippe, befahl sich, nicht daran zu denken, was in den Räumen über ihrem Kopf vor sich ging. Sie wusste, dass es Dinge waren, die sie sich nicht einmal vorstellen konnte. Sie dachte an den Fischer mit dem narbigen Mund und fröstelte. Die Dunkelheit kroch durch die Eisenstäbe dichter an Edda heran. Sie presste eine Hand auf den Mund. Es machte keinen Unterschied, dass sie nicht in der See ertrunken war. Es machte keinen Unterschied, denn nach wie vor würde Tobin nie erfahren, dass sie sich auf die Suche nach ihm gemacht hatte. Der Gedanke saß ihr in der Brust wie ein Splitter, ein stachelbesetzer Kugelfisch. Tobin würde nie erfahren, dass sie zu einem bleichen Fremden in ein Boot gestiegen war, dass sie alles und alle zurückgelassen hatte, um ihn zu finden. Sie ließ die Hand sinken, weil sie plötzlich sicher war, dass sie weder schluchzen noch sonst ein Geräusch in sich finden würde. Wie müde sie war. Dass es überhaupt möglich war, so voller Angst und gleichzeitig so müde zu sein. Sie rollte sich auf den Eisenstäben zusammen und fuhr beinahe im gleichen Moment wieder in die Höhe. Ein kleiner spitzer Gegenstand hatte sich in ihre Rippen gebohrt. Zwischen den Stäben funkelte etwas. Eine Weile stocherte sie vergeblich zwischen ihnen herum, dann bekam sie etwas zu fassen. Um ihren Fund im Licht der Fackel betrachten zu können, rückte sie dichter an die Käfigtür heran. Es war ein Schmuckstück – vermutlich eine Haarklammer, auch wenn sie wenig gemein hatte mit den schlichten schwarzen Klammern, die Edda besaß. Das Kopfstück war eine Perle, umringt von gut zwei Dutzend grün glitzernden Steinen. Edda drehte die Klammer langsam im Licht. Jemand anders war hier unten gewesen. Ein Mädchen wie Edda, ein Mädchen überhaupt nicht wie Edda. Edda konnte sie sich nicht vorstellen. War in ihrem Leben niemandem begegnet, der ein derartig kostbares Schmuckstück im Haar trug. Welche verschlungenen Pfade hatten ein Mädchen mit einer Perle im Haar in die Keller der Fischer geführt? Und wo war sie jetzt?

Ein Stöhnen aus Brands Käfig sorgte dafür, dass sie die Klammer rasch in ihrer Tasche verschwinden ließ.

»Brand?«

Er antwortete nicht, aber die schattenhaften Umrisse in seinem Käfig ordneten sich neu. Sie glaubte zu erkennen, wie er langsam den Kopf drehte, die Hand zögerlich nach den Gitterstäben ausstreckte.

»Kurtz' Männer haben Euch bewusstlos geschlagen«, sagte sie rasch. »Und die Treppe heruntergeschleift. Wir sind in ihren Kellern …«

Brand machte sich nicht die Mühe zu antwortete, tastete bloß vorsichtig seinen Kopf ab, sog scharf die Luft ein, vermutlich, als seine Finger auf eine Wunde oder Beule stießen.

»Was passiert jetzt mit uns? Was werden sie mit uns machen?«, flüsterte Edda.

»Sie wollen herausfinden, wer wir sind. Durch einen netten Plausch ist es ihnen nicht gelungen, also werden sie sich etwas anderes einfallen lassen. Sie glauben, du wärst hochgeboren.«

»Hochgeboren?«

»Von einer der Hoch-Inseln. Pallandor. Astador. Kandor.«

Edda runzelte die Stirn. »Warum sollte irgendwer denken …?«

»Wie sollten sie auch wissen können, dass du von Agroth kommst? Agroth, was?«

»Es war das Erste, was mir einfiel.«

Sie schwiegen. Edda lauschte auf das tropfende Wasser, jeder Aufschlag schien ein wenig lauter, ein wenig nachdrücklicher als der vorangegangene.

»Was werden sie mit uns tun?«, fragte Edda schließlich.

»Versuchen, uns zu verkaufen.«

Eddas Hand schloss sich um die Klammer in ihrer Tasche. Man verkaufte Mehl und Colmin und irgendwo in Akoban kostbare Stoffe und Steine und Schmuckstücke. Man verkaufte keine Menschen.

»Wer würde uns kaufen wollen?«

»Das willst du nicht wissen, Grünauge.«

Unter ihren Schlüsselbeinen, in ihren Schultern war ein schwirrendes Flattern, wie von Tausenden Nachtfaltern. Sie versuchte, den Flügelschlag der Falter aus ihrer Stimme zu halten, als sie sprach. »Und wie lange werden sie uns hier unten behalten?«

»Tage oder Wochen. Bis sie einen Käufer gefunden haben.«

Wochen. Edda stieg die Suppe auf. Es gelang ihr gerade noch, den Kopf zur Seite zu drehen, bevor sie sich in einem Schwall erbrach. Algensuppe und Silbersee und Galle. *Wochen*. Aber sie würde keine Wochen hier unten überleben, das wusste sie, ohne dass sie sicher hätte sagen können, woran sie sterben, welcher Teil von ihr als Erstes aufgeben würde, das Herz, die Lungen, ihr Kopf. Sie lehnte den Kopf gegen die Stäbe.

»Der Mann an der Tafel, Kurtz«, sagte sie leise. »Etwas stimmte mit seinem Gesicht nicht.«

Brand schnaubte. »Man verneigt sich vor deiner Beobachtungsgabe. In diesem Fall spricht man von Narben, und in jenen Teilen der Welt, da Colmin nicht an den Bäumen wächst ...«

»Nein, ich meine nicht die Narben. Da war noch etwas anderes.«

Zunächst war sie sicher gewesen, die Augen, geschunden vom ätzenden Wasser der Silbersee, hätten ihr einen Streich gespielt. Ähnlich war es ihr bisher nur ergangen, wenn sie zu lange in die Sonne geschaut und grelle Lichter durch die Luft hatte tanzen sehen. Aber es waren keine grellen Lichter gewesen, sondern eine schwarz flimmernde Wolke, die vor Kurtz' narbigem Mund in der Luft geschwebt hatte. Wenn sie blinzelte, verschwand die Wolke – und tauchte wieder auf, wenn Edda zu Kurtz hinübersah. Im Laufe ihrer Unterhaltung hatte sie das Flimmern gut ein Dutzend Mal wegblinzeln müssen. »Etwas hing in der Luft vor seinem Gesicht. Wie eine Wolke aus schwarzem Rauch.«

»Wo?«, fragte Brand. »Ich meine, wo in seinem Gesicht?«

In seiner Stimme lag plötzlich etwas Wachsames, Lauerndes, das ihr bestens vertraut war. *Tritt mit Bedacht, gib bei jedem Wort acht.*

»Vor seinem Mund«, antwortete sie zögernd. »Wisst Ihr, was es war?«

»Könnte alles Mögliche sein. Eine Krankheit vielleicht.«

Eine Krankheit? Er musste glauben, ihr Kopf sei mit Sägespänen gefüllt.

»Habt Ihr schon einmal etwas Derartiges gesehen?«

»Kann sein.« Er hatte begonnen, geschäftig zu rascheln. Wahrscheinlich untersuchte er den Käfig. Aber nur eine Schlange, wusste Edda, würde sich zwischen den Stäben hindurchwinden können. Was in Agathas und Lors Namen tat er? Edda kniff die Augen zusammen. Brand hatte sein Hosenbein hochgekrempelt, seine Finger unter den Stoff gezwängt und versuchte, etwas aus dem engen Raum zwischen Hose und Bein hervorzuziehen. Hatte er etwa ein Messer bei sich? Würde er sie mit einem Messer befreien können? Vielleicht würde es ihm tatsächlich gelingen, wenn ... Kein Messer. Bloß ein Löffel. Brand hatte einen Löffel in die Keller geschmuggelt. Wollte er sie freigraben? Eine neue Welle dumpfer Übelkeit rollte durch Edda, während sie zusah, wie Brand den Löffel zwischen seinen Handflächen rieb. So schnell, als wolle er ihn dazu bringen, Funken zu schlagen. Dann beugte er sich vor, bis seine Lippen beinahe den Löffelstiel berührten und flüsterte. Es war ein angestrengtes, zischelndes Flüstern, und Edda drängte sich, wie gegen ihren Willen, noch dichter an die Stäbe. Sie wollte Brand verstehen, wollte hören, welche Geheimnisse er dem Löffel anvertraute. Gleichzeitig wusste sie, dass es hier nichts für sie zu verstehen gab, dass die Worte keinen Sinn für sie bereithielten. Inzwischen schienen Brands Worte sich zu überschlagen. Mehrere Sätze legten sich übereinander, und es war, als spräche er nicht mit nur einer Zunge, sondern mit vielen. Brand holte die Laute tief aus seiner Kehle und ließ sie scharfkantig gegeneinanderklirren. Auf Eddas Stirn hatte sich eine dünne Schicht kalter Schweiß gebildet. Brands Worte schmerzten in den Gehörgängen, im Kopf, doch statt die Hände schützend auf die Ohren zu legen, lauschte sie weiter. Nichts in ihrem Leben war je so wichtig gewesen, wie diese Worte zu verstehen, diese sinnlosen Silben zu ergründen. Sie waren so kostbar wie Colmin, wie Gold, wie Tobin. Sie waren Schönheit und Macht, etwas, an das man glauben konnte, so wie man vielleicht nie ganz an die Heiligen Schwestern hatte glauben können. Diesen Worten sollte man ein heiliges Haus errichten, einen Ort, an dem man vor ihnen knien und die Stirn auf den Boden pressen konnte! Denn die Worte waren nicht bloß Worte, und die Sprache war nicht irgendeine Sprache, sondern die eine, die einzige, die allen anderen voranging, die nicht in der Welt, sondern vor der Welt war und … Mit einem Satz wich Edda von den Stäben zurück. Presste die schweißkalten Hände auf die Ohren. Zu spät. Die Alte Sprache war ihr bereits in den Schädel gesickert, genau wie das schmutzgraue Silberseewasser erst kurz zuvor. Wer die Alte Sprache hörte, wurde auf der Stelle kopfkrank, das wusste jeder in Colm. Und konnte sie nicht bereits fühlen, wie ihre Sinne sich zu überschlagen, ineinanderzustürzen schienen? Sie presste die Hände weiter auf ihre Ohren, bis sie das Blut im Schädel rauschen hörte. Ließ sie erst sinken, als sie sah, dass sich Brands Lippen nicht mehr bewegten. Durch die Stäbe starrte sie ihn an. Sie wusste wenig über Brand und noch weniger über die Alte Sprache, aber sie wusste, dass einer wie Brand eine solche Macht nicht besitzen sollte.

Brand zwängte seinen Arm bis zur Ellbeuge zwischen den Stäben hindurch, winkelte ihn so an, dass er mit dem Löffel das Schloss erreichte. Aber der Löffel war längst kein einfacher Löffel mehr. Das runde platte Ende war nun spitz zulaufend und gekrümmt. Mit sanftem Ruckeln ließ sich der verformte Löffel in das Schloss einführen. Es klickte, und die Tür schwang auf.

Nachdem Brand aus dem Käfig geklettert war, blieb er einen Moment stehen, rollte Kopf und Schultern, ließ beides knacken und strich Hemd und Hose glatt. Er machte zwei prüfend langsame Schritte in den Raum hinein, fort von Edda und hinüber zu der Fackel an der Wand. Er würde einfach gehen! Die Treppe hinauf und durch die Tür und aus dem Gehöft der Fischer von Halv. Er würde sie zurücklassen?

Der Atem scheuerte ihr schon rau und schnell im Brustkorb, als er sich zu ihr umdrehte, sich ihrem Käfig näherte und vor der Tür in die Hocke ging. Der Löffel lag locker in seiner Hand; er machte keine Anstalten, ihn in das Schloss zu stecken. Hockte bloß vor ihr, musterte sie. Alle Muskeln in ihrem Brustkorb zogen sich enger, zurrten die Rippen fest.

»Werdet Ihr … werdet Ihr mich herauslassen?«, fragte sie und hätte die Frage gern gleich zurückgenommen. Erst durch die Frage tat sich die Möglichkeit auf, dass es mehr als eine Antwort gab.

»Meine Freunde in Akoban …«, setzte sie an.

»Deine Freunde in Akoban! Makri, wir wissen beide, dass du keine hast. Und selbst wenn … Ich bezweifle, dass sie mir auch nur einen Rundling zahlen würden, zum Dank dafür, dass ich dich bis vor ihre Tür geschleppt habe.«

Eddas Zunge schien geschwollen, klebte ihr am Gaumen. Wie sollte sie sprechen mit einer solchen Zunge? Wie sollte sie denken mit einem Kopf, der genau wie ihre Brust mit flügelschlagenden Nachtfaltern gefüllt war? Sie tastete nach der Feder in ihrer Hosentasche und trieb sich die Spitze des Kiels in den Daumen. Der Schmerz war hell und scharf und machte sie von einem Moment auf den anderen klar.

»Ich weiß, wer die Karte hat«, sagte sie. »Die Fließende Karte. Ich weiß, wer sie hat.«

Brand hob eine Augenbraue. »So? Wer hat sie?«

Edda schüttelte den Kopf. »Lasst mich aus dem Käfig, nehmt mich mit, und sobald wir Akoban erreicht haben, werde ich es Euch verraten.«

Er sah sie an, mit jenem Blick, den sie in den letzten Jahren unzählige Male gesehen hatte, in den Augen der Händler, wenn sie das vom Apotheker neu verarbeitete Colmin betrachteten. Abwägend.

»Und woher willst du auf einmal wissen, wo die Karte ist? Hat es dir ein Fisch zugeflüstert?«

»Ich weiß es schon seit Ootland. Felma hat es mir verraten.«

Erst seit Kurzem hatte sie das Lügen gelernt, aber die Wahrheit zu sprechen war ihr schon immer leicht gefallen. Sie wusste, wie man ehrlich sprach. Es hatte wohl etwas mit den Augen zu tun, damit, dass man jedem prüfenden Blick des anderen standhielt.

Brand grinste, entblößte gelbliche spitze Zähne und schüttelte leicht den Kopf. »Natürlich hat sie das.«

Er hob den Löffel in die Höhe, wie um ihn ihr zu zeigen. Sacht schlug er gegen die Eisenstäbe. »Grünauge, wenn du versuchst, mich hereinzulegen, wenn du den Namen nicht tatsächlich weißt oder denkst, du kannst ihn vor mir geheim halten, dann werde ich dafür sorgen, dass du Tamsin mit den sieben Fingern beneidest. Verstehst du, was ich sage?«

Edda nickte stumm.

Nachdem Brand Edda aus dem Käfig geholfen hatte, nickte er hinüber zu der eisenbeschlagenen Tür, die aus dem Keller hinausführte. »Dürfte nicht verschlossen sein. Ist wahrscheinlich das erste Mal, dass sich jemand aus den Käfigen befreit hat. Hör zu, wir müssen uns beeilen, sollten über alle Sieben Meere sein, wenn die Fischer feststellen, dass die Käfige leer sind. Aber vorher muss ich meinen Rucksack finden. Sie werden ihn in eines der oberen Zimmer gebracht haben.«

Überrascht hob sie den Kopf. »Ist es nicht wichtiger, dass wir …«

»Ich habe nicht vor, mit dir zu verhandeln, Grünauge. Ich hole meinen Rucksack und …«

In der Finsternis zwischen den Käfigen bewegte sich etwas, schabte oder schleifte über den Boden. Edda und Brand standen stockstill. Langsam drehte Edda den Kopf. Sie war davon ausgegangen, außer ihnen befände sich niemand in dem Keller, aber tatsächlich sehen konnte sie nur etwa die Hälfte der Käfige. Die restlichen waren bloß Umrisse in den Schatten. War jemand mit ihnen hier unten? Und wenn ja, warum hatte er sich dann nicht zu erkennen gegeben?

Brand formte lautlose Worte, deutete mit einem Nicken zur Tür. Edda war noch nie eine gute Lippenleserin gewesen, verstand aber auch so: Flucht. Und zwar so schnell wie möglich. Aber wenn doch jemand hier unten war … Edda dachte an die Haarklammer, die sie gefunden hatte, an Tamsin oben in der Halle, daran, dass es auf Messers Schneide gestanden hatte, ob Brand sie befreien oder hier unten zurücklassen würde.

»Ist da jemand?«, flüsterte sie.

Brand atmete schnell und ungehalten aus. Wieder bewegten sich seine Lippen. *Wochen*, dachte Edda. Vielleicht war jemand Wochen hier unten gewesen. Hatte längst seine Sprache, seinen Verstand verloren. Antwortete nicht, weil er die Worte nicht mehr zu bilden wusste.

Sie machte einen schnellen Schritt aus dem Lichtkreis der Fackel hinaus. Brand hinter ihr zischte etwas, aber sie hörte nicht hin. Ihre Ohren und Augen waren in die Dunkelheit vor ihr gerichtet. Langsam bewegte sie sich zwischen den Käfigen hindurch, auch wenn ein Teil von ihr längst umkehren wollte. Was, wenn überhaupt niemand außer ihnen hier unten eingesperrt war? Was, wenn jemand in der Finsternis hockte, sie beobachtete, auf den richtigen Moment lauerte, um sie – ein dumpfes Klappern ließ sie zusammenzuckten, als sie blind wie ein Erdkriecher in einen der Käfige stolperte.

Hinter ihr fluchte Brand, sie hörte Schritte, als er ihr folgte, dann wieder das Geräusch: ein Schaben, ein Schleifen, etwas, das sie an Papier und trockene Blätter denken ließ.

Brand hatte die Fackel aus der Halterung in der Wand gelöst und brachte den flackernden Lichtschein mit sich, als er zu ihr trat. Die restlichen Käfige formten sich vor ihnen in der Dunkelheit, doch wie sonderbar: Alle waren leer. Niemand drängte sich gegen die Gitterstäbe, niemand antwortete, als sie ein zweites Mal flüsterte: »Ist da jemand?«

Da erst bemerkte sie den flachen Umriss, eine schemenhafte Form, dem Boden viel näher als erwartet. Edda keuchte. Der dritte Gefangene der Fischer von Halv war keine Frau, kein Mädchen, war kein Mensch und womöglich kein Tier. Weiter wusste sie nichts über das Geschöpf zu sagen. Sie kniete sich vor den Käfig auf den Stein. Der Schemen rührte sich nicht, schien unbelebt wie ein Stück Holz oder ein Stein. Aber es *war* eine lebende, atmende Kreatur, ein Geschöpf, wie sie es noch nie zuvor in ihrem Leben gesehen hatte. Und anders als bei Felmas Wolfshunden halfen ihr auch keine Zeichnungen weiter, um zu bestimmen, was sie vor sich sah. Handelte es sich um einen Fisch oder ein Geschöpf des Landes? Sein Körper war massig, zu groß und auch nicht geformt wie der eines Fisches. Genau wie bei einer Katze oder einem Hund wuchsen ihm vier Beine aus dem Rumpf, aber die Haut des Tieres war nicht von Fell, sondern von silbrig schimmernden Schuppen bedeckt. Die dunklen Augen saßen seitlich im Kopf, und die Füße mündeten in die gebogenen Klauen eines Raubvogels. Ein Vogelfischhund mit einem Maul, das mit winzigen spitzen Zähnen gespickt war?

»Schau an, was du gefunden hast«, murmelte Brand dicht neben ihr.

»Was habe ich gefunden?«

»Eine Silberechse. Gehören zu den gefährlichsten Tieren des Archipels. Wenn du schlau bist, hältst du Abst ...«

Edda hörte Brand sprechen, aber seine Worte hatten nichts mit ihr zu tun. Sie *musste* die Echse berühren. Die Finger sollten ihr verraten, was ihre Augen noch nicht verstanden. Sie schob die Hand zwischen den Stäben hindurch, strich über den länglichen Echsenkopf und fühlte die Schuppen trocken und warm unter ihren Fingern. Und obwohl sie bis zu diesem Moment nicht einmal gewusst hatte, dass es ein Tier namens Silberechse in der Welt gab, war sie sicher, *wusste* sie, dass sie sich kühl und feucht hätte anfühlen müssen. Die Echse lag im Sterben.

Das Tier indes verharrte reglos unter ihrer Hand, zu erschöpft, um anzugreifen, zu erschöpft, um sich auch nur zu bewegen. Bald würde sie zu erschöpft sein, um zu atmen.

Sie zog ihre Hand zwischen den Stäben hindurch zurück und sah Brand an. »Wir müssen sie aus dem Käfig lassen.«

»Sicher nicht, Grünauge.« Brand sprach die Worte, ohne etwas hineinzugeben: Überraschung, Entsetzen oder Ärger. Er sprach die Worte tonlos, um sie wissen zu lassen, dass die Entscheidung bereits getroffen war.

»Wir können sie nicht hierlassen«, sagte Edda.

Brand richtete sich langsam auf.

»Na dann Glück auf, mein grünäugiges Landfrettchen. Du weißt, wo du nach einem Schlüssel fragen kannst. Ich gehe, und du leistest weiter deiner Echse Gesellschaft.«

Edda atmete flach; die nächsten Worte musste sie sprechen, ohne dass sich ein Zittern, ein Zögern in ihrer Stimme fand. Immerhin musste sie nur auf ihre Stimme achten, Brand konnte weder ihre Hände noch ihr Gesicht sehen.

»Wenn ich hier unten bleibe, werdet Ihr nie erfahren, wer die Karte hat.«

Brand hatte sich bereits umgedreht, blieb aber so plötzlich stehen, als hätte sie ihn an einer unsichtbaren Leine zurückgezogen. Dann war er bei ihr, so schnell, so plötzlich, dass sie nicht einmal wusste, wie ihr geschah: Schon packte er sie bei den Schultern, presste sie gegen die Gitterstäbe des Käfigs in ihrem Rücken.

Die Echse hinter ihr zischte leise. Brands Finger drückten fester zu. Aber er würde ihr nichts antun, nicht tatsächlich, und er würde sie auch nicht hier unten lassen. Plötzlich war Edda sicher. Er *wollte* die Karte. Wollte sie mindestens so sehr wie Edda, und auch wenn sie nicht wusste, *warum*, war sie sich ihrer Sache sicher. Sicher genug.

»Ich könnte den Namen leicht aus deinem kleinen Schädel ziehen«, behauptete er.

Sie hob den Kopf, und ihre Augen fanden seine im düsteren Kellerlicht. »Dann tut es.«

Sie hatte die Worte kaum gesprochen, als sie fühlte, wie etwas durch die Finsternis kroch, etwas, das gefährlicher war als die Echse im Käfig hinter ihr. Mit klebrigen Geisterfingern klopfte es sacht gegen ihre Stirn, als wolle es um Einlass bitten. Aber sie ließ es nicht ein. In den Wochen nach Tobins Verschwinden und in jener Nacht, in der sie entschieden hatte, ihre Heimat und alle Menschen, die sie kannte, zurückzulassen, hatte sie gelernt, dass es möglich war, eine Tür im eigenen Kopf zu schließen. Den Dingen, den Gedanken, den Gefühlen den Eintritt zu verwehren. Und genau, wie es ihr damals gelungen war, die Tür gegen Trauer, Angst, den sich aufbäumenden Schrecken zu schließen, so gelang es ihr nun, sie vor Brand zu schließen. Ihr Verstand zog sich zurück, streifte wie ein suchendes Licht umher, um all die unzähligen Dinge aufzuspüren, die um sie herum geschahen, die sie fühlte, hörte, sah. Da war der Druck der Eisenstäbe gegen ihren Hinterkopf, der stockende Atem der Silbersechse hinter ihr, der Moment, wenn in einer schummrigen Ecke des Kellers Wassertropfen auf Stein trafen. Brand verschwand in den Schatten des Kellers und tauchte erst wieder vor ihr auf, als er ärgerlich die Luft ausstieß und sie freigab. Schweiß stand auf seiner Stirn, er atmete schwer.

»Dein Glück, Makri, dass ich meine Kräfte nicht beisammenhabe«, murmelte er und schüttelte den Kopf. »In einem Dorf voller Trottel habe ich mir die eine Verrückte ausgesucht. Du setzt dein eigenes Leben für ein Vieh in einem Käfig aufs Spiel.«

Sie nickte, auch wenn es nicht stimmte, nicht so, wie Brand es in Worte fasste. Wie er es *dachte*. Für ihn ging es um Einsätze, die sich lohnten oder nicht, Vorhaben und Pläne, die sich auszahlten oder nicht. Aber Edda hatte kein Vorhaben und keinen Plan. Da war bloß dieses Reiben, dieses Ziehen, als hätte sich etwas in ihre Rippen neben dem Brustbein geschoben und stecke nun dort fest. Da war bloß die Angst, dass es für immer dort stecken bleiben würde, wenn sie die Echse in dem Keller zurückließen.

»Du handelst einen hohen Preis aus für einen Namen, den dir eine Hexe zugeflüstert hat. Ich hoffe, er ist es wert«, sagte Brand schließlich und kniete sich vor die Tür des Käfigs, in dem sich die Echse befand. Er steckte den verformten Löffel in das Schloss. »Wenn das Vieh nach mir schnappt, drehe ich ihm den Hals um. Wenn es nach dir schnappt, lass ich zu, dass es deine Hand abbeißt. Verstanden, Makri?«

Seine Warnung war verschenkt: Auch nachdem die Tür aufgeschwungen war und Brand sich mit einem Satz in Sicherheit gebracht hatte, rührte die Echse sich nicht. Träge blinzelnd schaute sie zu ihnen heraus.

Vorsichtig zog Edda die Tür noch ein Stück weiter zu sich heran. »Komm«, flüsterte sie. »Komm.«

Die Echse kam nicht, war womöglich schon zu schwach, um sich zu bewegen. Sie musste eine lange Zeit in dem Käfig gewesen sein. Vielleicht hatte sie längst vergessen, dass es eine Welt jenseits der Tür gab. Das Tier mochte gut achtzig Pfund wiegen, und Edda würde es kaum tragen können, aber wenn sie ...

Blitzschnell schoss die Echse aus dem Käfig, an Edda vorbei und die Treppe hinauf. Oben angelangt zog sie sich an der Tür in die Höhe. Nicht einmal wenn Edda näher gestanden und das Licht im Keller besser gewesen wäre, hätte sie ihren Augen ganz getraut: Die Echse schien die Klinke hinunterzudrücken, die Tür aufzuschieben und durch den Spalt zu verschwinden.

»Überrascht, Grünauge?«, fragte Brand. »Echsen können so gut wie alles, was du kannst. Nur schneller.« Er machte einen Schritt auf die Treppe zu und drehte sich zu ihr um. »Können wir gehen oder möchtest du dich noch ein wenig umsehen. Vielleicht findest du einen Wassermann oder einen Königskraken, die du befreien möchtest.«

Aber das Einzige, was Edda wollte, war so schnell wie möglich die Keller zu verlassen. Sie hastete hinter Brand die Treppe hinauf und in das düstere Treppenhaus, in welchem sie ihre Rucksäcke hatten abgeben müssen. Von der Echse war nichts mehr zu sehen.

»Nun, unsere Rucksäcke«, setzte Brand an und hob eine Hand, als er den Ausdruck auf Eddas Gesicht sah. »Ich habe es dir unten in den Kellern schon gesagt. Ohne ihn kann ich die Insel nicht verlassen.«

»Aber …«

»Wir haben das Vieh gerettet, weil du darauf bestanden hast. Jetzt bestehe ich auf meinem Rucksack. Willst du hier stehen blieben und mit mir darüber verhandeln, bis die Fischer zurückkommen?«

»Wie wollt Ihr die Rucksäcke überhaupt fin …«

Brand hob eine Hand. »Das lass meine Sorge sein. Versteck dich.«

Und bevor sie ein weiteres Mal hätte protestieren können, war er die Treppe hinaufgeeilt.

8
Der Wortfänger

Brand rieb sich die Augen, aber sie waren ihm noch nie von Nutzen gewesen, wenn es darum ging, Spuren der Alten Sprache in der Welt zu finden. *Was* er sah, waren die Stufen vor ihm und der staubige Dreck, der sich auf ihnen gesammelt hatte. Wie war es nur möglich, dass ausgerechnet das Landfrettchen sehen konnte, was sich seinen eigenen Augen immer verwehrt hatte? Sicher, ihm waren immer wieder solche untergekommen, die behaupteten, Überbleibsel der Alten Sprache sehen zu können; von Rauch und Schwaden war die Rede gewesen, und einmal hatte ihm ein Schmachter auf Vin-Lu von einer schwarz schimmernden Schleppe erzählt, die einer der Flüsterer hinter sich hergezogen hätte. All diese Geschichten hatte Brand als Gegarbel und Prahlerei abgetan. Grünauge aber hatte keinen Grund zu lügen oder zu prahlen, sie begriff ja nicht einmal, *was* sie gesehen hatte. Wie hatte sie genannt, was sie vor Kurtz' Gesicht wahrgenommen hatte? *Eine Wolke aus schwarzem Rauch*. Und erst ihre gefaselte Bemerkung hatte Brand Fisch und Angel zusammenbringen, endlich verstehen lassen, worin sich Kurtz' Macht begründete: Der Fischer mit dem Narbenmund *sammelte* nicht bloß Worte der Alten Sprache. Er wusste sie auch zu *sprechen*. Die Blockaden mussten Brand den Verstand vernebelt haben, dass er es nicht früher verstanden hatte.

Er legte eine Hand aufs Geländer, lauschte in die Stille und ging dann weiter. Wenn schon nicht auf seine Augen, so konnte er sich zumindest auf seine Füße verlassen, auf jenes untrügliche Gefühl, das ihn immer weiter die Stufen hinaufzog, als hätte ihn etwas an die Leine genommen, um ihn hinter sich herzuzerren. Am oberen Ende der Treppe erwartete ihn ein lang gezogener Flur, von dem ein gutes Dutzend Türen zu beiden Seiten abgingen. Der Flur war verlassen, so wie das Treppenhaus verlassen gewesen war, so wie das gesamte Gehöft der Fischer verlassen schien. Durch die verschlossenen Türen drang kein einziges Geräusch zu Brand hinaus, die Stille war absolut, in sich geschlossen, so als gäbe es auf der ganzen Insel niemanden, der sprach, seufzte, hustete, nieste, sich bewegte oder auch nur atmete. Waren die Fischer bereits schlafen gegangen? Aber nein, das war kaum wahrscheinlich; an einem Ort wie diesem hielt immer irgendwer Wache, schlich durch die Dunkelheit mit offenen Ohren und Augen und einem Messer in der Hand. Nicht, dass es einen Unterschied machte, Brand konnte ja nicht anders als weiterzulaufen. Der Zug war in seinen Knochen und in seinem Blut, ließ ihn wissen ohne jeden Zweifel, dass die letzte Tür auf der linken Seite verborgen hielt, wonach er suchte.

Behutsam setzte er einen Fuß vor den anderen. Jahrelange Übung hatte ihn zu einem Meister der Lautlosigkeit gemacht, etwas in den Dielen aber widersetzte sich ihm. Das Holz knackte und knirschte bei jedem Schritt. Wann immer er an einer der Türen vorbeipolterte, wappnete er sich dafür, dass sie aufspringen und Barik, Olaf oder ein anderer einarmiger, einäugiger Riese messerschwingend hinausstürzen würde. Doch er erreichte das Ende des Flurs unbehelligt, und die Zeit war zu knapp, um weiter zu zögern. Er griff nach dem Messingknauf, drehte ihn und trat ein.

Der Raum auf der anderen Seite war klein, unauffällig – ein Zimmer, beinahe wie jedes andere, aber eben nur beinahe. Etwas fehlte. Oder im Gegenteil war da, obwohl es nicht hätte da sein sollen. Brand konnte seinen Finger nicht darauflegen.

In der Mitte des Zimmers hinter einem wuchtigen Eichentisch saß Kurtz. Er hatte den Kopf gehoben, als Brand eingetreten war, und nun sahen die beiden Männer einander an, und die Haare auf Brands Unterarmen, in seinem Nacken richteten sich auf. Der Moment war gekommen: Kurtz würde zu ihm sprechen. Er würde den narbigen Mund öffnen und seine Stimme hinaus in die Welt schicken, und ihr Klang allein würde Brand etwas begreifen, etwas erkennen lassen, noch bevor ihn die eigentlichen Worte erreichten. Doch wie schon unten in der Halle schwieg Kurtz, seine wulstig vernarbten Lippen verzogen sich nicht einmal.

Und dann hörte Brand die Stimme. Er hörte die Stimme, aber er sah, dass Kurtz´ Lippen sich nicht bewegten, und es war auch vielmehr, als *schriebe* da jemand. Schriebe sich in seine Gedanken hinein, sodass er sich nicht einmal sicher war, ob es ein anderer war, der in ihm dachte, oder er selbst. *Öffne deine Augen*, dachte jemand in Brands Kopf. Und Brand öffnete die Augen. Sah in den Raum hinein und begriff, was ihn käferscheu gemacht hatte, als er eingetreten war: Es gab keine Fenster. Kein Spalt und auch kein Guckloch ließ Licht oder Luft hinein. Die Steinwände waren nackt, nicht geschmückt durch Bilder, Spiegel oder Scrimshaw-Kunst. Nur an der Wand hinter Kurtz hing ein Fischernetz, und als Brands Augen es streiften, da flammte ein Schmerz in seinen

Augäpfeln auf, so unmittelbar, als hätte er sich verbrannt. Hastig presste er die Hände auf die tränenden Augen. Als sei er dumm genug gewesen, ungeschützt in das gleißende Licht einer Sonne zu blicken, war das Dunkel hinter seinen Lidern durchsetzt von kleinen Sternen, von Glühwürmern und Spiralen. Er wartete, bis das Stechen einem Prickeln gewichen, bis noch der letzte Wurm neben dem letzten Stern verglommen war. Dann ließ er langsam die Hände sinken. Seine Beine gaben unter ihm nach, und er schlug schwer auf den Knien auf. Musste seine Augen davon abhalten, wieder zurück zu dem Netz zu wandern. Dem Netz, das nicht irgendein Netz war sondern das eine, über das man im ganzen Inselreich sprach, das eine, für das es eine eigene Karte auf Vin-Lu gab. Es war die erste Primäre, die Talin Brand je mit eigenen Augen gesehen hatte. Seine Kiefer mahlten, kalte Schweißtropfen sammelten sich auf seiner Stirn, seiner Nasenwurzel, seinen Schläfen, während sich sein Verstand abmühte, an dem, was er sah. Er war zu lange unterwegs gewesen, fernab der Mittleren Inseln. Die neuesten Gerüchte und Geschichten, das weinselige Geraune in den fragwürdigeren Gasthäusern Vin-Lus hatten sich nicht bis zu ihm herumgesprochen. Nach Brands letztem Wissensstand hätte sich das Netz weit im Süden befinden sollen, er hatte nicht gewusst, dass es in den Westen verkauft worden war. Seine Augen wanderten wieder zurück zu der Primäre, umkreisten sie wie taumelnde Motten ein dunkles Licht.

Seitdem er ein Junge gewesen war, hatte er sich den Moment ausgemalt, da er einer Primäre gegenüberstehen würde. Wie er sie berühren, wie er sie in den eigenen Händen halten würde. Er hatte Verzückung und Rausch erwartet, jenes schwelende, brodelnde Glück, das ihn überkommen hatte, als er unten im Flur zwischen den Blockaden hindurchgetaumelt war. Tatsächlich aber spürte er nur eines: Zurückweisung. Das Netz wies ihn zurück, schlimmer noch, es griff ihn an, seinen Körper, seine Sinne. Zu grell, zu kalt, zu heiß, zu schnell, zu laut – es war alles zusammen und nichts davon. Es machte, dass er sich abwenden, sich zusammenkauern, die Augen verschließen, die Hände auf die Ohren pressen wollte.

So wie man den Trinker vor den Gefahren des Weins, den Süchtigen vor den Gefahren des Dornblumkrauts warnte, so hatte man Brand in den letzten Jahren immer wieder ermahnt, den dunklen Worten fernzubleiben. Nie hatte er sich tatsächlich in Gefahr gewähnt, nie hatte er tatsächlich spüren können, wie etwas mit ätzenden Zungen an ihm leckte, ihn Schicht um Schicht abzutragen drohte. Bis zu diesem Augenblick. Seine Hände zitterten, sein Atem ging in rauen Stößen. Er kippte vornüber, bis seine Stirn den Boden berührte. Er war gekommen, um zu verhandeln, um zu bitten, um zu betteln, zu drohen, zu beschwören, doch in diesem Moment fand er, dass die Primäre ihn all seiner Worte beraubt hatte. In seinem Kopf herrschte eine vollkommene Stille, die so herrlich wie schrecklich war.

9
Die erste Flucht

Edda presste Schultern und Hinterkopf gegen den feuchten Stein in ihrem Rücken. Anders als Brand war Edda kein weißer Schatten, konnte weder mit der Wand verschmelzen noch Teil der Finsternis werden. Also war sie unter die Treppe gekrochen, wohl wissend, dass dies vermutlich der erste Ort war, an dem die Fischer nach ihr suchen würden, sollten sie bemerken, dass die Käfige leer waren. Hier kauerte sie nun zwischen Käfern und Spinnen. Ein gutes Stundenzehntel musste bereits verstrichen sein, und die Zeit war nicht auf ihrer Seite. Mit jedem Wimpernschlag, der verstrich, schien es unwahrscheinlicher, dass Brand zurückkommen, schien es wahrscheinlicher, dass einer der Fischer auftauchen würde. Sie zog den Kopf ein und die Beine an und tastete nach der Feder. Ohne Brand, das wusste sie, war sie verloren. Sie würde es nicht aus dem Gehöft schaffen, geschweige denn von der ganzen Insel. Sie wusste nicht einmal, was sie dort draußen erwartete. Ein paar Häuser oder ein ganzes Dorf, ein Wald oder bloß ein paar Schritte staubige Erde bis zum Ufer? Um nicht weiter an die Zeit zu denken, die unerbittlich verstrich, das lautlose Ticken unsichtbarer

Uhren, zählte sie Käfer, sah ihnen zu, wie sie über den Boden krochen, sich ineinander verkeilten, wieder voneinander abließen. Sie zählte die schwarz gepanzerten und die rot gemusterten, suchte vergeblich nach der Spinne, die irgendwann zwischen den Stufen ein Netz gesponnen hatte. Hin und wieder ließ ein Knacken oder Knirschen sie zusammenfahren, aber stets war es bloß eines jener Geräusche, die ein altes Haus auch allein und ohne Hilfe eines anderen Menschen hervorbringen konnte. Bald gab sie es auf, sich ablenken zu wollen, und lauschte stattdessen weiter in die Stille des Gehöfts, lauerte auf Brands Schritte, auf *irgendjemandes* Schritte, auf überhaupt ein Geräusch. Aber da waren keine Stimmen, keine Schritte, keine Türen, die geöffnet oder geschlossen, keine Stühle, die verrückt wurden. Ein daumennagelgroßer Käfer hatte sich ihrem Schuh genähert und machte sich nun daran, die Stiefelspitze zu erklimmen. Sie streckte die Hand aus, um ihn fortzuwischen, und hielt inne: Am oberen Ende der Treppe, etwa zehn Fuß über ihrem Kopf, wurde eine Tür geöffnet. Jemand kam die Stufen heruntergepoltert.

Edda wagte nicht, den Arm sinken zu lassen. Saß steinstarr. Trotzdem meinte sie, dass es in ihr polterte, ähnlich laut wie auf den Stufen über ihr. Noch die kleinsten Geräusche wurden verräterisch laut. Ihr Herz hämmerte, sie atmete nicht länger, sie schnaubte. Nur ein Taubohr würde sie nicht schnauben hören. Rasch presste sie die Hand auf den Mund. Nutzlos. Der Atem kam nur mit mehr Druck, war laut wie ein Husten oder Räuspern. Und dann stieg ihr der Geruch von Schweiß und rostigem Metall in die Nase, tauchten klobige Schuhe vor ihr auf, zwei schmale Hosenbeine und ein tätowierter Unterarm, an dem zwei Holzreifen klackernd gegeneinanderstießen – Barik, sie erkannte ihn an den Reifen.

Geh nicht in den Keller!, betete Edda stumm, und Agatha und Lor – oder wer auch immer die Heiligen Halvs sein mochten – erhörten ihre Gebete. Barik steuerte nicht auf den Keller zu, sondern auf die Halle. Er war genau auf Eddas Höhe angelangt, als er plötzlich stehen blieb.

»Du kleines Mistviech«, murmelte er, und Eddas Herz trommelte bis in die Fingerspitzen. Sie wusste, was nun geschehen würde. Barik würde den Kopf drehen. Sich zu ihr hinabbeugen. Unter den Treppenabsatz kriechen. Sie an einem Fuß oder den Haaren packen und aus den käferüberlaufenen Schatten ans Licht zerren. Er würde …

Barik hob den rechten Schuh und kratzte mit seinem Messer etwas darunter hervor. Eine Spinne, flach wie ein Rundling und ebenso leblos, landete nur eine Armlänge von Edda entfernt auf dem Steinboden.

Edda starrte die Spinne an, während Barik durch die Tür in die große Halle trat. Sie wartete, bis die Tür hinter ihm ins Schloss gefallen war, bevor sie ihr Hosenbein hochkrempelte und mit zittrigen Händen den Käfer hinausschüttelte, der in der Zwischenzeit über ihren Schuh die Wade hinaufgekrochen war. Sie wusste, dass die Gefahr nicht gebannt war. Jeden Moment könnte Olaf auftauchen. Und Olaf würde sicher in die Keller hinuntergehen. Würde Edda in ihrem schlechten Versteck schnauben hören. Wenn sie Glück hatte, würde er sie bloß zurück in die Käfige bringen. Wenn sie Pech hatte … Sie dachte an Tamsins fehlende Finger.

Doch die Zeit verstrich, qualvoll langsam, ohne dass Barik oder einer der anderen Fischer auftauchte. Und dann, ohne dass Edda eine Tür gehört hätte oder sonst einen verräterischen Laut, zitterte die Stufe über ihrem Kopf, und dort, wo sie erst kurz zuvor Bariks Schuhe und Beine gesehen hatte, tauchten Brands abgewetzte Stiefel und durchnässte Hose auf.

Obwohl er bereits im Haus verschwunden war, bevor sie ihr Versteck gewählt hatte, beugte er sich ohne jedes Zögern zu ihr hinunter, um ihr hinauszuhelfen. Edda hätte nicht sagen können, was sie am meisten an Brands Anblick überraschte: Dass er tatsächlich für sie zurückgekommen war? Dass er keinem der Fischer in die Arme gelaufen war? Dass es ihm gelungen war, in einem Haus, über dessen Flure und Winkel, Räume und Treppen er nicht das Geringste wusste, ihrer beiden Rucksäcke zu finden? Oder war es der Umstand, dass sein Gesicht im flackernden Schein der Öllampe ihr mit einem Mal völlig fremd schien? *Er ist es nicht*, dachte sie, und das Herz sprang ihr gegen die Rippen. Sie fing sich im gleichen Atemzug. Natürlich war er es. Hier waren seine milchig blauen Augen, sein schmutzgrau-weißes Haar, sein blasses Gesicht. Und trotzdem – da war etwas in seinen Zügen, das sie nicht wiedererkannte und von dem sie hätte schwören können, dass es zuvor nicht dagewesen war.

»Steh nicht rum und glotz mir Löcher in den Kopf. Setz deinen Rucksack auf!«, zischte Brand.

Hastig folgte sie seinem Befehl. Ihr Blick aber irrte immer wieder zu seinem Gesicht. Vor einigen Jahren hatte sich Henrik, der Mann der Alten Keva, vom Glockenturm gestürzt. Ruben hatte zu den Fischern gehört, die ihn auf dem Pflaster des Dorfplatzes gefunden hatten, und als er endlich nach Hause gekommen war, hatte exakt derselbe Ausdruck auf seinem Gesicht gelegen.

»Pass auf!«, sagte Brand nun barsch. »Soweit ich herausgefunden habe, gibt es genau einen Weg, der aus dem Haus führt. Wir müssen wieder durch die große Halle.

Edda sah zu der Tür, durch welche Barik verschwunden war.

»Das geht nicht. Dort ist gerade erst ...«

»Grünauge!« Brand fuhr sich mit Daumen und Zeigefinger über die Nasenwurzel, so als sei ihm genau dort ein heftiger, schneller Schmerz in den Schädel gefahren. »Ich weiß, Worte liegen dir nicht. Streng dich trotzdem an, sie zu verstehen. Genau ein Weg führt aus diesem Haus, und er geht durch diese Tür gleich hinter mir. Wir müssen dort hindurch oder warten, bis einer der Fischer zurückkommt und über uns stolpert. Verstanden?«

»Ja, aber ich habe Barik ...«

Brand packte ihr Handgelenk. Fuhr herum und zog sie mit sich. Sie war zu überrascht, um sich zu wehren, ließ sich mitziehen. Durch den Flur und auf die Tür zu und durch die Tür hindurch, bis in die große Halle. Als Brand sie über die Schwelle zog, kniff sie die Augen zusammen. Wusste bereits, was sie auf der anderen Seite erwartete: Barik mit den Holzreifen und Olaf mit dem gespaltenen Schädel und Kurtz mit dem Narbenmund. Alle Fischer Halvs, versammelt an der langen Tafel, eine ganze Reihe einäugiger, narbenversehrter, breitschultriger Männer, die nur auf sie warteten.

Aber Brand blieb nicht stehen, und als sie die Augen aufriss, war die Halle leer. Niemand saß an der Tafel, niemand kauerte in den Ecken oder neben der Feuerstelle. Das Feuer war erloschen, nur die Kohlen glühten noch schwach. Und noch immer gab Brand sie nicht frei, zog sie weiter, vorbei an der langen Tafel, vorbei an dem bleichen Skelett des schwebenden Wals, an den glimmenden Kohlen, den Äxten an der Wand. Er lief so schnell, dass sie ihm mit hüpfenden Stolperschritten folgen musste. Die Tafel lag bereits hinter ihnen, als sich die Tür am Ende der Halle vor ihnen öffnete.

Tamsin trat hindurch. Einen grauen Lappen in der Hand. Ihr Blick wanderte suchend über die Steinfliesen, vermutlich auf der Suche nach den kleinen Pfützen, die Brand und Edda überall hinterlassen hatten.

Brand war stehen geblieben; Edda hinter ihm war stehen geblieben. Beide nicht länger Fleisch und Blut, sondern Holz und Stein. Und Edda dachte wie ein Kind: Wenn sie nur völlig stillhielte, könnte sie unsichtbar sein. Tamsins Augen würden über sie beide hinweggleiten, wie über einen Stuhl oder einen Tisch. Doch dann hob Tamsin den Kopf. Sah sie beide an, während das Wasser aus ihrem Lappen und zu Boden tropfte. Tamsin schrie nicht auf, fuhr nicht herum, stürzte nicht aus der Halle und rief nach keinem der Fischer. Sie blinzelte. Ihr Gesicht war blank, ausdruckslos. Sie musste wissen, was die beiden waren – keine Gäste, sondern Gefangene. Sie musste wissen, dass sie nicht allein in der Halle hätten sein sollen und dass wohl keiner der Fischer Bescheid wusste.

Brand ließ Edda los. Langsam hob er die Arme, hielt Tamsin die geöffneten Handflächen entgegen, wie um sie zu beschwichtigen oder von etwas abzuhalten, wie um ihr zu zeigen, dass er keine Waffe bei sich trug.

Tamsin ließ den Lappen fallen. Als sie sprach, war ihre Stimme rauer, tiefer, als Edda es erwartet hatte. »Ihr habt Euch aus den Käfigen befreit«, sagte sie, und die Worte ordneten sich unschlüssig, als wüsste Tamsin selbst nicht, ob sie fragte oder feststellte.

Brand und Edda nickten gleichzeitig.

»Ihr … Ihr wollt fliehen?«, fragte Tamsin. Zwischen den einzelnen Worten lagen unheilvolle Pausen. Nur weil sie bisher nach keinem der Fischer gerufen hatte, hieß das nicht, dass sie es nicht noch tun würde.

Brand tastete nach seinem Rucksack. »Ich habe Rundlinge«, sagte er. »Wenn du uns gehen lässt …«

Tamsin schnaubte heiser. »Ich brauche keine Rundlinge. Niemand hier braucht Rundlinge.«

Während sie sprach, bewegten sich ihre Hände unablässig. Sie waren rotfleckig, die Haut rau und gesprungen, so wie die der Fischersfrauen, die ihr halbes Leben an den Bottichen gearbeitet hatten.

»Wenn Ihr geht, müsst Ihr mich mitnehmen«, sagte Tamsin. »Ich werde Euch nicht verraten, aber Ihr müsst mich mitnehmen.«

Als Brand nicht antwortete, wiederholte sie die Worte. »Ihr *müsst* mich mitnehmen … Ihr wisst nicht … Ihr könnt Euch nicht vorstellen …« Sie brach ab, und ein Laut ging ihr über die Lippen, zwischen Wimmern und Seufzen. Mehr noch als Tamsins Worte ließ er Edda ohne Zweifel verstehen, dass sie tatsächlich nichts wusste von Tamsins Leben auf Halv.

»Wir müssen ihr helfen«, flüsterte Edda zu Brand und wiederholte die Worte lauter, mit mehr Nachdruck: »Wir müssen ihr helfen.«

Brand hob die Hand, wie Ruben es zu tun gepflegt hatte. »Wir können nichts für dich tun«, sagte er. »Es ist zu gefährlich.«

»Doch«, sagte Tamsin. »Ihr müsst mich mitnehmen, oder ich schreie so laut, wie ich kann. Bis jeder Fischer im ganzen Gehöft es hört.«

Mit drei schnellen Schritten war sie bei Brand. Sank vor ihm auf die Fliesen, und er schrak vor ihrer Hand zurück, den drei kümmerlichen Fingern, die sie ihm entgegenstreckte.

»Grünauge.« Er sprach über Tamsins Kopf hinweg. »Wir müssen gehen. Jetzt.«

Edda rührte sich nicht. Brand hatte zu schwitzen begonnen. Es musste das erste Mal sein, dass sie ihn schwitzen sah, und die Farbe auf seinen Wangen, aufgebrachte rote Streifen, waren ihr so fremd wie das Gehetzte in seinen Augen. *Was hast du dort oben gesehen?*, wollte sie ihn fragen, aber ihr Mund war trocken und rau, die Zunge klebte ihr am Gaumen.

»Er würde es nicht … er würde es nicht erlauben«, murmelte Brand. Und während Edda noch nachdachte, wovon zum Wassermann er sprach, sprang Tamsin auf, näherte sich Brand mit neuer Entschlossenheit. Sie musste verstanden haben, dass ihre Worte an Brand verschwendet waren. Keine Drohung, kein Versprechen würde ihn dazu bringen, seine Meinung zu ändern. Stattdessen schien sie sich auf ihn stürzen, sich an ihm festklammern zu wollen, wie ein Kind. Ihre zusammengepressten Lippen ließen keinen Zweifel: Sie würde sich nicht abschütteln lassen, Brand würde nichts anderes übrig bleiben, als sie mit hinunter zum Hafen zu schleifen. Sie machte einen Satz auf ihn zu, und dieses Mal wich Brand nicht aus. Er glitt ihr durch die Luft entgegen, schien Echse und Schatten und Fisch und Vogel auf einmal zu sein. Nur ein Mensch war er nicht. Er zog sie zu sich heran, legte seinen Arm quer über ihre Brust, packte mit der anderen ihren Kopf. Riss ihn zur Seite.

Edda hätte nicht verstanden, was sie sah, wäre da nicht der Laut gewesen, fast wie ein Krachen, wie ein Splittern oder Reißen. So und nicht anders hörte es sich an, wenn einem Menschen die Seele aus den Knochen fuhr. Einen Augenblick hing Tamsin schlaff in Brands Armen, wie eine Puppe mit Holzgliedern und einem Leib aus Stoff und Watte. Dann gab Brand sie frei, sie glitt zu Boden, und ihr Kopf schlug dumpf auf den Steinfliesen auf.

Brand sah nicht auf Tamsin hinab. Seine milchigen Augen ruhten auf Edda, während er über den leblosen Körper auf den Fliesen hinwegstieg, plötzlich ohne jede Eile auf Edda zuging, so dicht vor ihr stehen blieb, dass sie ihn riechen konnte, so wie sie zuvor Barik im Treppenhaus gerochen hatte. Und es war derselbe Geruch: nach brackigem Silberseewasser, nach dem Metall der Eisenstäbe unten im Keller, nach klammem Stein und altem Blut. Sie blickte in Brands Augen, die schwarzen Kreise waren dunkle Inseln im milchblauen Meer seiner Iriden. Etwas blickte zurück.

Als Brand seine Hand nach ihr ausstreckte, wich sie zurück und stolperte gegen einen Stuhl in ihrem Rücken, der krachend zu Boden ging.

Brands Mundwinkel zuckten; er ließ die Hand sinken.

»Komm mit oder bleib hier und warte, bis sie dich finden.« Mit einem Nicken deutete er auf Tamsins reglose Gestalt. »Bis sie euch beide finden. Wahrscheinlich werden sie dich bestrafen. Wahrscheinlich ziehen sie dir die Haut ab und hängen sie draußen an einen der Pfähle. Es ist deine Haut, mir ist es gleich.«

Er sprach die Worte wie einer, der sie meinte, aber sie glaubte ihm nicht. Es war ihm nicht gleich. *Sie* war ihm nicht gleich. Das wusste sie, denn sie konnte nicht nur ihn, Brand, riechen, sie roch auch seine Abscheu. Er verabscheute sie in diesem Moment genug, um sie auf Halv zurückzulassen, auch wenn es bedeutete, dass er nicht erfahren würde, wer die Fließende Karte besaß.

Als hätte er ihre Gedanken gehört, nickte er. Dann drehte er sich um und ging an Tamsin vorbei, auf die Tür zu, die aus der großen Halle führte.

Während sie ihm nachsah, zitterte sie so stark, dass ihre Zähne aufeinanderschlugen. Ihre Augen waren feucht, weil sie schwitzte oder weinte oder etwas von der klammen Steindecke auf sie hinabtropfte. In ihrem leeren Kopf klapperten Brands Worte frei von jeder Bedeutung herum, *Strafe, Haut, Pfähle*. Und dann setzten sich ihre Füße in

Bewegung, trugen sie an Tamsin vorbei, weiter fort von dem Keller der Fischer von Halv, weiter fort von dem schrecklichsten Ort, an dem sie je gewesen war, und hinüber zu dem schrecklichsten Mann, dem sie je begegnet war.

10
Ogatje

Sie waren die ganze Nacht und einen weiteren halben Tag auf einem der Boote, das sie unten an den Stegen gestohlen hatten, gesegelt, bevor Brand verkündete, dass sie die nächste Insel ansteuern würden, um ihre Vorräte aufzufüllen. Ihre letzte warme Mahlzeit war die wässrige Suppe auf Halv gewesen, und den Proviant, den sie von Ootland mitgenommen hatten, hatten sie längst gegessen.

Edda hatte keinen Hunger. Allein beim Gedanken an Essen wurde ihr schlecht. Und gleichzeitig war da das Zittern. Sie zitterte nahezu ununterbrochen und fühlte sich so schwach, dass jeder Schritt ein Wagnis schien und ihre Beine sie kaum zu tragen wussten. Früher oder später würde sie etwas essen müssen.

Zwischen den einzelnen Inseln hatten bisher stets mehrere Tage Reise gelegen, doch schon kurz nach Brands Ankündigung tauchte ein lang gezogener Umriss am Horizont auf. Das neue Boot war zu groß, als dass sie bis ganz an die Insel hätten heranfahren können, und das letzte Stück legten sie in einem kleineren Beiboot zurück.

Anders als Halv und Achum war die Insel weder karg noch öde und schien reich an Tieren und Pflanzen. Nachdem Brand das Beiboot festgemacht hatte, liefen sie durch kniehohes Gras an einem Bach entlang, bis sie auf eine Gruppe plumper fetter Vögel trafen, die Edda mit ihrem schmutzig weißen Gefieder und ihren roten kurzen Schnäbeln an die Hühner Maunlands erinnerten. Zielstrebig packte Brand sich einen von ihnen und drehte ihm ohne viel Aufhebens den Hals um. Das leblos schlaffe Tier in den Händen sah er Edda an, wie um sie herauszufordern. Aber in Edda fand sich nichts, das eine Herausforderung annehmen wollte. Stumm half sie Brand, den Vogel zu rupfen und auszunehmen. Während sie vor dem Feuer saßen und zusahen, wie das bläulich weiße Fleisch seinen durchscheinenden Schimmer verlor, knetete Edda ihre zittrigen Hände und lauschte dem Knacken und Rascheln in den Bäumen, den Vogelrufen, die immer wieder die Stille durchschnitten. Etwas saß hinter ihrer Stirn. Sie stellte es sich wie die grauen Putzlappen vor, mit denen sie den Boden im Fischhaus geschrubbt hatte. In den letzten Stunden und seitdem sie von Halv geflohen waren, hatte es sich immer weiter vollgesogen, nicht mit Staub oder Dreck, sondern mit Gefühlen und Gedanken. Es war unmöglich, klar zu denken, solange der vollgesogene Lappen weiter hinter ihrer Stirn saß. Sie hatte gehofft, dass zumindest das Zittern nachlassen würde, wenn sie erst gegessen hätte, doch auch nachdem Brand und sie den Vogel unter sich aufgeteilt und hastig hinuntergeschlungen hatten, waren Eddas Hände noch immer unentwegt in Bewegung, so als schüttle sie jemand sacht von innen.

Brand schien nicht weiter Zeit verlieren zu wollen und erhob sich, kaum dass er die letzten Reste Fleisch säuberlich vom Knochen getrennt und in ein Tuch gewickelt hatte.

»*Ogatje* wartet schon«, verkündete er.

»*Ogatje?*« Edda rührte sich nicht.

Ungeduldig deutete Brand Richtung Strand. »Das Boot, *Ogatje.* Hast du nicht die Buchstaben auf dem Heck gesehen? Sie sind ungefähr so groß wie du.« Dann hielt er inne. »Ah, ich vergaß! Du kannst nicht lesen. Kannst nicht schwimmen … Ist nicht leicht, all die Dinge im Überblick zu behalten, die du nicht …«

»Das Boot hat einen Namen?«, fragte Edda misstrauisch. Bei der Hälfte dessen, was er sagte, handelte es sich um eine Lüge, bei der anderen um einen schlechten Scherz, der in der Regel auf ihre Kosten ging. »Warum würde man … Ein Boot ist keine Person, warum würde man ihm einen Namen geben?«

Brands Augen wurden schmal. »Manche würden behaupten, so ein Boot ist mindestens so sehr eine Person wie du es bist, Grünauge.«

Er trat mit der Stiefelspitze in die Reste des erloschenen Feuers, wirbelte Asche und kleinere Knochen auf. Wortlos stapfte er durch die Bäume davon, zurück zum Strand, zurück zu dem Boot, das irgendwer *Ogatje* genannt hatte und vielleicht mindestens so sehr für eine Person hielt, wie Edda eine war. Sie folgte ihm, weil ihr nichts anderes übrig blieb.

***

An Bord nahm Brand seinen üblichen Platz hinter dem Steuerrad ein, das auf der *Ogatje* die Segelpinne ersetzte. Edda verstand zu wenig vom Segeln, um sagen zu können, ob es für Brand tatsächlich notwendig war, Stunde um Stunde hinter dem Rad zu stehen und es mit unmerklichen Bewegungen erst in die eine, dann in die andere Richtung zu drehen, oder ob er sich so ausgiebig mit Rad, Segelleinen und der

Kurbel beschäftigte, um beschäftigt zu sein. Seit Halv war er wortkarg. Redete nur mit ihr, wenn es sich nicht vermeiden ließ oder um sie mit einer barschen Bemerkung vor den Kopf zu stoßen. Wenn er sprach, dann sah er sie nicht an, sondern schickte seinen Blick in die unwahrscheinlichsten Ecken. Ihr war es recht so. Sie war dankbar, hielt so viel Abstand zu ihm, wie das Boot es erlaubte. Und die *Ogatje* erlaubte ein beträchtliches Maß an Abstand. Gleich zwei Kammern verbargen sich in ihrem Rumpf. In der einen befand sich die Kurbel, in der anderen eine schmale Pritsche zum Schlafen. In dieser zweiten Kammer hatte sich Edda während der ersten Nacht an Bord vor Brand versteckt, zitternd auf der Pritsche gelegen und nicht geschlafen und an rein gar nichts gedacht. Aber so gern sie sich an einem Ort aufhielt, an dem Brand nicht war, so unheimlich war ihr das Innere des Bootes. Kein Augenblick verstrich, in dem sie nicht daran dachte, dass nur wenige Fuß von ihr entfernt Drachenrochen, Wassermänner und Seegespenster durch die See trieben. Zunächst blieb sie darum auf dem Deck, stand an der Reling und sah der Insel der Maunländer Hühner nach, die sich zusammenzog, kleiner wurde und schließlich ganz verschwand. Die Härchen in ihrem Nacken stellten sich auf, als Brand plötzlich neben sie trat, ein mit Goldkreisen verziertes Fernrohr in der Hand. Er hatte es schon am Vorabend in der Kurbelkammer gefunden und sie angehalten, hindurchzusehen. Weil es Nacht gewesen war, hatte sie sich wenig beeindruckt von der angepriesenen Reichweite gezeigt, und nun, da es Tag war, schien Brand keinerlei Absicht zu haben, es ihr ein weiteres Mal zu überlassen. Auch er selbst sah zunächst nicht hindurch, beäugte die Sonne, als sei sie an diesem wie an allen anderen Morgen nur aufgegangen, um ihn zu quälen.

»Die möwenverschissene Sonne«, stellte er fest.

Wann immer sie auf See waren, klagte er über die Sonne, die Hitze, den Gestank, der hier draußen früher oder später unerträglich würde. Sie gab wenig auf seine Warnungen, aber an diesem Vormittag kam ihr zum ersten Mal der Verdacht, dass mehr Wahrheit in seinen Worten lag, als sie angenommen hatte. Die Sonne stand am höchsten Punkt, und ein Gestank stieg aus dem Wasser auf, der Edda an die Colmindünste erinnerte, die ihre Heimat während der schlimmsten Hochsommerhitze heimsuchten.

Als Brand neben ihr endlich das Fernrohr ansetzte, versteifte sie sich unwillkürlich. Doch schon nach wenigen Wimpernschlägen ließ er es sinken und gähnte. Edda runzelte die Stirn. Seitdem sie von Halv geflohen waren, hatten sie nicht über Halv gesprochen, und Edda war für sich allein zu dem Schluss gekommen, dass die Fischer sich längst an ihre Fersen geheftet haben mussten. Olaf und die anderen Männer schienen ihr wie solche, die ihre entflohenen Gefangenen durchs halbe Inselreich jagen würden. Besonders wenn ihnen erst auffiele, dass deren Flucht sie eine Echse, eine Frau und ein Boot namens *Ogatje* gekostet hatte.

»Was meint Ihr, warum sie uns noch nicht eingeholt haben?«, fragte sie.

Brands linkes Augenlid zuckte, während er in ihren Worten nach einer Falle, einem Stolperstrick zu suchen schien. »Wer?«

Wer? »Die … die Fischer von Halv? Glaubt Ihr nicht, dass sie uns folgen?«

»Wer weiß schon, was sie tun oder nicht tun werden?«, blaffte Brand. »Kann ich ihre Gedanken lesen? In ihre Schädel schauen? Wohl kaum.«

Sie sog ihre Unterlippe ein. Inzwischen hatte sie verstanden, dass Brand immer dann besonders harsch zu ihr sprach, wenn sie an etwas getastet hatte, zu dicht an etwas herankam, das er vor ihr schützen wollte.

Ein neuer Schub fauliger Ausdünstungen schwemmte die *Ogatje,* und Edda wich von der Reling zurück. Sie war den Gestank müde, sie war die ewig graue See müde, sie war Brand und seine Geheimnisse müde.

»Kann ich mich schlafen legen oder braucht Ihr meine Hilfe?«, fragte sie.

»Deine *Hilfe*«, ätzte Brand. »Du kannst tun, was immer du willst, Makri. Das tust du doch ohnehin.«

Wann zum Wassermann hatte sie zum letzten Mal getan, was immer sie ... Sie schluckte die Frage, drehte sich um und wollte an Brand vorbeilaufen, als er einen raschen Schritt zurückmachte und sich ihr in den Weg stellte. Das letzte Mal war er ihr so nahe gekommen, als sie noch auf Halv gewesen waren. Weil er es hasste, wenn sie *stierte, starrte, glotzte,* heftete sie den Blick auf die Planken, doch dieses Mal legte er ihr eine Hand unters Kinn und zwang sie, den Kopf zu heben.

»Du kannst mir bis ans Ende aller Tage vorwerfen, dass ich das Mädchen losgeworden bin«, sagte er. »Oder du kannst daran denken, dass ich *dir* das Leben gerettet habe, Grünauge. Beides ist wahr.«

Sie sah ihn an, ohne ihn anzusehen, blickte durch ihn hindurch und wartete darauf, dass der Moment genau wie der Modergeruch vorüberziehen würde. Das Zittern war nicht länger bloß in ihren Händen, sondern auch in ihrem flattrigen Atem, ihrem holpernden Herzschlag, in ihren Gedanken, die nicht mehr glatt aneinanderschlossen, sondern stockten und ruckelten, plötzlich abbrachen und an anderer Stelle einsetzten. Sie presste die Zähne aufeinander, damit sie nicht gegeneinanderschlugen, und dann endlich gab Brand ihr Kinn frei. Er kehrte ihr den Rücken und trat wieder an die Reling.

Nachdem sie die Schlafkammer betreten hatte, schloss sie die Tür hinter sich und presste Stirn und Hände gegen das Holz. In der Kammer fand sich neben der Pritsche nichts weiter als ein Schemel, und schon in der vorangegangenen Nacht hatte Edda festgestellt, dass sich die Tür weder durch Riegel noch Schloss verschließen ließ. Sie wusste, dass ohnehin kein Schloss und kein Riegel etwas gegen Brand hätten ausrichten können, hatte mit eigenen Augen gesehen, wie er sich mithilfe eines Löffels und durch den Schlag seiner Zunge aus einem Käfig befreit hatte. Und trotzdem wollte sie etwas, das zwischen ihnen lag. Wenn schon keinen Wall, keine hohe Mauer, kein Meer, dann zumindest eine Tür, die man verschließen konnte. Rasch schob sie den Schemel vor die Tür. Zumindest würde das Krachen des Aufpralls sie warnen.

Sie legte sich auf die Pritsche. Wie müde sie war. Sie konnte sich nicht erinnern, wann sie das letzte Mal geschlafen hatte. Richtig geschlafen – ohne mit einem halben Ohr, einem halben Auge wach und wachsam sein zu müssen. In der Nacht zuvor hatte sie stundenlang aus dem runden kleinen Fenster gesehen, ruhelos aus Angst, von Tamsin zu träumen. Tatsächlich hätte der Putzlumpen hinter ihrer Stirn es wohl verhindert. Ihre Flucht, Tamsin und Tamsins Tod hatten sich zu einer Geschichte gewandelt, die ihr ein anderer erzählt haben musste – *und dann schlug ihr Kopf auf den Fliesen auf!* War sie wirklich im selben Raum gewesen, als Tamsin ihr Leben verloren hatte?

Ihre Augen wanderten hinüber zu dem schmutzblinden Fenster. Sie sah dem Himmel dabei zu, wie er langsam abdunkelte, sich von Grau zu Ocker zu Schwarz wandelte. Auch wenn sie nicht mehr glaubte, dass sie von Tamsin träumen würde, fürchtete sie den Schlaf, fürchtete sich davor aufzuwachen, so wie sie auf Achum aufgewacht war, nur um sich Angesicht zu Angesicht mit Brand wiederzufinden, der über ihr kauerte wie eine bleiche Spinne. Da gab es etwas, das er von ihr wollte, das er suchte in ihren Träumen, in ihrem Kopf, mehr als bloß Gondenbergs Namen, und auch wenn sie nicht verstand, was es war, wusste sie, dass sie es vor ihm schützen musste. Wenn sie aber noch länger wach bliebe, würde sie kopfkrank werden. Ohnehin konnte sie kaum noch etwas ausrichten gegen den Druck, der auf ihre Lider wirkte, sie langsam, aber sicher nach unten schob. Bald trieb sie davon.

***

Es war der neue alte Traum. Wieder fand sie sich in dem aus Fels geschlagenen Raum mit dem hohen Fenster. Der Gefiederte stand davor und sah hinaus in die Welt. Inzwischen wusste Edda, wo sie war: auf den Letzten Inseln im Teermeer. An diesen Ort hatte der Gefiederte die Kinder Colms gebracht. Sie sah sich um, erkannte zusammengekauerte Gestalten in den Ecken des Raumes, aber ihre Umrisse waren Edda fremd, keiner von ihnen war ihr Bruder oder ein anderes Kind, das sie kannte.

Plötzlich stand sie neben dem Gefiederten. Er hob die Hand und zeigte auf das Fenster.

Schau!, befahl er. Hinter dem Fenster lag nicht länger eine öde, sumpfige Landschaft, sondern eine Welt, die in Flammen stand. Edda schaute auf Reihen kastenartiger Häuser hinab, die sich dicht an dicht drängten und umschlossen waren von einem hohen Steinwall. So viele Häuser hatte sie noch nie auf einen Schlag gesehen. Nicht eine Handbreit Luft lag zwischen ihnen. Dies musste eine Stadt sein, wie Goldzahn ihr Centria und Akoban beschrieben hatte. Inmitten der Häuser, hoch auf einem Hügel, thronte ein Bauwerk, aus dem Türme, Erker, Balkone sprossen. Es erinnerte Edda an einen Baum, der nicht gewusst hatte, wann er mit dem Wachsen aufhören sollte, aus dessen Krone neue Stämme mit neuen Ästen und weiteren Baumkronen wuchsen. Wer lebte in einem solchen Haus, und warum brauchte er tausend Zimmer?

Stadt und Bauwerk standen in Flammen. Ein Feuer fegte durch die Gassen wie ein harscher Wind, trieb Menschen und Tiere vor sich her. Edda sah ein Pferd, das sich aufbäumte, die Zähne wild gebleckt, die Augen irre, sie sah einen Mann, der zu tanzen schien; die Arme in die Luft gehoben drehte er sich immer schneller um sich selbst, bis er hinter den Flammen verschwand. Sie sah Haare, die versengt wurden, Gesichter, die in sich zusammenfielen, sie sah Stoff, der von Leibern, und Haut, die von Knochen schmolz. Sie sah Menschen taumeln, schreien, fallen, sterben, sah ihre weit aufgerissenen Münder. Das Fenster bewahrte sie vor dem Schlimmsten: Sie konnte sehen, ohne riechen oder hören zu müssen. Etwas in ihr wollte zurückweichen, sich abwenden, und etwas anderes zog sie noch dichter ans Fenster, bis ihre Hände es berührten. Das Glas unter ihren Fingern war nicht heiß, nicht einmal warm.

Siehst du, was sie getan hat?, fragte der Gefiederte.

Sie nickte, obwohl sie weder verstand, von wem er sprach, noch warum er ihr das Feuer zeigte.

Siehst du die Schatten?, fragte er, und als hätte seine Frage sie erst hervorgebracht, tauchten die Schatten auf. Sie bewegten sich so frei durch die brennende Stadt, wie die Menschen es taten, an die sie hätten gebunden sein sollen. Breiteten sich nicht wie teerige Bilder auf den Pflastern und Wänden aus, sondern stürzten sich auf jene, die vor den Flammen flohen. Edda drehte den Kopf, um den Gefiederten nach den Schatten zu fragen, doch noch in der Drehung spie der Traum sie aus. Katapultierte sie aus dem steinernen Raum an den dunklen Nicht-Ort im Schlaf, an dem es keine Fragen gab und sicher keine Antworten.

11
Die zweite Flucht

Als Edda wieder zu sich kam, war die Nacht bereits dem Morgen gewichen, der Morgen dem Mittag, und durch das Fenster warf die Sonne einen kreisrunden Lichtfleck auf den Boden der Kammer. Die Luft war stickig und warm; auf ihrer Stirn stand Schweiß, Brands Hemd klebte an ihrer Haut. Sie fuhr sich mit der Zunge über die aufgesprungenen Lippen und versuchte sich zu erinnern, wann sie das letzte Mal aus Brands metallener Flasche getrunken hatte. Wahrscheinlich auf der Insel der Maunländer Hühner. Sie wartete, bis der Schwindel nachließ, stand auf und trat an das runde Fenster. Schon am Vortag hatte sie mehrmals versucht, es zu öffnen, aber entweder sie war zu ungeschickt, um den geheimen Mechanismus zu verstehen, oder es gab keinen. Während sie hinaus aufs Meer sah, tastete sie nach der Feder. Ein Wunder, dass Edda sie nicht verloren hatte, und noch wundersamer, dass sie so unverändert schien. Der grün-blau-violette Schimmer im Schwarz war derselbe, die geschwungene Form, das spitze Kielende. Während sich alles um und in Edda wandelte, die Welt und der Traum und sie selbst, blieb jenes Ding, in dem alles seinen Anfang genommen hatte, gleich. Dabei hätten spätestens nach Tamsins Tod die schillernden Farben aus dem Schwarz sickern müssen. Eine Hand auf ihren Bauch gepresst wartete sie darauf, dass die morastig feuchte Übelkeit verebbte. Die See hinter dem Fenster war wie immer: grau und weit und gleichmütig; sie hatte nichts zu schaffen mit Brand, Edda oder Tamsin. Edda trat von dem Fenster zurück und sah zur Pritsche. Sie wollte weiterschlafen, sich forttragen lassen von der *Ogatje* und von Brand, aber die Zunge klebte ihr am Gaumen, in ihrem Hinterkopf war ein dumpfes Pochen und in ihrem Schädel ein Unheil kündender Schwindel. Sie *musste* etwas trinken.

Schnell, bevor sie es sich anders überlegen konnte, rückte sie den Schemel beiseite, öffnete die Tür und trat hinaus. Sie hatte bereits einen Fuß auf die unterste Sprosse der Leiter gestellt, als sie bemerkte, dass die Tür zur Kurbelkammer offen stand. Die Kurbel selbst war ein sonderbares Ding, nur halb so groß wie jene, die sich auf Bents Boot befunden hatte. Der zierlich anmutende Kurbelarm schien mit einer größeren Apparatur im Schiffsbauch verbunden zu sein. Durch einen Spalt in den Planken sah man hinab auf eine Ansammlung kupferner Räder, die sich zusammen mit dem Kurbelarm drehten. Rätselhafter noch als die Rädchen war eine Glasglocke, die über einen Kupferdraht mit der Kurbel selbst verbunden war. Welchem Zweck sie diente, konnte Edda sich nicht erklären, und sie würde einen Wassermann tun, Brand danach zu fragen. Ohnehin war es nicht der Anblick der Kurbel gewesen, der sie auf der Leiter hatte innehalten lassen, sondern Brands Rucksack, der mitten in der Kammer auf den Planken lag. Mit seinem abgewetzten Leder und seinen zerkratzten Messingschnallen war er ihr inzwischen so vertraut wie sein Besitzer.

Irgendwo in dem Rucksack war die Metallflasche.

Sie sah hinauf in das Stück blassblauen Himmel, das sie von der untersten Stufe der Leiter aus sehen konnte, und fragte sich, wo Brand war, was er trieb. Würde er es bemerken, wenn sie die Metallflasche aus seinem Rucksack nahm, ein, zwei Schlucke trank und sie wieder zurücksteckte? Wohl kaum. Sie glitt von der Leiter hinunter, bewegte sich, so wie sie es sich von Brand abgeschaut hatte, beinahe lautlos und ohne die Fußsohlen ganz abzusetzen. In der Tür zur Kurbelkammer hielt sie inne. Sollte Brand sie mit beiden Armen bis zu den Ellbogen in seinem Rucksack vorfinden, bräuchte sie ihm erst gar nichts von der Flasche vorzufaseln. Er würde ihr niemals glauben. Nicht einmal sie selbst glaubte sich. Wusste, noch während sie sich vor den Rucksack auf die Planken kniete und sich mit zittrigen Fingern an den Messingschnallen zu schaffen machte, dass sie nicht wegen der Metallflasche hierhergekommen war. Sondern weil sich etwas in dem Rucksack befand, für das Brand auf Halv ihrer beider Leben aufs Spiel gesetzt hatte, etwas, das er schon auf Achum vor ihren Blicken und Fingern hatte schützen wollen.

Rasch schlug sie die Lasche zurück. Zunächst holte sie zwei Hemden hervor und eine Hose, dann ein Messer mit einem abgewetzten Griff, einen Kompass, die Metallflasche und einen Beutel voller Rundlinge. Weiter unten im Rucksack fand sie ein schmales, in rotes Leder gebundenes Notizbuch. Die dünnen, angerissenen Seiten waren über und über mit schwarzer Schrift bedeckt, mit lang gezogenen Buchstaben, die wie gelenkige Spinnen übers Papier krochen. Sie blätterte durch die Seiten auf der Suche nach einer Zeichnung, die ihr etwas über den Inhalt des Buches verraten würde, fand aber keine. Von den Händlern wusste sie, dass das geschriebene Wort oft von großem Wert sein konnte, für jene, die es zu entziffern wussten. Möglich, dass sie bereits in den Händen hielt, was Brand nicht auf Halv hatte zurücklassen wollen. Trotzdem durchsuchte sie weiter den Rucksack, tastete sich bis ganz zum Boden vor, bevor sie Glas klirren hörte und eine vertraute längliche Form zu fassen bekam. Noch bevor sie den Fund hervorzog, noch bevor ihre Augen bestätigten, was ihre Finger bereits erkannt hatten, wusste sie, was sie in den Händen hielt. Es war eine Phiole aus grünlichem Glas, mit einem einfachen Korkverschluss versiegelt und gefüllt mit einer klaren Flüssigkeit, die man ohne Weiteres für Wasser hätte halten können. Edda aber musste den Korken nicht aufschrauben, musste nicht an der Phiole riechen und das Brennen in den Augen spüren, um zu wissen, dass Brand kein abgefülltes Wasser mit sich herumtrug.

Sondern Rohcolmin.

Mit zittrig tauben Händen förderte sie zwei weitere Phiolen zutage, als ein dumpfer Laut über ihrem Kopf sie zusammenfahren ließ. Brand musste etwas fallen gelassen haben. Er war dort oben, war wach und in Bewegung, würde vermutlich jeden Moment bemerken, dass er seinen Rucksack in der Kurbelkammer vergessen hatte. Die Zeit lief Edda davon; sie wusste, dass sie die Kammer verlassen sollte, doch ihre Augen wollten sich nicht von den Phiolen lösen. Sie konnte sich nicht bewegen, saß still, während ihr hitzeträger, schlaftrunkener Verstand sich weiter an etwas abmühte. Wieso besaß Brand Colmin? Der Apotheker hätte ihm sicher keines verkauft – nicht ohne dass vorher eine Versammlung einberufen worden wäre. Und woanders hatte Brand das Colmin auch nicht gekauft, die Machart der Phiolen, Form und Farbe verrieten Edda, dass sie aus Tomas' Mischstube stammten. Aber wenn Brand die Phiolen nicht gekauft hatte … Edda tastete nach der Feder, bohrte das Kielende in ihren Daumen, wie immer, wenn sie den scharfgrellen Schmerz brauchte, um den Nebel in ihrem Kopf zu durchdringen. Ein Blitz zuckte von ihrer Daumenspitze den Arm, die Schulter hinauf und bis in ihren Hinterkopf.

Brand hatte das Colmin nicht gekauft. Er hatte es gestohlen.

Musste sich irgendwann Zugang zum Haus des Apothekers verschafft haben. Aber was, wenn Brand *nach* Eddas letztem Besuch beim Apotheker in die Mischstube eingebrochen war, kurz bevor er hinunter zum Hafen gelaufen war, um sie dort zu treffen?

Ein dicker Blutstropfen war aus ihrem Daumen gequollen, und Edda steckte ihn rasch in den Mund, schmeckte Silberseemetall und dachte an Tamsin. Sie war tot, weil sie Brand überrascht hatte, ihn bei seiner Flucht behindern wollte. Was, wenn auch Tomas, Pessa oder Teofin Brand in jener Nacht überrascht hatten? Edda saß reglos vor dem Rucksack und wurde plötzlich des Abgrunds gewahr, der sich unter ihr befand, ein Abgrund, in den sie nur nicht hineinfiel, weil ein paar Bretter und rostige Nägel sie davor bewahrten. Da war ein ganzes Königreich unter ihr, meilentief und totenstumm. Wie hatte sie es vergessen können? Sie streifte den Schrecken ab, so gut sie konnte. Bewegte sich so behutsam, als seien nicht bloß die Phiolen, sondern auch ihre eigenen Finger aus Glas. So gefährlich es war, sich zu bewegen, noch viel gefährlicher war es zu denken. Sie bannte jede Frage nach Teofin und seinen Eltern. Sie würde erst wieder nach ihnen fragen, würde ihre Gedanken zurück zur Küste und ins Haus des Apothekers schicken, wenn sie festen Boden unter den Füßen hatte. Und so löste sie mit leerem Kopf den Verschluss der Metallflasche und trank in zwei hastigen großen Schlucken, bevor sie die Flasche, die Hemden, die Hose, Kompass, Beutel, Messer und Buch wieder zurück in den Rucksack räumte. Was blieb, waren die Phiolen. Auch sie würde Edda zurücklegen müssen.

Alles andere wäre kopfkrank gewesen. Brand untersuchte den Inhalt seines Rucksacks regelmäßig, und wenn er bemerken sollte, dass die Phiolen fehlten, würde er auf der Stelle wissen, wer sie genommen hatte. Sie ließ die Phiolen sacht gegeneinander klicken. Ihre Finger, ihre Hände, ihre Arme sträubten sich, weigerten sich. Noch immer mit sonderbar leerem Kopf stand Edda auf. Ging von der Kurbel- in ihre Schlafkammer. Nahm ihren eigenen Rucksack vom Schemel und gab die Phiolen hinein. Dann setzte sie sich auf die Pritsche und wartete. Und während sie wartete, war sie sich selbst fremd, es war, als würde sie sich selbst von außen beobachten. Sie wusste, was Brand mit ihr tun würde, sollte er herausfinden, dass sie ihn bestohlen hatte. Sie wusste es. Und trotzdem rührte sie sich nicht von der Stelle. Weder der Gedanke an Tamsin noch an Brands Augen, seine bleichen Hände, die dunklen Laute, die von seiner Zunge geperlt waren, konnte sie dazu bewegen, die Phiolen zurück in den Rucksack zu legen. Sie fürchtete sich nicht mehr. Auch die Angst musste einen Boden haben, einen Grund, und wenn man ihn erst erreicht hatte, wenn man nur weit genug hinabgestiegen war, dann machte es keinen Unterschied mehr, was weiter geschah und welchen Schrecken es mit sich brachte. Man konnte ihn nicht mehr fühlen.

Ein gutes Stundenhalb später tauchte Brand in ihrer Tür auf. Der Rucksack hing über seiner Schulter, also musste er bereits in der Kurbelkammer gewesen sein. Sein Gesicht gab nichts preis, als er den Kopf in die Kammer steckte und übertrieben die Luft einsog.

»Was bist du? Ein Hühnchen? Wieso brätst du hier unten und kommst nicht an die Luft? Selbst wer den Kopf nicht viel benutzt, braucht ab und an Luft zum Atmen. Außerdem gibt es oben auf Deck das ein oder andere, das du dir anschauen solltest.«

Fünf Boote. Gleich fünf Boote auf einmal, und eines war ihnen bereits so nahe gekommen, dass Edda die Menschen an Bord als kleine dunkle Punkte ausmachen konnte. Seitdem sie die Küsten verlassen hatten, musste Brand unzählige Male davon gesprochen haben, dass sie andere Boote zu meiden hatten, wie der Wurm die Möwe. Nun aber schien er sich nicht im Geringsten an ihrem Anblick zu stören.

»Du fragst dich, was es mit den Booten auf sich hat«, stellte er fest, als er den Ausdruck auf ihrem Gesicht sah. »Nun, je näher wir den Mittleren Inseln kommen, umso größer wird das Gedränge im Wasser. Das halbe Inselreich will nach Akoban oder kommt gerade von dort her. In einer Handelszone verhalten sich die meisten friedlich. Außerdem wird uns die Halver Harpune auf unserem Segel Ärger ersparen. Keiner, der seine Sinne beisammenhat, greift ein Halver Boot an. Schau dort.« Brand deutete auf das Boot, das mit ihnen gleich aufgezogen war. »Siehst du, was dort unten in der rechten Ecke des Segels abgebildet ist?«

Sie lehnte sich ein Stück weit über die Reling, kniff die Augen zusammen. »Ein Kreis?«

»Ein Rundling. Und der Rundling ist das Zeichen der Händler. Das Emblem verrät dir, mit wem du es zu tun hast, die Farbe, aus welcher Ecke des Inselreichs er kommt. Purpurrot steht für den Süden, Grün-Weiß für den Osten, Weiß oder Gelb für den Westen. Blau, Grau oder Schwarz für den Norden.«

Sie sah hinauf zu der Harpune auf dem Segel. »Also sind alle Segel unterschiedlich gefärbt und mit Bildern bemalt?«

»Man spricht von Emblemen, nicht Bildern, Grünauge. Außer du willst, dass dich gleich jeder als Landfüßer erkennt. Und nein, die meisten Segel haben zwar eine Farbe, aber nur wenige tragen ein Emblem.

Am häufigsten begegnest du noch dem Rundling. So viele Schiffe wie hier wirst du an keinem anderen Ort im Inselreich finden. Ich habe hier schon einmal einen Siebenmaster gesehen – im ganzen Inselreich gibt es bloß den einen.«

Edda starrte hinaus auf die See. Sie konnte zusehen, wie sich die Anzahl der Boote verdreifachte, verfünffachte, verzehnfachte. Die See selbst schien sie auszuspucken. Edda war in dem Glauben aufgewachsen, dass es sich mit Booten ähnlich wie mit Möwen verhielt und man sie nur mit Mühe voneinander unterscheiden konnte. Schon die *Ogatje* hatte sie vermuten lassen, dass es sich hierbei um einen Irrtum handelte. Erst jetzt begriff sie sein volles Ausmaß. Boote, so schien es, waren nicht wie Möwen, sondern wie Bäume, Häuser, Menschen: Sie unterschieden sich voneinander in Größe, Form und Farbe, der Anzahl ihrer Masten, der Höhe und Länge ihres Schiffsrumpfes, der Machart des Holzes, aus dem sie gefertigt waren, und zu guter Letzt in ihren Segeln. Die Boote der Colmer Fischer waren allesamt mit genau einer Art Segel ausgestattet gewesen, einem lang gestreckten weißen Dreieck. Hier draußen konnte man die Segel nicht nur durch Farbe und Bebilderung voneinander unterscheiden, sondern auch anhand ihrer Form. Am häufigsten sah Edda solche, die sich wie größer werdende Rechtecke übereinanderstapelten. Während die beiden Masten der *Ogatje* recht sparsam mit Segeln ausgestattet waren, drohten manche Boote unter dem Gewölk weißen Stoffes zu verschwinden. Den von Brand angepriesenen Siebenmaster konnte sie nicht entdecken, aber schon die Fünf- und Sechsmaster waren mit ihrer behäbigen Größe so beeindruckend wie einschüchternd. In Colm hatte Edda Händler von *Schiffen* sprechen hören und immer angenommen, es handle sich hierbei schlicht um einen anderen Ausdruck für

Boote, ähnlich wie Brand einen Tumbtaumler nicht Tumbtaumler, sondern Leerkopf nannte – zwei Namen, die dasselbe Ding bezeichneten. »Ein Schiff ist größer«, hatte Goldzahn auf eine ihrer Fragen einmal achselzuckend geantwortet. Nun begriff sie: *Schiff* war ein anderer Name für ein anderes Ding. Ein Schiff verhielt sich zu einem Boot wie das Haus der Heiligen Schwestern zu einer windschiefen Hütte – niemand wäre in die Verlegenheit gekommen, die beiden zu verwechseln. Die *Boote* waren entweder kleiner oder genauso groß wie die *Ogatje*, manche von ihnen waren kaum mehr als schmale Sicheln und tanzten so leicht auf dem Wasser, dass jede größere Unruhe sie umzuwerfen drohte. Die *Schiffe* hingegen bewegten sich wie schwimmende Festungen schwerfällig durchs Wasser. Sie schienen dafür gebaut, möglichst große Mengen an Kisten, Fässern, Säcken und Menschen zu transportieren. Ob Ruben von all dem wusste, fragte sie sich, während sie einem Boot nachsah, auf dessen Deck sich Käfige voller zusammengepferchter Hühner stapelten. Ob Ruben je ein Schiff mit sechs Masten gesehen, ob er von Emblemen gehört hatte? Genau wie erst wenige Stunden zuvor, meinte sie plötzlich einen Abgrund zu spüren, nur öffnete sich dieser nicht in der See unter ihren Füßen, sondern in ihr selbst.

Sie schrak erst aus ihren Gedanken auf, als sich Brands Spinnenhand auf ihre Schulter legte, ein Tier mit fünf dürren weißen Gliedern.

»Wenn du immer nur nach rechts schaust, verpasst du, was auf deiner Linken geschieht«, sagte er.

Sie drehte den Kopf, in Erwartung eines weiteren Bootes, des Siebenmasters vielleicht. Stattdessen aber, stattdessen sah sie einen Berg.

Edda hatte noch nie einen Berg gesehen, hatte sich bloß von Goldzahn die Gebirge hinter Centria beschreiben lassen. Von ihm wusste sie, dass Berge an Land gehörten, dass sie aus der Erde und nicht aus dem Wasser wuchsen. Sie blinzelte.

»Akoban, die Insel der Händler«, sagte Brand.

»Wo?«, fragte sie, die Augen noch immer auf den Berg gerichtet.

»Grünauge.«

Das Wort troff nur so vor Herablassung. Zwei Wimpernschläge verstrichen, bevor Edda verstand. Akoban. Die Stadt der Händler, ein Berg im Wasser. Aber das war ... Die Händler erzählten, dass auf Akoban mindestens so viele Menschen lebten wie in Centria, und Edda hatte gewusst, dass die Insel groß sein musste, um ein Vielfaches größer als Ootland oder Halv. Warum hatte Goldzahn in keiner seiner Erzählungen je erwähnt, dass sich Akoban nicht bloß meilenweit im Wasser ausbreitete, sondern sich auch bis hoch in den Himmel erstreckte?

»Kann ich .. kann ich das Fernrohr haben?«, fragte sie Brand, und anders, als sie erwartete hatte, überließ er es ihr anstandslos.

Durch die kreisrunde Öffnung sah sie eine Stadt, die sich wie graue Flechte den Berg hinauffraß. Nur sein oberstes Viertel war unberührt; der restliche Berg aber war von den untersten Ausläufen an mit unzähligen Häusern bedeckt. Diese hatten so gut wie nichts gemein mit den Häusern, die Edda von der Küste her, aus Colm oder Maunland, kannte. Ihre Dächer waren nicht spitz, sondern flach, die Fenster schmucklos und nicht von Holzläden geschützt. Keine Höfe oder Gärten umgaben sie, keine Mauern oder Zäune. Die Häuser standen so dicht an dicht, dass nicht einmal eine Handbreit Luft zwischen ihnen lag. Eine ähnliche Stadt, eine Stadt, in der kastenartige Häuser sich dicht an dicht drängten, hatte sie schon einmal gesehen. Nur wo? – Der Flammentraum! Es waren die gleichen Häuser wie in der brennenden Stadt, auch wenn die Stadt selbst nicht dieselbe war.

»Der größte Hafen im Inselreich«, sagte Brand dicht an ihrem Ohr. »Schau ihn dir ruhig genau an.«

Schnell ließ sie den Blick zum Hafen wandern, folgte Brands Anweisung, auch wenn ihre Augen bereits tränten von der reinen Anstrengung, alles erfassen, verstehen, sortieren zu wollen. Der Hafen schien wie die Insel selbst: groß, unübersichtlich, überlaufen. Etwa zwei Dutzend breite Stege reichten von der steinernen Befestigung so weit ins Meer, dass selbst die größeren Schiffe anlegen konnten, ohne Gefahr zu laufen, auf Grund zu stoßen. Über zweihundert Boote und Schiffe mussten vor der Insel im Wasser liegen.

Ein grün besegelter Fünfmaster schob sich in ihren Weg, und der zufriedene Ausdruck auf Brands Gesicht verflüchtigte sich.

»Der sturmverfluchte Dreckskahn!«, fluchte er. »Wenn wir Pech haben, warten wir die ganze Nacht auf einen Platz. Inzwischen hält sich hier anscheinend keiner mehr an Regeln.«

Edda widerprach nicht, auch wenn es ihr schien, als gäbe es durchaus eine Ordnung, dank derer sich die umliegenden Schiffe und Boote so präzise und genau bewegten, als führten sie einen Tanz auf. Sie reihten sich ein, nahmen Fahrt auf oder ließen sich absichtlich zurückfallen. Andere lagen reglos im Wasser, als warteten sie darauf, dass jemand ihnen ein Zeichen gab.

»Woher wissen wir, wann wir an der Reihe sind?«, rief Edda Brand zu.

»Die Händler haben Vorrang vor den Fischern, den Besuchern, den Durchreisenden. Aber wie du gerade gesehen hast, gibt es unter den Händlern selbst keine Regeln. Die, die aus dem Süden kommen, meinen, sie hätten das Vorrecht, weil sie einen langen Weg angetreten haben. Die, die aus dem Osten kommen, meinen, sie hätten das Vorrecht, weil wir ihrer Heimat nahe sind.«

Während manche Stege überlaufen waren, wirkten andere auffällig verwaist. Obwohl jene rechts außen über eine ganze Reihe freier Anlegeplätze verfügten, lenkte Brand sie genau in die entgegengesetzte Richtung an dem Fünfmaster vorbei.

»Können wir uns nicht aussuchen, wo wir anlegen?«

Brand schüttelte den Kopf. »Die Stege sind den Himmelsrichtungen zugeordnet. Die ersten sieben für den Westen, die nächsten sieben für den Süden, fünf für den Osten, vier für den Norden, einer für Vin-Lu. Aber es sieht gut aus. Die meisten lassen uns den Vortritt. Du kannst den Fischern von Halv danken, dass …«

Ein Dröhnen schluckte seine restlichen Worte, ein Laut, der genau wie der Donner, den Edda während des Sturms vor Halv gehört hatte, die See erzittern zu lassen schien. Sie warf den Kopf in den Nacken, schaute zum Himmel, hielt Ausschau nach Vögeln, groß wie Häuser, nach tobenden Riesen und fliegenden Schiffen, doch sie konnte seinen Ursprung nicht ausmachen. Erst als es ein zweites Mal dröhnte, erkannte Edda den Laut: Es war ein Horn, auch wenn sie sich die Größe eines Instruments, das einen solchen Laut hervorzubringen vermochte, kaum vorstellen konnte.

Das Dröhnen hatte eine sonderbare Wirkung auf das geschäftige Treiben im Wasser. Alles schien innezuhalten: die Boote, die Schiffe und jene, die sie lenkten, und jene, die auf ihnen reisten, die Wellen und die Wolken und die Fische in der See und die Möwen am Himmel. Wie Sterne zur Nacht saßen sie fest im Firmament. Und dann, als sei ein Bann gebrochen, setzte sich alles wieder in Bewegung, die meisten der Boote aber änderten ihren Kurs, so als hätte in dem Dröhnen eine neue Anweisung gelegen. Die *Ogatje* befand sich bereits so weit am Rand des Feldes, dass die allgemeine Kursänderung keine Auswirkung auf sie hatte; die meisten anderen Gefährte aber – gleich, ob es sich um die wuchtigen Viermaster oder die kleinen wendigeren Segelboote handelte – scherten aus, um eine Gasse zu bilden.

Als der Nachzügler, für den alle anderen beiseitegerückt waren, auftauchte, konnte Edda an dem Schiff nichts entdecken, das ihr den Aufruhr erklärt hätte. Es war nicht das größte, zählte weder die meisten Masten, noch waren seine Segel geschmückt von einem *Emblem*. Ein gewöhnliches Schiff mit gewöhnlichen Segeln. Doch dann verkleinerte sich der Abstand zwischen der *Ogatje* und dem Neuankömmling; das Schiff gewann an Kontur, an Farbe. Die Sonnenstrahlen erfassten das Segel und schickten einen Schauer schillernder Farben hindurch. Aus der Ferne war die Farbe des Segels als helles Grau erschienen, nun aber erkannte Edda, dass der Farbton sehr viel schwerer zu fassen war. Er erinnerte an den milchig weißen Glanz der Perlen, welche die Haarklammer verzierten, die sie im Käfig auf Halv gefunden hatte. Er erinnerte sie an die schillernden Schuppen der Colminfische, die neben Bents Boot durchs Wasser geglitten waren. Er erinnerte sie – wenn auch nicht in der Farbe selbst, so doch in seinem wandelbaren Wesen – an die Krähenfeder, denn wie die Feder schien auch der Stoff gleich mehrere Farben zu halten, die ineinanderflossen, sich abwechselten, je nachdem, von welchem Winkel aus man das Segel betrachtete. Das Wundersamste war jedoch, dass die Farben und mit ihnen der schimmernde Schiller aus dem Segel und in die See gesickert waren: Um das Schiff herum schien das Wasser selbst wie flüssiges Silber, glänzte, als hätte man es poliert, bis jeder Wellenkamm wie eine Kostbarkeit funkelte.

Und trotz der Schönheit schien sich eine unsichtbare Hand, ein Tentakel, ein Haken unter Eddas Rippen zu schieben. Was sie fühlte, war ähnlich wie und anders als das, was sie gefühlt hatte, als der Gefiederte ihr die brennende Stadt gezeigt hatte – eine Mischung aus Vertrautheit und Befremden und Wunder und Schrecken. Sie hatte ein solches Schiff schon einmal gesehen! Sie war sicher, auch wenn sie die tatsächliche Erinnerung so wenig zu fassen bekam wie die Wolken über ihrem Kopf. Aber wenn sie das Schiff kannte, *wieder*erkannte, dann weil sie schon einmal hier draußen gewesen war, in jenen verlorenen Jahren, an die Maron ihr die Erinnerung geraubt hatte. Sie musste nach der Reling tasten, wenn sie nicht in die Knie gehen wollte. Sie gehörte dem Inselreich, hatte schon immer dem Inselreich gehört und nicht dem Land, der Küste, an der sie sich immer fremd gefühlt hatte.

Das Schiff glitt an ihnen vorbei, verschwand hinter einem Sechsmaster und ließ Edda zurück mit trockenem Mund und schnell schlagendem Herzen. Zögernd ließ sie die Reling los. Sie drehte sich um, sah Brand hinter dem Steuerrad und stockte. Seine Augen waren in die Ferne gerichtet. Auch er blickte dem Schiff mit dem Silbersegel hinterher, etwas Abwesendes, Verlorenes in seinem Gesicht. Sonderbar, sie war so lange auf engstem Raum mit Brand gereist, und erst jetzt begriff sie es: Auch er hatte etwas verloren, auch ihm war etwas genommen worden. Was immer es war, das Schiff hatte ihn dorthin zurückgebracht, an die Küste eines Landes, das längst nicht mehr war.

»Woher kommt das Schiff?«, fragte sie, schnell, bevor er wieder ganz zu sich finden und ihr eine Antwort verweigern würde.

Sie konnte ihm die Anstrengung ansehen, die es ihn kostete, zurück auf die *Ogatje* zu kehren. »Astador«, antwortete er knapp.

»Astador. Was ist dort?«

»Nichts, was du je sehen wirst«, antwortete er barsch. »Astador liegt im Osten, und wenn du dem Rat deiner würmerfressenden Freundin folgst, musst du in den Norden.« Er hob die Hand, rasch, bevor sie weitere Fragen stellen konnte. »Ich kann mich selbst nicht denken hören, wenn du die ganze Zeit garbelst. Willst du, dass ich für uns einen Anlegeplatz finde, oder ist es dir lieber, wenn wir die ganze Nacht vor Anker liegen, weil ich dir wieder einmal die Welt erklären sollte?«

Schweigend wandte Edda sich der Reling zu. Das Silberseewasser hatte sich wieder in seine üblichen Farben gekleidet: trübgrau und schmutzweiß. Astador, dachte sie. Wenn ein Wort, ein Name, nur etwas über sich selbst verraten würde, wenn sein Klang bereits eine Wahrheit in sich tragen und sie verkünden würde, in dem Moment, da man ihn sprach.

***

Sobald sie dem Hafen nahe genug gekommen waren, um einzelne Gestalten auf den Stegen zwischen den Schiffen und Booten ausmachen zu können, fielen Edda die Männer auf. Weil sie von Kopf bis Fuß in blaue wallende Gewänder gekleidet waren, stachen sie aus dem allgemeinen Gedränge hervor. Auf jedem der Stege zählte Edda mindestens fünf von ihnen, und zunächst schien es ihr, als seien sie mit nichts weiter beschäftigt als damit, die Neuankömmlinge zu begrüßen. Wann immer ein Boot oder Schiff anlegte, dauerte es nicht lange, bis einer der Blaugewandeten über den Steg geeilt kam, um einen Willkommensgruß an die Reisenden an Bord zu richten.

Über die wallenden Gewändern, die sie trugen und die zweifelsohne an Kleider oder Nachthemden erinnerten, hätte man in Colm nur gelacht, auf Akoban aber schien man den so sonderbar gekleideten Männern besonderen Respekt entgegenzubringen. Wo auch immer sie gingen, mit wem auch immer sie sprachen, die Fischer, Händler, Reisenden neigten den Kopf, senkten den Blick. Edda war bereits zu dem Schluss gekommen, dass die Blaugewandeten kaum bloß im Auftrag übertriebener Gastfreundschaft unterwegs waren, als sie mehr Einzelheiten ausmachen konnte, die ihren Verdacht bestätigten: die Anspannung auf den Gesichtern der gerade Eingetroffenen, die Hefte, in welche die Blaugewandeten kritzelten, während sie den Reisenden Fragen stellten, und dass sie zum Ende jeden Gesprächs eine beträchtliche Menge an Rundlingen entgegennahmen.

Brand hatte sich gerade darangemacht, die *Ogatje* an einem der Pfeiler festzumachen, als sich ihnen ein spitzbärtiger kleiner Mann näherte. Brand senkte hastig den Kopf, wie um sich zu verneigen, und als er sich aufrichtete, schien ein anderer Mann seinen Platz eingenommen zu haben, ein katzbuckelndes, unablässig lächelndes Geschöpf.

Der Blaugewandete sah hinauf zu der Harpune auf dem Segel. »Herkunft?«, fragte er sichtlich unbeeindruckt und zückte seinen Stift.

»Halv. Wir kommen von Halv«, beeilte Brand sich zu antworten.

Ohne sichtliche Regung im Gesicht notierte der Spitzbärtige die Antwort auf seinem Block. »Anliegen?«

»Wir wollen zwei Truhen voller Drachenrochenhaut auf dem Markt anbieten.«

Erneut ließ der Spitzbärtige seinen Stift über das Papier fliegen.

»Und wie lange wünscht man zu bleiben?«

»Drei … drei Tage?«, fragte Brand.

Der Spitzbärtige schüttelte den Kopf. »Ich kann euch zwei geben. Das macht fünfzig Rundlinge.«

Brand neben ihr blinzelte. »F-fünfzig Rundlinge?«, vergewisserte er sich. »Aber das letzte Mal, als ich hier war, waren es dreißig für …«

Der Spitzbärtige fuhr rasch mit der Hand durch die Luft. »Es sind geschäftige Zeiten. Fünfzig Rundlinge. Das ist der neue Preis. Zahlt ihn oder räumt den Platz.«

Mit einem ergebenen Stöhnen ließ Brand den Rucksack von seinen Schultern gleiten. Seine Finger lagen bereits auf den Messingschnallen, drückten sie hinunter, als Edda begriff, was geschah. Was geschehen würde. Sie sah zu, wie Brand die Lasche zurückschlug, wie sein rechter Arm in dem Rucksack verschwand, wie er zu wühlen begann.

Der Blaugewandete tippte ungeduldig mit seinem Stift auf den Block; Eddas Finger schlossen sich um die Riemen ihres eigenen Rucksacks. Durch das Drachenrochenleder glaubte sie die Form, den Druck der einzelnen Phiolen spüren zu können. Die Welt um sie herum zog sich zusammen, die anderen Stege verschwanden, genau wie die Schiffe, wie Akoban selbst und die Silbersee. Es gab nur noch den Spitzbärtigen und seinen wachsamen Blick und sein Notizbuch, es gab nur noch Brand, den Rucksack zwischen seine Beine geklemmt. Es gab nur noch das, was Edda nicht sehen konnte: Brands bleiche Finger, die sich auf der Suche nach dem Beutel blind durch den dunklen Innenraum des Rucksacks tasteten, vorbei an dem Kompass, an dem Messer, an dem Buch, vorbei an der Leere, in welcher sich die Phiolen hätten befinden sollen.

Er hielt inne. Sah Edda an.

Ihre Gedanken überschlugen sich. Sollte sie stehen bleiben? Sich nichts anmerken lassen? Alles abstreiten? Sich an den Spitzbärtigen wenden, behaupten, dass Brand sie entführte hatte, erklären, dass sie Hilfe und Schutz brauchte? Aber der Spitzbärtige machte nicht den Eindruck, als wolle er irgendwem zu Hilfe kommen.

Edda tastete nach der Feder, trieb die Kielspitze in ihren Daumen, und das Stechen, der schrille Schmerz warf sie zurück in jenen Moment, da sie am Hafen Colms gestanden hatte. Sie erinnerte sich daran, wie sie Colm, wie sie die Küste hinter sich gelassen hatte, gerade erst und vor so langer Zeit. Sie erinnerte sich, wie schnell ihr Herz geschlagen hatte. Genauso schnell, im gleichen Takt wie jetzt, da sie ein weiteres Mal den Sprung wagte: über die Reling hinweg, über den schmalen Streifen Wasser, nicht vom Land ins Boot, sondern vom Boot ans Land. Sie kam auf den Brettern auf, unmittelbar neben dem Blaugewandeten, der die Augen aufriss, zurückstolperte, aber keine Anstalten machte, sie aufzuhalten, als sie an ihm vorbei und den Steg hinunterrannte.

Die Welt war noch immer geschrumpft, war noch immer klein, bestand aus kaum mehr als dem Steg und den Hindernissen in ihrem Weg: Frauen, Männern, Kindern, Blaugewandeten, Karren, Truhen, Fässern, Hühnern und sogar einem Esel. Edda zwängte und drängte, rempelte, schubste, stieß. Flog über die Bretter, ohne sich umzudrehen; sie *durfte* sich nicht umdrehen, durfte nicht innehalten, nicht zurückblicken. Die Holzbretter unter ihr zitterten, Rufe erklangen, vielleicht galten sie ihr, vielleicht galten sie anderen. In ihrem Rücken war das Schiff mit den Silbersegeln, in ihrem Rücken war die *Ogatje,* waren der Blaugewandete und Brand, der Mann ohne Farben, der weiße Schatten. Der Atem brannte ihr in den Lungen, die Rippen zogen und stachen, und ihre Füße flogen nicht länger über Holz, sondern über Stein. Und noch immer schaute sie nicht zurück, lief weiter, lief wie eine, die vergessen hatte, wie man stehen blieb, tauchte unter und ein in die Menge, ließ sich davontragen, fort vom Hafen, fort von Brand und in die Stadt hinein.

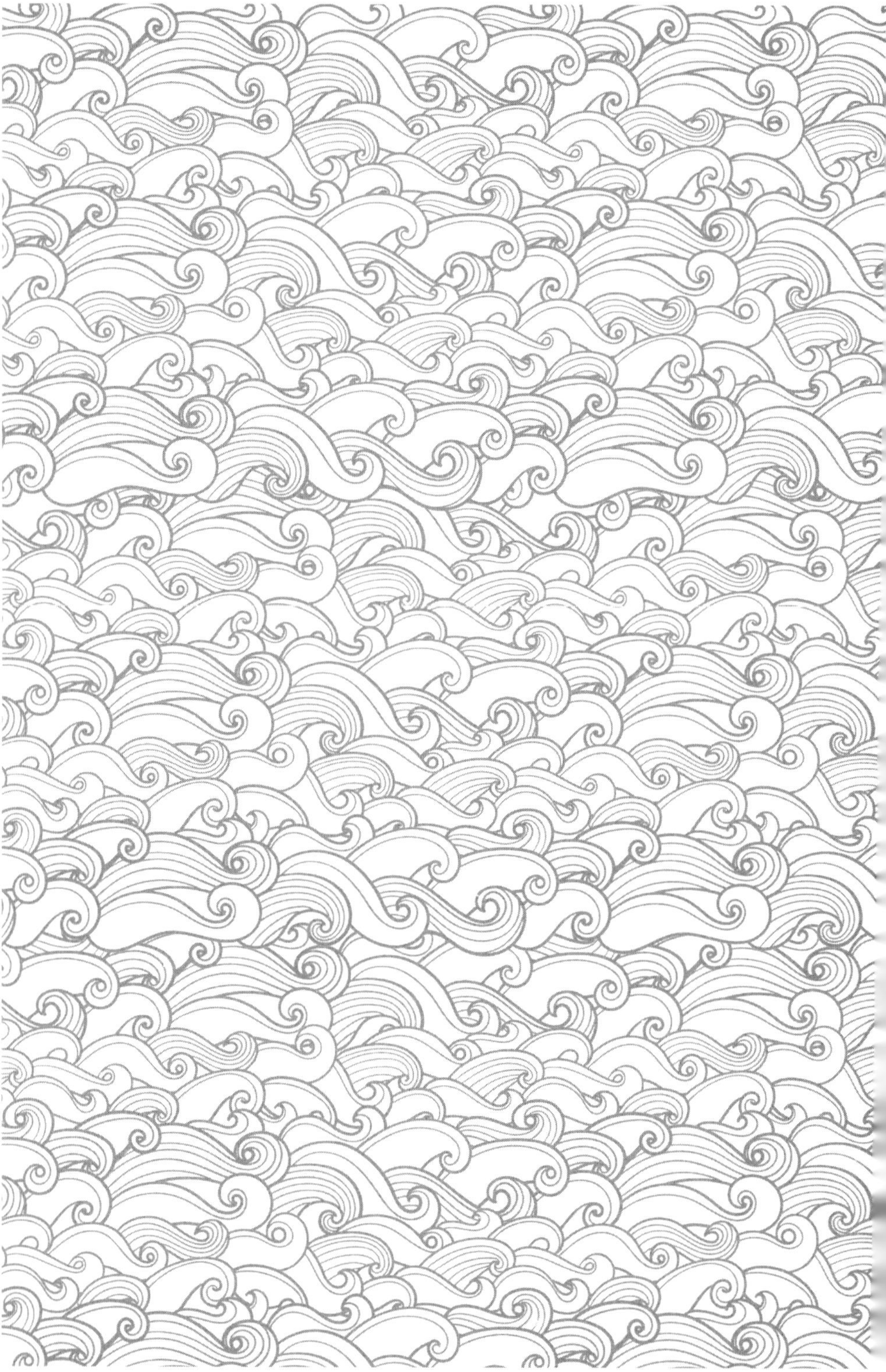

III

Makri

1
Infried

Am schlimmsten, schlimmer noch als der Hunger, schlimmer noch als die Hitze, schlimmer noch als die Müdigkeit war der Durst. Nach drei Tagen auf den Straßen Akobans hatte Edda längst aufgehört, sich Gedanken über Gondenberg zu machen und über die geheimnisvolle Karte. Sie dachte nicht mehr an Felma und Ootland, nicht an Kurtz, Olaf oder Barik. Hin und wieder dachte sie an Tamsin und Brand, an Teofin und Tobin, meist aber, meist dachte sie bloß an Wasser. Ihre geschwollene Zunge klebte ihr am Gaumen, nicht wie etwas, das zu ihr gehörte, sondern wie ein Schwamm, der ihr noch den letzten Rest Speichel aus dem Mund sog. Ihre Lippen waren aufgesprungen, ihre Augen brannten, die Innenflächen ihrer Hände juckten. Ihr ganzer Körper begehrte auf gegen den Staub, gegen die Sonne, gegen die unnachgiebige Hitze auf der Händlerinsel. Schon in den frühen Morgenstunden war es auf Akoban wärmer als an jedem Hochsommertag Colms, und gegen Mittag wurde die Hitze so unerträglich, dass die Stadt sich für ein paar Stunden stillstellte, innehielt. Selbst auf dem Markt kehrte Ruhe ein. Die Händler in ihren Wägen klappten die

Holzläden zu, die Händler an den Tischen verhängten ihre Stände mit Laken, um ihre Waren und sich selbst zu schützen. Jene, die das Glück hatten, ein Haus oder zumindest ein Zimmer ihr eigen zu nennen, zogen sich für einige Stunden hinter die dicken Steinwände zurück und wagten sich erst am frühen Abend wieder hinaus. Doch gab es in Akoban Hunderte, die kein anderes Zuhause als die Straße selbst kannten. Einige von ihnen waren in die Armut Akobans hineingeboren worden, andere auf ihren unglücklichen Reisen dort gestrandet. Sie hatten ihre letzten Rundlinge den Blaugewandeten überlassen, sie in den zahlreichen Gasthäusern verprasst oder durch schlechte Geschäfte verloren. Gleich, woher sie kamen, gleich, ob sie je ein Vermögen besessen hatten, gleich, ob sie aus eigenem oder fremdem Verschulden alles verloren hatten, in der Händlerstadt trugen sie alle denselben Namen. Man nannte sie die *Dachfreien,* als seien sie besonders frei, weil nicht beschwert durch ein Dach über ihrem Kopf.

Edda erging es besser als den meisten. Sie trug gleich zwei verschiedene Schätze bei sich: die reich verzierte Haarklammer, die sie auf Halv gefunden, und das Colmin, das sie aus Brands Rucksack gestohlen hatte. Doch wann immer sie einen Händler ins Auge gefasst hatte, dem sie zumindest eine der drei Phiolen verkaufen wollte, schreckte etwas in ihr zurück. Die Phiolen und die Haarklammer waren das einzig Wertvolle, das sie besaß, und wenn sie Gondenberg je aufspüren sollte und zu einem Handel überreden wollte, würde sie beides brauchen. Also blieb ihr nichts anderes, als es den anderen Dachfreien gleichzutun und zu betteln. Kein leichtes Unterfangen: Gleich, an welcher Ecke sie sich niederließ, wurde sie verjagt. Wenn sie Glück hatte, waren es nur die Gasthausbesitzer, die Händler oder die Bewohner, die sie mit lauten Rufen und zornigen Gesten davonscheuchten. Wenn sie Pech hatte, waren es die Rotgewandeten mit ihren Stöcken und Fäusten. Das erste Mal waren ihr die Männer in Rot aufgefallen, als sie gerade eine alte Frau an Krücken aus einem Gasthaus zerrten. Sie zerbrachen die Krücken, jagten die Frau davon und setzten ihren Weg mit unbeteiligten Gesichtern fort. Ihre wallenden Gewänder erinnerten an jene, die Edda bereits von den Männern in Blau unten am Hafen kannte. Die Rotgewandeten patrouillierten von früh bis spät auf den Straßen und in den Gassen, trieben Strafgelder auf dem Markt ein und verjagten die Dachfreien unter Einsatz von Füßen, Fäusten und Stöcken.

Doch auch die Rotgewandeten konnten nicht verhindern, dass die dachfreien Kinder in Schwärmen über den Markt herfielen, um dort zu betteln und zu stehlen. Auf jeden Händler, der eine prall gefüllte Börse mit Rundlingen zückte, auf jede Frau, die mit beringten Händen einen edlen Stoff befühlte, kam ein mageres Kind mit verfilzten Haaren, gierigen Augen und flinken Fingern. Der Markt zog die Kinder und die Katzen an. Gemeinsam lauerten sie in den Schatten, hinter Fässern oder Wagenrädern, warteten oft stundenlang, nur um im entscheidenden Moment hervorzuschnellen, sich mit Händen, Klauen, Zähnen zu greifen, was immer hinabgefallen oder unachtsam beiseitegelegt worden war. Auch Edda zog es immer wieder zu jenen Ständen zurück, an denen dampfende Schalen mit Eintöpfen, Gerichte aus Reis oder Kartoffeln, mit Puderzucker bestreute Gebäckstücke, geröstete Nüsse in bunt gestreiften Tüten und in Honig getauchtes Obst verkauft wurden. Schnell hatte sie herausgefunden, welche Händler die Fäuste schüttelten oder drohten, sie über den ganzen Markt zu jagen, und welche von ihnen ihr an guten Tagen eine angefaulte Frucht oder ein trockenes Stück Brot schenkten. Anders als die dachfreien Kinder stahl sie nicht, beließ es beim Betteln, weil sie wusste, dass es ihr niemals gelungen wäre, einem Marktbesucher die Börse aus der Tasche zu ziehen und schnell genug zu fliehen. Deswegen allein wurde sie nicht zur Diebin. War man erst hungrig, erst durstig genug, spielten Fragen nach Recht und Unrecht kaum noch eine Rolle. In Versuchung führten sie vor allem jene Händler, die kühle Getränke in hölzernen Bauchläden über den Markt trugen. Wenn Edda ihre Rufe hörte – Frisches Lavendelwasser! Kalt spritziges Zitronenwasser! –, dann spannten sich ihre Beine, ihre Arme an. Der Durst fuhr in sie ein, ergriff ganz von ihr Besitz, beinahe stärker als jeder Gedanke, jede Angst. Einzig der Gedanke an einen zusammengekrümmten Jungen, der auf dem Pflaster lag, während eine Gruppe Rotgewandeter auf ihn eintrat, hielt sie davon ab, sich auf die Händler zu stürzen.

Das Leben als Dachfreie war schon tagsüber gefährlich, noch gefährlicher aber war es während der Nächte. Wenn die Sonne erst untergegangen war, krochen alle möglichen zwielichtigen Geschöpfe aus ihren Verstecken hervor.

Gleich in ihrer zweiten Nacht heftete sich ein hagerer alter Mann an ihre Fersen. Sein Haar war grau, genau wie sein Gesicht, eigentümlich unberührt von der Sonne, die sonst doch bis in jeden Winkel der Händlerinsel vordrang. Aufmerksam auf ihn wurde Edda durch das Klicken seines Holzbeins auf dem Pflaster. Sie wusste nicht, wie lange er ihr bereits gefolgt war. Ob er ihr überhaupt folgte. Sie eilte ein paar Stufen hinauf, überquerte einen Platz, bog in die nächste Gasse. Das Klackern des Holzbeins auf dem Pflaster folgte ihr im unnachgiebigen Takt. Zum ersten Mal seitdem sie die Händlerinsel betreten hatte, wünschte sie sich einen Rotgewandeten herbei, doch weit und breit war keiner zu sehen. Überhaupt waren die Straßen verlassen. Das Holzbein und sie schienen die einzigen noch lebenden Menschen in der ganzen Stadt zu sein. Sie wurde schneller, und als auch das Klacken hinter ihr zunahm, rannte sie. Rannte kopflos und ohne zurückzuschauen, blieb erst stehen, als sie eine belebtere Straße in der Nähe des Hafens erreichte. Sie hatte ihren Verfolger abgeschüttelt, aber noch bis weit in die Nacht kreisten ihr die Gedanken wie Raubvögel im Schädel, und sie fragte sich: Was hatte er von ihr gewollt? Was wäre geschehen, wenn er sie eingeholt hätte?

Wenn der Mann mit dem Holzbein Edda eines gelehrt hatte, dann dass sie in den nächsten Nächten einen sicheren Unterschlupf finden musste. Stieg die Dämmerung zwischen den sandfarbenen Häusern auf, galt es, ein Loch zu finden, in das sie kriechen, einen Spalt, in den sie sich zwängen, ein Dach, auf das sie klettern konnte. Dabei fürchtete sie sich nicht nur vor den namenlosen Nachtgestalten Akobans, sondern mindestens so sehr vor Brand.

Während ihrer ersten Tage in Akoban entfernte sie sich nie weiter als ein paar Schritte vom Markt. Zu groß war ihre Angst, dass sie sich verlaufen, die Orientierung verlieren und den Weg zurück nicht mehr finden würde. Doch gerade in der Nähe des Marktes waren die Möglichkeiten, sich zu verstecken, spärlich gesät. Ihre erste Nacht hatte sie unter einem jener Wagen verbracht, in welchen die Händler abends ihre Waren und zusammengebauten Stände verstauten, ihre zweite zusammengekauert in einem Häusereingang. Jedes Rascheln, jeder schnelle Schritt hatten sie aufschrecken und nach ihrem Krummmesser tasten lassen. Obwohl die Gefahr, dass sich eines der anderen Kinder anschleichen würde, um sie zu bestehlen, wesentlich größer war, vermutete sie immer Brand in den Schatten.

Erst allmählich wagte sie sich weiter ins Innere der Stadt, den Berg hinauf. In den weiter unten gelegenen Straßen um den Markt und Hafen herum waren die Häuser winzig und standen so dicht, dass eine Wand gleich an die nächste anschloss. Ging man aber weiter hinauf, in jenen Teil Akobans, in dem es auch das ein oder andere Gasthaus gab, wurden die Häuser größer, und manche von ihnen standen frei. Durch schmale Passagen gelangte man auf verlassene Hinterhöfe. Und hier, hinter einem Gasthaus, von dessen Schild zwei grinsende schwarze Katzenköpfe auf sie hinabsahen, entdeckte Edda eine Kellertreppe. Die Tür, zu der sie führte, war verschlossen, aber Edda gab sich auch mit dem untersten Treppenabsatz zufrieden. Es schien wenig wahrscheinlich, dass irgendwer – ob nun Brand oder ein Mann mit einem Holzbein – sie hier unten versehentlich aufspüren würde.

Tatsächlich störte sie die ganze Nacht über niemand, und sie wurde erst am nächsten Morgen durch Schritte geweckt. Benommen richtete sie sich auf. Weil sie die Nacht in zusammengekauerter Haltung und gegen die steinerne Wand gelehnt geschlafen hatte, waren ihre Schultern und ihr Nacken so steif, dass sie zunächst kaum den Kopf heben konnte. Als es ihr schließlich gelang, sah sie am oberen Ende der Treppe eine Frau. Sie trug ein hellblaues schlichtes Kleid, das Kleid einer Bediensteten. Ihr schwarz glänzendes Haar war in der Mitte streng gescheitelt, ihre Haut dunkel. In Akoban gab es viele Menschen, deren Haut dunkler war, als Edda es von der Küste oder von jenen Händlern her kannte, die aus Centria stammten. Zunächst hatte Edda geglaubt, die Menschen Akobans hätten dunklere Haut, weil die Sonne von früh bis spät auf die Stadt hinabbrannte. Aber da zwar alle unter der gleichen Sonne lebten, aber nur etwa die Hälfte von dunklerer Färbung war, hatte sie diesen Gedanken schnell wieder verworfen. Ähnlich wie

Edda mit ihrer blassen Haut und ihrem auffällig roten Haar mussten einige, so wie die Frau, die nun vor ihr stand, bereits mit dunklerer Haut und dunklerem Haar in die Welt gekommen sein.

Schnell und leise stieg die Frau die Stufen herunter. Der Ausdruck auf ihrem Gesicht war unbeteiligt, beinahe freundlich, aber Edda hatte oft genug erlebt, wie Freundlichkeit in Ärger, Gleichgültigkeit in Zorn umschlug, wenn sich die Bürger der Stadt Dachfreien gegenübersahen. Unwillkürlich zog sie die Knie an, hob ihre Hände über den Kopf, um sich zu schützen.

Nichts geschah. Trotzdem rührte sie sich nicht. Erst als sie ein sachtes Klicken hörte, ließ sie die Arme sinken und sah auf. Die Frau hatte die Tür zum Keller aufgeschlossen und war darin verschwunden, nur um kurz darauf mit drei dunkelgrünen Flaschen zurückzukehren. Den Kopf hielt sie sehr gerade, den Blick starr geradeaus gerichtet, und es war beinahe, als könne sie Edda nicht sehen. Und mit grenzenloser Verblüffung verstand Edda, dass niemand sie davonjagen würde. Sie durfte bleiben.

Ihren Unterschlupf verließ sie erst am Vormittag, als der Hunger nach Abfällen und milden Gaben sie hinaustrieb. Nach einigen mehr oder minder erfolgreichen Streifzügen kehrte sie am frühen Abend wieder zu dem Gasthaus mit den zwei grinsenden Katzenköpfen zurück. Drei Nächte hintereinander schlief sie auf dem untersten Absatz der Treppe, und der einzige Mensch, dem sie dort je begegnete, war die Frau mit dem streng gescheitelten Haar. Unerwartet bückte diese sich eines Abends und stellte etwas neben Edda auf die unterste Stufe. Erst als die Frau wieder verschwunden war, wagte Edda es, den Blick zu heben. Ein Apfel. Die Frau hatte einen Apfel, leicht verschrumpelt, aber weder angebissen noch angefault, auf die Stufe gelegt. In den nächsten Tagen brachte sie einen weiteren Apfel, ein paar Nüsse, zwei Brotkanten und eine Schale mit Wasser, aus der Edda so gierig trank, dass sie sich verschluckte.

Ihre Almosen mochten unterschiedlich sein, die Frau aber überreichte sie Edda immer auf die gleiche Weise: Legte sie auf die unterste Stufe und eilte mit schnellen Schritten davon, bevor Edda ein Wort des Dankes an sie hätte richten können. Nie sah sie Edda an und sprach in der ganzen Zeit kein Wort zu ihr. Obwohl sie nie miteinander sprachen, setzte Edda sich auf, wann immer sie die Frau auf der Treppe hörte. Dabei hätte sie nicht sagen können, ob es aus Wachsamkeit, Respekt oder Furcht geschah. Doch mit jedem Mal fiel es ihr schwerer, sich aufzurichten. Die Müdigkeit war eine bleierne Schicht, und der Schlaf verschaffte Edda keine Erleichterung, sondern ließ sie bloß noch erschöpfter zurück. Eines Morgens blieb Edda einfach liegen. Sie hörte, wie die Frau näher kam, aber sie konnte sich nicht bewegen, konnte die schmutzverkrusteten Lider nicht öffnen. Erst als ein unerwarteter Schmerz in ihrem Oberschenkel aufflammte, fuhr sie hoch und riss die Augen auf. Zunächst wollte sich ihr Blick nicht scharf stellen; sie sah nichts weiter als den flimmernden Umriss der Frau, dunkel zeichnete er sich gegen das grelle Sonnenlicht ab. Was war geschehen? Warum hatte die Frau nach ihr getreten? Edda blinzelte; die Innenseiten ihrer Lider scheuerten über ihre Augen wie Sandpapier, und der dunkle Fleck formte sich zu einer Gestalt aus. Es war nicht dieselbe Frau, war überhaupt keine Frau, sondern ein Mädchen, kaum älter als Edda, und ihre Ähnlichkeit zu Eddas Wohltäterin erschöpfte sich in dem dunklen Farbton ihrer Haut und dem Schwarz ihrer Haare. Nichts an ihr war ordentlich oder sauber, ihr Haar nicht glatt und glänzend, sondern verfilzt. Sie trug schmutzige Lumpen am Körper, genau wie Edda, und nicht einmal Schuhe, ihre Haut war dreckverkrustet und staubbedeckt. Man musste sie schon zweimal ansehen, um durch den Dreck hindurch zu erkennen, dass ihre Züge auffällig ebenmäßig und schön waren.

»Meine Spatzen singen mir ein Lied von einer, die seit Tagen durch unsere guten Gassen taumelt«, sagte sie. »Du musst mir verraten, aus welchem Stoff du gemacht bist, dass du kein Wasser brauchst und kein Brot.«

Vergeblich versuchte Edda, Sinn in die viel zu schnell gesprochenen Worte zu bringen. Spatzen? Brot? Wasser? Sie fuhr sich mit der trockenen Zunge über die gesprungenen Lippen, öffnete den Mund und brachte ein Krächzen hervor.

»Wer …?« Erstaunt bemerkte sie, dass keine weiteren Worte folgten.

»Infried. Mein Name ist Infried, und wenn du nicht bald etwas zu trinken bekommst, können sie hier deine Knochen zusammenfegen.«

Das Mädchen streckte Edda eine Hand entgegen, und nach kurzem Zögern ließ Edda sich von ihr aufhelfen. Kaum, dass sie stand, drückte der Schwindel sie gegen die Hauswand. Sie fühlte Dunkelheit im Schädel schwappen, eine klebrige, verführerische Dunkelheit, die sie zurück auf die Steine, hinab in den Schlaf ziehen wollte. Infried boxte sie in die Schulter.

»Bleib bloß stehen. Du hast schon Hitze im Kopf und im Blut. Wenn du das nächste Mal einschläfst, wachst du nicht wieder auf, ich besiegel's dir, Rotschopf.«

Aber Edda wollte ja gar nicht schlafen, wollte bloß einen Moment ausruhen. Sie bewegte stumm den Mund, fand weder Wort noch Ton. Wie lange war es bereits her, dass sie das letzte Mal mit jemandem gesprochen hatte?

Ungeduldig packte Infried ihr Handgelenk, zerrte sie die Treppe hinauf, eine unvermutete Kraft in den sehnig mageren Armen. Sie zog Edda über den Hinterhof hinaus auf die Straße. Edda war beinahe sicher, dass es zum Markt nach links ging, doch Infried wandte sich nach rechts, führte Edda bis zu einer schmalen Treppe, die zwischen zwei Häusern hindurch geradewegs in den blauen Himmel zu führen schien.

»Wir müssen den Berg ein Stück hinauf. Rotschopf, du hast die Wahl: Gasse oder Treppe, der lange Weg oder der kurze?«

Nur einmal, gleich an ihrem ersten Tag, hatte Edda den Fehler gemacht, eine der steilen schmalen Treppen hinaufsteigen zu wollen. Sie hatte etwa die Hälfte der Stufen erklommen, bevor sie hatte stehen bleiben müssen, schwindelnd, nach Luft ringend, die Hitze auf und in ihrem Schädel unerträglich.

»Gasse«, krächzte sie.

Ganz sicher sein konnte Edda nicht, schließlich sahen alle Häuser gleich aus, aber sie glaubte nicht, schon einmal in diesem Teil Akobans gewesen zu sein. Es war keine der besseren Gegenden, das stand fest. Der Boden unter ihren Füßen war nicht länger gepflastert, die meisten Häuser hatten keine Fensterläden, ein paar von ihnen nicht einmal Türen. Schwarze Öffnungen gähnten Unheil kündend im nackten Stein. Die wenigen Menschen, die ihnen entgegenkamen, befanden sich in einem ähnlich erbärmlichen Zustand wie Edda und Infried selbst.

Infried schien Edda nicht mitteilen zu wollen, wohin sie unterwegs waren, und Edda war zu erschöpft, um zu fragen. Sie liefen eine lange Zeit, bis Edda in der aufsteigenden Mittagshitze nicht einmal mehr sicher war, ob sie selbst ging oder ob nicht vielmehr die Häuser an ihr vorbeiglitten. Infried mit ihrem schwarzen Haar und ihrem grauen Kittel war kaum mehr als ein auf und ab hüpfender dunkler Fleck vor ihr, und die sandfarbenen Häuser schienen Edda weniger wie etwas von Menschen Gebautes, sondern so, als seien sie schon immer da gewesen, wie Bäume, Klippen, das Meer. Irgendwann hörte Edda unterdrücktes Gemurmel, und das Blut stockte ihr in den Adern, so sicher war sie, dass die Häuser zu ihr sprachen. So war es, kopfkrank zu werden! So fühlte es sich an: Die Häuser begannen, mit einem zu sprechen. Sie rieb sich die Ohren, aber es machte keinen Unterschied, der Lärm auf den verlassenen Straßen nahm noch zu, beinahe so, als durchquerten sie eine unsichtbare Menschenmenge.

Sie bogen um eine Ecke, und so unvermittelt, dass Edda ihren Augen einen Wimpernschlag lang nicht traute, waren sie da: gut drei Dutzend Männer, Frauen und Kinder. Edda stieg der durchdringende Geruch in die Nase, den eine Ansammlung von Menschen, die lange Zeit in großer Hitze und ohne jede Möglichkeit, sich zu waschen, gelebt hatten, unweigerlich verströmte. Und es war der Geruch, der sie sicher sein ließ, dass die Menschen aus Fleisch und Blut waren und keine Hirngespinste. Obwohl sie durcheinandersprachen und -schrien, sich Beschimpfungen, Anklagen und ab und an einen freundlichen Gruß zuriefen, standen sie alle so ordentlich in einer Reihe, als hätten unsichtbare Wände sie an ihren Platz gerückt. Das Ende der Schlange bildete eine bucklige Alte, deren Rücken so stark gebogen war, dass ihr der Kopf nicht aufrecht, sondern wie abgeknickt auf dem Körper saß und ihr Blick gerade zu Boden ging. Edda und Infried hatten sich kaum hinter sie gestellt, als die Alte erstaunlich flink herumfuhr. Sie hob den Kopf, soweit es ihr krummer Rücken erlaubte, und ein Schwall Beschimpfungen ergoss sich aus ihrem Mund und über Infried. Der gezischelte Dialekt der Akobaner Straßen, in dem sie sprach, war Edda inzwischen wohlvertraut, aber die Beschimpfungen der Alten waren so eigentümlich und fremdartig, dass Edda sie trotzdem nicht verstand. Es half nicht, dass die Alte kaum mehr einen Zahn im Mund trug.

Starr sie nicht an!, befahl Edda sich selbst, aber ihre Augen hatten sich bereits selbstständig gemacht und irrten zu der Alten hinüber, wanderten über ihre Haut, die wie fleckiges Leder war, und bis zu dem schwarzen Furunkel, das auf ihrer Wange prangte. Trübe, tief in die Lederhaut eingesunkene Augen richteten sich auf Edda, und ein neuer Schwall gekeiften Gegarbels brach aus der Alten hervor.

Hilflos schüttelte Edda den Kopf. Die Alte spuckte aus, und als sie weitersprach, da fasste sie jedes Wort übertrieben langsam, so als spräche sie mit jemandem, der Ohren oder Verstand oder beides verloren hatte.

»Weißt du, warum deine Freundin hier Infried heißt?«, fragte sie.

Edda schüttelte den Kopf.

»Weil ihre Mutter gleich nach der Geburt schrie: Schafft das Balg weg, es soll mich in Frieden lassen.«

Infried rollte die Augen und drehte den Kopf zur Seite. »Was immer du sagst, alte Runzelbirne.«

Die Alte brach in ein keckerndes Lachen aus, das in einen trockenen Husten kippte, kaum dass sie ihnen den Rücken gekehrt hatte.

»Was tun wir hier?«, flüsterte Edda Infried zu.

»Warten«, antwortete Infried, den Blick starr geradeaus gerichtet.

Edda sah sich um. Warten. Aber selbst, wenn sie gewusst hätte, worauf, wäre ihr das Warten schwergefallen. Die eng stehenden Häuser spendeten ihnen Schatten, aber auch so war die Hitze drückend, und Edda hatte Mühe, sich auf den Beinen zu halten, ohne aus der Schlange zu treten und sich abzustützen. Lange Zeit geschah nichts. Irgendwann hörte sie schlurfende Schritte in ihrem Rücken. Ein Mann stellte sich hinter sie, nach kurzer Zeit folgten ihm zwei Jungen und eine Frau. Und dann, gerade als Edda beschlossen hatte, mit dem ungeschriebenen Gesetz der Schlange zu brechen und sich zu setzen, kam Bewegung in die Menschen. Irgendwer musste irgendwo einen Schritt nach vorn gemacht haben, und alle anderen rückten nach. Nun, da der Bann gebrochen war, verging nur eine kurze Zeit, bevor sie sich erneut in Bewegung setzten.

Die Gasse vor ihnen nahm eine Kurve, in welcher sie sich so stark verengte, dass Edda die Wände der Häuser zu beiden Seiten hätte berühren können, wäre sie nicht längst zu schwach gewesen, die Arme zu heben. Hinter der Kurve erwartete sie ein großer Platz, in dessen Mitte ein Brunnen stand. Es war der erste Brunnen, den Edda in Akoban sah, der nicht von einer Gruppe Rotgewandeter bewacht wurde. Die Brunnen waren für die Händler und Kaufleute, die rechtschaffenen Bürger der Stadt, und wenn ein verzweifelter Dachfreier sich ihnen näherte, dauerte es nie lange, bis der erste Rotgewandete seinen Stock zückte. Doch obwohl weit und breit kein Mann in rotem Gewand zu sehen war, verlief die Schlange der Wartenden in einem säuberlichen Bogen um den Brunnen herum. Niemand schien auch nur daran zu denken, sich ihm zu nähern. Die Schlange zog sich quer über den Platz und verschwand auf der gegenüberliegenden Seite in einem Haus, das zwischen den anderen thronte wie ein Riese zwischen Zwergen. Der schlichte Steinblock unterschied sich durch nichts weiter als seine groteske Größe von den umstehenden Häusern, doch diese allein verlieh ihm schon etwas Bedrohliches.

»Wer lebt dort?«, wisperte Edda Infried zu.

»Niemand lebt dort. Das ist Hagers Haus, Bratzchen«, erklärte Infried barsch und machte einen schnellen Schritt vor, um nicht den Anschluss zur Alten zu verlieren. Edda folgte ihr, den Blick fest auf das große Haus gerichtet und auf die zweiflüglige Tür, die Mann um Mann, Frau um Frau, Kind um Kind schluckte, ohne sie wieder auszuspucken.

2
Hagers Haus

Mit Hagers Haus, das begriff Edda in dem Moment, da sie hinter Infried über die Schwelle trat, verhielt es sich wie mit jenen scheinbar unauffälligen Muscheln, die Tobin und sie einst am Strand Colms gesammelt hatten: Von außen betrachtet wirkten sie wie jede beliebige graue Schale eines verendeten Meerestieres, im Inneren aber trugen sie Dutzende Farben, die schimmerten und schillerten wie ein feiner Stoff oder ein Edelstein. Hinter seinen schlichten Steinmauern verbarg sich eine Welt, die sich draußen auf dem hitzeflimmernden Platz nicht hatte erahnen lassen. Als Edda ins Innere trat, fiel die Temperatur so plötzlich, dass ihre Arme und Beine sich mit Gänsehaut überzogen. Abrupt verstummte der Lärm und wurde von einer Stille verdrängt, die sich schwer in der Luft aufbauschte. Hinter der zweiflügligen Eingangstür lag eine gewaltige Halle, von deren schierer Größe sich Edda wie in die Knie gezwungen fühlte. Eine ähnliche Form der Demut hatte sie bisher nur angesichts der endlosen Weiten der Silbersee empfunden.

Nach den Farben Akobans – Gelb, Braun und Grau – suchte man hier vergebens. Die Decke, der Boden, die Wände waren aus demselben glatt geschliffenen Stein gefertigt und von einem durchdringenden Blau. Es war weniger grau als das Wasser der Silbersee und dunkler als das Milchblau von Brands Augen, das Blau eines Gewitterhimmels vielleicht, entschlossen und tiefschichtig. Einen Moment war es Edda, als sei sie untergegangen, nicht länger an der Luft, sondern unter Wasser. Langsam drehte sie sich um die eigene Achse und stockte, als ihr sieben Männer in Grau auffielen. Ihre Gewänder mochten weder leuchtend blau noch abschreckend rot sein, und trotzdem hatte Edda keinen Zweifel, dass es sich um eine ähnliche Art von Uniform handelte, wie sie auch von den Blaugewandeten und Rotgewandeten getragen wurde. Keiner von ihnen hatte einen Stock bei sich, keiner von ihnen machte Anstalten, sich der langen Reihe Menschen zu nähern. Soweit Edda sehen konnte, fand überhaupt kein Austausch zwischen Dachfreien und Graugewandeten statt, und doch blieb ihre Anwesenheit nicht ohne Wirkung: Die Dachfreien waren still geworden, selbst die Alte vor Infried und Edda hatte aufgehört zu schimpfen. Und nicht nur das: Gleich wie heruntergekommen, wie angeschlagen und mitgenommen vom Leben auf der Straße sie waren, die Dachfreien bewegten sich nun mit einer besonderen Umsicht und Achtsamkeit, so als könnte noch die geringste unbedachte Bewegung die Luft selbst klirrend zerbrechen lassen. Eddas Schulterblätter zogen sich straff, ihr Mund war trocken – das war er ohnehin seit Tagen schon, doch nun kam der unverkennbare Metallgeschmack der Angst hinzu. An was für einen Ort hatte Infried sie gebracht? Wenn sie wenigstens sehen könnte, was am Ende der Schlange auf sie wartete, doch die Halle war mit breiten Säulen durchsetzt. Sie sah zurück zu der Tür, durch die sie gekommen waren. Wenn sie herumfuhr, wenn sie rannte, wenn sie schnell war … Aber sie verwarf den Gedanken an Flucht gleich wieder. Dort draußen wartete nichts auf sie. Nichts außer Hitze und Hunger und die Treppe, auf der sie gestorben wäre, wenn Infried sie dort nicht gefunden hätte. Was immer in Hagers Haus vor sich ging, es konnte nicht gefährlicher sein als die Welt dort draußen. Sie trat noch einen Schritt dichter an Infried heran.

»Infried, du musst mir verraten, was wir hier tun!«, zischte sie. »Wofür stehen wir an?«

»Keine Sorge, niemand wird dich würzen, braten und kochen«, flüsterte Infried zurück. »Im Gegenteil, hier bekommst du Suppe.«

»Ich habe keine Rundlinge«, sagte Edda.

»Musst du auch nicht. Sie geben dir die Suppe so.«

Edda öffnete den Mund, aber bevor sie widersprechen und Infried erklären konnte, dass sicher niemand in Akoban Suppe an gut zweihundert Dachfreie verschenkte, sah sie zwei Frauen hinter einer Säule hervorkommen. Die eine schien blind zu sein, ihr Blick ging ins Leere, und sie hatte sich bei der anderen untergehakt. Die Frauen trugen flache Schalen, aus denen Dampf aufstieg. Suppe. Aber aus welchem Grund sollten die Graugewandeten Suppe verschenken? Inzwischen zählte sie über zwei Dutzend von ihnen. Gehörte ihnen die prunkvolle Halle? Lebten sie hier? Und war einer von ihnen Hager? Aber je länger sie darüber nachdachte, umso unwahrscheinlicher schien es ihr, dass sie sich in einem Wohnhaus befand. Dies war nicht das Haus eines einzelnen Mannes, Hagers Haus hatte mehr gemein mit dem Fischhaus – nein, mit dem Haus der Heiligen Schwestern. Also befand sie sich an einem Ort, an dem sich eine Gemeinschaft versammelte, um zu huldigen. Die schlichten Holzbänke, auf denen sich mehr und mehr Menschen niederließen, um ihre Suppe zu essen, waren in immer größer werdenden Kreisen um eine Mittelfläche angeordnet. Nach steinernen Statuen suchte Edda vergebens, doch genau in der Mitte der Fläche stand ein hoher Tisch, auf dem sich eine silberne Schale befand. In dieser türmten sich hellblaue Steine, die von innen her zu strahlen schienen. Die gleichen Steine schmückten auch einen Kronleuchter, der genau über der Schale so hoch an der Decke hing, dass Edda den Kopf in den Nacken legen musste, um ihn zu sehen. Seine Arme waren nicht einfach gebogen, sondern sonderbar geformt, und nicht einer von ihnen war durch eine Kerze beschwert. Nur die Steine selbst, die an dünnen Fäden hinabhingen, trugen ein blaues Leuchten in die Halle. Erst als sich Eddas Abstand zu dem Leuchter allmählich vergrößerte, offenbarte sich ihr die Form: Es war ein Kraken, sein silbrig runder Kopf in der Decke verankert, seine Arme Tentakel, die sich vorsichtig tastend in den Raum hineinschlängelten. Sie starrte den Kronleuchter an, bis er hinter einer der Säulen verschwand.

Sie waren nun in den hintersten Teil der Halle gelangt, und endlich konnte Edda sehen, was sie am Ende der Schlange erwartete: ein Kessel von der Größe eines Waschzubers, um den sich gleich mehrere Graugewandete versammelt hatten.

»Der Mann genau hinter dem Kessel, der mit dem blonden Haar«, flüsterte Infried, »das ist Bruder Ludgin. Bleib ihm fern. Er ist harmlos, aber wenn er dich erst einmal in seinen Fängen hat, lässt er dich so schnell nicht wieder gehen. Halt dich lieber an Mone.«

Unauffällig deutete sie auf einen anderen Mann, der Löffel verteilte. Sie machte einen raschen Schritt zur Seite, um Edda den Vortritt zu lassen.

»Ich weiß nicht, wie viel noch im Kessel ist, und du hast es nötiger als ich«, murmelte sie.

Edda setzte an zu widersprechen, aber Infried hatte sich zur Seite gedreht, als hätten die Schlange und der Kessel nichts mit ihr zu tun. Bald stand nur noch die bucklige Alte vor ihnen, und dann hatte auch sie ihre Schale entgegengenommen und entfernte sich mit schlurfenden Schritten. Rasch nahm Edda ihre Schale und wollte schon weitergehen, als sich Ludgins Hand um ihren Unterarm schloss.

»Danke Hager«, forderte er sie auf.

Edda hielt den Atem an. Woher sollte sie wissen, welcher der Männer Hager war? Nicht einer von ihnen trug ein besonders auffälliges Schmuckstück an sich, das ihn von den anderen unterschieden hätte. Hager waren sie alle.

»Ich bin nicht sicher, wer Hager ist«, gestand sie flüsternd.

Hinter ihr wandte Infried sich beiläufig ab und betrachtete aufmerksam den Boden zu ihren Füßen.

»Weißt du denn nicht, in welchem Haus du bist?« Ludgins Augen leuchteten auf. Ob vor Zorn, Entsetzen oder schierer Freude daran, dass ihm ein so ahnungsloser Tumbtaumler in die Arme gelaufen war, Edda hätte es nicht sagen können. »Weißt du nicht, wem du die Suppe in deiner Schüssel zu verdanken hast?«, fragte er weiter.

»H-Hager?«, stammelte Edda.

Ludgin trat hinter dem Kessel hervor und wandte sich an Mone. »Ihr müsst meinen Platz am Kessel einnehmen. Es obliegt mir, zu einer jungen Seele in Hagers Dienst zu sprechen.«

Sonderbar, Ludgins glattes schmales Gesicht verriet Edda, dass er in ihrem Alter sein musste, aber er sprach wie ein sehr viel älterer Mann, getragen, bedeutungsvoll wie Bent während der Feste, wenn er eine seiner endlosen Ansprachen hielt.

Noch bevor sie ganz begriffen hatte, wie ihr geschah, nahm Ludgin ihr die Suppenschale aus den Händen. Hilflos sah sie zu, wie er sie auf einer Bank abstellte. Mit einem Winken bedeutete er ihr, ihm zu folgen.

Edda zögerte, schielte hinüber zu der Schale. Infried schüttelte unmerklich den Kopf, eine knappe warnende Bewegung. Was Ludgin gegeben hatte, würde Ludgin auch wieder nehmen können. Eddas Magen ballte sich zur Faust, während sie hinter Ludgin herging, vorbei an der giftigen Alten, in deren Augen unverhohlene Schadenfreude aufblitzte. Ludgin führte sie durch die Halle, zwischen den restlichen vier Steinsäulen hindurch, bis sie die hinterste Wand erreicht hatten. Von hier schien der Eingang der Halle so fern, als befände er sich in einem anderen Haus, und die Geräusche der Dachfreien und Graugewandeten waren gedämpft, kaum hörbar.

Auf Höhe ihrer Köpfe war ein großes Mosaik in die Wand eingelassen. Es setzte sich aus Hunderten, wenn nicht Tausenden Steinen zusammen, von denen kein einziger größer als Eddas Daumennagel war, und zeigte die Welt unter Wasser. Auf dem Grund des Meeres zwischen Fischen und Algen saß ein Kraken, seine Augen zwei schwarze Steine, so vollkommen rund und glatt wie zwei Perlen.

»Das«, sagte Ludgin, »ist der Kraken Hager. Vor Tausenden Jahren formte er die Welt und uns. Du und ich und alle Seelen hier in seinem Haus verdanken ihm ihr Leben.«

»Wie soll ein Kraken …«, setzte Edda an, doch Ludgins Gesichtsausdruck ließ sie verstummen.

»Hager war damals noch kein Kraken, sondern eine leuchtende Gestalt, gemacht aus Sternenstaub und blauem Licht. Durch die Kraft seiner Gedanken allein brachte er die Welt ins Sein. Er dachte in der Alten Sprache, und seine Gedanken formten alle die Dinge, die sind. Und als seine Arbeit getan war, nahm er die Form eines Kraken an und stieg hinab in die tiefsten Tiefen der See, wo er nun sitzt und wartet auf das Ende aller Zeiten, wenn er hinaufkommen und die Welt zerstören und neu formen wird.

»Und was … was tut er dort, auf dem Boden der See?«

»Du trägst sonderbare Fragen in deinem Kopf, mein Kind.«

Edda presste die Lippen zusammen. Ludgins sanfter, beinahe aufdringlich warmer Ton erinnerte sie an Brand und daran, wie er zu ihr gesprochen hatte, damals in Colm, als er die Höflichkeit noch wie ein Gewand getragen hatte.

»Wenn du das nächste Mal in unser Haus kommst, dann frag nach mir. Du musst noch viel lernen und verstehen, und ich will die Bürde auf mich nehmen, dich der Weisheit Hagers näher zu bringen.«

Während er sprach, hatte Ludgin ihr eine Hand auf die Schulter gelegt. Edda starrte das Mosaik so aufmerksam an, als gäbe es in der Anordnung der Steine ein Rätsel zu lösen. Ludgins Hand lag unerklärlich schwer und warm auf ihrer Schulter.

»Bruder Ludgin!«

Mones Ruf ließ sie beide herumfahren. Ludgins Hand rutschte von Eddas Schulter, und er trat einen Schritt zurück. »Merk dir meinen Namen, Kind. Bruder Ludgin! Meine Worte werden dir mehr Gutes tun als jede Suppe.«

Spricht der Tumbtaumler, der in seinem ganzen Leben noch nicht hungrig gewesen ist. Auch diese Worte schluckte Edda und starrte weiter den schwarzäugigen Kraken an. Erst als Ludgins Schritte hinter ihr verhallt waren, kehrte sie zu den Bänken zurück.

Die Wahrscheinlichkeit, dass sich längst ein anderer ihrer Suppe angenommen hatte, war groß, wusste Edda, doch als sie die Bank erreichte, hielt Infried ihr die volle Schale entgegen.

»Hat er dich angefasst?«, fragte sie, nachdem Edda neben ihr Platz genommen hatte.

Edda warf Infried einen fragenden Blick zu. Hätte sie darauf achten müssen, sich nicht von ihm berühren zu lassen? Litt er vielleicht an einer Krankheit, etwas, das allein durch seine Finger auf ihrer Haut von ihm zu ihr überspringen konnte?

»Er … ja, an der Schulter. Aber er hat bloß das Hemd berührt. Ich meine, den Stoff.«

Infried verzog das Gesicht. »Sicher. Es fängt immer mit der Schulter an.«

Hastig begann Edda zu löffeln. Die Brühe schmeckte nach nichts, nicht nach Fisch und Schalengetier, nicht nach Salz oder einem anderen, Edda unbekannten Gewürz. Einzig die dünnen Karottenscheiben und welken Blätter verrieten, dass es sich um Suppe handelte.

»Bist du sicher, dass es Suppe und nicht bloß Wasser ist?«, murmelte sie.

Infried lächelte nicht. »Du willst Salz, Bratzchen? Glaub mir, wenn du wieder draußen auf den Straßen bist, wirst du dankbar sein, dass sie keines hineingegeben haben. Die Suppe ist gegen den Durst, mindestens so sehr wie gegen den Hunger.«

Ein paar Schritte von ihnen entfernt waren ein Graugekleideter und ein Mann an Krücken zum Stehen gekommen. Während der Graugekleidete langsam und beharrlich sprach, nickte der Mann an Krücken unablässig und warf verzweifelte Blicke auf die Suppenschale, die sein Gegenüber in den Händen hielt.

Infried schnaubte abfällig. »Gib ihnen eine Gelegenheit, dir einen Vortrag zu halten, und sie werden sie nutzen.« Sie wischte sich mit dem Ärmel ihres Kittels über den Mund. »Deswegen schenken sie überhaupt die Suppe aus. Weil sie uns in ihr Haus locken und uns die Ohren vollgarbeln wollen, mit ihren Geschichten vom großen Hager und allem, was wir ihm zu verdanken haben.«

Edda tauchte ihren Löffel bedächtig in die Suppe. Sie aß so langsam, wie sie konnte. Sie wollte den Moment, in dem die Schale in ihren Händen leer war, hinauszögern, aber sie hatte bereits alle Möhren gegessen, und ihre Hand führte den Löffel wie von selbst in rascher Abfolge immer wieder zum Mund. Sie zwang sich, ihn kurz sinken zu lassen, und sah Infried an.

»Und du? Warum hast *du* mir geholfen?« Die Frage klang misstrauischer, angriffslustiger, als Edda es beabsichtigt hatte, und Infried warf ihr einen kühlen Seitenblick zu.

»Meine Spatzen haben mir erzählt, dass ein Mädchen in unseren Straßen stirbt. Also habe ich mich auf die Suche nach ihr gemacht, um zu helfen.«

»Das ist alles? Dir liegen gute Taten?«

»Ich weiß nicht, wie du es hältst, Rotschopf, aber mir tut es keinen Schaden, denen zu helfen, die in Not sind. Und ich brauche auch keinen besonderen Grund, es zu tun. Sicher nicht, wenn mich die Hilfe selbst nichts kostet.«

Beschämt sah Edda zu Boden. Sie musste zu viel Zeit mit Brand verbracht haben.

»Verzeih. Mir sind genug andere begegnet«, sagte Edda und löffelte schweigend den Rest ihrer Suppe, hin- und hergerissen zwischen Hunger und dem Wunsch, ihr Mahl hinauszuzögern. Wenn Infried und sie das Haus erst verließen, würden sich ihre Wege sicher wieder trennen.

»Wer sind deine Spatzen?«, fragte sie. »Sprechen die Vögel mit dir?«

Infried lachte leise. »Nicht, dass ich wüsste. Nein, hier vorn siehst du gleich zwei von ihnen.« Sie deutete auf zwei abgemagerte Jungen, die auf einer Bank vor ihnen ihre Suppe löffelten. »Du musst ihnen nur ein paar Brotkrumen zuwerfen, und sie folgen dir überallhin. Außerdem hat es wenig Sinn, sich ihre Namen zu merken. Sie kommen und gehen, wie es ihnen gefällt.«

»Und wohin … ich meine, wohin geht ihr als Nächstes, deine Spatzen und du?« Da war etwas Gieriges, Hungriges in Eddas Stimme. Und obwohl sie wusste, dass es klüger war zu schweigen, sprach sie weiter: »Habt ihr einen bestimmten Ort, wo ihr die Nacht verbringt? Oder wo ich euch tagsüber … finde …«

Doch Infried schüttelte bestimmt den Kopf. »Nein. Hör zu, wir helfen einander, aber ich habe keinen Vertrag für dich unterschrieben, Rotschopf. Du musst dich jetzt wieder um dich selbst kümmern.« Sie hob die leere Schale in die Höhe, wie um Edda daran zu erinnern, warum sie Hagers Haus überhaupt aufgesucht hatten. »Sie schenken die Suppe jeden Tag zur gleichen Zeit aus. Wenn du dich rechtzeitig in die Schlange stellst, bekommst du deine Schale, aber du darfst nicht zu spät auftauchen. Ist der Kessel erst einmal leer, füllen sie ihn nicht wieder auf.«

Infried erhob sich. Eddas Hand schnappte vor; bevor sie sich selbst zurückhalten konnte, hatte sie nach Infrieds Kittel gegriffen. Ihre Finger schlossen sich um den dünnen grauen Stoff. Sie *konnte* Infried noch nicht gehen lassen, hatte ihr mehr als bloß die Suppe zu verdanken. Infried hatte Edda angesehen, mit ihr gesprochen, sie daran erinnert, was es hieß, ein Mensch unter Menschen zu sein. Der einzige andere, der Edda in den letzten Tagen berührt hatte, war Ludgin gewesen.

»Infried, warte, ich muss dich noch etwas fragen!«, rief sie schnell, aber ihr fiel nichts ein. Keine einzige Frage wollte ihr in den Sinn kommen, in ihrem Kopf war nichts außer Rauschen und Flattern und ...

»Ich suche nach jemandem. Sein Name lautet Gondenberg.« Der Name lag Edda so fremd auf der Zunge, dass sie plötzlich nicht mehr sicher war, ob sie ihn sich nicht ausgedacht hatte.

»Gondenberg.« Infried zuckte die Achseln. »Das klingt nach einem feinen Herrn, und über feine Herren weiß ich wenig, außer dass sie mit meiner Welt nicht viel zu tun haben.« Sie drückte einem der vorbeihuschenden Jungen die beiden leeren Schalen in die Hand. »Gib acht auf dich, Rotschopf.«

Und bevor Edda einen weiteren Versuch hätte unternehmen können, sie zurückzuhalten, war Infried davongeeilt.

***

Akoban mochte eine große Stadt sein, mit unzähligen Plätzen und doppelt so vielen Gassen, und doch liefen sich die Dachfreien immer wieder über den Weg, und auch Eddas Sorge, Infried nie wieder zu begegnen, war unbegründet gewesen. Sie teilten dieselben Jagdgründe, und die Orte, die sie aufsuchten, waren unweigerlich und mit ermüdender Zuverlässigkeit die gleichen: Tagsüber trieb man sich in der Nähe des Marktes herum, um Abfälle zu ergattern oder Almosen zu erbetteln. Mittags traf man sich in der Schlange vor Hagers Haus oder im Haus selbst. An den Nachmittagen gingen einige hinunter zum Hafen, während es die meisten wieder auf den Markt zog. In den frühen Abendstunden begann dann die lange Suche nach einem geeigneten Schlafplatz.

Bald hatte das Leben auf den Straßen mit all seinen Gefahren und Herausforderungen Edda vollkommen umsponnen. Während sie durch die Gassen lief oder ihre Suppe schlürfte, überkam sie ab und an das seltsame Gefühl, ein Geist oder ein Schatten mehr als ein Mensch aus Fleisch und Blut zu sein. Womit sie nicht einmal ganz falsch lag: Niemand unter den Dachfreien kannte Edda Valt, Tochter von Ruben, Schwester von Tobin. Infried etwa hatte keine Vorstellung davon, dass Edda nicht aus Akoban stammte, sondern an der Küste Farlands aufgewachsen war. Eddas Vergangenheit, all das, was sie einmal ausgemacht hatte, war wie eine dünne Schicht Schmutz von ihrem Körper gewaschen worden, nur wenige Rückstände blieben wie dunkle Ränder unter den Fingernägeln zurück – ein Schicksal, das Edda mit vielen Dachfreien teilte. Keiner von ihnen schien eine Geschichte zu haben. So wusste Edda auch nichts über die verschlungenen Pfade, die Infried bis in das Leben in den Unteren Gassen geführt hatten. War sie in der Händlerstadt aufgewachsen? Geboren? Wer waren ihre Eltern, und lebten sie noch? Hatte sie Brüder und Schwestern? Ab und an schwirrten Edda diese und ähnliche Fragen durch den Kopf, aber wenn sie dann neben Infried auf einer der Bänke in Hagers Haus saß, war sie zu hungrig, zu durstig, um sie tatsächlich zu stellen, und andere Angelegenheiten schienen dringlicher. So lauschte sie aufmerksam, während Infried ihr erklärte, welches Gasthaus an diesem Nachmittag wohl freigiebig mit seinen Abfällen sein könnte und welcher Händler sich mit den Rotgewandeten gut gestellt hatte und deswegen zu meiden war. Es war auch Infried, die Edda erklärte, dass die Gassen in Akoban keine Namen trugen, ihr weitläufiges Netz aber einem strengen Regelsystem unterworfen war. Da Akoban auf einem Berg lag, sprach man von den *Unteren Gassen*, den *Mittleren Gassen* und den *Hohen Gassen*. Galt es einen Treffpunkt auszumachen oder einen Ort genauer zu bestimmen, ließen sich die Bereiche weiter unterteilen, in die Unteren Untergassen, die Mittleren Untergassen und die Hohen Untergassen, genau wie die unteren Mittelgassen, die mittleren Mittelgassen und so fort.

In den Hohen Gassen, fernab vom Lärm und Gedränge, fernab von Schmutz und Armut und Straßenkämpfen und lautstarken Auseinandersetzungen, lebten die Reichen. In den Mittleren Gassen fand man vor allem Geschäfte und Gasthäuser, in welchen die zahlreichen Besucher Akobans auf engem oder – je nachdem, wie locker die Rundlinge im Beutel saßen – nicht ganz so engem Raum lebten. Zwischen den Gast- und Wirtshäusern hatten sich Schmiede, Bäcker und Metzger, Schneider und Schuster niedergelassen – all jene, die ihr Handwerk nicht auf dem Markt feilboten. Der Markt selbst lag noch unterhalb der Unteren Gassen, gleich neben dem Hafen. Edda zog es meist erst am frühen Nachmittag dort hinunter, wenn die Erinnerung an die Brühe, die sie in Hagers Haus bekommen hatte, allmählich verblasste und der Hunger wie ein spitz bezahntes kleines Tier wieder an ihr zu nagen begann.

Der Markt selbst war ein schrecklicher Ort, war ein wundersamer Ort, ein Ort, der einen in seinen Bann zog und gleichzeitig abstieß. Es war Edda ein Grauen, sich in die wogende Menschenmenge zu begeben, die sie hinabzuziehen und zu schlucken schien, wie es einst die Silbersee getan hatte. Doch bestand auf dem Markt die beste Aussicht auf Abfälle und Almosen. Und das war es nicht allein, was Edda zurückkehren ließ, auch wenn sie sich im Gedränge bereits unzählige Prellungen und Kratzer und blaue Flecken zugezogen hatte, auch wenn ihr der Gestank nach ungewaschenen Leibern unangenehmer in der Nase lag, als es der stechende Colmingeruch je getan hatte. Sie ließ sich mitreißen und anrempeln und stoßen und schubsen, weil sie sich die unzähligen Waren ansehen wollte, die sich so hoch auf den dicht stehenden Ständen stapelten, dass sich die Tische durchbogen. Um all der Dinge wegen, die sie noch nie in ihrem Leben gesehen, von denen sie noch nicht einmal gehört hatte, nahm sie auch den ohrenbetäubenden Lärm in Kauf, den sie noch bis in die Stille der Nächte im Kopf trug. Ein jeder Händler versuchte, lauter zu schreien als sein Nachbar. Ergänzt wurde der Stimmenchor noch durch das Kreischen und Heulen und Bellen und Rufen der zahllosen Tiere, die auf dem Markt zum Verkauf angeboten wurden: wild flatternde Vögel und Hunde an Ketten und Katzen und Hühner in Käfigen und andere Geschöpfe, für die Edda keine Namen hatte. Schon nach kurzer Zeit auf dem Markt war es ihr stets so, als hätten sich ihre Augen vollgesogen, als säßen sie ihr viel zu schwer im Schädel. Sie wollte die Lider schließen, sich ausruhen, aber die Gefahr, zu stolpern, zu fallen und niedergetrampelt zu werden, war zu groß.

Während die Händler ihre Schätze vorführten, priesen sie die Waren laut an, sodass Edda Tausende neue Namen für Tausende neue Dinge lernte. *Topas* und *Amethyst* und *Bernstein* und *Tonvolut* nannten sich die edlen Steine, welche die silbernen Armreifen und goldenen Ketten und schweren Ringe verzierten, die man für beträchtliche Mengen Rundlinge erstehen konnte. *Orangen* hießen die leuchtenden Bälle, die von den Verkäufern wie kleine Sonnen emporgehalten wurden, *Bananen* die lang gestreckten gelben Früchte, von denen Edda einmal eine schwarz gefleckte gekostet hatte und den eigentümlich mehligen Geschmack noch immer auf der Zunge trug. *Samt* wurde der schwere, matte Stoff, *Seide* der leichte, glänzende genannt.

Nicht alles auf dem Markt war Edda fremd und unbekannt. Ihr Herz machte einen kleinen Sprung, als sie das erste Mal Colmin sah, zu einer Paste verarbeitet und abgefüllt in jene Silberdosen, die aus dem Haus des Apothekers stammen mussten. Sie sah auch Drachenrochenhäute, die sie an Marons Höhle in den Klippen denken ließen, und geschwungene Zähne, lang wie ihr eigener Unterarm, verziert von jenen fein geritzten Mustern, die sie das erste Mal auf Halv gesehen hatte und die von den Händlern *Scrimshaw* genannt wurden.

Hin und wieder glaubte sie, inmitten des Lärms Gondenbergs Namen zu hören, aber weil sie nicht wusste, wie Gondenberg aussah, konnte sie nicht nach ihm Ausschau halten; außerdem schien es wahrscheinlicher, dass jemand *über* Gondenberg gesprochen hatte, als dass dieser selbst ins Gewühl des Marktes hinabgestiegen wäre. Sie vermutete ihn in den luftigen Höhen der Hohen Gassen. Während ihrer ersten Tage in Akoban, als sie noch weniger ausgezehrt und geschwächt gewesen war, hätte sie womöglich den Aufstieg dorthin wagen können, inzwischen aber vermutete sie, dass sie kaum weiter als bis zu den hohen Mittelgassen gekommen wäre. Und auch ohne das Unterfangen anzugehen, wusste sie bereits, dass es aussichtslos war. Auch in den Hohen Gassen musste es Hunderte sandfarbene Häuser geben, und sie konnte kaum an jede einzelne Tür klopfen, um nach Gondenberg zu fragen. Vermutlich würde sie bloß einer der Rotgekleideten aufgreifen. Soweit Edda wusste, war es Dachfreien zwar nicht verboten, sich frei durch die Stadt zu bewegen, durch die Hohen und die Mittleren Gassen zu wandern genau wie durch die Unteren, aber sie bezweifelte nicht, dass die Rotgewandeten einen Grund finden würden, sie anzuhalten und abzuführen. Jedem unter den Dachfreien war das berüchtigte und wenig eindeutige Verbot des Herumlungerns bekannt, welches nichts anderes besagte, als dass die Rotgewandeten einen Dachfreien, der irgendwo in den Gassen ging, stand oder saß, vertreiben oder mit ihren Stöcken prügeln konnten, wann immer ihnen der Sinn danach stand.

Je länger Edda auf Akoban war, umso unwahrscheinlicher kam es ihr vor, dass Gondenberg und sie tatsächlich auf derselben Insel lebten. Noch immer, ja mehr denn je, schien ein Meer zwischen ihnen zu liegen. Und die Hohen Gassen waren die eine Insel, und die Unteren Gassen waren die andere, und Edda hatte kein Boot, um die Entfernung zu überbrücken, und sie konnte noch immer nicht schwimmen.

3
Zähne gegen Steine

Der Händler presste eine Hand gegen seine schmerzende Wange und tastete mit der Zunge nach der neuen Lücke zwischen seinen Zähnen. Erst vor wenigen Wochen hatte er sich schon auf der anderen Seite einen Zahn ziehen lassen, doch das Geld, das er mit dem Verkauf gemacht hatte, war schnell ausgegeben gewesen. Er schloss die Augen. Die elende Hitze ließ den Schmerz in Wellen durch das Zahnfleisch und bis in den Kiefer pulsen. Er blickte zurück zu dem heruntergekommenen Haus, das er gerade erst verlassen hatte. Den angesehenen Arzt, zu dem er in früheren Tagen gegangen war, konnte er sich schon lange nicht mehr leisten. Also hatte er sich in einem kleinen, dämmrigen Zimmer eingefunden, in dem ausnahmslos alles schmutzig und schmierig schien. Ein Mann mit einer rostigen Zange hatte ihm ohne großen Aufhebens den Zahn aus dem Mund geklaubt. Obwohl er den Eingriff mit überraschendem Geschick vorgenommen hatte, schmerzte dem Händler die Wange. Natürlich tat sie das, eine Wunde war eine Wunde, und die Hitze stocherte mit glühenden Fingern darin herum. Sobald er wieder Rundlinge in den Taschen hatte, würde er hinunter zum Markt gehen und sich Robawurzeln zur Betäubung kaufen. Mit zittrigen Händen tastete er nach dem Beutel in seiner Hosentasche, rieb den weichen Stoff zwischen den Fingern und fühlte den Zahn darunter. Wenn er ihn zu einem annehmbaren Preis verkaufen wollte, würde er jemanden finden müssen, mit dem er bereits Geschäfte gemacht hatte, dem er vertrauen konnte. Fengan Brook war wohl die sicherste Wahl. Fengan war ein Mann des Marktes, und die Chancen, ihn auch an diesem Vormittag dort anzutreffen, standen nicht schlecht.

In der Zwischenzeit hatte er die breite Treppe erreicht, die hinunter zum Markt oder hinauf in die Hohen Gassen führte: Er konnte nun nach Hause schleichen und sich ins Bett legen oder in den Seeigel beißen und gleich auf den Markt gehen, um nach Fengan zu suchen. Er lehnte sich gegen die hüfthohe Balustrade und tupfte sich den Schweiß von der Stirn. Von hier oben konnte er einen guten Blick auf den Markt werfen. Suchend glitten seine Augen über die Köpfe hinweg, hielten Ausschau nach der dunkelroten Samtkappe, die Fengan auch an den heißesten Tagen trug. Währenddessen bewegten sich seine Finger unablässig, er zählte. Fünfzig Rundlinge würde es ihn allein kosten, seine beiden Zimmer in der Endergasse zu bezahlen. Für ein Boot, und sei es auch noch der lüttigste Schrabbelkahn, würde er mindestens das Doppelte auf den Tisch legen müssen. *Wohin* er fahren würde, wusste er noch nicht, fest stand nur, dass es höchste Zeit war, Akoban und die Mittleren Inseln zu verlassen. Wie müde er der Händlerinsel war. Als er vor langer Zeit zum ersten Mal nach Akoban gekommen war, hatten ihn die Wunder der Stadt überwältigt. Er hätte sich nie vorstellen können, dass er ihrer je überdrüssig würde. Aber bei Geki, Bingin und Ood, das war er. Das endlose Auf und Ab! Immer ging es die steilen Treppen hinauf oder die sich windenden Gassen hinunter, und er spürte beides in den Knien und Hüften. Er war zu alt für diese Stadt mit ihrer flimmernden Hitze und ihrem ewigen Lärm. Kein ruhiger Wimpernschlag, in dem nicht irgendwer schrie oder brüllte, zeterte oder stritt. Er konnte sich kaum mehr vorstellen, dass er sich an der Stille draußen auf See je hatte stören können. Die Grobheit der Rotgewandeten und die Überheblichkeit der Blaugewandten, die Armut und das Elend taten ihr Übriges.

Er griff in seine Hosentasche, holte eine Barnbeere hervor und reichte sie Quill, dem Äffchen auf seiner Schulter.

»Bald fahren wir nach Hause«, behauptete er und fragte sich im selben Moment, was es über seine Verfassung aussagte, dass er ein Äffchen anlog. Sie würden nicht nach Hause fahren, sie *konnten* nicht nach Hause fahren. Nicht mit leeren Taschen und einem Mund, in dem die Zähne fehlten. Er würde zumindest *ein* gutes Geschäft abschließen müssen, bevor er es sich erlauben konnte, seiner Frau Dorgret gegenüberzutreten. Aber wie? Wie zum Wassermann sollte er ein gutes Geschäft machen, wenn er seine letzten Colminreste bereits Wochen vor dem ersten Zahn verkauft hatte – und das nicht einmal zu einem guten Preis.

Während seine Zunge nach der neuen Lücke tastete, beugte er sich noch weiter über die Balustrade. Keine rote Samtkappe, nirgends. Vielleicht sollte er einfach bleiben, wo er war. Solange er mitten auf der Bergstraße stand, war es nur eine Frage der Zeit, bis Fengan irgendwann auftauchte. Fengan hielt es schließlich wie die meisten Händler und zog die breite Treppe den unübersichtlichen gewundenen Pfaden vor, welche durch die Unteren Gassen führten. Der Händler hingegen hatte begonnen, die Treppe zu meiden. In den unübersichtlichen schmalen Gassen konnte nur ausgeraubt werden, wer noch

Rundlinge in den Taschen hatte, und auf der Treppe war es unmöglich, den Rotgewandeten aus dem Weg zu gehen. Obwohl er wusste, dass sie wegen der Dachfreien auf der Treppe patrouillierten, dass sie da waren, um solche wie ihn zu schützen, rechnete er mittlerweile damit, dass sie ihn packen und abführen würden. Unter den geschäftigen Händlern hatte einer wie er nichts mehr verloren.

Quill kreischte aufgebracht und viel zu dicht an seinem Ohr, als unmittelbar vor ihnen eine rot gestreifte Katze von der Balustrade auf die Stufen sprang. Um diese Zeit war noch nicht viel los auf der Treppe, aber die Katze lief geradewegs einem verhutzelten Männchen vor die Füße, das drei blökende Ziegen hinter sich herzog. Das Männchen verpasste ihr einen Tritt und zog fluchend seine Ziegen weiter. Hinter ihm stritten sich zwei abgemagerte Jungen um eine faulige Pflaume. Ein Glück, dass sie zu sehr mit sich selbst beschäftigt waren, um den Händler zu bemerken. In besseren Zeiten, als er sich selbst noch keine Gedanken darüber hatte machen müssen, wie er sein Abendbrot bezahlen sollte, hätte er ihnen etwas zugesteckt, einen Rundling oder ein paar Barnbeeren. Aber die besseren Zeiten waren lange vorbei, und gerade die dachfreien Kinder konnten hartnäckig und verschlagen sein, wenn man ihnen ihre Almosen vorenthielt. Mehr als einmal war der Händler von einer johlenden Horde durch die Unteren Gassen gejagt worden. Hatten sich einem die schmutzstarrenden, spindeldürren Geschöpfe erst an die Fersen geheftet, spielte es kaum mehr eine Rolle, dass sie ihre Armut nicht selbst verschuldet hatten und halb kopfkrank vor Hunger und Durst sein mussten.

Einer der beiden Jungen verpasste dem anderen einen Schlag, der ihn zu Boden gehen ließ. Kurz hatte der Händler freie Sicht auf ein Mädchen, das sich unmittelbar hinter den Jungen dicht an eine Hauswand gepresst hatte und den Kampf aufmerksam beobachtete. Vermutlich hoffte sie, dass die beiden die Pflaume im Gerangel vergessen würden.

Der Händler war sicher, sie schon einmal gesehen zu haben. Etwas an ihr war ihm bekannt, aber das allein verriet ihm noch nicht, warum sie wie ein Stolperstein für seine Augen war. Während die Jungen sich weiter auf den Stufen balgten, irrte sein Blick immer wieder zu ihr zurück. Wo hatte er sie schon einmal gesehen? Es war leichter für ihn zu bestimmen, woher er sie *nicht* kannte. Er sah sie nicht auf dem Markt, nicht beim Hafen, nicht in den Unteren Gassen. Je länger er darüber nachdachte … er brachte sie nicht einmal mit der Händlerinsel zusammen.

Das Mädchen musste seine Aufmerksamkeit gespürt haben; sie hob den Kopf, rieb sich unruhig den Hals, sah sich um. Der Händler starrte sie weiter an, und dann trafen sich ihre Blicke genau über den beiden streitenden Jungen. Sie stockte. Sie erkannte ihn, genauso, wie er sie erkannt hatte. Nur, dass sie zu wissen schien, wer er war. Etwas öffnete sich in ihrem Gesicht, fast so, als würde sie lächeln, tatsächlich hatte sie die Lippen nach wie vor fest zusammenpresst. Zwischen ihnen hatten sich die Jungen zu einem zornigen Knäuel zusammengeballt, und der Moment, auf den das Mädchen gelauert hatte, war gekommen: Unbewacht lag die Pflaume auf den Steinen. Doch statt sich auf sie zu stürzen, umrundete sie die fauchenden Jungen und erklomm die wenigen flachen Stufen, die sie von dem Händler trennten.

Es war ihre Art zu laufen, an der er sie endlich erkannte, jener unsichere Gang, dem immer etwas leicht Schwankendes anhaftete, gerade so, als sei der Boden unter ihren Füßen keine verlässliche Größe. Aber wie sehr sie sich verändert hatte! Ein schlaksiges Ding war sie schon immer gewesen, eher auffällig als eine Schönheit, mit ihren breiten

Wangenknochen, ihrer sommersprossigen Haut und ihren durchdringenden Augen. Doch wie sie nun vor ihm stand, glich sie ja einem in Fetzen gehüllten Skelett. Der Rucksack, der ihr auf den knochigen Schultern saß, schien kaum weniger als sie selbst zu wiegen, und als sie das obere Ende der Stufen erreicht hatte, zog sein Gewicht sie nach hinten und sie wäre fast rücklings die Treppe hinuntergefallen. Schnell packte der Händler ihren Arm und riss sie in die Höhe.

»Edda? Edda Valt?«, fragte er.

Als sie antwortete, war ihre Stimme wie sie selbst, dünn und zittrig und nur noch halb in dieser Welt.

»Meister Goldzahn?«

***

Schweigend sah Goldzahn dem Mädchen dabei zu, wie sie sich ein weiteres Stück Käse abschnitt. Eigentlich hätten Brot und Käse auch noch für die nächsten beiden Abende reichen sollen, doch er brachte es nicht über sich, sie beim Hinunterschlingen seiner sorgfältig angesparten Mahlzeit zu unterbrechen.

Dicht neben ihrer Hand saß das Äffchen. Goldzahn konnte sich nicht erinnern, Quill je als besonders zutraulich erlebt zu haben, doch kaum, dass Edda sich an den Tisch gesetzt hatte, war es von Goldzahns Schulter gesprungen, um sich neben sie zu kauern.

»Du solltest dich in acht nehmen. Peki-Äffchen beißen.«

»Mich nicht«, behauptete Edda und schnippte dem Äffchen ein Stück Käse zu.

»Quill!« Ungehalten schnalzte Goldzahn mit der Zunge. »Komm her!«

Edda sah unbeteiligt zu, während Quill widerstrebend über den

Tisch zurück und auf Goldzahns Schulter sprang. Dann widmete sie sich wieder dem Käse.

Goldzahn tastete nach seinem Kiefer und warf ihr einen nachdenklichen Blick zu. Er wollte ihr ein Dutzend Fragen stellen, aber er wusste nicht einmal, mit welcher er anfangen sollte. Seit wann lebte sie in den Straßen Akobans? Wie hatte sie, ein Mädchen vom Festland, ein Mädchen aus einem Dorf, das kaum mehr als zweihundert Seelen zählte, es geschafft, unter den Dachfreien zu überleben? Und wie zum Wassermann war sie überhaupt hierhergekommen? Auf all seinen Reisen und in all den Jahren, die er bereits als Händler lebte, war Goldzahn noch nie einem Bewohner Colms außerhalb von Colm begegnet.

»Deine Eltern müssen außer sich vor Sorge sein.« Er hatte die Worte kaum gesprochen, als ihm einfiel, dass sie keine Eltern hatte, großgezogen worden war von Ruben Valt, der mehr vom Handeln und Fischen verstand als all die anderen Brummköpfe Colms zusammen. »Dein Vater«, setzte er schnell nach. »Ruben, er muss außer sich vor Sorge sein. Weiß er, dass du hier bist?«

Sie nickte – was kaum etwas anderes als eine Lüge sein konnte – und fuhr sich mit der Zunge über die gesprungenen, trockenen Lippen. »Meister Goldzahn, habt Ihr auch etwas zu trinken für mich?«

Er erhob sich mit einem Seufzen. Nun, Wasser war zumindest günstiger als Käse. Und wenn sie etwas zu trinken hatte, würde sie vielleicht aufhören zu essen. Er ging hinüber zur Anrichte, um einen Krug mit Wasser zu holen. Gläser hatte er keine mehr. Vor wenigen Tagen erst war ihm das letzte zu Bruch gegangen und die Wirtin, das alte Biest, weigerte sich, ihm neue zu beschaffen, solange er nicht seine ausstehenden Mietschulden zahlte.

Sobald er wieder an den Tisch getreten war, riss ihm das Mädchen den Krug aus den Händen und begann, gierig zu trinken. Schweigend sah er auf sie hinab. Sie war sein erster Gast seit Wochen. Seitdem er in seinem neuen Quartier lebte, hatte er niemanden mehr zu sich eingeladen. Sich zu sehr geschämt für die spärliche Einrichtung, den kümmerlichen Ausblick und die Vermieterin, die zu den unmöglichsten Tages- und Nachtzeiten auftauchte und gegen seine Tür hämmerte, um die Miete einzutreiben. Das Mädchen schien sich kaum für etwas anderes zu interessieren als für den Käse auf ihrem Teller und den Krug in ihren Händen. Früher oder später aber würden ihr die zerschlissenen Vorhänge auffallen, die verblassten Farben des abgetretenen Teppichs, das zersplitterte Holz der Fensterläden, der Staub in den Ecken. Oder würde sich ihre Aufmerksamkeit stattdessen auf die Überbleibsel seines ehemaligen Reichtums richten? Er hatte weder die glänzende Ledertasche verkauft, die ihn auf all seinen Reisen begleitete, noch das Silberkästchen, in dem er seine Rundlinge aufbewahrte – wenn er denn welche hatte. Er glaubte nicht, dass sie ihn bestehlen würde, nicht Edda Valt, Ruben Valts Tochter. Aber sie sah wild aus, wie sie an seinem Tisch saß, die Arme von Schürfwunden, Kratzern und Ungezieferbissen übersät, das Haar so dreckig, dass man seine ursprüngliche Farbe nicht einmal mehr erkennen konnte. Das Messer, mit dem sie den Käse schnitt, wirkte in ihren knochigen Händen weniger wie Besteck und mehr wie eine Waffe.

Er wartete, bis sie den Wasserkrug abgesetzt hatte, bevor er sprach. »Willst du mir verraten, wie du es bis hierher geschafft hast? Du bist kaum selbst gesegelt, nehme ich an?«

»Ich *kann* segeln.«

»Und bist du eines schönen Morgens aufgewacht, hinunter zum Hafen gegangen und hast dir ein Boot ausgesucht, mit dem du ganz allein bis nach Akoban gefahren bist?«

Sie schnitt sich etwas von dem Käse ab, doch statt es zu essen, zerteilte sie es in immer kleinere Happen. »Anfang des Frühjahrs kam ein Fremder nach Colm. Er ist es gewesen, der mich mit nach Akoban nahm. Sein Name lautet Talin Brand. Kennt Ihr ihn?«

Goldzahn schüttelte den Kopf. »Ein Landfüßer oder einer aus dem Inselreich?«

Kaum eine schwer zu beantwortende Frage, doch das Mädchen schien erst über sie nachdenken zu müssen.

»Er sagte, er sei ein Händler aus Centria und dass er ursprünglich aus Agroth stamme.«

»Agroth? Wo soll das sein?«

»Ihr kennt die Holzfäller von Agroth nicht?«

Die *Holzfäller von Agroth*? »Ich kenne manchen Schreiner, und ich weiß, in welchen Gegenden Farlands man hochwertiges Holz kaufen kann. Von einem Ort namens Agroth habe ich noch nie gehört. Die meisten Hölzer kommen aus den Wäldern von Bruun.«

Falls seine Worte sie überraschten, ließ sie es sich nicht anmerken.

»Und wo ist er jetzt, dein Holzfällerfreund?«

Sie zuckte die Achseln. »Unsere Wege haben sich getrennt.«

Goldzahn machte schmale Augen. Die ganze Holzfällergeschichte roch wie fauler Fisch. »Er hat dir wohl erzählt, dass hier draußen ein besseres Leben auf dich wartet?«

Erneut schwieg sie, aber dieses Mal glaubte er, in ihrem Schweigen die ganze elende Geschichte hören zu können. Es hatte wohl nicht mehr als einen dahergelaufenen Tunichtgut gebraucht, um sie aus ihrem sicheren Heim fortzulocken. Sie musste leichte Beute gewesen sein, wahrscheinlich hatte sie nur auf eine Gelegenheit gewartet, dem tristen Fischerdorf mit seinem wässrigen Reisbrei und seinen maulfaulen Fischern den Rücken zu kehren. Er erinnerte sich noch gut daran, wie viele Fragen sie ihm gestellt hatte, zu Centria und der Welt jenseits der Küste.

»Schau, Mädchen, es tut mir leid, dass es nicht gut geendet hat mit dir und deinem Holzfäller. Ich bin sicher ...«

Sie schüttelte den Kopf, so entschieden und schnell, als hätte er ihr ein fragwürdiges Angebot unterbreitet.

»Nein, Ihr versteht nicht. Es geht … es geht um meinen Bruder.«

Bruder? An einen Bruder konnte er sich nicht erinnern. Wenn er ehrlich war, konnte er sich bis auf Edda und Brognars vorlautes Balg Ilsa an überhaupt keines der Kinder erinnern ... Nein, halt, da gab es noch den Apothekerssohn, der genauso wenig wie die anderen die Zähne auseinanderbekam, Goldzahn aber wegen seines Hinkens aufgefallen war und weil er Edda stets wie ein Schatten folgte. Nun, nicht bis ins Inselreich, wie es schien. Er kratzte sich am Kopf. »Das musst du mir genauer erklären. Was hat dein Bruder mit Akoban und deinem Holzfäller zu schaffen?«

»Er ist nicht mein …«, fuhr das Mädchen ihn an, brach ab und setzte neu an. »Ihr wisst, was in meiner Heimat geschieht? Ihr habt von den verschwundenen Kindern gehört?«

Goldzahn senkte den Kopf, in einer Geste, die alles Mögliche bedeuten konnte. Er hatte Gerüchte gehört, das schon, war sich aber nie sicher gewesen, wie viel Glauben er ihnen schenken sollte. Er kannte ja kaum eines der Kinder mit Namen und Gesicht und hätte nicht selbst überprüfen können, ob eines von ihnen fehlte. Die Händler hatten sich früh darauf geeinigt, dass es wohl das Beste sei, sich aus den dunkleren, verworreneren Angelegenheiten des Küstendorfes herauszuhalten. Nur die Menschen Colms wussten, was genau in Colm vor sich ging.

»Ja, mir ist die ein oder andere Geschichte zu Ohren gekommen«, räumte er ein.

»Es geschieht schon seit einigen Jahren, immer zur Zeit der Kaltwochen, dass eines der Kinder, ein Junge oder ein Mädchen, verschwindet. Nur in diesem Jahr, da waren es gleich zwei, Hensy Moot und mein Bruder. Tobin.«

Tobin. Jetzt sah er ihn doch vor sich. Ein Geist von einem Jungen, blass und klein gewachsen und dünn, ein furchtsames Geschöpf, bei dem es einen nie weiter überrascht hätte, wenn er sich plötzlich in der kalten Colmer Luft aufgelöst hätte.

»Aber warum zum Wassermann … warum sollte dein Bruder in Akoban sein? Ist es das, was dir dein Holzfäller erzählt hat? Dass er weiß, wo dein Bruder ist, und …«

Edda warf ihm einen Blick zu, der ihn verstummen ließ. Seine Frau Dorgret hatte ihn bisweilen auf die gleiche Weise angesehen, immer dann, wenn sie ihn wissen lassen wollte, dass er genug Unsinn für einen Tag gesponnen hatte.

»Was mit meinem Bruder geschehen ist, hat nicht das Geringste mit Talin Brand zu tun«, sagte Edda kühl. »Glaubt Ihr, ich würde einfach zu jedem Fremden ins Boot springen, weil er mir eine unwahrscheinliche Geschichte vorgarbelt?«

Dorgrets Blick, Dorgrets Ton. Goldzahn hob ergeben die Hände.

»Schau, ich weiß nicht, wer dir erzählt hat, dein Bruder sei hier draußen, aber ich bin sicher, dass er dir ein Neunauge aufgetischt hat.«

»Mein Bruder ist auf den Letzten Inseln, und das weiß ich sicher.«

Die Letzten Inseln. Goldzahn starrte Edda an. Mit raschen zornigen

Schnitten zerteilte sie den kümmerlichen Käserest auf ihrem Teller in immer kleinere Stücke. War sie verrückt? Er hatte sie nicht als verrückt in Erinnerung. Sondern als vernünftig. Vernünftig wie alle, die in Colm lebten. Selbst das Unkraut und die Katzen waren ihm dort vernünftig vorgekommen.

»Edda Valt, es scheint mir, du weißt wenig über den Norden und die Inseln im Teermeer. Wahrscheinlich ist Akoban die erste Insel, an der du an Land gegangen bist, und nun denkst du ...«

»Ihr irrt. Vor Akoban war ich auch schon auf ein paar anderen Inseln. Auf Halv zum Beispiel. Habt Ihr von Halv gehört, Meister Goldzahn?«

»Bei ... bei den *Fischern von Halv*?«

»Bei Kurtz und seinen Männern, ja.« Sie legte das Messer mit übertriebener Behutsamkeit neben den Teller. »Ich war in ihrem Keller. In einem ihrer Käfige. Und nun bin ich hier. Ich habe gesehen, wie ein Mann, der wie ein weißer Schatten war, eine Frau tötete, und nun bin ich hier. Ich habe auf den Straßen der Stadt unter den Dachfreien gelebt, und nun bin ich hier. Ihr müsst mir nichts weiter über die Inseln erklären und auch nicht darüber, wo sich mein Bruder befindet und wo nicht.«

Goldzahns Zungenspitze tastete wieder nach der frischen Lücke, während sich seine Gedanken überschlugen. *Die Fischer von Halv.* Möglich, dass sie log; möglich, dass der vermeintliche Holzfäller ihr ein Schauermärchen erzählt hatte und sie es jetzt bloß nachplapperte. Aber er hatte sie nicht als Lügnerin in Erinnerung; den Menschen in Colm lag das Ehrliche ja so sehr im Blut wie das Vernünftige. Und sie sprach auch nicht wie eine, der die Lügen glatt von den Lippen gingen, sondern als glaube zumindest sie selbst an jedes ihrer Worte.

»Meinetwegen. Sagen wir, dein Bruder ist auf den Letzten Inseln. Ich nehme an, du hast kein Boot im Hafen liegen. Und wie willst du ohne Boot dort hinaufgelangen?«

»Bevor ich mich um ein Boot kümmere, muss ich jemanden finden. Deswegen bin ich überhaupt hier in Akoban. Sein Name lautet Trom Gondenberg.«

Goldzahn legte den Kopf zurück und lachte schallend. Er verstummte hastig, als es in seinem Zahnfleisch blitzte, durch den Kiefer hindurch und bis mitten in seinen Schädel hinein. Mit verzogenem Mund tastete er nach seiner Wange. Er brauchte Robawurzeln. Und zwar schnell.

»Mädchen, sie haben dich wohl zu Hause in eines ihre Colminfässer gesperrt und den Hügel hinuntergerollt«, murmelte er, die Hand noch an seinem Kiefer. »Trom Gondenberg wird niemals mit dir sprechen. Sicher nicht, solange du aussiehst wie eine Dachfreie. Nicht einmal mit mir gibt er sich noch ab, seit ...« Er brach ab. Was ging das Mädchen seine elende Geschichte an? »Du müsstest schon auf einer Truhe Rohcolmin sitzen, damit einer wie Gondenberg auch nur in Erwägung ziehen würde, dich zu empfangen. *Hast* du eine Truhe Rohcolmin?«

Sie verschränkte die Arme, lehnte sich zurück und betrachtete ihn.

»Ihr kommt seit Jahren auf diese Insel, nicht wahr, Meister Goldzahn? Wenn die Umstände es verlangen würden und es eine dringliche Angelegenheit für Euch wäre, dann könntet Ihr einen Weg finden, Gondenberg zu einem Treffen zu bewegen?«

Vor einem Jahr, vielleicht einem halben, hätte er ihre Frage mit einem entschiedenen *Ja* beantworten können. Nun aber blieb ihm nichts anderes, als die Achseln zu zucken. »Möglich.«

»Ich habe eine Phiole Colmin bei mir«, sagte sie. »Wenn Ihr mich zu

Gondenberg bringt und dafür sorgt, dass er mich empfängt, gehört sie Euch.«

»Eine Phiole Colmin«, wiederholte Goldzahn. Bevor er seinen Augen einen anderen Befehl hätte geben können, glitten sie suchend an dem Mädchen hinab. Eine Phiole war ein kleines Ding; man konnte sie überall verstecken, an einer Kette um den Hals, in einer Hosentasche, einem Schuh. In dem Raum selbst war es plötzlich auffällig still. Nur durch das offene Fenster drang das übliche Geschrei zu ihnen herein. Die Vermieterin und ihre Nachbarin stritten sich um Ziegenmilch, die bezahlt oder nicht bezahlt worden war.

»Zum letzten Mal mach ich Geschäfte mit dir, Kandl!«, keifte Goldzahns Vermieterin.

Während sie reglos am Tisch saßen und den beiden Frauen lauschten, versuchte Goldzahn sich einzureden, dass Edda seinen Blick nicht bemerkt hatte, aber dann sah er, dass ihre rechte Hand sich wie zufällig über das Messer gelegt hatte. Von dem Käse war längst nichts mehr übrig, und trotzdem schlossen sich ihre Finger fest um den Griff.

Goldzahn richtete sich abrupt auf. »Mädchen, du kennst mich wohl gut genug, um zu wissen, dass ich dich nicht bestehlen würde.«

Edda errötete. Ihre Finger um den Messergriff aber lösten sich nicht. Und Goldzahn fühlte ein sonderbares Zittern in seinen Beinen und Händen, fühlte es noch bis in die pulsende Wunde zwischen seinen Backenzähnen. Wie weit war er bereit zu gehen für eine Phiole Colmin? Er dachte an Dorgret, er dachte an Ann. Und das Zittern fiel plötzlich von ihm ab.

»Mancher sagt mir nach, dass ich krummen Geschäften nicht abgeneigt bin«, murmelte er, »den ein oder anderen über den Tisch gezogen habe. Aber ein Dieb bin ich nicht und nie einer gewesen. Was man mir gibt, gibt man mir aus freien Stücken.«

Noch immer rührte Edda sich nicht. Kandl und die Vermieterin keiften weiter, und Goldzahn wartete mit hängenden Schultern darauf, dass das Mädchen ihn endlich erlöste, entschied, ob er ein gewöhnlicher Dieb war oder noch immer der ehrbare Händler, den sie ihr halbes Leben gekannt hatte. Während ihre eine Hand noch immer auf dem Messer lag, hatte sie mit der anderen nach ihrer Rocktasche getastet. Die Muskeln in ihrem Arm spannten sich an, während sie etwas mit schnellen Bewegungen zu drehen schien. Dann endlich nickte sie und gab das Messer frei.

»Vergebt mir, Meister Goldzahn«, sagte sie. »Seitdem ich die Küste verlassen habe, hat mich das Leben mehr Vorsicht gelehrt als höflich ist.«

»Mit Vorsicht bist du in Akoban nicht schlecht beraten. Wirst du mir zumindest verraten, was du von Gondenberg willst?«

»Ich will ihm einen Handel vorschlagen.«

Goldzahn hätte all seine verbleibenden Goldzähne darauf verwettet, dass Edda Valt nichts besaß, das für den König der Händler von Interesse sein könnte. Aber das war kaum seine Angelegenheit. Solange sie ihm tatsächlich eine Phiole mit Colmin gab, eine ganze Phiole!, musste er sich über nichts weiter Gedanken machen als darüber, wie zum Wassermann er Gondenberg dazu bringen sollte, mit ihr zu sprechen.

»Ich muss dir gestehen, Mädchen, ich habe nicht mehr den besten Stand hier in Akoban. Auch für mich wird es kein Leichtes sein, Gondenberg von einem Treffen zu überzeugen.«

»Ihr werdet einen Weg finden«, behauptete Edda. Während der letzten zähen Momente hatte sie die Tischplatte angestarrt. Doch nun hob sie den Kopf. Bei den Wassergeistern, diese Augen! Schon als er ihr das erste Mal begegnet war, vor gut zehn Jahren, waren es ihre Augen gewesen, die ihn hatten stolpern und starren lassen. Nicht nur ihre Farbe, das helle, fast goldene Grün, sondern auch dass es schien, als stünden sie weiter offen als gewöhnliche Augen, so als habe das Mädchen alle Schleusen geöffnet und sei bereit, in der Welt zu ertrinken.

4
Der Aufstieg

Edda saß auf der Fensterbank in Goldzahns Schlafkammer und blickte auf die Stadt hinab. Sie konnte die Unteren Gassen sehen, einen Teil des Marktes und einen schmalen Ausschnitt vom Hafen. Nacht hatte sich auf die Insel hinabgesenkt, und Akoban war kaum mehr als eine weitläufige Ansammlung von Lichtpunkten. Von hier aus betrachtet war ihr die Stadt sonderbar fremd, so als wisse sie nichts über ihre Straßen, Plätze und Häuser. Während sie durch das offene Fenster hinaussah, konnte sie kaum glauben, dass jene Orte, die ihr Leben in den letzten beiden Wochen bestimmt hatten, in der Dunkelheit zwischen den Lichtpunkten zu finden waren. Dass irgendwo dort draußen Infried war, und Bruder Ludgin, und das Wirtshaus mit den schwarzen Katzenköpfen.

Und Brand. Trieb Brand sich noch immer dort draußen herum? Die drei Tage Anlegezeit, welche der Blaugewandete der *Ogatje* zugestanden hatte, waren längst abgelaufen. Aber wenn Brand daran gelegen war, auf Akoban zu bleiben, würde er einen Weg gefunden haben. Die *Ogatje* womöglich den Blaugewandeten überlassen haben.

Obwohl die Abendluft kaum abgekühlt war, trat Edda mit einem Frösteln vom Fenster zurück. Sie schloss die hölzernen Läden und ließ den Blick durch das Zimmer schweifen. Goldzahns Quartier bestand aus zwei etwa gleich großen Räumen und einer Waschkammer. Goldzahn hatte schroff darauf bestanden, Edda sein Bett zu überlassen, und schlief nun auf einer Stoffmatte im Wohnraum. Sie hatte sein Angebot abgelehnt, aber mit nur wenig Nachdruck. Es ging schließlich um ein Bett, ein Bett mit einer weichen Matratze und einem Kissen und einem Netz, das einen nachts vor Mücken und anderem Getier schützte, einem Bett, das man nicht mit Ratten und Käfern teilen musste.

Neben dem Bett gab es eine Schale mit Wasser und zwei Trockentücher, und nach kurzem Zögern streifte Edda sich Hemd und Hose vom Leib. Sie tauchte eines der beiden Tücher ins Wasser und wusch die Schicht aus Staub und Dreck von ihren Armen, ihren Beinen, aus ihrem Gesicht. Sie wusch auch ihr Haar und kämmte es so gut sie konnte mit den Fingern – Goldzahn mit seinem grauen Stoppelhaar schien keinen Kamm zu besitzen. Dann blickte sie unschlüssig auf den zerknitterten Kleiderhaufen zu ihren Füßen hinab. Sicher, sie konnte Hemd und Hose waschen und über Nacht trocknen lassen, sie konnte Goldzahn nach Nadel und Faden fragen und die Löcher und Risse stopfen. Aber auch geflickt und gewaschen war die Hose noch immer Brands Hose, das Hemd noch immer Brands Hemd. In den letzten Wochen hatte sie sich nicht daran gestört, sie hatte nicht einmal darüber nachgedacht, doch wie die Kleider jetzt vor ihr lagen, hatten sie etwas von abgestreifter alter Haut – *Brands* Haut. Sie rollte Hemd und Hose zusammen und holte ihr Trauerkleid aus dem Rucksack hervor. Obwohl es die ganze Zeit sicher im Rucksack verstaut gewesen war, hatte die Reise Spuren hinterlassen: Der Saum war noch weiter ausgefranst, und am Kragen fehlte ein Knopf. Sie strich den zerknitterten Stoff glatt und kletterte ins Bett. Obwohl sie müde war, wollte der Schlaf nicht kommen, und eine Weile starrte sie in die feinen Maschen des Netzes über ihr. Unter ihrem Brustbein war ein Pulsen, der schnelle Schlag ihres eigenen Herzens, und es überkam sie wie eine plötzliche Erkenntnis, ein vollkommen neuer Gedanke, dass sie noch lebte. Dass sie Brand und die Fischer von Halv und einen Sturm draußen auf See überlebt hatte. Dass ausgerechnet Goldzahn sie gefunden hatte. Sie konnte es sich selbst nicht erklären, aber erst jetzt, da sie sich in keinerlei Gefahr mehr befand, schien die Gefahr in ihren Körper einzusickern, wie im Nachhinein, und ihre Hände zitterten, sie konnte die Beine nicht stillhalten. Vermutlich sollte sie irgendwem danken, dafür, dass sie es bis hierher geschafft hatte. Aber wem? An Agatha und Lor konnte sie hier draußen noch weniger glauben, als sie es auf dem Festland getan hatte, und wenn sie an Hager dachte, dann sah sie bloß Ludgins selbstgefälliges Gesicht vor sich. Sie lauschte Goldzahns leisem Schnarchen aus dem Nebenzimmer, und dann, gerade als das Zittern nachließ und ihre Gedanken schwer und träge wurden, wusste sie die Antwort. Infried. Sie würde ihren Dank und ihre Gedanken an Infried richten. Denn Infried hatte sie tatsächlich gerettet, und an sie zu glauben war einfach.

Das Sonnenlicht glitzerte bereits in den Ritzen der Fensterläden, als Edda am nächsten Morgen erwachte. Sie stand eine Weile vor der geschlossenen Tür, lauschte, bis sie Goldzahn rascheln und murmeln hörte und sicher sein konnte, dass er schon wach war. Dann erst öffnete sie die Tür.

Goldzahn musste bereits auf dem Markt gewesen sein, denn der

Tisch war mit Brot, Käse und Äpfeln gedeckt. Als sie eintrat, sah er nicht auf, fütterte Quill weiter mit Barnbeeren. Er setzte zu einem seiner umständlichen Morgengrüße an, hob den Kopf und verstummte, als er sie in der Tür stehen sah.

»Na, bei den Wassergeistern. Ich hatte vergessen, dass dein Haar auch eine Farbe hat«, sagte er, als er sich wieder gefangen hatte. »Jetzt, wo du den Staub abgewaschen hast, können wir Gondenberg erzählen, du seist eine Hochgeborene.«

Unsicher tastete Edda nach ihrer Schläfe. Das Haar fiel ihr offen die Schultern und den Rücken hinab, und sie wünschte sich augenblicklich, sie hätte es ordentlich geflochten und hochgesteckt. Sie setzte sich und brach etwas von dem flachen runden Brot ab, das Goldzahn gedeckt hatte.

»Wieso als Hochgeborene?«

»Ach, ich habe bloß so daher… Nun, wie du weißt, hat die Farbe deiner Haare auf dem Festland nichts weiter zu bedeuten. In Farland findet man Gelehrte mit rotem Haar und Bettler und Händler und einfache Schweinebauern. Aber hier im Inselreich ist es etwas anderes. Hier draußen stammen so gut wie alle Rotschöpfe aus hochgeborenen Familien.«

»Hochgeborene Familien«, wiederholte Edda. Sie hatte nie ganz verstanden, was es bedeutete, hochgeboren zu sein, obwohl Goldzahn es ihr mehrmals zu erklären versucht hatte: Man trug nicht bloß einen Namen, sondern auch einen Titel, andere Menschen mussten einem den Vortritt lassen, wenn man einen Raum betrat, oder sich von ihren Stühlen erheben, wenn sie bereits saßen. All das klang in Eddas Ohren eher lächerlich als erstrebenswert. In Centria fanden sich nur noch wenige hochgeborene Familien – Überbleibsel aus einer Zeit, in der es einen König gegeben und die Macht noch nicht bei den wohlhabenden Händlergilden gelegen hatte. Darüber, dass es auch im Inselreich hochgeborene Familien gab, hatte Edda noch nie nachgedacht.

»Gibt es einen König des Inselreiches?«, fragte sie Goldzahn.

»Es gab eine Königin«, antwortete er. »Ein ganzes Königshaus. Auf den Hoch-Inseln, auf Astador.«

Ein sichtlicher Ruck ging durch Edda, und Goldzahn warf ihr einen fragenden Blick zu. »Wirst du mir nun auch noch erzählen, dass du auf den Hoch-Inseln gewesen bist?«

Sie schüttelte den Kopf. »Das nicht, aber an dem Tag, als Talin Brand und ich auf Akoban ankamen, sahen wir ein Schiff im Hafen. Es hatte … Es fiel mir auf …« Sie brach ab. Etwas in ihr sträubte sich dagegen, das Gefühl in Worte zu fassen, den Zug, den das Schiff mit den silbern schimmernden Segeln auf sie ausgeübt hatte. Der Moment gehörte ihr allein. Nun, vielleicht nicht ihr allein – auf eine sonderbare und ihr selbst unverständliche Weise teilte sie ihn mit Brand.

»Was ist mit ihr passiert? Mit der Königin, meine ich?«

Goldzahn lehnte sich in seinem Stuhl zurück und grinste. »Hier sind wir nun, Edda Valt, Hunderte Seemeilen von deiner Heimat entfernt, und noch immer sitzen wir beisammen, und du willst, dass ich dir Geschichten von der Welt erzähle.«

»Es scheint, als müsstet Ihr der kenntnisreichste Mann sein, der mir je begegnet ist«, sagte Edda, die Worte nur halb im Scherz gesprochen.

»Das mag sein, aber in diesem Fall muss ich dich enttäuschen. Ich weiß wenig über das, was damals auf Astador geschehen ist. Ich bin ein Landfüßer wie du. Du wirst schnell herausfinden, dass die Menschen hier draußen ihre Geschichten gern für sich behalten. Sie trauen uns nicht.«

Während Goldzahn gesprochen hatte, war das Äffchen seinen Arm hinuntergesprungen, um über die Tischplatte zu Edda zu schleichen. Sie verscheuchte es mit einer unauffälligen Bewegung – ihr war bereits aufgefallen, dass Goldzahn Quills Zutraulichkeit ihr gegenüber nicht schätzte.

»Aber Ihr wisst, dass es einmal eine Königin gab und jetzt keine mehr gibt. Das ist nicht nichts«, stellte sie fest.

»Das stimmt«, räumte Goldzahn ein. »Und ich weiß auch, dass ihrem Tod große Unruhen folgten, eine Zeit der Umstürze. Als ich das erste Mal hinaus ins Inselreich kam, war die Welt noch eine andere, als sie es heute ist.«

Edda runzelte die Stirn. Soweit sie wusste, hatte sich in Colm und allen übrigen Dörfern der Küste in den letzten fünfzig Jahren nicht das Geringste geändert.

»Nun, vermutlich bahnte sich schon vor der Nacht des großen Feuers eine Kluft zwischen Nord und Süd an«, räumte Goldzahn ein. »Ins Teermeer hinaufzufahren war auch damals schon gefährlich. Es gab Schlucker und natürlich auch südlich des Teermeers Inseln, um die man besser einen Bogen machte. Auf eine bestimmte Ordnung aber konnte man sich verlassen, auf Abkommen zwischen Nord und Süd, West und Ost. Auf Astador gab es ein Heer, das in alle Richtungen des Inselreichs ausschwärmte. Jene Inseln schützte, die sich selbst nicht schützen konnten. Die Fischer von Halv etwa – sie hätten in der Zeit vor der großen Splitterung niemals einfach tun und lassen können, was sie wollten.«

Große Splitterung. Edda erinnerte sich, dass Brand den gleichen Ausdruck verwendet hatte.

»Warum Splitterung? Was ist gesplittert?«

»Das Inselreich. Der Norden will nichts mehr mit dem Rest zu schaffen haben. Früher gab es Botschafter des Südens, die in den Norden reisten, und umgekehrt Botschafter des Nordens, die zu uns in den Süden kamen. Aber diese Bande wurden zur Zeit der Großen Splitterung gekappt, und inzwischen weiß niemand mehr, was nördlich von Brookstett vor sich geht.« Er sah zum Fenster hinüber und senkte seine Stimme, als fürchte er sich vor geheimen Lauschern auf dem Fensterbrett. »In Akoban lieben sie die Regeln. Jede Woche überlegen sie sich in den Hohen Gassen ein neues Verbot, eine neue Gebühr, aber schon drüben in Vin-Lu hält sich niemand mehr daran. Natürlich ist es Gondenberg und den anderen nicht re …« Er verstummte mitten im Wort, als es an der Tür klopfte, und richtete sich kerzengerade auf.

»Meister Goldzahn. Ich weiß, dass Ihr dort drinnen seid«, kam eine raue Frauenstimme von draußen. »Ich habe Euch vorhin die Gasse hinauflaufen und im Haus verschwinden sehen. Wenn Ihr die Güte hättet aufzumachen.«

Goldzahn rührte sich nicht, bis es ein weiteres Mal klopfte, bevor er scharf die Luft einsog und seinen Stuhl zurückschob. Er legte mahnend einen Finger auf die Lippen, um Edda zu bedeuten, dass sie still sein sollte, dann stand er auf, ging zur Tür und öffnete sie einen Spaltbreit.

»Meister Goldzahn, da wäre noch die Frage nach Eurer Miete zu klären«, hörte Edda wieder die raue Krächzstimme. »Vereinbart war, dass Ihr mir zum Ersten jeder neuen Woche zwanzig Rundlinge zahlt, doch wie es scheint …«

»Keine Sorge. Ihr bekommt Euer Geld schon«, unterbrach Goldzahn sie. Ohne sich auch nur einen Fingerbreit von der Stelle zu rühren, kramte er einen Beutel aus seiner Hosentasche hervor. Er zählte zwölf Fünferrundlinge ab und reichte sie der Alten durch den Spalt. »Für die letzten beiden Wochen und die nächste. Wenn Ihr mich jetzt entschuldigen würdet.« Er versuchte, die Tür zu schließen, doch die Alte hielt wohl von der anderen Seite dagegen.

»Sagt, gerade im Treppenhaus, da schien es mir, als hörte ich Stimmen. Wie Ihr wisst, ist es nicht gestattet, Gäste in den Zimmern zu empfangen. Gegen einen Aufpreis könnte ...«

»Keine Gäste. Bloß eine kleine Unterhaltung mit meinem Äffchen.«

»Wenn Ihr mich nur einen kurzen Augenblick hineinlassen würdet.«

Aber Goldzahn hatte keine Absicht, die Alte hereinzulassen, und es folgte eine zähe Auseinandersetzung über seine Rechte und Pflichten. Während die beiden ihren Kampf durch den Türspalt austrugen, sah Edda sich um. Zwanzig Rundlinge pro Woche waren keine geringe Summe, doch im fahlen Tageslicht betrachtet offenbarte Goldzahns Quartier sich als bescheidene Unterkunft. Der Putz bröckelte von den Wänden, die Fenster waren blind vor Schmutz, das Holz der Rahmen war gesplittert. Vom Wohnraum aus blickte man nicht auf die Stadt hinaus, sondern in einen tristen Hinterhof, in dem sich zwei abgemagerte Katzen um eine tote Ratte prügelten. Und Goldzahn selbst? Sie hatte zuvor nicht weiter darüber nachgedacht, musste sich nun aber eingestehen, dass sich auch seine Erscheinung verändert hatte. Sein Hemd war abgetragen, genau wie seine Hose, an seinen Fingern steckten keine goldenen Ringe mehr, genauso wenig in den Ohren. Und es war nicht nur seine Kleidung. Auch der Mann selbst sah verschlissen aus. Sein Gesicht war von stoppeligem Bartwuchs bedeckt und wirkte aufgedunsen, um den Kiefer herum geschwollen, so als sei er in eine Prügelei geraten. Sonderbar, in Colm war es ihr immer vorgekommen, als müsse Goldzahn einer der reichsten Männer der Welt sein. Unter den anderen Händlern war er als schlauer Geschäftsmann bekannt, als einer, der immer mit einem Gewinn nach Hause fuhr. Sie achtete darauf, ihn nicht anzusehen, den Blick fest auf ihren Teller zu heften, als er endlich die Tür schloss und zurück an den Tisch trat.

»Wir werden wohl ein Stundenhalb warten müssen, bis die Alte nicht mehr auf der Lauer liegt«, brummte er. »Ich war so beschäftigt, dass ich vergessen habe, ihr die Miete zu zahlen, und nun hat sie es auf mich abgesehen. Sie nutzt jede Gelegenheit, mir Geld aus der Tasche zu ziehen. Aber keine Sorge, früher oder später muss sie hinunter zum Markt, und dann können wir gehen.«

Edda nickte stumm und brach sich noch ein Stück von ihrem Brot ab. Während sie bedächtig kaute, dachte sie darüber nach, dass wohl nicht nur ihr eigenes, sondern auch Goldzahns Leben im vergangenen Jahr die ein oder andere Wende genommen haben musste.

***

Es war bereits später Vormittag, als sie Goldzahns Quartier verließen. Obwohl Gondenberg, genau wie Edda vermutet hatte, in den Hohen Gassen lebte, führte Goldzahn sie zunächst ein gutes Stück den Berg hinunter, bis sie auf die breite Treppe stießen, auf der sie einander am Vortag begegnet waren.

»Gibt es keinen anderen Weg?«, fragte Edda Goldzahn und blickte mit Unbehagen die Stufen hinauf. Infried hatte ihr geraten, die Treppe zu meiden, da sie zu jeder Tag- und Nachtzeit überlief vor Rotgewandeten.

»Es gibt andere Wege. Die bringen uns aber an Ecken vorbei, die ich gerne meiden würde. Nur die Bergstraße führt auf direktem Weg vom Markt bis in die Hohen Gassen.«

»Nennen alle Händler die Treppe Bergstraße?«, fragte Edda, während sie ihm widerstrebend die ersten Stufen hinauffolgte.

»Nun, die Bergstraße ist bloß im unteren Abschnitt eine Treppe. Weiter oben verläuft sie gerade wie eine Gasse. Und sicher nennen alle Händler sie Bergstraße – so heißt sie schließlich.«

Edda blieb stehen. »Die Straßen in Akoban haben keine Namen.«

Goldzahn schnaubte. »Hat dir das dein Holzfäller erzählt?«

»Nein, eine Freundin, die seit vielen Jahren hier auf Akoban lebt.«

Beschwichtigend hob Goldzahn die Hände. »Die *Dachfreien* haben keine Namen für die Straßen«, sagte er, und seine Stimme war sanft und nun ohne Belustigung. »Die meisten von ihnen können die Buchstaben auf den Schildern nicht lesen, und es sind schlicht zu viele Straßen, um sich zu merken, wie sie heißen. Aber glaub mir, die Straßen hier haben Namen, ganz genau wie die Straßen in Colm oder Centria.«

Edda öffnete den Mund, um zu widersprechen – es nicht zu tun, fühlte sich an, als würde sie die Dachfreien verraten. Aber gleichzeitig wusste sie, dass Goldzahn keinen Grund hatte zu lügen und dass sie sich durch jedes weitere Wort nur zum Tumbtaumler machen würde.

»Ich nehme an, du bist noch nicht oft auf der Bergstraße gewesen«, sagte Goldzahn. »Die Dachfreien meiden sie.«

»Natürlich tun sie das«, sagte Edda scharf. »Außer sie wollen sich gerade von den Rotgewandeten durch die halbe Stadt prügeln lassen.«

Goldzahn blieb stehen. »Edda.«

Sein Ton war so ernst, dass sie ebenfalls innehielt und ihn ansah.

»Du sprichst und denkst wie die Dachfreien«, sagte er. »Und du fühlst dich vielleicht, als würdest du zu ihnen gehören, aber glaub mir, das tust du nicht, und, mit Verlaub, du solltest die Seite, auf die du dich schlägst, mit ein wenig mehr Bedacht wählen. Solltest du nachher tatsächlich vor Gondenberg stehen, musst du besser acht geben auf das, was du sagst. Du tust dir keinen Gefallen, wenn du zu den Händlern der Hohen Gassen als eine Dachfreie sprichst.«

Edda spürte harsche Worte in ihrer Kehle reiben – und schluckte sie erneut hinunter. Nichts war gewonnen, wenn sie mit Goldzahn stritt. Er sprach nicht *gegen* Infried und nicht *für* Gondenberg, er wollte sie bloß vorbereiten auf die Welt der Hohen Gassen – eine Welt, über die sie nichts wusste.

»Es ist nur, dass ich sie nicht besonders mag«, sagte sie leise und nickte in Richtung der Rotgewandeten.

»Nein, Mädchen, ich mag sie auch nicht, aber einem Händler bleibt nichts anderes übrig, als sich gut mit ihnen zu stellen. Wenn ihnen der Sinn danach steht, können sie uns genau wie die Dachfreien von der Bergstraße verbannen, und ein Händler, der die Bergstraße nicht betreten kann, hat keine guten Karten.«

Tatsächlich schien die Bergstraße im Leben der Händler eine ähnlich große Rolle zu spielen wie der Markt. Die drückende Nachmittagshitze war noch nicht aufgezogen, und es herrschte das unübersichtliche Getümmel der Vormittagsgeschäfte: Widerstrebende Maultiere, Esel und Ziegen wurden die Treppen hinauf- oder hinuntergezerrt, wild gestikulierende Händler stritten und verhandelten von Stufe zu Stufe, Geschäfte wurden mit Handschlag besiegelt oder lautstark verworfen. Funkelnde Rundlinge wechselten die Besitzer im Austausch für Kostbarkeiten in Samtsäckchen, Silberschatullen, Perlmuttdosen oder trügerisch unscheinbaren Säcken und Holztruhen.

Das Gedränge nahm noch weiter zu, als sie die Grenze zwischen Unteren und Mittleren Gassen passierten. Sie befanden sich nun auf Höhe der Schmiede, der Schneider, der Schuster, Metzger und Bäcker.

Alle paar Schritte traf Goldzahn auf einen alten Bekannten oder gleich eine ganze Gruppe anderer Händler. Aber musste er *jedes* Mal stehen bleiben? Wie oft konnte man dieselbe Unterhaltung über die laufenden Geschäfte und Gerüchte, die Hitze und die neu eingetroffenen Schiffe führen? In Akoban war es immer heiß, oder nicht? Wurde immer etwas verkauft, oder nicht? Wenn Goldzahn jede zwei Stufen stehen blieb, würden sie erst zur Abenddämmerung in den Hohen Gassen eintreffen. Und dabei schien weder Goldzahn die Händler noch umgekehrt die Händler Goldzahn sonderlich zu mögen. Selbst dem breitesten Lächeln haftete etwas Verhaltenes, Unehrliches an. In Colm ging man wortlos in die andere Richtung, wenn man zufällig solchen begegnete, auf die man nichts gab. Edda hätte nie gedacht, dass sie einmal mit Wehmut an die Gebräuche ihrer alten Heimat denken würde, nun aber hätte sie jeden ehrlichen Steinwurf dem verborgenen Gift in all der Freundlichkeit vorgezogen.

Goldzahn seinerseits war auf der Hut. Wenn sich die Händler lächelnd erkundigten, wohin er unterwegs war, nannte er mal den einen, mal den anderen, nie aber Gondenbergs Namen. Wenn er nach Edda gefragt wurde, gab er sie als seine Nichte aus und behauptete, dass sie ursprünglich aus Centria stamme. Ihre Eltern seien kürzlich verstorben, erklärte er, weswegen er sich ihrer angenommen habe.

Edda entgingen die aufdringlich neugierigen Blicke der Händler nicht.

»Warum starren sie mich an, als sei ich ein zweiköpfiges Maultier?«, flüsterte sie ihm zu.

»Ich habe dich gewarnt. Es ist dein Haar.«

»Seit Wochen laufe ich durch die Stadt, und meine Haare sind nie irgendwem aufgefallen.«

»Natürlich nicht«, antwortete Goldzahn. »Die Dachfreien schaut man sich nicht an, man duldet sie.«

Dieses Mal nahm sie keinen Anstoß an seinen Worten. Inzwischen war sie sicher, dass etwas mit Goldzahn geschehen war, etwas, das ihn bisweilen bitter über die anderen Händler denken und sprechen ließ und ihn womöglich näher an die Dachfreien rückte, als er sich eingestehen wollte.

Allmählich lichtete sich das Gedränge, und sie kamen schneller voran. Als sie mit dem Aufstieg begonnen hatten, war Goldzahn die Stufen so qualvoll langsam hinaufgestiegen, dass Edda ihn am liebsten wie einen lahmenden Esel angetrieben hätte, inzwischen aber lief er vor ihr weg. Längst nahm sie keine zwei Stufen mehr auf einmal. Die flachen Stufen kamen ihr nicht einmal mehr flach vor, und die Hitze brachte Gewicht in die Luft, machte das Atmen schwer.

Bald stand die Sonne genau über der Bergstraße und ließ die Schatten zu einem schmalen Streifen am rechten Straßenrand verkümmern. Auch dieser schrumpfte unaufhaltsam zusammen und verschwand schließlich ganz. Nun gab es keine Möglichkeit mehr, der Sonne zu entkommen; sie brannte auf Eddas Schädel hinab, schien das Kupfer in ihrem Haar zu entzünden. Schweiß lief ihr den Rücken und die Beine in dünnen Rinnsalen hinunter. Sie verbat sich, stehen zu bleiben und zurückzublicken. Es war klüger, nicht zu wissen, wo genau auf der Treppe sie sich befand, wie weit sie noch gehen mussten. Doch je länger sie hinter Goldzahn durch die gleißende Hitze trottete, umso schwerer wurde es, klug zu sein. Und irgendwann blieb sie stehen, drehte sich um und schaute zurück.

Sie hatten etwa die Hälfte der Treppe zurückgelegt.

Den halben Weg. Die halbe Anstrengung.

Von hier an das Ganze noch einmal. Sie versuchte, es sich vorzustellen in ihren Muskeln, in ihren Knochen. *Das Ganze noch einmal.* Und dann gaben ihre Beine unter ihr nach, und sie saß auf den Stufen. Wartete, reglos gegen die Wand gelehnt, bis Goldzahn bemerkte, was geschehen war, und zu ihr zurückgelaufen kam.

»Vielleicht haben wir uns zu früh an den Aufstieg gemacht. Du brauchst noch ein paar Tage, um dich zu erholen. Gondenberg wird wohl kaum zu uns herunterkommen, aber er wird auch sonst nirgendwo hingehen. Lass uns warten, bis du wieder bei Kräften bist, und es dann noch einmal versuchen.«

»Ich brauche nur einen Moment länger«, behauptete sie. Ein Moment? Was sollte ein Moment daran ändern, dass ihr das Blut heiß und träge in den Adern stockte, dass ihr die Knochen schwer wie Blei waren? Sie starrte an Goldzahn vorbei in den Himmel. Sein Blau war so durchdringend, dass es ihr auf den Netzhäuten brannte. Blau in allen Richtungen, als wäre der Himmel selbst ein unendliches Meer, als hätte er seit Anbeginn aller Zeiten nichts mit Wolken zu schaffen gehabt. Aber halt, in dem Blau war ein Punkt, ein winziger schwarzer Fleck. Sie blinzelte, und der Punkt war verschwunden. Sie blinzelte erneut, und er war wieder da, ein schmutziger Sprenkel, der eindeutiger wurde, sich nicht länger fortblinzeln ließ, und bald hatten sich die Umrisse zu einem Vogel ausgeformt. Edda sah den aufgeregten Schlag zweier Flügel und weißes Gefieder. Ein Stiefling! Sie war sicher, noch bevor sie die zartgelb gefärbten Flügelspitzen erkannte. Der Stiefling bewegte sich mit ungewöhnlicher Zielstrebigkeit auf sie zu. Auf Ootland war es ihr nie gelungen, einen Stiefling aus den Bäumen zu sich hinunterzulocken, trotzdem hob sie die Hand, und der Vogel ließ sich wie selbstverständlich auf ihr nieder. Seine Klauen umkrallten ihre Finger, zwickten und kitzelten. Wie leicht sein gefiederter Körper war, noch leichter als der des Peki-Äffchens.

»Das ist …«, setzte Goldzahn an und verstummte.

»Das ist ein Stiefling«, sagte Edda. »Man nennt sie so, weil …«

»Weil sie ihre Jungen von anderen Vögeln großziehen lassen. Ich weiß, mir ist allerdings neu, dass man sie jetzt auch auf Akoban trifft. Stieflinge gehören auf die Westinseln.«

Er ging langsam vor ihr in die Hocke, seine Augen fest auf den Stiefling gerichtet.

»Es war dasselbe mit Quill, nicht wahr?«, fragte er. »Gestern Abend und heute Morgen, er kam einfach zu dir. Hat nicht versucht, dich zu beißen.«

»N-nein, wie ich gesagt habe … die Peki-Äffchen mögen mich.«

»Gib ihm einen Befehl«, forderte Goldzahn sie auf und deutete mit einem Nicken auf den Vogel.

Edda sah auf den Stiefling hinab und flüsterte: »Flieg!«

Aber sie hatte nicht nur gesprochen, sondern auch ihre Hand bewegt, und so war es kein Wunder, dass der Vogel tatsächlich mit raschem Flügelschlag in den Himmel aufstieg.

Goldzahn legte den Kopf in den Nacken und sah dem Stiefling hinterher. »Nun, Edda Valt, womöglich habe ich gerade einen Weg gefunden, wie wir Gondenberg dazu bringen, mit dir zu sprechen.«

»Wegen eines Vogels?«

Goldzahn überging ihre Frage und half ihr auf. Jeder Gedanke an Umkehr schien vergessen.

Als sie endlich das Ende der Treppe erreicht hatten, blieb Edda auf der obersten Stufe stehen und blickte zurück. Längst drangen keine Geräusche vom Markt oder Hafen mehr zu ihnen hinauf. Sie hatten die

Rotgewandeten und die Händler, die Kinder und die Katzen, die Ratten und die Hunde, die Ziegen, die Esel, die Maultiere weit zurückgelassen. Die Straße vor ihnen war geisterhaft, verlassen – so als hätte sie seit Jahren niemand mehr betreten. Bis vor ein paar Stunden hätte Edda nicht für möglich gehalten, dass es auf der geschäftigen Händlerinsel einen derart einsamen Ort gab.

Nun, da sich die Bergstraße von einer Treppe in eine tatsächliche Straße gewandelt hatte, änderte sie unmerklich ihre Richtung, lief den Berg nicht länger steil hinauf, sondern am Hang entlang. Was auch immer Edda sich unter den Hohen Gassen vorgestellt hatte, dies war es nicht gewesen: Auch hier oben gab es für das Auge nichts weiter als kantige Schlichtheit zu sehen, sandfarbenen Stein und schmucklose Fassaden. Nicht einmal mehr Fenster unterbrachen die ewig gleichen Mauern. Keine Fenster? Erst jetzt bemerkte Edda, was ihr im Grunde schon früher hätte auffallen müssen: Sie liefen längst nicht mehr an Häusern vorbei, sondern an Mauern. Diese waren so hoch, dass man nicht über sie hinwegsehen konnte.

Auch in den Unteren und Mittleren Gassen schienen die Häuser dafür gebaut, jene zu verstecken, die in ihnen lebten. Die Fenster waren meist klein und lagen so weit in den breiten Wänden zurück, dass man von außen unmöglich ins Innere hätte schauen können. Größere Fenster, genau wie Balkone, befanden sich stets auf der Rückseite der Häuser und waren, wenn überhaupt, dann nur durch die Hinterhöfe einsehbar. Die Stadt war weniger eine Stadt als eine Festung, und wie es schien, galt dies ganz besonders für die Hohen Gassen. Hinter den Mauern mochte alles Mögliche verborgen liegen, dieselben schlichten Kästen, die man sonst überall in Akoban fand, oder prunkvolle Bauten. Ab und an wurde das steinerne Mauerwerk von Toren durchbrochen, doch diese waren ebenfalls uneinsichtig, aus Holz, Eisen oder Messing gefertigt. Vor genau einem solchen Tor blieb Goldzahn schließlich stehen.

Nachdem er eine kleine Glocke geläutet hatte, verstrich ein ganzes Stundenzehntel, bevor eine Frau ihnen öffnete. Sie zog den Torflügel hinter sich zu, als fürchte sie, die ungebetenen Besucher könnten an ihr vorbei ins Innere drängen. Ihre schlanke Gestalt und ihre gleichmäßigen, verschlossenen Züge erinnerten Edda an Maron, ihre Augen aber trugen keine Wärme in sich und waren bleigrau wie die Silbersee bei Wolkenhimmel. Dass sie ihnen das Tor geöffnet hatte, legte nahe, sie sei eine Bedienstete. Keine Spitze oder Stickerei zierte ihr Kleid, und sie trug weder an den Fingern noch um den Hals Schmuck. Doch baumelte fein verzweigtes Silber von ihren Ohren, und in ihrer Haltung lag eine selbstsichere Strenge, die sich kaum mit dem Stand einer Bediensteten zusammenbringen ließ. War sie vielleicht Gondenbergs Schwester? Seine Frau?

Obwohl sie auf Goldzahns Läuten hin geöffnet hatte, ruhte ihr Blick auf dem Pflaster, als wäre sie rein zufällig aus dem Tor getreten und hätte noch nicht bemerkt, dass jemand vor ihr stand.

»Sei gegrüßt, Agnella«, sagte Goldzahn. Er rang sich ein Lächeln ab, aber seine Worte knirschten und ächzten unheilvoll. »Wir wünschen, Meister Gondenberg zu sprechen.«

Agnellas Mundwinkel kräuselten sich unmerklich.

»Ich komme nicht allein, sondern habe eine Hochgeborene bei mir, ein Mädchen, das mit den Stieflingen spricht«, fügte Goldzahn hinzu. »Wenn Meister Gondenberg uns nicht empfangen möchte, werden wir stattdessen dem Gorm einen Besuch abstatten.«

Agnellas bleigraue Augen schnellten vom Pflaster hinauf zu Edda und blieben dort nur kurz haften, bevor sie wieder in dem Tor verschwand.

Goldzahn seufzte. »Agnella kann ein rechtes Biest sein, wenn ihr der Sinn danach steht«, sagte er, ohne sich die Mühe zu machen, seine Stimme zu senken. »Gut möglich, dass sie Gondenberg nicht erzählt, dass wir hier sind, sondern uns stehen lässt, bis wir von allein wieder gehen. Sie mag ihre Spiele.«

»Ist sie Gondenbergs Frau?«

»Das könnte ihr so passen.« Goldzahn schnaubte abfällig. »Sie ist das Kindermädchen. Sie hat Gondenbergs Tochter Christabel großgezogen. Aber inzwischen ist Christabel erwachsen und Agnella hat Zeit, Angst und Schrecken unter Gondenbergs Gästen zu verbreiten. Nun, sie wird dich kaum dem Gorm in die Arme schicken wollen – er ist der zweiteinflussreichste Mann Akobans, und Gondenberg gönnt ihm nicht den Dreck unter den Fingernägeln.«

Edda tastete nach der Feder. Es gefiel ihr nicht, im Mittelpunkt eines Geschehens zu stehen, das sie selbst nicht durchschaute.

»Die Stieflinge sprechen nicht mit mir«, murmelte sie.

»Oder vielleicht verstehst du sie nur noch nicht. Es spielt kaum eine Rolle, solange Gondenberg glaubt, dass sie es tun.«

»Warum macht es einen Unterschied, ob ich mit Vögeln sprechen kann oder ...«

»Mädchen, kannst du nicht einfach darauf vertrauen, dass ich weiß, was ich tue? Du hast mir eine Phiole angeboten, wenn ich dafür sorge, dass Gondenberg mit dir spricht. Dann *lass* mich auch dafür sorgen.«

Er hatte unerwartet barsch gesprochen, eine Hand auf seinen Kiefer gepresst.

»Ich möchte nur wissen, was ...«, setzte Edda an und verstummte, als die Torflügel ein weiteres Mal lautlos auseinanderglitten und zwei Männer hinaustraten. Die beiden glichen einander vollkommen. Hätten einander *bis aufs Haar* geglichen, wären ihre Köpfe nicht kahl geschoren und wie poliert gewesen. Gekleidet waren sie in dunkles Leder, und um die Hüften trugen sie breite Gürtel, an denen mehrere Messer befestigt waren. Mit übertrieben genauen, zackigen Schritten traten sie auseinander und stellten sich auf beiden Seiten des Tores auf – das Zeichen für Edda und Goldzahn, dass sie eintreten durften.

5
Der Pfau schlägt ein Rad

Das Grundstück hinter Gondenbergs hoher Mauer hatte die Größe eines Dorfplatzes. Gleich drei Häuser waren um eine weitläufige Mittelfläche angeordnet, alle drei so strahlend weiß verputzt, dass Edda, einen Moment geblendet, die Augen schließen musste. Dem Haupthaus konnte man sich auf zwei Kieswegen nähern, die zu beiden Seiten an einem rechteckigen langen Becken vorbeiführten. Zunächst glaubte Edda, das Becken sei leer, doch als sie hinter den stramm voranschreitenden Wachen über den Kiesweg eilte, entdeckte sie die Fische. Sie glitten dicht am Boden entlang, und ihre Schuppenkleider waren von einem durchscheinenden perligen Weiß, während ihre breiten Flossen bläulich leuchteten.

Goldzahn musste schon oft in Gondenbergs Haus zu Besuch gewesen sein, denn er zeigte weder Neugier noch Erstaunen, eilte mit gesenktem Kopf hinter den Wachen her, sodass Edda beinahe augenblicklich hinter ihnen zurückfiel. Sie fühlte sich wie auf dem Markt von Akoban, als sich ihre Augen vollgesogen hatten mit all den kleinen und großen Wundern, den schönen, den rätselhaften, den kostbaren Dingen. Sie fühlte sich wie in Hagers Haus, als sie über eine Schwelle hinweg von einer Welt in eine andere getreten war. Gondenbergs Welt aber war nicht meerblau wie Hagers große Halle, sondern strahlend weiß, grün und golden. Akoban war keine Stadt der Gärten, der Hecken und Bäume, Sträucher und Blumen, doch hinter Gondenbergs hohen Mauern fanden sich alle möglichen – und unmöglichen – Gewächse. Es war ein gezähmtes Grün, eines, das wenig gemein hatte mit Ootlands Wald oder der rauen Küstenlandschaft Farlands, in welcher Edda aufgewachsen war. In Gondenbergs Garten war alles genau vermessen und angeordnet, in Form gehalten und überwacht. Zwischen Wegen und Gebäuden hatte man Gras in sorgfältig angelegten Rechtecken angesät. Jeder Halm schien in seiner Höhe auf den Nachbarn abgestimmt zu sein. Die Bäume glichen weder jenen, die Edda auf Ootland gesehen hatte, noch den Buchen und Fichten, die sie von der Küste her kannte. Ihre riesigen Blätter hatten eine fedrige Form, jedes einzelne von ihnen setzte sich aus Dutzenden weiteren langen Blättern zusammen. Eine beträchtliche Anzahl dieser gefederten Bäume wuchs nicht aus dem Boden, sondern aus schweren Kübeln, so als habe man bereits gewusst, dass sie in der Akobaner Erde keine Wurzeln schlagen würden.

»So viele Pflanzen wie hier habe ich in meiner ganzen Zeit in Akoban nicht gesehen«, flüsterte Edda Goldzahn zu, als sie ihn eingeholt hatte.

»Nein, weil auf Akoban nichts wächst. Zu heiß, zu trocken. Gondenberg hat sich sogar Palmen von den Regeninseln hierherbringen lassen. Frag mich nicht, was er anstellt, damit sie ihm nicht eingehen. Wahrscheinlich müssen seine Bediensteten sie alle paar Wimpernschläge gießen.«

Goldzahn mochte mit seiner Einschätzung richtig liegen. Unzählige

Männer und Frauen gingen um sie herum den unterschiedlichsten Tätigkeiten nach. Einige tupften mit feuchten Tüchern die Blätter der Bäume und größeren Gewächse ab, andere sammelten die Kiesel auf, die sich von den Wegen ins Gras verirrt hatten, oder die welken Blüten, die zu Boden gefallen waren. Wieder andere widmeten sich den Tieren, die Gondenbergs Garten bevölkerten. Neben dem Becken etwa kniete eine Frau, die ein Säckchen in der Hand hielt und ein feines weißes Pulver ins Wasser streute. Eine andere Frau hatte ein wachsames Auge auf zwei gewaltige Schildkröten, die sich behäbig durchs Gras bewegten und deren Panzer mit Edelsteinen und goldenen Platten verziert waren.

Während Edda den Schildkröten hinterhersah, wäre sie beinahe über eine Katze gestolpert, die vor ihnen über den Weg huschte. Das Tier war außerordentlich hässlich. Es hatte kein Fell, und seine vorstehenden Augen erinnerten Edda aufgrund ihrer milchig blauen Farbe an Brand. Alle anderen Tiere in dem Garten waren von auffälliger und unbestreitbarer Schönheit. Dies galt vor allem für die Vögel. Als Edda und Goldzahn etwa die Hälfte des Kiesweges zurückgelegt hatten, kamen sie an einem schulterhohen Bäumchen vorbei, in dessen säuberlich zurechtgestutzten Ästen um die fünfzig Vögel Platz genommen hatten. Jeder einzelne trug eine feine Goldkette um einen Klauenfuß und war so an einem der Äste festgemacht. Gondenbergs Tiere mussten ein Vermögen wert sein, und Gondenberg würde wohl einen Wassermann tun, sie so einfach davonfliegen zu lassen.

Neben den roten Vögeln im Baum war es vor allem eine Gruppe blau gefiederter Vögel, die Edda auffiel. Diese bewegten sich frei durch den Garten – vermutlich weil sie die Mauer nicht so ohne Weiteres hätten überwinden können – und waren etwa so groß wie Maunländer Hühner. Ihre lang gebogenen Hälse ließen Edda aber an das Abbild des silbernen Schwans denken, das sie an Marons Handgelenk gesehen hatte. Ihr Gefieder war von einem so leuchtenden Blau, dass Edda sich fragte, ob der einflussreichste Mann Akobans seine Bediensteten damit beauftragt hatte, es anzumalen. Noch auffälliger waren die grün-goldenen, blau-violetten, auffällig geformten Federn, welche die Vögel wie schwere Schleppen hinter sich herzogen. Ohne darüber nachzudenken, was sie tat, und weil sie einen besseren Blick auf das wundersame Gefieder werfen wollte, trat Edda auf den Rasen. Der Vogel stieß einen Schrei aus, der so markerschütternd war, dass selbst Quills Kreischen im Vergleich wie sanftes Gurren klang.

»Edda, lass den Pfau in Frieden!«, rief Goldzahn, und sie machte einen Satz zurück auf den Kiesweg. *Pfau.* Sie würde den Namen sorgfältig verwahren – es war einer der wenigen, nach denen sie nicht erst hatte fragen müssen.

Vor dem Haupthaus erwarteten sie zwei weitere Wachen, und als Edda zwischen ihnen hindurch ins Innere trat, umfing sie beinahe augenblicklich eine Kühle, die nach der Hitze draußen hätte angenehm sein sollen, es aber nicht war. Fröstelnd zog sie die Schultern hoch. Anders als im Garten fand sie im Haus selbst wenig zu bewundern an der Schönheit und Pracht. Beides setzte ihr zu, machte, dass sie nur noch widerwillig die Sohlen ihrer staubigen Schuhe auf den makellos sauberen Steinboden aufsetzte. Obwohl sie sauber war, wie schon seit Wochen nicht mehr, fühlte sie sich schmutzig. Wie eine Dachfreie. Nur warum? Die Halle war nüchtern eingerichtet, stellte Gondenbergs Reichtum weniger aus, als es der Garten getan hatte. Zwei breite Treppen schmiegten sich zu beiden Seiten die Wände entlang und vereinten sich an der hinteren Wand zu einer Empore. Zwischen den beiden Treppen standen drei hohe gläserne Kästen. Im ersten befand sich ein musikalisches Instrument, eine Laute, wie Edda sie Straßenmusiker auf dem Markt hatte spielen sehen. Im zweiten lag ein Kissen aus dunkelrotem Samt, auf welches eine schwere, mit roten Steinen bestückte Kette gebettet war. Der dritte Kasten war leer. Schien zumindest leer, bis sich Edda hinter Goldzahn und den beiden Männern der Treppe näherte und ein Schimmern hinter dem Glas bemerkte, ein dunkles Schimmern, wie sie es schon einmal gesehen hatte, damals auf Halv, als sie an Kurtz' Tafel zu sich gekommen war und die Luft vor seinem Narbenmund eigenartig geflimmert hatte. Aber sie hatte keine Zeit, sich den Kasten genauer zu besehen; die beiden Wachen waren bereits die halbe Treppe hinaufgeeilt, und Goldzahn gab ihr durch ein ungeduldiges Zischen zu verstehen, dass sie zu folgen hatte.

In der oberen Etage führten die Wachen sie an einer Reihe verschlossener Türen vorbei. Erst vor der letzten blieben sie stehen. Vor dieser wartete bereits einer der blau gefiederten Vögel, ein *Pfau*, und als die Wachen die beiden Türflügel öffneten, stolzierte er wie selbstverständlich hindurch. Goldzahn und die beiden Männer folgten; Edda betrat den Raum als Letztes und blieb nach dem Eintreten stehen.

Vor ihr lag das Meer. Vier gewaltige Fenster nahmen beinahe die gesamte gegenüberliegende Wand ein und zeigten hinaus auf die Silbersee. Hier oben auf dem Berg verstellte kein anderes Haus die Sicht. Das Einzige, was den Blick davon abhielt, ungehindert hinauszufliegen, bis er sich irgendwann im Blau-Grau von Wasser und Luft verlor, war ein feinmaschiges Netz, eine Art Gitter vor dem Fenster. Erst mit einiger Verzögerung bemerkte sie den Tisch vor dem Fenster und dann den Mann an dem Tisch. Er hatte nicht aufgesehen, als Edda und Goldzahn in den Raum getreten waren, gab vor, in seine Unterlagen vertieft zu sein. Der Tisch, an dem er saß, war der Tisch eines Gelehrten. Tomas Bornholm besaß einen solchen Tisch, einen *Schreib*tisch mit Dutzenden Schubladen, in denen er seine Berechnungen und Untersuchungsergebnisse aufbewahrte, komplizierte Apparaturen, Anweisungen und Instrumente, die er zur Verfeinerung des Colmins verwendete. Wozu Gondenberg, der weder ein Gelehrter war noch Colmin herstellte, einen solchen Schreibtisch brauchte, wusste Edda nicht. Papiere, Bücher, Hefte und Listen bedeckten die Tischplatte und auch eine Karte, aber fließend sah sie auch nicht aus.

Der Pfau, der vor den beiden Wachen in den Raum gestakst war, gab einen schrillen Schrei von sich, und Gondenberg hob den Kopf. Umständlich langsam rückte er seine Papiere zurecht, erhob sich und bedeutete Edda und Goldzahn mit einem nachlässigen Winken, näher zu kommen. Goldzahn beeilte sich, der Aufforderung zu folgen, und verbeugte sich tief. Die beiden Männer schienen Edda eher wie Meister und Knecht und weniger wie zwei Gleichgestellte, zwei Händler, die demselben Beruf nachgingen.

Die Händler, die auf ihren Reisen ins Inselreich durch Colm gekommen waren, hatten nicht viel anders ausgesehen als die Fischer. Rau und wettergegerbt waren sie Männer der See, die sich in schlichtes Schwarz und Grau kleideten und entweder gar keine Zeichen von Wohlstand am Körper trugen oder jene einfachen goldenen Ringe, die einst auch Goldzahns Finger geschmückt hatten. In Akoban aber herrschte eine andere Art von Händlern vor. Männer, die in leuchtend bunten Gewändern ähnlich wie Gondenbergs Pfauen herumstolzierten. Sie waren von den Ohren bis zum kleinen Finger mit Schmuck behängt, und ihre weichen, an den Spitzen gebogenen Stoffschuhe verrieten, dass sie an einem gewöhnlichen Tag kaum mehr als ein paar Schritte zurücklegten. Edda vermutete, dass sie die Hohen Gassen nur selten verließen und bereits einen Weg hinunter zum Markt als Abenteuer begriffen. Auch Gondenberg schien gänzlich unberührt von Wind und Wasser. Möglich, dass er einmal Farbe in sich getragen hatte, doch sie war aus ihm herausgewaschen worden. Geblieben waren bloß unterschiedliche Abstufungen von Grau: graublondes Haar und weißgraue Haut und blaugraue Augen. Sein Gewand allein war von auffälliger Farbe, einem schillernden Grün, das Edda an Fliegenflügel erinnerte. Der Stoff war so steif, dass er seine Form hielt, wenn Gondenberg sich bewegte, so als trüge nicht er das Gewand, sondern umgekehrt das Gewand Gondenberg.

»Meister Gondenberg«, sagte Goldzahn, »wir danken Euch vielmals, dass Ihr eingewilligt habt ...«

»Und wen habt Ihr mitgebracht?«, unterbrach Gondenberg ihn. »Eure Nichte aus Centria oder eine Hochgeborene, eine Tochter der Inseln, die mit den Stieflingen spricht?«

»Die Neuigkeiten reisen schnell zu Euch hinauf. Ich kann ...«

»Nichte oder Hochgeborene? Oder habt Ihr nun auch eine hochgeborene Nichte?«

»Edda Valt hier ist nicht meine Nichte. Es galt nur, bestimmte Maßnahmen zum Schutz ihrer ...«

»Edda Valt. Das klingt nicht wie ein alter Name.«

Goldzahn wand sich stumm unter Gondenbergs Worten, als seien diese hinterhältige kleine Tiere, die zwicken und beißen konnten. Gondenberg wandte sich Edda zu.

»Und von welcher der Hoch-Inseln genau stammst du, Edda ... *Edda Valt*?«

»Pallandor«, fiel Goldzahn schnell ein, bevor Edda sie durch eine unbedachte Antwort weiter in Schwierigkeiten bringen konnte.

»Pallandor«, wiederholte Gondenberg und schaffte es, das Wort gleichzeitig lauernd und gelangweilt auszusprechen. Sein Ton, so schien es, war stets ein Gemisch aus sich widersprechenden oder gänzlich unverwandten Gefühlen. Er sah Edda an. »Goldzahn hier preist dich an als eine, die mit den Stieflingen sprechen kann. Nun, was mich interessiert: Kannst du auch meinem Pfau befehlen, ein Rad zu schlagen?«

Wollte Gondenberg, dass sie den Pfau dazu brachte, einen Überschlag zu machen? Ein einziger Blick in die starr-strengen Augen des Vogels verriet ihr, dass sie ihm einen derart albernen Vorschlag gar nicht erst unterbreiten musste.

»Ich glaube nicht, dass ich …«

»Natürlich tust du das nicht.« Gondenberg ließ sich mit einem Seufzen wieder in seinen Stuhl zurücksinken. »Meister Goldzahn, Ihr könnt Euch hieran vermutlich nicht mehr erinnern, aber das Leben eines Händlers kann geschäftig sein. Gibt es einen Grund, aus dem Ihr und Eure … Edda Valt aus Pallandor meine Nachmittagsruhe stört?«

Schnell trat Edda einen Schritt vor. »Meister Goldzahn ist so freundlich gewesen, mich hierherzubringen, damit ich Euch einen Handel vorschlagen kann.«

»Einen Handel«, wiederholte Goldzahn flach.

Edda zog die Haarklammer aus ihrer Rocktasche hervor. Einer plötzlichen Eingebung folgend, beschloss sie, die Colminphiolen zunächst für sich zu behalten. Es würde den Wert der Klammer nur schmälern, wenn sie sie Gondenberg gleich in einer Sammlung aus anderen Schätzen anbot.

»Ich habe hier ein Schmuckstück aus dem Keller der Fischer von

Halv«, sagte sie und wunderte sich selbst über das Beben in ihrer Stimme, die Unsicherheit.

Gondenberg pickte die Klammer aus ihrer Hand und hielt sie einen Moment in seinen blassen Fingern. Sein Gesicht war keines, das man leicht lesen konnte. Im Spiel seiner Züge tat sich nichts, seine Mundwinkel zuckten nicht, der Ausdruck in seinen blassgrauen Augen blieb gleich, berechnend, wie unbeteiligt. Er musste ein guter Verhandler sein.

»Und was möchtest du im Tausch?«, fragte er.

Sie wollte ihm antworten, als ihr Blick auf die Brosche am Kragen seines Gewands fiel. Es war eine handtellergroße goldene Sonne. Ein Schmuckstück, das die Haarklammer ohne Weiteres in den Schatten stellte. Er würde keinen Handel mit ihr eingehen. Die Erkenntnis traf sie so plötzlich, als hätte ihr jemand einen Stein an den Kopf geworfen. Sie musste an sich halten, um nicht zurückzutaumeln. Nach Goldzahns Hand zu greifen. Wieso hatte sie es nicht schon früher gesehen, nicht schon in Gondenbergs gold-grün-weißem Garten verstanden? Die Klammer war bloß ein glitzerndes, funkelndes Ding unter unzähligen anderen glitzernden, funkelnden Dingen, und der Mann ihr gegenüber, der Mann, der rot gefiederte Vögel mit goldenen Fesseln an einen Baum kettete, der einen leeren Glaskasten besaß, der nicht tatsächlich leer war, dieser Mann würde sich niemals auf einen Handel mit ihr einlassen.

Aber welche andere Wahl hatte sie, als die Worte trotzdem zu sagen, die Forderung trotzdem zu stellen? Wenn sie Gondenberg nicht nach der Fließenden Karte fragte, war sie die tausend Stufen der Bergstraße für nichts hinaufgestiegen, war sie für nichts nach Akoban gekommen, war für nichts vor Talin Brand geflohen.

»Die Fließende Karte. Ich bin wegen der Fließenden Karte hier.«

Irgendwo hinter ihr ertönte ein hohes Fiepen; sie war nicht sicher, ob es von Goldzahn oder Quill stammte. Zum ersten Mal, seitdem sie den Raum betreten hatten, war auf Gondenbergs Gesicht ein aufrichtiges und eindeutiges Gefühl zu sehen. Überraschung. Sie hatte ihn überrascht.

»Die Fließende Karte willst du.« Gondenberg lehnte sich in seinem Stuhl zurück, und der grün schillernde Insektenstoff raschelte, bewegte sich wie von einem Wind erfasst. »Nein, das wird nicht möglich sein.«

Seine blassen Finger wanderten über die Tischplatte, fanden ein Körnchen Dreck oder Staub und schnippten es davon. »Ich mache dir einen anderen Vorschlag, Edda Valt aus Pallandor. Such dir stattdessen etwas anderes aus, eine Pfauenfeder zum Beispiel. Oder vielleicht – weil ich mich heute großzügig fühle – einen meiner Perlfische.«

Edda öffnete den Mund, und Gondenberg hob die Hand.

»Vielleicht habe ich mich nicht deutlich ausgedrückt. Lass es mich ein wenig klarer sagen. Für das hier«, er hielt die Klammer in die Höhe, »würde ich dich nicht einmal einen Blick auf die Karte werfen lassen.«

Mit zitternden Fingern nahm Edda die Klammer entgegen. Die Angst trieb ihren Herzschlag an, hetzte ihre Gedanken nur so durch den Schädels: Gondenberg schickte sie fort! Er schickte sie fort, ohne die Karte. Sie würde ohne die Karte fortgehen, würde wieder draußen auf der Bergstraße sein, in wenigen Wimpernschlägen, draußen auf der Bergstraße, ohne die Karte und ohne einen Plan, wie sie an die Karte gelangen sollte. Aber das durfte nicht sein, das war nicht möglich. Maron hatte ihr damals an der Küste einen guten Wind vorausgesagt, und der gute Wind hatte sie durch das halbe Inselreich bis hierher getragen, fort von Brand und bis zu Goldzahn. Türen, die hätten verschlossen bleiben sollen, hatten sich geöffnet, Menschen waren aus dem Nichts aufgetaucht, um ihr zu helfen. Ihre Finger drehten ratlos die Klammer. Was sollte sie tun?

»Nun, wie ich bereits erwähnt habe, ich bin ein viel beschäftigter Mann«, sagte Gondenberg. »Es war mir eine Ehre, eine Tochter Pallandors kennenzulernen. Wenn Ihr nun aber die Güte hättet …«

Goldzahn verbeugte sich so tief, dass er kurz das Gleichgewicht zu verlieren drohte. Mit einer knappen Bewegung gab er Edda zu verstehen, dass sie ihm aus dem Raum folgen sollte.

Edda rührte sich nicht von der Stelle.

Stand auch dann auf steinernen Füßen, als Goldzahn ihren Namen zischte. Sie durfte den Raum nicht verlassen. Sie würde Gondenbergs Anwesen nie wieder betreten, wenn sie jetzt ging. Ihr Blick flog an Gondenberg vorbei, entlang der See hinter den Fenstern und bis zu dem Pfau in der Mitte des Raumes. Der Kamm kleiner Federn auf seinem Kopf wippte auf und ab, während er über einen der Teppiche entlangstakste. Als sie auf den Stufen der Bergstraße gesessen und den Stiefling am Horizont gesehen hatte, da hatte sie die Hand gehoben, obwohl ihr bewusst gewesen war, dass Stieflinge scheu waren und es ihr noch nie gelungen war, einen zu sich hinunterzulocken. Trotzdem war sie nicht überrascht gewesen, als sich der Vogel auf ihrer Hand niedergelassen hatte. Nun, sie mochte keine Hochgeborene von Pallandor sein, aber sie war eine Tochter der Inseln, stammte aus dem Inselreich, dessen war sie sich inzwischen sicher, der Anblick der Silbersegel des Schiffes draußen im Hafen hatte ihr diese Wahrheit so deutlich verkündet, als hätte sie jemand zu ihr gesprochen. Vielleicht war es genug? Vielleicht reichte es aus, in einer Zeit, an die sie sich nicht erinnern konnte, an einem Ort, an den sie sich nicht erinnern konnte, geboren worden zu sein? Vielleicht reichte es aus, um jene Art von Zauber zu bewirken, die Gondenberg von ihr erwartete?

Der Pfau sah Edda an. Obwohl sein federgekrönter Kopf still auf seinem langen Hals saß, war es ihr für einen Moment, als nicke er ihr zu. Seine Augen waren noch immer streng und starr, doch dieses Mal wich Edda ihnen nicht aus. Sie sank tiefer in das Schwarz, und als sie sicher war, dass der Pfau sie hören konnte, so wie sie sicher gewesen war, dass die Silberechse im Keller der Fischer von Halv ihr nichts tun würde, sprach sie die Worte stumm – nicht als Befehl, denn Befehle gehörten in Gondenbergs Welt, sondern als Bitte. *Schlag ein Rad für mich, bitte, schlag ein Rad.* Für Gondenberg und nicht für den Pfau sprach sie die Worte dann noch einmal laut: »Schlag ein Rad.«

Der Vogel drehte sich im Halbkreis, ließ seine Schleppe über den Boden schleifen und hob sie an. Seine blau gefiederte Brust plusterte sich auf, als hole er tief Luft, ein Zittern ging durch das Tier, und sein prachtvolles Gefieder entfaltete sich zur leuchtend blauen, grün-goldenen Halbsonne, zum *Rad.* Der Stuhl, in dem Gondenberg saß, knarrte leicht, als er sich vorlehnte. Bis auf das Knarren war es still. Der Vogel drehte sich einmal um die eigene Achse, wie um sicherzustellen, dass alle sein aufgestelltes Federkleid bewundern konnten. Dann faltete er seine Federn zusammen und stolzierte dicht an Edda vorbei aus dem Raum.

Gondenberg sah Edda an. »Du interessierst mich, Mädchen«, sagte er und deutete mit dem Finger auf sie, als müsse er sie erst aus einer ganzen Reihe möglicherweise interessanter Mädchen herauspicken. »Ich weiß nicht, woher du kommst – auch wenn ich bezweifle, dass es Pallandor ist. Fest steht, dass ich eine wie dich schon lange nicht mehr gesehen habe.« Er legte die Fingerspitzen seiner Hände zusammen. »Nun, schön und gut. Meine Pfauen gehorchen dir und vermutlich auch meine Rotschwingen. Vielleicht kannst du sogar meine Perlfische dazu bringen, dass sie draußen aus dem Wasser springen. Aber du hast noch immer nichts, was ich haben möchte, und daran ändert auch das schönste Pfauenrad nichts.«

»Ich habe auch noch ...«

Gondenberg schüttelte den Kopf. »Glaub mir, Mädchen, was auch immer es ist, es würde keinen Unterschied machen. Es gibt schlicht nichts, für das ich dir die Fließende Karte geben würde – zumindest nichts, was jemand wie du beschaffen könnte.«

Edda tastete nach der Feder in ihrer Hosentasche und drehte den Kiel, schneller und schneller, während Gondenbergs Worte vor ihr standen wie ein Rätsel: *Du hast noch immer nichts, was ich haben möchte*. Aber waren ihre Taschen nicht schon immer leer gewesen? War es nicht immer der Sprung gewesen, das Wagnis, der Willen, weiter zu gehen als andere, der sie bis hierher gebracht hatte?

»Noch nicht«, sagte sie leise. Sie hob die Stimme. »Ich habe *noch* nichts, was Ihr besitzen wollt. Aber, mit Verlaub, Ihr wisst nicht, was jemand wie ich beschaffen kann. Ihr kennt niemanden wie mich. Was immer Ihr wollt, nennt mir seinen Namen und verratet mir, wo ich es finden kann, und ich werde es für Euch nach Akoban bringen.«

Gondenbergs Mundwinkel zuckten. »Was immer es ist, du kannst es beschaffen? Du kennst dich aus im Inselreich? Hast ein Boot? Gute Kontakte oben im Norden, unten im Süden bei den tiefen Strömen?«

»Ein Boot müsst Ihr mir geben. Der Rest spielt keine Rolle.«

Goldzahn versuchte, ihren Blick zu fangen, doch sie gab vor, es nicht zu bemerken. Er hatte noch den ganzen langen Weg die Bergstraße hinunter Zeit, um ihr auseinanderzusetzen, warum sie kopfkrank und größenwahnsinnig war, ein Tumbtaumler, der nichts davon verstand, wie Geschäfte in den Hohen Gassen gemacht wurden.

»Goldzahn«, sagte Gondenberg, und Goldzahn fuhr wie schuldbewusst zusammen. »Woher hat Eure Nichte den Schneid? Wohl kaum von Euch.« Er lachte leise, erfreut über seinen eigenen Scherz. »Nun, ich will mir deine Worte durch den Kopf gehen lassen, Stieflingsmädchen. Kommt morgen Abend wieder. Ich richte ein Festmahl zu Ehren meiner Tochter aus, und wenn ihr beide euch morgen hier einfindet, dann werde ich eine Entscheidung getroffen haben und sie euch verkünden.«

Edda nickte und verbeugte sich.

»Bevor du gehst, will ich dir noch eine kleine Kostbarkeit zeigen, ein Geschenk, das man mir bei meinem letzten Besuch auf Pallandor überreicht hat.«

Aus einem der hohen Schreibtischfächer zog er eine faustgroße runde Kugel hervor. Sie war mit Wasser gefüllt, und in dem Wasser schwamm etwas, ein Gebilde, das Edda weder sicher als Tier noch als Pflanze erkannte. Sie sah bloß ein Gewühl, einen Knoten weiß leuchtender Tentakel, die zögernd im Wasser umhertasteten und zurückschreckten, wann immer sie gegen die gläsernen Wände stießen. Gondenberg hielt die Kugel noch ein Stück höher, sodass die Tentakel im Licht der einfallenden Sonne glitzerten.

»Ein Gallavan-Stern – was ich einer Tochter von Pallandor nicht erklären muss. Willst du ihn halten, Edda Valt?«

Etwas an der Kreatur, die einsam in der gläsernen Kugel trieb, ließ Edda an die Echse in den Kellern der Fischer von Halv denken. Sie schüttelte den Kopf und sah zu Boden. Vor ihren Augen tanzten leuchtende Punkte, so als hätte sie zu lange in die Sonne gestarrt.

»Es braucht wohl mehr als einen einfachen Gallavan-Stern, um eine Tochter Pallandors zu beeindrucken«, sagte Gondenberg. Sein Ton war nach wie vor flach, trotzdem war sie sicher, dass sie ihn verärgert hatte. Er stellte den Gallavan-Stern zurück und gab den Wachen zu verstehen, dass sie Goldzahn und Edda aus dem Zimmer führen sollten.

***

Draußen auf der Bergstraße lehnte Goldzahn sich gegen die Mauer und tupfte sich den Schweiß von der Stirn. Seine Hände zitterten, hatten wohl schon gezittert, während sie wie zwei ungezogene Kinder vor Gondenberg gestanden hatten. Als er sprach, war seine Stimme so zittrig wie seine Hände.

»Dir ist nicht eingefallen, mich vorzuwarnen, dass du Trom Gondenberg nach der Fließenden Karte fragen würdest?«

Sie zuckte die Achseln. »Hätte es einen Unterschied gemacht?«

»Nun, ich hätte nicht wie ein Tumbtaumler vor dem mächtigsten Mann der Stadt dagestanden, den Unterschied hätte es gemacht! Ich hätte dich wahrscheinlich gar nicht erst hier hochgebracht.«

»Ja, aber dann hätte Gondenberg uns auch nicht eingeladen, morgen zurückzukommen. Er hat noch nicht Nein gesagt, Meister Goldzahn.«

»Er hat noch nicht *Nein* gesagt!« Goldzahns Stimme überschlug sich fast. »Falls er die Karte tatsächlich hat, wird er einen Wassermann tun, sie dir auszuhändigen, das ist dir hoffentlich klar.« Wieder presste er eine Hand auf seinen Kiefer und murmelte vor sich hin. Dann ließ er die Hand sinken und sah sie an. »Wie hast du es angestellt?«

»Ihr wart doch … Ihr wart dabei. Ich habe zu ihm gesagt, dass ich ihm alles beschaffen werde …«

»Der Pfau, Mädchen! Wie hast du den Pfau dazu gebracht, ein Rad zu schlagen?«

Wie *hatte* sie den Pfau dazu gebracht? In dem sie ihn stumm darum gebeten hatte. Eine Erklärung, die Goldzahn kaum zufriedenstellen würde. Aber warum war überhaupt sie diejenige, die sich erklären musste? War es nicht Goldzahn gewesen, der überall herumerzählt hatte, dass sie mit Vögeln sprach? Hatte er sie nicht erst auf die Idee gebracht, es zu versuchen?

»Was habt Ihr alle mit Vögeln, und warum habt Ihr Gondenberg überhaupt erzählt, dass ich mit Stieflingen sprechen kann? Was spielt es eine Rolle, ob ein Vogel tut, was ich ihm auftrage? Ihr erzählt Geschichten über mich, ohne mir zu verraten, was sie bedeuten!«

Im Angesicht ihres Ärgers schien Goldzahns eigener schnell zu verpuffen. Er kratzte sich am Kopf, rieb seinen Kiefer und trat von der Mauer zurück.

»Es ist auch nicht gerade leicht, es zu erklären«, sagte er.

Edda deutete auf die Straße, die sich vor ihnen den Berg hinunterzog. »Und Ihr habt so viel Zeit, es zumindest zu versuchen.«

Goldzahn bewegte sichtlich unzufrieden seine Zunge im Mund.

»Nun, was ich heute Morgen zu dir gesagt habe, es ist mir nicht mehr aus dem Kopf gegangen«, räumte er schließlich ein, während sie sich von Gondenbergs Tor entfernten.

»Dass wir mich als eine Hochgeborene ausgeben könnten?«, fragte Edda.

Goldzahn nickte. »Du hast selbst gesehen, wie die Händler dich heute Vormittag angesehen haben. Aber mir war schon klar, dass dein Feuerhaar kaum ausreichen würde, um Gondenberg zu überzeugen. Er ist seinerzeit selbst oft genug aufs Festland gefahren, um zu wissen, dass in Farland auch die Schweinebauern und Fischer Rotschöpfe zur Welt bringen.«

»Ich verstehe immer noch nicht, was die Vögel ...«

»Nun, ich vermute, dass dir ein Gelehrter das Ganze besser erklären könnte als ich.«

»Ich kenne aber keinen Gelehrten, Meister Goldzahn, ich kenne bloß Euch.«

»Mädchen, du lässt mich hart arbeiten für meine Colminphiole«, brummte Goldzahn, aber er sprach nun ohne die Strenge, die Schärfe, die noch zuvor in seiner Stimme gelegen hatte, und sie wusste schon, dass er bald in den getragenen Ton fallen würde, in dem er Edda bereits Geschichten erzählte hatte, als wohl keiner von ihnen beiden sich hätte träumen lassen, dass sie eines Tages Seite an Seite durch die Hohen Gassen gehen würden.

Einmal, vor langer Zeit, so begann Goldzahn, hatte es im Inselreich keine Menschen gegeben. Das Archipel hatte damals ganz den Tieren gehört, den Geschöpfen und Kreaturen, über die man auf dem Festland nur wenig wusste. Nördlich des Inselreichs hatte damals ein Land gelegen, groß und weitläufig wie Farland, das den Namen Inkengard trug. Inkengard, so hieß es, war eines Tages aus der Welt gebrochen und ins Nichts gestürzt. An seiner Stelle war der große Schlund geblieben. Aber nicht alle Menschen waren damals mit ihrer Heimat verschwunden. In den Jahren zuvor waren schon einige Familien aus Inkengard und hinaus auf die Hoch-Inseln gezogen, um sich dort eine neue Heimat zu errichten. Über sie sagte man, dass sie noch immer die Silbersee im Blut trugen und deswegen sprechen könnten mit den Vögeln und den Fischen, den Wolken und den Wellen.

»Und deswegen soll Gondenberg glauben, dass ich einer hochgeborenen Familie entstamme?«, fragte Edda. »Weil ich *mit den Vögeln und den Fischen* spreche?«

»Nun, du hast seinen Pfau dazu gebracht, ein Rad zu schlagen.«

»Es war bloß ein Zufall.«

»Sicher, du weißt das, ich weiß das. Aber Gondenberg weiß es nicht. Zumindest nicht sicher. Vermutlich glaubt er nicht, dass du einer hochgeborenen Familie entstammst, aber er hält es wohl für wahrscheinlich genug, um dich zu einem seiner Feste einzuladen.« Goldzahn blieb stehen und schüttelte den Kopf, als ihm Gondenbergs Einladung wieder einfiel. »Eine Einladung zu Gondenbergs Fest! Und das, obwohl du dich wie eine Kopfkranke aufgeführt hast. *Die Fließende Karte.* Mädchen, warum hast du ihn nicht gleich nach einem von Hagers Tentakeln gefragt? Willst du mir wenigstens verraten, was du mit ihr vorhast?«

Edda sah ihn verwundert an. »Ihr wisst, wozu ich die Fließende Karte brauche. Ich habe es Euch bereits gesagt. Ich suche meinen Bruder. Ich weiß, dass er auf den Letzten Inseln ist. Also muss ich die Letzten Inseln finden.«

»Du willst tatsächlich dort hinauf? Ins Teermeer?«

»Ich *will* nicht, ich muss, um Tobin zu finden. Ginge es nach dem, was ich *will*, würde ich an die Küste zurückfahren, aber das kann ich erst, wenn ich meinen Bruder gefunden habe.«

Goldzahn sah sie mit gerunzelter Stirn an. »Vor zwei Tagen hätte ich noch all meine Rundlinge darauf verwettet, dass die Fische eher aus der See marschieren und zu tanzen anfangen, als dass du tatsächlich ins Teermeer fährst, aber nach dem, was dort drinnen passiert ist …«

Den restlichen Weg hingen sie beide ihren Gedanken nach. Während Goldzahn wohl immer noch über den Pfau und Gondenbergs Fest nachdachte, fragte sich Edda, ob Goldzahn wusste, dass sie in einem einzigen Satz gleich zweimal gelogen hatte. Auch wenn es nach ihr gegangen wäre, hätte sie nicht zurück an die Küste gewollt, und sie hatte längst entschieden, dass sie nicht dorthin zurückkehren würde, nicht einmal dann, wenn Tobin wieder bei ihr wäre.

6
Ein eigenes Gefieder

Die Sonnenstrahlen auf seinem Gesicht weckten Goldzahn früh. Weil er vermutete, dass Edda noch eine Weile schlafen würde, machte er sich allein auf den Weg zum Markt. Mit den Gedanken bei der Colminphiole, die nun sicher verwahrt in seiner Ledertasche lag, kaufte er nicht bloß das gute luftige Brot, den guten cremigen Käse, sondern Papaya, Zitronenwasser, Konfitüre, Nougat und getrocknete Apfelringe.

Obwohl der kleine Zeiger der Uhr die Zehn bereits gestreift hatte, war die Tür zur Schlafkammer bei seiner Rückkehr noch immer geschlossen. Er holte die Colminphiole hervor und setzte sich an den Tisch. Zusammen mit den Rundlingen, die er von Fengan Brook für seinen Zahn bekommen hatte, würde er seine Schulden abbezahlen können. Was natürlich nichts daran änderte, dass seine Gewinne nach wie vor verloren waren. Es war an der Zeit, dass er Dorgret schrieb, nicht bloß einen jener belanglosen, nichtssagenden Briefe, die er während der letzten Wochen geschickt hatte, nein, einen Brief, der alles erklärte. Was nicht besonders schwer sein sollte. Goldzahns Geschichte war weder besonders kompliziert noch ungewöhnlich. Sein Niedergang hatte – wie der Niedergang so vieler Händler – seinen Ursprung auf Vin-Lu genommen. Das einzig Überraschende an Goldzahns Schicksal mochte sein, dass Akobans dunkle Schwesterinsel viele Jahre lang nie einen besonderen Zug auf ihn ausgeübt hatte. Im Gegenteil. Seitdem er hinaus zu den Inseln der Mitte fuhr, hatte er der Spielerinsel niemals sehnsuchtsvolle Blicke zugeworfen und sich in stillem Verlangen nach ihren Versuchungen ergangen. Nein, Goldzahn war immer sicher gewesen, vor ihnen gefeit zu sein. Er gab nichts auf den Dornblum, und er gab nichts auf Wein, er war kein Schmachter, und die Frauen und viel zu jungen Mädchen, die in Vin-Lus rot bedachten Häusern ihre Körper zum Verkauf boten, erfüllten ihn mit einer so tiefen und aufrichtigen Niedergeschlagenheit, dass diese ihm jedes Vergnügen verstellt hätte. Nur aus einem einzigen Grund war er überhaupt nach Vin-Lu gefahren: um der Geschäfte willen. Einige seiner besten Kunden hätten freiwillig niemals einen Fuß auf Akoban gesetzt, anderen war es sogar ausdrücklich verboten. Diese Kunden zahlten einen Aufpreis dafür, dass Goldzahn ihnen seine Waren nach Vin-Lu brachte – ein Angebot, dem Goldzahn nie hatte widerstehen können. Nachdem er seine Ware dort abgeliefert hatte, kehrte er stets umgehend nach Akoban zurück. Die Inseln lagen so nahe beieinander, dass sich die Entfernung innerhalb eines Stundenhalbs zurücklegen ließ.

Es war einer dieser Kunden gewesen, ein Mann, der Goldzahn nur als der Rote Pfuhl bekannt war, der ihn eines unverdächtigen Sommernachmittags ins Verderben gerissen hatte. Goldzahn hatte dem Roten Pfuhl ein silbernes Döschen mit Colminsalbe überreicht und sich bereits wieder an den Aufbruch gemacht, als der Rote Pfuhl darauf bestand, Goldzahn solle ihn noch in ein Kartenhaus begleiten. In seinem

Überredungsversuch musste er entschlossener, hartnäckiger als so viele vor ihm gewesen sein, denn aus irgendeinem Grund – einem Grund, an den Goldzahn sich heute nicht mehr erinnern konnte – hatte er nachgegeben, sich plötzlich an einem der schwarz lackierten Spielertische wiedergefunden, ohne jedes Verständnis oder Interesse für das Spiel, dem die halbe Insel verfallen war.

Seitdem er nach Akoban reiste, hatte er Männer mit leuchtenden Augen von *Fächer* sprechen hören, jenem Spiel, das wohl Tausende an den Rand des Ruins gebracht hatte.

Während der ersten Runden sah Goldzahn bloß zu und ließ sich vom Roten Pfuhl einen kurzen Überblick über die Grundregeln des Spiels geben. Schnell verstand er, dass das Ziel darin bestand, einen *Fächer* zu legen: eine Kombination von Karten, die zu einer *Geschichte* angeordnet wurden. Die einfachsten Geschichten bestanden aus einer Reihung niedriger Karten und erzählten von alltäglichen Ereignissen: einem Schiffbruch draußen auf See, einem Handel, einer Auseinandersetzung.

Als Goldzahn unter Anleitung des Roten Pfuhls schließlich selbst anfing zu spielen, fühlte er sich zunächst wie ein Tumbtaumler, der mit Mühe und Not die einfachsten Fächer legte und in jeder Runde den niedrigsten Punktestand davontrug. Interessant wurde das Spiel für ihn erst, als er begriff, dass es vor allem darum ging, sperrige Karten unterzubringen, solche, die sich, anders als ein Rundling oder eine Insel, nicht mit beinahe jeder Karte zu einer Geschichte kombinieren ließen, eine Primäre etwa oder die Halver Harpune. Ein Schlucker und ein Wassermann etwa ließen sich nur schwer im selben Fächer unterbringen, da sie in gänzlich unterschiedlichen Gegenden des Archipels ihr Unwesen trieben.

Besonders bei den aufwendig gebauten Geschichten kam es immer wieder zu Uneinigkeiten. Ergab die Geschichte Sinn oder nicht? Weil die Spieler sich oft nicht einigen konnten, unterstand jeder Tisch einer *Zunge*, einem Mann oder einer Frau, die entschieden, ob ein Fächer angenommen wurde oder nicht. Diese Entscheidung hing nicht zuletzt davon ab, ob der Spieler seine Geschichte gut begründen konnte. Und vielleicht war es genau das, was Goldzahns Ruin herbeiführte. Er war ein Geschichtenerzähler, er liebte es, riskante Fächer zu legen und sich dann seinen Weg zum Sieg zu sprechen. Die meisten *Zungen* nahmen seine verschachtelten Geschichten an, und Goldzahn verließ den Spieltisch oft als Sieger. Wenn er dann hinaustrat in die vom Dornblumkaut getränkte süße Abendluft, schwor er sich jedes Mal aufs Neue, dass er sich nun mit seinem Glück zufriedengeben und die Finger vom Fächer lassen würde. Aber wie schon unzählige Spieler vor ihm verpasste er den entscheidenden Augenblick, die Weggabelung. Bald lebte er während der Tage für die Abende. Schloss er die Augen, sah er die silbrig leuchtenden Karten, vor sich und sein Verstand setzte sie zu immer neuen Kombinationen zusammen. Die Reise nach Vin-Lu trat er beinahe jeden Tag an. Er gewann längst nicht mehr jedes Spiel, sondern nur noch jedes zweite. Jedes dritte. Jedes vierte. Überhaupt keines mehr. Das Schicksal spielte ihm keine guten Karten mehr zu, und wenn er bloß Rundlinge und Inseln auf der Hand hatte, machte es auch keinen Unterschied, wie fantastisch die Geschichten waren, die er auf der Zunge trug: Er konnte sie nicht legen. Er verlor, Partie um Partie, Abend um Abend. Bald musste er sich Geld leihen, um überhaupt noch weiterspielen zu können. Und hörte erst auf, als niemand mehr bereit war, ihm welches zu leihen.

Ein Spieler stand im Ansehen der übrigen Händler ähnlich schlecht da wie ein Schmachter, und als sich herumsprach, dass Goldzahn nahezu sein gesamtes Vermögen an den Spieltischen Vin-Lus verloren hatte, dauerte es nicht lange, bis die Einladungen ausblieben und mehr und mehr Händler davon absahen, Geschäfte mit ihm zu machen.

Goldzahn wusste, dass jene Händler, denen er am Vortag auf der Bergstraße begegnet war, sich überhaupt nur dazu hinabgelassen hatten, mit ihm zu sprechen, weil sie neugierig gewesen waren, was es mit dem Rotschopf an seiner Seite auf sich hatte, wie einer so tief fallen konnte und es trotzdem bis in die Gesellschaft einer Hochgeborenen gebracht hatte. Was würden sie erst sagen, wenn er zusammen mit Edda auf Gondenbergs Fest auftauchte? Er rollte die Colminphiole über die Tischplatte und schüttelte den Kopf. Seit Wochen hatte niemand, nicht einmal mehr Fengan Brook, ihn eingeladen. Goldzahn hatte die Hoffnung aufgegeben, je wieder in ihre Welt hineingelassen zu werden. Und im Laufe eines einzigen Nachmittags sollte sich all das geändert haben! In der Nacht hatte er noch lange wach gelegen und versucht, die Splitter des vergangenen Nachmittags zusammenzusetzen: die Stieflinge, der Pfau, das Rad, die Fließende Karte, die Einladung. Wie hatte es Edda nur bewerkstelligt, Gondenberg von etwas zu überzeugen, an das weder sie selbst noch Goldzahn glaubte? Bei Bingin, Geki und Ood, das Mädchen hatte mehr Schichten, als das Auge so ohne Weiteres durchdringen konnte. Dabei war sie ihm in Colm nie als außergewöhnlich, als *besonders* erschienen. Sicher, sie war schlauer, wacher als die meisten anderen dort, aber sie war auch die Tochter ihres Vaters, ein nüchternes, ernstes Mädchen, das tief in der strengen Welt der Ostküste verwurzelt schien, einer Welt, in der die Alte Sprache, in der *Fächer* und Schlucker und der Kraken Hager kaum mehr als ein ferner Traum waren. Und nun sollte sie mit Vögeln sprechen können, der Fließenden Karte nachjagen und hinauf ins Teermeer fahren?

Als hätte er sie durch seine Gedanken heraufbeschworen, öffnete sich die Tür zur Schlafkammer, und Edda trat hindurch. Wie sie dort stand, mager in ihrem zu kurzen blauen Kleid, das Haar stumpf, dunkle Schatten unter ihren Augen, wirkte sie so wenig hochgeboren wie Quill, der auf dem Tisch auf und ab hüpfte und mit Käsewürfeln um sich warf. Im Grunde sah sie immer noch aus, als striche sie durch die Straßen Akobans, um mit Kindern und Katzen um letzte Brotkrumen zu kämpfen. Sie würden sich etwas für den Abend überlegen müssen, wenn sie sich nicht zum Gespött der Leute machen wollten. Er wartete, bis sie sich gesetzt hatte.

»Was das Fest heute Abend angeht…«, begann er vorsichtig. »Ich bin nicht sicher, was genau es damit auf sich hat.«

Edda, damit beschäftigt, abwechselnd Konfitüre und Nougat zu löffeln, zuckte die Achseln. »Er sagte doch, es sei ein Fest zu Ehren seiner Tochter.«

»Soweit ich weiß, wurde seine Tochter seit Wochen von niemandem mehr gesehen. Ich habe Gerüchte gehört, sie sei schwer krank. Manche behaupten, sie sei bereits tot.« Goldzahn warf Quill eine Barnbeere zu, und das Äffchen fing sie geschickt. »Nun, was auch immer der tatsächliche Grund für das Fest ist, ich bin sicher, dass alle Händler von Rang und Namen dort sein werden. Es ist löblich, dass du dir Haare und Gesicht gewaschen hast, aber du wirst auch etwas Vernünftiges anziehen müssen.«

Eddas Blick war wachsam, als sie sich den Löffel Konfitüre aus dem Mund zog und bedächtig ablegte. »Das ist mein bestes Kleid.«

»Und das ist bedauerlich, Mädchen. Ändert nichts daran, dass wir uns etwas überlegen müssen. Die halbe Stadt wird darauf warten, dass Gondenberg dich vorführt. Wenn du so dort auftauchst, stößt du nicht nur Gondenberg vor den Kopf, sondern auch all seine Gäste.«

»Woher sollte *die halbe Stadt* wissen, dass wir heute Abend dort sein werden?«

Goldzahn lachte. »Gondenberg wird schon Sorge dafür getragen haben, dass man in den Hohen Gassen von nichts anderem als dir und deinem Pfau spricht.«

Statt zu antworten, musterte Edda Goldzahn stumm, sah ihn an, als hätte er plötzlich begonnen, in einer anderen Sprache zu sprechen.

»Mädchen, er will sich mit dir schmücken. Nur deswegen hat er dich heute Abend eingeladen. Er hat sicher nicht vor, dir irgendeine Karte zu geben. Ich glaube nicht einmal, dass er ...«

»*Schmücken*«, wiederholte sie. Ihr Mund zuckte, als hätte sie in etwas Saures gebissen.

Goldzahn lehnte sich in seinem Stuhl zurück. »Du willst etwas von ihm, er will etwas von dir. Im Grunde kannst du dich nicht beschweren.« Er warf einen Blick auf die Uhr. »Ich kenne einen guten Schneider. Lass mich dich zu ihm bringen. Ihm wird sicher etwas einfallen und ...«

»Ich kann keinen Schneider bezahlen. Ich habe keine Rundlinge.«

»Du hast eine perlenbesetzte Haarklammer.«

Das Gold in Eddas grünen Augen schien Funken zu schlagen. »Wenn mir der Sinn danach stehen würde, sie so einfach zu verkaufen, hätte ich es wohl getan, als ich jeden Tag gehungert und in den Straßen geschlafen habe. Ich werde sie bestimmt nicht hergeben, damit ein reicher alter Mann mich vor seinen Freunden herumzeigen kann.«

Goldzahn fühlte die Ungeduld bis in die Fingerspitzen prickeln.

»Ich weiß, dass du nichts davon hältst, wie die Dinge in den Hohen Gassen gehandhabt werden. Und niemand bezweifelt, dass dir gelungen ist, was weder Gondenberg noch ich«, er hob ergeben die Hände, »geschafft hätten. Du hast ohne einen Rundling in den Straßen Akobans überlebt. Aber jetzt willst du mehr als bloß zu überleben, oder nicht?«

Sie zerrupfte langsam ihr Brot, aber sie widersprach nicht.

»Du selbst hast zu mir gesagt, dass du hinaus auf die Letzten Inseln willst«, setzte er schnell nach. »Aber die Fließende Karte wird nicht reichen, wenn du tatsächlich vorhast, hoch ins Teermeer zu fahren.«

»Was sollte ich noch außer ...«

»Ein Boot, Mädchen! Zuallererst einmal ein Boot. Eine erfahrene Mannschaft wäre womöglich keine schlechte Idee. Heute Abend werden sich die einflussreichsten Männer Akobans in einem einzigen Raum versammeln. Lass sie denken, du seist eine Hochgeborene, lass sie denken, du würdest jeden Morgen in Rundlingen baden und Perlen zum Frühstück essen. Sie werden dir helfen, wenn sie das Gefühl haben, dass es sich für sie lohnen könnte.«

Die Worte waren ihm nicht so glatt über die Lippen gegangen wie gehofft. War ihr das Stocken aufgefallen? Hatte sie begriffen, dass er nicht nur von Gondenberg und den anderen sprach, sondern auch von sich selbst? Denn wenn er ehrlich war, gab er keinen Rattenschwanz darauf, ob Gondenberg sich an Eddas Aufzug störte oder nicht. Er *selbst* wollte sich mit ihr schmücken, wollte mit Edda Valt, vermeintlicher Tochter Pallandors und Pfauenbezwingerin, in den Raum treten und sich weiden an den Blicken, am Gemurmel der anderen.

Ob sie ihn durchschaut hatte oder nicht – ihr Gesicht gab es nicht preis. Sie starrte noch eine Weile das zerrupfte Brot auf ihrem Teller an, dann nickte sie knapp.

»Dann bringt mich zu Eurem Schneider, Meister Goldzahn.«

***

Das Atelier des Schneiders Korbinian Bracke lag am Ende der Karrengasse, nur wenige Schritte vom Hafen entfernt. Brackes Geschäfte liefen so gut, dass er sich eine respektablere Adresse in den Mittleren Gassen hätte leisten können, und Goldzahn wusste nicht, warum er es vorzog, am zwielichtigeren Ende der Stadt zu bleiben. Tatsächlich wusste Goldzahn überhaupt nur wenig über den Schneider. Schon oft hatte er sich gefragt, ob Bracke – wie es sein Name nahelegte – ursprünglich von den Bracke-Inseln stammte. Aber die Menschen von dort waren in der Regel blass und hellhaarig, und Bracke war weder das eine noch das andere.

Goldzahn hatte den Schneider ab und an aus beruflichen Gründen aufgesucht, ihm Stoffe verkauft oder welche verarbeiten lassen, aber er selbst hatte Brackes Dienste nie in Anspruch genommen, hatte keine Verwendung für die aus teuren Damast- und Brokatstoffen geschneiderten Gewänder. Immer wieder hatte er darüber nachgedacht, ein Kleid für Ann oder Dorgret anfertigen zu lassen, die hohen Kosten aber hatten ihn stets abgeschreckt. Und inzwischen könnte er sich vermutlich nicht einmal mehr einen Knopf aus Brackes Atelier leisten.

Während er an die unscheinbare Holztür klopfte, wappnete er sich für die unweigerliche Auseinandersetzung, die ihn wohl erwartete. Es würde nicht leicht sein, den Schneider davon zu überzeugen, einen so kurzfristigen Auftrag entgegenzunehmen. Es lag in der Natur des Mannes, sich grundsätzlich zu sträuben und die schier unüberwindbaren Schwierigkeiten eines Unterfangens zu betonen – ein Umstand, der ihm unter den Händlern den Namen *Schwierig-aber-nicht-unmöglich* eingebracht hatte.

»Vielleicht ist er ja nicht da«, stellte Edda gerade hoffnungsvoll fest, als sich die Tür öffnete und der Schneider seinen kahlen Kopf hinausstreckte.

»Meister Bracke …«, setzte Goldzahn an, doch der Schneider hatte die Tür bereits weiter aufgezogen, um murmelnd im Inneren zu verschwinden. Mit einem nachlässigen Winken gab er ihnen zu verstehen, dass sie ihm folgen sollten.

»So, das Stieflingsmädchen. Eine Hochgeborene, nicht? So sagt man, oder vielleicht auch bloß eine Nichte aus Centria, da gehen die Meinungen auseinander. Fest steht, dass sie mit den Pfauen und den Stieflingen spricht. Vielleicht aus Kandor kommt, womöglich Pallandor.«

»Pallandor«, bestätigte Goldzahn schnell. »Edda Valt aus Pallandor. Edda, dies ist Korbinian Bracke.« Er verzichtete darauf, den Schneider als König der Stoffe oder angesehensten Schneider im ganzen Inselreich anzupreisen. Bracke war bekannt dafür, nichts auf Schmeicheleien zu geben. Edda nickte knapp und ließ eine Hand in ihrer Rocktasche verschwinden, wie sie es oft zu tun schien, wenn sie unruhig war oder sich unwohl fühlte.

»Edda Valt. Edda Valt. Valt«, murmelte der Schneider vor sich hin, als hätte er den Namen schon oft gehört und versuche, ihn nun zuzuordnen. Inzwischen hatten sie zwei Räume durchschritten und waren im dritten angelangt. Alle drei waren dämmrig und wirkten aufgrund ihrer niedrigen Decken aus dunklem Holz bedrückend. Goldzahn verstand wenig darüber, wie ein gewöhnlicher Arbeitstag im Leben eines Schneiders aussah, fragte sich aber nicht zum ersten Mal, ob jemand, der mit Nadel und Faden, den kleinsten Perlen und feinsten Nadelstichen arbeitete, nicht mehr Wert auf Licht legen sollte. Von der engen Karrengasse her fiel so wenig Licht ein, dass man sich in einem Keller wähnte. Auch Lampen setzte der Schneider nur sparsam ein, platzierte sie in den entlegenen Ecken, sodass sie den Raum kaum zu erhellen vermochten.

»So, so, ein Kleid braucht man vermutlich, wohl auch gleich noch für den heutigen Abend, steht zu befürchten.«

»Meister Bracke, wenn es Euch tatsächlich möglich wäre, ein Kleid für heute Abend …«

»Nein, nein, nein«, unterbrach ihn der Schneider entschieden. »Das lässt sich nicht machen. Da kann ich nichts für Euch tun. Bis heute Abend, das ist unmöglich. Ein neues Kleid, mindestens vier Wochen, manchmal auch fünf, aber mindestens vier, das auf jeden Fall. An einem einzigen Nachmittag, nein, daran ist nicht zu denken. Aber kaufen könntet Ihr eines. Ein fertiges Kleid, eines, das schon fertiggestellt wurde. Ein paar Änderungen hier und da wären wohl nötig. Ein dürres Ding ist sie ja, das Mädchen hier, aber wenn wir ein wenig Stoff hier und dort wegnehmen …«

Es war zwar nicht das, was Goldzahn sich erhofft hatte, aber ein Kleid von Meister Bracke war ein Kleid von Meister Bracke und würde sicher seinen Dienst tun, auch wenn er es nicht eigens für Edda angefertigt hatte.

»Wenn Ihr uns vielleicht einen Blick auf Eure Kleider …«

»Verzeiht, aber ich möchte kein Kleid«, fiel Edda ihm ins Wort.

Goldzahn und der Schneider drehten sich zu ihr um. Wie sie so im schwachen Schein der Öllampe stand, die Hände vor ihrem Schoß verflochten, sah sie geduldig und ergeben aus, aber im Laufe der letzten anderthalb Tage hatte Goldzahn erkennen müssen, dass sie weder das eine noch das andere war, sondern störrisch wie ihr Vater. Ihm sank das Herz.

»Ich werde heute Abend dies hier tragen«, erklärte sie und strich über den Stoff ihres blauen zerschlissenen Kleides, wie um sicherzustellen, dass Goldzahn und Bracke sie verstanden.

»Wenn du von Anfang an wusstest, dass du diesen Lumpen tragen willst, warum sind wir dann überhaupt hierhergekommen?«, schnappte Goldzahn.

Eddas Blick glitt kühl über ihn hinweg, und sie richtete ihre Antwort an den Schneider. »Ich dachte, dass Ihr vielleicht die ein oder andere Änderung an meinem Kleid vornehmen könntet. Falls Ihr Stift und Papier zur Hand hättet, könnte ich Euch eine Zeichnung anfertigen.«

Der Schneider antwortete nicht gleich. Aus seiner Westentasche holte er eine goldberandete, bügellose Brille hervor und klemmte sie auf seiner Nase fest. Seine Augen hinter dem Brillenglas wirkten winzig, wie kleine dunkle Fliegen. Er trat dicht an Edda heran, zupfte an ihren Ärmeln und an ihrem Kragen, dabei schien er weniger das Kleid als Edda selbst zu begutachten. Sacht begann er, den Kopf zu wiegen. Aus seinem Wiegen wurde schließlich ein Nicken, und er wandte sich an Goldzahn.

»Ihr könnt sie hier bei mir lassen«, sagte er. »Fünf Stunden, ja, fünf wird man schon brauchen. Unter fünf hat es nun wirklich keinen Sinn, aber wenn er sie in fünf Stunden wieder hier abholen wird? Nun, was man in fünf Stunden anstellen kann, das ist eine andere Frage. Fünf Stunden und ein blaues Baumwollkleid. Man wird sehen müssen. In jedem Fall wird es schwierig, ja schwierig wird es wohl, aber vielleicht, wahrscheinlich nicht unmöglich.«

Und noch bevor Goldzahn ganz begriff, wie ihm geschah, hatte der kleine Mann ihn aus dem Atelier und hinaus auf die Straße manövriert. Verdutzt starrte Goldzahn die Tür an, die Bracke augenblicklich wieder hinter sich zugezogen hatte. Das Ganze gefiel ihm nicht. Er gab nichts auf Mode, verstand wenig von ihren Gesetzmäßigkeiten und Regeln; ihm persönlich war es gleich, ob das Mädchen in fliederfarbener Seide oder golddurchwirktem Samt bei Gondenberg auftauchte, aber bei Geki, Bingin und Ood, er traute ihr nicht. Sie schien entschlossen, noch den letzten Akobaner, der auf der Insel etwas zu sagen hatte, vor den Kopf zu stoßen, und er konnte sicher sein, dass sie einen neuen Weg finden würde, genau dies zu tun, wenn er kein wachsames Auge auf sie hatte.

***

Von dunkler Vorahnung erfüllt, klopfte Goldzahn einige Stunden später an die Tür des Schneiders. Bracke öffnete ihm beinahe auf der Stelle und winkte ihn ohne Umschweife herein. Edda war nirgendwo zu sehen, und Goldzahn vermutete, dass sie sich im Nebenzimmer ankleidete. Während sie warteten, versuchte er erfolglos, den Schneider in eine Unterhaltung über die neuen Gesetze zum Blockadenverkauf zu verwickeln, gab dann aber auf. Während die beiden in befangenem Schweigen den Vorhang anstarrten, lenkte Goldzahn sich ab, indem er verstohlen Brackes Finger zählte. Immer schien es ihm, als habe der Schneider mehr Finger als andere, doch wenn er nachzählte, kam er stets auf zehn. Genau zu diesem Ergebnis war er auch gerade wieder gekommen, als sich der Vorhang öffnete und Edda hindurchtrat.

Es war schlimmer, als er angenommen hatte. Ihr schlichtes blaues

Kleid war nicht einmal mehr ein Kleid. Der Schneider hatte den einfachen Stoff zu einem Hemd und einer Hose umgenäht. Ein Mädchen in Hosen. Nun, sie sah nicht länger wie eine Dachfreie aus, sondern … meerfern. Kreuzgescheckt. Und wofür zum Wassermann sollte Bracke fünf Stunden gebraucht haben? Goldzahn konnte keine einzige der aufwendigen Stickereien und wertvollen Verzierungen entdecken, für die Bracke im ganzen Inselreich bekannt war.

»Komm, komm, Mädchen, tritt ins Licht. Komm ein wenig vor und dreh dich. Lass Meister Goldzahn sehen, womit wir uns die letzten Stunden beschäftigt haben«, forderte Bracke Edda auf, und Edda folgte seiner Anweisung. Erst als sie in den schwachen Lichtschein trat, sah Goldzahn den Pfau. Sein perlenbesetzter Kopf ruhte auf Eddas Schlüsselbein, das Gefieder, kobaltblau, türkis und gold-grün zog sich über ihre Schulter ihren Arm hinab. Bracke hatte nur die edelsten Materialien für seine Stickerei gewählt: Blaustein-, Kristall- und Silbersplitter, echten Goldfaden und schwarze Perlen. Aber das Mädchen trug ein Vermögen am Leib! Ihre perlenbesetzte Haarklammer würde niemals ausreichen, um Bracke zu bezahlen.

Während Edda sich im Spiegel betrachtete und die Stickerei vorsichtig betastete, schien ihr ein ähnlicher Gedanke zu kommen. Sie sog die Unterlippe ein und wandte sich dem Schneider zu.

»Meister Bracke, ich kann Euch leider nicht in Rundlingen bezahlen. Aber ich habe …«

Bracke hob die Hand. »Eine Bezahlung ist nicht nötig, nein, nein, es wird keine Bezahlung notwendig sein. Solange man dort oben in Meister Gondenbergs Salon meinen Namen erwähnen könnte. Mein Name müsste erwähnt werden, aber sonst, nun, eine Bezahlung im herkömmlichen Sinne, das muss nicht sein. Ein Ehrendienst, ein Gefallen, wenn Ihr so wollt. Geld muss keines gezahlt werden, das nicht.«

Edda verbeugte sich und dankte Bracke. Man konnte ihr die Erleichterung ansehen, aber Goldzahn glaubte nicht, dass sie die Bedeutung dessen, was gerade geschehen war, erfasste. Seit zwei Jahrzehnten wartete Goldzahn darauf, dass irgendwer in Akoban einmal auf die Idee käme, ihm einen Ehrendienst zu erweisen, und es war nie geschehen.

»Du bist vom Glück geküsst, Mädchen«, stellte er fest, als sie wieder draußen auf der Straße waren.

Edda widersprach nicht, der Ausdruck auf ihrem Gesicht aber verriet, dass sie anderer Meinung war.

Erst als sie nicht mehr in Hörweite des Schneiders waren, stellte Goldzahn Edda die Frage, die ihm nun so lange schon durch den Kopf ging. »Eines musst du mir verraten – arbeitet Bracke wirklich in diesem Kellerloch?«

»Nein, er arbeitet in seinem Atelier. Im ersten Stock.«

»In diesem kleinen Verlies also empfängt er nur seine Kunden?«, vergewisserte sich Goldzahn.

»Nun … manche von ihnen«, antwortete Edda ausweichend.

Sie hatten das Quartier in der Engergasse schon beinahe wieder erreicht, als Goldzahn begriff, was sie zu ihm gesagt hatte, ohne es tatsächlich zu sagen: Korbinian Bracke hatte ihn die letzten zehn Jahre lang durch die Hintertür empfangen.

7 Der Handel

Wie verändert Trom Gondenbergs Garten in der Abenddämmerung schien! Nachdem Agnella sie – ähnlich schweigsam wie am Vortag – eingelassen hatte, traute Edda ihren Augen kaum: Die Sonne war bereits gesunken, aber noch nicht von der See geschluckt worden, und das durchdringende Blau des Akobaner Himmels war einem unbestimmten Farbton zwischen Ocker und Violett gewichen. Entlang der Kieswege hatte man Fackeln aufgestellt, und im Wasser des Beckens mussten Hunderte auf herzförmigen Blättern befestigte Kerzen treiben. Neben jeder Fackel stand eine Wache, gerade so, als hätte Gondenberg keine Gäste, sondern gewöhnliche Diebe erwartet.

Im Haupthaus führte Agnella sie zwischen den gläsernen Kästen hindurch auf eine breite Doppeltür zu. War die Tür etwa am Vortag schon dort gewesen? Edda zumindest konnte sich bloß an eine schmucklose Wand aus Marmorstein erinnern. Sie traten über die Schwelle in einen großen Saal, und obwohl sie keine Stufen hinabstiegen, war es Edda, als befänden sie sich in einem Keller, einem Gewölbe, tief unter der Erde. Vielleicht, weil es in dem Raum kein einziges Fenster gab, vielleicht auch, weil Wände, Boden und Decke aus einem schwarzen Stein gefertigt waren, der das Licht der unzähligen Kerzen und Fackeln zu schlucken schien.

Goldzahn hatte pünktlich sein wollen und Edda die Bergstraße nur so hinaufgetrieben, trotzdem gehörten sie wohl zu den letzten Gästen, die eintrafen. Etwa fünfzig Händler hatten sich bereits in dem Raum versammelt. Fünfzig fremde Gesichter. Edda blieb stehen. Aber was hatte sie erwartet? In der Welt der Hohen Gassen war sie eine Fremde, ein Eindringling. Und keiner unter den Versammelten machte den Eindruck, als wolle er sie willkommen heißen. Hilfesuchend sah sie zu Goldzahn hinüber. Der Händler allerdings wirkte ähnlich eingeschüchtert, ähnlich fehl am Platz wie sie selbst. Der gehetzte Ausdruck in seinen Augen verriet ihr, dass er exakt dasselbe dachte wie sie: Keiner der Männer in ihren perlenbesetzten, mit Goldfäden durchwirkten Gewändern würde Edda für eine Hochgeborene halten. Hatte sie tatsächlich geglaubt, Brackes Stickerei und die Feuerfarbe ihres Haares könnten darüber hinwegtäuschen, dass sie noch in den letzten Tagen auf den Straßen gelebt und faules Obst vom Pflaster aufgelesen hatte? Aber mit der Erinnerung an die Unteren Gassen, an alle jene, die Tag um Tag stundenlang in der Hitze für klare Brühe anstanden, regte sich etwas in Edda – keine Scham darüber, gerade noch zu den Dachfreien gehört zu haben. Im Gegenteil.

»Kommt«, sagte sie zu Goldzahn. »Wir sind hier die Ehrengäste, oder nicht?«

Goldzahn folgte ihr zögernd, und während sie sich ihren Weg durch die Versammelten bahnten, wandte sich ein Händler nach dem anderen ab. Bald hatten sie den Saal ganz durchschritten, um neben einem duldsamen Kerzenständer stehen zu bleiben.

»Warum haben sie gestern mit Euch gesprochen und heute nicht?«, flüsterte Edda Goldzahn zu.

»Weil sie der Meinung sind, dass ich nicht hier sein sollte.«

Farbe war in seinen Wangen aufgezogen. Soweit es einem Mann wie Goldzahn eben möglich war, hatte er sich herausgeputzt, die grauen Stoppeln rasiert, sein altes Hemd gegen ein neues getauscht und sogar Quill zu Hause gelassen. Seine Bemühungen waren so rührend wie vergeblich gewesen, und Edda lag bereits ein tröstendes Wort auf den Lippen, aber weil sie wusste, dass es seine Scham nur vergrößern würde, schluckte sie es.

Stumm beobachteten sie das Treiben im Saal. Die Händler sahen für Edda alle etwa gleich aus. Sie waren wohlgenährt und trugen prachtvolle steife Gewänder. Nur wenige von ihnen hatten ähnlich dunkle Haut wie Infried, nur wenige von ihnen hatten ihre besten Jahre noch nicht hinter sich gelassen. Zwischen ihnen schwirrten weiß gekleidete Frauen wie anmutige Falter umher, die meisten von ihnen kaum älter als Edda. Je länger Edda ihnen dabei zusah, wie sie durch den Raum glitten, nie stockten, stolperten oder innehielten, umso mehr wurde sie sich ihrer schlaksigen Glieder bewusst, ihrer knochigen Ungelenkheit. Bald hatte sie das Gefühl, sogar ungeschickt zu atmen.

»Welche von ihnen ist Gondenbergs Tochter?«, fragte sie Goldzahn.

Er schnaubte. »Keine. Glaubst du etwa, der reichste Mann der Insel schickt seine Tochter mit einem Silbertablett los, damit sie seine Gäste bedient?«

Vermutlich nicht. Aber einmal abgesehen von Edda gab es in dem ganzen Saal keine einzige Frau, die *nicht* mit einem Tablett unterwegs war, und Gondenberg würde kaum ein Fest für seine Tochter abhalten, ohne dass diese anwesend war.

Eine der Frauen war neben ihnen aufgetaucht und hielt ihnen ein Tablett entgegen, auf dem sich genau zugeschnittene grüne Würfel befanden, die leicht zu zittern schienen. Zu Eddas Entsetzen pickte sich Goldzahn einen von ihnen mit spitzen Fingern und schlang ihn hinunter. Edda für ihren Teil lehnte dankend ab, ihr wäre jeder wurmstichige Apfel lieber gewesen.

Ein weiteres zähes Stundenviertel verstrich, bevor die Versammelten von den weiß gekleideten Frauen zu ihren Plätzen geführt wurden. Anders als sie es erwartet hatte, saß Edda nicht neben Goldzahn, sondern ihm gegenüber. Ein warnender Blick Goldzahns ließ sie wissen, dass die Sitzordnung alles andere als ein Zufall war: Goldzahn und sie würden nicht ein einziges Wort miteinander wechseln können, ohne dass nicht mindestens vier andere mithörten. Sie verflocht die Hände im Schoß und sah auf den glänzenden Goldteller hinab, der vor ihr auf dem Tisch stand. Er war groß wie ein Wagenrad, und zu beiden Seiten hatte man eine lächerlich hohe Anzahl an Messern, Gabeln und Löffeln abgelegt. Manche der Gabeln hatten nur zwei Zacken, andere fünf, einer der Löffel war nicht größer als Eddas Finger. Was zum Wassermann sollte sie mit drei verschiedenen Arten von Gabeln anstellen?

Unschlüssig tastete sie nach der Feder in ihrer Hosentasche; sie sollte es Goldzahn gleichtun und versuchen, ihren Tischnachbarn in ein Gespräch zu verwickeln. Worüber unterhielten sich die Händler noch so gerne? Steigende Preise? Fallende Preise? Neu eingetroffene oder gerade abgefahrene Schiffe? Das Wetter! Immer eine gute Wahl. Weil der Stuhl zu ihrer Rechten einer der wenigen noch freien am Tisch war, wandte sie sich dem Händler auf ihrer linken Seite zu, einem kahlköpfigen Mann im senfgelben Hemd. Doch so, als hätte er nur auf die Gelegenheit gewartet, kehrte er ihr den Rücken. Ha, als ob es Edda auch nur das Geringste scheren musste, wenn eine Gruppe von Männern, die zehn verschiedene Gabeln brauchten, um ein Mahl zu sich zu nehmen, nicht mit ihr sprechen wollten. Nur, warum brannten ihre Wangen dann ganz ähnlich wie zuvor Goldzahns?

Als der Stuhl rechts neben ihr zurückgezogen wurde, musterte sie den Neuankömmling zunächst nur aus dem Augenwinkel. Mit seinem gewieften Gesicht und grauem Haar, das ihm wie ein öliger Pelz auf dem Schädel lag, erinnerte er sie an eine Wasserratte. Sah er schlau aus oder viel eher verschlagen? Zumindest war er, von Goldzahn und ihr einmal abgesehen, der einzige Gast am Tisch, der auf seinem Weg zu Gondenberg wohl nicht in einen Blitzregen aus Gold und Perlen geraten war. Er trug eine schlichte graue Robe, keinen Schmuck, nur eine Schnur ums Handgelenk, an der eine ganze Reihe kleiner Schlüssel befestigt waren.

»Ihr müsst das Mädchen von den Hoch-Inseln sein.« Er sprach mit überraschend hoher Fistelstimme. »Ihr kommt von Kandor?«

»Pallandor«, antwortete Edda und betete stumm, dass er sich nicht mit ihr über die Vorzüge der Insel würde austauschen wollen. Zu ihrer Erleichterung erklärte er, ein Mann des Westens zu sein und es nie bis zu den Hoch-Inseln geschafft zu haben. Weil kein Gespräch auf Akoban möglich war, ohne über das Wetter zu klagen, sprachen sie über die Hitze. Edda wollte sich gerade nach dem Namen ihres Nachbarn erkundigen, als das Essen aufgetragen wurde: eine Brühe, so klar und farblos, dass man sie für Wasser hätte halten können. Genau in der Mitte, wie mit unsichtbaren Fäden festgemacht, schwamm eine Blume.

Obwohl Edda, seitdem sie Goldzahns Gast war, längst nicht mehr nur Reste und Krumen zu essen bekam, trug sie noch immer den Hunger der Unteren Gassen in sich. Hastig schlang sie einen ersten Löffel hinunter und hätte ihn beinahe prustend wieder ausgespien. Die Suppe *brannte* ihre Kehle hinab. Tränen schossen ihr in die Augen, während sie in ihre Serviette hustete.

»Vielleicht belasst Ihr es lieber bei der Blüte«, bemerkte die Wasserratte.

Erst ein Blick in die Tischrunde verriet ihr, dass er keinen Scherz gemacht hatte. Die Ersten klaubten ihre Blüten aus dem Wasser, rissen einzelne zartrosa Blätter ab, um bedächtig auf ihnen zu kauen. Sie fragte sich gerade, ob Gondenberg als Nächstes Wolken auftischen lassen würde, Käfer oder Ziegelsteine, als ein Teller mit einem Häufchen hautfarbenen Gewürms vor ihr abgestellt wurde. Als die Wasserratte den Ausdruck auf ihrem Gesicht bemerkte, gab er ein Kichern von sich, eine Art trockenes Hecheln, das an ein Nieseln oder Hüsteln erinnerte.

»Blauschalkrabben«, sagte er. »Schwierig zu fangen. Und teuer.«

Edda stocherte mit der Gabel in den wurmigen Tieren herum, pickte sich das kleinste heraus und schob es sich widerstrebend in den Mund. Das zähe Fleisch knirschte zwischen den Zähnen – es schien *roh*. Hastig spuckte sie die halb zerkaute Krabbe aus und ließ sie in ihrer Serviette verschwinden. Niemand schien es bemerkt zu haben, sicher nicht Gondenberg. Er war vertieft in eine Unterhaltung mit einem Mann, dessen selbstzufriedenes schmales Gesicht Edda an Bruder Ludgin erinnerte. Obwohl Edda zu weit entfernt saß, um zu verstehen, was die beiden miteinander sprachen, schien ihren Gesten etwas Falsches, Aufgesetztes anzuhaften, und je länger sie die beiden beobachtete, umso sicherer war sie, dass es sich bei dem doppelten Ludgin um den Gorm handeln musste. Ohne die beiden aus den Augen zu lassen, neigte sie sich der Wasserratte zu.

»Kennt Ihr den Gorm?«, fragte sie ihn.

»Sicher, jeder kennt den Gorm. Wisst Ihr, was ein Gorm ist?«

»Es ist nicht bloß ein Name?«

Die Wasserratte gab ihr heiser gehecheltes Lachen von sich. »Oh nein, ein Gorm ist ein Tier, das auf dem Meeresgrund lebt.« Er spießte einen der Würmer auf und hielt ihn in die Höhe. »Nicht unähnlich den Blauschalkrabben hier. Gut möglich, dass Meister Gondenberg sie deswegen hat servieren lassen. Er treibt gern seine Scherze mit seinen weniger geschätzten Gästen.«

»Also stimmt es, dass sie einander nicht mögen?«

Die Wasserratte wiegte den Kopf. »Fest steht, dass man kaum zwei Männer auf Akoban finden wird, die unterschiedlicher sind. Meister Gondenberg, müsst Ihr wissen, stammt aus einer reichen Familie, die schon seit langer Zeit die Geschicke Akobans bestimmt. Der Gorm auf der anderen Seite kommt von den Bracke-Inseln.«

Bracke-Inseln – ein Name, den Edda schon einmal gehört hatte, auch wenn sie nicht sicher war, ob aus Brands oder Goldzahns Mund.

»Ich war noch nie auf den Bracke-Inseln und weiß wenig über das Leben dort«, räumte sie ein, und wieder lachte die Wasserratte ihr heiseres Lachen. »Ich bezweifle, dass irgendwer an dieser Tafel schon einmal auf den Bracke-Inseln war. Arm sind sie dort – noch viel ärmer, als Ihr es Euch vorstellen könnt. Das Leben unter den Dachfreien ist nichts im Vergleich zu dem Leben, das die Menschen auf den Bracke-Inseln führen.«

Eddas Schultern zogen sich zusammen. Hatte die Wasserratte die Worte zufällig gewählt? Es war kaum möglich, dass er von ihrem Leben unter den Dachfreien wusste. Niemand außer Goldzahn kannte ihr Geheimnis.

»Die meisten Menschen, die auf den Bracke-Inseln geboren werden, bleiben auch dort«, fuhr er fort. »Es kommt nicht oft vor, dass sie ihre Heimat verlassen, um ihr Glück anderswo zu suchen. Niemand weiß, wie es dem Gorm gelungen ist, in Akoban Fuß zu fassen. Und noch viel weniger, wie er dann zu einem der einflussreichsten Männer der Stadt wurde. Es ist … nun … ein Rätsel.«

Edda sah hinüber zum doppelten Ludgin. Die Krabben auf seinem Teller waren nahezu unberührt, und durch eine träge Handbewegung gab er einer der Frauen zu verstehen, dass sie seinen Teller abräumen sollte.

Nachdem auch das letzte Gericht verzehrt worden war – eine schaumig süße Creme, zu einer Kugel geformt und kaum größer als ein Vogelei –, erhob sich Gondenberg, und die Tischgespräche verstummten.

»Meine Gäste, wie Ihr wisst, haben wir uns versammelt, um den Geburtstag meiner Tochter Christabel zu feiern. Und wie Ihr ebenfalls wisst, kann sie heute nicht bei uns sein.«

Während er sprach, hätte man wohl einen Angelhaken fallen hören können. Niemand tuschelte oder flüsterte. Niemand stieß seinen Nachbarn an, nicht einmal bedeutungsvolle Blicke wurden getauscht. Alle Augen waren auf den Händlerkönig gerichtet.

»Ich habe von den Gerüchten gehört, den Geschichten, die man sich auf dem Markt erzählt. Unser Freund Goran Bass hier«, Gondenberg deutete auf Eddas Tischnachbarn, den Mann im senfgelben Hemd, »hat Euch erzählt, die Fischer von Halv hätten meine Tochter entführt.«

Der Mann öffnete seine fleischigen Lippen und schloss sie wieder, ohne einen Ton hervorzubringen.

»Meister Omring hier auf der anderen Seite«, Gondenberg zeigte auf ein schmales Männlein, das tiefer hinab in seinem Stuhl sank, »Meister

Omring war der Meinung, meine Christabel sei nach Vin-Lu verschleppt worden. Nun, sie ist nicht auf Halv, und sie ist nicht auf Vin-Lu. Auch die Gerüchte, sie sei nach Kron-Bar-Holm gebracht worden, haben sich nicht bewahrheitet. Jeder, der mich kennt, weiß, dass ich sie wohl von beiden Inseln längst zurückgebracht hätte. In den vergangenen Wochen reisten meine Späher durch das gesamte Inselreich, und nachdem es zunächst schien, als sei meine Tochter ohne jede Spur verschwunden, wurde schließlich doch noch eine Spur gefunden. Meine Tochter ist im Teermeer, bei den Carpaunen.«

Ein Murmeln ging durch die Händler. Edda, die in ihrem Leben noch von keinen Carpaunen gehört hatte, schielte zu dem Rest Creme auf dem Teller ihres Nachbarn hinüber. Hatte die Wasserratte nicht vor, es zu essen?

»Als mir meine Späher die Nachricht überbrachten«, fuhr Gondenberg fort, »war ich sicher, dass ich meine Tochter nie wiedersehen würde. Doch ich lag falsch. Durch Hagers Güte fand jemand den Weg zu mir, der bereit ist, mir meine Christabel zurückzubringen.

Meine Gäste, Ihr werdet heute Zeugen eines außergewöhnlichen Handels. Edda Valt, hochgeborene Tochter Pallandors, wird mir meine Christabel zurückbringen und im Austausch hierfür die Fließende Karte erhalten.«

Mit den Gedanken noch immer bei dem süßen Cremerest sah Edda auf, als sie ihren Namen hörte, und zum ersten Mal an diesem Abend fand sie alle Augen im Saal auf sich gerichtet.

Erst, als sie längst wieder in ihrer Ecke abseits der anderen standen und nachdem er den Inhalt eines langstieligen Glases mit einem einzigen Schluck geleert hatte, ergriff Goldzahn das Wort.

»Wir hätten niemals hierherkommen sollen«, erklärte er. »Ich hätte mich niemals von dir überreden lassen dürfen.«

Edda sog ihre Unterlippe ein. »Habt Ihr Gondenberg nicht gehört? Er gibt mir die Karte. Ich muss ihm nur seine Tochter zurückbringen.«

»Du wirst ihm seine Tochter nicht zurückbringen, Edda Valt, ich besiegel's dir.«

»Wenn er mir im Austausch die Karte gibt …«

»Mädchen, wir haben dieses Spiel nun lange genug gespielt. Du wirst nicht ins Teermeer fahren.«

Seine Worte, der Ton, in dem er sie sprach, brachten etwas zurück, eine längst vergessene Erinnerung: Teofin schwankend im Sand, seine Stimme zittrig vor Kälte oder vor Zorn. *Du wirst dort nicht hinausfahren. Ich weiß es. Und du weißt es auch.*

»Mein Bruder ist im Teermeer«, sagte sie langsam und während sie Goldzahn ansah. »Früher oder später muss ich ohnehin dorthinauf. Es macht also keinen Unterschied, ob ich schon jetzt …«

»Du weißt nichts über das Teermeer. Du würdest es nicht einmal finden, wenn man dich bis nach Brookstett brächte. Du hast keinen Plan, du hast keine Waffen, du hast noch nie in deinem Leben eine Carpaune gesehen. Was glaubst du, was geschehen wird, wenn du auf ihren Inseln auftauchst und verlangst, dass sie dir zurückgeben, was sie sich genommen haben? Mädchen, du hast nicht einmal ein Boot!«

»Aber sicher hat sie das. Ein Boot werde ich ihr geben, es ist das Mindeste, was ich tun kann.«

Gondenberg war hinter ihnen aufgetaucht. Er legte Goldzahn eine Hand auf die Schulter, unter deren Gewicht Goldzahn zusammenzusacken schien. Als Goldzahn schließlich sprach, hätte Edda nicht sagen können, was ihn mehr Anstrengung kostete: die Höflichkeit, in welche er seine Worte kleidete, oder dass er sie überhaupt über die Lippen brachte.

»Meister Gondenberg, es ist nicht recht, sie dort hinauszuschicken. Sie ist bloß ein Mädchen und hat im Teermeer nichts verloren.«

»Bloß ein Mädchen«, wiederholte Gondenberg. Er hatte so laut gesprochen, dass sich einige der umstehenden Händler zu ihnen umdrehten. »Aber Meister Goldzahn, habt Ihr selbst mir nicht versichert, dass Edda Valt eine hochgeborene Tochter Pallandors ist? Und seid Ihr es nicht gewesen, der mir von ihren wundersamen Fähigkeiten berichtete? Mit den Stieflingen soll sie sprechen können. Meinem Pfau hat sie befohlen, ein Rad zu schlagen. Ein Mädchen, dem die Vögel gehorchen, ist nicht bloß ein Mädchen, nicht wahr?«

»Meister Goldzahn ist besorgt um mich, weil uns eine lange Freundschaft verbindet«, fiel Edda ein. »Aber ich versichere Euch, ich werde zu den Alraunen fahren und ...«

»Carpaunen«, berichtigte Gondenberg sanft. »Meine Männer haben bereits unten im Hafen ein Boot für dich bereitgestellt. Du kannst in See stechen, wann immer du es möchtest, Edda Valt, Tochter Pallandors. Bring mir Christabel zurück, und die Karte gehört dir.«

Endlich nahm er die Hand von Goldzahns Schulter und wischte sie mit einer Beiläufigkeit, an der nichts beiläufig war, am Stoff seiner Robe ab. Dann schritt er davon, gestellte sich zu einer größeren Gruppe Händler.

»Wenn du nichts dagegen einzuwenden hast«, sagte Goldzahn, den Blick starr geradeaus gerichtet, »würde ich jetzt gerne gehen. Außer du möchtest dich noch ein wenig länger mit dem Gorm unterhalten.«

Verwundert sah Edda zum doppelten Ludgin hinüber. »Wieso *noch länger*? Ich habe bisher kein einziges Wort mit ihm gewechselt.«

»Edda Valt, ich habe dich den ganzen Abend mit ihm tuscheln sehen.«

Eddas Augen wanderten vorbei am doppelten Ludgin und zu der Wasserratte, die sich nur wenige Schritte von ihrem Platz an der Tafel entfernt hatte.

»Der Gorm hat neben mir gesessen?«, fragte sie unsicher.

Goldzahn schüttelte bloß den Kopf und steuerte mit raschen Schritten auf den Ausgang zu.

8
Vin-lus Stolz

Dass er einen Fehler gemacht hatte, war ihm spätestens in dem Moment klar geworden, als er Gondenbergs Festsaal betreten hatte. Keiner der Händler hatte ihn mit Neid oder Erstaunen angesehen, keiner von ihnen hatte ihn *überhaupt* angesehen. Goldzahn fluchte still auf sich selbst, während er vor Edda durch die Bergstraße hastete. War er inzwischen nicht zu alt, um noch auf seine eigenen Träume und Hoffnungen hereinzufallen? Wie hatte er nur glauben können, die anderen Händler würden in ihm je etwas anderes als einfaches Pack, einen Landfüßer sehen? Er hatte jede Demütigung verdient. Aber Edda. Was war mit Edda? Eine Hitze, die nichts zu tun hatte mit der Wärme, die noch immer in der Luft lag, stieg ihm in den Kopf. Er hatte ein Kind, das kaum älter als seine Ann war, in eine Bucht voller Wassermänner gesegelt. Genauso gut hätte er sie gleich selbst hoch ins Teermeer fahren und auf der Insel der Brigor-Hexe aussetzen können. Sicher, er hatte kaum wissen können, dass Gondenberg ihr tatsächlich einen Handel vorschlagen würde, aber besonders viele Gedanken darüber, was Gondenberg tun oder nicht tun würde und was es für sie bedeuten könnte, hatte er sich auch nicht gemacht. Er warf ihr einen verstohlenen Seitenblick zu. Wie sie so neben ihm herlief, in Hemd und Hosen, mit ihrem sonderbar roten Haar und ihren sonderbar grünen Augen, sah sie aus wie ein schmalschultriger, meerfern gekleideter Junge. Ungebeten kam ihm die Erinnerung daran, wie er sie zum ersten Mal gesehen hatte, damals in Ruben Valts Stube. Sie hatte in einer Ecke des Raumes gesessen, neben dem Feuer, und den ganzen Abend über kein Wort gesprochen. Weil ihm in seinem Leben noch nie ein so stilles Kind untergekommen war, hatte er angenommen, sie müsse stumm oder taub oder beides sein.

»Du tust nicht gut daran, dich auf ein Geschäft mit Gondenberg einzulassen«, murmelte er, obwohl er bereits wusste, dass er Edda Valt ihren Entschluss so schnell kaum würde ausreden können.

Sie hatte die Lippen zusammengepresst, die Augen starr geradeaus gerichtet, und eilte die Stufen hinunter, als sei ihr einer auf den Fersen. Goldzahn warf einen raschen Blick über die Schulter zurück. Noch war ihnen keiner der Händler gefolgt. Sie alle waren noch immer in Gondenbergs Saal versammelt und zerrissen sich vermutlich das Maul über Goldzahn, den Landfüßer, und das Mädchen in Hosen, das von sich behauptete, eine Tochter der Hoch-Inseln zu sein.

»Es gibt eine Geschichte, die man sich über Gondenberg erzählt«, sagte er. »Nicht hier in Akoban, das würde sich kaum einer trauen, aber drüben in Vin-Lu. Es ist die Geschichte eines jungen Mannes, der ursprünglich von einer der Inseln im Südosten kam, Perendrin oder Perendra, ich bin nicht sicher. Gondenberg lud ihn in sein Haus ein, so wie auch wir eingeladen wurden, aber seine Tochter Christabel war bei dem Treffen zugegen, und als der junge Mann sie sah, wie sie neben der steinernen Statue einer Prinzessin der Hoch-Inseln stand, da verlor er sein Herz an sie, ohne auch nur ein einziges Wort mit ihr gesprochen zu haben.«

Edda gab ein Schnauben von sich, und Goldzahn sprach weiter, als hätte er es nicht gehört.

»Der junge Mann flehte Gondenberg um Christabels Hand an, aber natürlich willigte Gondenberg nicht ein. Stattdessen schlug er dem Mann einen Handel vor. Gondenberg hatte es sich in den Kopf gesetzt, sich eine Truhe aus dem schwarzen Holz der Brigorbäume zimmern zu lassen, aber Brigorbäume wachsen nur auf der Insel der Brigorhexe, und keiner von Gondenbergs Männern hatte eingewilligt, dorthin zu fahren, gleich wie viel Rundlinge Gondenberg ihnen bot. Also schlug Gondenberg dem Verehrer seiner Tochter einen Handel vor. Sollte der junge Mann ihm genug Brigorholz für eine Truhe bringen, würde die schönste Frau im Raum ihm gehören.

Nur wenige sind zur Insel der Brigor-Hexe gefahren und lebend wieder zurückgekommen, aber dieser junge Mann war einer von ihnen. Die Reise aber ließ ihn geschwächt und nur mit einem Bruchteil seiner Lebenskraft nach Akoban zurückkehren. Noch am Tag seiner Ankunft ließ er den Brigorbaum, den er eigenhändig gefällt hatte, zu Gondenbergs Haus bringen, und wenige Stunden später wurde ihm eine große Holzkiste geliefert. In dieser befand sich die steinerne Statue der hochgeborenen Prinzessin. *Die schönste Frau im Raum*, stand auf einem Zettel.«

»Goldzahn, Ihr müsst schon geradeheraus und nicht bloß in Geschichten sprechen. Ihr meint, dass Gondenberg ein Betrüger ist und sich nicht an seinen Teil des Handels halten wird?«

Goldzahn warf die Hände in die Luft. Die Straße mochte verlassen scheinen, aber wer konnte schon sagen, was hinter den Mauern vor sich ging, wer dort lauerte und lauschte? Wenn irgendwer hörte, dass ausgerechnet Goldzahn den einflussreichsten Mann der Stadt einen Schwindler nannte, würde er in seinem Leben keinen Fuß mehr in die Hohen Gassen setzen.

»Gondenberg ist kein Betrüger«, versicherte er mit mehr Nachdruck, als er fühlte. »Aber man wird kaum zum einflussreichsten Händler der Stadt, wenn man nicht versteht, aus jedem Handel das Beste für sich herauszuholen.«

»Ihr kennt Gondenberg besser als ich. Ihr wisst mehr über die Hohen Gassen, als ich es tue, und Ihr versteht zweifelsohne mehr vom Handeln. Nichts davon bestreite ich. Aber ich weiß, was es bedeutet, jene zu verlieren, die einem das Nächste sind. Wenn ich Gondenberg tatsächlich seine Tochter zurückbringe, dann wird er mir die Karte geben – ich bin sicher.«

Mit der Zunge tastete Goldzahn nach der Lücke zwischen seinen Zähnen, inzwischen mehr aus Gewohnheit, als weil sie ihn tatsächlich noch schmerzte. »Edda, die Dinge sind nicht immer das, was sie scheinen. Christabel Gondenberg im Teermeer, entführt von den Carpaunen. Etwas daran riecht nach faulem Fisch.«

»Ihr glaubt nicht daran, dass Gondenbergs Tochter bei den Carpaunen ist?«

»Doch, sicher, wenn seine Späher behaupten, dass sie dort ist, dann wird sie auch dort draußen sein.«

»Aber dann sind die Dinge genau so, wie sie scheinen! Ich weiß nichts über Christabel Gondenberg, aber jeder an der Tafel schien Angst vor den Carpaunen zu haben. Verdient nicht auch Gondenbergs Tochter, gerettet zu werden?«

»Ja, aber doch nicht von einem Kind!«, rief Goldzahn. Bei den Wassergeistern, das Mädchen war erbarmungslos. Stundenlang redete sie überhaupt nicht, und dann hörte sie nicht mehr damit auf.

Sie war mitten auf den Stufen stehen geblieben, fuhr herum und griff nach seinem Ärmel. »Dann kommt mit mir! Fahrt mit mir ins Teermeer!«

Goldzahn antwortete nicht. Er wollte nicht hoch in den Norden. Musste nur ans Teermeer denken, und er fühlte sich alt in den Knochen, im Kopf, im Herzen. Nicht einmal in jungen Jahren war er aus freiem Willen und reiner Abenteuerlust dort hinaufgesegelt. Alles am Norden stieß ihn ab: der ewig weißgraue Himmel, die eisige Nordluft, der modrige Geruch des Wassers, die Schlucker. Das Teermeer hatte die merkwürdigste Wirkung auf einen einfachen Mann. Man konnte sicher in seinem Boot sitzen und trotzdem das Gefühl haben, langsam in den dunklen Fluten zu ertrinken.

Und gleichzeitig, gleichzeitig wusste er, dass er so bald nicht wieder in einen Spiegel sehen konnte, wenn er sie allein dort hinauffahren ließ. Wie sollte er Ann und Dorgret unter die Augen treten, in dem Wissen, dass er ein Mädchen ohne Schutz zu den Carpaunen hatte aufbrechen lassen?

»Edda, ich habe dort oben nichts verloren«, sagte er. Wie alt er klang, wie einer, der hier draußen an diesem Ort der Wunder und Gefahren nichts verloren hatte.

Er hatte mit weiteren Widerworten gerechnet, streitlustigen Einwänden und guten Gründen, die sie vorbringen würde, um ihn doch noch zu überreden, einen Wimpernschlag lang aber stand sie bloß still. Dann gab etwas in ihr nach, er meinte sehen zu können, wie die Funken im Grün ihrer Augen verglommen.

»Ihr habt recht, Meister Goldzahn, ich weiß nichts über das Teermeer, ich weiß nichts über Carpaunen. Ich … ich *brauche* Eure Hilfe. Und ich würde nicht für mich selbst darum bitten. Aber es geht um meinen Bruder und ich kann nicht …«

Goldzahn blinzelte und wandte sich schnell ab, sah hinauf in den Himmel, dessen Farbe von einem tiefen Violett in ein dunkles Grau gekippt war. Edda Valts Trotz wusste er zu begegnen, ihre Dreistigkeit zu erwidern, aber wenn sie ihn um etwas bat, und ihre Stimme zitterte, während sie es tat, dann was?

»Edda … ich bin seit Jahren nicht mehr im Teermeer gewesen. Und nicht einmal, wenn ich wollte, wäre ich frei, so einfach mit dir zu gehen. Auch ich habe Verpflichtungen, Angelegenheiten, um die ich mich kümmern muss. Im letzten Jahr verlor ich einen großen Teil meines Vermögens, und wenn ich je wieder an die Küste zurückkehren will, muss ich mehr als nur *ein* gutes Geschäft abschließen. Dies wird mir kaum oben im Teermeer gelingen.«

»Aber was, wenn doch?« Das Gold in ihren Augen glomm wieder neu auf.

»Willst du mir einen weiteren Handel vorschlagen? Hast du noch mehr Colmin in deinen Taschen versteckt?«

»Ich kann Euch etwas Besseres anbieten«, antwortete sie rasch.

»Etwas Besseres als Colmin?«

»Die Fließende Karte.«

Er hob eine Augenbraue. »So? Du *hast* sie bereits. Nun sag bloß, es ist dir gelungen, sie aus Gondenbergs Haus zu stehlen, während wir Tumbtaumler damit beschäftigt waren, auf unseren Blauschalkrabben herumzukauen.«

»Ihr wisst, was ich Euch anbiete, Meister Goldzahn.«

»Wenn ich dir helfe, Christabel Gondenberg nach Akoban zurückzubringen, überlässt du mir die Fließende Karte? Aber verrate mir, brauchst du sie nicht selbst?«

»Ich brauche sie nur, um zu den Letzten Inseln zu gelangen. Wenn ich dort gewesen bin und meinen Bruder gefunden habe, gehört sie Euch.«

»Ein großzügiges Angebot – und eine Aussicht, mit der du mich sicher locken könntest, wenn ich auch nur für einen Wimpernschlag lang glauben würde, dass du die Fließende Karte in deinen Besitz bringen wirst.«

Die Worte verrutschten ihm noch auf der Zunge, gingen ihm halbherzig, unsicher über die Lippen. Hatte er Edda nicht schon für kopfkrank erklärt, als sie ihm erklärt hatte, mit Gondenberg, dem König der Händler, sprechen zu wollen? Was hätte er wohl zu ihr gesagt, wenn sie ihm an der Küste von ihrem Plan berichtet hätte, hinaus ins Inselreich fahren zu wollen? Gleich welches meerferne Vorhaben sie sich in den Kopf setzte, der Wind schien immer richtig für sie zu gehen, die Sterne am Firmament schienen immer günstig zu stehen. Und nun, nun hatte sie entschieden, das wertvollste Ding im Inselreich in ihren Besitz bringen zu wollen. Was, wenn es ihr tatsächlich gelang? Was, wenn dies der zweite, alles entscheidende Moment in Goldzahn Leben war, das Gegenstück zu jenem dunklen Zwilling vor gut zwei Jahren, als er zugelassen hatte, dass der Rote Pfuhl ihn in die Abgründe von Vin-Lus Kartenhäusern hinablockte? Damals hatte er alles verloren. War es nicht möglich, dass er es nun zurückgewann? Es war ein Glücksspiel, aber bei Geki, Bingin und Ood, er war ein Spieler, war es noch immer und würde es wohl immer sein.

»Wann willst du in See stechen?«, fragte er, und die Frage klang so großspurig und unwahrscheinlich, dass sie einander einen Moment wie erschrocken anstarrten. Als ob er wirklich glauben könnte, dass sie in ein Boot steigen und allein ins Teermeer fahren würde. Als ob sie ihre Drohung wahr machen würde.

»So … so früh wie möglich«, stammelte sie. »Morgen oder am Tag darauf.«

Goldzahn blieb stehen. Sie hatten das obere Ende der Stufen erreicht. Von hier aus konnte man bis auf den Hafen hinabblicken, und stumm betrachteten sie die Schiffe, die Stege, die winzigen, umhereilenden Menschen, kaum mehr als dunkle Punkte.

Goldzahn räusperte sich. »Nun, wenn du keine Zeit verlieren willst, dann sollten wir gleich jetzt hinunter zum Hafen gehen und uns das Boot anschauen, das Gondenberg dort für uns bereitgestellt hat.«

***

Auf dem Weg die Bergstraße hinunter erzählte Goldzahn Edda alles, was er über die Carpaunen wusste – viel war es nicht, aber auf den Mittleren Inseln konnte wohl keiner behaupten, besonders viel über sie zu wissen. Sicher zu sagen vermochten die meisten nur, wo sie lebten – auf einer kleinen Gruppe von Inseln, östlich von Kargen-auf-dem-Meer und südlich von Oonsund. Die Fischer, die Händler, die Abenteurer, die dort hinauffuhren und noch bei Trost waren, machten einen Bogen um die Inselgruppe, und so war Goldzahn noch nie einem begegnet, der schon einmal eine Carpaune mit eigenen Augen gesehen hatte. Aber das hielt die wenigsten davon ab, sich Geschichten über sie zu erzählen, und besonders auf den Inseln der Mitte spukten die Carpaunen durch die Köpfe der Menschen. Vor allem die Mütter und Väter fürchteten sie, fürchteten um ihre Töchter, denn es hieß, dass die

Carpaunen in den Nächten vom Wasser ans Land gingen, um Mädchen und junge Frauen aus ihren Betten zu stehlen und hoch ins Teermeer zu schleppen. Dort, so erzählte man sich, aßen sie ihr rohes Fleisch und schnitzten Schmuck aus ihren Knochen – eine Geschichte, die Goldzahn so oder so ähnlich auch schon über die Irsu, die Hexen, die Naan, die Fischer von Halv gehört hatte.

Goldzahn war so in seine Erzählung vertieft – Knochen! Rohes Fleisch! –, dass ihm erst in den Unteren Gassen auffiel, wie spät es bereits war. Gewöhnlich machte er nach Sonnenuntergang einen Bogen um die Hafengegend oder bewegte sich nur mit größter Wachsamkeit durch die engen Gassen. An diesem Abend aber bemerkte er den Schmachter erst, als sie bereits bis auf wenige Schritte an ihn herangekommen waren. Schmachter waren nicht besonders gefährlich, und trotzdem ging Goldzahn ihnen aus dem Weg. Sie waren ihm unheimlich, und es war schlimmer geworden, seitdem er selbst den Karten verfallen war. Tief in seinem Inneren zog sich etwas zusammen, wenn er einen sah, der so ganz vom Weg abgekommen war und einen noch viel höheren Preis dafür zahlte, als er selbst je getan hatte. Sein Vermögen, seinen Stand, seinen Ruf hatte er zwar verloren, aber zumindest hatte er noch seinen Verstand beisammen.

Der Schmachter saß in einem Türrahmen, die Beine von sich gestreckt, die Stirn gegen den Holzrahmen gelehnt. Die meisten von ihnen nahmen kaum noch Anteil an der Welt, und auch dieser schien mit offen stehendem Mund vor sich hin zu dösen, doch dann plötzlich hob er den Kopf und sah sie aus milchig blauen Augen an.

Edda blieb mit einem Ruck stehen, verharrte einen Wimpernschlag lang wie vom Blitz getroffen. Dann rannte sie los, stob davon und war um die nächste Ecke verschwunden, noch bevor Goldzahn ganz begriff, wie ihm geschah. Eiligen Schrittes hastete er hinterher, nur um sie gleich hinter der nächsten Ecke gegen eine Hauswand gelehnt vorzufinden. Ihr Gesicht war aschgrau, nur auf ihren Wangen prangten rote Flecken, so als sei sie sehr viel weiter als nur ein paar Schritte gerannt.

»Mädchen.« Er legte ihr eine Hand auf die Schulter. »Das war bloß ein Schmachter. Jeder Dachfreie, der sich noch so spät in den Straßen herumtreibt, könnte dir gefährlicher werden.«

Ihre Augen irrten an ihm vorbei die Straße hinunter, als fürchte sie, der Schmachter würde auftauchen.

»Ich weiß nicht, was das ist, ein … ein Schmachter.«

Er trat einen Schritt zurück und betrachtete sie stirnrunzelnd. »Du hast in Akobans Gassen gelebt und weißt nicht, was ein Schmachter ist? Hier unten am Hafen kannst du kaum drei Schritte laufen, ohne über einen zu stolpern.«

Sie presste ihre Hände auf ihre rotfleckigen Wangen, ließ sie dann langsam sinken.

»Die Hafengegend habe ich gemieden.«

»Nichts Falsches daran. Je weniger du über Schmachter und ihresgleichen weißt, umso besser.« Er warf einen Blick über die Schulter. »Können wir weitergehen? Unser Schmachterfreund wird uns kaum folgen, aber hier unten trifft man auch noch auf ganz andere.«

Sie nickte und stieß sich von der Wand ab. »Aber Ihr müsst mir erklären … was ist ein Schmachter?«

»Ein Schmachter ist einer, der den Alten Worten verfallen ist. Er verzehrt sich nach ihnen, so wie manch anderer sich nach dem Dornblumkraut verzehrt oder dem Wein.«

»Aber … Worte sind nicht etwas, das einem ins Blut geht. Man spricht sie, und sie sind draußen in der Welt.«

Goldzahn tastete mit seiner Zunge nach der Lücke zwischen seinen Backenzähnen. Es gefiel ihm kein bisschen, dass ausgerechnet er Eddas Kopf mit Wissen füllen sollte, das für keinen Mädchenkopf bestimmt war. Auf der anderen Seite, jemand, der hinauf ins Teermeer reiste, sollte vielleicht zumindest wissen, was ein Altes Wort von einem gewöhnlichen unterschied.

»Viel kann ich dir über die Alte Sprache nicht erzählen«, begann er zögernd. »Ich bin nur ein einfacher Händler und kein Sprachgelehrter Telomaars. Soweit ich weiß, nahm sie ihren Ursprung in einem Land namens Inkengard, das einst aus der Welt verschwand. Damals sickerten all die Alten Worte in die Silbersee und färbten den nördlichsten Teil schwarz. Von ihm sprechen wir heute als dem Teermeer. Dies geschah vor vielen Hundert Jahren, und die Geschöpfe, die seitdem dort leben – unter anderem die Carpaunen –, kommen inzwischen bereits mit dem Wissen um die Alten Worte in die Welt. So wie unsere Lungen wissen, wie man atmet, wissen ihre Zungen, wie man die Alte Sprache spricht. Wir gewöhnlichen Menschen aber sollten lieber die Finger von den Alten Worten lassen, und dies gilt für uns Landfüßer ganz besonders. Ich habe gehört, dass jenes Volk, das damals aus Inkengard ins Archipel hinauszog und das heute auf den Hoch-Inseln lebt, die Alte Sprache angeblich so leicht erlernen kann wie wir das Lesen und das Schreiben. Fest steht, dass sie oben im Nordosten eine Schule haben, eine Festung der Gelehrten auf der Insel Telomaar. Ein Fehler, wenn du mich fragst. Die meisten schlechten Dinge im Inselreich haben ihren Ursprung in der Alten Sprache genommen: Altsprech, Schmachter, die Brigorhexe.« Er deutete zurück in die Richtung, aus der sie gekommen waren. »Was du dort drüben gesehen hast – das ist es, was geschieht, wenn Menschen ihre Finger nicht lassen können von etwas, das nicht für sie bestimmt ist. Altsprech frisst sich in den Körper, in den Verstand.«

Edda starrte ihn an, noch mehr Verwirrung in den Augen als zuvor.

»A-Altsprech? Das ist ein anderes Wort für die Alte Sprache?«

»Es ist ein anderer Name für ein anderes Ding. Altsprech ist ...« Er stockte, sah unschlüssig die Straße hinunter, und sein Blick fiel auf eine Pfütze brackigen Wassers. »Siehst du die Pfütze dort?«, fragte er. »Das ist Wasser, nicht?«

»Ja, aber was hat das mit ...«

Von seinem Gürtel löste Goldzahn die Flasche, die er für ihren Aufstieg hoch zu Gondenbergs Anwesen mitgenommen hatte. Sie war noch immer zu gut einem Drittel mit klarem Wasser gefüllt. »Und das?«

»A-auch Wasser?«

»Und so in etwa kannst du dir den Unterschied zwischen der Alten Sprache und Altsprech vorstellen. Die Alte Sprache in ihrer reinen, ihrer ursprünglichen Form kann man nur auf Telomaar lernen. Aber das hält natürlich alle möglichen Tunichtgute nicht davon ab, sie sich trotzdem anzueignen. Jeder, der genug Rundlinge in der Tasche und die richtigen Verbindungen hat, kann sich ein Altes Wort kaufen – was noch lange nicht heißt, dass er es auch sprechen kann, verstehst du?«

Sie verstand nicht; er konnte es bereits an ihrem zaghaften Nicken sehen.

»Und der Mann dort drüben?«

»Altsprech frisst sich in einen hinein. Zehrt einen aus. Wer nie gelernt hat, die Alten Worte zu beherrschen, der wird selbst von ihnen beherrscht.«

»Und deswegen verlieren auch ihre Augen die Farbe? Sie sind nicht schon so auf die Welt gekommen?«

»Nein, sicher nicht. Ein Schmachter ist ein gewöhnlicher Mensch und hat einmal so ausgesehen wie du oder ich. Aber Altsprech kostet einige früher oder später die Farbe ihrer Augen. Manchen fallen die Zähne aus, anderen geht es an die Knochen. Sie werden dünn wie Glas und zerbrechen beim ersten Sturz.«

»Und ihr Haar?«

»Ihr Haar?« Nun war es an Goldzahn, Edda verständnislos anzusehen.

»Der Schmachter, den wir vorhin gesehen haben, sein Haar war dunkel, fast schwarz. Aber bei den meisten verliert es die Farbe?«

»Nicht, dass ich davon gehört hätte.«

Es schien nicht die Antwort zu sein, die sie erwartet hatte, und den restlichen Weg war sie schweigsam, in ihre eigenen Gedanken versunken.

Der Hafen von Akoban, so erzählte man sich, schlief nie, und tatsächlich liefen noch unzählige Blaugewandete zwischen den Booten umher, als Edda und Goldzahn ihn erreichten. Mit den Blaugewandeten hielt Goldzahn es gewöhnlich wie mit den Rotgewandeten: Er ging ihnen aus dem Weg. Einen Landfüßer wie ihn konnten sie schon auf zehn Meilen Entfernung erkennen und begegneten ihm mit derselben Herablassung, wie die Händler aus den Hohen Gassen es taten. In der Regel gaben sie vor, ihn nicht verstehen zu können, so als spräche er in einem besonders breiten, unverständlichen Dialekt. Er konnte so langsam, so übertrieben genau reden, wie er wollte, jedes Mal forderten sie ihn auf, die Worte zu wiederholen. An diesem Abend nun aber blieb ihm nichts anderes übrig, als sie um Hilfe zu bitten, und er pickte sich den kleinsten der Blaugewandeten heraus. So würde er zumindest auf ihn hinunterschauen können, während er zurechtgewiesen wurde.

Zurechtweisungen aber blieben aus. Wie so oft war Gondenbergs Name ein Schlüssel, der noch die unwahrscheinlichsten Tore öffnete, und der Blaugewandete zückte anstandslos sein kleines Buch, um ihnen den Steg und die Anlegestelle zu nennen, an welcher Gondenbergs Boot auf sie wartete.

Weiter draußen wurden die Stege nicht durch eine einzige Fackel erhellt, und die Boote zu beiden Seiten schaukelten wie schwerfällige Schattenungetüme im Wasser.

Während sie die Bergstraße hinuntergelaufen waren, hatte Goldzahn über Gondenbergs Geschenk gerätselt. Erst das Boot selbst, seine Größe und der Zustand, in dem es sich befand, würden ihm verraten, wie ernst Gondenberg seinen Handel mit Edda nahm – ob er tatsächlich daran glaubte, dass sie ihm seine Tochter zurückbringen würde, oder ob er das Ganze als Scherz verstand, als Unterhaltung für sich selbst und die anderen Händler der Hohen Gassen. Sollte Letzteres der Fall sein, würde er Edda wohl in einem Schrabbelkahn, einer Nussschale hinauf ins Teermeer schicken.

Schon aus der Ferne verriet Goldzahn der Umriss des Bootes, dass seine Sorge unbegründet war. Welche Geheimnisse und unangenehmen Überraschungen sich auch immer im Inneren verbargen, es war ein solides Boot von angemessener Größe.

»Nun, der Händlerkönig hat sich nicht lumpen lassen. Er ...«, setzte Goldzahn an und verstummte, als sein Blick auf die gut lesbaren weißen Lettern an der Bootswand fiel. Er wich einen Schritt zurück, aber ein Schritt machte keinen Unterschied, hundert Schritte würden keinen Unterschied machen: Der Bootsname hing bereits an ihm wie ein schlechter Geruch, war ihm durch die Nase und in den Schädel gekrochen.

»Kein schlechtes Boot«, murmelte er, drehte sich um und stapfte den Steg hinunter Richtung Hafen. Edda folgte ihm nicht gleich; verwundert rief sie seinen Namen, aber er ging weiter, als hätte er es nicht gehört.

Sie holte ihn erst wieder ein, als sie die steinerne Befestigung erreicht hatten. Mit einer Zielsicherheit, die ihm unter anderen Umständen imponiert hätte, stellte sie ihm die eine Frage, von der er gehofft hatte, dass sie ihr nicht in den Sinn kommen würde.

»Meister Goldzahn, verzeiht, aber … was ist der Name des Bootes?«

»*Vin-Lus Stolz*«, antwortete Goldzahn zwischen zusammengepressten Zähnen. »Das Boot heißt *Vin-Lus Stolz*.«

9
Der dunkle Spiegel

Was seine Größe anbelangte, ähnelte Gondenbergs Schiff, die *Vin-Lus Stolz* der *Ogatje*. Sein Inneres aber war auf geheimnisvolle Weise größer, als man es von außen vermutete: Neben der Kurbelkammer und einem gut gefüllten Vorratsschrank lagen gleich zwei Schlafkojen. Auch was die Ausstattung anging, hatte Gondenberg weder Kosten noch Mühen gescheut. Es gab zwei Harpunen, ein Fernrohr und ein Fernglas, mehrere Netze, ein kleines Fass, gefüllt mit jenem Salz, das auch Brand verwendet hatte, um das Meerwasser trinkbar zu machen, und eine Karte, welche ungefähr die bekannteren der Mittleren Inseln abbildete.

Kurz bevor sie den Hafen verlassen hatten, war noch einer von Gondenbergs Männern aufgetaucht und hatte Edda ein letztes Geschenk überreicht, ein weißes, fest verschnürtes Päckchen. Auf Goldzahns Drängen hin hatte sie es noch auf dem Steg geöffnet. Darin lagen drei jener hellblauen Steine, die sie zuletzt in Hagers Haus gesehen hatte.

Ihr Anblick ließ Goldzahn die Augen ein Stück weit aus den Höhlen treten. Seine Hand ruckte vor, als wolle er nach ihnen greifen. Er fing sich gerade noch rechtzeitig, ließ die Hand verschämt in seiner Hosentasche verschwinden. In seiner Stimme lag ein Gleichmut, den Edda ihm nicht ganz glaubte.

»Großzügig ist er heute, Gondenberg. Drei Blausteine dürften ausreichen, um uns bis ins Teermeer und wieder zurück zu bringen.«

»Ich verstehe nicht, was drei Steine damit zu tun haben, ob ...«

Aber Goldzahn hatte ihr bereits den Rücken gekehrt und bedeutete ihr, ihm in die Kurbelkammer zu folgen. Diese unterschied sich nicht wesentlich von der auf der *Ogatje*. Die Kurbel war ähnlich groß und ebenfalls mit einer Glasglocke verbunden. Als Goldzahn die Glocke anhob und die Steine hineinlegte, begannen diese zu glühen, kaum dass sie mit dem Boden, einer silbernen Platte, in Berührung kamen. Edda wich einen Schritt zurück.

»Vor Blausteinen musst du keine Angst haben«, versicherte ihr Goldzahn. »Sie sind reinste Energie. Haben nicht das Geringste mit Sprachzauber zu tun.«

Reinste Energie? Obwohl sie sich nichts darunter vorstellen konnte, nickte sie einsichtig und trat wieder näher an die Kurbel.

Goldzahn erklärte ihr, dass Blausteine unter den Händlern einen ähnlichen Wert wie Rundlinge und Colmin hatten. Kaum etwas wurde so oft im Inselreich gehandelt. Auch auf dem Festland, behauptete er, käme kaum noch einer ohne Blausteine aus.

»In Colm hat noch nie jemand von Blausteinen gehört«, warf Edda ein.

Goldzahn schnaubte. »Weil ihr da draußen gerne friert und im Dunkeln hockt. Ja, ja, alle Händler wissen, was sie erwartet, wenn sie nach Colm fahren.«

Edda sog ihre Unterlippe ein. Es stieß ihr auf, wenn Goldzahn über ihre Heimat witzelte. Sie mochte es so wenig, wie sie es gemocht hatte, wenn Brand sich das Maul zerrissen hatte über die Menschen der Ostküste und das Leben, das sie führten.

»Und was genau tun sie, Eure so kostbaren Blausteine?«

»Wenn du die Steine in das Öl einer Lampe gibst, dann wird sie ein ganzes Jahr brennen. Wenn du sie auf Kohlen legst, dann hast du einen ganzen Winter lang Wärme. Willst du, dass etwas heiß oder hell wird, dass es sich bewegt, ohne dass du selbst etwas dafür tun musst, dann sind Blausteine die Lösung. Sie sind gut für fast alles.«

Die Glasglocke ließ sich über einen goldenen Draht mit der Kurbel verbinden, und nachdem Goldzahn das Boot losgemacht und ein gutes Stück von den Stegen fortmanövriert hatte, zeigte er Edda, wie man den Draht am Gewinde der Kurbel festhakte und die Hebel verstellte, welche den Zufluss an blau leuchtender Energie regelten. Ein Zittern schien durch das gesamte Boot zu gehen, als sich die Kurbel in Bewegung setzte, sich zunächst langsam, dann immer schneller und in gleichmäßigen Runden drehte. Auch bei absoluter Windstille, begriff Edda, musste man nicht einen Handschlag tun, damit das Boot mit steter Geschwindigkeit durchs Wasser pflügte.

Obwohl sie den Hafen bereits in den frühen Stunden des Vormittags verließen, herrschte um die Händlerinsel herum bereits großes Gedränge, und zunächst kamen sie nur langsam voran.

Vom Segeln verstand Edda zwar nach wie vor nicht viel, doch schien es ihr, dass Brand sich an Bord der *Ogatje* wesentlich sicherer bewegt hatte, als Goldzahn es auf der *Vin-Lus Stolz* tat. Deutlich stand dem Händler die Erleichterung ins Gesicht geschrieben, als sie die anderen Schiffe und Boote allmählich hinter sich ließen und das Navigieren kein besonderes Geschick mehr erforderte. Von ihnen einmal abgesehen schien der Norden für kaum einen anderen Ziel zu sein, und schon am Ende ihres ersten Tages auf See gehörte das Wasser ihnen allein.

Laut Goldzahn würden sie etwa vier Tage brauchen, bis sie die Insel der Carpaunen erreichten. Er kannte die Gegend – mehr schlecht als recht, wie er betonte –, weil sich einige Meilen südlich der Grenze zum Teermeer eine Insel namens Ossenbrook befand, auf der er hin und wieder mit einer ansässigen Familie Geschäfte machte. Von dort aus war es noch eine gute Tagesreise bis zu den Carpaun-Inseln.

Und dann? Aber über das *Dann* sprachen sie nicht. Dabei dachte jeder für sich genommen wohl an wenig anderes als daran, was auf den Inseln selbst geschehen würde. Wenn Edda allein auf ihrer dünn gepolsterten Pritsche lag, kreisten ihre Gedanken unablässig um die Carpaunen und um Christabel Gondenberg. Soweit sie sah, gab es genau drei Möglichkeiten, wie sie Gondenbergs Tochter würden befreien können. Durch Kampf. Worte. Oder Diebstahl.

Kampf konnte sie wohl ausschließen. In Colm hatte sie sich zwar hin und wieder gegen Hans Piel und die anderen Jungen behauptet, aber hier draußen war sie nicht Edda Knochenbrecher, sondern bloß Edda Valt, und den Erzählungen nach waren die Carpaunen auch keine gelangweilten, bösartigen Jungen, die man schon mit einem gut gesetzten Tritt oder entschiedenen Stoß in die Flucht schlagen konnte. Was die Überzeugungskunst anging, standen ihre Aussichten geringfügig besser. Goldzahn hatte eine flinke Zunge und spann Geschichten, wie andere Menschen Luft holten. Und Edda hatte immerhin Gondenberg zu einem Handel überredet. Aber es war eine Sache, mit gewöhnlichen Männern zu reden, eine andere, zu Geschöpfen des Teermeers zu sprechen, die Alte Worte im Blut trugen. Nein, der sicherste Weg würde der dritte sein: Sie würden Christabel Gondenberg zurückstehlen müssen. Was sie brauchten, war ein Plan – und dies führte Edda stets wieder an den Beginn ihrer Überlegungen. Wie sollte man einen Plan fassen, wenn man nichts über den Ort wusste, an den man reiste, oder über jene, die dort lebten? Man konnte sich nur vorstellen, was man bereits kannte; also sah Edda die Insel Halv vor sich – ein steiniges Gehöft, einen klammen Keller, bärtige Männer und Christabel Gondenberg, zusammengekauert in einem Käfig.

Kaum, dass sie Akoban hinter sich gelassen hatten, war Goldzahn unter Deck verschwunden, um sich in eine wattierte Jacke zu hüllen und seine abgewetzten Lederhandschuhe überzuziehen. Ununterbrochen klagte er über die Kälte. Edda für ihren Teil kam es ganz gelegen, dass ihr nicht Tag und Nacht der Schweiß auf der Stirn stand. War es nicht eine angenehme Abwechslung, den Wind kühl auf der Haut zu fühlen?

»Warte, bis das Meer anfängt zu stinken, dann wirst du dir wünschen, du wärst dem Norden ferngeblieben«, prophezeite Goldzahn dunkel. Tatsächlich stieg am dritten Tag ihrer Reise ein fauliger Geruch aus den Fluten auf. Mit ihm aber war es wie mit allem anderen Unangenehmen im Leben auch – früher oder später nahm man es nicht mehr wahr.

Nur Goldzahn gewöhnte sich nicht, rieb sich weiter an dem Gestank, dem Wind, den fehlenden Farben der grauen See und des tristen Bleihimmels. Je weiter sie in den Norden fuhren, umso dunkler wurde seine Stimmung. Nachdem sie Ossenbrook passiert hatten, stieg er in seine Koje hinab und trug Edda auf, erst an seine Tür zu klopfen, wenn sie das Teermeer erreicht hatten.

»Aber woher soll ich wissen, wann das ist?«, rief Edda ihm hinterher.

»Keine Sorge, du wirst es kaum übersehen können«, brummte er und verschwand in der Luke.

Und er sollte recht behalten: Mit jedem Tag ihrer Reise war Edda das Wasser ein wenig grauer, ein wenig trüber erschienen, der entscheidende Wandel aber vollzog sich so plötzlich, dass sie ihren Augen zunächst nicht traute. Sie hatte eine Weile nach der fahlen Sonne hinter den Wolkengespinsten Ausschau gehalten und dann wieder zurück zur See geschaut, nur um festzustellen, dass an ihre Stelle ein schwarzer Spiegel getreten war. Noch immer ging der Wind stark. Edda konnte ja spüren, wie er an ihren Kleidern und Haaren zerrte, das Wasser aber schien unbewegt. Keine Wellen schwappten oder spritzten gegen die Bootswand. Das Boot verlor urplötzlich an Geschwindigkeit. Sie kletterte schnell unter Deck, spähte in die Kurbelkammer – die Blausteine glühten noch, die Kurbel drehte sich – und klopfte an Goldzahns Koje.

Als Goldzahn wenig später an die Reling trat, schien ihm das Gesicht grau vor Elend. Seine ewigen Klagen und Beschwerden hatten nicht dazu beigetragen, dass er ihr leidtat, doch nun sah sie es deutlich: Der Mann litt bis in die Fingerkuppen, bis in die Haarspitzen unter dem Teermeer.

»Zieh dir etwas über oder du wirst dir einen Kaltkopf holen«, brummte er, ohne die Augen von dem dunklen Spiegel zu nehmen.

»Mir macht die Kälte nichts weiter aus«, behauptete sie.

Die Kälte nahm, nun, da sie das Teermeer erreicht hatten, ganz ähnlich wie das Wasser eine neue Beschaffenheit an. Sie kroch aus der See und in die Luft, machte sie klamm und kalt, wie man es sonst nur aus Kellern und Gewölben kannte. Verstohlen zog Edda sich doch noch ihre Drachenrochenjacke über.

»Ich habe noch nie Wasser von solcher Farbe gesehen«, sagte sie und beugte sich ein Stück weit über die Reling.

»Es wird schlimmer, je weiter du hinauffährst. Oberhalb Brigors soll es wie Schlick sein. Dagegen kommt keine Kurbel an, gleich mit wie vielen Blausteinen du sie in Gang hältst.«

Edda runzelte die Stirn. »Aber wie kommen die Menschen dann zu den Letzten Inseln?«

Goldzahn lachte rau. »Na, wenn du einen findest, der freiwillig dort hinauffährt, kannst du ihn ja fragen, aber soweit ich weiß, gibt es eine eigene Art von Schiff, nur für den Norden gebaut.«

Eddas Hände um die Reling schlossen sich fester. Nun brauchte sie nicht nur eine besondere Karte, sondern auch noch ein besonderes Schiff? Darüber hatte Felma kein Wort verloren. Aber Edda konnte schließlich selbst fühlen, dass die *Vin-Lus Stolz* trotz der unermüdlich glühenden Blausteine an Geschwindigkeit verlor. Eine Weile betrachtete sie stumm das teerig dunkle Wasser. Ab und an meinte sie eine Bewegung, ein Schlängeln oder Zucken unterhalb des schwarzen Spiegels ausmachen zu können.

»Gibt es hier Fische?«

»Sicher. Aber die Fische des Teermeers sind nicht wie die Fische der Silbersee. Sie haben mehr Augen und Zähne, als ein Tier haben sollte. Die meisten Geschöpfe, die du in der Silbersee findest, werden dir im Teermeer nicht begegnen. Und umgekehrt. Was nicht nur Nachteile hat. Niemand hat je einen Wassermann nördlich von Brookstett gesehen. Dafür gibt es hier oben Schlucker – die Plage des Nordens.«

»Schlucker?«

»Genau das, was du dir vermutlich unter ihnen vorstellst. Keine Ohren, keine Augen, bloß ein einziges riesiges Maul im runzligen Kopf.« Mit einem Seufzen trat Goldzahn von der Reling zurück. »Weißt du, es ist über zehn Jahre her, dass ich das letzte Mal hier draußen war. Wenn mir damals jemand erzählt hätte, dass ich zurückkommen würde, hätte ich ihn bloß ausgelacht. Und nun, nun bin ich wieder hier.« Er tätschelte Quill das Köpfchen, als sei es das Äffchen, das Trost brauchte, und nicht er selbst.

***

Edda begriff schnell, warum es noch schwerer war, im Teermeer zu navigieren als auf der Silbersee. Um die eigene Position zu bestimmen und seinen Weg zu finden, war man auf Sonne und Sterne angewiesen. Doch während sich die Sonne zumindest ab und an als geisterhafter Umriss hinter den Wolken erahnen ließ, war von den Sternen nie etwas zu sehen. Während der Nächte schien der Himmel ähnlich teerig wie das Meer.

Als Goldzahn am Morgen ihres fünften Tages auf See verkündete, dass sie ihr Ziel erreicht hatten, hoffte Edda zunächst, er habe sich geirrt. Es war gut möglich, dass sie weiter östlich, weiter westlich waren, als sie eigentlich hätten sein sollen. Vor ihnen im schwarzen Wasser lag zwar eine Inselgruppe, in der kreisrunden Rahmung des Fernrohrs aber schienen die Inseln aus nichts weiter als zerklüfteten Klippen und scharf gezackten Felsen zu bestehen. So angestrengt Edda auch schaute, sie konnte keine Festung, kein Gehöft, kein Haus, nicht einmal eine Hütte ausmachen.

»Aber dort lebt niemand.« Sie ließ das Fernrohr sinken. »Seid Ihr sicher, dass es die Carpaun-Inseln sind?«

»Hier draußen ist nicht viel, Edda. Die einzige andere Insel, von der ich weiß, ist Kargen-auf-dem-Meer. Und das dort drüben«, er deutete auf die Inselgruppe, »ist nicht Kargen-auf-dem-Meer.«

Edda schaute noch einmal durch das Fernrohr.

»Ja, aber ich glaube nicht, dass dort irgendwer …«

Goldzahn winkte entschieden ab. Den Rest der Strecke, verkündete er, würden sie im Beiboot zurücklegen, da die Inseln des Teermeers oft von Untiefen und verborgenen Felsriffen umgeben waren, und die *Vin-Lus Stolz* für seinen Geschmack ein wenig zu tief im Wasser lag. Quill würde an Bord bleiben, die Carpaun-Inseln seien kein Ort für ein Peki-Äffchen.

Aber was, wenn sie nicht zurückkamen? Die Frage schoss Edda durch den Kopf, und sie presste die Lippen zusammen, bevor sie ihr wie ein wendiger Fisch hindurchschlüpfen konnte. Der Gedanke musste sich deutlich genug in ihrem Gesicht abgezeichnet haben, denn Goldzahn warf ihr einen finsteren Blick zu, bevor er das Beiboot ins schwarze Wasser absenkte.

Nachdem sie so weit wie möglich an die Klippen herangekurbelt waren, wateten sie das letzte Stück durch knietiefes Wasser und kletterten den flachsten der felsigen Vorsprünge hinauf. Das dumpf beklemmende Gefühl, das Edda schon aufgestiegen war, als sie die Inseln durchs Fernrohr betrachtet hatte, nahm weiter zu, wurde so greifbar wie der faulige Geruch selbst. Es konnte kaum etwas Gutes bedeuten, dass die Inseln sie an Halv erinnerten. Genau wie bei Kurtz' Insel ragten die Felsen abweisend aus dem Wasser. Auch hier gab es nur wenig Leben: ein paar dürre Bäume, deren Äste an abgemagerte Glieder erinnerten und kein einziges Blatt trugen. Auch Tiere waren keine zu sehen, und die felsige Kargheit bestätigte, was Edda bereits beim Blick durch das Fernrohr vermutet hatte: Die Inseln waren verlassen, öde, tot, unberührt von Hütten und Häusern, Wegen oder Pfaden, überhaupt einem Zeichen, dass je ein anderes Lebewesen als Goldzahn oder Edda schon einmal hier gewesen war.

Goldzahn starrte mit verschränkten Armen aufs Meer hinaus, der Ausdruck auf seinem Gesicht betont unbeteiligt. Edda sollte wissen, dass er wartete. Es war *ihr* Handel, *ihr* planloser Plan. Sollte sie sagen, was als Nächstes zu tun sei. Sie tastete nach der Feder in ihrer Hosentasche, das spitze Ende des Kiels bohrte sich in ihren Daumen, aber keine Idee, kein plötzlich erhellender Gedanke wollte ihr einfahren wie ein Blitz.

»Wir sollten die Inseln ablaufen und nach etwas Auffälligem Ausschau halten«, sagte sie schließlich, und Goldzahn nickte, als hätte sie tatsächlich einen Plan verkündet und nicht bloß eingestanden, dass im blausten Blau ihrer Gedanken nicht der dunstigste Schimmer einer Ahnung lag, was sie als Nächstes tun sollten.

Drei der fünf Inseln lagen so dicht beieinander, dass man kein Boot brauchte, um von einer zur anderen zu gelangen. Mit ein wenig Schwung konnte man ohne Weiteres von einem felsigen Ufer zum nächsten springen. Auch auf den anderen Inseln gab es keine Wege oder Pfade, und sie mussten mühsam über die Felsen klettern. Diese besahen sie sich genau, spähten in die Spalten zwischen ihnen, untersuchten die dürren, blattlosen Blätter. Zu guter Letzt beobachteten sie das Wasser, aber auch mit viel gutem Willen und Anstrengung fanden sie nichts, das sich als *auffällig* hätte bezeichnen lassen. Mit dem Boot fuhren sie zu den anderen beiden Inseln – dort war es das Gleiche – und wieder zurück.

Ein weiteres Mal kroch Edda über die Felsen, robbte an die tieferen Spalten heran und spähte hinein, ein weiteres Mal zog sie an den traurigen Ästen und betastete die raue Rinde der Bäume. Goldzahn unterdessen ließ sich auf einem Vorsprung nieder und stocherte mit einem Zweig im Geröll, gab vor, Eddas vorwurfsvolle Blicke nicht zu bemerken. Sie hätte ihn gern angefahren, weil er bloß herumsaß, aber hätte sie dann nicht auch sagen müssen, was er stattdessen tun sollte? Also setzte sie sich neben ihn, presste die Absätze ihrer Schuhe in den Fels und fluchte stumm auf die Carpaunen und ihre öden Inseln. Im Grunde gab es nicht viel anderes zu tun, als zurück zur *Vin-Lus Stolz* zu rudern. Auf der *Vin-Lus Stolz* wiederum gab es nicht viel anderes zu tun, als zurück nach Akoban zu fahren.

»Und wenn es doch nicht die Inseln ...«

»Es *sind* die Inseln der Carpaunen.«

»Aber sie sind nicht hier! Hier ist überhaupt niemand!«

Goldzahn zog die Beine an, ließ die Knie knacken und seufzte.

»Sie sind hier, Edda. Wir wissen bloß nicht, wie wir sie finden sollen.«

Edda dachte an Ootland, daran, wie Brand schnüffelnd und tastend den Hügel abgeschritten war – und wie sie die Hütte zwischen den Bäumen trotzdem nicht hatten aufspüren können. Sie betrachtete das Schwarz der See, das Grau der Klippen.

»Ich war einmal Gast bei einer Hexe, die in einem Fels lebte«, sagte sie.

»Und wie hast du den Eingang zu ihrem Versteck gefunden?«

»Sie hat ihn mir gezeigt.«

»Nun, dann hilft es uns nicht viel.«

»Aber wir können nicht einfach wieder zurückfahren!«

»Die Nacht über bleibe ich sicher nicht hier«, sagte Goldzahn, und Edda spürte eine Welle heißen Ärgers in sich aufbranden.

»Warum seid Ihr überhaupt mitgekommen, wenn Ihr von Anfang an gewusst habt ...«

Die Worte erstarben ihr in der Kehle. Gut fünfzig Fuß vor ihnen im Wasser, genau zwischen der *Vin-Lus Stolz* und der Klippe, auf der sie saßen, ragte ein Kopf aus der See.

»Goldzahn.« Sie hustete das Wort mehr, als dass sie es sprach.

Goldzahn richtete sich auf, die Finger auf seinem Knie gruben sich in den Stoff seiner Hose. Vollkommen lautlos tauchten ein zweiter und ein dritter Kopf auf. Lange Hälse und weiße Schultern hoben sich aus dem Wasser, drei Gestalten bewegten sich auf Edda und Goldzahn zu.

Es waren Frauen. Ungewöhnlich aussehende, meerferne Frauen, aber dennoch … Frauen. Erst jetzt verstand Edda, dass sie sich die Carpaunen nicht als menschlich vorgestellt hatte, sondern als Geschöpfe, die mindestens so sehr der Welt der Tiere und Geister angehörten wie schattige Gespinste oder geschuppte Echsenmenschen. Die Carpaunen aber hatten Arme und Beine, einen Mund, Nase, Ohren, Augen – und alles in der richtigen Anzahl. Auffällig war allein ihre Art, sich zu bewegen, eigentümlich langsam und behutsam, so als misstrauten sie der Luft, weil sie sich ihnen zu schnell teilte oder zu wenig Widerstand gab.

Ähnlich langsam, ähnlich behutsam wie die drei richteten sich nun auch Edda und Goldzahn auf. Die Carpaunen hatten in der Zwischenzeit das Ufer erreicht, und Edda erkannte, was das Teermeer bisher vor ihr verborgen hatte: Die Frauen waren groß. Noch die Kleinste von ihnen überragte Goldzahn um zwei Köpfe, und während sie ganz ohne Hast oder sichtbare Angriffslust weiter auf Edda und Goldzahn zukamen, fiel das Menschliche Schritt für Schritt von ihnen ab. Ihr schwarzes nasses Haar hatte einen grünlichen Schimmer und war von Algen durchwirkt; ihre Haut war so weiß wie das Innere einer Muschel und so glatt wie ein Fischbauch, an manchen Stellen, vor allem an den Armen und am Hals, war sie von silbrigen Schuppen bedeckt. Ähnlich wie die Frauen in Gondenbergs Saal trugen sie Gewänder, die ihre Arme und Schultern freiließen, allerdings waren diese aus einem schwarz-grünen Stoff, der an Drachenrochenhaut, feuchte Blätter oder Algen erinnerte.

Die vorderste Carpaune hatte Edda nun beinahe erreicht, und Edda sah, dass sie verletzt war – klaffende, lang gezogene Wunden prangten wie drei tiefe Schnitte an beiden Seiten ihres Brustkorbs. Die Schnitte schienen sich unmerklich zu bewegen, wie Mäuler, die sich stumm öffneten und schlossen. Wie sonderbar, die anderen beiden Carpaunen besaßen Wunden an exakt der gleichen Stelle. Und dann begriff Edda, woran die lang geschlitzten Öffnungen sie erinnerten: Kiemen, die Carpaunen hatten Kiemen.

Edda blickte in die Teermeer-schwarzen Augen der vordersten Carpaune, und die Carpaune blickte zurück. Würde sie in der Alten Sprache zu ihnen sprechen? Was, wenn sich die Alten Worte durch Eddas Ohren und bis in ihren Verstand wühlten? Was, wenn sie die Wirklichkeit, in der Edda sich bewegte, die Wirklichkeit, die sie im Kopf trug, wie mit einer Axt spalten und neu formen würden?

Die Carpaune öffnete den Mund, und ihre Stimme war kehlig, ungeübt wie ein Instrument, auf dem lange Zeit niemand mehr gespielt hatte, aber ihre Worte waren bloß Worte, weder alt noch dunkel.

»Reisende kommen zu unserer Insel. Was wollen sie hier?«

Genau wie Edda immer gewusst hatte, dass sie den Hexen mit nichts anderem als der Wahrheit kommen musste, wusste sie auch jetzt, dass es unklug war, der Carpaune mit Ausflüchten oder Lügen zu begegnen.

»Wir sind wegen Christabel Gondenberg hier«, sagte sie darum.

Christabel Gondenbergs Name fiel wie ein Stein in einen tiefen Brunnen – ohne dass auch nur ein Aufschlag zu hören gewesen wäre. Keine der Carpaunen rührte sich, keine sprach ein Wort.

Nach einer schieren Ewigkeit legte die Vorderste den Kopf schief, in einer Geste, die eigentümlich erlernt und aufgeführt wirkte.

»Mein Name lautet Tangin«, sagte sie. »Hier sind meine Schwestern, Mirva und Inga. Niemand, der Christabel heißt, ist hier.«

»Wir wissen, dass …«

Edda verstummte, als Tangin ihr eine Hand auf den Mund legte – nicht bloß einen Finger, sondern gleich vier, die Spitzen kühl auf Eddas Lippen. Ihr Herz machte einen Satz. Wie schnell, wie leicht ein anderer die Grenze zwischen zwei Körpern überwinden konnte. Tangins Finger wanderten an ihrem Kiefer entlang und griffen sich eine Strähne ihres Haars. Die Carpaune brachte ihr Gesicht noch näher an Edda heran, wie um an ihrem Haar zu riechen. Tatsächlich sog sie die Luft ein. Edda zwang sich, still zu stehen, nicht einmal zu blinzeln, bis Tangin ein unschlüssiges Geräusch von sich gab und Eddas Haarsträhne losließ.

»Wie nennst du dich?«, fragte sie.

»Edda Valt. Ich stamme von der Küste, aus einem Dorf namens …«

Die Carpaune schüttelte den Kopf. »Du kommst von den Inseln«, erklärte sie.

Eddas Mund war trocken. »Das stimmt. Wir kommen von Akoban, unser Boot kommt von Akoban. Aber ursprünglich …«

Erneut schüttelte die Carpaune den Kopf. »Du bist eine Tochter der Inseln.«

Edda widersprach nicht. Konnte Tangin *riechen*, woher sie kam? Würde sie ihr womöglich sagen können, aus welchem Teil des Inselreichs, von welcher Insel sie stammte?

»Und was will eine Tochter der Inseln mit unserer Christabel?«, fragte Tangin.

Dicht hinter Edda räusperte Goldzahn sich.

»Es verhält sich so, dass Christabels Vater …«

So rasch, als wolle sie die Luft durchschneiden, hob Tangin die Hand. »Er schweigt. Das Mädchen antwortet.«

Edda schluckte. Als die Carpaune die Hand gehoben hatte, war die Bewegung alles andere als schläfrig, zögernd gewesen – keine Spur von der träumerischen Langsamkeit, mit der sie sich zuvor bewegt hatten.

»Christabels Vater hat uns geschickt. Er ist in großer Sorge um seine Tochter«, sagte Edda.

Tangins Gesicht blieb leer. Ob Edda lauter sprechen sollte? Schneller? Langsamer? Bevor sie zu einer Entscheidung hätte kommen können, wandte Tangin sich ab, und die drei Carpaunen entfernten sich, glitten über die Felsen Richtung Ufer zurück. Dort blieben sie dicht beieinander stehen und steckten die Köpfe zusammen. Sprachen sie miteinander? Berieten sie sich? Edda hörte keine Worte, keine Stimmen, bloß ein sonderbares Klackern, ein Geräusch, wie es ein Käfer oder ein anderes großes Insekt vielleicht von sich geben würde. Suchend sah sie sich um, hielt eine Weile vergeblich nach dem klackernden Tier Ausschau. Aber halt, es waren die Carpaunen, die klackerten. Sich in einer Sprache austauschten, die weder alt noch neu, noch im Entferntesten menschlich war. Sie verstummten plötzlich, und mit einem Winken, das mehr an eine sanfte Wellenbewegung erinnerte, bedeutete Tangin Edda, zu ihnen zu kommen. Goldzahn folgte ihr unsicher. Tangin wartete, bis beide vor ihr standen, bevor sie sprach.

»Meine Schwestern und ich haben entschieden. Wir werden Euch zu Christabel bringen.«

Bevor Edda Zeit gehabt hätte, ihr zu danken, griff Tangin nach ihrem Arm. Ihr Griff war eisern, und sie zog Edda mit sich, weiter in Richtung Wasser. Edda blieb nichts anderes, als hinter ihr herzustolpern.

Aber … die Carpaune zog sie geradewegs ins Teermeer hinein. Edda blieb stehen. *Versuchte*, stehen zu bleiben.

Tangin zog weiter.

Edda folgte, taumelnd, stolpernd. Sah nur noch aus den Augenwinkeln, dass Inga und Mirva sich Goldzahn gepackt hatten und auch ihn Richtung Teermeer zerrten.

Tangin watete in die schwarze See, ohne ihren Griff um Eddas Unterarm zu lockern. Kaltes Wasser schwappte in Eddas Schuh, tränkte den Stoff ihrer Hosen, bis zu den Knien hinauf und höher. Wohin zum Wassermann gingen sie? Wohin wollte die Carpaune sie bringen? Vor ihnen lagen bloß die Abgründe des Teermeers, denen die Carpaunen zuvor entstiegen waren. Unsichtbare Hände, die noch kälter, noch kräftiger waren als Tangins, schienen Eddas Brustkorb zu packen. Ihr Herz zu umschließen. Alle Luft aus ihrem Körper zu treiben.

»Nein, wartet! Ich kann nicht schwimmen!«, rief sie.

Tangin drehte nicht einmal den Kopf. Schleifte Edda durch das Wasser, und es war eisig, es war lähmend. Stand Edda bis zu den Hüften. Bis zum Bauch.

»Nein, Ihr dürft nicht … ich kann nicht schwimmen!«

Die Carpaune machte einen Satz nach vorn. Edda wurde mitgerissen. Ihre Füße verloren den Halt. Sie fiel. Schlug auf und brach ein, ging unter in der Finsternis des Teermeers.

10
Hinter der Finsternis

Edda flog durch die Finsternis, und in der Finsternis gab es nichts außer Tangin, dem Weiß ihrer Arme und Beine, ihrem Haar wie Algengewächs im Wasser. Vergeblich suchte sie sich zu befreien, aus dem unnachgiebig festen Griff von Tangins knochig langen Fingern. Sie strampelte, sie wand sich, doch das Teermeer um sie herum drängte ihr den Atem ab, bis sie nichts mehr sah, nichts mehr hörte. Nur noch das: ein Flüstern im Wasser. Worte, die durch sie hindurchgingen, als würde das Teermeer selbst sie in den Schlaf singen.

Sie erwachte in Dunkelheit, richtete sich langsam auf und sah sich um. Schwaches Licht fiel durch einen Spalt in der Felsdecke, brachte gerade genug Helligkeit in den Raum, dass Edda erste Umrisse ausmachen konnte. Sie saß auf einem flachen Felsen neben einer kreisrunden Öffnung, etwa fünf Fuß breit und gefüllt mit dem schwarzen Wasser des Teermeers. Auf diesem Weg musste Tangin sie in die Höhle gebracht haben, und so nass, wie Eddas Kleider noch waren, konnte es nicht lange her sein. Krabben, groß wie Ratten, huschten vor ihr über den

Fels und verschwanden in der Dunkelheit. Prüfend rollte Edda die Schultern in den Gelenken, drehte den Kopf, streckte die Beine aus. Das Einzige, was schmerzte, war ihr Handgelenk, dort wo Tangins Finger sie umklammert hatten. Wohin auch immer die Carpaunen sie verschleppt hatten, bisher hatten sie ihr kein Leid zugefügt, sie nicht einmal angekettet oder eingesperrt.

Ihre Augen hatten sich allmählich an das dämmrige Licht der Höhle gewöhnt, und sie erkannte eine zusammengekrümmte Gestalt auf der anderen Seite des Beckens.

»Goldzahn!«

Ihre Stimme war gespenstisch und dünn. Goldzahn antwortete nicht, hob nicht einmal den Kopf.

»Goldzahn!« Das Blut pochte ihr ein wenig schneller in den Schläfen, im Hals. Warum rührte er sich nicht? Er hätte doch längst ...

»Der Landfüßer wird ein wenig länger brauchen, bis er zu sich kommt.«

Tangins Stimme, unerwartet nah, ließ sie herumfahren. Die Carpaune hockte auf einem Felsen, nur wenige Schritte von Edda entfernt. Ihre dunklen Augen glitzerten, und obwohl sie ihre langen Glieder zusammengefaltet hatte, wirkte sie noch größer als zuvor.

»W-was ist mit ihm?«

Tangin wiegte den Kopf. »Ein Mann vom Land hat im Wasser des Teermeers nichts zu suchen. Es ist ihm Gift in den Adern.«

Gift. Aber sie selbst fühlte sich nicht vergiftet. Im Gegenteil. Sie fühlte sich ... lebendig. Ausgeruht. Als hätte sie zum ersten Mal seit langer Zeit eine ganze Nacht tief und fest geschlafen.

Die Carpaune nickte bestätigend, als wisse sie von Eddas Gedanken. »Du hast altes Blut.«

»Ich weiß nicht, was ...«

Ein Stöhnen vom anderen Rand des Beckens ließ Edda verstummen. Bewegung war in den Haufen Mensch gekommen, der Goldzahn war. Er schien sich aufzurichten. Nur um beinahe im selben Moment wieder in sich zusammenzustürzen wie ein notdürftig errichtetes Bauwerk. Konnte er sehen? Wusste er, wo er war? Als er erneut stöhnte, kam Edda mit einem Satz auf die Beine. Tangin erhob sich im gleichen Moment.

»Der Mann ist dort drüben, und du bist hier. So wird es bleiben.«

»Ich … ich darf ihm nicht helfen?«

»Du *kannst* ihm nicht helfen. Solange er das Wasser noch im Körper hat, wird er leiden. Aber wenn er es erst ausgespien hat, noch bis auf den letzten Tropfen, wird er sich erholen. Nun, Inseltochter, wir haben dich aus einem Grund hierhergebracht. Du hast uns um Hilfe gebeten und Hilfe wird dir gegeben – hier ist jene, nach der du gefragt hast.«

Am anderen Ende der Höhle, dort, wo sich die felsigen Ausbuchtungen in den Schatten verloren und sich die Höhle selbst noch meilenweit in den Stein fressen mochte, schälte sich eine Gestalt aus dem Dunkel. Eine Frau. Eine Frau mit Gondenbergs blassgrauen Augen und seinem blassblonden Haar, ähnlich farblos wie der Händler, dabei aber schön – selbst im schlechten Licht und auf die Entfernung konnte Edda es erkennen. Sie tastete nach der Feder, und ihr Mund war trocken.

Während der letzten Tage war es Edda gewesen, als würde Christabel Gondenberg mit ihnen segeln, ein Schatten, ein Geist, ein verängstigtes Mausmädchen mit Tamsins Gesicht. In dieser Vorstellung hatte wenig Vernunft gelegen: Auf Akoban hatte man schließlich über Christabel Gondenbergs Schönheit gesprochen, und doch war es Tamsin gewesen, die Edda vor sich gesehen hatte, Tamsin mit ihrem mausgrauen Haar, ihren fehlenden Fingern, kaum älter, kaum größer als Edda. Sie hatte sich ein Mädchen vorgestellt, halb irr vor Angst, mit hochgezogenen Schultern und bleicher Haut und eingefallenen Wangen. Vor ihr aber stand kein Mädchen, vor ihr stand eine Frau, eine schöne Frau, etwa in Pessas Alter. Sie hielt sich sehr gerade, nicht geduckt, und in ihrem Blick lag keine Angst, höchstens ein unruhiges Flackern, wenn sie zu Edda herübersah.

»Christabel?«, fragte Edda und wartete auf Widerspruch.

Die Frau tastete nach der Muschelkette, die sie um ihren Hals trug, und schwieg. Warf bloß Tangin einen gequälten Blick zu.

»Mein Name ist Edda Valt«, fuhr Edda unsicher fort. »Meister Goldzahn und ich, wir kommen aus Akoban und ...«

Die Fremde mit Gondenbergs Haar und Gondenbergs Augen wich einen Schritt zurück.

»Christabel.« Tangins Stimme war streng, so wie sie es die ganze Zeit über gewesen war. »Das Mädchen muss sprechen, und du musst zuhören.«

Christabel hatte sich eine der Muscheln gegriffen und drehte sie so heftig, als wollte sie das zarte graue Gehäuse vom Band reißen. Aber sie rührte sich nicht von der Stelle. Nickte knapp.

»Unsere Christabel gibt dir ein Ohr«, erklärte Tangin. »Erzähl uns, warum du hierhergekommen bist, Edda Valt.«

Nun, sie war gekommen, weil sie ein hilfloses Mädchen vor Monstren hatte retten wollen, vor Monstren, die sie ihrem Vater gestohlen hatten, um Schmuck aus ihren Knochen zu machen. Hilfe suchend wanderten Eddas Augen hinüber zu Goldzahn – eine Bewegung, die der Carpaune nicht entging.

»Es braucht nicht den Mann, damit du Wahrheit sprechen kannst.«

Edda räusperte sich. »Euer Vater...«, setzte sie an. Verstummte. Begann von Neuem: »Euer Vater wusste lange Zeit nicht, wo Ihr seid. Er hat sich große Sorgen um Euch gemacht. Als er erfuhr, dass Ihr Euch auf den Carpaun-Inseln aufhaltet, da schickte er uns, um ... Nichts ist Eurem Vater wichtiger, als Euch wiederzusehen.«

»Niemand kann mich zwingen, zu ihm zurückzukehren«, sagte Christabel, und ihre Stimme war hoch und hell. Auch wenn sie nicht aussah wie ein Mädchen, sprach sie wie eines.

»Zwingen, wieso sollten wir ...?«, setzte Edda an. Doch noch während sie sprach, wandte Christabel sich an Tangin: »Du hast mir versprochen, dass die Schwestern mich schützen würden. Gleich, wer kommt, hast du gesagt ...«

»Und schützen werden wir dich«, sagte Tangin. »Aber hier ist eine Tochter der Inseln, und es obliegt uns, mit ihr ins Gespräch zu gehen.«

Christabel schüttelte den Kopf, wie Kinder es taten, zu schnell und so heftig, dass die Haare flogen. Sie hörte längst nicht mehr zu. Wich weiter zurück, bis die Dunkelheit zwischen den Felsen sie schluckte.

Tangin seufzte, ein unerwartet vertrauter Laut aus dem Mund von einer, die Edda so fremd schien.

»Nun, Inseltochter, du hast es gehört und hast es gesehen. Unsere Schwester wünscht nicht, mit dir zu sprechen. Und sie wünscht auch nicht, zurück zu ihrem Vater zu kehren.«

Eddas Augen wanderten von Tangin zurück zu der Dunkelheit, in der Christabel verschwunden war. Aber ... Gondenbergs Tochter vertauschte Oben mit Unten, Norden mit Süden! Goldzahn und Edda waren gekommen, um sie zu *retten*. Um sie zu bergen aus dem Grauen der Gefangenschaft durch die Carpaunen. Eddas Hand lag noch immer an dem Kiel der Feder. Sie drehte und drehte, während die Carpaune ihren Kopf schieflegte.

»Du glaubst mir nicht, Inseltochter? Aber deine Ohren leisten dir gute Dienste, genau wie deine Augen. Wenn du verstehen *willst,* wirst du auch verstehen: Die Tochter will den Vater nicht wiedersehen, und wenn du dem Vater begegnet bist, dann kennst du auch den Grund.« Tangin faltete ihre Hände vor dem Schoß, in einer Geste, die zu genau und bedächtig war, als dass sie hätte natürlich scheinen können. »Es gibt noch Fragen, die gestellt, Überlegungen, die getroffen werden müssen«, sagte sie. »Ich werde mit Christabel ins Gespräch gehen. Besteht sie darauf, dass Ihr uns verlasst, müsst Ihr gehen und dürft nicht wiederkommen.«

Sie deutete in die Finsternis, in welcher Christabel verschwunden war. Die Felsen, erkannte Edda nun, öffneten sich zu einem gezackten Dreieck, das womöglich in einen Gang oder eine weitere Höhle führte. Irgendwo dort, in der Tiefe der Felsen, lebten wohl auch die übrigen Carpaunen. Kein Wunder, dass Goldzahn und Edda sie nicht hatten finden können.

»Ihr werdet diese Höhle nicht verlassen. Wartet, bis jemand kommt, um Euch zu holen. Ihr seid als Feinde gekommen, doch wir wollen Euch als Gäste empfangen. Verhaltet Euch wie Gäste.«

Auf der anderen Seite des Beckens bäumte sich Goldzahn auf, um Teerwasser und Galle auszuspeien. Ob sich der Händler gerade wie ein Gast fühlte? Edda wartete, bis die Carpaune aus der Höhle geglitten war, bevor sie mit schnellen Schritten das Becken umrundete und sich neben ihn auf den Boden kniete. Als sie sein aschgraues Gesicht sah, die trüben Augen, die Hände zitternd und blind tastend, fassten ihre Finger seinen Arm unwillkürlich fester. Hier war einer, den der Tod gestreift hatte. Behutsam half sie ihm, sich aufzurichten. Klopfte ihm auf den Rücken. Was sollte sie sonst tun? Sie hatte keine Heilkräuter bei sich.

Goldzahn hustete, spuckte, würgte. Brachte das Wasser des Teermeers aus sich heraus wie ein Gift. Hilflos klopfte Edda weiter, tätschelte ihm die Schulter. Vor ihnen huschten noch ein paar schwarze Felskrabben über den Stein. Von den Carpaunen war weder etwas zu hören noch zu sehen. Sie wartete, bis allmählich Ruhe in Goldzahns Körper kam und er aufhörte, schwarzes Wasser auszuspeien, bevor sie sprach.

»Christabel Gondenberg möchte nicht mit uns kommen.«

»Nein«, hustete Goldzahn.

Wenn Edda ihm erklärt hätte, dass der Stein nicht hölzern und die Dunkelheit nicht hell war, hätte er wohl eine ähnliche Art von Nein von sich gegeben. Sie sah ihn an.

»Habt Ihr gewusst, dass die Carpaunen Christabel nicht gefangen halten?«

»Gewusst? Wie hätte irgendwer etwas sicher über das Mädchen sagen können, wenn keiner sie je zu Gesicht bekam?« Er wischte sich über den Mund. »Aber ich habe dir von Anfang an gesagt, dass die Geschichte nach faulem Fisch riecht. *Du* wolltest es nicht hören.«

»Aber wie hätte ich denn ...?«

»Mach dir nichts vor, Mädchen. Wenn es etwas zu wissen gab, dann wolltest du es nicht wissen. Wir sind wegen dir hier, wegen dir und der Karte. Nicht wegen Christabel Gondenberg.«

»Ich hatte keinen Grund, Gondenberg nicht zu glauben. Ich ...«

»Du bist ihm begegnet, oder nicht? Du hattest *jeden* Grund, ihm nicht zu glauben.« Goldzahn schloss die Augen.

Er hatte recht. Sie hatte nicht einen Wimpernschlag lang über Trom Gondenberg und seine Tochter nachgedacht, hatte nicht einen Wimpernschlag lang an Christabel gedacht, den tatsächlichen Menschen, der lebte, atmete, dachte, fürchtete, sehnte. Christabel Gondenberg war für sie nicht mehr gewesen als die Stufe einer Treppe, die Sprosse einer Leiter, die Carpaunen bloß ein weiteres Hindernis, das es zu überwinden galt auf ihrem Weg bis zu Tobin. Sie tastete nach der Feder und drückte die Kielspitze in ihren Daumen.

»Aber wenn sie nicht mit uns kommen will, dann weiß ich nicht, was wir tun sollen«, sagte sie.

Goldzahn rutschte zurück, bis er gegen die Felswand in seinem Rücken stieß. Dort lehnte er sich an, die Augen geschlossen, die Beine von sich gestreckt.

»Keine Sorge, Mädchen, es spielt kaum eine Rolle, ob du es weißt oder nicht. Die Carpaunen beraten sich, und glaub mir, *sie* werden entscheiden, was als Nächstes geschieht.«

11
Der Tropfen, der Sturm

Ein gutes Stundenhalb nachdem Tangin Goldzahn und Edda allein in der Höhle zurückgelassen hatte, tauchte jene Carpaune auf, die sich Inga nannte. Edda erkannte sie an den silbrigen Schuppen, die sich in einem auffällig breiten Band um ihren Hals legten. Mit unbeteiligtem Gesicht forderte sie Edda und Goldzahn auf, ihr zu folgen. Nur mit Eddas Hilfe gelang es Goldzahn, sich aufzurichten, und sie musste ihn stützen, während sie Inga den Gang hinunter folgten.

Tiefer und tiefer ging es in das felsige Labyrinth hinab, durch Gänge und Höhlen und Gänge und Höhlen. Sie glichen einander noch bis auf die Felskrabben und die dunkle Flechten, die sich den Stein hinunterfraß. Edda hörte das Meer rauschen, hätte aber nicht sagen können, ob es neben, unter oder über ihnen rauschte. Allein wegen der Luft, die mit jedem Schritt kühler wurde, vermutete sie, dass sie immer weiter in das felsige Innere einer der Inseln hinabstiegen. Ihr Arm unter Goldzahns Schulter war bereits taub, als Inga sie in eine Höhle führte, die sicher zwanzig Fuß hoch und weitläufig wie der Dorfplatz Colms war. Edda hatte mit Tangin und ein paar vereinzelten Carpaunen gerechnet, doch was sie stattdessen sah, war eine Gemeinschaft, gut ein halbes Hundert Carpaunen, die unterschiedlichen Tätigkeiten nachgingen. Manche spannten Fischernetze an hölzernen Rahmen auf, webten netzartige Stoffe aus Algen oder anderen Wasserpflanzen oder weideten mannsgroße Fische aus – Drachenrochen, vermutete Edda. Inga führte sie an einer Gruppe Carpaunen vorbei, die auf dem Boden hockten und den Inhalt feinmaschiger Netze auf vier Schalen verteilten: Steinchen in die erste, Muscheln in die zweite, Schalentiere in die dritte und pilzartige Gewächse in die vierte.

Genau in der Mitte der Höhle war ein Feuer errichtet worden, und der Anblick der flackernden Flammen in dieser feuchten Finsternis schien Edda ähnlich überraschend, wie es ein Palmbaum oder ein Bett leuchtender Blumen gewesen wäre. Um das Feuer herum saßen etwa ein Dutzend Carpaunen auf Steinbrocken und Baumstämmen. Erst auf den zweiten Blick erkannte Edda Tangin. Wenn sie die Carpaunen ansah, sah sie ja vor allem die Gemeinsamkeiten: ihre Größe, ihre weiße glatte Haut, die nass glänzend schien, ihr dunkles, zurückgekämmtes Haar, ihre schwarzen Augen, ihre Strenge. Die Unterschiede traten erst hervor, als Edda den Blick verstohlen über ihre Gesichter schweifen ließ. Anders als sie zunächst angenommen hatte, waren die Frauen keinesfalls alterslos. Unter ihnen gab es solche, die wohl ähnlich viele Jahre wie Maron oder sogar Felma zählten. Mit den zahnlosen, runzligen alten Weibern, die Edda von der Küste oder aus Akoban kannte, hatten sie wenig gemein. Ihre Gesichter waren nicht ledrig, und sie hielten sich so gerade wie ihre jüngeren Schwestern. Ihr dunkles Haar aber war von blassen Strähnen durchwirkt, und ihre Haut hatte den perligen Schimmer verloren, saß weniger straff auf den Wangenknochen. Tangin war bei Weitem nicht die Älteste. Und trotzdem begegneten ihr die anderen mit einer bestimmten Aufmerksamkeit, die ihre besondere Rolle unter den Carpaunen verriet. So war es auch Tangin, die sich als Einzige erhob, um Edda und Goldzahn zu begrüßen und ihnen zu bedeuten, am Feuer Platz zu nehmen. Goldzahn ließ sich schwer auf den nächstbesten Stein fallen, und Edda tat es ihm gleich. Sie rückten so nahe an die Flammen heran, bis die Hitze drohte, ihnen Kleider und Haare zu versengen.

Christabel Gondenberg war nirgendwo zu sehen; die Carpaunen schwiegen. Lag es nun an ihnen, Edda und Goldzahn, etwas zu sagen, etwas zu tun?

Doch da traten drei Carpaunen ans Feuer. Jede von ihnen hatte fünf Schalen geschickt auf ihren Händen und Unterarmen platziert und verteilte sie an die Umsitzenden. Edda und Goldzahn erhielten ihre Schalen als Letztes, und Edda sank das Herz. Bestand ein jeder im Inselreich darauf, ihr ein zweifelhaftes Meergetier oder andere sonderbare Speisen anzubieten?

Goldzahn stellte seine Schale auf den Boden und verschränkte die Arme. Keine der Carpaunen sprach ein Wort, aber Edda spürte ihre Missbilligung so sicher, wie sie die Hitze des Feuers spüren konnte. Sie blickte in ihre Schale. Sie war etwa zur Hälfte mit winzigen Fischen gefüllt, keiner von ihnen größer als Eddas kleiner Finger, keiner ohne Kopf, keiner, vermutete sie, ausgenommen.

Die ersten Carpaunen griffen sich einzelne Fische mit spitzen Fingern, steckten sie sich zwischen die Lippen und sogen sie mit einem schnellen Schlürfen ein. Tangin saß still, ihre Augen ruhten prüfend auf Edda. Was hatte sie gesagt? Dass Edda und Goldzahn als Feinde gekommen und als Gäste empfangen worden waren. Dass es nun an ihnen lag, sich auch als Gäste zu verhalten.

Edda richtete den Blick starr in die Flammen des Feuers, um nicht versehentlich in ein Paar blinder Fischaugen zu sehen, und griff sich einen der grau schillernden Leiber. Sie dachte an nichts, schlang, beinahe ohne zu kauen. Die Fischlein waren kalt, schmeckten salzig und knirschten zwischen ihren Zähnen, aber man konnte sie essen, ohne dass der Ekel einen zwang, sie wieder auszuspucken. Sie aß fünf Fische, was ihr eine angemessene Geste schien. Dann verneigte sie sich dankend und stellte ihre Schüssel neben Goldzahns anklagend volle.

»Nun, Inseltochter«, sagte Tangin, nachdem alle Schalen fortgebracht worden waren. »Die Schwestern und ich haben gesprochen, aber keine Entscheidung treffen können. Wegen Christabel bist du gekommen, und so wird Christabel entscheiden, was zu tun ist. Zunächst muss sie mehr über dich wissen. Wir verstehen, dass der Vater dich geschickt hat, aber wir wissen nicht, warum du seinem Befehl gefolgt bist. Christabel wird ins Gespräch mit dir gehen, um es herauszufinden.«

Tangin hob eine Hand – eine Geste, die alles Mögliche bedeuten könnte –, und zwei Carpaunen erhoben sich, um neben Goldzahn zu treten. »Der Mann vom Land wird eingeladen, mit uns zu gehen«, sagte eine von ihnen.

Edda meinte, hören zu können, wie Goldzahn die Gedanken im Schädel rasten. Sich fügen? Kämpfen? Widerstand leisten? Aber sie waren zwei und die Carpaunen fünfzig, und Goldzahn war so schwach, dass er sich kaum auf den Beinen halten konnte. Durch die Carpaune zu seiner Rechten ging ein unruhiger Ruck. Sie hatte Goldzahn mehr als genug Bedenkzeit zugestanden und legte ihm nun eine langfingrige weiße Hand auf die Schulter. Mühsam richtete sich der Händler auf, warf Edda noch einen düster ergebenen Blick zu und ließ sich abführen. Er war kaum verschwunden, als Christabel am Feuer auftauchte.

Aber sie war verändert. Alles an ihr. Schaute Edda unverwandt an, stand mit erhobenem Kopf, gelassen, ruhig. Tangin musste mit ihr gesprochen haben, und was auch immer die Carpaune gesagt hatte, es hatte seine Wirkung nicht verfehlt.

»Du kannst mit mir kommen«, sagte sie zu Edda, sprach so bestimmt wie zuvor Tangin.

Hastig erhob Edda sich und folgte ihr in den hinteren Teil der Höhle, bis zu einer Felswand, in der sich eine Reihe türartiger Öffnungen befanden. Durch einen Vorhang aus Fäden, an welchen man unzählige Muscheln, Steine und Stöckchen befestigt hatte, traten sie in eine kleine Kammer, die erfüllt war von einem kaltblauen Licht, das Edda sonderbar vertraut schien. War es der Mond? Sie schaute zur Decke, in der sich aber kein Spalt befand, keine Öffnung. Dann erst entdeckte sie in einer Einbuchtung in der Wand drei faustgroße Blausteine.

Es gab keine Stühle oder Hocker, nur eine weitere lang gezogene Einbuchtung im Fels, die wohl gleichzeitig als Bank und Liege diente. Dort nahm Christabel Platz, und nach kurzem Zögern setzte Edda sich neben sie. Es gab nicht viel zu sehen in der Kammer: An der Wand hing ein Beutel aus dunklem Stoff oder Drachenrochenhaut sowie ein Netz aus geflochtenen Algen. In einer Ecke stand eine hohe Steinschale, gefüllt mit dem Wasser des Teermeers, an ihrem Fuß ein schlichtes hölzernes Kästchen. Dies mussten Christabels wenige Besitztümer sein. Und bevor Edda etwas in ihrem Inneren verschließen konnte, kam ihr die Erinnerung an ihre eigene Kammer in Rubens Haus, kaum weniger klein, kaum weniger bescheiden. Sie dachte an ihr Bett, ihren Tisch, den Flickenteppich, den Pessa für sie gemacht hatte und der in Form und Farbe Tobins glich. Sie dachte an Tobin, dachte an Ruben ... Schnell griff sie nach der Feder, fand die Kielspitze, trieb sie in ihren Daumen.

Dachte an überhaupt nichts mehr. Falls Christabel die Bewegung gesehen hatte, ließ sie es sich nicht anmerken.

»Meine Schwester Tangin glaubt nicht, dass du hierhergekommen bist, weil du Schlechtes willst«, sagte sie. »Aber ich kann nicht verstehen, wie jemand meinen Vater treffen und ihn für einen guten Mann halten kann. Erklär mir, warum du beschlossen hast, ihm zu helfen.«

Edda sah auf ihre Hände hinab. Sie verstand zu wenig von Christabel, Gondenberg und den Carpaunen, um zu lügen. Was ihr blieb, war die Wahrheit. Und die Hoffnung, dass sie genug sein würde.

»Euer Vater hat etwas, das ich brauche. Ich bat ihn um einen Handel, aber ich konnte ihm nichts zum Tausch anbieten. Also versprach ich ihm, zu beschaffen, was immer er haben wolle.«

»Und er wollte mich.« Christabels Hand war zu ihrem Ellbogen gewandert, sie kratzte sich abwesend. Die nächsten Worte fasste sie wie mit spitzen Fingern.

»Verrate mir, Inseltochter, was ist es, das du von meinem Vater *brauchst?*«

»Die Fließende Karte.«

»Ah, die Fließende Karte.« Christabel stand auf, nahm sich einen der Blausteine und ließ ihn bedächtig von einer Hand in die andere gleiten. »Ich weiß noch, wie mein Vater sie vor vielen Jahren in Perendrin erstand. Damals war ich ein Kind, und trotzdem erinnere ich mich so gut daran, als sei es gestern gewesen. Bevor mein Vater die Karte nach Hause brachte, ließ er einen Raum in der Erde unter seinem Garten bauen, einen Raum ohne Fenster und mit einer Tür aus schwarzem Brigor-Holz. Weil ich nichts wusste von der Karte, dachte ich, der Raum sei für mich. Dass ich dort leben sollte, bis ans Ende meiner Tage.« Sie legte den Blaustein wieder zurück, und Edda konnte sehen, dass ihre Hand zitterte. »Mein Vater hat es sich zur Aufgabe gemacht, zu besitzen, was immer ein anderer haben möchte oder gar glaubt zu *brauchen*. Deswegen wusste ich auch, dass er eines Tages jemanden finden würde, der bereit wäre, hoch ins Teermeer zu fahren. Nur habe ich nicht mit einem Mädchen gerechnet. Wofür willst du die Karte? Musst du Reichtümer finden? Unentdeckte Schätze? Bist du auf der Suche nach Primären oder Edelsteinen?«

Christabel lächelte auf jene besondere Weise, wie in Colm nur die Frauen und Mädchen zu lächeln wussten, mit straff gezogenen Mundwinkeln und Kälte in den Augen. Man lernte, so zu lächeln, etwa zur gleichen Zeit, in der man lernte, dass man nie mit der Faust auf den Tisch schlagen, spucken oder brüllen würde. Edda starrte das Algennetz an der Wand an. Schätze und Edelsteine – sie hatte für das eine so wenig Verwendung wie für das andere, aber woher sollte Christabel Gondenberg das wissen? Edda war Christabel Gondenbergs Feind – das begriff sie plötzlich und in diesem Moment. Ihre Reise hierher war keine Rettung, sondern ein Angriff.

»Ich suche meinen Bruder«, sagte sie knapp.

»Deinen Bruder? Aber warum solltest du die Fließende Karte brauchen, um deinen Bruder zu finden?«

»Er ist auf den Letzten Inseln. Und mir wurde gesagt, dass ich den Weg dorthin ohne die Karte nicht finden würde.«

»Dein Bruder ist ein Händler? Ein Reisender, der in den Norden gefahren und nicht zurückgekehrt ist?«

»Mein Bruder ist zehn Jahre alt und nirgendwo hingegangen. Er wurde geholt.« Nun sah Edda Christabel an. Und Christabel blickte zurück. Ihre Augen glichen in Form und Farbe denen ihres Vaters und unterschieden sich gleichzeitig auffällig von ihnen. Aber worin lag der

Unterschied? Wohl allein im Blick, in dem, was sich hinter den Iriden befand, in jenem geheimnisvollen Raum, in dem die Gedanken ihren Ursprung nahmen.

»Mein Bruder und ich, wir sind an einem Ort weit fort von hier aufgewachsen«, begann Edda stockend. »In einem Dorf namens Colm. Seitdem ich denken kann, verschwinden Kinder aus meiner Heimat. Dieses Jahr war mein Bruder eines von ihnen. Ich weiß wenig über den, der Tobin zu sich nahm, außer dass er eine schwarze Feder in seinem Zimmer zurückließ. Ich brachte sie zu einer Hexe, und sie sagte zu mir, dass die Feder in der Alten Sprache gesprochen worden sei und von den Letzten Inseln stamme. Eine andere Hexe sagte zu mir, dass ich die Fließende Karte bräuchte, um dort hinaufzufahren, und sie nannte mir den Namen Eures Vaters.«

Nun, wusste Edda, wäre es ein Leichtes gewesen, Christabel eine Lüge zu erzählen. Sie wusste genau, was sie sagen müsste, um den unsichtbaren Wall zu durchbrechen, der Christabel umgab, sie auch weiter vorsichtig und verhalten machte. *Ich habe Eurem Vater geglaubt, weil seine Geschichte wie meine klang. Weil mir selbst der teuerste Mensch genommen worden war, und ich glaubte, es sei ihm genauso gegangen.* Aber Edda war Edda und wusste selten anderes als die Wahrheit zu sprechen.

»Ich habe mich auf einen Handel mit Eurem Vater eingelassen, weil ich meinen Bruder finden will. Dabei habe ich mir wenig Gedanken um anderes gemacht.«

Christabel nickte, ein schnelles, heftiges Nicken, das Edda überraschte.

»Weil es dir um deinen Bruder ging und niemanden sonst.« Ihre Stimme war wie ihr Nicken, entschlossen. »So soll es sein. In unserem Leben brauchen wir alle solche, die uns schützen, uns retten wollen, gleich um welchen Preis.« Wieder kratzte sie ihren Arm. »Es stimmt, dass du ohne die Karte nicht weiter hoch in den Norden kommst. Du könntest auf die Bashin stoßen, die Brigorhexe.«

Christabel sprach anders über den Norden, als Goldzahn und die Menschen auf den Mittleren Inseln es taten. Natürlich, sie lebte schließlich hier oben, wusste vermutlich mehr über die Geschöpfe und Orte im Teermeer als irgendein anderer Mensch, mit dem Edda bisher gesprochen hatte.

»Der Gefiederte, der an die Küste kam und sich meinen Bruder holte«, sagte sie zögernd, »man nennt ihn auch den König der Krähen. Habt Ihr von ihm gehört? Oder von jenen, die auf den Letzten Inseln leben?«

Christabel schüttelte den Kopf. »Nein, meine Schwestern und ich, wir haben es uns zur Aufgabe gemacht, nur wenig mit der Welt zu schaffen zu haben. Uns aus ihren Angelegenheiten herauszuhalten. So wollen wir unser Leben führen.«

Aber warum? Warum würde irgendwer ein solches Leben führen wollen? Ohne Farben, ohne Wärme. Hier war ein neuer Gedanke, einer, den Edda noch nicht recht zusammenbringen konnte mit ihrer Furcht vor Booten und dem Meer, mit ihrer ersten elenden Woche auf Akoban, dem Hunger, den sie gelitten hatte, mit ihrer Verzweiflung auf Halv, mit ihrer Angst vor Brand: Sie zog ihr neues Leben dem alten vor, sie zog die Furcht der Langeweile vor, die Boote den Bottichen. Mit dem Unbekannten, dem Fremden verhielt es sich wohl ähnlich wie mit dem Markt von Akoban. Es stieß sie ab und zog sie an. Wenn sie sich eines nicht zurückwünschte, dann war es die Enge, das Still-starr-festgespannte, das ihren Alltag in Colm bestimmt hatte. Und selbst dort hatte sich noch mehr Abwechslung gefunden als auf den Carpaun-Inseln. Innerhalb weniger Wimpernschläge hatten Goldzahn und sie alles gesehen, was es zu sehen gab, und auch die Höhlen hatten nicht viel mehr zu bieten als klamme Luft und rauen Fels. Vermisste Christabel nicht die Sonne? Vermisste sie nicht die Hitze, die Stadt voller Lärm und Gedränge, voller Menschen und Tiere? Laut Goldzahn tat Edda schlecht daran, Fragen wie diese auch tatsächlich zu stellen. Aber wer bloß höflich schwieg, würde immer nur einen Bruchteil begreifen von dem, was in der Welt vor sich ging. War es nicht besser, unhöflich zu sein, als ein Tumbtaumler zu bleiben?

»Vermisst Ihr Euer altes Leben nicht?«, fragte sie schnell.

»Was glaubst du, was ich in Akoban hatte, was ich hier nicht habe?«

Edda dachte an Gondenbergs gold-grünen Garten, an die prächtig gefiederten Vögel, sie dachte an den Markt Akobans, an diese schreckliche, laute, schnelle, gedrängte, überlaufene, schöne, schreckliche Stadt.

»Vor Akoban habe ich noch nie einen Ort gesehen, der so voller Dinge war – Menschen, Tiere, Farben, Geräusche, Gerüche –, an dem es so viel zu sehen und zu hören und zu verstehen gab.« Sie dachte an Hagers Haus, an Infried, an die Rotgewandeten, die Blaugewandeten, den Markt, die Hohen, Mittleren, Unteren Gassen, die Schmachter. In Akoban konnte man wohl jahrelang leben, ohne die Wunder der Stadt je zu erschöpfen.

Christabel zuckte die Achseln, während ihre Finger bedächtig über ihren Arm schabten. »Ich muss es dir glauben, denn ich selbst habe es nie gesehen. In meinem ganzen Leben durfte ich das Haus meines Vaters zwei Mal verlassen – zum Begräbnis meiner Mutter und als ich auf dem Fest eines Händlers aus Perendra herumgezeigt wurde. Als ich jünger war, ließ er mich zumindest noch in den Garten gehen, doch in den letzten Jahren habe ich mehr Tage gesehen, an denen es mir nicht einmal erlaubt war, meine Kammer zu verlassen. Es ist leicht genug, *einen* Tag mit sich allein zu sein, und auch einen zweiten Tag hält man es aus. Sind aber erst drei, vier, fünf Tage verstrichen, ohne dass man eine Stimme gehört oder ein Gesicht gesehen hat, nun ...« Sie tastete nach ihrer Muschelkette. »Mein Vater war der Meinung, die Ruhe sei gut für mich. Er mochte es nicht, wenn ich laut war, wenn ich widersprach, wenn ich überhaupt sprach.«

Edda dachte an die vergitterten Fenster in Gondenbergs Haus, an den Gallavan-Stern in Gondenbergs Hand, an die angeketteten rot gefiederten Vögel.

»Es war kein Zufall, dass die Carpaunen zu Euch gekommen sind?«, fragte sie. »Ihr seid nicht bloß aus freiem Willen mit ihnen gegangen – Ihr *wolltet*, dass sie kommen.«

»Meine Schwestern reisen kaum Hunderte Meilen weit in den Süden, bloß weil es ihnen gerade so einfällt – dies ist die Geschichte, die sich die Väter, die Brüder und Ehemänner erzählen. Mit der Wahrheit hat sie nichts zu tun. Die Carpaunen kommen, wenn man sie in der Alten Sprache ruft. Wer nach Freiheit fragt, dem wird Freiheit gegeben.«

»Aber was bedeutet es, frei zu sein, wenn man an einem Ort ohne Schönheit leben muss?«

»Du siehst keine Schönheit hier?« Aufrichtiges Erstaunen war in Christabels Stimme.

»Die Inseln sind tot, das Meer ist tot. Es gibt keine Blumen, keine Bäume, keine Tiere, es gibt kein Gras und keine Sonne. Von Eurer Kammer aus könnt Ihr nicht einmal den Himmel sehen.«

»Meine Kammer hat kein Fenster, es stimmt, aber sie hat auch keine Tür. Ich kann gehen, wann immer ich will.«

Mit einem Ruck stand Christabel auf und bedeutete Edda, ihr aus der Kammer zu folgen. Sie liefen durch die Gemeinschaftshöhle, doch nicht zurück zum Feuer, sondern in einen der Felsgänge.

»Wir gehen nicht zu den anderen zurück?«

»Gleich«, antwortete Christabel, ohne sich umzudrehen. »Erst will ich dir unseren Garten zeigen. Schließ deine Augen.«

Edda gehorchte, auch wenn sie über den unebenen Fels eher stolperte als lief. Erst als Christabel sie dazu aufforderte, öffnete sie die Augen.

Sie standen in einer Höhle, und die Höhle war von einem Glimmen erfüllt. Es rührte nicht von den schwachen Strahlen der Nordsonne, sondern von den Steinen selbst, die Licht in sich trugen – ähnlich wie die Blausteine, nur dass sie in allen möglichen Farben leuchteten, wie grüne, gelbe, mondsteinweiße und violette Blumen aus dem Fels sprossen. Ihre Kanten waren scharf und glatt, als hätte man sie geschnitten, aber von Goldzahn wusste Edda, dass Blausteine und anderes Gestein natürlich so wuchsen.

Sie blinzelte. Tagelang hatte sie nichts anderes gesehen als helles Grau, dunkles Grau, Schwarz und Weiß und gedämpftes Ocker. Nun tanzten ihr Funken und leuchtende Spiralen vor den Augen. Ein Garten – kein gold-grün-weißer, keiner, in dem Pfauen umherstolzierten und alle möglichen Blumen und Bäume wuchsen. Aber ein Garten voller Farben, und niemand, der Christabel verbieten konnte, ihn zu betreten.

»Es gibt hier Schönheit«, sagte Christabel. »Du musst nur entscheiden, sie zu sehen. *Ich* sehe sie im Mondlicht, das sich auf dem schwarzen Wasser des Teermeers spiegelt, ich sehe sie im Felsgarten, in den Höhlen, die ich betreten und verlassen kann, wie ich es möchte. Ich sehe sie in meinen Schwestern.«

Sie fuhr mit einer Fingerspitze über die scharfe Kante eines Steins, und wie zur Antwort glomm er auf. Sein milchiges Licht erhellte Christabels Hand, ihren Arm, die Haut knapp unterhalb ihrer Ellenbeuge. Sie war von fünf silbrigen Schuppen bedeckt.

Edda entfuhr ein überraschter Laut, bevor sie die Lippen zusammenpressen konnte. Christabel hob träge den Arm, als müsse sie erst prüfen, was Edda gesehen hatte. »Ja, es hat bereits begonnen«, sagte sie dann. »Und bald wird es vollendet sein.«

Edda verbat sich, die geschuppte Stelle auf Christabels Arm anzuschielen. Die Carpaunen stahlen keine Mädchen und Frauen, um ihre Knochen zu Schmuck zu verarbeiten, natürlich nicht. Aber sie machten sie zu ihresgleichen. Es gab keine Männer auf den Carpaun-Inseln, aber die Carpaunen alterten und starben genau wie gewöhnliche Menschen. Wenn sie nicht vom Gesicht der Welt verschwinden wollten, mussten sie eine andere Möglichkeit finden, fortzubestehen.

»Es ist bloß Haut«, sagte Christabel sanft. »Es ist bloß Haut und Haar. Wer aufbricht und weit reist, der wandelt sich, es bleibt nicht aus. Dir wird es nicht anders gehen, Edda Valt. Der Wandel, der sich in deinem Inneren vollzieht, wird größer sein als alles, was mit deinem Äußeren geschieht. Eines Morgens wirst du aufwachen und dich selbst nicht wiedererkennen.«

»Aber das ist kaum dasselbe«, widersprach Edda.

Aber war das eine tatsächlich schwerwiegender als das andere? War die äußere Veränderung, die Christabel erfuhr, tatsächlich *größer* als Eddas innere Wandlung? Christabel hatte schließlich recht: Jeden Morgen wachte Edda auf und war neu in ihrer Haut, nicht mehr Edda Knochenbrecher, sondern jemand Fremdes, jemand, den sie noch nicht kannte und über den sie wenig anderes wusste, als dass er überleben konnte in den Straßen einer gefährlichen Stadt, mit Vögeln sprach und lieber reiste, als an einen Ort gebunden zu sein.

Zaghaft deutete Edda auf die glänzenden Schuppen an Christabels Arm. »Ist es ein Sprachzauber?«

Christabel wiegte den Kopf. »Keiner, der von meinen Schwestern ausgeht. Es ist das Teermeer selbst, das einen verändert, wenn man lange genug hier draußen lebt. Jeden Tag baden wir in seinem Wasser, und das Wasser ist voller Alter Worte. Sie gehen uns ins Blut.«

Edda fiel das Flüstern wieder ein, das sie gehört hatte, während sie von Tangin durchs Teermeer gezogen worden war. »Das Meer ist voller Alter Worte?«

»Sicher, die Alten Worte geben dem Teermeer seine Farbe«, antwortete Christabel. Sie bedeutete Edda, ihr aus dem Felsgarten und wieder hinaus in den Gang zu folgen. »Wenn ein Altes Wort gesprochen wird, dann verschwindet es nicht wieder. Es bleibt in der Luft oder im Wasser, vielleicht auch im Fels oder in der Erde. Bis eines Tages einer kommt, der Alte Worte zu sehen und zu sammeln weiß. Aber das geschieht nicht oft. Im Norden gibt es mehr Alte Worte als im restlichen Inselreich, denn die Alte Sprache hat hier ihren Ursprung genommen und wird noch immer von vielen gesprochen.«

Edda dachte an Brand und an die Schmachter. »Aber wie … wie fühlt es sich an, wenn die Alte Sprache in einem wirkt?«

»Oh, aber du hast es doch selbst gespürt. Als meine Schwester dich durchs Teermeer gezogen hat. Du warst wohl kaum mehr als ein paar Wimpernschläge im Teerwasser, meine Schwestern und ich verbringen jeden Tag mehrere Stunden dort. Du weißt also vom Tropfen, und wir, wir wissen vom Sturm.«

Inzwischen hatten sie die große Höhle erreicht. Doch bevor Christabel zu Tangin und den anderen Carpaunen gehen konnte, hielt Edda sie zurück. »Christabel, was wird nun mit uns geschehen? Mit Goldzahn und mir? Was werden die Carpaunen mit uns tun?«

»Tun?«, fragte Christabel und runzelte die Stirn. »Wir werden überhaupt nichts mit euch tun. Die Schwestern und ich werden ins Gespräch miteinander gehen, um einen Weg zu finden, wie du an deine Karte kommst.«

12
Christabels Schwester

Goldzahns Gesicht war noch immer aschgrau, sein Schritt noch immer unsicher, als die Carpaunen ihn zurück ans Feuer brachten. Er ließ sich schwer neben Edda auf einen Baumklotz fallen, und sie überging seinen fragenden Seitenblick – Hunderte wachsame Augen ruhten auf ihnen. Unterdessen war Tangin an ein sonderbares Gebilde getreten: In einem hölzernen Rahmen hatte man eine wagenradgroße Scheibe aus rötlichem Metall aufgespannt. Mit einem stoffumwickelten Stock schlug Tangin gegen die Scheibe und brachte so einen dumpfen Ton hervor, der wie ein Befehl durch die Höhle ging. Einen Großteil der Carpaunen schickte er fort, eine Handvoll unter ihnen aber rief er ans Feuer. Tangin wartete, bis alle Platz genommen hatten, bevor sie das Wort an die Versammelten richtete.

»Ich habe den Rat der ältesten Schwestern zusammengerufen, um über die Inseltochter Edda Valt zu sprechen. Unserer Christabel wegen hat sie den langen Weg von den Inseln der Mitte bis hierher angetreten. Es ist ihr Anliegen, unsere Christabel zu ihrem Vater zurückzubringen.« Vereinzeltes Klackern unter den Carpaunen. »Die Schwestern sind sich einig, dass Christabel nicht zu ihrem Vater zurückkehren muss, außer sie wünscht es.« Tangin wandte sich an Christabel. »Wünschst du es?«

Christabel, die unweit von Edda und Goldzahn auf einem faulig scheinenden Holz gekauert hatte, erhob sich. Stumm schüttelte sie den Kopf.

»Wünschst du, die Inseltochter zu bestrafen, weil sie auf Geheiß deines Vaters hierhergekommen ist?«, fragte Tangin weiter.

Wieder schüttelte Christabel den Kopf. »Ich wünsche zu helfen.«

Um Goldzahn und Edda herum brandete das Klackern wie ein Sturm auf. Gefühle konnte Edda aus den abgehackten Lauten so wenig herauslesen wie einen Sinn. Aber ihr entging nicht, dass Christabel die Finger vor dem Schoß verflocht und hilfesuchend hinüber zu Tangin sah.

»Erklär dich den Schwestern«, sagte Tangin.

»Edda Valt hat einen verloren, der ihr teuer ist, einen Bruder. Will sie ihn wiedersehen, muss sie hoch zu den Letzten Inseln fahren. Hierfür braucht sie die Fließende Karte. Ihr wisst, dass mein Vater sie vor vielen Jahren in seinen Besitz gebracht hat.«

Erneutes Klackern ging durch die Carpaunen, aber Tangin musste kaum die Hand heben, damit sie verstummten.

»Ich wünsche, Edda Valt dabei zu helfen, die Karte in ihren Besitz zu bringen«, fuhr Christabel fort.

»Kann die Karte gestohlen werden?«, fragte Tangin.

»Die Karte ist durch Brigor-Holz und einen mächtigen Sprachzauber geschützt. Sie kann nicht gestohlen werden.«

»Kann ein Geschenk zum Tausch geboten werden?«

»Kein Geschenk wäre meinem Vater wertvoll genug, um die Karte herzugeben.«

»Wir haben dein Zeugnis gehört und werden uns nun beraten«, sagte Tangin und bedeutete Christabel, dass sie wieder Platz nehmen sollte.

Edda hatte kaum Zeit, sich zu fragen, was dies für Goldzahn und sie bedeutete – sollten sie gehen? Bleiben? Sich die Ohren zuhalten? Ebenfalls Zeugnis ablegen? –, als das Klackern um sie herum einsetzte, so heftig wie das Prasseln eines starken Regens. Wie sonderbar zu hören, ohne zu verstehen, vergeblich nach Sinn in dem schnellen, rauen Taktaktak zu suchen. In Eddas Ohren klang es feindselig, aufgebracht. Dies galt besonders für eine Carpaune, deren Schläfen silbrig beschuppt waren und die wiederholt auf Edda deutete. Bald waren es nur noch Tangin und sie, die miteinander klackerten, bis Tangin schließlich mit der flachen Hand durch die Luft fuhr.

»Inseltochter«, sagte sie zu Edda, und Edda kam hastig auf die Füße. »Der Rat der Schwestern hat entschieden. Heute Nacht werden wir dir in der Alten Sprache eine Teerschwester singen. Du wirst sie mit nach Akoban nehmen, und der Händlerkönig wird nicht wissen, sie von seiner eigenen Tochter zu unterscheiden. Wir laden dich ein, Inseltochter, an unserer Zeremonie teilzunehmen.«

Goldzahn, der bisher den Eindruck gemacht hatte, im Sitzen zu schlafen, richtete sich mit einem Ruck auf. »Ihr redet von einem Sprachzauber?«

Tangin schien über Goldzahns Frage nachzudenken, wohl unentschieden, ob er eine Antwort verdiente oder nicht. Sie wählte den Mittelweg: eine Antwort, die keine war.

»Es ist eine unserer ältesten Zeremonien.«

»Meinetwegen kann sie älter als der Kraken Hager sein. Edda wird ganz bestimmt nicht an Eurer Zeremonie teilnehmen«, sagte Goldzahn entschieden.

Tangin sah Goldzahn an wie die Möwe den Wurm. »Und wer bist du, dass du festlegen kannst, was ein anderer tut oder nicht?«

Goldzahn wandte sich Edda zu. Obwohl sie so nahe bei den Carpaunen saßen, dass es kaum einen Unterschied machte, ob er wisperte oder schrie, senkte er seine Stimme: »Edda, wenn du mit ihnen gehst, wenn du teilnimmst an ihrer ... ihrer Zeremonie, dann gehen dir die Alten Worte in den Verstand. Lass dich nicht darauf ein, du hast keine Vorstellung davon, wie mächtig die Alte Sprache ist, was sie vermag.«

»Genauso wenig wie du, Mann vom Land«, sagte Tangin kühl. »Hier ist eine Tochter der Inseln, und die Alten Worte werden ihr so wenig ein Leid tun, wie es das Wasser des Teermeers vermag.«

»Sie kommt von der sturmverfluchten Küste!«, rief Goldzahn.

Edda widersprach nicht. Es wäre der Moment gewesen zu widersprechen, aber sie presste die Lippen zusammen und tastete nach der Feder. Schaute zu Boden, wich Tangins Blick aus, der Neugier darin. Edda wusste und hatte bereits gewusst, seitdem sie Goldzahn auf der Bergstraße begegnet war, dass sie ihm eines Tages die Wahrheit würde sagen müssen. Aber wenn dieser Tag kam, würde Edda von der Küste, Edda Knochenbrecher verschwinden und Goldzahn sie nie wieder mit denselben Augen betrachten.

»Es liegt an dir«, sagte die Carpaune nun, »ob du an unserer Zeremonie teilnehmen willst. Kein anderer kann es für dich entscheiden. Die Schwestern und ich müssen uns für einige Stunden zurückziehen, denn es braucht Zeit, die richtigen Worte zu finden und sie zu reihen. Ihr könnt diese Zeit nutzen, um zu ruhen. Der Mann vom Land kann sich vom Teermeer erholen, und du, Edda Valt, kannst deine Entscheidung treffen. Wenn Christabel dich abholen kommt, gehst du mit ihr oder lässt es bleiben.«

Immerhin bestanden die Carpaunen dieses Mal nicht darauf, Edda und Goldzahn zu trennen. Christabel brachte sie zu zwei Kammern, die nebeneinanderlagen, und entfernte sich dann mit schnellen Schritten. Wäre es nach Edda gegangen, hätte sie sich ohne jedes weitere Wort in ihre Kammer zurückgezogen, aber Goldzahn hielt sie zurück.

»Edda, du solltest nicht da sein, wenn sie mit ihrem Spuk anfangen. Du hast dort nichts verloren, Mädchen, nicht das Geringste. Und wenn dein Vater hier wäre, dann würde er dir dasselbe sagen.«

Edda fühlte, wie ihr die Hitze in die Wangen kroch. Welches Recht hatte Goldzahn, von ihrem Vater zu sprechen, und wieso glaubte er, dass es für sie einen Unterschied machen sollte, was Ruben jetzt noch gutheißen oder untersagen würde? Ruben war nicht hier, Ruben hatte sich nicht hinaus ins Inselreich gewagt. Sie löste ihren Arm bedächtig aus Goldzahns Griff.

»Aber es gibt einen Grund für mich, an der Zeremonie teilzunehmen. Ich möchte es. Das ist der Grund.«

»Hast du nicht gehört, was ich dir über die Alte Sprache gesagt habe? Wie gefährlich sie ist?«

Edda sog ihre Unterlippe ein. »Natürlich habe ich Euch gehört. Aber Meister Goldzahn, genau das ist es. Ich bin es leid, von Dingen zu wissen, weil mir ein anderer von ihnen erzählte, bin es leid, Dinge zu fürchten, weil ein anderer mich vor ihnen warnt. Zuzuhören, wie andere von der Welt erzählen, ist nicht das Gleiche, wie tatsächlich in ihr zu leben.« Keine Erzählung, keine Geschichte über die Dachfreien hätte ihr schließlich je dasselbe bedeuten können, wie tatsächlich in Hagers Haus neben Infried auf einer Bank zu sitzen und Suppe zu löffeln. »Wenn ich eines Tages noch weiter hinauf in den Norden fahre, dann kann ich kaum so tun, als gäbe es die Alte Sprache nicht.«

»Mädchen …«

Mädchen. Wie leid sie es war, dass er sie noch immer Mädchen nannte, mit ihr sprach wie mit einem Kind, während sie noch immer die höfliche Anrede wählte. Er war hier, weil sie ihn dafür bezahlte, hier zu sein. Er hatte ihr geholfen, weil sie ihn dafür bezahlt hatte, ihr zu helfen.

»Goldzahn, ich habe meine Entscheidung bereits getroffen. Ich werde an der Zeremonie teilhaben. Es ist dir nicht gelungen, mir einen Handel mit Gondenberg auszureden. Es ist dir nicht gelungen, mir auszureden, hinauf ins Teermeer zu fahren. Glaubst du, du kannst mir die Zeremonie ausreden?«

Der Wechsel in der Anrede war ihr fließend über die Lippen gegangen, bemerkt hatte Goldzahn ihn natürlich trotzdem. Er starrte sie an, für den Moment sprachlos. Edda nutzte die Gelegenheit.

»Wir sollten uns an den Rat der Carpaunen halten«, sagte sie, »und uns ausruhen.« Rasch zog sie den muschelbesetzten Vorhang beiseite und verschwand im Inneren der Kammer.

Zwei, vielleicht drei Stunden verstrichen, bevor Gondenbergs Tochter schließlich den Vorhang beiseitezog und Edda aufforderte, ihr zu folgen.

Draußen war die große Höhle verlassen, das Feuer erloschen und nicht eine einzige Carpaune zu sehen.

»Nehmen alle an der Zeremonie teil?«, fragte Edda.

»Für die Zeremonie wird es jede einzelne Carpaune brauchen«, antwortete Christabel und trat an einen hohen Korb nahe des Feuers. Sie holte eine aus Zweigen geflochtene Halbkugel hervor, legte drei Blausteine hinein. Christabel hatte kein Licht gebraucht, um ihren Weg in den Felsgarten zu finden, doch der Tunnel, den sie nun betraten, führte so tief ins Gestein hinein, dass keinerlei Tageslicht mehr einfiel. Während Edda Christabel hastig folgte, schlug ihr das Herz ein wenig schneller in der Brust. Christabel vor ihr bewegte sich mit größter Sicherheit durch das felsige Labyrinth. Edda richtete ihren Blick starr geradeaus auf ihren Hinterkopf, das blonde Haar, das im Licht der Blausteine weiß schien. Ob Christabel sich fürchtete, vor der Zeremonie, vor den Alten Worten?

»Christabel, werdet Ihr an der Zeremonie teilnehmen?«

»Ich muss anwesend sein«, antwortete Christabel, ohne sich umzudrehen, »aber ich werde nicht mit den Schwestern singen. Obwohl ich bereits Alte Worte in mir trage, erlauben die Schwestern mir noch nicht, sie zu sprechen. Es wäre zu gefährlich.«

Gefährlich. Was hatte Goldzahn noch auf Akoban gesagt, als sie dem Schmachter begegnet waren? Dass man in der Lage sein musste, ein Altes Wort zu beherrschen, wenn man nicht von ihm beherrscht werden wollte. Aber wie schwer konnte es sein, ein Wort zu sprechen? Man musste es kaum zähmen wie ein wildes Tier; es brauchte keine körperliche Kraft, keine komplizierten Rechnungen, nicht einmal eine besondere Gedächtnisleistung. »Was … was ist so schwer daran, Alte Worte zu sprechen?«

Christabel warf einen Blick über ihre Schulter zurück. »Hast du schon einmal einen gesehen, während er in der Alten Sprache gesprochen hat?«

Die einzigen Alten Worte, die Edda je gehört hatte, waren im Wasser des Teermeers gewesen. Soweit Edda wusste, hatte niemand sie gesprochen, außer vielleicht die See. Und natürlich war da Brand gewesen, im Keller der Fischer von Halv.

»Nicht die Alte Sprache. Aber ich … ich glaube, dass ich schon einmal Altsprech gehört habe.«

»Es ist nicht dasselbe.« Christabel winkte ab. »Du wirst es selbst hören. Es ist so: Wer in der Alten Sprache spricht, der richtet seine Worte unmittelbar an die Dinge in der Welt. Man muss mächtige Worte finden, muss sie richtig reihen, muss die Verbindung zu jeder einzelnen Silbe fühlen und halten können. Wenn einem das gelingt, dann sind die Worte stärker als die Welt, und die Welt beugt sich ihnen.«

Die Welt musste sich beugen. Aber was sollte das …? Edda blieb stehen. »Das heißt, ich könnte alles Mögliche behaupten und es würde wahr? Ich könnte die Bewohner einer ganzen Insel totsprechen, ich könnte behaupten, es habe die Inseln nie gegeben? Ich könnte die Silbersee zu Erde werden lassen …«

Christabel lachte leise. »Schau. Meine Schwestern sind viele, und der Sprachzauber, den sie für dich sprechen werden, ist ihnen schon seit Hunderten Jahren bekannt, sie müssen ihn ein Dutzend Mal gesprochen haben. Trotzdem brauchen sie einen halben Tag, um ein Lied für dich zu weben. Was glaubst du, wie lange du bräuchtest, um *alleine* einen Sprachzauber zu beherrschen? Noch dazu einen, der nicht bereits bekannt ist? Es würde dich Jahrzehnte kosten, Worte zu finden, die mächtig genug sind, und weitere Jahrhunderte, um zu wissen, wie du sie aneinanderreihen musst. Du müsstest viele Jahre lang bei einem erfahrenen Sprachgelehrten in die Lehre gegangen sein. Wahrscheinlich bräuchtest du eine eigene Primäre.«

Bevor Edda dazu kam zu fragen, was zum Wassermann eine Primäre war, hob Christabel die Blausteinlampe, und Edda sah, dass sie ihr Ziel erreicht hatten: eine Art Portal, zwei hohe Felsblöcke, die etwa zwei Schritte voneinander entfernt standen und einen schmalen Durchgang bildeten. Durch diesen hindurch traten sie in eine Höhle, die zwar nicht besonders weitläufig, dafür aber so hoch war, dass Edda den Kopf in den Nacken legen musste, um bis zur Felsdecke aufzusehen. Unter einer runden Öffnung, durch welche schwaches Mondlicht in die Höhle fiel, befand sich ein längliches Becken, bis zum Rand mit Schlick gefüllt. Um das Becken herum saßen die Carpaunen, gleich steinernen Statuen vollkommen reglos, die Beine gekreuzt, die Augen leer. Edda hielt inne. Sie musste ja kopfkrank gewesen sein, dass sie hierher hatte kommen wollen. Sie hatte hier nichts verloren. Tochter der Inseln – was für ein Unfug. Sie war so wenig fürs Wasser gemacht wie für einen Sprachzauber.

»Christabel«, flüsterte sie heiser.

Aber Christabel legte bloß einen Finger auf ihre Lippen und zog Edda an den Carpaunen vorbei bis zur hintersten Felswand.

»Setz dich. Schweig und hör zu und *bleib* sitzen.«

Edda wollte weder sitzen noch zuhören, aber Christabel hatte sich bereits umgedreht und war hinüber zu dem Becken geeilt, um ihren Platz unter den Carpaunen einzunehmen.

Mit zittrigen Fingern schloss Edda die kleinen Silberknöpfe am Kragen ihres Pfauenhemdes. Ihr war längst nicht mehr warm. Trotzdem schwitzte sie. Schwitzte kalt, wie man es tat, wenn man sich fürchtete, schwitzte kalt, *weil* sie sich fürchtete. Verstohlen musterte sie den Schlick. Er erinnerte sie an verklumptes altes Blut und faulige Blätter. Unbewusst hatte sie nach der Krähenfeder in ihrer Hosentasche getastet, doch noch bevor sie den Kiel zu fassen bekam, zog sie die Hand wieder zurück. Etwas in ihr sträubte sich, an dieses Ding zu tasten, das aus dem Teermeer stammte und in der Alten Sprache gesprochen worden war. Wenn sie nur gewusst hätte, was sie sonst anfangen sollte mit ihren Händen. Sie legte sie unschlüssig auf ihren Knien ab und presste ihren Rücken gegen den Fels. Noch war kein einziges Wort gesprochen worden, und je länger sich das Schweigen hielt, umso unwahrscheinlicher schien es Edda, dass es je wieder durch ein Wort – ob nun alt oder neu – gebrochen werden könnte. Sie hatte gerade angefangen, sich zu fragen, ob etwas mit ihren Ohren nicht stimmte, sie die Alten Worte schlicht nicht hören konnte, als sich die Stille um sie herum ballte, fester und schwerer wurde, wie sie es manchmal tat, kurz bevor sie zerbarst.

Das Lied der Carpaunen begann nicht mit einem Wort, sondern mit einem Summen, und zunächst war es Tangin allein, die summte. Sie hatte die Augen geschlossen und ihr Gesicht der Felsdecke entgegengehoben. Die übrigen Carpaunen saßen noch immer reglos; eine Ewigkeit verstrich, ohne dass Tangin Luft einholte oder freigab. Genau wie zuvor die Stille schien sich nun auch das Summen endlos zu dehnen. Es erfüllte Eddas Ohren und ihren Schädel vollständig. Der Ton war bereits in der Stille aufgegangen, als sich ein zweiter dazugesellte, und ein dritter. Eine Carpaune nach der anderen fiel ins Summen ein. So langsam, so unmerklich, dass Edda nicht hätte bestimmen können, wo das Summen aufhörte und die Silbe begann, formte sich das erste Wort. Es hatte nichts gemein mit jenen anderen Worten, die Edda Brand in der Dunkelheit von Kurtz' Keller hatte flüstern hören. Wo Brands Worte leicht gewesen waren, war das Wort der Carpaunen schwer. Wo Brands Worte abgehackt und unvollständig gewesen waren, war das Wort der Carpaunen vollkommen und in sich geschlossen. Es gab bloß eine einzige Gemeinsamkeit zwischen Brands gehaspeltem Altsprech und den glatt makellosen Silben, welche die Carpaunen aus ihrem Summen hoben wie einen Schatz aus den Tiefen der See: Die

Worte, die Silben entzogen sich Eddas Ohren, verwehrten sich. Edda hätte sie nicht nachsprechen können, selbst wenn ihr eigenes Leben, wenn Tobins Leben davon abgehangen hätte. Doch auch so spürte sie ihren Zug, ihre Kraft. Sie erfasste Edda wie eine Strömung im Wasser. In diesem Moment hätten die Carpaunen alles über sie sprechen können, und es wäre wahr gewesen. Wenn sie behauptet hätten, dass Edda eine Silberechse war und draußen im Wasser lebte, dann wäre es so gewesen, und es war Eddas Glück, dass die Carpaunen nicht von ihr sprachen. Sondern vom Schlick: Winzige Blasen tauchten auf der feucht glänzenden Oberfläche auf, der Schlick begann zu brodeln. In Tangin kam Bewegung, sanft schaukelte sie vor und zurück, ihre Hände auf den Knien. Wie das Summen ging auch das Schaukeln von einer auf die andere Carpaune über, und bald waren sie alle in Bewegung. Tangins Arme hoben sich, ihr Kopf sank zurück in den Nacken, während sie ein neues Wort in den Raum, in den Schlick sang. Manche der Carpaunen nahmen es auf und andere hielten weiter an dem ersten Wort fest, und wieder andere antworteten mit einem dritten. Sie bewegten sich, begriff Edda, weil sie gar nicht anders konnten. Tangin bäumte sich auf, ihre Rippen wölbten sich unter dem dünnen Stoff ihres Kleides. Eine Carpaune nach der anderen warf den Kopf in den Nacken, und aus ihren Mündern floss die Alte Sprache, tränkte die Luft, tränkte Christabel und Edda und das Becken und das Gestein. Klumpen bildeten sich in dem Schlick, eine Form zeichnete sich ab, der Umriss eines Kopfes, zweier Schultern, ein ganzer Körper, noch verborgen unter dem nass glänzenden Schwarz. Die Carpaunen sangen einander zu, sangen ein Geflecht, und das Geflecht lag über dem Schlick, drang in ihn ein und gab eine Gestalt frei; die Worte umschmeichelten den pechschwarzen Leib.

Und Tangin sang das letzte Wort.

Einen Wimpernschlag lang erhellte es Eddas Schädel, ein Blitz, der alles auslöschte, was sie je gewusst hatte, was sie je gewesen war, und es beinahe im selben Moment zurückbrachte, versetzt, verrückt, ein winziges Stück nur, und die Frau im Schlick öffnete die Augen, und ihr Haar war hell wie gesponnenes Gold, und ihre Haut war weiß, und sie setzte sich auf und sah Edda an, und sie war Christabel.

13
Das Wissen um ein Ding

In der Gemeinschaftshöhle erwartete Goldzahn sie neben dem erloschenen Feuer. Als er die Teerschwester sah, da entglitten ihm die Züge einen Wimpernschlag völlig, ordneten sich neu zu einem Ausdruck, den Edda in seinem Gesicht noch nie gesehen hatte. Es war gut möglich, dass er sich weigern würde, mit der Teerschwester in ein Boot zu steigen. Dass er sich weigern würde, sie nach Akoban zu bringen.

»Wenn du es wünschst«, sagte Tangin neben ihr, »bringen wir euch nun zurück an die Oberfläche.«

Edda warf einen kurzen Blick hinüber zu Goldzahn. »Ich werde erst mit ihm sprechen müssen.«

Tangin nickte, und Edda trat zu Goldzahn ans Feuer, setzte sich neben ihn auf ein dunkles Holz.

»Ich weiß, dass du den Sprachzauber nicht gutheißt, aber du … du wirst mir trotzdem helfen, die Teerschwester zurück nach Akoban zu bringen?«

Die Ellbogen auf die Knien gestützt, starrte Goldzahn düster in die erloschene Glut.

»Was sonst, Edda? Wozu soll das hier alles gut gewesen sein, wenn wir sie nun nicht zurückbringen?«, murmelte er. »Aber mach dir nichts vor, was geschehen ist, ist geschehen, und du warst daran beteiligt.«

Aber was genau war in Goldzahns Augen geschehen? Die Zeremonie war vorbei und niemand gestorben oder kopfkrank geworden. Soweit Edda sehen konnte, war die Welt noch genau die gleiche, nur dass sich die Teerschwester nun in ihr bewegte.

»Ich verstehe nicht ...«

»Natürlich verstehst du nicht!«, zischte Goldzahn, laut genug, dass einige Carpaunen die Köpfe drehten. Er senkte seine Stimme. »Sprachzauber haben Folgen. Etwas ist nun in der Welt, das nicht in ihr sein sollte. Und du trägst Verantwortung daran.«

Mit einem Ruck stand er auf. »Sag deiner guten Freundin dort drüben, dass es Zeit für uns ist zu gehen. Ich will hoffen, dass ich das Dreckswasser ein zweites Mal überlebe.«

Tangin, die einige Schritte entfernt stand, antwortete beiläufig: »Keine Sorge, Mann vom Land, wir werden einen anderen Weg nehmen. Du liegst richtig. Unsere Wasser sind zu stark für dich. Gehen sie dir ein zweites Mal ins Blut, wirst du nicht leben.«

Goldzahn und Edda standen einen Moment völlig still.

»Es ... es gibt einen anderen Weg?«, fragte Edda und achtete darauf, ihren Blick nicht hinüber zu Goldzahns aschgrauem Gesicht, seinen zittrigen Händen wandern zu lassen.

»Er ist mühselig und wird mehr Zeit in Anspruch nehmen, aber anders wird es wohl nicht gehen«, erklärte Tangin achselzuckend und winkte Christabel und die Teerschwester zu sich heran.

Sie mussten sehr viel tiefer im Fels gewesen sein, als Edda angenommen hatte, denn sie liefen nun eine lange Zeit durch einen Gang, der allmählich anstieg, bis ihnen nichts anderes blieb, als zu kriechen und schließlich zu klettern. Tangin bewegte sich ähnlich gleitend voran, wie sie es unter Wasser getan hatte, Goldzahn aber musste immer wieder innehalten, und als der Gang an seinem oberen Ende in eine Felsspalte mündete, mussten Edda und Tangin ihn mit vereinten Kräften hindurchziehen.

Oben angelangt erkannte Edda, dass die Carpaune sie zurück auf die größte der fünf Inseln gebracht hatte. Geduldig erwartete sie dort das Beiboot zwischen den Felsen. Goldzahn blieb zunächst schwer atmend neben der Felsspalte sitzen.

»Ich brauche einen … einen Moment«, erklärte er.

Die Carpaune hob gleichmütig die Schultern. »Ihr könnt ohnehin erst gehen, wenn Christabel und ihre Schwester voneinander Abschied genommen haben.«

Wenn Tangin nur aufhören würde, die Teerschwester als Christabels Schwester zu bezeichnen, dachte Edda, während sie den beiden Frauen dabei zusah, wie sie sich im genau getakteten Gleichschritt entfernten, um auf einem der Felsvorsprünge Platz zu nehmen. Sie saßen dicht beieinander, Schulter an Schulter. Genau wie Christabel schien auch die Teerschwester hinaus auf die schwarze See zu schauen, aber wer wusste schon, ob sie das Teermeer tatsächlich sah? Ob sie überhaupt irgendetwas sah? Ob sie fühlte, ob sie dachte? Ob Blut durch ihre Adern floss oder schwarzer Schlick? Musste sie schlafen und würde sie eines Tages sterben oder einfach zerbröckeln oder zerfließen? Als Edda sie aus dem Schlick hatte kommen sehen, war sie ihr wie ein vollkommener Spiegel Christabels erschienen, doch ihre Augen saßen leer, ausdruckslos wie Glaskugeln im Kopf. Wie sollte irgendwer, der seine Sinne beisammenhatte, die Teerschwester ansehen und sie für eine Frau aus Fleisch und Blut halten?

»Worüber sprechen sie?«, fragte Edda Tangin, auch wenn es genau genommen nur Christabel war, die sprach, der Teerschwester ins Ohr flüsterte, als müsse sie ihr eine endlose Geschichte erzählen.

»Christabel verrät ihrer Schwester alles, was es zu wissen gibt, über ihr altes Leben. Wer sie war. Wer ihr Vater war, wie sie lebten.«

Edda sog die Unterlippe ein. »Und Ihr glaubt tatsächlich, dass Gondenberg sie für seine Tochter halten wird?«

»Ihr Vater ist ein Händler. Er hat die Augen eines Händlers. Ihm geht es um eines: Hat seine Tochter Schaden genommen oder nicht? Erscheint sie ihm heil und ganz, wird er zufrieden sein.«

»Aber was, wenn er mit ihr spricht?«

»Oh, die Teerschwester kann sprechen. Stell ihr eine Frage und sie wird antworten.«

»Ein Gespräch ist mehr als eine Frage.«

»Es gibt Gespräche, und es gibt Gespräche. Irgendwann mag auch dem Händlerkönig auffallen, dass nicht seine Tochter zu ihm zurückgekehrt ist. Bis dahin aber wirst du längst deine Karte haben, und es muss dich nicht scheren.«

Christabel und die Teerschwester kamen beide auf die Füße und liefen über die Felsen hinüber zu Tangin und Edda. Als Christabel über eine Unebenheit im Stein stolperte, stolperte die Teerschwester ebenfalls. Edda würde einen Wassermann tun, es Goldzahn gegenüber zuzugeben, aber auch ihr ließ es das Fischblut in die Adern schießen, die beiden so nebeneinander herlaufen zu sehen. Sie zupfte unruhig an den Silberknöpfchen ihres Kragens. In Kürze würden sie mit der Teerschwester allein sein, zu dritt auf engstem Raum.

Hinter ihr erhob sich Goldzahn ächzend und leise fluchend von seinem Fels. »Nun, da sich alle voneinander verabschiedet haben …«, sagte er. »Ich würde Eure Gastfreundschaft gerne noch ein wenig länger genießen, doch leider wartet mein Äffchen auf mich.«

Seine Worte schienen Tangin kaum mehr als ein Möwenkreischen in der Ferne zu sein, und sie schenkte ihnen ähnlich viel Beachtung. »Es ist nun an der Zeit für dich, aufzubrechen«, sagte sie zu Edda. »Doch bevor du gehst, will ich dir noch etwas sagen und etwas geben. Sagen muss ich dir dies: Einer ist dir auf den Fersen und hat dich bald eingeholt.«

Edda nickte, wenig überrascht. Seit Tagen hatte sie nicht mehr an Brand gedacht, aber sie musste auch nicht an ihn denken, damit die Angst vor ihm immer bei ihr war, in ihr pochte wie ein zweites, dunkles Herz.

»Ich weiß.«

»Gut.« Die Carpaune nickte, und dann legte sie ihre weißen, langfingrigen Hände um Eddas Gesicht und zog es zu sich heran, wie um sie zu küssen. Sie sprach ein Wort, sprach es Edda ins Gesicht. Ein tiefes Gurren folgte einem kratzenden Laut, und eine prickelnde Wärme überzog Eddas Kopfhaut, rieselte ihr den Nacken hinunter, die Arme hinab.

Mit einem Satz war Goldzahn bei ihnen. Riss die Arme hoch, wie um Edda aus dem Griff der Carpaune zu zerren, aber Tangin war ein gutes Stück größer, ein gutes Stück stärker als er, und so hielt er mitten in der Bewegung inne, verharrte irgendwo zwischen Angriff und Flucht.

»Behaltet Euren Hexensprech für Euch«, brachte er schließlich hervor. »Wir wollen ihn nicht.«

Tangin ließ ihre Hände langsam von Eddas Gesicht gleiten und schaute einen Moment auf Goldzahn hinunter, so als denke sie darüber nach, ihn zu packen und ins Meer zu werfen. Dann sah sie wieder Edda an. »Ich habe ein Schutzwort für dich gesprochen, Inseltochter. Es umgibt dich nun wie ein Schild. Altsprech wird es nicht durchdringen können.«

Edda verneigte sich und dankte Tangin. Dankte Christabel. Dank allein schien lächerlich ungenügend. So leicht, wie er gesprochen war, würde er wieder vergessen sein. Aber was sonst sollte sie zum Abschied sagen? Sie konnte weder behaupten, dass sie bereute, hierhergekommen zu sein, noch versprechen, dass sie sich um die Teerschwester kümmern würde. Weder das eine noch das andere war wahr. Was ihr blieb, war eine knappe, stumme Umarmung.

Christabel und die Teerschwester umarmten einander nicht, und sie richteten auch kein weiteres Wort aneinander. Stumm kehrte die Teerschwester Christabel den Rücken und watete hinter Edda und Goldzahn ins Wasser, ergeben wie ein gehorsames Kind. Nachdem sie alle drei ins Boot geklettert waren, verharrte die Teerschwester genau in der Mitte, zwischen den beiden Bänken, und nahm erst Platz, als Goldzahn sie harsch aufforderte, es zu tun.

Sie waren bereits ein gutes Stück hinausgerudert, bevor Edda auffiel, dass Christabel auf den Klippen den Arm gehoben hatte. Sie winkte nicht, hielt die Hand bloß zum trostlosen Gruß erhoben. Edda wollte ihn gerade erwidern, als sie bemerkte, dass die Teerschwester ihr zuvorgekommen war. Fröstelnd wandte Edda sich ab, starrte in den weißgrauen Himmel und verbat sich, weiter darüber nachzudenken, ob die Teerschwester noch immer bloß spiegelte, was sie sah, oder ob sie genug von der Welt, von Christabel und sich selbst verstand, um Abschied von ihrer Schwester nehmen zu wollen.

***

Für zwei war die *Vin-Lus Stolz* mehr als groß genug gewesen, doch das Boot schien geschrumpft, seitdem sich die Teerschwester an Bord befand. Ihre ersten Stunden verbrachte sie am Bug, wo sie reglos wie eine hölzerne Galionsfigur stand und hinaus aufs Meer starrte. Goldzahn ließ keinen Zweifel daran, dass sie seinetwegen dort auch die restliche Reise über hätte stehen bleiben können. Edda aber erfüllte es mit einer flirrenden Unruhe, die Teerschwester so zu sehen. Sie sah immerhin aus wie ein Mensch, und ein Mensch konnte nicht Stunde um Stunde stehen, ohne müde zu werden oder irr vor Langeweile. Also schlug sie ihr vor, auf der Bank nahe des Steuerrads Platz zu nehmen. Wortlos folgte die Teerschwester der Aufforderung und blieb dort so unbewegt sitzen, wie sie zuvor gestanden hatte. Sie erinnerte Edda an die mechanischen Aufziehspielzeuge, die den Kindern auf dem Markt von Akoban verkauft wurden: Hunde und Katzen, die im Stechschritt marschierten, wenn man einen kleinen Schlüssel drehte, der in ihrem Rücken steckte, sich aus eigenem Antrieb aber so wenig bewegen konnten wie eine Schüssel oder ein Brot. Immer wieder stellte Edda ihr Fragen, bloß weil sie ihre Stimme hören wollte, den eigentümlich flachen Ton, der jedes Wort seines Sinns zu entheben schien.

»Bist du müde? Möchtest du dich hinlegen?«, fragte Edda.

»Ich bin nicht müde. Ich möchte mich nicht hinlegen«, antwortete die Teerschwester.

»Hast du Hunger? Möchtest du etwas essen?«, fragte Edda.

»Ich habe keinen Hunger. Ich möchte nichts essen«, antwortete die Teerschwester.

»Halt dich von ihr fern«, brummte Goldzahn ihr zu. Er selbst richtete nie das Wort an die Teerschwester, sah sie nie an oder auch nur in ihre Richtung. Mehr als einmal stellte er fest, dass sie kein Mensch sei, sondern bloß ein Ding. Wenn er aber über sie sprach, senkte er die Stimme; wenn er zum Schlafen in seine Kammer ging, legte er von innen den Riegel vor, und Edda vermutete, dass es ihm genauso wenig gelang, sie bloß als Hülle, als seelenlosen Schatten einer tatsächlichen Person zu sehen, wie ihr selbst.

Am zweiten Tag ihrer Reise und kurz bevor Ossenbrooks Umrisse am Horizont auftauchten, stand die Teerschwester auf und beugte sich über die Reling. Der Abstand zum Wasser war zu groß, als dass sie es hätte berühren können, trotzdem streckte sie den Arm aus, wie um mit den Fingerspitzen über die seichten Wellen zu streichen. Ihre Augenbrauen zogen sich zusammen, als runzelte sie die Stirn. Edda stand auf, um ebenfalls einen Blick über die Reling zu werfen. Das Wasser hatte seine Farbe gewechselt, sie hatten die Grenze zur Silbersee überschritten. Und die Teerschwester hatte den Wandel bemerkt, hatte Notiz von der Veränderung genommen. Aber wer sich wunderte, der fühlte; wer rätselte, der dachte. Edda spürte ihr Herz in der Brust stolpern. Sie sprach nicht mit Goldzahn über das, was sie beobachtete hatte, aber wenn sie allein auf der Liege in ihrer Kammer lag, dann dachte sie an das, was er zu ihr gesagt hatte, kurz nachdem er die Teerschwester zum ersten Mal gesehen hatte: Etwas, das nicht in der Welt sein sollte, war nun in der Welt. Und Edda, Edda trug Verantwortung daran.

Edda war sicher gewesen, dass die Händlerstadt die Teerschwester überfordern würde. Die zweite Christabel war schließlich neu in der Welt. Sie wusste nichts von Lärm und Gedränge, von überfüllten Plätzen und schreienden Händlern. Wusste nichts von staubiger Hitze und gereizten Rotgewandeten und hungrigen Dachfreien. Doch es war Edda, die sich bei ihrer Rückkehr nach Akoban nicht zurechtfand. Während sie sich ihren Weg durch die überfüllten Unteren Gassen kämpfte, fühlte sie sich ausgelaugt und erschöpft. Immer wieder musste sie stehen bleiben und nach Luft ringen. Schweiß lief ihr in die Augen, und die Hitze schien ihr die Gedanken zu Brei zu kochen. Während sie träge nach Mücken schlug und sich in den Schatten duckte, fluchte sie auf die Sonne.

»Ich weiß nicht, wovon du sprichst, Mädchen«, sagte Goldzahn kopfschüttelnd. »Gib mir jeden Tag Akobaner Sonne, wenn ich dafür das elende Teermeer nie wiedersehen muss.«

Zumindest Goldzahns Lebensgeister waren zu ihm zurückgekehrt. Von den Schrecken des Teermeers hatte er sich längst erholt und ging so beschwingt durch die Straßen, als sei ihm das dunkle Wasser nie wie Gift in den Adern gekreist. Seine Stimmung schlug erst um, als sie das Quartier erreichten und die Tür hinter ihnen ins Schloss fiel: Sie waren drei, Zimmer aber gab es nur zwei.

»Wir sollten sie im Flur abstellen«, sagte er, einen düsteren Blick auf die Teerschwester werfend.

Edda betrachtete die Teerschwester, die gleich neben der Tür stand wie ein scheuer Gast, noch unschlüssig, ob man ihn willkommen hieß. Wie schlimm konnte es schon sein, in einem Zimmer mit ihr zu schlafen? Edda hatte schließlich schon wenige Schritte von Talin Brand entfernt geschlafen. Und Goldzahn, wusste sie, würde sich eher einen Fuß absägen, als die Nacht in einem Raum mit ihr zu verbringen.

»Sie kann bei mir in der Schlafkammer bleiben«, sagte sie bestimmt.

Ob es nun an der Teerschwester lag oder an dem Vollmond, der satt und weiß im Fenster hing, in dieser Nacht schlief Edda schlecht. Träumte von schwarzen Schlickgestalten, die aus dem Wasser krochen und sich nicht in Menschen, sondern in dunkel gefiederte Vögel wandelten. Immer wieder schreckte sie auf, sicher, dass die Teerschwester ihren Platz auf der Fensterbank verlassen hatte, um auf leisen Sohlen hinüber zum Bett zu schleichen. Doch jedes Mal fand sie die Silhouette der Teerschwester unverändert; in bleiches Mondlicht gebadet, saß sie reglos im offenen Fenster und starrte leer in den Raum.

Als der Morgen endlich kam, hatte die Teerschwester sich nicht einen Fingerbreit bewegt und Edda so wenig Erholung gefunden, dass ihr der Kopf dröhnte. Träge setzte sie sich auf, schlug die Decke zurück und fröstelte. Sonderbar, sie konnte ja fühlen, dass sich die Hitze des Tages bereits in den Raum gestohlen hatte, und trotzdem lag ihr eine Kälte unter der Haut und in den Knochen.

Das Frösteln blieb zunächst, selbst als sie kurze Zeit später mit ihrem Aufstieg die Bergstraße hinauf begannen. Die Schatten waren noch lang und die Stufen der Treppe so gut wie verlassen. Sie mussten sich ihren Weg nicht zwischen stehenden und gehenden, schreienden, streitenden Menschen hindurchkämpfen. Noch bevor sie die Mittleren Gassen erreicht hatten, wäre Edda aber jeder Grund recht gewesen, um stehen zu bleiben. Das Pfauenhemd und die Hose scheuerten ihr auf der Haut. Was nicht schmerzte, juckte, und was nicht juckte, brannte. Goldzahn hatte sie innerhalb kürzester Zeit abgehängt, und auch die Teerschwester hielt ohne Weiteres mit ihm Schritt. Wenn Goldzahn nicht immer wieder stehen geblieben wäre, um auf sie zu warten, hätten sie einander ganz aus den Augen verloren.

»Alles in Ordnung?«, rief er schließlich, und Edda nickte schwach. Der Schweiß auf ihrer Haut war kalt, und ihre Finger und Zehen prickelten. Sie blinzelte, Flecken wie Staubwolken oder Nebelschwaden verstellten ihr die Sicht. Halb blind stolperte sie voran, und wenn sich die Welt um sie herum wieder scharf stellte, war es ihr, als sei sie kaum von der Stelle gekommen. Etwas in der Welt war umgeschlagen. Die bröckligen Steinstufen waren feindselig, die Mücken, die ihr in Mund und Nase flogen und Rundling-große, juckende Stiche zurückließen, die fauchenden Katzen, die ihr immer wieder zwischen die Füße liefen. Im oberen Drittel der Mittleren Gassen kreuzte ein Mann an Krücken ihren Weg, und als er an der Teerschwester vorbeiging, spuckte er auf den Boden.

Endlich bei Gondenbergs Anwesen angelangt, nickte Goldzahn ihr knapp zu, wie ein Fischer dem anderen kurz vorm Sturm, und läutete die Glocke. Während sie warteten, schielte Edda zur Teerschwester hinüber. Tangin war der Meinung gewesen, Christabel habe sie ausreichend auf Gondenberg vorbereitet, aber sollte auch Edda ihr noch eine besondere Anweisung, einen Ratschlag oder eine Warnung mitgeben? Sie fuhr sich mit der Zunge über die trockenen Lippen, und bevor ihr auch nur ein einziger Ratschlag eingefallen wäre, öffnete sich das Tor, und Agnella trat hindurch.

Agnella.

Vor Schreck machte Edda einen halben Schritt zurück. Sie hatte Agnella vergessen! War ihr Kopf so voll mit Watte und Holzspänen gewesen, dass darin kein Platz mehr gewesen war für die Frau, die Christabel großgezogen hatte? Tangin mochte richtig liegen und Gondenberg entgehen, dass nicht seine Tochter aus Fleisch und Blut vor ihm stand, sondern ein Geschöpf aus dunklen Silben. Christabels ehemaliger Amme aber würde kaum derselbe Fehler unterlaufen.

Einen Wimpernschlag lang betrachteten Agnella und die Teerschwester einander ausdruckslos. Dann machte Agnella einen Schritt auf die Teerschwester zu. Eddas kalt geschwitzte Hände ballten sich zu Fäusten. Sie hatte zu viel Angst, um erschöpft zu sein. Sie war zu erschöpft, um Angst zu haben. Die beiden Gefühle, die nichts miteinander anfangen konnten, rieben gegeneinander, und Edda sah hilflos zu, wie Agnella die Augen schloss, die Luft einsog, den verräterischen Geruch des Teermeers, dunkler Worte unter weißer Haut. Die alte Frau riss die Augen auf. Doch statt nach den Wachen zu rufen, wandte sie sich an Edda.

»Sie ist das Richtige für ihn«, sagte sie.

Es waren die ersten Worte, die Edda sie sprechen hörte, und Agnellas Stimme war tief und ein wenig heiser. Sie verneigte sich vor Edda, so wie die Menschen Akobans es taten, wenn sie einem dankten. Und während Edda Goldzahn und Agnella durch das Tor und in den Garten folgte, begriff sie: Nicht Christabel selbst war es gewesen, die nach den Carpaunen gerufen hatte, natürlich nicht, sie selbst hatte schließlich noch nie ein Altes Wort gesprochen. Ihre Amme musste ihr geholfen haben.

Gondenberg empfing sie in seinem Garten. Er saß am Rand des Perlfischbeckens, geschützt vor den gleißenden Strahlen der Mittagssonne durch einen Schirm, den eine schlanke Frau mit unbewegtem Gesicht und eisernem Arm über seinem Kopf hielt. Papiere hatte er dieses Mal keine zur Hand und musste sich damit begnügen, rohe Fleischbrocken aus der Schale in seinem Schoß zu picken und in das Becken zu werfen.

Edda und die anderen waren bereits bis auf wenige Schritte an ihn herangekommen, als er aufsah. Seine Augen glitten über sie hinweg, blieben allein auf der Teerschwester haften. Die beiden Finger, mit denen er sich gerade einen Brocken hatte greifen wollen, hielten inne.

Sein Gesicht war blank. Kein Misstrauen ließ ihn die Stirn runzeln, keine Freude zog ihm die Mundwinkel auseinander. Er starrte. Dann stellte er langsam die Schale ab. Stand auf und ging auf die Teerschwester zu. Als er sie erreicht hatte, nahm er sie bei den Schultern, schob sie von sich fort, wie um sie besser zu begutachten. Seine Hände zitterten. Zitterten genau wie Eddas. Ihr Mund war trocken, die Luft um sie herum schien vor Hitze zu flimmern.

»Christabel«, sagte Gondenberg.

»Vater«, sagte die Teerschwester, und das Wort fiel ihr aus dem Mund wie ein toter Fisch.

Gondenberg zog sie zu sich heran, umschloss sie mit beiden Armen, sodass sie nahezu vollständig im perlenbesetzten Stoff seiner weiten Ärmel verschwand. Er flüsterte ihr ins helle Haar, zu leise, als dass Edda ihn hätte verstehen können, aber Edda musste auch nicht verstehen, um plötzlich und ohne jeden Zweifel zu wissen, dass sie einen Fehler gemacht hatte, die Teerschwester niemals hätte hierherbringen dürfen.

Gondenberg gab sie aus seiner Umarmung frei, hielt aber weiter ihre Hand. Edda selbst hatte die Teerschwester nie berührt. Ob ihre Hand kühl und sonderbar leblos war? Stieg ein klammer Geruch nach Schlamm und Schlick und Mondnächten von ihr auf?

»Ihr habt sie mir zurückgebracht«, sagte Gondenberg schließlich zu Edda, und das Zittern in seinen Händen war auch in seiner Stimme, sprach aufrichtig von einer Art Liebe, über die Edda wenig wusste oder wissen wollte.

Er machte einen Schritt auf sie zu, und Edda schrak zurück. Bei der Vorstellung, er könne sie mit seinen weichen weißen Händen berühren, schienen sich ihr die Eingeweide zu knoten. Doch Gondenberg neigte bloß den Kopf, legte der Teerschwester einen Arm um die Schultern und führte sie beiläufig schlendernd fort von Goldzahn und Edda und hinüber zu den Wachen.

»Es wird einfacher, Christabel«, hörte Edda ihn sagen, »wenn du endlich einsiehst, dass hier dein Zuhause ist, dann wird es einfacher für dich.«

Während sie den Wachen nachsah, wie sie die Teerschwester Richtung Haupthaus davonführten, waren nicht länger bloß ihre Lippen trocken, sondern auch ihre Zunge, die am Gaumen klebte, ihre Kehle. Einer der Pfauen im Garten kreischte, und sie zuckte zusammen. Wie hatte Goldzahn gesagt? *Etwas ist jetzt in der Welt, das nicht in der Welt sein sollte. Und du trägst Verantwortung daran.* Wenn Edda verantwortlich für die Teerschwester war, dann sollte sie sie an die Hand nehmen und mit ihr aus dem Garten rennen, weit fort von Gondenberg. Stattdessen stand sie still, genau wie Gondenberg und Goldzahn. Zu dritt sahen sie zu, wie die Doppeltür hinter ihr zufiel, warteten einen Moment, als müsse sie wieder auffliegen und die Teerschwester herausgestürmt kommen. Ohne die Augen von der Tür zu nehmen, sagte Gondenberg zu Agnella: »Lauf hinterher und sieh zu, dass meine Tochter hat, was sie benötigt. Sie sieht schlecht aus.«

»Ihr muss die gute Akobaner Sonne gefehlt haben.« Goldzahn knirschte die Worte zwischen geschlossenen Zähnen hervor.

»Das Teermeer ist kein Ort für Mädchen und junge Frauen«, erklärte Gondenberg, und dann, an Edda gewandt: »Meine Tochter hatte dort so wenig verloren wie du, Edda Valt aus Pallandor. Aber nun, du bist hier und hast mir meine Christabel zurückgebracht. Wirst du einem neugierigen alten Mann auch verraten, wie du es angestellt hast?«

Schon auf der *Vin-Lus Stolz* hatte Goldzahn versucht, sie auf Gondenbergs Fragen vorzubereiten. Ihr aufgetragen, was genau sie zu ihm sagen sollte. Wenn sie sich nur an den Wortlaut erinnern könnte.

»Ich … ich kann nicht mehr sagen …« Sie sprach so schleppend und verschliffen, als hätte sie einen Becher Weißbrand getrunken. »… als dass die Sprache … die Alten Worte im Spiel waren.«

Gondenberg lachte. »Nein! Ihr beiden habt die Carpaunen durch Alte Worte in die Knie gezwungen? Verrate mir, wer von Euch beiden ist der Sprachgelehrte? Der gute alte Goldzahn hier? Oder doch du selbst, ein Mädchen, kaum älter als …«

»Meister Gondenberg!« Goldzahns Stimme war überraschend scharf. »Das Mädchen hat Euch Eure Tochter zurückgebracht, so wie es vereinbart war. Im Austausch habt Ihr uns die Karte versprochen. Der Moment ist gekommen, sie auszuhändigen.«

Bedächtig schlenderte Gondenberg zum Rand des Beckens hinüber und nahm seinen alten Platz wieder ein. Mit einer nachlässigen Bewegung winkte er die Frau mit dem Schirm zu sich heran.

»Sicher, Goldzahn. Ihr tut ganz recht, mich auf meine Pflicht hinzuweisen. Es ist an der Zeit für mich, mein Wissen mit Euch zu teilen.«

Wissen? In Eddas Kopf war ein Surren, als seien ihr sämtliche Stechtiere Akobans, alles fliegende Ungeziefer der Stadt hineingeschwirrt.

»Wissen?«, fragte Goldzahn.

»Sicher. Ihr habt mir meine Tochter zurückgebracht. Und ich werde Euch nun verraten, wo die Karte ist.«

Verraten, wo die Karte ist. Aber warum sollte er ihnen verraten … In Eddas Rücken kreischte erneut ein Pfau, neben ihr kreischte Quill, und ihre Hände flogen zu den Ohren. Sie brauchte einen stillen, kühlen Raum, in dem sie nachdenken konnte. Aber weil sie keinen stillen, kühlen Raum hatte, weil sie in der drückenden Mittagshitze stand und von innen her zu schmelzen schien, blieb ihr nichts anderes, als die Frage zu stellen, durch die sie sich selbst zum Tumbtaumler machen würde: »Ihr habt die Karte nicht?«

»Nun«, Gondenberg runzelte die Stirn wie bekümmert, »ich habe nie behauptet, die Karte zu besitzen. Ich kann Euch sagen, wo sie sich befindet, und ein jeder weiß, dass das Wissen um ein Ding genauso wertvoll ist wie das Ding selbst. Obacht, Meister Goldzahn, das Mädchen sieht aus, als ob sie gleich umfällt.«

Mädchen? Sprach Gondenberg etwa von der Teerschwester? Aber sie war doch längst nicht mehr im Garten und ... Edda spürte, wie Goldzahns Hände sie unter den Achseln packten und kräftig in die Höhe zogen. Sie blinzelte schwach, als Goldzahn ihr eine Frage stellte, die sie nicht verstand. Goldzahn ließ sie los, blieb aber dicht hinter ihr stehen.

»Das Mädchen sollte sich hinlegen. Ausruhen«, stellte Gondenberg fest. »Und es gibt auch keinen Grund, unser Geschäft hier weiter hinauszuzögern: Ich habe die Karte zurückverkauft an die, in deren Besitz sie sich ursprünglich befand. Sie ist nun wieder bei den Irsu.«

»Ihr habt uns hoch ins Teermeer fahren lassen und die ganze Zeit über gewusst, dass die Karte auf den Regen-Inseln ist?« Goldzahns Stimme war flach.

Regen-Inseln? Irsu? Edda strengte sich an, den beiden Männern weiter zuzuhören, aber die Worte entglitten ihr wie schlüpfrige Aale.

»Ihr habt uns betrogen!«, sagte Goldzahn neben ihr. »Eure Tochter gegen die Karte, das war der Handel!«

»Goldzahn, Goldzahn, kein Grund für Jähzorn. Wer es mit den Carpaunen aufnehmen kann, muss die Irsu nicht fürchten. Das Mädchen beherrscht die Alte Sprache, und Ihr ... nun, Ihr habt Euer Äffchen.«

Er wandte sich ab und warf einen Fleischbrocken ins Perlfischbecken. An die beiden Wachen gerichtet, fuhr er fort: »Es ist an der Zeit für unsere Freunde zu gehen. Sie haben eine weite Reise hinter sich und müssen sich ausruhen. Und ich möchte Zeit mit meiner Tochter verbringen.«

Wie aus dem Nichts schienen zwei schwarz gekleidete Männer aus dem Gras zu wachsen. Sie standen so dicht vor ihnen, dass Edda nur die Hand hätte heben müssen, um sie zu berühren. Ihre Gesichter waren ausdruckslos, ein dünner Film Schweiß lag auf ihren Oberlippen, und obwohl sie weder sprachen noch etwas taten, lag die Drohung allein in ihrer Anwesenheit. Goldzahn ballte die Hände zu Fäusten. Schien entschlossen, nicht von der Stelle zu weichen. Aber wozu? Wozu weiterkämpfen? Selbst wenn sie Gondenberg einen Lügner, einen Betrüger schimpften, konnte er ihnen kaum geben, was er nicht besaß. Sie hatten ihn getäuscht, und er hatte sie getäuscht. Es war, im Grunde und genau betrachtet, ein gerechter Handel.

Erst als eine der Wachen noch einen Schritt auf Goldzahn zumachte und sie beinahe Brust an Brust standen, wich Goldzahn zurück. Drehte sich um und stürmte über den Kiesweg davon. Während Edda ihm stolpernd folgte, verschwammen um sie herum alle Farben und Formen. Sie hörte Kreischen und Trällern, Gackern und Schreien, schirmte die Augen ab und spähte nach Goldzahns verschwommenem Umriss. Er schimpfte auf Gondenberg, und seine Worte drifteten zu ihr herüber wie Rufe aus einem fremden Land, einer anderen Welt. Hatte er Edda nicht gewarnt? Hatte er ihr nicht gesagt, dass sie sich auf keinen Handel mit Gondenberg einlassen sollte?

Sie nickte. Trat hinter ihm durch das Tor aus der Hitze des Gartens in die noch viel größere Hitze der Bergstraße. *Du läufst zu schnell,* sagte sie zu Goldzahn. *Ich muss mich hier kurz in den Schatten setzen, ich muss kurz ruhen*.

Goldzahn ging weiter. Hatte sie nicht gehört, weil sie viel zu leise gesprochen hatte. Nein, weil sie überhaupt nicht gesprochen hatte. *Bleib stehen, halt, warte* ... Die Worte steckten ihr in der Kehle fest. Und dann gaben Eddas Beine unter ihr nach, und sie stürzte aus der flirrenden Hitze der Bergstraße in eine große Dunkelheit.

14
Auf den Fersen

Edda lief die Bergstraße hinunter. Seit Stunden, Tagen oder Wochen schon lief sie, doch jede Stufe, die sie hinter sich gebracht hatte, reihte sich bloß neu ans untere Ende. So lange war sie schon gelaufen, dass sie sich an eine Welt jenseits der Bergstraße nicht mehr erinnern konnte. Hin und wieder verdunkelte sich der gleißend helle Himmel über ihr. Dann verschwanden die Stufen, und Edda bemerkte, dass sie nicht lief, sondern *lag*, in einem breiten Bett, in einem schattigen Zimmer. Sie sah einen dämmrigen Raum, sah bodentiefe, dunkelblaue Vorhänge, einen Nachttisch, auf dem eine Schale mit Wasser stand, sah Goldzahn, der neben ihr auf einem Schemel saß, sein Gesicht so düster, als stünde er auf einem sinkenden Schiff, weit draußen im Teermeer. Dann verschwanden die Vorhänge, Goldzahn und der Raum, und die Treppe hatte sie wieder.

Ein Gefühl von Kühle, Nässe, einem sanften Druck auf ihrer Stirn weckte sie. Sie hob die Hand, ertastete einen gefalteten Lappen, öffnete die Augen. Das Erste, was sie sah, war der Schrank. Sie kannte diesen

Schrank, aber sie konnte sich nicht erinnern, in welchem Haus er stand. War sie wieder in Colm? War sie zu Hause? Sie versuchte, sich aufzurichten, aber der Lappen lag bleischwer auf ihrer Stirn, und sie konnte nicht einmal den Kopf heben.

»Ruben?«, krächzte sie.

Niemand kam. Im Nachbarzimmer kreischte ein Tier. Vielleicht eine Möwe? Vielleicht einer dieser großen blauen Vögel mit den grün schillernden Schleppen. Wie lautete noch gleich ihr Name …? Die Matratze unter ihr öffnete sich, und sie fiel durch den Schlund zurück ins Teermeer. Etwas griff sich ihren Knöchel und zog sie hinab, in eine Dunkelheit, in der nicht einmal geflüstert wurde.

Auch als Edda das nächste Mal zu sich kam, war sie allein. Alles schmerzte. Ihr Nacken, ihr Kopf. Jeder Finger, jeder Zeh, jeder Knochen, jeder Muskel. Selbst ihre Fingernägel und Haarwurzeln schienen zu schmerzen. Ihre Haut fühlte sich an, als hätte man sie mit einer Feuerqualle abgerieben. Sie sah sich um. Wusste immerhin, wo sie war: nicht im Teermeer oder auf der Bergstraße, sicher nicht in Rubens Haus. Sondern in Goldzahns Schlafkammer. In dem Raum hing ein beißender Geruch, der Edda an die räudigen Straßenkatzen Akobans erinnerte. Sie schlug die Decke beiseite und erschrak: Der Geruch ging von ihr aus. Sie roch nach Fieber, nach Schweiß und Krankheit. Sie streckte die Hand aus und stieß scheppernd die Schale mit Wasser neben ihrem Bett um. Kaum ein Wimpernschlag verstrich, bevor Goldzahn ins Zimmer gestürzt kam.

»Bei den Wassergeistern, Mädchen! Seit wann bist du wach?«

Sie zuckte die Achseln, traute ihrer Stimme so wenig wie ihren Beinen. In ihrer Haut, unter ihrer Haut fühlte sie sich heiß und trocken.

Welk. Sie deutete auf das verschüttete Wasser, und Goldzahn verschwand im Nebenzimmer, um mit einen vollen Becher zurückzukehren. Er musste ihn halten und Edda stützen, während sie trank. Das Wasser lief ihr als Rinnsal durch Kehle und Brustkorb, sie meinte, es noch in den Adern zu fühlen. Geduldig führte Goldzahn den Becher immer wieder zum Mund, bis sie ihn ganz geleert hatte und erschöpft in die Kissen zurücksank.

»Du warst sehr krank«, sagte er ernst. »Ich war nicht sicher, ob …«

Er sprach nicht weiter, aber das musste er auch nicht. Sie hatte den Tod selbst an sich gerochen.

»Das Rotf… Rotfieber?«, fragte Edda. Die Worte waren gleichzeitig rutschig und schwer auf ihrer Zunge.

Goldzahn schüttelte den Kopf. »Nein, das Inselfieber. Trifft vor allem solche, die schnell und weit reisen. Vermutlich wegen all der Wechsel. Hitze, Kälte, zu viel Sonne, dann gar keine Sonne. Dafür ist kein Körper gemacht.«

Goldzahn sprach weiter, erzählte von einem Mann, den er gekannt hatte oder den jemand anders gekannt hatte und der erst im letzten Jahr am Inselfieber erkrankt oder sogar gestorben war. Mit geschlossenen Augen hangelte Edda sich an seinen Worten entlang, aber die Abstände zwischen ihnen wurden größer. *Kein Trank und kein Kraut*, hörte sie noch, bevor sie in einen Schlaf fiel, der gnädig traumlos war, ihr den Gefiederten und die Treppe ersparte.

Das nächste Mal, als Goldzahn zurückkehrte, brachte er nicht bloß Wasser, sondern ein dünnes Fladenbrot, das Edda sich nur widerstrebend zwischen den rissigen Lippen hindurchschob.

»Wie lange war ich … war ich krank?«, fragte sie Goldzahn.

»Beinahe drei Tage«, antwortete Goldzahn

Nur drei Tage? Aber war sie nicht ewig die Bergstraße hinuntergelaufen?

Quill hüpfte von Goldzahns Schulter auf den Nachttisch, schlug gegen die Wasserschale und kreischte. Edda erinnerte sich dunkel, das Äffchen auch während der Tage des Fiebers kreischen gehört zu haben. Und dass sie es für eine Möwe, einen Pfau gehalten hatte. Wahrscheinlich, weil sie kurz zuvor einen der Pfauen in Gondenbergs Garten ... Mit einem Ruck setzte sie sich auf.

Gondenbergs Garten. Der Handel. Die Karte. Die Erinnerungen trafen sie wie harte kleine Steine, die ihr einer an den Kopf warf. Ihr Atem ging so schnell, dass Goldzahn sie bei den Schultern packte.

»Bekommst du keine Luft?«

Sie schüttelte den Kopf. Etwas schloss sich um ihren Brustkorb, eine unsichtbare Schlaufe, die sich zuzog. »Er hat uns ... er hat uns hereingelegt«, stammelte sie.

»Ich weiß, Edda. Und wir müssen sprechen über das, was geschehen ist. Aber das Wichtigste ist, dass du dich ausruhst. Das Inselfieber ist keine Krankheit, die man auf die leichte ...«

Aber Edda hörte ihm längst nicht mehr zu. Während sie das schweißklamme Laken mit fahrigen Händen knetete, versuchte sie, sich zu erinnern: Was hatte Gondenberg gesagt, wo die Karte war? Irgendetwas mit Sturm? Wasser?

»Regen-Inseln!«, rief sie triumphierend. »Die Karte ist auf den Regen-Inseln. Wo liegen sie? Im Teermeer?«

Goldzahn hatte sich den Lappen vom Nachttisch genommen, faltete ihn umständlich und antwortete nicht.

»Sind die Regen-Inseln im Teermeer oder nicht?«, fragte sie ungeduldig.

Mit einem unterdrückten Stöhnen legte Goldzahn den Lappen zurück auf den Nachttisch. »Im Süden. *Weit, weit* im Süden. Noch jenseits der Tiefen Ströme.«

»Wie lange braucht man bis dorthin?«

»Auf einem schnellen Dreimaster vielleicht zwei Wochen.«

Edda führte den Becher zum Mund, nur um festzustellen, dass er leer war. Sie hatte längst alles Wasser getrunken und war noch immer durstig. Durstig und schwindelig und müde und viel zu schwach, um diesen Kampf mit Goldzahn auszufechten. Trotzdem hörte sie sich sagen: »Nun, der Süden ist besser als der Norden, nicht?«

Goldzahn sah sie an, auf jene Weise, auf die Ruben Tobin angesehen hatte, bevor er ihm erklärte, dass sie am nächsten Tag zusammen zum Hafen gehen würden.

»Ich weiß schon«, sagte sie schnell. »Es ist gefährlich, zu den Regen-Inseln zu fahren. Nur ein Kopfkranker würde es wagen. Hexen und sprechende Echsen und einäugige Riesen leben dort.«

»Edda. Ich glaube, wir sollten uns diese Unterhaltung aufsparen, bis du wieder ganz bei Kräften bist.«

Aber Edda wollte sich die Unterhaltung nicht aufsparen. Sie wollte zu den sturmverfluchten Regen-Inseln, am besten jetzt und hier.

»Wer ist dort?«, fragte sie barsch. »Gondenberg hat gesagt, dass er die Karte an jene zurückverkauft hat, denen sie ursprünglich einmal gehörte ... Wer ist das?«

»Die Irsu«, sagte Goldzahn. »Auf den Regen-Inseln herrscht Krieg, so lange schon, dass sich niemand an eine Zeit erinnert, in der es anders war. Seitdem es Wassermänner und Irsu gibt, streiten sie sich um die Inseln. Und du hast recht: Nur ein Kopfkranker reist in einen Krieg hinein. Glaub mir, du willst weder den Irsu noch den Wassermännern begegnen, und du willst ganz sicher nicht dort sein, wenn sie aufeinandertreffen.« Er schnalzte mit den Fingern, um Quill zu sich zu rufen. »Nicht, dass es einen Unterschied machen würde.«

Er hatte die Worte so beiläufig gesprochen, dass Edda sie erst mit einem Wimpernschlag Verzögerung aufnahm.

»Warum sollte es keinen Unterschied machen?«

»Weil du nicht hinkommen wirst, Edda. Du brauchst ein gutes Boot, um so weit in den Süden zu fahren.«

»Die *Vin-Lus Stolz* ist ein gutes Boot«, warf Edda ein.

»Vor allem ist sie nicht dein Boot. Sondern Gondenbergs. Du und ich – wir haben kein Boot mehr, weder ein gutes noch ein schlechtes.«

Eddas Hand schloss sich um die Bettkante, sie drückte ihren Rücken gegen die Kissen, atmete flach. Sie hatte kein Boot. Die *Vin-Lus Stolz* gehörte ihr nicht. Natürlich. Kein Boot, keine Karte. Sie hatte überhaupt nichts, sie hatte ...

»Ich habe Colmin! Ich habe noch zwei Phiolen Colmin.«

»Für zwei Phiolen bekommst du ein ordentliches Boot. Aber keinen Dreimaster und keine Mannschaft und kaum genug Blausteine, um dich auch nur bis zu den Bracke-Inseln zu bringen. Es reicht nicht, Edda. Reisen kosten Geld, glaub mir, niemand weiß es besser als ich. Und wer weit reisen will, der braucht einen, der zahlt. Hör zu, Edda. Im letzten Jahr habe ich etwas gelernt – und nicht auf dem leichten Weg. Ich war ein Spieler, fuhr jeden Abend nach Vin-Lu und saß an den Kartentischen. Lange Zeit gewann ich, und dann, irgendwann, gewann ich nicht mehr. Nun, wer einmal und vielleicht ein zweites Mal verliert, der muss nicht gleich mit dem Spielen aufhören. Gut möglich, dass er sein Glück wiederfindet. Früher oder später aber kommt für jeden der Moment, da es endgültig zur Neige geht. Und weißt du, was allen Spielern gemeinsam ist? Wenn der Moment kommt, dann erkennen sie ihn nicht. Glaube mir, der Moment ist da, auch für dich. Keine neue Runde, kein nächstes Spiel. Ich höre auf, und du solltest das Gleiche tun.«

Er sah sie abwartend an. Sie schaute zurück, achtete darauf, nicht einmal zu blinzeln. Mit einem Seufzen fuhr er fort: »Ein Bekannter namens Fengan Brook hat mir ein Geschäft vorgeschlagen. Für nur eine Phiole wird er mir ein Boot geben, wenn ich ihm dafür von meiner nächsten Reise zur Küste ein wenig Colmin mitbringe. Mein Angebot steht. Ich kann dich mit zurück zur Küste nehmen. Du bist weit genug für deinen Bruder gegangen. Es ist an der Zeit umzukehren.«

Ich gehe nie wieder zurück. Aber sie behielt die Worte für sich. Goldzahn würde ihr ohnehin nicht zuhören. Er hatte ihr gesagt, wie es um sie stand. Was blieb ihr anderes als Einsicht? Wer keine Karte hatte, brauchte Einsicht. Wer kein Boot hatte, brauchte Einsicht. Wer keine Reichtümer hatte, brauchte Einsicht. Wortlos kehrte sie Goldzahn den Rücken und heftete ihren Blick auf die gegenüberliegende Wand, den bröckligen Putz und den dünnen Streifen Sonnenlicht, der ihn zu durchschneiden schien.

***

Bisher war Fieber immer nur ein flüchtiger, ungebetener Gast in ihren Gliedern gewesen, schnell gekommen, schnell gegangen. Das Inselfieber aber hatte seine Widerhaken in sie geschlagen. Obwohl sie sich die Krankheit mit Seife und Wasser vom Leib geschrubbt hatte, juckte und brannte ihre Haut noch immer. Obwohl das Fenster zu jeder Tages- und Nachtzeit offen stand, war nie genug Luft im Raum. Und obwohl sie schlief, sich ausruhte, wie Goldzahn es ihr aufgetragen hatte, nahm ihre Erschöpfung nicht ab.

Zunächst konnte sie nicht einmal von einem Zimmer ins andere gehen, ohne dass Goldzahn sie stützte. Tagsüber war sie wach, nachts aber wälzte sie sich rastlos von einer Seite auf die andere. Lauschte den Geräuschen, die vom Hafen her aufstiegen: Liedfetzen und Rufe, betrunkene Streitgespräche und schallendes Gelächter. Und ihre Gedanken nahmen Fahrt auf. Rasten. Kreisten. Führten nirgendwohin. Nicht zum ersten Mal hatte ihr ein anderer erklärt, dass der Weg nicht weiterführte, aber zum ersten Mal war sie schwach und elend genug, um es zu glauben. Der große Wind, der sie während der letzten Wochen angetrieben hatte, war abgeflaut.

Goldzahn unterdes beobachtete sie aufmerksam. Nahm es zur Kenntnis, als sie eine ganze Schale der kalten Tomatensuppe aß, die er ihr brachte. Nahm es zur Kenntnis, als sie bis zum Esstisch lief, ohne zu stolpern. Und bald stellte er erste zaghafte Fragen: Hatte sie noch einmal über seinen Vorschlag nachgedacht? Konnte sie sich vorstellen, mit ihm zur Küste zu fahren?

Eher würde sie in Hagers Haus den Boden putzen, bis ihr die Finger bluteten, eher würde sie sich in der Silbersee ertränken, stehlen, betteln, hungern.

»Edda, es ist an der Zeit«, sagte er eines Morgens mit neuer Strenge.

Edda saß am Esstisch, fütterte Quill mit Barnbeeren und zog aufmunternde Grimassen für das Äffchen. Sie sah ihn nicht an.

»Jeder Tag, den wir länger in diesen Zimmern bleiben, kostet mich Rundlinge«, setzte Goldzahn nach. »Rundlinge, die ich nicht habe. Mein Freund Fengan wartet auf eine Antwort, aber er wird nicht ewig warten, und ich möchte ihm gerne morgen oder übermorgen eine geben.«

»Dann gib sie ihm.« Edda rollte eine Barnbeere über den Tisch hinüber zu Quill.

»Und wirst du nun mitkommen oder nicht?«

Als hätte sie ihm ihre Antwort nicht schon längst gegeben. Sie zerdrückte eine Barnbeere zwischen Daumen und Zeigefinger. »Es gibt dort nichts für mich.«

»Das stimmt nicht, Mädchen. Deine Heimat ist dort, ob du sie nun schätzt oder nicht. Dein Vater ist dort. Deine Freunde sind dort.«

»Freunde?« Sie warf ihm einen dunklen Blick zu. Wusste er eigentlich überhaupt nichts über ihr Leben in Colm?

»Du weißt schon, der Junge mit dem … der Apothekerssohn. Temolin.«

»Teofin.«

»Meinetwegen. Glaubst du nicht, dass sie sich alle freuen würden, dich wiederzusehen?«

»Goldzahn«, sie hob die Stimme, »ich gehe nicht zurück. Ich werde ein Boot bekommen. Ich habe es einmal geschafft, also schaffe ich es ein zweites Mal. Ich gehe noch einmal zu Gondenberg. Schlage ihm einen zweiten Handel vor.«

»Weil der erste ein so großer Erfolg war?«

Sie verschränkte die Arme, drehte den Kopf zur Seite und schwieg. Er würde gehen, er sollte gehen, aber sie würde nicht mit ihm kommen.

In den Nächten aber ließ ihre Entschlossenheit nach, in den Nächten geschah, worauf Goldzahn während der Tage vergeblich wartete: Sie gab nach, *in ihr* gab etwas nach. Das Inselfieber hatte zu ihr gesprochen und ihr eine klare Botschaft überbracht: Sie konnte sterben wie alle anderen auch. Nur weil ihr der ein oder andere Pfau gehorchte, nur weil ein Altes Wort sie schützte, war sie nicht vor dem Tod gefeit. Wie sollte sie mit diesem Wissen zurück in die Straßen kehren? In die entsetzliche Einsamkeit der Straßen, in der es niemanden kümmerte, ob sie verhungerte, verdurstete oder ihr einer den Hals umdrehte, in der niemand verantwortlich für sie war, nicht einmal Infried.

***

Der Brief musste früh am nächsten Morgen gekommen sein und während Edda noch geschlafen hatte. Er lag vor Goldzahn auf dem Esstisch, als sie am späten Vormittag aus der Schlafkammer getappt kam. Weil Briefe in ihrem Leben nie eine Rolle gespielt hatten, nahm sie ihn erst ganz zur Kenntnis, als Goldzahn ihn bedeutungsvoll in die Höhe hielt.

»Die Vermieterin hat ihn gebracht«, erklärte er.

Edda nickte achselzuckend und setzte sich. Was hatte sie mit Goldzahns Korrespondenz zu schaffen?

»Er ist für dich«, erklärte Goldzahn und legte ihn auf die Tischplatte.

Misstrauisch betrachtete Edda den Umschlag. In ihrem ganzen Leben hatte sie noch keinen Brief bekommen. Wer sie nicht kannte, würde ihr keinen Brief schreiben; wer sie kannte, wusste, dass sie nicht lesen konnte.

»Von … von Gondenberg?«, fragte sie.

»Nein. Dein guter Freund, der Gorm, hat dir geschrieben.«

Goldzahns Ton lag irgendwie zwischen Ärger, Belustigung und Vorwurf. Der Brief gefiel ihm nicht. Wie gern Edda ihn einfach an sich genommen hätte und aus dem Raum geschlendert wäre. Im anderen Zimmer aber würde sie ihn so wenig lesen können wie in diesem. Also schob sie ihn über den Tisch zurück zu Goldzahn.

»Kannst du ihn mir vorlesen?« Ihre Zunge schien sich zu verknoten, so sehr war es ihr zuwider, die Worte zu sprechen. Halb erwartete sie, Goldzahn würde sich sträuben, doch er öffnete den Umschlag ohne weitere Bemerkung und begann zu lesen.

»Wir sind heute Abend in sein Haus in der Kleinen Bergstraße eingeladen.«

»Sagt er, was er will? Soll ich mit seinen Pfauen sprechen? Hat er eine Tochter?«

Goldzahn zuckte die Achseln. »Es ist bloß eine Einladung. Weiter steht nichts drin.« Er drehte und wendete das Blatt, warf Edda einen abwägenden Blick zu. »Worüber habt ihr auf Gondenbergs Fest geredet?«

»Blauschalkrabben.« Edda dachte einen Moment nach. »Die Bracke-Inseln. Nichts Besonderes.«

»Nun.« Goldzahn faltete das Blatt zusammen und setzte einen selbstsicheren Ausdruck auf, der Edda die Handflächen vor Trotz jucken ließ, noch bevor er ein Wort gesprochen hatte. »Du solltest jedenfalls nicht hingehen.«

Sie hob die Augenbrauen. »Nein? Und warum nicht?«

»Weil du dich nicht in irgendwelche Akobaner Machenschaften verwickeln lassen solltest. Es gibt keinen Grund für dich, zwischen Gondenberg und den Gorm zu geraten.«

»Was spielt es für eine Rolle? Wenn ich in ein paar Tagen wieder an den stinkenden Bottichen stehe und tote Fische stampfe, macht es kaum einen Unterschied, ob ich einmal ein paar Stunden lang in Akobaner Machenschaften verwickelt war, oder?«

Goldzahn richtete sich auf. »Das heißt, du kommst mit zurück?«

»Das habe ich nicht gesagt.«

Aber natürlich hatte sie das. Sie wusste es selbst.

Goldzahn stand auf und zog sich seine Jacke über. Mit einem Fingerschnalzen rief er Quill zu sich, und das Äffchen huschte auf seine Schulter. »Wenn du unbedingt zum Gorm gehen willst, dann geh. Aber bis morgen früh muss ich von dir wissen, ob du mit mir zurück zur Küste kommen wirst oder nicht. Ich laufe zum Hafen und spreche mit Fengan. Es ist Zeit, unseren Handel festzumachen.«

Statt zu antworten, legte Edda mit spitzen Fingern ein kunstvolles Dreieck aus Barnbeeren in die Mitte des Tisches..

Goldzahn wandte sich mit einem ergebenen Seufzen ab und hielt dann inne. »Da fällt mir noch etwas ein. Fengan hat mir erzählt, dass sich vor ein paar Tagen jemand bei ihm nach dir erkundigt hat.«

Edda ließ eine Barnbeere fallen, sie rollte über den Tisch und zu Boden. Die Luft im Raum war nicht mehr heiß, nicht mehr warm, sondern ging ihr kalt über die Haut und kalt in den Kopf. »Jemand, der meinen Namen kannte? Der *mich* kannte?«

»Jemand, der sich überall in der Stadt nach einem Mädchen mit rotem Haar erkundigt – aber wohl nichts von mir weiß oder von deinem Handel mit Gondenberg.«

»Hat dein Freund ihn beschrieben? Hat er gesagt, der Mann sei ein Schmachter gewesen?«

»Er hat nichts zu seinem Aussehen gesagt. Aber das Gespräch fand in einem Wirtshaus statt, und Fengan ist dem Wein nicht abgeneigt. Wenn er mit einer Echse auf zwei Beinen gesprochen hätte, wäre es ihm vermutlich nicht aufgefallen.« Goldzahn warf ihr einen prüfenden Blick zu. »Du glaubst, dass es dein Holzfäller ist?«

Sie machte eine unbestimmte Bewegung, halb Nicken, halb Achselzucken.

»Warum lässt er dir keinen Frieden, Mädchen? Was will er von dir?«

»Vielleicht glaubt er ... dass ich ihm etwas gestohlen habe.« Sie sah Goldzahn herausfordernd an. »Etwas, das er selbst gestohlen hat. Etwas, das ihm nicht gehörte.«

Goldzahn schüttelte den Kopf. »Einen einflussreichen Mann betrügst du, einen gefährlichen bestiehlst du. Tu mir einen Gefallen. Bleib hier in diesen Zimmern, während ich fort bin. Geh nicht hinaus und mach keinem die Tür auf.«

In der Schlafkammer setzte Edda sich ans Fenster und schaute auf die Stadt hinunter, aber schon nach kurzer Zeit war sie wieder auf den Beinen. Lief Kreise in der Wohnstube. Selbst für Akobaner Verhältnisse war es ungewöhnlich warm und stickig in den beiden Räumen. War es der Brief, der sie unruhig machte? Die Aussicht, Akoban zu verlassen? Beides? Wenn sie nur mit Infried sprechen könnte! Sonderbar, Edda war sicher, dass ausgerechnet Infried, die Akoban wohl nie verlassen oder auch nur von der Fließenden Karte gehört hatte, ihr würde weiterhelfen können. Infried hatte einen klaren Blick, sie sprach ruhig und bestimmt, streute genau wie Edda keinen Zucker auf ihre Worte. Wenn Edda ihr nur die ganze Geschichte erzählen könnte, von Anfang an, wenn sie ihr von Tobin erzählen könnte und Colm und der Feder und den Hexen und Brand und Tamsin und Goldzahn und den Carpaunen und der Karte und den Regen-Inseln. Sie sah zum Fenster. Die Sonne stand hoch, viele Stunden würden sich noch aneinanderreihen, bevor sie unterging. Edda konnte hinunter zum Markt laufen und wieder zurück sein, bevor Goldzahn überhaupt bemerkt hatte, dass sie fort war. Schnell streifte sie sich die Stiefel über, band sich ein Tuch um den Kopf und steckte ihr Krummmesser in den Hosenbund. Bevor sie Zeit hatte, es sich anders zu überlegen, schlüpfte sie durch die Tür hinaus in den Flur.

Kaum, dass Edda unter dem schattigen Torbogen von Goldzahns Gasthaus hinaus in die sonnengeflutete Straße trat, begriff sie, dass sie die eigenen Kräfte überschätzt hatte. In Goldzahns Zimmern war die nächste Wand, der nächste Stuhl nie weiter als zwei Schritte entfernt gewesen. Sie hatte niemandem ausweichen müssen, war von niemandem angerempelt worden.

In den Mittleren Gassen traf sie nur vereinzelt auf Menschen, aber ihr Ziel war der Markt, und in den Unteren Gassen nahm das Gedränge rasch zu. Der Markt selbst kündigte sich schon aus der Ferne an, durch die Rufe, das Johlen, Schimpfen, Schreien und Singen der Menschen, das Gackern, Trällern, Fauchen der Tiere.

Edda wurde langsamer. Glaubte sie tatsächlich, in einer Stadt wie Akoban jemandem zufällig über den Weg zu laufen? Und was, wenn Infried sie gar nicht wiedererkannte? Oder wütend war, weil Edda sich so einfach davongemacht hatte und nun plötzlich auftauchte, um sich einen Lebensrat abzuholen? Dicht hinter ihr blökte eine Ziege, und Edda fuhr erschrocken zusammen. Auf wackligen Beinen wankte sie bis an den Rand des Marktes. Dort suchte sie sich ein schattiges Plätzchen auf einer niedrigen Mauer. Immer wieder glaubte sie, zwischen den drängenden, schiebenden, schubsenden Besuchern, den gestikulierenden, schimpfenden Händlern und den dachfreien Kindern Infrieds schwarz glänzenden Haarschopf auszumachen, aber nie war es tatsächlich Infried. Irgendwann bemerkte Edda, dass die ersten Händler die Läden ihrer Wagen schlossen oder ihre Tische zusammenklappten.

Es musste später sein, als sie angenommen hatte. Sie sprang auf, und der Schwindel ließ sie kurz vor und zurück schwanken. Zögerlich näherte sie sich den ersten Ständen. Der schnellstmögliche Weg führte über den Markt, aber kaum, dass sie die ersten Stände mit gezuckerten Äpfeln und Pflaumen erreichte, riet ihr alles dazu, umzukehren.

Auch in den Gassen um den Markt herum herrschte noch genug Gedränge. Viele waren auf dem Weg nach Hause oder in eines der Wirtshäuser. Auf den Stufen vor den Hauseingängen saßen Frauen und Männer, aßen, tranken und sprachen miteinander. Die Rotgewandeten standen in kleinen Gruppen zusammen oder schritten wachsam durch die Straßen, die Dachfreien pilgerten hinunter zum Hafen oder lugten auf der Suche nach einem Schlafplatz in die Hinterhöfe. Unter ihnen machte Edda zwei schmutzige, feixende Jungen aus, die sie als zwei von Infrieds Spatzen erkannte. Sie hob die Hand zum Gruß, doch die beiden sahen sie nur misstrauisch an und eilten weiter. *Aber ich bin eine Freundin Infrieds*, wollte sie ihnen hinterherrufen.

Sie lief weiter, blieb erst stehen, als sie eine jener halsbrecherisch steilen Treppen erreichte, die zwischen den Häusern hindurchführten. Die Abkürzung würde ihr ein gutes Stundenviertel Zeit ersparen, und keuchend schleppte sie sich die Stufen hinauf. Am oberen Ende angelangt, stellte sie fest, dass sie etwa auf der Höhe von Hagers Haus war. Sie trat in eine Gasse, die zur Mittagszeit nur so vor Dachfreien überlief, um diese Uhrzeit aber vollkommen verlassen war. So verlassen, dass man auch hinter den Mauern der umstehenden Häuser kaum Leben vermutete. Nun war es zu spät für Bedenken. Sie konnte nicht umkehren, all die Stufen, die sie gerade erst hinaufgestiegen war, wieder hinunterlaufen, um einen anderen mühsamen Weg bergauf zu gehen. Also hastete sie weiter. Als sie das Ende der Straße erspähte, wurde sie schneller. Nur noch fünfzig, nur noch dreißig, nur noch zehn, nur noch fünf Schritte. Sie bog um die Ecke, umrundete einen Brunnen, der aussah, als wisse er seit Jahrzehnten nichts mehr von Wasser, und verstand im gleichen Moment zwei Dinge:

Erstens: Die Gasse, die sie betreten hatte, war so verlassen wie jene, aus der sie gerade gekommen war. Und zweitens: Sie war nicht allein. Während ihrer Zeit auf den Straßen hatte sie wie die meisten Dachfreien einen zusätzlichen Sinn entwickelt, ein besonderes Gespür für das, was hinter ihr vor sich ging. Sie wusste, wenn einer sie beobachtete, wusste, wenn einer in Gedanken bereits die Laschen ihres Rucksacks öffnete. Wusste, wenn einer ihr folgte.

Sie fiel in einen beiläufig trabenden Laufschritt. Nicht, dass es einen Unterschied machen würde. Selbst vor dem Inselfieber war sie nicht flink wie Infried oder ausdauernd wie Goldzahn gewesen. Ihr Verfolger würde sie einholen, lange bevor sie die Mittleren Gassen erreicht hatte. *Brand* würde sie einholen – wer sonst sollte ihr auf den Fersen sein?

Hastig tastete sie nach ihrem Krummmesser, zog es aus ihrem Hosenbund. Hatte Brand hinter ihr die Bewegung gesehen? Er war stärker als sie, schneller als sie, um ein Vielfaches geschickter, ob er nun eine Waffe bei sich hatte oder nicht. Es gab bloß eines, das Edda sich zunutze machen konnte: Überraschung. Sie musste ihn überraschen.

Sie wurde langsamer. Musste nicht vorgeben, außer Atem zu sein, war es tatsächlich. Und dann legte sie ihre restliche verbleibende Kraft in die Zusammenführung dieser zwei Bewegungen: Herumfahren. Zustechen. Die Klinge ihres Krummmessers schnitt durch die Luft. Brand machte einen Satz zurück und keuchte. War laut und schwerfällig und …

Aber vor ihr stand nicht der weiße Schatten.

Sondern ein Junge.

Ein buntes, schmutziges Band war um seine Stirn geknotet. Darunter prangte eine lange Narbe. Meerfern sah er aus, dieser Junge mit der Narbe, meerfern sein Haar, das ihm bis über die Ohren fiel, meerfern seine für Akoban ungewöhnlich helle Haut, meerfern sein krummes Bein und seine Augen, die Pessa Bornholms waren, und sein ewig besorgter Blick, der Tomas Bornholms war. Das Krummmesser, plötzlich unwahrscheinlich schwer, fiel Edda aus der Hand. Sie wollte einen Schritt auf ihn zumachen, wollte ihn umarmen, aber für den Moment konnte sie nichts anderes tun, als reglos auf dem Pflaster stehen und Teofin Bornholm anstarren.

15
Schlechte Geschäfte

Als Goldzahn auf dem Markt eintraf, wartete Fengan Brook bereits neben einem Stand mit gebleichten Drachenrochenhäuten auf ihn.

»Können wir gleich zum Hafen gehen?«, rief Goldzahn ihm entgegen, sobald er nahe genug war, um das Lärmen des Marktes zu übertönen. »Ich habe es ein wenig eilig.«

Fengan stieß sich von dem Bretterverschlag ab, an dem er gelehnt hatte, und ließ die hölzerne Wand erzittern. »Eilig«, murmelte er. »So, so. Viele Geschäfte zur Zeit, Goldzahn? Nun, freut mich, dass der Wind sich für dich gedreht hat.«

Die beiläufige Herablassung in Fengans Stimme ließ Goldzahn aufhorchen – er hätte sie so von Gondenberg oder Goran Bass erwartet, aber nicht von einem seiner ältesten Bekannten. Wenn Fengan und ihn eines verband, dann dass sie in Akoban beide wie Außenseiter, Kreuzgescheckte behandelt wurden. Goldzahn, weil er ein Landfüßer und Spieler war. Fengan, weil seine Familie aus Ossenbrook stammte. Ossenbrook mochte noch südlich der Grenze zum Teermeer liegen, trotzdem haftete den Brooks ihre Herkunft an wie ein fauler Geruch. Auch

Goldzahn hätte lieber nichts zu schaffen gehabt mit einem, der mit einem Fuß im Teermeer stand, und seine enge Bekanntschaft mit Fengan war aus reiner Not geboren. Obwohl Fengan bereits seit Jahren auf Akoban lebte, war er selbst für einen Augenkranken als Mann des Nordens zu erkennen. Seine Haut hatte sich ihre ungesund fahle Färbung bewahrt, und unter den anderen Händlern war er vor allem für seine schlechten Zähne bekannt. Warum Fengan, der immer einen gut gefüllten Beutel voller Rundlinge bei sich trug, nicht zu einem Zahnmeister ging und sich die bräunlichen Stummel ziehen und durch ein ordentliches Goldgebiss ersetzen ließ, gehörte für Goldzahn zu den großen Rätseln des Inselreichs.

Unten am Hafen schlenderte Fengan gemächlich am Hafenbecken entlang, um vor dem gusseisernen Geländer stehen zu bleiben und hinaus auf die See zu schauen. Goldzahn tupfte sich den Schweiß von der Stirn. Welcher Wassergeist war in Fengan gefahren? Hatte Goldzahn ihn nicht wissen lassen, dass ihn die Zeit drängte? Er war wegen eines Handels hier und nicht wegen Fengans braunzahniger Gesellschaft. Es gefiel ihm kein bisschen, das Mädchen allein in der Wohnung zu lassen.

»Die Fische sind dieser Tage wieder besonders gesprächig«, sagte Fengan, gerade als Goldzahn sich ungeduldig räuspern wollte.

»So?«

»Sie sagen, du seist zusammen mit einer Hochgeborenen, einer Tochter Pallandors zu den Carpaunen gefahren und hättest Gondenberg seine Tochter zurückgebracht.« Fengan warf ihm einen prüfenden Seitenblick zu. »Goldzahn, alter Freund, hast du mir nicht unzählige Male versichert, dass du eher eine Hexe heiraten würdest, als noch einmal ins Teermeer zu fahren?«

Mit der Zungenspitze tastete Goldzahn nach der Lücke zwischen seinen Zähnen. Natürlich hatten sich die Neuigkeiten von seinem Handel bis zu Fengan herumgesprochen.

»Mir wurde ein gutes Angebot gemacht«, sagte er ausweichend.

»Eines musst du mir verraten, Goldzahn«, sagte Fengan und in seinen Augen lag keine Wärme, nicht einmal geheuchelte. »Du hast Gondenberg tatsächlich seine Tochter zurückgebracht, und trotzdem hast du es geschafft, den greisen Flunderbart zu verärgern. Wie hast du das angestellt?«

»Verärgern?«, fragte Goldzahn aufrichtig erstaunt. »Trom Gondenberg ist ein Betrüger und ein Dieb! Das Mädchen und ich haben unseren Teil des Handels eingehalten. Er hingegen ... «

»Und hast du ihn auch einen Betrüger und Dieb genannt?«

Nun, die Wahrheit war, dass Goldzahn sich nicht tatsächlich erinnern konnte, was er in Gondenbergs Garten gesagt oder nicht gesagt hatte. Die Ereignisse waren überschattet von Eddas Krankheit, den Tagen, die er bei ihr im dämmrigen Zimmer gesessen und um ihr Leben gebangt hatte. Deutlich erinnern konnte er sich nur an eines: wie er Edda die unzähligen Stufen der Bergstraße hinuntergetragen und das letzte Stück in einem Karren hinter sich hergezogen hatte.

»Was erzählt Gondenberg über unseren Handel? Nennt er *mich* nun etwa einen Betrüger?«

»Er nennt dich überhaupt nichts, du Flachfisch. Aber er sorgt dafür, dass jeder in Akoban weiß, dass er dir nicht wohlgesinnt ist.«

»Er ist es gewesen, der sich nicht recht verhalten hat!«

Was streng genommen nur eine Seite der Wahrheit war. Aber konnte Gondenberg bereits herausgefunden haben, dass er hereingelegt worden war? Nein, Goldzahns Gefühl sagte ihm, dass der Sommer sich dem Ende zuneigen würde, bevor dem Händlerkönig auffiele, dass es nicht seine eigene Tochter war, die er hinter verschlossenen Türen und vergitterten Fenstern einsperrte.

»Die Zeit scheint jedenfalls gekommen, dass ich Akoban für eine Weile den Rücken kehre«, murmelte er und schlug geschäftig mit den flachen Händen aufs Geländer. »Es versteht sich aber von selbst, dass ich wie vereinbart mit Colmin zurückkommen werde, wenn ich erst an der Küste gewesen bin. Wenn ich nun vielleicht einen Blick auf das Boot ...«

»Alter Freund, ich muss dir leider sagen, dass der Preis für mein Boot in der Zwischenzeit gestiegen ist.«

Goldzahn lachte. Soweit er wusste, sprachen sie von einem bescheidenen Einmaster mit einer rostigen Kurbel, die nicht mehr als zwei kleine Blausteine fasste. »Bietet dir jemand anders mehr als eine Phiole?«

»Drei«, antwortete Fengan. »Ich habe ein Angebot für drei Phiolen.«

Goldzahn lachte erneut, dieses Mal rauer. Für drei Phiolen konnte man sich in Akoban ein kleines Haus kaufen, drei schlechte Boote oder ein gutes. Warum sollte irgendwer Brook ...? Goldzahn machte einen Schritt vom Geländer zurück. »Das Angebot ist von Gondenberg?«

Fengan antwortete nicht, aber der Blick, den er Goldzahn zuwarf, war so kühl wie der Nordwind, der einem oben im Teermeer in die Knochen fuhr.

»Zum Wassermann, Fengan, Gondenberg braucht das Boot nicht! *Ich* brauche das Boot.«

Beinahe entschuldigend zuckte Fengan die Achseln. »Drei Phiolen sind drei Phiolen. Wenn du gleichziehen kannst, bekommst du das Boot.« Er hielt inne. »Ach, was soll's, mein Guter, ich will ehrlich sein.

Nicht einmal wenn du vier Phiolen hättest, würde ich dir noch ein Boot verkaufen. Ich kann es mir nicht leisten, Gondenberg zu verärgern. Und wie du gerade feststellst, kannst du es ja auch nicht.«

Goldzahn öffnete den Mund. Und schloss ihn wieder. Er war lange genug ein Händler, um zu erkennen, wenn ein Handel geplatzt war und man sich alles Bitten, Betteln, Drohen und Sprechen sparen konnte.

Fengan breitete die Arme aus. »Nimm es mir nicht übel, alter Freund. Hier auf der Händlerinsel sind wir uns alle selbst die Nächsten, nicht wahr?«

Und tatsächlich, noch vor wenigen Wochen hätte Goldzahn Fengan an die Fischer von Halv verkauft, wenn dies für ihn selbst bedeutet hätte, in Gondenbergs Gunst zu steigen. Er hatte mehr als bloß einen Händler dem eigenen Elend überlassen, weil die Händler der Hohen Gassen es nicht guthießen, wenn man jedem Kreuzgescheckten und Pechfisch zu Hilfe eilte.

Dieses Wissen aber nützte ihm nur wenig. Es kostete ihn seine letzte verbleibende Selbstbeherrschung, um Fengan knapp zuzunicken, sich umzudrehen und mit raschen Schritten davonzugehen. Wäre er noch einen Wimpernschlag länger am Geländer stehen geblieben, hätte er Fengan wohl bei den knochigen Schultern gepackt und geschüttelt, bis ihm die braunen Zähne im Mund klapperten.

Das Mädchen war nicht da, als er in der Wohnung eintraf. Natürlich nicht. Sie hatte schließlich mehr mit Quill gemeinsam als mit jedem gewöhnlichen Mädchen. Genau wie das Äffchen tat sie, was sie wollte, tanzte einem auf dem Kopf herum und hüpfte davon – und man konnte sie nicht einmal mit Barnbeeren heranlocken.

Er setzte sich an den Esstisch und zog den achtlos liegen gelassenen Brief des Gorms zu sich heran. So weit war es also gekommen: Edda Valt hielt bereits ihre nächste Einladung in den Händen, während Goldzahn nicht einmal mehr eine durchtriebene Ratte wie Brook dazu bringen konnte, Geschäfte mit ihm zu machen. Wie zum Wassermann sollte er nur an ein Boot kommen? Von den Akobaner Händlern würde ihm ganz sicher keiner eines verkaufen. Er würde sich in den Hafenkneipen herumtreiben müssen, Ausschau halten nach zwielichtigen Gestalten aus Vin-Lu oder aus dem Norden, solchen, die wenig auf Gondenberg und seinen Einfluss gaben. Wenn er in dieser Zeit aber weiter die beiden Zimmer bezahlte, war es gut möglich, dass er am Ende kein Geld mehr übrig hatte für irgendein Boot, und sei es der letzte Schrabbelkahn.

»Und jetzt? Was mache ich jetzt?«, fragte er das Äffchen, das ihm zur Antwort eine faulige Barnbeere an den Kopf warf. Goldzahn warf ein Stück trockenes Fladenbrot zurück, aber Quill fing es bloß geschickt auf und verschwand mit seiner Beute unterm Tisch. Mit einem Seufzen leerte Goldzahn den Inhalt seines Lederbeutels auf dem Tisch aus. Er wusste genau, wie viele Rundlinge sich darin befanden, aber das hielt ihn nicht davon ab, nachzuzählen. Er hatte die schmutzig aussehenden Münzen gerade wieder alle in dem Beutel verstaut, als sich die Tür öffnete und Edda eintrat. Mehr schlich als trat, nahm man es genau. Wäre sie seine Tochter gewesen, hätte sie verschmitzt gelächelt, aber Edda Valt war keine, die verschmitzt lächelte. Stattdessen brannte das Feuer in ihren Wangen.

»Ein Glück, sie lebt! Ich dachte schon, ich muss rüber nach Vin-Lu fahren, um dich dort einem Menschenhändler abzu …«

Er verstummte, als dicht hinter ihr ein Junge in den Raum trat, ein verlaustes, abgemagertes, staubiges Geschöpf. Bei den Wassergeistern, das Mädchen hatte einen ihrer dachfreien Freunde angeschleppt! Wusste sie nie, wann Schluss war? Die Wut schoss Goldzahn heiß in die Adern, und mit einem Satz war er auf den Beinen, bereit, den Jungen an seinem schmutzigen Ohr aus dem Zimmer zu schleifen.

»Nun reicht es, Edda Valt. Ich lasse dich an meinem Tisch essen, in meinem Bett schlafen. Habe dich gepflegt, als du kaum noch einen Funken Leben in dir trugst. Fast bis an den sturmverfluchten großen Schlund bin ich dir gefolgt. Und zum Dank läufst du davon, sobald ich einmal in die andere Richtung schaue, und schleppst mir einen deiner Straßenfreunde an? Glaubst du, ich habe vor, sämtliche Dachfr ...«

Er stockte. Da war etwas an dem Jungen … weniger sein unauffälliges, irgendwie bekümmertes Gesicht als die Art, wie er stand, eigenartig unbeholfen, das Bein krumm und …

»Teofin … Teofin Bornholm?«

Der Junge nickte schuldbewusst, als sei der eigene Name etwas, wofür man sich schämen müsse. Goldzahn sank zurück auf seinen Stuhl. Teofin Bornholm in Akoban. Was als Nächstes? Würden die Colminfische vor den Mittleren Inseln auftauchen? Königskraken an Land gehen? Wenn er sich in den letzten Jahren auf eines hatte verlassen können, dann darauf, dass die Menschen Colms auch in Colm blieben. Mit einem schwachen Winken bedeutete er den beiden, Platz zu nehmen. Obwohl es dem Jungen offensichtlich nicht gefiel, gemustert zu werden, konnte Goldzahn nicht aufhören, ihn anzustarren.

»Teofin Bornholm«, sagte Goldzahn, weil es die einzigen beiden Wörter waren, die ihm noch im Schädel umherrumpelten.

Der Junge bemühte sich, unbeteiligt in den Raum zu starren, aber seine Augen wanderten immer wieder zu dem hellen Fladenbrot, das hinter Goldzahn auf der Anrichte lag. Es war ein Schauspiel, das auch einer wie Goldzahn nur eine begrenzte Zeit ertragen konnte.

»Hast du Hunger?«, fragte er, und Teofin nickte, ohne ihn anzusehen.

Kopfschüttelnd machte Goldzahn sich daran, die spärlichen Essensreste zusammenzusuchen, die im Zimmer verstreut lagen. Während er Rinde vom harten Käsekanten schnitt, zwei Fladen auf den Teller legte, ein paar schrumpelige Beeren und eine braun gefleckte Banane dazugab, drückte ihm die Stille in seinem Rücken auf die Ohren. Edda und Teofin saßen Schulter an Schulter, ohne einander anzusehen oder zu berühren. Sprachen sie nicht miteinander, weil er im Raum war oder weil sie Kinder der Ostküste waren? Aber als er den Teller vor Teofin abstellte und sich setzte, erinnerte er sich daran, wie er selbst unzählige Male Dorgret und Ann gegenübergetreten war, nachdem er einen ganzen Sommer auf den Inseln der Mitte verbracht hatte. Sein Kopf war voller fremder Farben, fremder Laute, fremder Gerüche und Menschen und Orte und Ereignisse gewesen, und die Zeit, die sie getrennt voneinander verbracht hatten, war wie ein weites Feld zwischen ihnen gewesen. Wer reiste, ließ jene zurück, die nicht mit einem kamen, und selbst die engsten Vertrauten konnten zu Fremden werden.

»Wie viele Wochen habt ihr einander nicht gesehen?«, fragte er, ohne tatsächlich eine Antwort zu erwarten.

Beide zuckten die Achseln. Goldzahn hätte vor Erleichterung beinahe geseufzt, als Edda endlich sprach.

»Du siehst anders aus«, murmelte sie.

»*Du* siehst anders aus«, murmelte Teofin zurück.

Edda tastete nach der Pfauenstickerei auf ihrer Schulter, zwirbelte die Perlen. »Bloß das Hemd.«

»Nein.« Teofin schüttelte den Kopf. »Alles.«

Beinahe drehten sie die Köpfe, beinahe sahen sie einander an, schickten die Blicke zumindest so dicht aneinander vorbei, dass sie sich streiften.

»Was … was ist mit deinem Bein passiert?«, fragte Edda.

Überrascht hob Teofin den Kopf. »Es … es ist dir aufgefallen?«

»Natürlich ist es mir aufgefallen.« Sie hob die Stimme nicht, aber sie sprach schneller und mit mehr Nachdruck. Aber wovon, zum Wassermann, sprachen die beiden? Soweit Goldzahn sehen konnte, war das Bein schief und krumm wie eh und je.

»Es schmerzt nicht mehr. Wenn ich es bewege, tut es nicht mehr weh«, sagte der Junge, und Goldzahn begriff, dass die Worte für ihn bestimmt gewesen waren, dass er das Bein wieder angeschielt hatte.

»Aber … aber wie?«, fragte Edda.

»Es ist eine lange Geschichte.«

Wieder verfielen sie in Schweigen. Bei den Wassergeistern!

»Vielleicht fängst du beim Anfang an«, schlug Goldzahn vor, nicht wenig gespannt auf Teofins lange Geschichte. Bisher war es ihm vorgekommen, als könne der Apothekerssohn allein den Weg von einem Ende des Dorfes zum anderen nicht finden.

Teofin stopfte sich hastig einen Fladen in den Mund. Wer kaute, musste nicht antworten.

»Was … was haben sie gedacht?«, fragte Edda schließlich. Sie hatte die Finger so eng verflochten, dass sie rot-weiß gefleckt waren. »Ich meine, als ihnen aufgefallen ist, dass Bents Boot fort war.«

Teofin schluckte schwer seinen zerkauten Fladen. »Die meisten dachten, Talin Brand hätte dich entführt. Einige glaubten, der Gefiederte sei zurückgekommen, um dich mit sich zunehmen, und dass es reiner Zufall gewesen war, dass Brand in derselben Nacht das Boot gestohlen hatte. Ich war nicht sicher, was dein Vater dachte. Ich wollte mit ihm sprechen, aber ich hatte keine Ahnung, wie, ohne ihm zu verraten, was ich selbst wusste. Stattdessen ging ich zu Maron.«

Edda sog ihre Unterlippe ein, zwischen ihren Brauen hatte sich eine steile Falte gebildet. »Du … du bist allein zu Maron gegangen?«

Teofin nickte.

»Aber … damals … als wir in ihrer Höhle waren, dachtest du, sie würde uns in ihrem Kessel kochen und essen.«

Nun, zumindest hatte der Junge noch all seine Sinne beisammen. Nur ein Kopfkranker würde eine Hexe in ihrem Versteck besuchen, ohne zumindest die Möglichkeit in Betracht zu ziehen, dass er in ihrer Suppe landen würde.

»Ich wusste nicht, wen ich sonst hätte um Hilfe bitten sollen. Niemand wusste, dass du aus freien Stücken mit Talin Brand gegangen warst. Niemand hätte mir geglaubt, wenn ich gesagt hätte, dass ich dir ins Inselreich folgen will.«

»Nein«, sagte Edda mit mehr Bestimmtheit, als wohl nötig war. »Das hätten sie nicht.«

Teofin räusperte sich und ordnete das Essen auf seinem Teller neu. »Jedenfalls ging Maron mit mir zu Ruben. Und er willigte ein, mir das Segeln beizubringen – so gut es in der kurzen Zeit, und ohne dass jemand im Dorf davon erfuhr, eben möglich war. Genau wie du sollte ich nach Ootland fahren und mir dort von Marons Schwester weiterhelfen lassen. Aber ich war kaum in See gestochen, als alles schiefging. Gleich nach Achum geriet ich in einen Sturm und wäre beinahe gekentert. Außerdem stürzte ich und schlug mir den Kopf am Segelmast an.«

»Und hattest du kein Colmin mitgenommen?«

»Doch, schon. Aber es war in meinem Rucksack. Und der war während des Sturms über Bord gegangen.«

Goldzahn presste die Lippen zusammen. Er konnte sich das Spektakel nur zu gut vorstellen. Der Junge hatte auf einem Boot so viel verloren wie ein Maultier oder ein Reh.

»Mein Boot muss an einer Insel angespült worden sein – aber daran habe ich keine Erinnerung. Auf der Insel lebten zwei Schwestern. Sie pflegten mich gesund und außerdem … nun, sie heilten mein Bein. Als ich wieder bei Kräften war, schickten sie mich nach Akoban. Sie meinten, dass ich dort die besten Aussichten hätte, dich zu finden. Mir kam es zwar unwahrscheinlich vor, aber wie sich herausstellte, hatten sie recht. Die Hälfte der Händler hier sprach von dir.«

Goldzahn und Edda tauschten einen Blick. Teofins Geschichte hatte einen Anfang, eine Mitte und eine Art Ende. Doch nichts von dem, was der Apothekerssohn gerade von sich gegeben hatte, bot Goldzahn eine Erklärung, wie es diesem Mausejungen mit den furchtsamen Augen gelungen war, durch das halbe Inselreich zu reisen, um nun an Goldzahns Esstisch zu sitzen und an seinem Käse zu nagen. Und soweit er sehen konnte, teilte Edda seine Vorbehalte. Ihre Stirn war noch immer gerunzelt, und sie hatte die Arme verschränkt, während sie Teofin prüfend musterte. Mit einem Ruck stand sie auf und begann, unruhig im Raum umherzugehen. Dann blieb sie so plötzlich stehen, wie sie zuvor aufgesprungen war, und sah Teofin an.

»Du … du bist etwa zwei Wochen, nachdem ich Colm verlassen habe, aufgebrochen?«, fragte sie.

Teofin nickte stumm.

»Aber als ich damals an meinem letzten Abend in Colm zu dir kam und dich darum bat, mit mir zu kommen, da wolltest du nicht.«

»Edda, es war nicht so, dass ich nicht wollte. Ich konnte … ich *konnte* nicht.«

»Wie auch immer, meinetwegen, du konntest nicht.« Sie fuhr mit der Hand durch die Luft. »Aber zwei Wochen später, da ging es plötzlich?«

Ihr Ton allein ließ Goldzahn tiefer in seinem Stuhl hinabrutschen. Keine Frage, Edda Valt war die Tochter ihres Vaters. Der Schlag ihrer Zunge konnte peitschen. Es hätte Goldzahn nicht weiter gewundert, wenn der Junge aufgesprungen und aus dem Raum geflüchtet wäre. Doch zu seiner Verwunderung errötete der Apothekerssohn nicht einmal. Hielt den Kopf gerade und das Kinn gereckt. Sein mausiges Aussehen hatte Goldzahn wohl vergessen lassen, dass er wie Edda von der Ostküste stammte und harsche Worte genauso sehr gewohnt war wie kühle Winde.

»Ich hatte solche Angst, Edda.« Er sprach die Worte nicht beschämt, sondern deutlich. »Als du damals wolltest, dass ich mit dir komme, da hatte ich Angst wie noch nie zuvor, und, Edda, ich habe mein ganzes Leben Angst gehabt. Immer dachte ich, es sei das Sicherste, sich nicht von der Stelle zu rühren. Weil die Gefahren dort draußen sind.« Er machte eine unbestimmte Bewegung, die wohl die gesamte Welt einschloss. »Aber nachdem du gegangen warst und ich allein in Colm zurückblieb, da verstand ich, dass es manchmal keinen Unterschied macht, ob man sich bewegt oder nicht. Die Welt um einen herum bewegt sich ja. Tobin war fort. Du warst fort. Alles war anders, und ich war so … einsam.«

Es zog an Goldzahns Herz, den Jungen das letzte Wort sprechen zu hören. Als sei er der Erste überhaupt, der es je gesprochen hatte. Einsam – das Wort trug eine ganze Welt in sich, die Welt der Fischer, die Welt der Ostküste, in welche man diese zwei meerfernen Kinder hineingeworfen hatte und in die sie so wenig gehörten wie in die Hitze Akobans. Goldzahn sah die beiden an, sah sie zum ersten Mal, seitdem sie staubig und erschöpft durch seine Tür gestolpert waren, tatsächlich an. Verheddert waren sie in ihre Geschichte, ihre Geheimnisse. Es würde Zeit und viele Worte brauchen, bis sie zueinanderfanden. Und während er sie ansah, verstand er noch etwas, etwas, das Edda Valt ihm mit all ihrem Trotz, mit all ihrem Willen nicht hätte verständlich machen können: Unmöglich konnten diese zwei an die Küste zurückkehren. Sie hatten eine alte Haut abgestreift, einen leeren Kokon zurückgelassen. Sie waren auf ihrem Weg. Was sie nun brauchten, war ein Boot.

Goldzahn räusperte sich.

»Ich bin sicher, dass ihr zwei euch noch einiges zu erzählen habt«, behauptete er. »Aber das sollten wir auf morgen verschieben. Edda, du hast eine Verabredung.«

Sie hob den Kopf, sah ihn verständnislos an. Die Einladung des Gorms musste sie längst vergessen haben. Goldzahn griff nach dem Brief und hielt ihn hoch.

»Teofin, Junge«, sagte Goldzahn. »Nimm's mir nicht übel, aber du brauchst ein Bad und ein frisches Hemd, bevor wir dich in das Haus eines anderen Händlers mitnehmen können.«

Anders, als er es erwartet hatte, widersprach weder Teofin noch Edda. Beide schienen erleichtert, ein paar Stunden voneinander getrennt zu sein, um ihre Gedanken ordnen zu können.

Draußen auf den Straßen war Edda so schweigsam wie oben im Zimmer. Nun, was hatte er erwartet? Er wusste schließlich, dass sie keine war, die ihr Herz ausschüttete, nur weil es voll war und ein Paar fremde Ohren gerade zur Stelle.

»Ich hätte nicht gedacht, dass ich einmal den Tag erlebe, an dem sich gleich zwei Kinder Colms in den Straßen Akobans herumtreiben«, stellte er vorsichtig fest.

Edda antwortete nicht. Machte sich nicht einmal die Mühe, mit den Schultern zu zucken oder zu nicken.

Goldzahn blieb stehen. »Hör zu, Mädchen. Du machst dem Jungen Vorhaltungen. Warum, verstehe ich nicht und muss es auch nicht verstehen. Er ist nicht gekommen, als du wolltest, dass er kommt, aber nun ist er hier. Hat für dich seine Heimat zurückgelassen und alle, die er kennt, und er scheint mir keiner, den die Abenteuerlust packt. Es muss ihn einiges gekostet haben.«

»Und wozu soll es jetzt noch gut sein? Er ist gerade rechtzeitig in Akoban angekommen, um mit uns zusammen zur Küste zu fahren.«

»Nun, wir werden sehen«, murmelte Goldzahn.

»Was werden wir sehen? Du hast dein Boot, oder nicht? Und ich habe keines. Also fahren wir zurück.«

Goldzahn widersprach nicht. Es war unklug, Edda Valt ein Versprechen zu geben, wenn man nicht wusste, ob man es auch würde halten können. Und so entschied er, vorerst für sich zu behalten, was er in diesem Moment zu wissen glaubte: Dass ein neuer Wind aufkam. Er fühlte es auf der Zunge und in den Knochen, es war ein Wind, der nicht gen Norden ging, nicht gen Osten und ganz sicher nicht gen Westen. Gebt dem Mädchen ein Boot, dachte Goldzahn, und sie wird weiter fahren, als irgendwer es für möglich hält.

16
Der Vogel zeigt sein Gefieder

Während Edda hinter Goldzahn durch die Straßen lief, saß sie in ihren Gedanken noch immer in Goldzahns Wohnstube, an seinem Esstisch, Teofin gegenüber. Nur dass Teofin nicht mehr Teofin war. Nicht mit der langen Narbe auf seiner Stirn, dem fransig verfilzten Haar, nicht mit seinem neuen Bein. Wie hatte er nur denken können, dass es ihr nicht aufgefallen sei? Jahrelang schließlich hatte sie ihn an dem auffällig schleifenden Gang erkannt, der nun kaum mehr als ein Rucken, ein leichtes Schlenkern war. Den Fuß setzte er bestimmt und ohne Furcht ab. Zwei Schwestern sollten ihn also geheilt haben? Waren sie Hexen gewesen? Und warum hielt Teofin Teile seiner Geschichte zurück? Wegen Goldzahn? Oder war es Edda, der er nicht mehr traute? Wie blind folgte sie Goldzahn durch die Straßen, achtete nicht darauf, welche Abzweigungen sie nahmen, welche Plätze sie überquerten. Sie hatten die Bergstraße längst gekreuzt und hinter sich gelassen, als Edda bemerkte, dass sie sich in einem Teil der Stadt befanden, in dem sie noch nie zuvor gewesen war. Sie war davon ausgegangen, dass der Gorm am oberen Ende der Bergstraße wohnte, tatsächlich aber befanden sie sich etwa auf derselben Höhe, auf der auch Goldzahns Zimmer lagen, allerdings weit im Osten der Insel.

»Der Gorm wohnt nicht in den Hohen Gassen?«, fragte sie.

»Ha.« Goldzahn schnaubte abfällig. »Ganz bestimmt nicht. Er hält sich von den anderen Händlern fern. Meidet die Bergstraße wie der Wurm die Möwe.«

»Aber er war auf Gondenbergs Fest.«

»Ja, und was glaubst du, warum? Geschichten von einer Hochgeborenen, die mit Fischen und Vögeln spricht, locken selbst den Gorm hervor.«

Der sturmverfluchte Pfau schon wieder. Mit gesenktem Kopf folgte Edda Goldzahn die Straße entlang, viel Aufmerksamkeit für ihre Umgebung brauchte sie ohnehin nicht. Das Viertel war weder besonders nobel noch heruntergekommen, und die Häuser, schmucklose, sandfarbene Klötze, sahen aus wie die Häuser überall sonst in Akoban auch. Vor einem dieser Häuser blieb Goldzahn stehen. Was Form und Größe anging, fügte es sich nahtlos ein, stach aber durch seine Farbgebung hervor. In ihrer ganzen Zeit auf Akoban war Edda kein einziges Haus begegnet, das nicht weiß, ocker- oder sandfarben war. Dieses nun bestand aus einem schiefergrauen, beinahe schwarzen Stein. Es schien keine Fenster zu geben, und auch die aus schwarzem Holz gefertigte Tür entdeckte Edda erst auf den zweiten Blick. Das Haus des Gorms, dachte sie, sah weniger wie ein Haus aus und mehr wie ein pechschwarzer Würfel, von Riesen aus einem Gebirge geschnitten, von Hexenhand in diese Straßen befördert.

»Bereit?«, fragte Goldzahn, griff sich, ohne ihre Antwort abzuwarten, den schweren Eisenring an der Tür und schlug ihn gegen das schwarze Holz.

Stirnrunzelnd betrachtete Edda die Tür. Sie konnte weder Schloss noch Klinke entdecken. Wie man das Haus wohl betrat, wenn einmal niemand im Inneren bereitstand, um einem aufzumachen?

Ein Männlein öffnete ihnen. Mit seiner leicht gebückten Haltung, seinem grauen, bereits oft geflickten Gewand und dem schütteren Haar sah er dem Gorm nicht unähnlich, auch wenn seine Augen eher verschlafen als gerissen blickten.

»Späte Gäste, späte Gäste«, murmelte er. »Pewlitt zu Diensten.«

Er winkte sie hinein und warf einen misstrauischen Blick die Straße hinunter, wie um sich zu vergewissern, dass ihnen niemand gefolgt war. Rasch zog er die Tür zu und legte zwei schwere Eisenriegel vor.

Sie standen in einem dämmrigen Flur, der bloß durch das Licht schwach flackernder Öllampen erhellt wurde. Es mochte an den nackten Steinwänden liegen oder daran, dass keinerlei Tageslicht einfiel, Edda jedenfalls fühlte sich an die Höhle der Carpaunen erinnert oder an die Grabkammer im Haus der Heiligen Schwestern.

Bevor sie Gelegenheit hatten, sich vorzustellen oder ihren Namen zu nennen, drehte Pewlitt sich bereits um und eilte geschäftig murmelnd den Gang hinunter. Edda und Goldzahn folgten achselzuckend.

Als sie ihr Ziel erreicht hatten –, eine Tür aus demselben schwarzen Holz wie die Haustür –, zog Pewlitt unter seinem Gewand eine Schnur hervor, an der unzählige Schlüssel befestigt waren, und Edda erinnerte sich, dass der Gorm am Abend von Gondenbergs Fest eine ganz ähnliche Schnur getragen hatte. Ob alles in seinem Haus verschlossen und versperrt war?

Pewlitt stieß die Tür auf und bedeutete ihnen einzutreten.

»Wenn die Gäste sich einen Augenblick lang gedulden würden. Der Meister wird gleich kommen.«

Zu Eddas Erleichterung schlurfte er davon, ohne die Tür hinter ihnen zu verschließen. Sie befanden sich nun in einem großen, spärlich eingerichteten Raum, in dem man genau wie im Flur vergeblich nach Kostbarkeiten Ausschau hielt. Kein Gold und kein Silber, keine fein gewebten Stoffe, kein Kristall oder Porzellan, kein Schmuck, keine Schnitzereien, kein Silbergeschirr, keine meerfernen Tiere oder Pflanzen. Auf dem steinernen Boden lagen nicht einmal Teppiche. Es gab eine lange Tafel, die nicht gedeckt war, und eine Feuerstelle, in der kein Feuer flackerte.

»Wie die Maus, so ihr Haus«, murmelte Goldzahn und trat an die Feuerstelle. »Wer hätte gedacht, dass es in Akoban einen Ort gibt, an dem man sich nach einem guten Feuerchen sehnt.«

Tatsächlich lag in dem Raum jene Kälte, die man nur in kühlen Kellern und klammen Gewölben fand. Edda rieb ihre Arme und drehte sich langsam im Halbkreis, als sie stockte. Ihre Augen waren über ein Bild gestolpert, das unmittelbar neben der Tür an der Wand hing. Ob es der Kälte geschuldet war oder dem Bild, die Härchen auf ihren Unterarmen stellten sich auf, und ihre Füße trugen sie wie von selbst zu dem Gemälde. Es war in dunklen, gedeckten Ölfarben gehalten und zeigte eine morastige Landschaft bar jeder Schönheit. Obwohl es nichts gab, an dem sich das Auge hätte erfreuen können, packte das Bild sie wie ein Traum den Träumenden, drängte die restliche Welt zurück. Der Raum fiel von Edda ab, das Haus des Gorms, die ganze Stadt. Edda stand vor kargen Hügeln, die sich in einen bleigrauen Himmel hoben, stand in brackigem Wasser, das nach totem Fisch stank, atmete Luft ein, die faulig roch wie lang stehendes Gewässer. Dies war ein toter Ort, ein verlassener Ort, und daran änderten auch die winzigen Menschen nichts, die sich zu Hunderten im braunen Wasser und zwischen den Felsen tummelten. In ihren Händen hielten sie Spitzhacken und Hämmer, über ihre Schultern hatten sie Säcke, prall gefüllt mit Steinen oder vielleicht Kohle, geschlungen. Ihre bleichen Köpfe waren kaum größer als Eddas Daumennagel, und trotzdem konnte sie das Elend in ihren müden kleinen Augen und schlaffen Mündern erkennen. Ihr Anblick allein erschöpfte sie, machte sie schwer in den Gliedern und im Kopf und brachte die Erinnerung an das Inselfieber zurück, jene entsetzliche Schwäche. Doch obwohl sie nichts lieber getan hätte, als sich abzuwenden, stand sie wie festgeleimt. Sie konnte sich nicht abwenden, nicht einmal, als sie jemanden hinter sich sprechen hörte.

»Beeindruckend, nicht wahr? Ich habe es vor einigen Jahren in Auftrag gegeben.«

Es war die Stimme des Gorms, und die Höflichkeit verlangte, dass sie sich ihm zuwandte, aber noch immer bewegte sie sich nicht. Ihr Mund war trocken, ihre Augen brannten, so angestrengt starrte sie das Bild an.

»Was Ihr wohl seht?«, fragte der Gorm dicht hinter ihr.

Bevor Edda hätte innehalten und sich fragen können, ob es ratsam war, einem Mann wie dem Gorm anzuvertrauten, was ihr durch den Kopf ging, flog ihr die Antwort über die Lippen.

»Zuhause«, sagte sie, ohne die Antwort selbst ganz zu verstehen. In dem Gemälde fanden sich ja keine Fische und keine Bottiche, kein Fischhaus, kein Dorfplatz, keine Freya und kein Ruben, und trotzdem sah sie ihre Heimat. Die harten Sommer, die harten Winter an der Küste. Sie blinzelte, zwang sich, die Augen kurz geschlossen zu lassen. Dann endlich gelang es ihr, sich abzuwenden.

Der Gorm war unverändert, sah genauso aus, wie sie ihn in Erinnerung hatte; aber als sie das letzte Mal mit ihm gesprochen hatte, war er die Wasserratte gewesen, ein Kreuzgescheckter, ähnlich verloren in

Gondenbergs pompösem Saal wie sie. Nun stand ihr der zweiteinflussreichste Mann Akobans gegenüber. Mit einigem Unbehagen erinnerte sie sich, wie sie ihn über den Gorm ausgefragt hatte. Er musste sich einen Spaß daraus gemacht haben, ihr zu antworten. Streng genommen hatte er keine Lüge gesprochen, trotzdem fragte sich Edda, ob er das war, was man in ihrer Heimat einen Zweigesichtler nannte – einer, der eine Maske trug, vorgab, eines zu sein, in Wahrheit aber etwas anderes war. *Tritt mit Bedacht, gib bei jedem Wort acht,* ermahnte sie sich.

»Meister Gorm, wir danken Euch für Eure Einladung.«

»Ah, der Dank gilt Euch, Edda Valt aus Pallandor. Ich habe noch nie zuvor eine Hochgeborene in meinem bescheidenen Heim empfangen dürfen.«

Sprach er aufrichtig oder verspottete er sie? Edda verneigte sich zögernd.

»Verzeiht mir, wenn ich geradeheraus spreche«, fuhr der Gorm fort. »Mir ist zu Ohren gekommen, dass der Handel mit Gondenberg nicht zu Eurer Zufriedenheit abgewickelt wurde.«

»Er bekam seine Tochter, ich bekam nichts«, antwortete Edda so gleichmütig, wie es ihr eben möglich war.

Der Gorm nickte bekümmert. »Ich fürchte, Ihr seid nicht die Erste, die ein schlechtes Geschäft mit Meister Gondenberg gemacht hat. Und Ihr werdet kaum die Letzte sein.«

Goldzahn, der noch an der Wand neben der Feuerstelle lehnte, räusperte sich.

»Sagt, Meister Gorm, war Euch schon länger bekannt, dass sich die Karte nicht mehr in Gondenbergs Besitz befindet?«, erkundigte er sich in demselben höflichen Ton, in dem er wohl um ein Glas Wasser gebeten oder nach den neusten Colminpreisen gefragt hätte.

»Ich bin ein Mann des Südens«, antwortete der Gorm, »und auch wenn ich nicht mehr oft in meine Heimat fahre, habe ich noch viele alte Verbindungen dort unten. Wenn ein Handel von so großer Bedeutung stattfindet, dann spricht es sich früher oder später zu mir herum.« Er wandte sich Edda zu. »Ihr müsst mir verzeihen, dass ich mein Wissen für mich behielt, aber wie Euch Meister Goldzahn hier sicher bestätigen kann, ist es unter Händlern nicht üblich, sich in den Handel eines anderen einzumischen. Und ich muss zugeben, dass ich neugierig war.«

»Neugierig?«

»Jeder kann *ankündigen*, zu den Inseln der Carpaunen zu fahren. Ich hoffe, Meister Gondenberg hat Euch zumindest verraten, wo sich die Karte befindet?«

Edda nickte zögerlich. Sie wusste nicht, was sie vom Gorm halten sollte. Männer wie ihn gab es an der Ostküste nicht. Dort wusste man immer, ob der andere Freund oder Feind war. Glaubte der Händler etwa, dass sie tumb genug sein würde, ihr Wissen so ohne Weiteres mit ihm zu teilen? Hatte er sie deswegen in sein Haus eingeladen? Ihr Gesicht musste den Gedanken deutlich gesprochen haben, denn der Gorm hob die Hände.

»Keine Sorge. Es ist mir kein Anliegen, Euch ein geheimes Wissen zu entlocken. Wie schon erwähnt, habe ich selbst gute Verbindungen in den Süden und weiß deswegen, dass die Karte bei den Irsu ist. Ich nehme an, Meister Goldzahn hat Euch das ein oder andere über die Regen-Inseln erzählt?«

»Ich weiß, dass dort ein Krieg herrscht.«

»Seit vielen Jahrzehnten«, bestätigte der Gorm. »Es ist ein Jammer und ein Rätsel. Weiß Hager sind die Inseln groß genug für Wassermänner *und* Irsu. Sie könnten sie untereinander aufteilen, und für alle wäre Platz genug, aber sie ziehen es vor, sich niederzumetzeln. Man muss ein Irsu oder Wassermann sein, um es zu verstehen.«

Edda nickte verhalten. Die Unterhaltung erinnerte sie an das ziellose Gerede, das sie von der Bergstraße her kannte. Weder der Gorm noch sie selbst hatte etwas mit Irsu oder Wassermännern zu schaffen. Was bezweckte er mit seiner Rede? Bezweckte er überhaupt etwas? Ungeduldig verflocht sie die Finger.

»Meister Gorm, gibt es einen bestimmten Grund, aus dem Ihr uns hierher eingeladen habt?«

»Ah, die berühmte pallandorsche Geschäftigkeit!«, rief der Gorm. »Ganz recht. Wann wollt Ihr unserer schönen Insel den Rücken kehren?«

»Ich bin nicht sicher …«

»Wann werdet Ihr zu den Regen-Inseln fahren, meine ich.«

»Nun, Meister Gorm, ich habe kein Boot.«

»Lasst uns annehmen, Ihr hättet eines.«

»Es liegt mir nicht, Dinge anzunehmen, von denen ich weiß, dass sie nicht zutreffen.«

Der Gorm rieb sich die Hände, als hätte er etwas entdeckt, das ihm Freude machte. »Ich schätze Euch, Edda Valt, das tue ich. Ihr habt einen klaren Kopf und einen klaren Zungenschlag. Beidem begegnet man hier draußen nicht oft.«

»Wollt Ihr mir ein Boot schenken wegen meines klaren Kopfes und Zungenschlags?«, fragte Edda zurück.

Goldzahn, der nun so hinter dem Gorm stand, dass dieser ihn nicht sehen konnte, zog ein gequältes Gesicht und schüttelte den Kopf. Edda überging es. Sie wusste, was sie tat. Der Gorm war keiner, der sich daran störte, wenn sie forsch sprach. Das hatte sie schon an jenem Abend in Gondenbergs Haus gespürt, als er für sie noch die Wasserratte gewesen war.

»Wollt Ihr mir einen Handel vorschlagen?«, fragte sie weiter.

»Nein, nein, ich nehme an, Ihr habt vorerst genug von Handeln. Ich möchte Euch ein Geschenk machen.«

»Und was wollt Ihr im Gegenzug für Euer … Euer *Geschenk?*«

»Nichts.«

»Niemand will nichts.«

Wieder rieb sich der Gorm die Hände. »Ich bin froh, dass Euch Akoban bereits einiges gelehrt hat. Was ich Euch anbiete, ist dies: ein Schiff, eine Mannschaft, Blausteine und genug Vorräte, um Euch bis in den Süden zu bringen. Ich erwarte nicht, dass Ihr mir etwas von dort mitbringt. Ich besitze bereits alles, was ich benötige, und habe keine Verwendung für mehr. Ich möchte Euch bloß um einen kleinen Gefallen bitten, der Euch selbst nichts kosten wird.«

Sie sah ihn abwartend an.

»Ihr wisst, dass manche Segel bestimmte Embleme tragen oder von besonderer Farbe sind?«

Die Harpune der Fischer von Halv, der Silbergrund für die Hoch-Inseln, der Rundling für die Händler. Vor langer Zeit, ja in einem anderen Leben, hatte Brand ihr davon erzählt. Sie nickte.

»Wenn Ihr mein Geschenk annehmt, würdet Ihr unter der Brack'schen Hacke segeln.«

»Unter der … der was?« Sie war nicht einmal sicher, ob sie den Gorm tatsächliche Worte hatte sprechen hören. Was er von sich gegeben hatte, klang noch am ehesten nach einem Zungenbrecher.

»Die Spitzhacke ist das Wahrzeichen der Bracke-Inseln«, erklärte er geduldig. »Und wenn ich Euch ein Schiff gebe, dann muss es unter der Brack'schen Hacke fahren.«

Er sprach mit einem Ernst, der Edda überraschte. Bisher war er als Mann aufgetreten, der alles, was er sagte, in milden Spott kleidete, so als habe er in dieser Welt noch nichts gefunden, das seinen Ernst verdiente. Auf Gondenbergs Fest hatte ihr diese Eigenschaft gefallen. Sie hatte sich ihm verbunden gefühlt, weil er das Treiben in Akoban mit der belustigten Verwunderung eines Außenseiters betrachtete, wenig gab auf Pfauen und perlenbesetzte Gewänder. Nun, er gab etwas auf die Brack'sche Hacke, und Edda konnte keinen Grund sehen, aus dem sie ihm nicht hätte geben sollen, wonach er verlangte. Sie war schließlich auch schon unter der Harpune der Fischer von Halv gesegelt. Auf der anderen Seite war sie mittlerweile oft genug von einer Falle in die nächste gestolpert.

»Ich fahre unter dem blutroten Totenkopf, wenn Ihr mir dafür ein Boot gebt«, sagte sie. »Aber Ihr müsst mir erklären, warum es für Euch eine so große Rolle spielt.«

»Ganz recht.« Der Gorm nickte ergeben. »Zunächst einmal – Ich glaubte nicht, dass Ihr von Pallandor kommt. Ihr sprecht nicht wie die Menschen von Pallandor, Ihr kleidet Euch nicht wie sie, Ihr bewegt Euch nicht wie sie. Mir ist bekannt, dass Ihr eine Weile unter den Dachfreien gelebt habt. Doch steht außer Frage, dass Ihr nicht ursprünglich aus Akoban stammt. Ich kann weder Schuppe noch Feder an Euch sehen. Seid ihr Vogel oder Fisch? Ich weiß es nicht, und ich kann mich nicht einmal erinnern, wann mir zuletzt einer begegnet ist, den ich nicht zu durchschauen wusste.« Er schwieg einen Moment und sah hinüber zu dem Gemälde an der Wand. Edda widerstand der Versuchung, es ihm gleichzutun.

»Viele Menschen fragen sich, wie ich zu meinem Vermögen gekommen bin. Es ist kein Geheimnis, dass ich von den Bracke-Inseln stamme, und kaum einer von dort bringt es auf den Mittleren Inseln zu Reichtum und Einfluss. Vor einiger Zeit habt Ihr mich nach dem Gorm gefragt, Edda Valt. Nun, hier ist seine Geschichte: Ich wurde auf Boorney geboren, der größten der Bracke-Inseln. In dem Sommer, von dem ich erzählen will, waren meine Freunde und ich noch zu jung, um mit unseren Eltern in die Minen zu gehen. Sie schickten uns zum Wasser hinunter, damit wir in der Brandung nach Treibgut Ausschau hielten. Die Bracke-Inseln liegen nahe der Tiefen Ströme, und es kam nicht selten vor, dass wir fündig wurden. Meist waren es bloß zerborstene Planken, leblose Körper oder Säcke, doch eines Sommers fanden wir ein ganzes Boot. Wem immer es gehört hatte, er musste in einem Sturm über Bord gegangen und längst ertrunken sein. Das Boot selbst hatte kaum Schaden genommen, und in der Kurbelkammer entdeckten wir eine Truhe. Sie war voller Schätze, goldener Reifen und silberner Spangen, Perlen und Edelsteinen. Wenn ich mich recht erinnere, waren wir acht Jungen, und es waren genug Reifen, Ringe, Spangen, Ketten und Broschen, dass jeder mit seinem eigenen Schatz nach Hause hätte gehen können. Trotzdem stritten sie noch um jede Haarklammer. Ich war der Einzige, der sich aus den Kämpfen heraushielt. Ich wollte bloß eines – einen Taschenspiegel, den ich auf dem Boden der Truhe entdeckt hatte. Auf den ersten Blick machte er nicht viel her, sein Glas war zerkratzt und blind vor Schmutz, sein Rahmen nicht einmal aus Silber, sondern aus einfachem Messing. Die anderen Jungen nannten mich einen Leerkopf und lachten über mich.«

Goldzahn neben der Feuerstelle hatte sich kerzengerade aufgerichtet. Er schien dem Gorm an den Lippen zu hängen.

»Meine Freunde und ich«, fuhr dieser fort, »waren nun reich genug, um ein Boot zu kaufen und nach Perendra zu fahren. Dort wollten wir unsere Schätze verkaufen. Jeder von ihnen bekam eine stattliche Summe Rundlinge, aber wir wussten wenig über Geschäfte, und heute nehme ich an, dass die meisten von ihnen über den Tisch gezogen wurden. Ich nahm mir meine Zeit. Zog Erkundigungen ein, bis ich von einer Frau erfuhr, die wohl Verwendung für meinen Spiegel haben würde. Obwohl sie weit aus dem Nordosten kam, hielt sie sich damals ebenfalls auf Perendra auf, und manchen mag es wie ein Zufall erscheinen, dass der Spiegel und jene, der er gehören sollte, so zueinanderfanden, aber die Wahrheit ist, dass manche Dinge in der Welt sich ganz unaufhaltsam aufeinander zubewegen und ihr Aufeinandertreffen nicht das Geringste mit Zufall zu tun hat. Ich wurde damals mit Fässern voller Blausteinen und Gallonen Colmin entlohnt, weil meine Handelspartnerin genau wie ich erkannt hatte, was der Spiegel war.«

Edda runzelte die Stirn. »Was … was war der Spiegel?«

Der Gorm lächelte verhalten. »Kein Spiegel. Er war ein Ding, das bloß aussah wie ein Spiegel.«

Goldzahn an der Wand sah aus, als hätte er eine Flasche Teerwasser getrunken. Er starrte den Gorm an, als sähe er ihn zum ersten Mal.

»Ich verstehe nicht, was Eure Geschichte damit zu tun hat, warum Ihr mir ein Boot …«, stammelte Edda.

»Ich habe Euch meine Geschichte erzählt, damit Ihr versteht, was mich unterscheidet von all den anderen, die nach Akoban kamen, um ihr Glück zu machen. Es ist dasselbe, was mich von den anderen sieben Jungen unterschied, die mit mir das Boot fanden. Ich habe eine besondere Begabung. Ich sehe, was andere nicht sehen. Es hat mich zu dem gemacht, der ich heute bin.«

Edda war nicht sicher, ob der Gorm ihr geantwortet hatte. Verstand sie nun, warum er ihr ein Schiff geben wollte? Nicht unbedingt, aber während seiner Erzählung hatte sich von ihrem Hinterkopf den Nacken hinunter ein Prickeln ausgebreitet. In seinen Worten lag ein Gewicht, eine Bedeutung, so wie auch Gewicht und Bedeutung in der Krähenfeder lag, in dem Gemälde an der Wand, in Talin Brand, im Traum vom Gefiederten.

»Niemand sonst wird dir ein Schiff geben.« Goldzahns Worte ließen sie herumfahren. Er sah noch immer aschefarben aus. Die Geschichte des Gorms schien an ihm gerüttelt zu haben, doch er sprach mit Bestimmtheit und Nachdruck zu Edda. »Wenn es dir ernst ist damit, in den Süden zu fahren, dann solltest du Meister Gorms Angebot annehmen.«

Als hätte Edda nicht schon längst entschieden, genau dies zu tun. Als sei ihr nicht bereits auf dem Weg hierher und noch bevor Pewlitt ihnen die schwarze Tür geöffnet hatte, klar gewesen, dass sie alles tun würde, um an ein Boot zu kommen. Sie machte einen zögernden Schritt auf den Gorm zu und streckte ihm die Hand entgegen.

»Ich fahre unter Euren Segeln, und ich werde daran denken, dass Ihr mir ein Boot gegeben habt, als ich eines brauchte. Aber dass Ihr am Ende mit Fässern voller Blausteine und Gallonen Colmin entlohnt werdet, kann ich Euch nicht versprechen.«

Der Gorm lachte sein heiser gehüsteltes Lachen. »Wer weiß schon, welche Wunder und Wendungen die Zukunft nimmt?« Aus den Tiefen seines Gewandes zog er ein Glöckchen hervor und läutete es. Obwohl der Ton so hell und schwach war, dass man ihn kaum außerhalb des Zimmers hätte hören dürfen, öffnete sich die Tür und Pewlitt steckte den Kopf herein.

»Ich werde mit meinen Männern sprechen und ihnen sagen, dass sie ein Boot für Euch bereit machen sollen«, erklärte der Gorm. »Spätestens in zwei Tagen solltet Ihr in See stechen können. Und nun ist es an der Zeit für Pewlitt hier, Euch hinauszubegleiten.«

Goldzahn verabschiedete sich knapp vom Gorm und floh aus dem Raum. Doch bevor Edda ihm folgen konnte, hörte sie den Gorm noch einmal sprechen. Sie drehte sich zu ihm um.

»Boorney«, sagte er und deutete auf das Bild. »Der vielleicht hässlichste Ort der Welt. Ich werde nie wieder dorthin zurückkehren. Aber das muss ich auch nicht. Ich trage ihn immer bei mir.«

Obwohl er mit dem Rücken zu ihr stand, sie also nicht sehen konnte, nickte sie, als würde sie verstehen. Sie war bereits aus der Dunkelheit des steinernen Würfels hinaus auf die Straße getreten, als ihr aufging, dass sie es tatsächlich tat.

***

Von Goldzahn wusste Edda, dass in Akoban nun eine Zeit angebrochen war, die man die *Langen Tage* nannte. Bis zum Ende des Sommers würde die Sonne bis tief in die Nacht am Himmel stehen und die Dunkelheit schon früh am Morgen wieder vertreiben. Während Goldzahn und Edda sich auf den Weg zurück zu Goldzahns Quartier machten, hing ein goldenes Licht in den Straßen, und der Himmel über ihren Köpfen war von einem tiefen Blau, das ins Violett spielte. Goldzahn bewegte sich in seiner üblichen gemäßigten Geschwindigkeit, und auch Edda hatte es nicht eilig. Bevor sie Teofin wieder gegenübertraten, gab es Fragen, die sie einander stellen mussten, Antworten, die sie einander schuldig waren. Einem stillschweigenden Einverständnis folgend ließen sie sich kurz hinter der Bergstraße, dort, wo sich die Stadt zum Meer hin öffnete, auf einer niedrigen Steinmauer nieder. Edda war sicher, dass Goldzahn das Schweigen als Erster brechen würde. Es fiel ihm schwer, auch nur einen Moment verstreichen zu lassen, ohne ihn mit Worten, Scherzen oder Geschichten zu füllen. Nun aber saß er so steinern und stumm neben ihr, dass sie sich an Ruben erinnert fühlte. Sie zog die Beine an, stützte ihr Kinn auf den Knien ab und sah auf die flachen Dächer der Akobaner Häuser hinab. An jedem gewöhnlichen Tag hätte sie jedes Schweigen mühelos länger aussitzen können als Goldzahn, aber dieser Tag war kein gewöhnlicher, und die Ungeduld kribbelte in ihren Fingerspitzen und Schläfen.

»Wirst du mit mir zu den Regen-Inseln kommen oder zurück zur Küste fahren?«, brach es schließlich aus ihr heraus.

Goldzahn warf ihr einen Seitenblick zu. »Was habe ich dir über die Kunst der feinen Gesprächsführung erzählt?«

»Ich will kein feines Gespräch führen. Ich will wissen, ob du mit mir zu den Regen-Inseln kommst.«

»Dir ist bewusst, dass du ohnehin nicht allein fahren musst? Der Junge wird mit dir kommen, gleich, wohin du als Nächstes fährst. Ob du nun beschließt, nach Brigor zu reisen oder zu den Bashin, so schnell wirst du ihn nicht wieder los.«

»Teofin weiß so wenig wie ich von den Inseln. Vermutlich würden wir von einem Wassermannschwarm in den nächsten segeln.«

Sie sprach in Ausflüchten. Goldzahns Kenntnisse waren von Vorteil, aber sie waren nicht der einzige, nicht einmal der wichtigste Grund, aus dem sie ihn an ihrer Seite wollte. Goldzahn war ihr kein Vater, nicht so wie Ruben ihr ein Vater gewesen war. Aber er war ihr mehr als bloß ein Freund. Es war, wie er selbst erst wenige Stunden zuvor gesagt hatte: Er hatte sie an seinem Tisch essen, in seinem Bett schlafen lassen, sie gepflegt, als sie kaum noch einen Funken Leben in sich getragen hatte. Er war ihr fast bis an den sturmverfluchten großen Schlund gefolgt. »Bitte … Goldzahn … komm mit mir.«

Er musste wissen, was es sie kostete, ihn so geradeheraus zu bitten, eine Antwort gab er ihr trotzdem nicht.

»Du weißt, warum der Gorm dir ein Schiff gibt?«, fragte er, ohne sie anzusehen. »Er hilft dir, weil er es tatsächlich glaubt. Er hält dich für eine Hochgeborene.«

»Aber er hat uns im Langen und im Breiten erklärt, woran er erkannt hat, dass ich nicht von Pallandor komme.«

»Er weiß, dass du nicht auf Pallandor aufgewachsen bist«, korrigierte Goldzahn. »Wo du geboren bist, ist eine andere Frage. Außerdem ist Pallandor nicht die einzige Hochinsel.« Er schüttelte den Kopf. »Bei den Wassergeistern, wenn sie erst herausfinden, dass du in Wahrheit aus einem Fischerdorf an der Küste kommst …«

Edda schwieg. Die Mauer unter ihren Händen war rau, voller Unebenheiten und Furchen.

»Wir haben sie alle hereingelegt, nicht wahr, Mädchen?«, fragte Goldzahn. Dann drehte er den Kopf und sah sie an. »Haben wir sie hereingelegt?«

Nun war es an Edda, Goldzahns Blick auszuweichen. Stattdessen betrachtete sie die Sonne, die tief am Himmel hing, ein runder schwerer Körper, den man am Firmament aufgespannt und festgemacht zu haben schien; kein funkelnder Lichtpunkt, der einem in die Augen stach, wenn man den Fehler machte hinzusehen, sondern eine glühende, tiefrote, flammend pinke Scheibe.

»An der Küste sagt man Blutsonne dazu.«, Sie deutete zum Himmel.

Goldzahn nickte. »In Akoban verwenden sie denselben Namen.«

Edda holte tief Luft und atmete lang aus.

»Ich stamme nicht von der Küste. Ich wurde hier draußen geboren, aber ich weiß nicht, auf welcher Insel. Ich weiß nicht, wer meine Eltern waren. Ich weiß nicht, warum die Hexe Maron und ihre Schwester mich zur Küste brachten, vor wem sie mich schützen wollten.«

Goldzahn seufzte schwer, aber er schien nicht besonders überrascht von ihren Worten, und er stellte ihr auch keine der Fragen, die sie erwartet und vor denen sie sich gefürchtet hatte.

Stattdessen stand er auf und reichte ihr eine Hand, um sie hochzuziehen. »Tochter der Inseln, hmm?«, fragte er. Eine Frage, die keine Frage war und zu Eddas Erleichterung auch keine Antwort verlangte.

»Aber Goldzahn, du hast mir noch nicht ...«

Er hob die Hand. »Gib einem alten Mann ein Stundenviertel Bedenkzeit, bevor er einwilligt, an Wassermännern und den Tiefen Strömen vorbei zu einem blutrünstigen Kriegervolk zu segeln.« Er deutete in die Richtung, in der sich sein Quartier befand. »Wir sollten den Jungen holen gehen. Es ist früh genug, um noch runter zum Hafen zu laufen.«

»Um das Schiff anzuschauen?«, fragte sie. Ihr Gespräch mit dem Gorm lag kaum ein gutes Stundenhalb zurück, und es schien ihr unwahrscheinlich, dass im Hafen bereits ein Schiff auf sie warten sollte.

»Nein, nein. Ich will dem Jungen und dir bloß einen Händlerbrauch zeigen. Ein kleines Ritual, das wir ausüben, bevor wir auf Reisen gehen.«

Als sie kurz darauf alle drei hinunter zum Hafen liefen, hatte sich die blutrote Sonne ein gutes Stück der Silbersee entgegengesenkt, und der Himmel schien zu glühen. Während Seefahrer und Händler noch damit beschäftigt waren, ihre Waren aus- oder einzuladen, torkelten bereits die ersten Betrunkenen und der ein oder andere Schmachter über den gepflasterten Platz, der sich vom Hafenbecken bis zu den untersten der Unteren Gassen erstreckte. Aus Angst vor Brand war Edda bisher noch nie zu so später Stunde hier unten gewesen, aber nun, da Goldzahn zu ihrer Linken und Teofin zu ihrer Rechten ging, zuckte sie nicht einmal mehr zusammen, wenn ein Schmachter mit leerem Blick an ihnen vorbeiwankte. Trotz der Blaugewandeten war der Hafen Goldzahns liebster Ort in Akoban, und auch wenn die Stege und Anlegeplätze für Edda wohl immer mit Brand und somit einem Gefühl dumpfer Bedrohung verknüpft sein würden, verstand sie an diesem Abend, warum. Eine Mischung aus Ausgelassenheit und geschäftiger Betriebsamkeit lag über den Stegen, Booten und Menschen. Hier öffnete sich die Händlerstadt dem restlichen Inselreich, der Welt, und die Luft um sie herum flimmerte und schwirrte, wie sie es tat, wenn jemand aufbrach oder ankam.

Goldzahn führte Teofin und Edda über den gepflasterten Platz zu jenem Ende des Hafenbeckens, an dem keine Stege ins Wasser führten und die steinerne Befestigung nur durch ein eisernes Geländer gesäumt wurde. Als sie dort angelangt waren, holte er drei Rundlinge aus seinem Beutel. Einen gab er Edda, einen Teofin, einen behielt er selbst.

»Bevor wir Händler eine Reise antreten, wenden wir uns an die Wassergeister«, erklärte er. »Wir beten zu Bingin, dass sie uns zu den richtigen Inseln führt, zu Ood, dass er uns die Stürme vom Leib hält, und zu Geki, dass sie uns mit ihrem Unfug wie Stromschnellen und Wassermännern verschont. Um sie gut zu stimmen, schenken wir jedem von ihnen einen Rundling.«

Er zählte bis drei, und sie schleuderten ihre Münzen in die See, wo sie schweigend von den Wassergeistern entgegengenommen wurden.

Weder Goldzahn noch Edda oder Teofin erwarteten wohl, dass Bingin, Ood oder Geki den Kopf aus der schmutzigen Gischt steckten, trotzdem blieben sie am Geländer stehen. Edda schickte noch ein Gebet an Agatha und Lor sowie an den Kraken Hager hinterher und sah der Blutsonne zu, wie sie allmählich ins Meer floss.

»Was Freya wohl dazu sagen würde, wenn sie wüsste, dass wir hier draußen nicht mehr zu den Heiligen Schwestern beten, sondern zu Wassergeistern?«, sagte Teofin.

Edda lachte. »Wenn Freya wüsste, dass ...«

Ein lauter Pfiff ließ sie verstummen. Rechts und links von ihnen erklangen einzelne Rufe, und auch Goldzahn hob den Arm und deutete in den Himmel. Dort, etwa hundert Fuß über der See, kreiste ein Vogel. Er war groß, beinahe doppelt so groß wie die Pfauen in Gondenbergs Garten; Edda vermutete, dass die Spanne seiner Flügel gut sechs Fuß maß. Das Auffälligste an ihm aber war nicht seine Größe, sondern die Farbe seines Gefieders. Es war scharlachrot wie die Blutsonne, schimmerte dabei aber wie ein edles Metall, als hätte man jede einzelne seiner Federn poliert. Als wolle er ein Schauspiel eigens für sie aufführen, drehte der Vogel am Flammenhimmel über ihnen seine Schleifen, glitt schwerelos durch die Luft. Hunderte Hälse reckten, Hunderte Köpfe drehten sich, folgten seinem Schwebeflug. Plötzlich ließ sich der Vogel fallen, stürzte steinschwer der See entgegen, durchbrach den grauen Meerspiegel und war im Wasser verschwunden. Ein Oh, ein einziger lang gezogener Laut ging durch die Menge, die sich inzwischen am Hafen versammelt hatte.

Eddas Hände schlossen sich fester um das eiserne Geländer. Sie zählte die Wimpernschläge. Zwanzig, dreißig, vierzig! Nur ein Fisch konnte so lange unter Wasser sein, ohne den Tod zu finden.

»Warte es nur ab, Mädchen«, sagte Goldzahn neben ihr und hatte die Worte kaum gesprochen, als der Vogel aus dem Wasser schoss. Seine Federn waren nass und schwer, doch er stieg auf, als könne ihn kein Gewicht an die Erde binden. Im Flug schüttelte er sich, Tropfen flogen in alle Richtungen, und von den Spitzen seiner Flügel her färbte sich sein Gefieder. Das leuchtende Rot dunkelte ab, wurde violett, dann tiefblau. Der Vogel stieg weiter auf, kehrte der Händlerinsel den Rücken und ließ den Hafen mit kraftvollem Flügelschlag zurück.

»Die Wassergeister müssen es gut mit Euch meinen«, sagte Goldzahn. »Ich habe noch nie gehört, dass sich ein Makri auf den Inseln der Mitte hat blicken lassen.«

Edda drehte den Kopf. Starrte Goldzahn einen Augenblick lang wortlos an, fand ihre Stimme dann wieder. »Der Vogel heißt …«

»Das war ein Makri. Er brütet nur auf den Hoch-Inseln, nirgendwo sonst. Es ist der einzige Vogel, der so tief tauchen wie hoch fliegen kann.« Goldzahn stieß sich mit einem zufriedenen Seufzen vom Geländer ab. »Und nun kommt. Wir haben eine weite Reise vor uns und sollten uns den Schlaf nehmen, wo wir ihn bekommen können.«

Aber Edda und Teofin rührten sich nicht von der Stelle. Sie standen weiter am Geländer und schauten dem Makri nach, auch wenn sie den Vogel längst nicht mehr ausmachen konnten. Er war verschwunden, im sich langsam entfaltenden Dunkel des Nachthimmels, auf seinem Weg zu fernen Küsten und fremden Inseln.

Katharina Hartwell

Schon als kleines Mädchen schrieb Katharina Hartwell Märchen, später Geister- und Abenteuergeschichten. Als Studentin besuchte sie Schreibwerkstätten, nahm an Wettbewerben teil. Erst an regionalen, schließlich bundesweit. Sie stand im Finale des Literaturwettbewerbes open mike und gewann den überregional beachteten MDR-Kurzgeschichtenpreis. 2013 war sie Sylter Inselschreiberin. Ihr Debüt *Das fremde Meer* erschien 2013 im Berlin Verlag und wurde mit dem Seraph ausgezeichnet.

DIE SILBERMEER SAGA

DIE FLIESSENDE KARTE

Im zweiten Band der Silbermeer-Saga fährt Edda tief hinunter in den schönen Süden und hoch hinauf in den harten Norden des Inselreichs, um in der Schwärze des Teermeers endlich ihrem Bruder näherzukommen. Sie trifft alte Bekannte wieder, hört zum ersten Mal die Geschichte der drei Schwestern und begegnet der Liebe.

Die Marsch
Teermeer
Colm
Bal Okren
Smal Okren
Bok
Okren
Borghelm
Norderness
Kargen-auf-dem-Meer
Reich der Schlucker
Brookstett
Caspis
Nespis
Perdun
Colm
Achum
Horvig
Fries
Totning
Halv
Barkum
Bregnom
Ootland
Colminfische
Ambroar-Inseln
Boorney
Bracke-Inseln
Perendrin
Bella Sööt
Reich der Wassermänner
Bela-Parsen
N
W
O
S